◎山东省社科理论重点研究基地齐文化研究基地重大项目

淄博古代文献丛刊

王志民　主编

高珩集

（清）高珩　撰

陈玉金　高庆礼　整理

山东大学出版社
SHANDONG UNIVERSITY PRESS
·济南·

图书在版编目（CIP）数据

高珩集 /（清）高珩撰；陈玉金，高庆礼整理．--
济南：山东大学出版社，2024.1
（淄博古代文献丛刊 / 王志民主编）
ISBN 978-7-5607-7966-9

Ⅰ．①高… Ⅱ．①高… ②陈… ③高… Ⅲ．①中国文学－古典文学－作品综合集－清代 Ⅳ．① I214.92

中国国家版本馆 CIP 数据核字 (2023) 第 203225 号

责任编辑　楚洋洋
封面设计　张　荔

高珩集
GAO HENG JI

出版发行　山东大学出版社
社　　址　山东省济南市山大南路 20 号
邮政编码　250100
发行热线　（0531）88363008
经　　销　新华书店
印　　刷　山东蓝海文化科技有限公司
规　　格　710 毫米 ×1000 毫米　1/16
　　　　　45.5 印张　832 千字
版　　次　2024 年 1 月第 1 版
印　　次　2024 年 1 月第 1 次印刷
定　　价　175.00 元

高珩像，见于《滴翠园雅集图》，康熙八年己酉徐易绘

候仙园石刻，2021 年 1 月出土，今存淄川博物馆

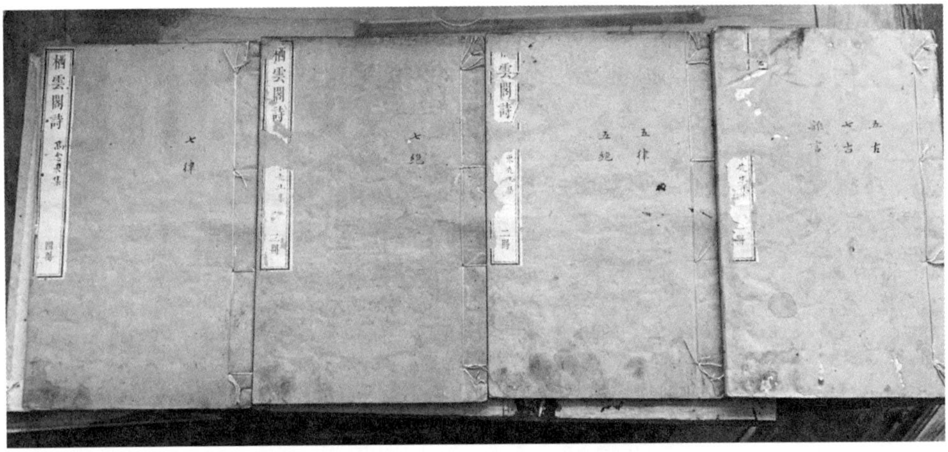

《栖云阁诗》初版书影，一函四册，淄博周村孙力先生藏

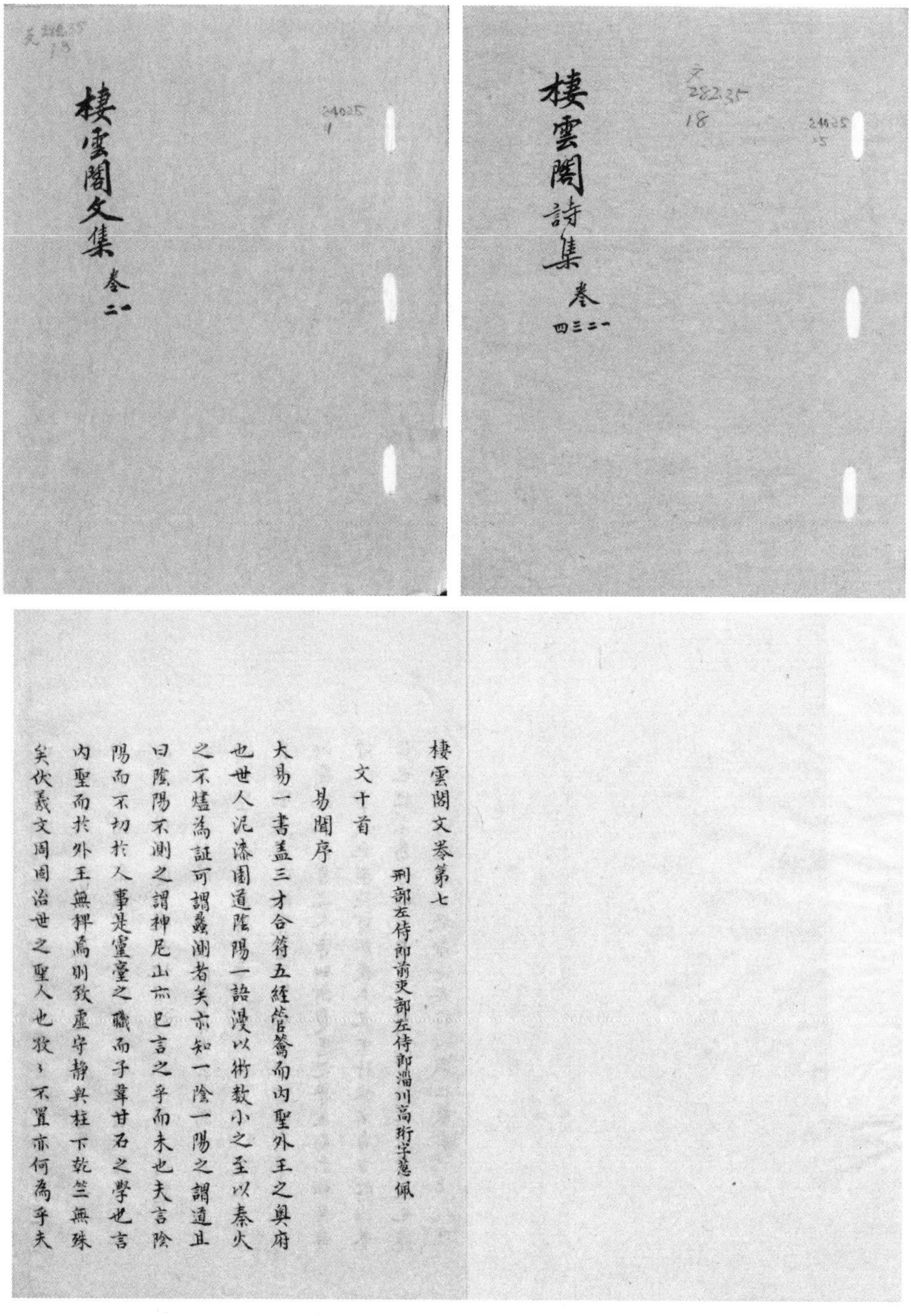

棲雲閣文卷第七

刑部左侍郎前吏部左侍郎淄川高珩字蔥佩

文十首

易闡序

大易一書蓋三才合符五經管籥而內聖外王之奧府也世人汎濫圖道陰陽一語漫以術數小之至以秦火之不燼爲証可謂蠡測者矣亦知一陰一陽之謂道且曰陰陽不測之謂神尼山亦已言之乎而未也夫言陰陽而不切於人事是瞿曇之職而子韋甘石之學也言內聖而於外王無裨爲則致虛守靜與柱下乾竺無殊矣伏羲文周周治世之聖人也孜孜不置亦何爲乎夫

国家图书馆藏清抄本《栖云阁文集》《栖云阁诗集》书影

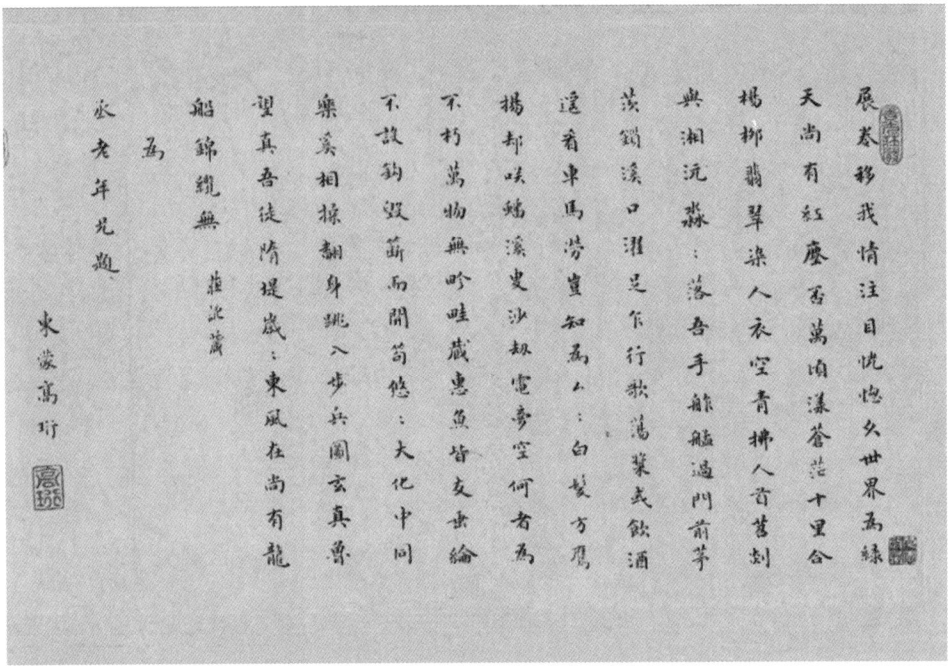

高珩手迹：上为《柳村渔乐图》题诗，下为《唐焕夫人贾氏墓志铭》

《淄博古代文献丛刊》编委会

总　序

淄博是齐文化的发祥地，有着源远流长的著述传统。先秦时期，齐地沃土孕育了诸多文化经典，包括我国第一部手工业技术专著《考工记》、齐文化的百科全书《管子》、“无传记之名，实传记之祖”的《晏子春秋》、兵学圣典《孙子兵法》以及《孙膑兵法》《司马法》《六韬》等兵学著作，还有《慎子》《尹文子》《鲁仲连子》等稷下诸子文献。战国秦汉间，齐人在经学方面成就突出，《易》《书》《诗》《春秋》今文经学的传承，均与齐人有密切关系。魏晋以后，淄博文献众多，有史书方志、科技著作、笔记杂著、戏曲小说、诗集文集等，各呈风采。西晋左思《三都赋》曾令洛阳纸贵，北魏崔鸿《十六国春秋》是研究魏晋南北朝历史的重要著作，贾思勰《齐民要术》标志着古代农书的成熟，唐代段成式《酉阳杂俎》和宋代王辟之《渑水燕谈录》是唐宋史料笔记中的代表性作品，元末明初贾仲明的杂剧“骈俪工巧，有非他人之所能及者”①。特别需要注意的是，明清时期，淄博文风兴盛，涌现出了众多文化名人，留下了大量的文献著述，其中很多被收入《四库全书》，如毕自严《石隐园藏稿》、薛凤祚《两河清汇》、孙廷铨《颜山杂记》、王士禛《居易录》《池北偶谈》《香祖笔记》《古夫于亭杂录》《分甘余话》《精华录》《渔洋诗话》《衍波词》等，而蒲松龄《聊斋志异》被誉为“短篇小说之王”，成为淄博文化发展史上耀眼的风景。

古籍文献是中华优秀传统文化的重要载体。淄博古代文献不仅是研究淄博地区历史文化的珍贵史料，也是中华优秀传统文化的宝贵遗产。党的十八大以来，传承、弘扬中华优秀传统文化成为国家重大文化战略。2017年1月，中共中央办公厅、国务院办公厅印发《关于实施中华优秀传统文化传承发展工程的意见》，要求“加强中华文化典籍整理编纂出版工作”。2022年4月，中共中央办公厅、国务院办公厅印发了《关于推进新时代古籍工作的意见》，指出：“做好古籍工作，把祖国宝贵的文化遗产保护好、传承好、发展好，对赓续中华文脉、弘扬民族精神、增强国家文化软实力、建设社会主义文化强国具有重要意义。”为发掘保护淄博文献资源，传承弘

① 无名氏：《录鬼簿续编》，《中国古典戏曲论著集成》（二），中国戏剧出版社1959年版，第292页。

扬优秀传统文化，推动中华优秀传统文化创造性转化、创新性发展，助力淄博文化强市建设，山东理工大学和淄博市政协决定联合编辑出版《淄博古代文献丛刊》（以下简称《丛刊》）。山东理工大学党委和行政领导高度重视，给予了多方面的关照与支持。淄博市政协专门召开党组会研究，将《丛刊》列为市政协文史工作重点项目；张延廷主席、朱正林副主席非常关心该项目的实施和进展，提出了许多推动措施和指导意见。山东理工大学齐文化研究院和淄博市政协文化文史和学习委员会具体负责项目实施。

淄博历代文献数量宏富，根据《中国古籍总目》《山东文献书目》《山东文献书目续编》等书目及各类方志资料，今天保存下来的淄博古代文献就有近1000种。《丛刊》的收录原则，一是水平高，具有重要文化、学术价值；二是未经过点校整理，或虽有整理但不够规范系统。根据这两项原则，在充分调查的基础上，《丛刊》选取了淄博古代23位文人著述进行整理，共16册（部分文人著述篇幅较小，进行了合并），总计700余万字。

《丛刊》项目酝酿于数年前。张宇声教授提出编纂整理《明清淄博文人别集丛刊》的建议被采纳，经过专家研讨，根据实际选目，后改为《淄博古代文献丛刊》。为做好整理工作，我们组建了四个编纂小组，分别由山东理工大学张宇声教授、巩曰国教授、上海交通大学朱丽霞教授、山东师范大学王培峰副教授担任组长，张宇声负责《孙廷铨集》《赵进美集》《张笃庆集》《高玠集》《王培荀集》，巩曰国负责《王象晋集》《王象艮集 王象明集 王与玟集》《王象春集》，朱丽霞负责《王教集 袁藩集》《刘一相集》《刘鸿训集》《毕自严集》，王培峰负责《段氏三代诗文汇编》《杨梦衮集》《何世璂集 王祖昌集》《张象津集》，延请上海交通大学、中国海洋大学、山东师范大学、重庆师范大学、山东理工大学、西安航空学院、商洛学院等高校相关学者组成了一支水平较高的整理队伍。《丛刊》编纂日常工作由山东理工大学齐文化研究院执行院长巩曰国教授负责。

整理过程中，我们统筹组织，多次召开会议，制定具体措施，严把质量关。各集整理者广泛搜集各种版本，科学选定底本与校本，严格执行整理体例和古籍整理规范。初稿完成后，各组成员之间对书稿进行了互审，各组组长对所负责的书稿进行了通审并提出修改意见，书稿汇总后，王志民、巩曰国、耿振东等又组成终审小组，分别审阅了书稿并对各集的前言进行了统一审稿，逐一提出修改意见。各集整理者根据修改意见对书稿进行了修改完善。2022年8月，《丛刊》书稿交付山东大学出版社。山东大学出版社对《丛刊》的出版非常重视，王贻社总编、刘旭东副社长、刘森文主任统筹协调，精心组织编校，保证了《丛刊》的出版质量。

《丛刊》学术价值主要有以下几个方面：

其一，首次对淄博古代文献特别是明清时期淄博文人著述进行了较大规模的整理，填补了学术空白。文献整理是文化建设的基础工作，历来为人所重视。省一级的文献整理，前有《畿辅丛书》《云南丛书》，今有《齐鲁文库》《荆楚全书》《湖湘文库》《江苏文库》等。近些年来，地市一级的文献整理也不断推出，如《金陵全书》《苏州文献丛书》《金华丛书》等。淄博文化底蕴深厚，文献资源丰富，古代文献虽有整理，如《管子》《晏子春秋》《考工记》等先秦齐文化典籍，左思、王士禛、蒲松龄、赵执信、徐夜等文人的著述以及部分方志，但零散不成系统。《丛刊》作为第一种淄博古代文献整理丛书，弥补了淄博文化建设的这一缺憾。《丛刊》16册中，有11册的全部内容均为尘封数百年后首次整理面世。

其二，注重规范、全面挖掘整理，为淄博地方历史文化研究提供了详实资料。《丛刊》各集，对原著者的各类著述尽可能全面收录，如《张笃庆集》，不仅收录其诗集《昆仑山房郢中集》《昆仑山房诗集》，还收录传记类著作《先相国少保公年谱》《两汉高士赞》以及史评类著作《班范肪截》《五代史肪截》。每一种集子，书前都有前言，介绍作者的生平、著述及贡献，书后附录详列相关传记材料、诗文唱和、诸家评论、著录题跋、诗文辑佚以及作者年谱（年表）。这样一册在手，即可全面了解其生平、著述及各方面贡献。文献作者均为淄博人，他们有关当时历史地理、风土民情、名人掌故、名胜古迹的记述，是研究淄博历史文化的宝贵资料。如《张象津集》中《新城水利四议》包含了小清河、孝妇河、郑潢沟、乌河等河流的诸多信息，是研究淄博历史地理的重要文献。《孙廷铨集》中的《颜山杂记·琉璃志》全面、系统地记述了当时中国北方美术琉璃生产中心颜神镇（今博山）的琉璃生产工艺，包括烧造琉璃的原料、呈色、火候、配色、产品、做工、工具、吹制等，对研究名闻中外的“淄博陶琉”具有重要史料价值。

其三，整理发掘诗文、戏曲创作资料，有补于中国古代文学研究。《丛刊》的文献作者均为富有才情的文人，有很多在诗文、戏曲创作方面卓有建树。如王象春是公认的晚明山左诗坛巨擘，主张“重开诗世界，一洗俗肝肠”，推动了山左诗风的转变以及“济南诗派”在清代的繁荣；张笃庆诗歌创作不拘一格，各体兼擅，《四库全书总目》称其“才藻富有，洋洋洒洒，动辄千言，风发泉涌”；毕自严博通经史，雅好文学，高珩誉其文章可比韩愈和苏轼，《四库全书总目》认为“虽乡曲之言，未免稍溢，而以经济兼文章，则自严要不愧也”；赵进美是明末清初诗坛上由“前后七子”的格调说至王渔洋神韵说之间的一位重要诗人，同时也有《瑶台梦》《立地成佛》等戏曲作品；高珩诗文丰富，其诗"近元、白《长庆集》体"，又有通俗弹词《醒梦戏曲》。《丛刊》各集，全面呈现相关作家的诗文、戏曲创作成果，其中包含了一些稀见的稿本、抄本，为丰富拓展古代文学特别是明清时期山左文坛的研究，提供了重要的文献依据。

需要指出的是，《丛刊》文献的作者多出自文化世家，与国内著名文学家、政治家广泛交游，其活动与当时全国的政治局势、文化创造颇有关联，其意义不局限于淄博一地。像毕自严是关涉明末政局的人物，王象春、高珩、赵进美的文学活动都与明末清初文坛发展有很大关系，段成式家族在唐代全国的地位更具代表性。因此，《丛刊》的出版不仅有益于淄博地方文化建设，对于推动山东乃至全国的文史研究和文化建设，也有积极的学术意义。

整理古代文献，弘扬中华优秀传统文化，是我们的历史使命。《丛刊》首次对淄博古代文献进行较大规模的整理，我们深知责任重大。整理中，我们尽管力求严格学术规范，严把学术质量，但校书如扫落叶，疏误在所难免，且《丛刊》是集体项目，出自众人之手，各卷质量不尽相同，恭请专家读者批评指正。

王志民

2023年10月16日

定稿于山东理工大学齐文化研究院

前 言

一

高珩，字葱佩，号念东，别号紫霞道人，山东淄博淄川北月庄（今双杨镇月庄村）人。其九世祖明初自蒙阴县迁入淄川，“占籍于淄川”①，因此，有的文献称其为“蒙阴人”。

高珩于明万历四十年（1612）生于祖父高举的浙江巡抚衙署，第二年祖父致仕，随之回淄川。明代蒙阴属于青州府，“十四岁，以蒙邑祖籍应童子试于青郡”，得到青州知府赏识，“待以殊礼”。崇祯十二年（1639）考取己卯科举人，十六年中进士三甲第八十五名，授予庶吉士。十七年四月明亡，不久，清军入关，他逃归乡里。

顺治二年（1645）四月，清廷授予高珩内翰林秘书院检讨之职，赴任后不久，又请假归里，两个月后回京任职，不久又回家。顺治三年春赴京任职，不久又请告归里。其在清为官近五十年，大多是时退时进，时进时退，就这样一直做到刑部左侍郎致仕为止。高之騄云“府君通籍五十余年，半恬退田里。不乐仕进，不亲家务，坐卧手不释卷，自奉常如素士”。高珩“不乐仕进”，其诗文多有反映，其后人高綝绪说“宦情实淡，读《呵殿》《燕台》《游赋》，志可知也”。从他中举后赴京会试，也能看出这点。当年他与冯溥“了无仕宦意，且笑谓，时事如此，何用大冠为？吾辈勉上公车，意在遨游，一睹宫阙止耳”。②而两人也有遂初之约③。崇祯癸未，高珩与其兄高玮同进京会试，高玮落榜，他中式后即想与兄回家，不想参加廷试，在高玮劝说下才勉强参加，高玮《必有赘语》④云：

> 己卯，与汝叔（即高珩）同售。迨癸未同赴公车，汝叔捷后，欲同予南归。予止之曰：“予兄弟之图此者，欲以慰父母也。今吾

---

① 高之騄：《司寇公行实纪略》。以下凡引自此文者不再注明。

② 《栖云阁文集》（以下简称《文集》）卷六《三君子序》。

③ 《文集》卷六《三君子序》。冯溥：《佳山堂诗集》一集卷之六《简高念东》；二集卷之一《喜高念东唐济武过访即事》，卷之四《春日漫兴，和高念东先生喜归原韵十首》。

④ 高玮：《必有赘语》，清手抄本。

父母已不及见，需以褒赠以慰地下。时事虽不佳，弟勉留此，迨吾他日以践此途，当遂弟意。”汝叔遂留。

可见，他入仕实在不是其内心的意愿，而是形势所迫。这个形势，既有家里的，也有社会的。高珩熟读史书，关心时事，对明初朱元璋对待不合作的臣子的做法应该不陌生，因此，入清被授予官职，也只能应付去做。

高珩志不在为官，也许受其父影响，同时也是其本人性格所致。高珩祖父官至浙江巡抚，但其父不曾做官，而是出入于二氏之学，探求人生的真谛。高珩对于二氏之学更是一生爱好不辍，无论到什么地方，他都寻仙访道，他曾给姚文然写信，希望推荐修行好的禅宗师父。他年轻时就仿着袁了凡功过格的做法严格要求自己，一生崇奉善行。据高之騱云，高珩乡试中副榜，乡村父老以“淄邑比年中副车者率不得科第，深可惜也”激起了他的斗志，以袁了凡之法可法，用其功过格“极力行之”。功过格是一种迁善改过的道德自律行为，按照其做法，可以改变吉凶，但能够做到很不容易，有人往往是激于一时冲动而难于做到底。但从后来的实际看，高珩是做到了的。袁了凡与陈几亭曾在崇祯年间组织同善会以及同善会馆，影响很大。康熙年间，叶方恒在山东莱芜组织同善会约，高珩为其写序。学善法，行善事，甚至行善政，是高珩一生都在努力为之的事情，其《江南无为州知州在公李公神道碑铭》[①]云：

往者予在燕都，诸门人有分符出者，率自云外吏也，有怏怏之色。予告之曰：误矣！夫得百里之地而君之，数十万人喁喁待命于此，此庸非古之圣贤所谓得志时乎？吾辈自童子受书，即时时以致君泽民在口颊间。夫释褐，故小臣也，致君诚未敢易言，泽民则其职无疑矣。且天子之分职也重甚，夫宁不畏简书乎？此即图吾君之实政也。苟弦歌不匮，众实慈母以之，誉命蒸蒸起焉，其何域之有？报祖祢而裕子姓，数世燕翼无已时，奈何小视民社？且古来贤士大夫，其不以民社发轫者亦鲜矣。患不能尽心利民耳，岂患公卿不坐致哉？

“得志泽民”“尽心利民”，不轻视“民”，这是高珩在为官时的宗旨，也是儒家的理想。[②]他在上疏中常提到的字眼就是“民生、民艰、民瘼”，连酌裁“提镇、督抚”也是从百姓利益考虑的。[③]他顶着被目为“狂儒”的可能而希望废除白银，认为“败官方，坏风俗，病国家，窘民生，皆此妖

① 《文集》卷十五。

② 按，这些思想皆见于《孟子》。“得志泽民”又见《文集》卷六《贺叶郡倅序》。

③ 以上皆见《文集》卷七。

孽为之也”[①]。他不仅是这样建议的，而且也是这样切实去做的，如谢迁围城时的调护，任大理寺少卿时的救人，祭告二陵时禁恶俗（溺婴现象），祭告完毕回京途中淮安赈济，任刑部左侍郎时对法律条文的修正[②]，这些都是利用其“得志”，泽加于民的绝佳例证。

高珩好二氏之学，受二氏影响，他一直注重养生，有好生之德，其文经常出现“上帝好生”字眼[③]，这不仅是儒家仁的体现，也是释家戒杀的注脚，更是道教养生的说明。虽然他对儒释道有着很深的体认，但他认为“三教之中各有邪伪，而为各家异端者皆托圣人之名，诡其实以滋害于世”。这些“惑世之异端”，“二氏虽有贤者亦不能救此流弊，惟儒者秉政而明教，乃能救之”。[④]可见，高珩虽好二氏之学，但认为治理俗世还是需要儒家观念。

因此，高珩终其一生服膺儒家，兼修二氏，其基本思想就是经世致用，清季所编《皇朝经世文编》选录了其三篇文章[⑤]，就说明了其中的消息，而王士禛在给他写墓志铭时对此说得更为显豁：

> 盖公天性纯粹，又涵养于道德仁义者最深，为仙为佛无所不可，而其要归则吾儒“修己以敬，反身而诚”二语而已。

而他自己说：

> 余自解组归里，杜门扫轨，判尘坌若割鸿沟，时惟偃息栖云，探犹龙之奥义，发昙鸾之微言，期引而归诸尼山宗旨，皇皇未逮也。[⑥]

这虽出自他晚年的自谦，但确实是他对自己一生思想的总结：虽然探索道教奥义，发挥净土微言，但终究是“归诸尼山宗旨”。

二

对高珩影响至深的人物是王鳌永及其子王樛（字子下），前者是其领路人，后者则是至友（辈分上，王樛是高珩的长辈）。高珩认为是王樛在淄川

① 《文集》卷八《行钱议》。

② 以上皆见王士禛为高珩写的墓志铭，以下凡引此文不再注明。

③ 如《天中理牍序》《张相国医验编又序》《恤幼局记》。

④ 《文集》卷八《三教议》。

⑤ 三篇是《杜奢疏》《行钱议》《丧棚迂解》，但收入时《行钱议》里混入了高珩《时务条款》中的一段文字（见《皇朝经世文编》卷五十三《户政·钱币下》）。这三篇见贺长龄、魏源等编:《清经世文编》中册，中华书局 1992 年影印光绪十二年思补楼重校本，第 1354 页、1333 页、1553 页。

⑥ 《远峰康公墓志铭》。按，同样的想法又见于康熙十九年（1680）他为王岱诗集写的序言之中，在序言中借王岱之口而作了表述，康熙十九年正是高珩致仕之时，与本文大体相近。

树立了“贞元、大历之帜”，并将自己与王子下比喻为元白之间的关系。

若夫簇簇能新，油油自得，出入于陆游、许浑之中，而为吾邑树贞元、大历之帜者，其归之先生无疑矣。

予既不获铭公册府之业，故聊志平生款曲如此，不止存元白往事，亦可代向秀一赋云尔。①

康熙十九年，高珩致仕归里，王渔洋、宋荦写诗送行，皆将他比作白居易，而高珩临终前几年“以白香山先生自况”②，其女婿张笃庆在《强恕堂诗集序》也说他“迹拟香山”。因此，世人皆以白居易之风格来看待高珩之诗，多谓似元白。之所以会这样，大概受时代风气所影响。明末清初效元白者很多，如袁宗道一生崇拜白居易、苏轼，题其书室为“白苏斋”，其诗文集即名《白苏斋类集》。集中卷一有诗曰《咏怀效白》，云“爱闲亦爱官”，又其《咏怀》一诗将他与白居易和陶渊明相比，说“为白非所望，为陶谅难堪。揣分得所处，将处陶白间”。其《偶得放翁集快读数日志喜因效其语》一诗又说陆游“尽同元白诸人趣，绝是苏黄一辈诗”，还说陶周望“《览镜》诸作，绝似元白。《五泄》六咏，非坡老不能为也”③，似乎“元白”乃评价诗的标准。公安三袁受李贽的影响，因对前后七子的不满，走向了平易俚俗，正如前后七子非要找个渊源一样，他们发现了元白。吴伟业在《黄媛介诗序》里也评论黄媛介的诗道“即其春日之诗，别仿元和之体，可为妙制，允矣妍辞”，即吴伟业本人也学元和体。与高珩几乎同时的沙张白有《定峰乐府》，就是元白乐府的继承。可见，明末清初，元和体以及苏轼、陆游等被人关注，成为了一个潮流，说的放大些，就是宋诗潮流。明末清初的钱谦益、黄宗羲等大家也是宋诗的继承者，至康熙十年，吴之振携带《宋诗钞》赴京，与当时名流结交，更使宋诗之风走向高潮。其实，对于诗，高珩并不偏向哪一派，他认为“百代词人各擅场”，“李杜王孟，词坛巨手矣。然王孟不同李杜，而李与杜又复各取途焉，其究各有千秋”。④他主张各有擅场之处，各有千秋，不必分高下。

因此，高珩诗风平易是受到时代风气的影响的，他自况白居易也是其内心的反映，但时代毕竟不同，高珩的诗作也是随时代而变。从风格看，

---

① 以上分见《息轩草诗序》《通政使司右通政子下王公墓志铭》。按，王樛于康熙四年去世，而为王樛诗集写序则是康熙十年的事，因此可以认为高珩自比白居易最初可以追溯于康熙十年。

② 语见《高氏家模·司寇公行实纪略》，事见《司寇紫霞公录·司寇公八秩后预书遗命·与人同异说》。

③ 袁宗道：《答陶石篑》。

④ 分别见《黄叶山庄诗赠行诗册》《耿又朴诗序》。

高珩的诗类似白居易，但从其精神来说，闲适方面很像，而批判上实在不够。正像袁宗道“爱闲亦爱官”，白居易前期也是如此，并且是尽职尽责，以诗为武器，“歌诗合为事而作”，批判现实，从这一点来说，与高珩同时的沙张白的《定峰乐府》倒是最像元白长庆体。而高珩的诗作，从留下来的看，无一篇批判现实的，只是讨厌官场、远离官场，这与其文形成了鲜明的对比。前已提及，其后人高緗绪的“序言”是真正体会了其先人的意愿的，所谓“宦情实淡，读《呵殿》《燕台》《游赋》，志可知也”。前两首[①]厌恶官场、远离官场的心态极为明显，而《游赋》[②]则是悠游林下，栖心寂静的向往。高珩本人也说“我爱王右丞，依杖柴门外”[③]，“仆本野人宜岩壑，百种疏慵安落拓”[④]，“仆本疏慵尘外人，生平所好山与水”[⑤]，“何时拂袖长安道，携手千峰万壑深”，“山水之间结茅屋，与子渔钓终其身”。很明显，他向往山水之胜：

> 高念东先生（珩）作少宰日，忽赋一诗，题曰《愿作杭严道》。或讶而问之，答曰：“吾平生慕西湖、严滩山水之胜，聊以寄兴耳，官资高卑不暇计也。”其漫兴如此。[⑥]

高珩不愿做官，希望过着闲适的生活，悠游一生。当然，他的诗也有如白居易者，如《明湖行》《后长恨歌》。其中，《明湖行》被王培荀说成是“偶效长庆体（仿白居易《琵琶行》）”，这仅仅是“偶效”，不是一贯的风格，而且与白居易相关诗篇的精神也不大相同。个人以为，高珩留下来的诗作，充分体现了明代中后期的闲适生活：远离官场，向往自然，同时又希望有自己的天地。《诗集》卷二有首《漫兴》诗说“人生只合住江南，锦绮方舆花竹山”“李斯太息仓中鼠，甘苦纷纷那可论”，这分明是厌恶官场，向往闲适。他的一首七律《酷爱》[⑦]，最能反映其心情：

> 古来贤达亦何穷？酷爱香山与放翁。常以琴樽游物外，懒将冰炭到胸中。一生怀抱如斯足，千载襟期与我同。此外卿材兼相业，野人笑对马牛风。

---

① 诗题作《都中二首》《欲出游》，均见《栖云阁诗集》（以下简称《诗集》）卷一。又《廷尉痴》，见《诗集》卷三。

② 《文集》卷十六。

③ 《诗集》卷一《偶成》。

④ 《诗集》卷三《青萝洞行》。

⑤ 以下三个引文皆见《诗集》卷二，分别为《老树行赠艾学士长人》《访友人》《城南行寄五弟》。

⑥ 王士禛：《分甘余话》卷一。按，此顺治十年事，参《清世祖实录》卷七四。

⑦ 《诗集》卷十五。

这种不关注世事，希望过着淡雅悠闲的生活情趣，在明末清初的散文中体现得淋漓尽致，而当时的文人有所谓喜欢的雅事，这些雅事在清初人施清的《芸窗雅事》里记载为二十多种，原文如下：

碌碌车尘，莫若枕流漱石；劳劳案牍，何如弄月吟风。漫言桥阁浮名，且效山人逸致，偶以自解，亦可同心。

溪下揉琴，听松涛鸟韵，法名人画片，调鹤，临《十七帖》数行，矶头把钓，水边林下得佳句，与英雄评较古今人物，试泉茶，泛舟梅竹岛，卧听钟磬声，注《黄庭》《楞严》《参同契》，焚香著书，栽兰菊蒲芝蓡苓数本，醉穿花影月影，坐子午，啸，奕，载酒问奇字，放生，同佳客理管弦，试骑射剑术。

张山来曰，此等清福，惟不做官者始能有之。①

施氏所言，恰合高珩心扉，后面张潮（山来）评论，正是高珩意愿。而文中所说雅事，在高珩的诗里体现得非常明显，虽然不是件件都有，但也大都沾边儿，有的还特别擅长。这里面还有没提到的，如当时人都特别喜欢看戏，高官家内大多有戏班，高珩也是非常喜欢的。这一切都归结为一个字——“闲”，而“闲”是高珩诗里出现最多的字眼，他有好几首就以“闲”为题目。这倒与白居易的四类诗中的闲适诗相似，但白居易说是闲适，实则一生不忘魏阙。而高珩恰恰相反，一生不想官场，希望闲适，而且也实实在在过得闲适。比如，高珩有七古《青萝洞行》，白居易有《秋山》一诗，如下：

久病旷心赏，今朝一登山。山秋云物冷，称我清羸颜。白石卧可枕，青萝行可攀。意中如有得，尽日不欲还。人生无几何，如寄天地间。心有千载忧，身无一日闲。何时解尘网，此地来掩关。②

这两首诗比较一下，高珩是真的闲适，而白居易却是“心有千载忧，身无一日闲”。同是出外游玩，心情完全不同。高珩其实是个文化人，并不关注政治，因此，对于政治或政治事件不关心。这一点似乎与他本人为官矛盾，其实这只是一个人物性格的两面，没有冲突之处，做官就尽到责任，不做官则玩得尽兴而已。与白居易不同的是，高珩之诗文缺乏批判性，这正是时代不同所致，也是个人性格所致、不同经历所致。

其诗大体如此，而其文前已提及是为现实服务，经世致用的，这一点也与白居易有心心相印之处，如白氏之《策林》就有以民为本的儒家情怀。高珩

---

① 王晫、张潮辑：《檀几丛书余集》卷上，康熙刊本。

② 凡引白居易诗，皆以《全唐诗》（上海古籍出版社 1986 年版）为准。

家学为《易》[1]，又对《孟子》有很深的研究，甚至可以说，高珩特别喜好《孟子》，并把《孟子》与《易》相提并论，如《易解序》《象六先生文集序》《珠善义序》《重修六龙桥序》《陈百史进秩太宰序》《平心录跋语》。高珩的文章受孟子影响甚深，无论是思想还是行文，随时随处都可见孟子的影子。孟子有一个很重要的观点就是正人心[2]，为现实服务。高珩的文章亦如此，可以说，其文就是经世之文，《皇朝经世文编》将其文三篇选入其中，也是看到了其经世之目的以及作用。经世就需要就事论事，因此，高珩的文章议论的成分较多，可以说，高珩的文章几乎篇篇议论，带有很深的辩论色彩，这也与孟子好辩类似。

关注现实，就需要从历史吸取经验，因此，高珩特别看重史书，而且自称“旧史氏”“史氏”[3]，其诗文多涉及历史事实及经验。这就更加重了其文的厚重感与实用性，针对现实，借鉴历史，从人心、仁爱出发，为国计民生做出自己的努力。高珩不仅这样写，也是这样做的。但这个做法在当时以不触及上层为底线，因此，正像其诗那样，缺少应有的彻底性。

三

高珩为人正直、率真、随意，不拘小节，待人平等，平易近人。高之騱云“府君每遇山水会心处，辄系驴高卧，吟咏自如，自忘其为贵人，人亦无从辨其为贵人。”。这实则不把自己看作贵人，心中没有高低贵贱的观念，如同高山流水，水随山形，随流处处，与人则是随缘结缘，不必心存分别。高珩自己说：“倾觞对舆卒，所与皆子伦”；“仆本淡荡人……虽逐屠沽尘，而心无所求……意将买一廛，杂于负贩俦”。[4]这是愿意与舆卒、屠沽和负贩者为伍，与引车卖浆者流和光同尘。关于这方面他的故事，由于王士禛的讲述而流传甚广，集中见于《筠廊二笔》《夜雨秋灯录》所记三事：帮车

① 《文集》卷一《易解序》。

② 见《象六先生文集序》。

③ “旧史氏”见于《河工底绩纪事》《太仆寺卿管通政使司右通政事乾宇韩公墓志铭》；“史氏”见于《赠守宪张公灭寇救民序》，这有点像蒲松龄自称“异史氏”、张笃庆称“外史”。

④ 分别见《诗集》卷一《欲出游》《欲假一廛于响闸畔》。

夫推车、为差役搓澡、为无赖所撞而心无芥蒂。[1] 这些故事一方面说明了高珩率真可爱、崇尚自然的真性情，另一方面体现了其专心致志、不为外物所动的特点。

前者可以从当时的很多名公提到高珩作诗率意为之，不讲形式，也不修改，非常随意的作派感受到。《载酒堂诗钞》里记载宋荦说高珩“先生非有意为诗，兴会所到，或止一联一句，不尽成篇……大都率意而成，不拘声律”，又在《筠廊二笔》说高珩“公冲口而出，皆香山、放翁高致”。王岱说：“予于山左得二人焉：念东高先生，顷刻万言，无非精义，其含养学问，有怀靡及。”[2] 王士禛说：“公为诗如麻姑掷米，粒粒皆成丹砂，然不自爱惜，缘手辄散去，结集之责，微大迦叶其孰任之。”这些亲自与高珩接触的人，用的词语是兴会、冲口、信口、顷刻、缘手辄散等，可见其随意性。似乎只是玩玩而已的事，不像他人一写诗就严肃认真起来。这其实是高珩本人不大在意写不写，有没有文字无所谓，更不在意写出来后的对错，有时甚至让人代写，代写写错也无所谓，大有北魏邢子才对书籍的作为，比如：

乃予以十月之久、万里之遥而竟不成一纪，则予之懒于笔墨，好多望于诸君子而往往自恕有如此，亦可发一大噱也。

予登朝将四十年，而谒告家居者二十年有余。闲中掌录亦约得二三十卷，而逡巡点定，未及成书。是自中散之懒尚未易瘳，然亦可谓与先生同好矣。[3]

顾耽于吟咏，每意有所会，洋洒成数十首。不命题亦不脱稿，间命小胥抄录，即错误亦不订正，曰：千秋后，亦未必有知其说者。[4]

念东襟情萧逸，每宴饮赋诗，择客代书。无论歌行、近体，冲口而出，时称咳唾珠玑，篇什最集为赵秋谷选刻，十存其一。晚

---

① 《中国古代文人掌故辞典》（韩式朋、吴国忠主编，黑龙江人民出版社 1999 年版）据《夜雨秋灯录》总结为“侍郎推车、侍郎为人搓背、被撞不知”三典故。这些故事又见于王士禛的笔记、王培荀《乡园忆旧录》，但不如《筠廊二笔》《夜雨秋灯录》集中，王培荀的记载也是来源于王士禛。高珩又有被王培荀称作“热闹城中清凉散”的故事，可以看出高珩天性纯真、随性的性格。《筠廊二笔》的记载见本书附录。

② 王岱：《了庵文集》卷六《东村诗序》，乾隆十二年刊本。按，《东村集一卷附刊一卷》卷五王岱序于此略有不同：“余遍历诗人，山左得二人焉：一则高念东先生，一则吉津李先生。高先生信口皆诗，顷刻万言，无非精义，自非涵养学问，莫能至兹。”参《清代诗文集汇编》第 60 册，上海古籍出版社 2010 年版，第 644 页。

③ 以上两条见《文集》卷五《楚游日记序》《雕丘漫录序》。

④ 唐梦赉：《紫霞先生传》。

为蔚州魏尚书特荐，擢官未久即致仕。[①]

像上面这样的记载有很多。唐梦赉的记载如可信[②],则完全是禅宗作派，他似乎认为文字只是增加后人的分别念而已，越分别，离真理实际越远。因此，记不如不记，这也是他受二氏影响之一斑。

他写诗如此，做人也如此。他不在意与什么人交往，与他交往的人物广泛，因此他就对三教九流的语言有着较深的理解，对他们的生活也有深刻的体会。那么高珩对通俗文学很容易接受就是自然而然的了，他不仅为蒲松龄的《聊斋志异》写序，而且对于用通俗语言写治理世俗之书也大加赞扬，把他们用口语写的书与唐宋大家散文相比，与经书相比，他说：

> 此录如香山之诗，女子能解，前无古辙，后开来径，固知当与晋字唐诗宋词元曲并有千秋，而及人之功，尤为过焉者也。
>
> 昔周元亮先生之治齐也，告谕之文亹亹数千言，若与家人妇子语，若奇快通俗小说，若谑若嘲，必俗必尽。觉《盘庚》诸诰之馀，不可无此一快;韩柳欧苏之外，豁然创此一体。予矜之爱之，既以为帐中秘，而亦将以为公之象魏也久矣。[③]
>
> 而其“训迪讲话”则耸之以天监，示之以民彝，凛之以王章，劝之以福报，如话农桑，如写家信。此之谓真文章，韩柳欧苏集中所未有；此之谓大经济，龚黄召杜循治所未及也。经国大业，不朽盛事，非此编将何属乎？[④]

高珩对周亮工、邵嗣尧、叶方恒使用百姓口语治理地方以及用口语写书晓示民众的行为提高到了无以复加的程度。他内心也是由衷佩服，不吝辞费地赞扬。

至于高珩专心致志的特点，也可以从其写诗看出来。他虽然不在意写不写，但却很能写，也写了很多，极好吟咏，几乎到了浸淫其中而不能自拔的程度，宋荦对此有记载。[⑤]这一点倒是与白居易很相像，白居易说，“自从苦学空门法,销尽平生种种心。唯有诗魔降未得,每逢风月一闲吟”[⑥],“人各有一癖,我癖在章句。万缘皆已消,此病独未去。每逢美风景,或对好亲故。

---

① 徐世昌：《晚晴簃诗话·高珩》。

② 千秋后，亦未必有知其说者。

③ 以上两条见《文集》卷第十一《平心录跋语》《劝民绪言题辞》。

④ 《同善会规约序》。按，高珩与蒲松龄有同好，都很喜欢俚曲。据平井雅尾20世纪30年代在淄川搜集的蒲松龄资料看,300多年后,高珩家还藏有不少俚曲,见《聊斋小曲编集经过序》。

⑤ 参见《回中集》“联句诗”自序；《西陂类稿》卷三《奉送高念东先生予告还山六首》。

⑥ 《闲吟》。

高声咏一篇，恍若与神遇”[①]，“连朝接夕，不自知其苦……一咏一吟，不觉老之将至”[②]。高珩吟诗不仅“不知其苦”，还有些自得其乐，但白居易是：

新篇日日成，不是爱声名。旧句时时改，无妨悦性情。但令长守郡，不觉却归城。只拟江湖上，吟哦过一生。[③]

高珩也“不爱声名”，但却不会“时时改”，即高珩喜欢写，但至于是否形诸文字倒是无所谓的，更不必修改，不仅诗如此，而且文也如此。张笃庆《强恕堂诗集序》云：

司寇公早登九列，迹拟香山。然志存高尚，土苴轩冕，虽屡为朝命所敦迫，而浩然归老，高卧云林，其生平著述屡致等身，而恒敝帚弃之，不屑屑一付梨枣，盖由其薄视簪组，名心都尽，即诗文一通，亦不乐与才士竞长。然天资雄逸，餍饫百氏，每伸纸和墨，万言立就，令人气飞神涌，而自视则泊如也。

这一点，陆燿及盛百二的序言也都提到了。邓之诚《清诗纪事初编》在“高珩”下云：

诗笔超拔，出手即成。平生诗不下万首，不甚爱惜，随手弃置，或劝以刻集，辄笑谢之。文有典则，其关于国计民生者，往往足资参考。诗文皆似白居易，为人坦率，自适其适，而悲悯为怀，亦于居易为近。[④]

这个说明倒是很接近实际，也比较全面。高珩的行文其实是不拘形式的。他写诗也不是不认真，而是其风格如此。如前所言，他其实很认同俗言俚语的，用什么形式表达不必在乎，达意即可，这与禅宗语录有异曲同工之妙。据冯溥说，高珩最喜欢寒山诗，而其诗也受寒山的影响，用口语表达心意，意到即可，不必计较形式。这一点，他的五言诗尤其明显，有的就像寒山诗。

高珩作文其实还有另一面，他起家词林，再加上科举时文的训练和影响，他更擅长骈散结合的文风，从其写的散文中有很多整齐的句式就能看出。他的散文有大量的对句或对言格式，这可能是他受孟子文风影响所致，也是其对骈体偏好所致，这正与其嗜好联句相应。而运用对言格式，整齐划一，很有气势。这样骈散结合，高珩的散文给人的感觉是宽严松紧适度，虽然洋洋洒洒，但不会让人厌烦。因此，他娴熟于各种形式的文体，无论采用什么语言，只要能表达即可，不必强求。总之，无论文还是诗，有时

① 《山中独吟》。

② 《与元九书》。

③ 《诗解》。

④ 邓之诚：《清诗纪事初编》上册，上海古籍出版社1984年版，第666～668页。

高古深奥，有时通俗浅显，有时又警拔脱俗，无论如何，皆是随缘赋形而已。其文如战国辩士，思路甚阔，排句甚夥，用语奇特。又如长江大河，一泻千里，洋洋洒洒而不止。但受当时及独特身份限制，而不能像苏轼那样做到行云流水。往往有话难于说、有语不能出，故时有诘屈聱牙之句。但高珩有些文章却似柳宗元，如《修般水官坝记》，写得如《永州八记》，但无柳宗元的峭拔孤赏，而是一片熙熙，犹如羲皇上人，无穷之妙。

与为文有两面相似，高珩为人的另一面即邓之诚所说“悲悯为怀”。高珩一生关注人生问题，关注人的修养的问题，这实际是他的家风所致。他多次多处提及其家的“畏天之学”和“爱人之学”[①]，并以之教育其后人。畏天是终极关怀，爱人则是现实问题，合而言之，则是人生的问题。高珩用益世、警世之文来阐释这两方面。如他给蒲松龄的信中提到“摘抄其有益于世者”，他赞颂孝道如《广孝百行编序》《魏崃庵学士终养序》《李子常为长枝立嗣题辞》《仁孝题赠邓元昭》[②]等；关注民风民俗，在《文集》卷八至卷十二甚夥。而其词曲就是在警世与度世，如七首《临江仙》是在警世，其《醒梦戏曲》韩冲说是“先生度世婆心，于是乎不可思议矣”，唐梦赉谓“先生之词，反覆以生死事大为谆谆，意欲天下之童而习之，而惧其溺也”，可见其为人生为世人苦口婆心之情怀。

高珩对文的认识有一个过程，比较其给毕自严《石隐园藏稿》写的两篇序即能清楚。第一篇感叹毕氏在立功之时还能立言，侧重文学的方面，但“又序”则侧重于“文”之度世、济世之功，认为毕氏之文有这两方面的作用，如云：

> 盖古今文字，原度世、济世之津梁，而士子乃止以娱情纵目了之，岂非苍颉之罪人乎？即令勉一终篇，而未能了了作者之意者多矣。夫度世、济世，此何等书，而可以靖节之流览大意者负之乎？盖士人习气，但艳春华，至家丞秋实，十未尝一置念也。

和这个表述相同的还见于《象六先生文集序》，而这个认识正是高珩一生“悲悯为怀”的体现。实际上，他一生都在这样做着，只是早期不明显而已。而其所写墓志铭之类文字特点，其亲家毕际竑看得最为透彻，其《痴语小引》云：

> 时当季夏，淫雨浃旬，足不出外，意甚㦤恻。睹别案，积书数寸许，取读之，皆名家墓志也，出于念东高太史之手者十之五。称道人之善，从其状也，人所同也，而太史之文必取其一节以表彰大义，若不止为此人立论者，而其人亦因以传，则其用意独深远矣。

这个说明正是高珩想要做到的，即写墓志铭不是仅仅为一个人而写，

① 《文集》卷十《世训纪略》，又见《高氏家模·司寇紫霞公录》。

② 见《文集》卷一、卷六及卷十一。

而是为了“表彰大义”，从全局出发，挽救人心，其用心可谓良苦矣。可以说，毕际竑的说法不仅仅适用于墓志铭之类，也适用于高珩的一切文章。

四

高珩诗文集最早的当是家藏抄本，今存国家图书馆的《栖云阁文》八册（以下简称“国图抄本”）应该就是最初的家藏抄本稿，其分诗、文各四册。前四册是文，八卷七十九篇，与刻本《栖云阁集》(以下简称“刻本”)比较，没有墓志铭，其排列也与刻本不同，这大概是陆燿所选定高珩文集时高氏家族交给陆氏的原稿，有很多篇目未选入刻本。后四册是诗，十六卷，与刻本基本相同，排列顺序也大体相同，只卷第九、第十一、第十三有出入，排列顺序与刻本也不同，有些诗也未被选进刻本。国图藏有《樵夫湖偶钞》一书，内有《般水高念东先生载酒堂稿》一册，均为七律，共一百三十一题一百六十四首，其中四十四首与刻本重复。《山东文献集成》收有《般阳诗钞》，内有《栖云阁诗》[①]二卷抄本，这个本子有的诗不见于刻本，有些见于《淄川县志》。其排列顺序也迥异于刻本，但与刻本相同的诗的文字出入不大，此抄本很可能是就原稿而选录的。

高珩诗集目前所见最早的刊刻本是《载酒堂诗钞》，二卷，由宋荦孙子宋华金（1687—1749）刊刻，但所选较少。其次是收入四库全书存目的《栖云阁诗略》，不分卷，原注是励守谦家藏本。再次也是最主要的，雍正九年（1731）赵执信按照体裁选了高珩一千首诗，由高珩孙子于乾隆三年（1738）刊刻，名《栖云阁诗》，十六卷，此本收入《四库全书存目》。乾隆二十一年（1756），宋弼又在赵执信选的原稿基础上“摭所遗，得二百篇以归先生曾孙，俾附前集之后”，这是三卷本的《栖云阁诗拾遗》。高珩的文集由山东按察使陆燿选定，分十五卷，于乾隆四十二年（1777）刊刻而成，雕版时将其诗集一同刊入，名《栖云阁集》，今齐鲁书社《四库全书存目丛书》“集部”第二〇二册，即为此合刊本，这个合刊本哈佛燕京中文特藏《栖云阁集》有两种，其标目如下：

栖云阁诗十六卷留耕堂遗诗四卷拾遗三卷（清）高珩撰

栖云阁诗十六卷留耕堂遗诗四卷拾遗三卷，清乾隆五十六年（1791）益都赵氏畏天斋刻本。

除以上，在清初就有很多选当代诗人诗的选集，高珩的诗都有选入，但大多一两首。选入比较多的是诗集刊刻之后的事，而且其来源也明显是

---

① 按，编者为孙锡嘏，该《栖云阁诗》共选高珩诗二百四十九首，原为山东省图书馆藏淄川孙氏稿本。

刻本，如《国朝山左诗钞》《般阳诗萃》，这两种选本中的高珩诗明显是以《栖云阁诗》及《栖云阁诗拾遗》为来源的，其顺序也完全一样。不同的是王渔洋的《渔洋山人感旧集》,《渔洋山人感旧集》是康熙年间的刊本[①]，选入也比较多。

本书以齐鲁书社《四库全书存目丛书》本[②]为底本，以国图抄本、哈佛大学藏本为校本来整理《栖云阁集》。高珩除了诗文，还写有少量的词、曲，即《栖云阁诗余》《醒梦戏曲》，我们将以上词曲，再加上《般水高念东先生载酒堂稿》《载酒堂诗钞》，形成新的《栖云阁集》。其他诗文再以其他本子中的选诗如《国朝山左诗钞》《般阳诗萃》等为参校本进行校勘，前所言《般阳诗钞》简称“诗抄本”，其他校勘所用本子则随文注明。《文集》中的文如能找到相关者也作一定的校勘，在相关之处作版本说明。

五

因为高珩对于所写诗文不甚爱惜，随手弃置，在世时不刊刻，这就造成很多诗文佚失，比如：

> 易斋先生之欲致政而归也，予贻之诗，有“栖凤楼前眠鹭浦，濯龙门外钓鱼舟”之句。[③]

全诗未见。徐夜《燕市晤高四兄念东，索余近作并勉以修持，感切旧谊，书此以赠》[④]之二“每怀有道中郎碣”之句注云“念东为先君志墓”，此墓志铭也未见。再如，据乾隆《淄川县志》卷五《选举志·封赠·韩公扬》下曰“高司寇珩志其墓曰”，此“墓志铭”未见。又据《传是楼书目》载，高珩有“《金刚经大义》一本”[⑤]，此书未见何处有。国家图书馆有《慎贻堂书目》[⑥]，为“东武刘燕庭氏校抄”，有高珩所著三种，其一即《金刚经大义》(诸子类，一卷

---

① 康熙十三年(1674)成书，今有上海古籍出版社2003年影印本。

② 上海师范大学图书馆藏本。据笔者了解，国内图书馆藏有《栖云阁集》者，与此版本大体同。

③ 见《文集》卷十《亦园记》。

④ 武润婷、徐承诩校注：《徐夜诗集校注》山东大学出版社1997年版，第283页。

⑤ 孙葆田纂《山东通志·艺文志》据此收入。从冯溥的诗里也可以看出，高珩曾经注过《金刚经》，参见本书附录冯氏相关诗。

⑥ 按，此书目，中国国家图书馆网站“中华古籍资源库”有，书前篆书题名作《益都毕氏慎怡堂书目》，原书著者介绍如下：毕忠吉，字致中，号铁岚，益都人，顺治戊戌进士，官云南参政。在书名下有说明：本是书画目，今删其画不录，而书则检载之，非依原本也。慎贻堂者，盖吾邑毕观察忠吉堂名。

一册），另外两种是《何思先生传》（传记类，一册）、《延陵宝墨序》（别集类，一卷）。原书书末云“右所载，多近人不甚著名之小集，以其难得，故备录之。而原目之甚易得者，如李杜全集之类，概不录”。这三种中的《何思先生传》见《栖云阁文集》卷十二，其余两种难觅原文。另据《高氏家模·司寇公四勉堂书目》及孙葆田纂《山东通志·艺文志十》及《山东通志·人物志十一》所列高珩所编及著书目，有些已难觅踪影。虽然如此，但还是可以从文集、方志、家谱之类中找到一些佚失的高珩诗文。因此，本书将目前能见到的高珩所佚诗文辑出，包括国图抄本《栖云阁文》中的诗文不见于刻本中的，并把《高氏家模·司寇紫霞公录》（此中大部分文字也是高珩所写）收入，总称《栖云阁集外》，加上前面所说的新《栖云阁集》，合称《高珩集》。我们辑佚参考了蒲泽、高鹏两位先生《栖云阁全集》（中国文史出版社 2017 年版）的相关部分，相关部分的标点也借鉴了两位先生的成果，在此一并致谢。

为了便于理解高珩诗文，本书附高珩传记相关资料以及高珩简要年谱。另外，还按照体例辑录了部分与高珩相关的诗文以供参考。本书另附高玮《留耕堂遗诗》，这是原就附在刻本《栖云阁集》之后的，因此，本次也将其附录于后，以哈佛大学藏本第二种本子为准，不作校勘。

本书的辑校是在很多朋友的帮助之下才完成的，在此特别感谢这些无私的奉献者。首先，特别感谢张宇声教授对本书的严格把关，张教授通读了全书，对前言的写作作了指导，并在句读方面作出了非常细致的指导，这都是辑校者非常感谢的。另外，感谢本书搜集过程中给予帮助以及辑校中给予督促的很多朋友：周村孙力先生、河南大学的郭宝军博士、桓台陈汝洁先生、福建师范大学文学院瓦雨晴同学、山东大学尼山学堂杨远芳和黄林灏同学、淄博王村毕于润先生、泰安博物馆焦波馆员、山东理工大学的焦桂美博士、巩曰国博士、柏秀叶副教授、山东省图书馆唐桂艳博士，以及国家图书馆的各位老师。感谢你们的付出！

陈玉金

2022 年 10 月

目 录

栖云阁诗集

高氏后人序

先曾王父司寇公，服官如干年，宦情实淡，读《呵殿》《燕台》《游赋》等篇，志可知也。家政如干年，又未尝一日果哉斯世，亦即于文章见之，顾晦迹沉名，方禁后人不得请恤谥于朝，又于文乎何有？故强半散逸，不自收拾。然后人于遗泽所留，则曷敢失坠。诗存仅数千首，蒙宫赞赵秋谷先生选定，蒙泉宋先生又拾其余珍，前后刊刻成编。文存数百篇，犹宝诸衍笥，欲求名公先生遴选，并梓以永其传。乃年甫逾艾，早衰且病，恐志不能遂，敬附数言于藏稿之末，以授二子。时乾隆乙酉九月九日，曾孙緗绪谨识。

呜呼，此先大人未竟之志也！今曷幸逢我藩台吴江陆大人，搜罗遗文，蒙赐选辑。恭依明教，先以正集付梓。小子荣、乐，蒙蒙何知？先高王父日监在兹，其有旷世知己之感也夫！五世孙贻荣、贻乐沐手谨识。[①]

---

① 按，此文就原文看应是《文集》的“序”，但原置于此处。

赵执信序

淄川高念东先生，始以雄才博学受知于世祖皇帝，由史官历擢至少冢宰，小累下迁。入圣祖皇帝朝，累进至少司寇。一退再起，卒引年以归。卧里第者，前后二十年。薨年八十有六。遗令不具遗疏，不请祭葬及谥于朝，不求碑志传记于世之名辈。盖淡于荣禄名位，其本怀也。少为诸生，与益都孙文定公、冯文毅公及先叔祖清止公齐名厚善，咸推其诗笔超拔敏赡，非时流所及。新城王司寇渔洋公与先生为中外，虽晚进，诗名绝盛，称先生诗超诣妙悟，不可以耳目町畦限之，每欲为之论定，先生笑而谢焉。亲知间有学识者，晚以为言，先生不应，于是子侄辈无敢复请。计先生平生诗不下万首，皆晦于家，终不使斯世一睹光气也已。先生薨后垂四十年，有贤孙三人，不忍其终晦也，合力排纂，搜藏发覆，乃知先生都无容心，随手弃置而已。于残帙败簏中，零星缀拾，得诗仅数千首，而重复讹缺者什三四，请余订正之。余时已衰倦，譬若独持斧斤深入名山大壑，所见者罔非干云蔽霄之木，将安施其力乎？黾俛劳思，久乃有绪。删其复者缺者，定其讹误者，凡存若干首，区为若干卷，纵观而长叹者久之。盖诗之道，极敝于有明，尤坏于科第馆阁，一落其中，盲聋毕世，积习坚牢，卒不可拔。而南北风气则大异焉。南中剿袭假请，伪久成性，共立门户，笑北人为空疏，北人固无辞也。有粗知问学者，苟得而辄满，不足忌；其或卓然自成就，则必遭排挤，俾斥废终身而后已。先生独能破除积习，播其声华，从容而至卿贰。其遗篇发露于四十年后，将与岱北名山同其不朽，非若文定、文毅两相国家，书籍荡散，或付诸薪炭，或辱于市侩。即渔洋尚书，殁仅二十年，亦仿佛无余。而先清止公集已雕之板，遂无一片存者。先生栖心空寂，澹于禄位，超然忘名矣。而二者顾相随不去，一由于遇时，一由于有后。殆天实假之以吐科第馆阁之气，而刷乡邦阀阅之耻，岂偶然者欤？余自弱冠登先生栖云阁，既而随先生于朝，又侍先生于家。诚不自意先生诗集乃成于余手。然方今之时，经识先生面者，海内无几人。况欲知其出处大概，究其诗格之所造与其久晦之由，非余其谁属哉？余故详述而谨书之，庶有传于后。辛亥夏六月晦日，饴山后学赵执信序。

栖云阁诗总目

饴山后学赵执信选定

栖云阁诗卷第一　五言古诗四十九首

都中二首

呵殿走长衢，尘土污君颜。旁观或啧啧，谁知如槛猿。何时出城去，极目青满田。野庐多好景，鸡犬皆萧然。行行重行行，碧山当我前。掬流幽涧濯，抱云古洞眠。奇花饶芬馥，野鹿时往还。郁郁百尺松，瀌瀌千派泉。松与烟岚迷，泉兼冰雪寒。匏樽瀹石芝，书帙粘苔钱。霞軿虽未来，尘疴忽已痊。所以陶贞白，金羁憎一官。

长安多贵人，火龙嬲欲死。宛转甑釜中，遥羡林居子。林居乐何如，稍让神仙耳。竹树十丈高，周匝数十里。万鸟啸其巅，千泉鸣其底。高人静者流，歌笑递相倚。各有一匡床，各据一棐几。或卧看云飞，或坐濯流①水。楸枰剥啄声，琴筑②参差起。焚香或瞑目，静息观无始。微飔来不穷，已讶晚霞紫。凉月出东山，青霄去人咫。可以避暑无，轩车未能尔。

欲出游

燕台苦风沙，溪山亦怀新。岂曰无胜地，所少盖闲人。人固有时闲，役役乃其神。谁能勇且智，振策出城闉。我闻高梁桥，万柳照水滨。昂首粪土中，乃识天地春。倾觞对舆卒，所与皆子伦。山水开昏蒙，性情痼其身。

欲假一廛于响闸畔

车马尽日驰，逐逐无时休。其中不相谋，各有喜与忧。仆本澹荡人，投箸辄出游。虽逐屠沽尘，而心无所求。譬若舣岸舫，停桡阅众流。意将买一廛，杂于负贩俦。前数往来骑，后枕清溪头。垂杨间高槐，一榻众影收。处嚣心乃寂，用以勉吾修。

---

① 国图抄本“流”作“泉”。

② 国图抄本“琴筑”作“琴筇”。

正阳门

朝进正阳门，暮[1]过正阳桥。杂沓万人趋，车骑何嚣嚣。马下多负贩，马上多金貂。呵殿九衢喧，飞扬意气骄。那知百年内，公卿向此销。岂无陶贞白，挂冠[2]蹑云霄。怡然怀昔贤，未觉仙路遥。誓将脱尘氛，赤城有霞标。羽车浮上清，鸾鹤纷相招。

赠王敬哉

携酒云赠君，自倾瓶已匮。譬如闭门饮，何关主人事。佳膳与清歌，了了开人意。此则郇公厨，良与蓬蒿异。一樽谢不敏，祈对明妆醉。京洛多饮醇，蓼虫独依桂。醴甘非不知，性情有所寄。仲祖我辈人，臭味能无类。

警悟

羲和未整辔，惊门征马嘶。扬鞭至康庄，冠盖驰多时。问君何为尔，营营各有词。驰驱夜未休，来日复如兹。月月复年年，吴霜乍满髭。撤瑟行方休，徒为达者嗤。车声马足尘，万劫尽于斯。

送友人归

故人翩然来，朝夕成良晤。笑语每分榻，过从或徒步。所恨驹隙中，忽言某日去。是时意不惊，把臂犹如故。冉冉至其期，门前仆马具。揽辔一挥手，飘然如烟雾。次第一一归，皆云岁将暮。而我滞京华，直为名所误。霜下旗亭柳，云隔津门树。书来当有时，梦去岂无路。牵衣更相询，今夜宿何处。

安知

安知道旁冢，不有昔年吾。遗山真达人，念念与化徂。一身随万变，岂止如斯乎。大均喜怒恣，驱我如驱奴。虫肝与鼠臂，游麟复梦胥。铁石或我骨，

① 国图抄本“暮”作“莫”，本卷《偶成》“临风听暮蝉”的“暮”同此。按，该抄本多如此。
② 诗抄本“冠”作“剑”，国图抄本作“冠”。

土壤或我肤。泉泽或我血，蓬蒿或我须。安知我食我，已为菽与蔬。安知我用我，已为缶与壶。譬如舟无帆，海飓狎天吴。譬如车有辐，轣辘阅三途。谁能卓然立，不为造物愚。一念未起处，岂与太空殊。长啸归去来，海山岂荒芜。

东归

临岐慨以慷，浃晨乃恻恻。引领马南首，靡靡方越陌。挥鞭顾日影，亭午当食息。险道附车徒，欲憩安可得。

途中咏

怀归思美酒，到口亦平平。健羡皆妄驰，学道贵无营。息心聊晏眠，风窗策策鸣。

冬宿平原张氏斋头，绿竹独茂

襆被宿精庐，天风鸣佩环。推枕开北窗，爱此碧琅玕。我来自蓟丘，黄竹萎且残。严威无华滋，清臞如枯禅。幸托君子庭，森森青凤翰。天姿岂有殊，所殊燠与寒。贤达无令名，托处良独难。所以千载人，易地乃达观。悠悠大冶中，万变固无端。区区偶荣枯，乘化何足言。

长安归途

不待渡白河，良乡已足喜。千里好归途，宛在吾足底。名郡指河间，荒城不足纪。卫水一桥横，幸入高阳里。三日过黄冈，泺水清㳽㳽。单椒空翠来，鞭拂华山趾。龙山才向东，长白当面起。客子良苦辛[①]，数月重见尔。

闲居

支床临清流，攲枕对遥山。卧看疏林中，劳者趋息肩。远望或相羡，始悟我正闲。赤日隔檐楹，南来风飒然。

① 国图抄本“辛”作“幸”。按，两字字形、字音皆近而误。

夜中有感

十年习剑术，剑卧虹不起。胸臆五岳填，冠发忽上指。宁可迟神仙，快意聊尔尔。天下无不平，髑髅化为水。

窑头游

吾弟村居久，今年添草堂。昨日招我游，河水声琅琅。赤足踏清波，逸兴江湖长。云破日侵人，昏昏睡欲僵。吾弟颇解事，云盍陟前冈。南北夹双溪，其中草树荒。其窄仅容坐，其高风来翔。久之携手归，当庭支板床。于时忻然卧，意适神亦扬。西望怒云垂，傍日金碧煌。久依槐郁森，仰视云颉颃。诸弟咸爱留，我归为俗妨。入城便燠闷，乃识野宿良。迨夜月甚明，湛溢炉金黄。此时念诸弟，坐卧将兴狂。晨起恍有悟，臧穀同一羊。晚凉既不存，好月亦已亡。世间得意事，万变固难量。逆计神欲飞，入手事亦常。过去如咀蜡，抟影缚流光。熟思聊听然，万化皆茫茫。

窑头河上

出郭意忻然，雪清晴日美。犹恨北风来，峭寒时作止。策蹇不入村，就泉行靡靡。咫尺忽觖望，望之如止水。久坐对沙纹，方见流芳芷。淙淙渐有声，似为游人起。贷锸疏小潭，游戏同童子。所憾百步余，到桥沃焦比。莞然还自笑，我识为祟耳。若不穷源流，兀然坐于此。焉知源自东，不隔千山趾。焉知其流去，赴海不千里。若令玄驹步，定诧张骞使。再见飞仙游，大千一弹指。昆仑到沧溟，如此而已矣。修短何足校，且用涤吾齿。

尔尔

天地谁所为，未能探其始。其来不可穷，其去安可止。所以耳目前，日日闻人死。相逼何咄咄，未免或尔尔。哀哉智勇豪，安坐行即此。

过五弟不值

昨日夕阳好，薄言可出游。及到君斋前，应门但平头。连夜月如霜，野望意方快。今晨叩君门，云昨宿郭外。苟在名教中，为乐无不可。所憾见事迟，往往已先我。息驾三里沟，主人值他出。清风恣酣眠，无主意更适。纵笔了应酬，策蹇缘溪去。若遇佳石潭，浴可同鸥鹭。归来月在桥，诸弟或当返。解鞍话晚凉，此兴复不浅。我忆三夕前，袅袅丝与竹。安得善歌人，唱和游仙曲。小阁卧空明，如在瑶台表。荷香来不穷，风露忽清晓。红妆个个鲜，斜对盘龙镜。青山晓黛浓，早已来相映。

漫兴

膏粱而病噎，不如泌水饥。贫贱得自适，远胜公卿危。啄雀常回顾，粒粟祸所基。鸿鹄尔何能，冥冥天外飞。仙凡途自殊，造物宁有私。

听鸟鸣

好鸟爱佳树，日来鸣其巅。宛转声不穷，妍若笙歌然。正宜南窗下，幽人展转眠。俗客祝无来，逸兴方翩翩。与尔期久要，暂去仍当还。不妨多呼偶，永以相周旋。

偶成

我爱王右丞，倚杖柴门外。临风听暮蝉，此语良有味。浩然见君心，胸中无一累。事事是真如，万物欢来会。移境惟此心，哀乐将谁对。不见汉家王，闻乐反垂泪。

古意

昂首蓬莱宫，眺望西山晓。烟起失峰峦，螺髻青缭绕。中有幽人行，褰袂拾瑶草。下望凤城深，笑指尘浩淼。

醉吟行

粟米如故人，来自沧海曲。惭入君子堂，黾勉伴粱肉。尊中复何有，潞酒湛醽醁。微醉发高吟，燕坐梅花屋。偶念南山陲，丛桂发新绿。雨雪迷空山，幽人方独宿。

赠谢起东

家有十年酒，邻有万顷荷。何不携婵娟，扁舟日笑歌。问讯玄真子，所得孰为多。不则历名山，蜗庐栖云阿。黄鹄鸣罡风，绛节来相过。耸身凌倒景，挹斗[①]倾天波。下视蚁子群，扰扰方称戈。其名曰项刘，云是争山河。鼲然开笑口，如此沧桑何。

送远游

床下一尺[②]地，畏与蜀道同。故人驾星轺，快然万里踪。驱车悬崖巅，呼吸阊阖通。鼓枻大江流，夷犹玻璃宫。诸君身所阅，皆我意所从。井蛙拘泥淖，黄鹄翔天风。委心命不犹，一榻游鸿濛。

游西堤

秋色汝何来，乃与闲人遇。起舞意飞扬，不知身在处。高唱紫微诗，走马城西路。远望通高丘，雉堞止数步。从碧亘里余，峨峨郊坛露。黄屋北嵯峨，晻霭杂烟雾。下视积水明，横塘如匹素。中有拄杖人，石梁方半渡。安得荡为湖，扁舟狎鸥鹭。童仆追我来，携壶治草具。地僻寻问难，喜瞻马系树。豪饮恕圣贤，山色冉冉暮。虚翠渐西浓，塔立鸟横度。忽念八行书，故人或左顾。周眺俯首归，故人则已去。意亦不可常，景亦何可住。梦作韦杜游，庭户归如故。

闲居

心在青冥间，身如土木偶。随日可寻花，无月亦饮酒。醉即水涘眠，狂每山巅走。借问葛天时，斯人或多有。

自慰

行过太行山，硗确平如砥。舟过滟滪堆，江河池沼耳。诸事不关心，向来已九死。所以拂意事，受之常欢喜。

---

① 国图抄本“斗”作“酒”。

② 国图抄本“尺”作“人”。

万年沟

郁郁万年沟，左顾高丘蟠。山溪自西来，琤琮横其前。老树大十围，枝干交樛缠。赤日从不至，俯仰天苍然。居人夜布枕，行者朝息肩。我来暂徘徊，仆夫辄解鞍。安得携樽坐，高枕闻鸣蝉。十里绿阴稠，直至山城边。

纪游

处暑夜来雨，晓起庭如沐。驾言出东门，天气颇清淑。野有馌女笑，林无鸠妇哭。小园枣累累，半赤已可扑。北驾临蓝泉，渟泞不润菽。贾庄楼如斗，青囊再三读。元起亦仁人，其误在推毂。如何舍俞跗，乃欲兼颇牧。不止丧其元，而且覆公饫。一编留博济，或可资冥福。西至三里沟，门前菡萏馥。门内槭棘良，数株团簇簇。我嗜羊枣同，频年搜林麓。坐得逾望涯，岂非天所笃。殷勤嘱圃人，勿使儿童触。秋红携友来，开樽尝新熟。振衣登笠云，云山豁远目。湖涨小锦秋，微风绉纱縠[①]。阁南花如星，阁北荷如屋。游鱼疑落红，拍手扬鬐倏。秋藕老多滓，秋桃甘胜肉。葡萄黑乃酢，良者水晶绿。主人有奇怀，五丁藏心曲。许田[②]似可假，当户裁方幅。入眼爱嵚崎，为园厌平陆。将以畚锸[③]灵，突然出岳渎。穴洞作崆峒，引流跃飞瀑。郁郁环长林，娟娟茂修竹。草屋与茅亭，绿岸遥相属。名园匠心成，其妙尤在速。何异乐化天，宫殿手反覆。世眼惊神通，不为天地束。禹水稷教稼，皆是偶然欲。慎勿商俗人，笑谤肘为缩。一愿沃土外，崚嶒山骨秃。二愿秋禾丰，鹿困悉多蓄。三愿石邓财，助子成金谷。我为子东邻，即当同版[④]筑。驱马就庙阜，隐牛抚寿木。三杯暮[⑤]色催，渡河湿马腹。无乃南山雨，潮涨来何促。漏下仅入[⑥]城，高枕对灯宿。明日北村行，更叩君平卜。

山游

墨池巨灵手，劈此万仞壁。老松踞其巅，垂盖如相揖。白云将求友，来往

---

① 国图抄本此句作“泉飞凌趵突”。

② 国图抄本“田”作“由”。

③ 国图抄本“锸”作“插”。

④ 国图抄本“版”作“板”。

⑤ 国图抄本“暮”作“莫”。

⑥ 国图抄本“入”作“女”字之第一笔，字似未写完的样子，但也可能是重文符号。

时翕集。欲跨青田君，万丈凌秋碧。

石岩下

夕阳万里明，飒飒天风舞。欲搥石壁开，坐对拾得语。

赠赵韫退

尘中静固难，稍静已若[①]寂。所赖接宇人，素心可晨夕。过从时无数，微光月在壁。候门童子熟，闻声暗已悉。主人催短檠，倒屣未觅帻。一问新闻见，笑谑杂太息。

中元月坐

雨歇新月上，翠海玉蟾过。翩翩素女裳，风露影婆娑。乘此千里光，宜泛万顷波。舟楫若浮空，鱼龙答浩歌。

夜半

小立四更天，何事清如许。正当明月中，几点花梢雨。庭空户牖闲，四顾无人语。漏促鸡又鸣，此声消今古。

对菊

寒香似幽人，自是溪山偶。展卷意悠然，秋色落吾手。乾坤共东篱，毕竟为谁有。靖节与灵均，不识果某某。昔贤今也亡，对花且饮酒。

河上

火云犹未敛，返照在东壁。野静游氛薄，凉风淡将夕。曳杖大河湄，波声晚益急。驱犊童子还，父老门前立。村墟息车徒，问价商晚食。清泉十步近，操绠身自汲。偃仰古槐阴，有鹊方唶唶。传闻货价腾，沽酒莫深惜。

---

① 国图抄本“若”作“苦”。

北寺

邻寺借绿阴，高卧谁予侮。攲枕常近北，风来凉欲雨。帘铃玉佩鸣，宛转随风舞。枝摇天不定，隙中鸟可数。久之颇觉炎，起看已日午。安得佳士来，楸枰聊共赌。胜败同一笑，岂作攒眉苦。

东园

翘首入清商，溽暑渐转毂。久干连朝雨，时时惊霡霂。蜗舍闭柴扃，欲出沾单服。新晴东郭外，云山聊送目。艳妍似新妆，美人初出沐。云繁天愈高，大火惊西陆。嘒嘒晚蝉鸣，夕阳挂高木。孤枕敞秋亭，起看亭前竹。十日慵未来，绕砌惊新绿。其东桐丈余，惊秋将瑟缩。其北柳参天，绿锦张高屋。菡萏复无余，孤花媚幽独。雨多堰反颓，流断涸沟渎。深为鱼婢愁，转恐鸠妇哭。西成万物终，大化迁何速。吾生亦有极，安能空碌碌。

游南旺庄忆旧事

负笈垂髫初，别墅倚山楼。抛书有余暇，挟侣清溪头。烟火近相邻，爱此南村游。平田百步尽，深涧道阻修。土窟悬半天，稚子疑猿猴。登陟息盘陀，行歌如有求。村树已迎人，入门庭舍幽。空阶坐绿阴，斗酒不须谋。盘餐草草成，九鼎薄五侯。重来三十年，逝水安可留。老树绿犹前，荣落了无愁。清风如笑客，枝间声飕飗。

僻怪自笑

章衮非不华，猿狙视如仇。鼓钟非不乐，爰居以为愁。乃知性情殊，喧寂难相谋。拍浮富贵中，肯效巢与由。嗟彼沉渊人，明主何深求。

秋夜

四更不成寐，起望月如玦。亭亭悬东方，西[①]壁光明灭。微风泠然来，著体寒霜雪。清适惆怅并，幽意难指说。身化净琉璃，寒辉疑可啜。浩思湖海湄，

---

① 国图抄本“西”作“四”，“泠然”作“冷然”，“尘世”作“尘事”。

万里方澄澈。有梦神骨清，乘龙翔玉阙。反恐天鸡鸣，尘世纷瓜瓞。

看花

好花看不尽，不看更超然。色香何所与，耳目便相牵。只如已谢后，或作未开前。莫被秾华误，赏心总可怜。所以观空士，看花中有禅。

河上

流水向人闲[①]，向水人亦尔。客心何淡淡，清波正齿齿。人境两萧然，太清游无始。劳劳车马尘，谁是沧浪子。

赠友人

卿相恐难求，神仙亦易得。千年乐未央，祝君好颜色。上客尽才人，清言各出手。仍抱明霞心，此会岂易有。凉月转帘钩，草虫语不休。风前双杵接，雁外数星流。

河上浴

谁能尘土中，暂领神仙福。碧树荫方浓，青溪流似縠。上为翡翠帷，下为玻璃屋。毅然[②]脱衣衫，莞尔投胫足。不愁便灭顶，乍喜才及腹。荇藻纷可穿，沙石或相触。大胜南面乐，便拟东潭宿。留苦与倮虫，分甘向水族。世人耽床第[③]，形娱神乃辱。试问妮妖红，何如濯净绿。落日波气寒，行歌返初服。好月兴亦饶，与我同出浴。

阳丘访友人山居

孤村面平原，老树百余株。相去百步许，丛木各相如。东西与南北，连延亦分区。柴篱垂野花，三两小茅庐。种菜兼锄瓜，井泉流清渠。短榻并棋局，

① 《国朝诗别裁集》作“间”，且评此诗云：“简淡有味，近高忠宪。”国图抄本作“闲”。

② 国图抄本“然”作“言”。

③ 国图抄本“第”作“笫”。

兼有得意书。时或杖青藜，过从一胡庐。夕阳呼斗酒，凉月来相娱。酒家幸不遥，瓶竭仍沽诸。人如沮溺伦，世即黄虞初。

待月

待月卧匡床，屋高庭如井。展转乌夜啼，檐额忽炯炯。不见明月轮，但见明月影。

栖云阁诗卷第二　七言古诗四十三首①

帝城泥

长安潦雨蒙蒙注，九衢成河人不渡。快风吹转忆山云，朝喜新晴午有路。明日潦干泥亦空，并向行人足底去。始信王城个个忙，红尘入夜无停步。自笑我亦随忙人，终身了不知其故。

残纸中得去岁李家庄园丁报花开单

垂柳阴中花几树，尽是飞觞行乐处。栽花不是看花人，花村西北长安路。岁岁春风岁岁花，主人匏系在天涯。园丁莫报花开未，花正开时人忆家。

太常乐

长安百职趋路逵，说向闲人皆不宜。惟有馆卿云最乐，官身惟问私家著。其次屈指则太常，碧树清风秋满廊。数日文书一两纸，不过牲牷榛栗耳。巡檐闲步据床眠，叶声摵摵催鸣②蝉。病叟荷锄行菜圃，青虫化蝶迎风舞。万物自得怡我情，何止芳草当窗生。此署终身无不可，谁云曼倩羡公卿。会议会推挥汗雨，寄谢诸君良劳苦。

仕宦赴筵行

古人看花每欲迟，迟开还得迟迟看。我谓赴筵正欲早，早集还得早早散。世人切莫笑先登，百尺竿头住岂能，不妨谈笑取公卿。

---

① 国图抄本此处作“七言古诗七十五首”，但在目录中所标与此同。

② 国图抄本“鸣”作“鸟”。

和同年孙介黄仕不可为行

仕不可为隐无所，郡邑忧危辇下苦。高飞莫道是冥鸿，弥天何处逃网罟。渔舟往岁送君行，今日我来君笑迎。问我长林之乐何所至，又向金门来避世。我亦大笑复握手，君勿多言饮我酒。荫叶谁防螂在旁，登丘且任柳生肘。片帆大海共沉沦，漂泊风中岂我身。昨岁垂亡竟不果，偶得生全复自可。荆棘茫茫闭目行，闲即高眠起复坐。有何不足乃颦眉，逝水流光到眼非。会稽王郎才迈俗，我宗子静清如玉。昨闻子静悯凶王郎死，不意骅骝遽止此。又见蹀躞骢马来，黄金突兀高如台。扁鹊束手空注目，双鬟婀娜何为哉。我辈所得无乃多，暇日相寻且放歌。身健囊空何足愁，与君屈指计交游。

老树行赠艾学士长人

仆本疏慵尘外人，生平所好山与水。竭来瘦马走京华，鲁国男子疲欲死。但见长林驻马蹄，清凉不减山水喜。君家老树何年种，浓绿侵天犹未已。到来巾拂自萧然，神寒骨冷冰壶里。湘簟楸枰借主人，院静时时闻落子。青州从事肯偕来，日日访君从此始。

北邙行

阗阗王城人似堵，吹篪鸣钟伐大鼓。流风回雪吴姬妍，绛绡更作天魔舞。道旁啧啧羡行乐，贵人宜与仙人伍。那知得失一翻手，五内如焚足愁苦。城外松楸多古坟，千古公卿一抔土。慨然一叹转成笑，乐如电光愁万缕。人居朝市心茫茫，请听香山歌北邙。

送吴美成侍御归

芙蓉城主神仙客，乘风归去留不得。欻然披发驭麒麟，岁星汗漫谁能识。青莲内视烨神光，大千换作黄金色。尺书莫靳蓟门鸿，潮断浔阳报消息。

送张石帆

大劳小劳青芙蓉，倒悬海影玻璃同。故人为我筑茅舍，至今犹抗尘中容。长安逢君君大笑，几案五城仍未到。上书行挂神武冠，与君携手栖云峤。

访友人

六月般湄惊介马，劳劳谁是安堵者。刁斗黄昏荆棘行，访君快饮东山下。迩来出岫云无心，驱马[1]缁尘染素襟。何时拂袖长安道，携手千峰万壑深。

午衢闻卖冰者唱云一钱任饮也

缁尘彳亍愁亭午，篮舆负担同愁苦。鸣蝉嘒嘒柳阴阴，一息停车抵万金。长安六月无好处，只喜寒冰汲水注。长鲸纵饮只一钱，不羡封侯移酒泉。

寄受之弟醉后堕马

闻君大醉鞭怒马，才旋蚁封堕马下。知章骑马似乘船，那得船中安枕眠。伯伦荷锸[2]常随步，应解糟丘邻冢墓。再来醉即卧垆头，紫骝牢系垆头树。

看象行

吾兄天真全于酒，日日解醒倾五斗。举足将过巢燧前，低头亦是阮嵇偶。懒因世事小颦眉，常向风光开笑口。未知何事便离乡，不告家人不问友。千里长歌蓟门行，轻舟忽渡赵北口。入都惟问象房桥，百钱看罢疾回首。帝阙天坛了不知，吾事毕矣何迟久。春明门外万人趋，紫绶金章牛马走。千人未见一人闲，风尘此客曾闻否？瓢笠高流说亦惊，尚平五岳夫何有。归来仆怨妻孥讶[3]，但喜叵罗仍入手。

五弟九日书来

君走尺书述快游，坐我去年万仞之峰头。锦石丹枫杂翡翠，长天雕鹗横清秋。砧杵千村互隐见，群峰东走如飞虬。从者四客皆浮白，君胡龋齿茱萸愁。西北浮云翘足望，有人匏系金台上。笳声吹落夕阳寒，黄花与尔同惆怅。

---

① 国图抄本“马”作“我”。

② 国图抄本“锸”作“插”。

③ 国图抄本“讶”作“惊”。

城南行寄五弟

闻君读书城南村，老树团天绿掩门。去我下帷廿余载，败笔醉墨留遗痕。琅玕万竹穿屋[①]角，夜来过雨生龙孙。村西桃花开满院，红裳千亩如云屯。斜日曳杖或徒步，清风飒飒吹前轩。河流卷雪西南去，藉沙展簟棋与樽。醉听鸣泉如丝竹，繁蝉破睡侵黄昏。零乱月影随归客，远村灯火栖鸟喧。清斋下榻剪短烛，孤城远隔秋山云。幽人梦淡百无虑，何知朝市多红尘。金台题诗空矫首，羽翰安得乘风翻。山水之间结茅屋，与子渔钓终其身。

送友人归里

太岳之后隆隆起，我家合是高阳里。才子唐宋指难屈，酒人燕赵肩相比。阿兄崛起位文昌，爽气逸情良自喜。麴部尚书衔可兼，平原胜地图难拟。种德行高东海闾，遗荣不曳南宫履。青门祖帐何足道，翩翩一笑黄鹄比。莫向官家乞镜湖，出门海淀波浟浟。予将誓挂贞白冠，剥啄登堂爵先洗。携手一叶千顷波，我歌浮白君还歌。

买画

报国寺开百货集，尘起千人骑马入。屈指浃旬一度来，无钱但对长松立。乍眩大秦珠错落，一一检点非所急。若能谀遍墓中人，可以挥洒为收拾。我友乘兴将无同，日斜下直明光宫。支颐巡廊看古画，拨弃名迹如蒿蓬。与我意合画即我，山水乃与神明通。故纸能令阮籍笑，欻然驭气游其中。耳食关展为古役，其见无乃如儿童。君但赏心勿复道，若遇清流应大笑。

长安道

长安大道香尘举，七贵五侯骖欲舞。马啮金衔青幰飞，车轻油壁红妆语。北风猎猎塞垣来，冰结天津叶叶苔。僵卧蛟龙呼不起，柴车历落声如雷。浑河苍茫方东注，万里玻璃天水路。醉来赤脚踏罡风，吹箫闲访三山去。

---

① 《国朝山左诗钞》"屋"作"玉"。

燕京雪中行

岁云暮矣无雨雪，金台日没红靺鞨。一夜北风僵玉龙，走凌千尺坚如铁。负担徒步乍踌躇，锦帐羊羔冻玉蛆。不见黄头转雀舫，忽闻紫电走羊车。短鞯蹀躞长衢久，羽衣鹤氅分前后。传呼狭路大官来，仆仆罄折瞻马首。并轶不独游冶郎，亦有娥娥翡翠妆。事异采莲湘浦岸，人如解佩洛川旁。蕙风兰雪清凉意，红尘拂袖非人世。飙轮摇曳坐云阴，羽车漭漾行天际。忆昨经过卢沟桥，层冰南望海天交。便思单衣飞渤海，琉璃万里乘神鳌。萧然天地无俦侣，阿谁银阙同游遨。

游京师西山

世间快事谁能伍，闲日寻山携胜侣。历历青峰掌上来，翩翩黄鹄云中举。石经西去是桑干，东下洪光又玉泉。到处琴尊嬲老衲，赐来汤沐领群山。浮丘把袂同追逐，信步遨游随地宿。仆射三公未若闲，神仙五日君何福。樊笼自笑耐京尘，迟钝多生禽尚身。芒鞋竹杖行归去，共访阆风蓬海人。

分梦

参寥夜梦非坡翁，晓来一笑迎匆匆。聘梦何如分梦好，拙庵学士将无同。学士文章道山最，天下楷模风不坠。千载康成留后身，一时矜式推前辈。斑衣十载海之涯，鳌禁重来发有华。心悬青帝峰前月，眼冷玄都观里花。遂初每续兴公赋，世缘未尽聊复住。化为胥也南华游，偶乘莞尔东田顾。高台突兀意方舒，浩浩平流席绿芜。罢钓还呼大户酒，课农复驾短辕车。华胥谱尽俄成觉，稍带余欢旋作恶。才欣解绶返茅堂，又赋招弓别云壑。起来小襞乌丝阑，字字吟成乐志篇。闲适欲添高士谱，妩媚如借麻姑坛。予谓先生计亦左，便梦沙堤何不可。野人汤沐忍瓜分，假璧许田[①]仍付我。先生大笑君侯愚，分席希逸幸有余。鼎足华山谁敢侮，秣君马矣驾君舆。江月山风吾与子，楚汉鸿沟不到此。梦中人结梦中盟，如卿此意复佳耳。麋鹿啾啾愁在樊，野鹤何事乘高轩。侯骨公才君细数，岂有吾辈耽荣膴。文人回首亦神仙，侍晨玉阙相尔汝。此日山林貙虎多，籍籍伥鬼牙方磨。灞陵醉尉尊如帝，横溺儒冠奈尔何。行调玉烛三辰叙，神武门前客缓步。安期玉舄待多时，与君同跨明霞去。

---

① 国图抄本“田”作“由”。

初春

自古春光年少事，屈指十朝六七至。宝马争趋蹴鞠场，柳丝已树莺花帜。青帝多情逐斗旋，绛幡有约皆鳞次。彩杖徐麾万卉苏，望春楼敞更歌呼。五十年前一回首，当窗下笔蛟龙吼。神骏逼人荷品题，渥洼汗血吾何有。双丸转毂太匆忙，宦海浮沉鬓已霜。漫道簪缨堪附凤，那知臧谷尽亡羊。彷徨旧梦如俯仰，白发青阳忽消长。未论铁马久惊心，且喜银螺犹入掌。浔阳江上霰雪干，樊圃峰头瑶佩响。春来春去奈春何，十二万年一曲歌。

春风

退飞六鹢蹲沙渚，鹅黄嫩柳婆娑舞。桃花杏花海棠花，努力[①]妖红娇欲吐。妆点秾华唤冶游，只愁宿麦皆干土。但得黄云庆有年，百花不开亦无苦。酒香再拜社公筵，愿以春风换春雨。

古寺行赠龙膺大弟

蓬头跣足者谁子，三伏长坐秃松底。古寺无垣塔半倾，松阴著袂凉如水。门外红尘障暍眸，门内松风穿醉耳。两三野衲坐复眠，但取谐谑非析理。拂曙来游薄暮归，尘缘胶葛一时洗。问君闲游何所为，君言日者许我死。岁在龙蛇不可逃，符到奉行而已矣。假以数年固自佳，倏然而往亦可喜。岁暮我自长安归，薤露歌声竟未起。相见抵掌旧时同，仍来饮酒高斋里。

题同年冯易斋冶园图[②]

三尺鹅溪玉版光，盘礴能事极毫芒。驱策辋川入笔底，欻然林壑开虚堂。崇祯之初里无事，走马南寻仰天寺。古洞乳垂幢盖形，老苔名剥金元字。迤逦遂为冶水游，十里未至溪声幽。流泉纵横行略接[③]，名园错落环沧洲。千亩渭川清玉簇，杈枒老树凌清秋。碧潭万丈绠难续，父老云有神龙游。年来摩诘高卧久，难忘道北金丝柳。梦绕南塘第五桥，华清阁圮重新否。道元赏会千载余，尚书

---

① 国图抄本此字，原写撇折与一横，又画圈圈去。

② 此诗原件尚存，名《冶源图》，后有高珩书款：康熙癸卯子月东蒙高珩题。以下称“墨迹本”。

③ 墨迹本作“纵横流泉约略接”，国图抄本“略”作“若”。

游记同不朽。摩娑生绡病眼明，模糊云树触怀生。如啸阮唇何许觅，便将曳杖此中行。绣岭兴衰已旦暮，平泉花石还如故。小咏登临忆侍郎，琴樽密蔼丛篁处。汉家休沐主恩殊，不羡知章赐镜湖。彩云影散秋娘老，寂寞东山丝竹图。

玩竹

颇讶黄叶几时坠，暮去朝来已满地。青青嫩叶自何来，郁森忽有参天势。衰老人生事亦然，顿觉眼前多少年。

闲行

我爱荒田古墓好，墓外白杨临古道。石门千载永无春，今古红颜此中老。

赠唐济武太史

主人逸兴忽为山，一拳五岳惊巑岏。缥渺危峰不可上，笙鹤仿佛游其巅。逸兴未已重栽竹，五日未来已百束。长夏萧条绿玉寒，广榭毾㲪青凤簇。桐梢有月更森森，蘋末无风已谡谡。譬如高士立重岩，宛若佳人在空谷。肩舆径造莫相嗔，丰豆大嚼何堪辱。金茎泻来应百觞，玉钗敲罢或一曲。扁舟我昔下南荒，洞庭之浦衡山阳。琅玕倚天天亦绿，檀栾覆水水能苍。七载南云空目送，澧草沅花香欲动。何可一日无此君，潇湘满眼连云梦。小圃新开东郭东，银塘潋滟散芙蓉。乞取新栽环浦溆，十年满地攒虬龙。市门野色忽萧爽，六逸策杖常相访。一生张荐[①]苦[②]俗人，此中天地属吾党。

寒食

百岁年光插柳中，佳节清明四海同。一百五日寒食节，二十四番花信风。赐火喧传五侯第，禁烟冷落连昌宫。棠梨树底纸钱白，杏花村边酒旆红。岁序自新人自老，东风西日无终穷。

---

① 《国朝山左诗钞》“荐”作“鹰”，《般阳诗萃》亦作“鹰”。按，作“鹰”是。

② 国图抄本“苦”作“若”。

清明

才过花朝重细数，此日良辰一百五。人世皆夸寒食节，天工莫作清明雨。秋千处处聚钗环，歌舞村村闻社鼓。火空介子灶[①]边烟，酒遍刘伶坟上土。纸钱已作蛱蝶飞，柳絮还为鸜鹆舞。归来痛饮洗杯觞，明日东郊更邀侣。

咏史

海水为杯酒㳽㳽，帝方沉醉猰貐喜。手窃金简招天狼，阿房宫中按剑起。粉黛含啼西入秦，吁嗟六国多美人。憔悴西江苦不售，咸阳市上如云屯。英雄今昔无定主，得意为龙失为鼠。君不见，堂堂万乘会稽行，道旁男子拟代女。

泥马渡江图，为同年梁玉立题

道君之季火德微，靖康内禅事已非。铁骑突饮汴流口，六甲神兵战不归。太微彗扫衔玺走，孟婆方便何曾有。青城青笠啼汍澜，浊水北渡空回首。钱王入梦索山川，质子天教毳帐还。肃王不返康王住，磁州物色相州去。蹀躞神骢夜半嘶，茫茫天堑惊飞渡。鼍梁蟠结翼潜龙，四蹄曳练生阴风。神怪玄虚何必问，滹沱冰合将无同。良工盘礴心独苦，吮毫如对阳侯语。一尺生绡屋欲崩，天吴紫凤争飞舞。苍岩司马昔少年，游艺久参书画禅。过眼云烟争著意，笥中弓玉更欣然。秋碧堂前落妙墨，与君俯仰兴亡迹。年年社屋闭朝阳，自古岂有不亡国。其间往往说中兴，司隶南阳多气色。延秋门西玉垒长，纥干山头冻雀息。永嘉建炎亦自好，配天宗祀仍逾百。乃知凡事让昔人，此后偏安那可得。杜鹃血洒碣石裂，騕褭骨朽金台坼。落叶寒潮带夕阳，还君此图泪沾臆。[②]

初秋庭中积雨纵目

葡萄今年枝叶短，龙蛇上架青偃蹇。红玉青霞相映明，海榴累累垂鹄卵。芭蕉昨暮书初卷，森森绿影横窗展。平明缸面走金鳞，碧瓷一夜秋涛满。

---

① 《国朝山左诗钞》“灶”作“突”，《般阳诗萃》亦作“突”。

② 《国朝山左诗钞》无最后四句。《般阳诗萃》亦无后四句。《般阳诗萃》后并附有“泥马渡江”故事的来历，谓其事见于程卓《使金录》。

痴男子哀青田也

青田昔有痴男子，抱膝自比隆中龙。海上愤结挥匕首，归来侘傺存微躬。宿业难消心不死，纵酒谈笑西湖中。白眼指点云五色，真人鹊起吾将从。丈夫出则帝师耳，明良千载而一逢。萧曹小儿未足为，挹莘蹑渭一何雄。是时坐客皆辟易，慨然长剑撑崆峒。其后所言果不爽，志则酬矣命乃穷。明良之效昭如此，俦侣更有金华翁。

夜雨

山中听泉如听雨，断崖幽涧相尔汝。澎湃银河泻九天，枕函疑有鲛珠吐。城中听雨如听泉，竹屋淙淙飞瀑悬。大似曲溪哀玉走，萧萧襆被空堂寒。雨声不断泉声怒，翩然清梦湘沅去。晓寒明日欲成霜，丹我山中枫万树。

夜闻叶声

秋树未霜已半秃，空阶落叶风相逐。萧萧一夜隔窗鸣，幽人似傍山泉宿。

漫兴

世人尽道为官好，里门也是仙人岛。那识周秦士不同，燕函[①]越镈元皎皎。人生只合住江南，锦绮方舆花竹山。唾手风中生珠玉，转鞭地上走金钱。中州顾盼何矜贵，庐儿苍头多意气。灶下雍容猗顿多，更番直日供甘毳。教坊法部让山西，三五卢姬社鼓齐。十丈缠头浑不问，朱门供奉尚愁迟。生世不谐齐与鲁，狼籍朝士贱如土。租吏皆同石壕村，山溪不过朱提贾。猰貐磨牙日饱人，飞章接踵叩重阍。李斯太息仓中鼠，甘苦纷纷那可论。

庵子沟玩水

前崖北去庵子沟，巉岩百仞临清流。我来拂藓支颐久，顿如浩淼沧溟游。沉沉酣绿深无底，正好琴高藏赤鲤。软玉刀轻千叠飞，烁银火炽百光起。长风倒束蹙神山，西去崩腾东卷还。谁凌牛斗寻机石，欲取珊瑚拂钓竿。鳞鳞起伏

---

① 国图抄本“函”作“庐”。

天不定，只疑鳌足金轮动。张目恍惚世欲空，冥心惶惑身如梦。性空真水异还同，霆击雷轰岂有声，海印上人尘已尽，月光童子观应成。

游畅然园

二十年前曾到此，寒花千本东篱紫。秋娘分身笑满堂，玉蛆缸面犹浮滓。几年入梦今重游，忘却某地与某丘。桃瓣千层锦窈窕，丁香一树玉雕镂。就中尤喜山茶好，焰焰珊瑚海上岛。吴天回首虎丘东，玉雪江梅浑压倒。拾级仝登丛桂山，下看竹树满朱阑。连延近圃墙南路，万绿迷蒙到远天。梓橦矗矗薄云外，影入飞觞青似黛。拍浮一吸尽芙蓉，回头笑顾青山在。

佳节愁催租

石泉槐花尔能新，四壁不改相如贫。县吏不来宿税竟，贺客开宴谁敢嗔。嘈嘈丝竹通通鼓，为若楚歌为若舞。出门忽见天地宽，杏花柳叶参差吐。里胥重过惊人魂，今年楚饷严于秦。十分三月程期促，望断青龙兰若门。

无题

美人贻我鹿角胶，丹田盎盎如春潮。使我健翮凌重霄，冲霜不怯紫宸朝。绥山一桃已足豪，青黏青精徒尔劳，糟丘速致百斛醪。

青州怀古①

寄奴南来气如虎，只手席卷青齐土。大岘关空战鼓鸣，降王槛车送吴楚。西擒姚羌扫咸阳，水仙南窜如奔羊。草泽英雄乃尔尔，功成何不身早死。始也桓文竟莽操，蛇足五年作天子。

---

① 此诗诗抄本有小标题“同唐济武李吉津南游吴越”。

晴雪[①]

雪晴宜向山头望，玉峰万仞白云上。琼枝琪树高插天，断续高低千百状。万井炊烟青不度，毫芒指点渔樵路。人在冰壶羡玉京，翩然跨鹤三清去。

① 按，国图抄本与底本同，至此首诗止，但卷首却标作“七十五首”。可能国图抄本之稿本来就打算抄写七十五首的，但没有达到数目。

栖云阁诗卷第三　七言古诗三十二首

看海棠

往年与客东郊行，海棠灼灼藏杞荆。醉眼摩挲三太息，佳人空谷难为情。几株[①]移我松窗右，三载犹怜红树瘦。惭愧今年作数花，破瓜碧玉春风透。旧丛闻道已平芜，樵柯牧火河阳屠。岂是物情难两大，大钧有意换荣枯。衣冠南渡矜江左，一任咸阳三月火。但得春风到处宜，陈废田兴无不可。

约王子下看花

鹤背笙歌何地去，梓橦山东三日住。梨花清酒是谁家，垂柳秋千凡几处。归来冉冉过清明，水满银塘摇古亭。未闻菡萏香催发，不见涟沦风蹙成。倦卧南窗蝶未栩，敲门父老争言苦。今日民愁官亦愁，昨宵檄下颜如土。我苦与君两无涯，拙宦[②]真惭不作家。司农新法谁能免，且向邻园看杏花。

同冯孔博游寺

君家门前柴车路，向西晻霭入烟树。巷陌风清鸡犬幽，萧散偏宜野客步。蒼卜依依绕竹林，长流[③]北枕玉河深。抛书携酒斜阳里，秋色苍茫世外心。

暑日途中

青门瓜种故侯良，绿玉为肤红雪瓤。帝城日积如堵墙，行人不顾去扬扬。岂知驿路险且长，火龙得意炽而昌。暍人寸步行复僵，溶溶清泉隔远冈。田家深屋支绳床，前路迢递住未遑。乞水一勺敌曦阳，井干水浊卤不凉。肩舆靡靡敞两窗，上清梅桂非良方。何况舆卒汗如浆，火咽烟鼻两颐张。夸父弃杖意惊惶，

① 国图抄本“株”作“树”。

② 国图抄本“宦”作“官”。

③ 国图抄本“流”作“林”。

安得青林出道旁。绿沉累累飞盈筐，劝君绁马暂解装。大餐坐卧恣徜徉，饱及驺仆润枯肠。迟迟高枕待斜阳，起望前途灯火光，酒家留客风满堂。

广平城下湖

武安城下水空廓，十里波明绿浸郭。五月芙蕖香满天，居人荡桨客解鞍。郡吏拔葵公仪子，莲实秋老沉波底。漳耶滏耶绕城阴，我欲重挑百尺深。世间缓急时时有，他日寇来但摇手。

成安树

成安万树何年种，百里走马阴不动。且快游人眠复歌，何论他日栌与栋。长吏不勤那有此，樊侯树漆文公梓，百年之计亦尔尔。

邯郸道

邯郸城北神京路，愿作卢生不愿寤。偶惊钟鼓睡眸开，饱食黄粱追梦去。祠前再拜为涕洟，不愁醒时愁梦时。

使君怒①

巡鹾使者来何许，平干太守色如土。敲扑卒吏血满堂，豸冠峨峨剧虓虎。卒吏附耳守再拜，前路揭竿例闻戒。使者一笑颜回春，回朝荐尔好官人。

曲周蓝

曲周城下水北注②，百里浊漳公莫渡。老圃夹岸荷锄歌，桔槔哑哑斜阳暮。不种名花只种蓝，十金一亩绿毵毵。千树浓阴笼岸口，老圃掷锄还饮酒。

---

① 此诗《国朝诗别裁集》又载曰："巡鹾使者来何许，平干太守颜如土。敲扑卒吏血满堂，豸冠诟厉如虓虎。卒吏附耳守再拜，事上礼仪聊具备。使者一笑回春阳，还朝荐尔真循良。"评语云："如见其人，如闻其声。地势使之然，由来非一朝，令人兴慨无已。"

② 国图抄本"注"作"住"。

廷尉痴

鲁国男子疲欲死，呵殿阗阗来不止。阍者谢客客怒嗔，客喜主人多苦辛。罗雀门庭良不恶，廷尉翻嫌无剥啄。我自乐此不为疲，乃知廷尉真痴儿。

平定州山岩

桃源不必武陵溪，水远山深饶异境。太行中断井陉开，青天陡落芙蓉影。支筇历井乍穿云，千寻碧壑披峰顶。数间茅屋挂银河，松桂香中读内景。

襄阳行

襄阳城中罢高宴，飞书吴会期酣战。赤壁悬兵未斗时，阿瞒肯信周郎健？投鞭骄语断洪波，千里合围兵百万。平阳料阵马踏[①]泥，淝水血流羝带箭。破釜一战两成功，从此奠鼎江之东。乃知立国须人耳，遗恨谯周剑阁空。

题海水桃源图

武陵千载桃花水，是隐是仙未易拟。衣冠俎豆乍堪惊，鸡黍酒浆亦可喜。年来牛斗遍戈鋋，浩浩三湘百战天。青磷直扑神仙榻，丹灶难当熊虎船。子骥路迷鼎澧曲，瞿童迹晦阆风巅。眼开尺幅神为爽，晋耶魏耶还惝怳。似同靖节赋歌行，止凭顾陆恣清赏。飞步已循绿水湾，闲情更度白云上。刺促尘埃那足留，翩翩白鹤伴青虬。缣缃骤卷呼高枕，度索山头汗漫游。

秋途

西风吹送豆花雨，蝴蝶影藏石燕舞。马背征人白纻单，邮亭深闭谁留汝。芭蕉叶大一尺宽，飒飒风摇生暮寒。褵褷高低凤尾烟，幽窗迷目绿参天。兰舟梦泛湘沅渺，红裳憔悴芙蓉老。一夜雨声天又明，湿云如幕人清悄。

---

① 国图抄本“踏”作“蹅”。

晨起

胶胶喔喔邻鸡鸣，呜呜谯门晓角声。蓬窗朦朦曙色启，褰帷又喜今朝晴。昨日何福仍未死，辜负天公徒为尔。今朝不识欲何为，百劫千生只若此。学仙无若解偷闲，三尺蒲团即海山。跏趺稳坐如鹤背，十二楼高任①往还。

舟中玩月

开窗船影穿秋碧，天水光粘海气白。何人鹤袂拂璚云，历历星榆低可摘。下看五岳青芙蓉，濯发绛河寒沁魄。老桂花香八万年，玉斧吴刚修不得。飞琼玉管双成舞，紫云回写游仙谱。遗恨人间作尹邢，芙蓉城小聊为主。

清江浦

官河舟迟岸上速，雨后闲云飞相逐。行倦归船坐启窗，栋宇蝉连堪送目。北望岱宗五日耳，女儿已觉清如玉。淡妆结束称时宜，倚门解唱鹧鸪曲。门外南来北来樯，篱下一丛两丛菊②。南国秋温霜信迟，扶疏嫩柳垂垂绿。估客麟集十里墅，叩扉新酒谁家熟。蒸湿久愁舱底眠，襆被今宵登岸宿。

吊韩信二首

无食垂钓君良苦，执戟典厩复去楚。大将壁中已怖人，真王钟下遂杀汝。赫赫因人难有终，为德不卒将无同。何因呼取南昌长，一校咸阳隆准公。

古来苦乐元相倚，莫恨君恩薄如纸。五鼎食还五鼎烹，丈夫直以封侯死。族彭灭英血九原③，孺子辟谷亦堪怜。茹芝老叟商山笑，何事殷勤抱虎眠。

登吴山

武林楼阁空千层，楼下家家旋马厅。蜗舍蜂房蚁子穴，伏首低眼难为情。卜居宜在吴山足，后户才登缘山麓。转径盈盈尽短墙，引眼处处多修竹。盘回

---

① 国图抄本脱“任”。

② 国图抄本“菊”作“蓑”。

③ 此句国图抄本作“醢族彭英血九原”。

犹未到山巅，已见长江天镜悬。沙鸟几群飞浦外，蒲帆千幅落尊前。极目忻然开笑口，临觞愁进杯中酒。青州从事汝来难，拂衣越水吾何有。

回首叹

少年纵控如飞虎，马上能为折腰舞。一点流星灭没间，翩翩双袖凌风举。回首当时三十年，此君虽在已堪怜。冻蝇暖日行如醉，鸠杖龙钟扶不前。

放言

未能免俗聊复尔，胸中五岳隆隆起。击剑长歌发指冠，毫端恨血胭脂紫。道人读罢笑绝缨，欲奏赤章禳故鬼。无以冰炭置人肠，且借松风吹醉耳。

北人愚

昔我蹩躠上公车，下键株守一束书。吴越孝廉殊不尔，高会妍歌心自喜。猖狂似是忘南宫，榜发联连皆鹊起。又闻一叶过江天，牛医马走各怡然。千钱之佣暮进酒，姑妇欢呼倾一斗。人生得失各有道，得算岂在多烦恼。刲蘖[①]为粮饱亦癯，南人何慧北何愚。

朝岱

岁云暮矣当丰年，香火逐群礼泰山。半夜鸣金催社侣，踏星靡靡霜花斑。千声一佛潮音吼，甲马咸云神掖走。闺中严属戒腥荤，梵宇琳宫遍稽首。上山竭蹶下山轻，三百青蚨沽一斗。归遗儿女买铜钲，千里秦松犹在手。泰山满腹夸乡人，鞭声霹雳天门神。

明湖行忆癸未夏寓济南赵孝廉书舍

大明湖头久坐客，苇叶蒲花风瑟瑟。远山虚霭入空楹，尽日读书消不得。漫将清霁倚湖山，清霁湖山对正难。不有红妆临罨画，纵依翠巘意阑珊。我欲当轩三里许，跨溪楼阁邻洲渚。曲榭风开翡翠帘，晓妆拥髻迎人语。顾步鸳鸯

---

① 国图抄本“蘖”作“药”。

七十双，解环鸣佩将翱翔。紫绮临波还自笑，青鸾帐底入迷香。幽人睡足桐阴罅，一叶鸣桡疾于马。飞飞白鹭掠吟瓢，送人直到朱阑下。龙香罢调又箜篌，舞入阳阿乐未休。纵不相怜许相对，迟迟延伫正娇羞。有时汉女临溪访，清濑采芝还荡桨。芙蕖城外水仙家，登堂六博留清赏。不然隔岸生遥态，闲睇紫钗消欲坠。菖蒲门畔画裙遮，碧银塘下双凫睡。斜日游人也自宜，哀丝声落彩云迟。回眸低扇偷成笑[①]，掷果君前知不知。济南自昔称名胜，投鞭一度风流净。秋娘老去泰娘衰，十里平湖空似镜。文鸳尽日立茨菰，不见歌船到里湖。乃知佳丽关时运，弱翠飞琼今日无。书记闲游无一可，果然好梦输江左。神仙桃叶渡头船，一曲秦淮留待我。

青萝洞行

仆本野人宜岩壑，百种疏慵安落拓。揣分端寻樵牧宜，宿缘偶被冠裳缚。翩然掉首赋归田，十日疾看海上山。蜃市依稀感海若，天吴紫凤嬉吾前。重阳之后寻吴越，帆蹙钱塘江上雪。王谢风流千载人，残山断水还呜咽。禽尚高风[②]不可招，担簦五岳亦劳劳。香山皇甫宁无厌，宇下绥桃正自豪。归来又踏东池道，一线青溪断续好。芋垄蔬畦葱蒨成，平畴荒野岭岈少。芒鞋布袜杖藜游，步屧东风倦即休。烟村去郭余三里，绿浦环岩占一丘。村西郭界垂杨道，卯君布置非草草。桥上茅亭凤蜡明，潭中画舫菱歌绕。主人遗世去学仙，白云坐卧南山巅。潭涸亭倾歌板歇，重来芳草怅芊芊。风光流转忽已屡，此日村东堪左顾。小辟龙渠百步长，骤开猿岫三峰聚。风流张绪自何年，雨叶烟条剧可怜。已布清阴藏浴鹭，尚迟密叶待鸣蝉。藉草高眠时脱帽，任人拍手从吾好。酒客颠狂不足惊，朝衣涂炭何烦校。闲人有例供闲游，拍浮儿曹笑不休。承乏同封酒泉郡，凌风自诧龙骧舟。伐石可成千金堰，秋水洋洋浮竹箭。驱来北地锦秋湖，幻出南州溧[③]阳县。一尺奔湍一寸山，会心不远自开颜。嗒尔神游嵩华上，浩然置我湘沅间。主人饭后徒步到，野客闲人皆可召。奇书重叠每双囊，楸罫输赢或一笑。有兴开樽倦即眠，阴阴小洞郁罗天。不须楚簟凉如水，但爱吴歈调欲仙。夕阳山翠飞相向，更陟南岩舒远望。处处柴门带绿萝，阴阴乔木穿青嶂。呼马更衣客欲还，娟娟月出虚危边。银汉沾衣尘土尽，空堂小榻盍留连。明年更种桃千树，武陵仿佛邯郸步。回忆於陵万片霞，尚书歌舞谁家去。君家西郭好林泉，

---

① 国图抄本“笑”作“关”，即“咲”之省写，国图抄本的“笑”字有非常多的地方写作“关”。

② 国图抄本“风”作“飞”。

③ 国图抄本“溧”作“历”。

石帆南接画桥烟。百株杨柳长溪外，十亩芙蓉小圃前。般流浩浩方北注，鸡鹊鸂鶒如家鹜。一叶重添载酒行，长歌便可沧溟去。西溪风物胜东田，小小经营即大观。瀔[①]洛争流那敢并，楚秦分伯竟谁贤。平泉芜没名花死，千秋兴废元如此。梦幻豪华何足言，人生适意为佳耳。

惆怅

天下梦缘都是妄，风流一往余惆怅。世间幽恨几人开，红泪珊瑚照镜台。多情自古偏多恨，苍茫最是天难问。莫道观空可息心，未能化石焉辞困。何人能免有情痴，飞絮乘风未作泥。不见隋堤三月暮，杜鹃血洒绿杨枝。

宿山家

山深短景忽忽入，径转茅村历落出。夜寂风鸣鸟不闻，十年偶宿山中室。明日途长欲早行，荒村寂寂无鼓声。三五但看明月堕，阑干北斗天河横。主人丁宁起莫早，霜重天寒晓欲饱。瓮头新酌玉粱[②]浮，粥熟羹香红日晓。

寄怀友人

昨日访君君出城，小驷逍遥信辔行。童仆皆云无定所，处处清流茂树迎。我因暗揣闲行处，短杖随缘皆小住。香溢东池花可观，风来北牖簟堪布。日涉何妨百度新，夕阳郭外净无尘。尚堪携酒无多地，能解看花有几人？

酒器

至正巧匠朱碧山，屈指康熙三百年。冶铸精镠为凿落，劫灰未烬留人间。一笑张骞凿空手，葡萄天马西极走。昆仑诸国未沾风，浩淼孤槎将犯斗。君平之卜何荒唐，黄姑碧汉两茫茫。何如屈作糟[③]丘长，沧溟一吸蛟龙狂。繁父之弓肃慎矢，茂陵玉碗苔花紫。千古弓裘传舍移，泗滨九鼎仍尔尔。子京年来亦可怜，若卢犹宝旧青毡。迁客囊中一蕉叶，乞儿杖底九府钱。河朔纵饮君无怪，

---

① 国图抄本“瀔”作“瀫”。

② 国图抄本“粱”作“梁”。

③ 国图抄本“糟”作“曹”。

需次京华启事在。市上荆高酒客稀，林中嵇阮吾徒代。俯仰苍茫可奈何，子能楚舞吾当歌。三商未放螺鹦鹉，百罚宁辞金叵罗。博望通侯竖子耳，安能晞发银河水？吾将改作太乙仙人莲叶舟，与君拍浮香海里。

后长恨歌①

后庭玉树伤心曲，六代茫茫烟草绿。永嘉南渡不成龙，五侯七贵已纷逐。当时阮马气熏天，得意金吾亦盛年。凤翼龙鳞夸侍卫，金貂玉佩俨神仙。小儿程李何足齿，贾邓元勋一屈指。天子无愁将相骄，只言千载常尔尔。赵李经过珠箔开，连钱细马下朝来。呼卢客赌青娥伎，灭烛人分紫燕钗。鹦哥娇语鸜鸲舞，藏春别院②骠姚府。花奴羯鼓杜秋歌，天魔小队霓裳谱。重兴诏狱杀清流，甲起晋阳朱桁愁。乍传铁骑飞天堑，又见降幡出石头。降幡一片江头竖，堕马啼妆江北去。罗绮春寒青冢霜，胭脂泪洒白门树。麻姑书信几时传，沧海桑田剧可怜。楼橹共惊铜马火，勾陈新辟玉京天。鸳鸯七十深深宿，误向绮筵夸碧玉。遥接③金陵曲未终，争知铁骑来相续。建业荒亡怨狡童，丘墟亦复坐诸公。祁④徐流落临春废，璧月琼枝回首空。昏昏叔宝已黄土，次第天诛及社鼠。自古奢淫是死媒，累臣怀璧⑤谁容汝。红颜无主任飘摇，又向何门斗细腰。轻薄花方辞旧砌，翩跹燕亦换新巢。豪华百岁元⑥难保，步障锦丝春悄悄。东市谁怜石季伦，珍珠十斛惊波渺。就中别有断肠人，慷慨相期赠紫云。细拣花枝镌琬琰，鸳鸯待缺唤真真。那知三日存亡变，宛转蛾眉空掩面。月榭绮窗鬼火青，彩云一散何由见。目成苦忆曼波明，挂玉风流一座倾。银湾乍涸瑶宫圮，红泪珊珊晓镜里。叔夜不仙广不侯，千秋恨事多如此。座客才闻已断肠，如君那不消魂死。幽怀禅观竟⑦难忘，尚忆缕⑧金梦里香。人生莫作多情物，才有情时恨更长。

---

① 邓之诚《清诗纪事初编》云："案：此诗疑咏刘泽清事。"

② 诗抄本"院"作"阮"。

③ 《国朝山左诗钞》《般阳诗萃》"接"作"按"。

④ "祁"，此字原刻作"祁"，应是误刻，国图抄本作"祁"，不误。《般阳诗萃》此字作"江"。

⑤ 《般阳诗萃》"璧"作"壁"。

⑥ 国图抄本"元"作"原"，国图抄本有很多"元"作"原"。

⑦ 《般阳诗萃》"竟"作"意"。

⑧ 《国朝山左诗钞》《般阳诗萃》"缕"作"镂"。

猎

天风飒飒催枯柳，野外雪花大如斗。短衣走猎南山下，合围觭角南山阜。细马妖姬玉辔轻，银筝歌板还随肘。貂领能为出塞妆，下马更衣上马走。山中雉兔饥且寒，惊啼已分鹰犬口。厚地高天定汝怜[①]，雕弓持满还停手。携樽篝火最高峰，不搏兔雉只饮酒。

① 国图抄本“定汝怜”作“定怜汝”。

栖云阁诗卷第四　杂言诗十九首

城门行

城之门，闳阆高。景阴阴，风骚骚。凉飔掠面如霜涛，负担车马声嘈嘈。踞地何人白眼骄，笑尔朝入暮归逐其曹。承明之庐无乃劳，蓼虫蓼虫自云豪[①]。

贾客乐

仕宦愁苦，愿为商贾。商贾偃仰乐有余，画廊棐几临广除。客到拈须聊尔汝，客去六博还吹竽。侠客名娼时送酒，不问封章毁誉口。商贾之乐无不至，腰有金钱心无事。

别

昔亦曾为客，迢迢千里行。千里虽云远，曰归故有程。所恨身王都，送子归乡国。子归我天涯，安得不恻恻。送别虽同意不同，人在文通《别赋》中。渭城酒后千丝雨，平则[②]门西万里风。

涿鹿道上

田家喜客来，呼儿旋扫地。言貌何温恭，枣栗纷纶置。粗粝啖亦佳，深愧殷勤意。都门列肆一[③]何恶，客子不来牵臂捉。解鞍冷面唤难应，横索金钱如欲搏。短杖疲马走风尘，一宿君应择主人。

① “诗抄本” 无最后一句。

② 国图抄本“则”作“子”。

③ 国图抄本“一”作“亦”。

忆东海

天鸡矫翼海天红，东窗曙色方曈曈。醉眼乍开晓梦破，垂杨垂柳浮长空。野客恍惚多异想，置身不在京尘中。我闻青门之外韦杜曲，绿野为堂岩壑重。栽[①]移花树光睒煜，引流载舟水淙淙。东去一千五百有余里，大泽山起何穹窿。十里松交浮碧雪，攫拿腾踏纷蛟龙。之罘昆嵛莽相接，笙鹤往往摩苍穹。我友昔年向我语大概，恨未青鞋布袜藜杖俄相从。沧海茫茫几万里，波涵日月天无穷。羡门安期诸人所来往，五城十二楼阁蓬莱宫。神风截舫片帆不能到，飙轮羽仙呼吸登其峰。欻然御气吾将往，回首绿林翠霭遥相通。

休歇

小休歇，依深树。中休歇，旅中住。大休大歇须到家，尽卷征衫掷马檛[②]。认客作家君莫误，三生石上东西路。

廉吏行

廉吏不可为，羊肠难为趋。君不见陆益都，益都治状二东无。手哺孑遗如哺雏，讼庭鸣琴鞭以蒲。尔盍力田早输租，戟门持牒胡为乎？梗杨之贿谁敢污，皭然冰心濯玉壶。杞菊萧萧郇公厨，三升干饭无酒沽。誓戒茧丝赪尾苏，春阳盎盎满薄姑。夫也含沙毒短狐，谓天盖高安敢呼。关西男子意自如，掉头归去天为徒。奔走父老泣且吁，他年空写攀辕图。噫嘻乎，廉吏廉吏罚何辜！羊肠世路难为趋，君不见陆益都。

郭外

三载不窥长河堧，秋半徒步蹋西田。放脚犹堪追年少，联影布盖何翩翩。百武溪声已聒耳，乱流分道争相穿。安得平波荡漾十里阔，唼喋白鹭随渔船。南来支流别有派，杖藜相与穷其源。窄径荟蔚无道路，长溪乍展逢深渊。东有疏树可以避风雨，西有菰芦数顷绿酣碧怒，或恐藏桃源。山云霭艳[③]遂霡霂，

---

① 栽，“诗抄本”作“裁”。

② 檛，“诗抄本”同此。《国朝山左诗钞》作“挝”，国图抄本同。

③ 国图抄本作“霭謰”。

东风吹过西南偏。村前流水清如玉，山腰北泻来潺潺。今年亢旱百川涸，石桥中圮砂碛干。古寺村背地幽僻，入门密树高摩天。风物清凉殿宇静，夕阳万叶增鲜妍。意思恍惚双眼炯，偃仰阶石非人间。蒲牢挂树今几代，虬枝铁纽相樛缠。殿后青葱蔬百亩，旷朗乃与平畴连。自顾浑疑行脚至，襆被欲挂僧寮单。须臾雨止归途直，农夫歌笑来田间。入门解衣催煮茗，晚风淅沥犹萧然。积阴蚀月寒蟾泣，荧荧短烛摇檐端。人生适意斯佳耳，麋鹿岂忆夔龙班。吴越扁舟虽有阻，溪山蜡屐岂无缘。芒鞋棕笠吾已办，明日鼓勇南山巅。

懒水园看竹

我年十四五，肄业水竹村。短竿钓鲂鱮，徒步探泉源。竹微仅比箸，羸瘦如王孙。年来人说肥如瓠，虬龙入眼森森怒。万户侯封或有时，千寻长影遂无度。舒啸酣眠事事宜，子猷之癖岂云痴。安知百岁累累后，不与淇园渭水齐。座客劝我亦种竹，此语欲笑还欲哭。谁能更待四十年，看渠拱把围寒玉。

漫兴

景升儿，豚犬耳，荆州抛掷轻于纸。阿瞒一一好儿郎[①]，夺取山阳帝洛阳。仲谋啧啧羡阿瞒，那识渠家亦可怜。长沙桓王长沙守，父兄都死他人手。儿好儿劣何关人，高阳苗裔今几存。

喜得长孙

世间快事宁有此？七十年生五十子。八千里外瘴烟归，敢望残年重见尔。尔已喜，孙更奇，忧喜转伏人岂知。虎穴夤缘能出阱，龙钟适意又含饴。福祸人生元有数，明神有意垂呵护。当知奇事尽天恩，梦中相对聊忻忻。栖心仍有香光在，万事纷纷奚足论。

张幼量古剑篇

何年欧冶子，铸此切云锋。神物耻隐沦，炜炜丰城中。青蛇出土绣妖血，劓犀剚钟锷未缺。长宵风雨吼空床，百丈寒光一尺铁。鹛鹈细拭手摩挲，白帝

① 国图抄本“郎”作“广”。

方骄猰貐多。风尘澒洞无人用，长铗空弹奈尔何。

丁亥淄邑三烈行

收马急，收兵急，猰貐夜半缒城入。姑烈死，妇烈死，一门冰雪寒青史。妖鸡甲夜咿唔鸣，海潮澥湃贼登城。吁嗟乎！伏虎不刺[1]卒吞啮，长衢白骨何纵横。鸾讹蕙爇明珠碎，烈火精镠色无改。笑呼白刃气横秋，纫结无为夫子羞。沉沉深碧千寻冷，汉水巴陵此义并。凛冽应齐玉槛香，蝉娟犹挂银瓶影。断肠鶗鴂葬秾华，风雨夜深闻鬼车。一瞑千秋天雨泣，惊呼投刃贼咨嗟。是姑是妇妇有母，噫嘻三烈同不朽。兰菊终天陈楚词，义浆拜酹万人悲。佩若英兮冠翡翠，灵之来兮光天地。

梧宫秋

梧宫秋，吴王愁，姑苏草生麋鹿游。水犀三千带吴钩，酒城莲泾浮莲舟。黄池争长方迟留，甬东为君卜菟裘。吴耶越耶一回头，江东锦衣亦蜉蝣。西风又满百花洲，两君千年共一丘，茫茫啼笑从爽鸠。

题丁野鹤梦游赤城卷

五城十二楼，连娟若烟鬟。不识今宵梦，将寻何处山。罡风吹绿发，影落沧海间。沧海兮渺渺，华芝兮瑶草。游八表兮澹忘归，拂若木兮天鸡晓。

秋夕

西风半夜银瓶秋，鱼鳞云散星西流。蟋蟀草根啼不止，来我床下能相求。飞飞萤火映枝头，乍飞旋落如深愁。罗幕凉生露未休，小院疏砧清且幽。小院幽，轻风举。菡萏香，芭蕉雨。

拟古

车摇摇，马迢迢，如斯逝者方滔滔。云乔乔，风萧萧，神游八极天寥寥。

---

① 《国朝山左诗钞》“刺”作“刺”，国图抄本作“㓨”，即“刺”字。

感悟

华山一觉眠，失却数十帝。武陵一叩扉，失却数十世。烧却廿一史，天地从今始。今日以上元[①]无人，只问木槿与蚁子。

面衣

摩掌亦有火，摇掌亦有风。乃知阴阳力，不独造化工。君不见犀甲良工矜七属，骏马陷阵无金镞[②]。假面虽凉人面温，人面人面何须真。

① 国图抄本“元”作“原”。

② 国图抄本“镞”作“簇”。

栖云阁诗卷第五　五言绝句诗四十五首

清明寒

清明寒若此，似不惜莺花。佳节春三月，劳人天一涯。

旅夜

月懒偏迟照，窗虚已送明。旅怀春更切，不耐五更情。

旧梦

故里天涯远，双丸几度新。时从归梦到，犹是少年身。

旅夕纳凉

日夕人意闲，归鸟纷可数。风过送微凉，知是何方雨。

登寓中木台

空翠久相待，翛然世外闲。秋台小筑后，今日见西山。

残岁二首

残岁醒偏早，萧晨起易迟。云阴将欲雪，又复睡[①]多时。

浮名良自苦，残历不宜看。风雪欺人甚，天涯几倍寒。

① 国图抄本“睡”作“梦”。

湖湘杂咏十三首[①]

未入衡州郭，先见[②]衡州城。城门[③]垂薜荔，大抵似巴陵。通庚韵
两岸层层嶂，孤城面面山。横襟凭一叶，睥睨洞庭间。
几日舟行倦，今朝眼乍开。[④]千峰[⑤]翔舞处，一片大江来。
南岳连云尽，东流际海长[⑥]。他年图画里，著我在潇湘。
菰米凫鸥圃，蒲帆江渚秋。不知湘汉水，辛苦为谁流。
初意黄州郭，重追和仲游。那知客路缓，才得发衡州。
彰汴襄阳路，武昌衡岳中。沧桑君见否，处处故王宫。
回雁匆匆过，重寻石鼓岩。万家城郭底，一一度江帆。
回雁峰边过，秋初雁未来。渡江骄语雁，我自永南回。
小泊愁江口，鸣钲意爽然。微阴不作雨，大好放舟天。
西郭溪山好，长松午荫浓。飞头云起处，已识祝融峰。
江阔眼光大，舟空意思清。渔歌风外好，更借两三声。
未得长沙住，东归[⑦]趁素秋。潇湘千古意，输与钓鱼舟。

途次

烟村望尚远，倦鸟归何处。青山渐近人，忽过青山去。

武昌道中五首

行人到武昌，已作半途喜。那识武昌南，烟水五千里。
绿净不可唾，此语足千古。天水淡相涵，中有数声橹。
偶作念首诗，投笔飞云过。此后莫豪吟，毗卢顶上坐。
花放不知名，稻秀犹能长。芳草隐清流，但听清流响。

---

① 又见《池北偶谈》和《晚晴簃诗汇》。
② 《池北偶谈》“见”作“看”。
③ 《晚晴簃诗论》“门”作“墙”。
④ 此首前两句《池北偶谈》作“几月舟行久，今朝倦眼开”。
⑤ 《晚晴簃诗论》“千峰”作“万峰”。
⑥ 前两句《池北偶谈》作“南岳云中尽，东流海上忙”。
⑦ 国图抄本“归”作“来”。

芋火夜经声，悲喜寒岩寺。宰相世间人，何与山僧事？

写怀

忙处身多健，闲来念起频。晴窗高卧久，却喜叩门人。

漫兴

把酒还临水，抛书忽对山。未知此日里，曾有几人闲。

雨

淅沥方愁住，浓阴且莫开。游仙多少梦，专待雨声来。

即事

好鸟解评花，对坐枝头语。似数夜来红，几点随风雨。

即目

矮屋水边村，斜阳山下路。垂柳绿遮门，中有幽人住。

山村

绝涧断乃佳，小桥过亦好。涧边倚树看，不踏桥西道。

题子下壁①

庭花寂更妍，主人不知处。开却东西窗，清风自来去。

① 诗抄本作“题王子下壁”。

坐东园柳阴下

柳阴定奇凉，黄鸟来一个。不负百啭心，主人方闲坐。

西郭漫兴

买瓜大道旁，如傍[①]煨茶火。忽忆抱琴人，清溪洗山果。

桐下

绿叶何翩翩[②]，长风偶到此。欢呼童子集，桐下拾桐子。

六月菊

黄菊夏已[③]花，那能待重九。但布给孤金，莫劝渊明酒。

芭蕉

浓绿欲迷天，将有轻风动。烦君带雨声，助我萧萧梦。

秋意

应葺林中阁，以就山下泉。闲心微醉候，秋色远游天。

秋二首

草尚离披绿，花犹寂寞红。蝶来庭下少，应是怨西风。
远浦初闻雁，斜阳乍倚楼。闲从芳草语，又是一年秋。

---

① 国图抄本“傍”作“旁”。

② 国图抄本“翩翩”作“翩翻”。

③ 国图抄本“已”作“亦”。

窗下

几坐觉微风，篆烟飘缕缕。何处乍心空，点点芭蕉雨。

秋望

芙蓉不耐秋，八月莲房黑。夕阳一片山，中有万古色。

秋夜

夜从人淡荡，秋与月精神。长笛听宜远，疏星望渐亲。

即景

云低古洞寒，雪压梅花屋。残灯淡欲无，悄对山僧宿。

西郭外

酒尽莫重呼，残阳半已无。遥天连积雪，一望似平湖。

栖云阁诗卷第六　六言绝句诗十二首

初春遣兴二首

莺语初依弱树，鸥波渐满方塘。细问浮生百岁，能消几度斜阳。
料峭东风乍转，渐看桃李花秾。惭愧昏昏醉梦，劳他天外晨钟。

春游

走马沿村觅酒，敲门随处寻花。天气清和时候，柳阴淡荡人家。

闲居

远处高楼烛影，静中明月箫声。且缓三杯淡酒，先赊一枕风清。

题扇

猿啸林风策策，鹿眠溪水潺潺。高巘幽人独坐，夕阳樵客将还。

抄书

何云小偷郭象，便欲全赠齐丘。直恐兔园册敝，难因羊祜名留。

题画

斜日断云冉冉，芦花枫叶悠悠。十里平沙无舍，一行高岸维舟。

偶成

介甫不近人情，平叔耑攻姿首。安仁土墨皆妍，张载胭脂亦丑。

云

何处飞来青嶂，压予茅屋嶙峋。熟视莞然一笑，连天泼墨云新。

访友人二首

几度摄衣到门，阍云高枕自在。恐君正友庄周，未敢便为樊哙。
沈约得朋分病，东方有客同饥。何处与君对面，应求如许多时。

载绩云，殷家泉可以避暑

百亩森森绿树，千岩漉漉长流。我欲从君避暑，听泉直到深秋。

栖云阁诗卷第七　五言律诗六十四首

简梁苍岩

帝里终何事，匆匆已暮春。从容花鸟伴，潦倒醉眠身。我惧妨贤路，君当恕放民。嵇康非漫语，慵病本来真。

送仇景万归里

启事迟司马，轻装出帝畿。莺花三月至，笑语五陵归。月射青萍剑，风回白纻衣。到家谁共醉？约略杏花稀[①]。

游草桥

茅屋萦畦合，闲花映水香。看山如得药，出郭似还乡。醉眼方塘阔，风林野梦长。始知南浦乐，绝胜北窗凉。

与篁庵年友话次偶成

樽酒唱青骊，河梁返照低。宦缘真可见，世论本难齐。卖舍装犹薄，回舟事又稽。那堪楚水上，鸿雁数行迷。

赠李闇修

宦游疏酒政，颇忆竹林游。昔日狂歌侣，萧萧鬓欲秋。乡心霜后雁，野兴渚边鸥。新报秋田熟，行将归故丘。

① 国图抄本“稀”作“西”。

送沈静澜观察越东

河梁今日意，立马更徘徊。樽酒离亭晚，轩车驿道开。天风沧海树，秋色越王台。别后知相忆，时看旅雁回。

留康表弟

命驾君无遽，临岐我欲愁。离家难计日，送客便如秋。已作三年别，何辞一夕留。娟娟今夜月，相待石桥头。

和易斋《示儿》二首

故国经时隔，安危近若何？檄严愁转饷，戍久困横戈。牖户绸缪少，乾坤跼蹐多。髫年寄家世，勉矣慎风波。

客岁冰霜道，归鸿又早寒。世方稀[①]善地，吾岂恋微官。涕泗无家别，辛勤行路难。乡书迟累月，何计客心宽。

寄五弟

全身多事日，萧散足娱亲。空橐无忧盗，孤村尚有邻。闲心[②]拙自可，废业懒犹真。莫作枫林梦，金台忆远人。

长安送客

不尽开笼喜，离怀亦黯然。轻将辇道柳，折向海门船。鼓枻东风外，怀人北斗边。名章何日上，涿水有闲田。

立秋日汪园小集次韵三首

仇池何岁到，羁绁梦悠悠。落叶经年别，凉云醉客留。已知连夜雨，并作故园秋。洗马临江日，茫茫始欲愁。

---

① 国图抄本"稀"作"希"。

② 国图抄本"心"作"身"。

风雨宜萝带，青葱对小山。猿归披樾宿，鹤唳带云还。松菊虽开径，蓬蒿自掩关。坐来飞瀑近，拄杖听潺湲。

无何力能饮，持此驻京华。客梦风前絮，尘情雨后花。笑谈寻绛雪，意气赠青霞。归路长林晚，争枝笑暮鸦。

都门西闸

休沐闲身快，河梁胜地偏。犹嫌骑马路，未有钓鱼船。夕嶂明空翠，平波上远烟。樵苏将过尽，何处笋舆还。

早秋

西风客兴好，是夕月微凉。千里天雄酒，三秋楚畹香。流萤穿竹牖，斜汉挂书床。上客从安坐，厌厌漏渐长。

京邸秋日杂咏四首

聊饮王城酒，柴桑事若何。岁荒军垒益，阍远税条多。秋色谁闲眺[①]，浮生盍放歌。依依月明[②]下，白露遍庭莎。

巷南村落近，秋色淡斜晖。梦苦林泉少，游嫌伴侣稀。读书穷野稗，多病羡痴肥。新写林居录，巾车胡不归？

南柯开梦眼，归路有柴车。岂敢薄卿相，聊求便拙疏。心慵书自少，脾病食常余。独羡青门畔，行歌暮荷锄。

隐几风篁冷，颇宜幽梦深。蝶栖如有待，蕉绿本无心。药裹医初去，觥筹客欲临。莫嫌秋色淡，隔院足长林。

秋夜

繁星晴欲堕[③]，斜月尚东廊。遥忆秋湖曲，时闻杜若香。灯摇村历历，天贴水茫茫。鼓枻吾将去，蓬壶路不长。

---

① 国图抄本“眺”作“睡”。

② 国图抄本“月明”作“明月”。

③ 国图抄本“堕”作“坠”。

将游退谷

都门余退谷，退士竭来游。禅问黄杨闰，花愁白露秋。山幽宜卧鹿，泉出便浮鸥。修竹真奇绝，檀栾近帝丘。

季秋独登报国寺阁

野色横今古，西风满帝州。山寒云外出，水远日边流。万象秋皆静，浮生倦亦休。长松幽意惬，少为夕阳留。

问五粒酒熟

岂复金台味，溶溶冰雪香。涤槽将计日，到口似还乡。旧德元青社，新衔自酿王。莫嫌嵇阮辈，晨夜数登堂。

寄王子下

霁雪轻寒后，萧条仲蔚居。乡心饥益切，花事闰还疏。奕钝慵寻谱，官闲喜借书。一樽桑梓意，暂枉故人车。

忆归

五岳多生愿，微官误尚平。马蹄何事苦，鹤发几年生。已办归田计，微须抱病行。嵩华云卧处，醉墨一题名。

告归

拭目忻然笑，而今始是归。朝来著箬笠，昨已卷朝衣。招手青山近，同心白鸟飞。到家樽酒在，先上钓鱼矶。

给假将归[1]

今朝遂晏起，已觉是闲身。檐雀皆成兆，庭花重作春。束装看日历，买舫向天津。况近茱萸节，秋山杖履亲。

早行

已与朝阳约，长天淡晓星。凫鸥远近浦，云树短长亭。白社新来创，黄垆旧所经。前途息马处，遥见一山青。

归途次良乡

杨柳多情甚，旗亭远近围。虽将佳节过，犹及暮春归。暝色轻依市，山光远映扉。不妨时驻马，小看栗留飞。

旅宿野寺

晚照斜衔树，寒云澹下田。但求今夜宿，敢问诘朝天。炉火熏衾热，龛灯照壁圆。残书读倦否，赖尔引安眠。

途中偶成

愁深勉自解，遂与世人同。杜口云山外，投身车马中。世惟卿相乐，人被鬼神蒙。自笑吾真悟，红尘不负公。

赠友

帝城三岁别，复此驻金羁。花月元[2]宵后，琴樽济水涯。每从游子路，偏与故人期。所怅容华[3]歇，兰芳忆往时。

---

① 诗抄本标题有“戊戌告归”四字。

② 国图抄本“元”作“圆”。

③ 国图抄本“容华”作“华容”。

雪后

角立谁争立，当前意洒然。鸿蒙钟报夜，清莹雪交天。错会巉岩境，休耽枯木禅。玉壶冰意永，为向洛阳传。

春日雪后

雪后微阴径，东郊欲问津。闲行穿柳陌，远趁看花人。清茗疑妨酒，微寒不损春。远山晴乍好，峰顶翠微新。

早春

杏花消息近，芳草已丛生。马识寻花快，莺呼载酒行。秋千归梦远，寒食禁烟轻。俯仰东风里，天人各有情。

二月

闲庭天地内，元化岂吾欺。草色还如梦，东风似不知。只留春住久，何恨燕来迟。无限王孙路，青青万里时。

村居三首

倦鸟联翩动，残阳约略微。劳生何自苦，拙宦不如归。竹坞铺琴荐，桃花簇钓矶。磬声谁款户，应是水田衣。

风尘来往路，仆仆亦何缘。残腊抽身早，孤村尽日眠。床头酒注缶，门外雪垂天。城市多新状，人来一一传。

名刺投还却，柴关应客迟。人传楸罫谱，客赠竹根卮。懒与闲相得，衰将病不辞。菟裘只此是，莫问世差池。

偶兴

作意绿参差，东风小立时。鸟声如有忆，春色欲何之。晴意熏于酒，闲情荡若丝。感人离别处，柳陌有残枝。

问友人山游

把袂相逢笑，诸君去几晨。为张临水屋，细问看山人。竹径何村好，桃花几处春。卜期吾命驾，禽尚[1]本同伦。

与友人

十年初会面，俱是远归人。往日燕齐路，平生湖海身。酒酣能喝月，诗就已离尘。共跨明霞去，翩翩鹤影新。

闲游

不必预为期，闲游日日宜。泉争溪口路，花放岭头枝。丝竹从吾好，壶樽任客持。醉呼笙鹤下，已见白云随。

看花

冗竟真闲矣，流连庭际花。飘风仍淡荡，晴日又攲斜。槐柳自如市，笙歌凡几家。我思偏有在，浓绿水之涯。

访友人不遇

访君君不在，留语向邻家。案敞曾翻帖，井甘空试茶。相期须竹屿，再过待桃花。欲候行歌返，前林日已斜。

新柳

插柳休嫌小，逾年已有阴。自然欢倦羽，乍可慰游心。旁接丛祠古，斜穿溪水深。当风聊驻马，子细拂尘襟。

① 国图抄本“尚”作“向”。

即目

城东山水好，自在野莺鸣。雨后潺湲出，耕余荦确平。鸡豚随馌妇，樵牧笑经生。故旧谁相访，林扉片月清。

新晴

新晴初出郭，山翠已相亲。白发人非旧，青阳序又新。有情皆酒伴，无事即良辰。临水风光好，桃花欲暮春。

闲居二首

未说归田乐，停官已自由。闲行书估肆，小试水关舟。祛暑聊凭月，寻山好待秋。名场如快饮，一醉复何求。

骤雨方垂幕，新晴又卷帘。卧宜翻画谱，懒久厌书签。断酒期频改，游山具屡添。君平为送喜，驿马入新占。

警悟

未证无生理，难辞有漏身。寿元愁积算，乐即病为邻。觉路怜岐路，前因悟苦因。阿谁同宝筏，翘首向迷津。

感

花开旋即谢，那得四时春。何意匆匆去，都为草草人。山河元自旧，名姓几回新。珍重千秋事，无为负此身。

述梦

梦中寻拄杖，直欲跨崆峒。蓬阆三山外，鸿蒙一气中。欲归忘世界，不住到虚空。下看天鸡小，扶桑叶叶红。

坟

谁能独免此？今古一荒丘。但要歌呼去，全难涕泗留。身元如过鸟，世已付虚舟，大好菟裘在，飘零莫漫愁。

悼亡

镜影鸾留半，东风夜可怜。梦为埋玉世，春是落花年。肠断鸳鸯水，魂消鶗鴂天。空将一点恨，和泪寄重泉。

哭亡友二首

比岁人琴恨，连翩王谢微。夜台疑最乐，良友尽如归。沧海吞山尽，清霜入夏飞。寝门多少泪，几度尽沾衣。

鵩鸟来何遽，惊闻转自伤。病花甘早殒，飞兔乃先亡。埋玉天如梦，探珠事竟荒。申池呜咽水，一赋忆山阳。

慰人丧子

莫讶涕涟洏[1]，霜摧玉树枝。寥天那可问，浮世本如斯。香烬三生梦，莲胎万劫期。不妨歌薤露，便是步虚词。

放歌

知复几朝在，伸眉且放歌。花摧樽潋滟，月放舞婆娑。听命消前业，乘流信逝波。唐生真误矣，雪涕欲如何。

溪上小酌

但对东流水，休愁西去乌。云阴浓草树，城影落江湖。一曲黄金缕，三杯碧玉壶。遥怜褦襶客，解向此间无？

---

① 国图抄本“洏”作“泗”。

少年行

百万赌樗蒲，鲜衣过五都。长歌估客乐，调笑酒家胡。袖裹金条脱，腰悬玉鹿卢。下春驰猎去，雨血洒平芜。

次康禄苐韵

浩浩乾坤阔，吾生固已微。劳薪[①]何自苦，笼鸟岂忘飞。人是休文病，时难贺监归。心期锦水上，竹簟傍苔矶。

次李吉津韵

犹有须眉在，浮生竟若何。聊将禅板舞，莫击唾壶歌。天地诚难问，风尘亦易过。息心心未得，久矣愧蹉跎。

① 国图抄本“薪”作“心”。

栖云阁诗卷第八　五言律诗六十六首

东园

岸帻照平池，疏麻缉短篱。燕忙新雨后，蜂懒落花时。梦起寻书卜，灯残待客棋。壁间题伏日，移竹莫愆期。

载酒堂

短楫点方塘，轻轻燕尾忙。风来柳四面，人在水中央。山压城楼翠，蜂穿菜圃香。便应铺枕簟，吾欲梦潇湘。

即目

一望绿茫茫，城南野兴长。长溪声到枕，密竹影随塘。郭近轻微雨，天炎爱夕阳。吾将师柳下，袒裼亦何妨。

亭前新筑高台二首

改作高台好，长天一望同。旷收遥浦月，虚纳广城风。浓蔓遮檐绿，飞花落径红。夕阳犹不尽，初月已朦胧。

新篁林自满，长夏更宜过。花爱风中舞，萍看雨后多。凉因知北牖，梦莫负南柯。直待黄昏月，匡床就绿莎。

野外二首

宜人野外色，策杖不辞烦。樵牧高低径，莺花远近村。微风吹鹤袂，斜日依柴门。囊涩愁沽酒，邻家借一樽。

牵缠遂匝月，此夕乍闲游。绿树人消夏，黄云麦报秋。临城堪放眼，入舍即科头。又欲西郊去，寒泉雪满瓯。

新晴

积雨快新晴，欢呼世太平。招邀宜小饮，放浪更闲行。有水皆添鹭，无林不聚莺。便寻弦管试，丝竹有清声。

晨起

自笑妻孥在，居然方外心。嫌花输竹冷，爱水较山深。岩下停樵斧，丘中抱素琴。更思瓢笠去，风雪坐嵩岑。

洞子沟

才到幽岩下，萧然意不同。迎眸遮寺柳，扑面度溪风。清瑟疑天外，长歌似梦中。山城三里近，只在夕阳东。

窑头河上

青山登顿倦，吾意爱渔庄。垂钓芙蓉浦，读书杨柳堂。苔①炊小甑软，歌引大堤长。睡起支筇去，平芜满夕阳。

坐圣水沟寺门前

别客回趋墅，沿山曲过滩。独来多蕴藉，所得是荒寒。溪落泉分浦，碑残藓出瘢。东南峰更好，宜向夕阳看。

过李淦秋山居

闲行入翠微，蜡屐淡忘归。谷静溪声满，山深日影稀。鸟醒樵客梦，云起定僧衣。便结宗雷社，长林话息机。

---

① 国图抄本“苔”作“苓”。

寄白东谷太常

此日黄冠长，真当署道民。宿生居易是，晚节玉蟾真。降谪欢如素，浮休梦是身，只愁斋解日，微醉有人嗔。

送王子下自里门还京

七月登车去，怅然如未归。又将官道絮，一拂故园衣。游子休回首，居人已掩扉。良时须努力，六翮刺天飞。

游东南山

窈窕千峰曲，青葱几径苔。瀑池穿地转，石室自天开。佳树随攲仄，幽人信往来。焚香翻《内景》，心到郁罗台。

闲游

名士无尘事，追寻水石间。沉酣千日酒，长啸白云关。自喜班荆卧，谁矜骑马还。同人皆曰可，争肯负青山。

简易斋

已恨相从晚，遥怜乍返疲。须君喜客日，是我叩门时。出郭溪山富，悬车[①]日月私。闲心无不可，为乐想难支。

东园

清风全领略，闲客兴翩翩。鸥喜新来水，蝉争欲午天。矜夸酒可圣，斟酌奕犹贤。残照依依在，诸君未可还。

① 国图抄本“车”作“居”。

避暑

避暑何方好，随缘到即休。花宫古殿角，柳浦远溪头。夜坐坚邀月，晨兴早借秋。自宽还有术，箬笠向西畴。

野兴

赤日行何缓，青溪坐正深。遥知田畔笠，羡我洞中琴。水泻千岩雪，云垂万树阴。提壶待林叟，和月或相寻。

夏夜

四更残露下，约略欲成秋。梦断求重续，天空忆远游。风来池北面，月挂屋东头。莫便匆匆晓，晨光剧可愁。

秋

白鸟苍波远，偏怜夕照宜。秋归人静后，雨唤客来时。杨柳遥峰断，蒹葭故径移。幸君能赌墅，携酒听哀丝。

秋日

莫信东方语，浮沉金马门。青帘郭外路，红叶水边村。古寺僧分坐，闲园酒满樽。应须仗幽事，尽忏市朝喧。

秋日漫兴

识得西风否？银屏昨夜声。行耽流水急，啸具远山情。草媚蝶翻去，果残禽不争。萧然皆自得，委化复何营。

与六弟夜坐话旧

坐久凉侵袂，疏钟入夜轻。苍茫追旧事，依约似前生。庆吊年多误，乡城第屡更。流萤如昨暮，还向短枝明。

雨后闻蝉声[①]

蝉声咽不尽，又报一年秋。挟枕千章树，鸣琴百尺楼。雨窗宜稳卧，晴日便闲游。骚客殊难问，浮生底事愁？

答友人

秋色西风满，吹来锦字书。衰容虽已减，狂态尚如初。绿酒真佳士，青山即敝庐，迎门应一笑，黄叶满柴车。

游啸园

残阳驻马处，最好是秋山。云物淡将息，圃田宽且闲。匡床偃仰卧，樵牧啸歌还。广大清凉月，迟迟莫掩关。

游青云寺

渔樵小径好，今日始能来。山色寒逾翠，林阴午乍开。屋庐穿涧壑，车马破莓苔。拟觅登真诀，迟留未肯回。

秋日

积雨秋如借，无风意已凉。花底皆亚砌，苔上已侵廊。长日宜欹枕，重帷有暗香。虚亭生好梦，随意泛潇湘。

秋月

不信今宵月，清光委[②]积阴。弦歌咽夜永，风露闭门深。旅枕迟秋梦，残灯聚宿禽。明河凝望久，依醉更长吟。

---

① 国图抄本此首诗在《游啸园》后。

② 国图抄本“委”作“微”。

秋夜庭中望月

天汉穿帘入，盈盈白玉堂。哀弦千里梦，凉月一楼霜。灯影连帏远，虫声向夜长。南溪风已定，稳著睡鸳鸯。

夜游

闲人无逸兴，那解夜分游。华子冈头屐，临皋亭畔舟。月高天放旷，水曲地深幽。约略残灯火，东村隔一丘。

夜坐

灭烛诸缘尽，微风细细生。残香人一榻，好月夜三更。梦易湖边去，诗多枕上成。高楼河汉接，频起绕阑行。

秋夜

西窗灯未暗，影射小池头。白露堪消夜，红裳不负秋。提壶吾自喜，促织尔何愁。明月阑干雪，茫茫河汉流。

清夜

银湾星斗浴，风起夜萧萧。月色天铺雪，林声海上潮。送歌来绣幕，吹梦向兰苕。攲枕支清漏，炉香半欲消。

村居

村居风物好，才到便萧然。清籁楼头起，寒蟾树杪悬。溶溶远浦溜，淡淡下山烟。一卷从高枕，浑忘薄暮天。

掩关

掩关何所事，高枕望闲云。栖鸟争枝动，流泉过竹闻。盘餐蒸枣熟，灯火绩[1]麻分。已漉松醪未？殷勤问细君。

九日

重阳佳节至，风日最堪怜。酒合乘秋纵，山尤向晚妍。青溪九曲地，白雁数行天。寒俭东篱客，聊依锦瑟前。

高卧

痴矣何多福，残年直至今。自缘匡世拙，敢谓入山深。鼓枻随渔父，函经问道林。云阴将作雪，高卧短长吟。

夜坐

黄昏人事寂。散发望星河。高树风来大，空庭月占多。鸣虫将入梦，宿鸟更成歌。高枕承天宠，长赢[2]解网罗。

过浒山泊[3]

千寻斜日下，百尺板桥浮。历落龟凫影，苍茫江海流。长滩奔渴马，倦客羡闲鸥。欲买扁舟去，乘风问十洲。

泰山

扶舆元气在，浩劫尚蒙蒙。独立沧溟岸，高盘青帝宫。千峰五岳长，一雨九州同。漫说昆仑大，穷荒故易雄。

宿南阳村舍二首

立久看忘去，长松积雨痕。孤亭遂作驿，百里未逢村。溪曲藏山口，林开

① 《国朝山左诗钞》“绩”作“续”。

② 国图抄本“赢”作“嬴”。

③ 国图抄本此首诗在《泰山》之下，题目作《过浒山浦》。

到县门。几年豺虎后，喜有数家存。

车马过从少，城隅古驿偏。青苔生柱底，绿水过床前。狖鼠将分地，蓬蒿欲刺天。流移闻渐复，深叹长官贤。

江舟四首

江岸仙人界，追思昨夜凉。不丝沾鬓雨，无迹落衣霜。月益苍茫甚，风偏窈窕长。秋槎如可借，银汉女牛乡。

我爱渔舟好，飘飘一掌轻。卧堪垂素手，坐已濯兰缨。逐燕飞扬去，牵鸥自在行。官船何足画，颇觉负狂生。

日昃明遥浦，山眠横素波。候人纷已静，舟子倦方歌。争路前期误，询程众口讹。来舟风解事，飞鸟掠人过。

三楚如天外，萧然幽梦多。云生岳麓寺，叶落洞庭波。芳草今如此，游人意若何。兴亡君莫问，江上有渔歌。

孙琰仲取王虞服旅柩归，遇于岳阳，诗以赠别

萍踪宿分在，相遇岳阳间。白鸟沙头侣，青螺水面山。王程驱我去，家信附君还。挂剑五千里，高风难可攀。

武昌道中二首

一丈齐檐绿，芙蓉剧可怜。舟回三楚水，云断九疑天。孤馆留人坐，高台背雨悬。瑶笙如可接，一笑祝融巅。

牵梦千峰翠，长林未易忘。昼将青作月，夏以绿[①]为霜。居者常移榻，游人定解装。况闻泉漱玉，决决满秋塘。

秋日湖南

登临楚客意，又似去年秋。雁塞千峰出，枫江万里流。歌声风卷幔，花影月窥楼。络纬何多事，添人五夜愁。

---

① 国图抄本“绿”作“露”。

送人之金陵

初踏白门路，苍茫楚水经。秋声高下雁，旅思短长亭。僧梵依残磬，渔灯散远汀。钟山应有恨，未改六朝青。

斗酒

斗酒英雄地，兴亡感未休。高眠沧海外，下听大江流。丛竹缘山转，千帆入浦收。悠悠鸥鹭梦，知否有孙刘。

秋夜

遥夜繁砧起，天涯那可听。灯昏人寂寂，风急夜冥冥。斜汉垂帘押，残香簇枕屏。空山趺坐客，重展蕊珠经。

项羽

天亡诚[①]有据，人事岂难知。父老伤心地，英雄掉臂时。太公生不恶，义帝死无词。石勒如相值，参差两可儿。

忆唐文宗语

和亲真失计，甥舅与谁名。社稷将无辱，安危托亦轻。岂宜嗤魏绛，那得笑陈平。尚觉明妃可，琵琶万古情。

丹徒华氏园

水行时息棹，散步晚凉天。是岸皆修竹，无村不画船。曲廊床下水，丛树[②]酒家烟。来怅寒霜后，横塘断采莲。

---

① 国图抄本“诚”作“成”。

② 国图抄本“树”作“竹”。

初春扬州

风雨南塘暗，垂杨绿未匀。轻帆兰渚路，微雨杏花春。青眼逢人笑，苍头贯酒频。乞浆元有地，莫讶叩门人。

拟赠郝雪海四首

投鼠诚知罪，寒蝉愧不鸣。师熠蜀地蹙，疏入汉臣惊。议贵轻编管，全生赖圣明。盈庭方切齿，岂易旧京行。

大有崔亭伯，柴门幸接联。白衣三事衲[①]，青海五灯禅。旧疏边人问，新诗过客传。伤心精卫比，敢望赐环年。

燕赵仍吾土，翩翩剑履新。中山城下路，泂[②]水梦中身。香火酬前愿，存亡问故人。翻思辽海事，千载令威真。

万死身犹在，投荒幸少年。谈兵元尔素，报国更谁先。一节监诸校，孤军定两川。书生堪授钺，淮蔡有前贤。

舟中

孤枕对兰桡，飞霜入夜骄。风寒鸥梦断，波涌月光摇。远戍通渔火，轻舟漾晚潮。乡心频计日，前路尚迢迢。

---

① 国图抄本“衲”作“枘”。

② 《国朝山左诗钞》“泂”作“淇”。

栖云阁诗卷第九　七言绝句诗八十一首[①]

深巷

长衢北下似重阿，老树亭亭百尺柯。斜日惟行深巷好，鸟声多处绿阴多。

途中

丁香花下过清明，白雁风前忽北征。二十余年来往处，酒帘邮树似前生。

赠雪海

西清重到侍垂衣，万死人从浿水归。正可极言天下事，莫言主圣谏书稀。

启事南台口占

寂历烟林入画图，风蒲贴水水禽呼。石桥沙渚频来往，金马门边见镜湖。

出郭见秋蝶

寥落空村[②]少物华，翩翩凤子向谁家。知无国色留君赏，好去篱根问菜花。

时京官多外转，予欲作杭州道为湖山主人

宿梦常牵越水滨，十年气尽软红尘。可能乞得湖山主，换取东华待漏身？

① 国图抄本作“一百首”。按，国图抄本是八十五题一百首。

② 国图抄本“村”作“邨”。

秦镜为袁松篱作三首[1]

奇珍千载劫余分，玉玺曾留轵道云。人世兴亡弹指事，不烦传语滈[2]池君。
兴亡转毂见何频，照胆咸阳迹已陈。多少人间惆怅事，金人辞汉镜辞秦。
河山历历看来空，万古消沉向此中。便是秦时明月在，可能还照栎阳宫？

忆家

不是秋来苦忆家，秋香笑客恋天涯。杖藜韦曲城南路，岁岁西风十里花。

雨中高卧闻早朝者

寒柝城乌夜五更，何人呵殿入承明。云窝高卧情何似，但听空窗细雨声。

响闸浴

夕阳携手浴平流，响闸滩西狎白鸥。此乐莫令朝贵觉，恐争林壑贱公侯。

送贻上二首

青山约略有前期，乍听骊歌搅梦思。少折都门西去柳，霜条留待我归时。
谈天有客日相过，长笛孤城唤奈何。我欲留君风雪里，旗亭同听小鬟歌。

赠新从军二首

塞草青青白雁高，龙香低拨送葡萄。平安火[3]远无征战，六博花前解宝刀。
笑脱征裘换苎衣，浮云西北望金微。传闻幕府征奇士，紫燕乘风出帝畿。

---

① 诗抄本与此处三首全同。《国朝山左诗钞》无第一首，有后两首，又录一首如下："炯如秋水了无尘，曾照阿房宫里人。唯有玉姜今不死，莲花掌上五云新。"

② 诗抄本"滈"作"镐"。国图抄本亦作"镐"。

③ 国图抄本"火"作"太"。

赠邻

携手桐阴又竹篱，颓垣醉墨尚淋漓。相思谁解相关处，槐影阴阴过院时。

听雨

风雨寒催梦欲生，潇潇淅淅亦多情。不知谁向空窗坐，听尽芭蕉一夜声。

黄叶

汉阙新秋晚照前，飞鸿旧驿楚云边。青山有梦开新社，黄叶无情似往年。

京邸

闲情何计谢缁尘，溷迹京华误几春。久客浑如僧挂褡，苦无一事报家人。

都门

乱后离家驹隙催，故园昨日有书来。手栽霜果华阳馆，秋半尝新已几回。

有感

山川战地髑髅寒，河水东流血未干。十六年来如昨梦，渔樵已作项刘看。

下直

槐影阴阴透晚飔，斜阳青琐倦归时。麴生风味殊堪忆，散发红窗听竹枝。

与友人谈

尽教白发飞扬减，但说青山意气高。世上狂终还我辈，梦中官合让儿曹。

警悟

痴便多情岂有穷，老来自觉百分空。始知角枕罗襦味，正与风鸢竹马同。

退食即事

抛掷床头旧酒瓢，名花何路解相招。残阳退食惟高卧，惆怅南塘第五桥。

升官图四首

三迁一日薄天阍，执戟东方是钝根，无限好官增眼热，不知弹指已黄昏。
赐绯奕奕胜呼卢，一掷惊看四座呼。挥手云霄从此去，几人垂首尚泥涂。
和峤王戎果孰优，局中上策与钱谋。卜瓯推毂浑闲事，剩索诸君赂几筹。
三公策免汉家非，台鼎由来少息机。纸上恩荣深似海，才登师傅浪言归。

有美

同在乾坤路各岐，闲忙何事各参差。如今瘦马随朝去，合是山僧入定时。

寓感三首

才见金乌照海波，九衢冠盖已如梭。莫嫌车马争来急，元自城阐路不多。
过去飞帆半已沉，停桡聊复憩微阴。元无万里乘风意，只对沙鸥自在吟。
百计何由避夜台，尘劳相逐苦相媒。分明撤瑟须臾事，犹问除书几日来。

优人

向谁含态向谁颦，回雪腰肢踏锦茵。歌舞成来心力尽，多生啼笑为他人。

漫兴

百尺竿头下自难，沙堤以上更无官。舆图万里围沧海，过却崖州有底看？

寓意

八万天风帝阙高，翩翩矫翼自能豪。醴泉竹实浑无恙，腐鼠何缘斗尔曹。

凉夜

月出已收侵幕雨，帘开仍见照灯花。幽怀远梦方千里，凉夜清樽正几家。

漫兴

才争蛮触天疑小，饱看兴亡事甚平。喜愠尚留难语道，死生如梦枉多情。

看人别

泪当似雨留君住，梦定成云入夜遥。江令多情应笑我，残魂如许替人消。

送客

龙节迢迢万里余，客星回首望扶胥。古人未免留遗恨，陆贾归来未有书。

京暑怀友人

爱书眯目惟宜睡，薄宦劳身那得游。无那怀人方远道，不堪作客况深秋。

闲居

葵扇桃笙午梦迟，荷香随雨入帘帷。薄情燕子相将去，客里闲愁只自知。

奉使邢襄道中二首①

天上龙章散八行，携来雨露满邢襄。老槐古驿漳河水，并入南来陆贾装。
燕南赵北意何穷，驱马寻真控绿丛。梦里似曾来此地，隋家杨柳汉家宫。

---

① 诗抄本仅有第一首，在题目下有“奉命祭告南岳”字。

驿路

烟雨空蒙映酒旗，金鞭挥断最长枝。征人日暮犹回首，丰水桥西驻马时。

早行

遥村残月尚苍凉，客路裳衣半带霜。簌簌平林风过处，寒鸦万个点朝阳。

见道旁冢

劳劳四海走双轮，欲碾昆仑作细尘。终与诸君同一卧，冢中前辈笑征人。

衡湘道中

楚水南来好驿亭，长松高柳到天青。经游第一长沙好，满院莲花待使星。

衡湘道上

山水高深各异方，兼长合是数衡湘。东吴回首无乔岳，妩媚青山似女郎。

旅邸夜雨

旅店萧萧对短檠，淙淙偏急是平明。梦回忘却天涯在，一样楼头夜雨声。

舟行

五两风微水面宽，长年高坐意安闲。酣眠乍起[1]江城近，过尽铜陵岸上山。

江上

旧迹邮亭尚宛然，十年忆自洞庭旋。可怜今夜湘沅月，不照渔船照战船。

---

① 国图抄本“起”作“契”。

悟

留侯东阁元难久，子建南云未可知。六十平头晚景好，始知早贵不如迟。

虎溪

云锁庐山面面峰，禅关下榻语从容。不知来往三生里，几听东林寺里钟。

巴陵道

萤火高低照远明，露凉河汉已西横。梦回不识巴陵道，络纬分明故国声。

旅中食枣

纂纂歌中赤玉脂，主人劝客饫餐时。三湘却恨归来晚，辜负秋林露满枝。

客路

客路春光似锦城，吟鞭摇曳晓霞轻。花枝马背行人笑，犹有风情未老成。

归途即目

百尺松前奏玉笙，天风策策紫云轻。仙人岩洞元无暑，况对清泉万壑鸣。

赠驿树

古驿斜阳月已升，清谈老树倦堪凭。只缘阅尽兴亡事，赢得心空似老僧。

途中看花

领略秾华在此晨，碧桃红杏莫[1]争春。垂杨万树棠梨外，绿锦屏风白玉人。

① 莫，即“暮”字，指暮春。国图抄本“暮”作“莫”。

途次

雨少风多侵客袂，腾腾酷似帝京尘。京尘[①]贵重君休厌，惯扑人间将相身。

归署

九卿络绎到瀛台，分步抠衣对御回。启事已完初日上，携将残梦署中来。

元宵

坊曲盈盈出绮罗，画桥香雾玉楼歌。纵然节物灯光占，毕竟游人爱月多。

清明柳

渭水桥东客舍前，鹅黄金碧断肠天。千条烟缕微茫里，不道清明尚禁烟。

京城柳

昆明池上柳丝斜，百尺盈盈覆睡鸦。何不深山大泽去，也来依傍上阳花。

春草

乘时无复怨春寒，带雨笼烟绿作攒。生向金阶仍是草，那堪便作杜兰看。

即目

雨悭嫩藓难辞瘦，风簇垂杨易作颠。圃似官曹烦料理，山如佳士耐周旋。

早朝

夜凉才睡已惊眠，待漏东华怨曙天。高位多金犹道苦，舆夫能得几文钱。

---

① 国图抄本“京尘”作“尘尘”。

戏题

避债台高剧可怜，好官不抵一囊钱。阆风樊圃从容去，学得陶朱后学仙[①]。

报国寺

一月招提到几回，长松百丈羽幢开。市人熟识应含笑，又向东廊看画来。

仲绩将归

故园[②]小圃又东风，杏子樱桃次第红。明日春明门外路，清明消遣马蹄中。

春归

杜宇啼春不可留，临江洗马始言愁。清霜只在珠帘外，白露丹枫未是秋。

早起

已送啼莺又听蝉，懵腾起坐尚思眠。不知残月东华漏，何故能堪四十年。

水关四首

轻凫荡漾绿波凉，风物长安似水乡。莫问金鱼池上路，一泓真笑夜郎王。
临流飞阁四时秋，夹水珠窗映莫愁。夺取汴梁行乐处，金明池上见樊楼。
桃叶遥来西子湖，秦淮惨澹没平芜。地灵王气皆趋北，移得江南入大[③]都。
平湖已羡夕阳开，更约良宵载酒来。明月高天凉露下，鲛人为捧碧霞杯。

---

① 国图抄本“仙”作“山”。

② 诗抄本以及《国朝山左诗钞》《般阳诗萃》“故园”皆作“山南”，国图抄本亦作“山南”。

③ 国图抄本“大”作“去”。

水关竹枝三首

田田荷叶水蒙蒙，猎猎菰蒲剪剪风。欲买莲舟人不见，棹歌遥过[①]翠林东。

德胜门前菡萏铺，漫夸[②]江上有西湖。阿谁更作长堤主，与种垂柳[③]一万株。

酒家亭畔唤渔船，万顷玻璃万顷天。便欲过溪东渡去，笙歌直到鼓楼前。

---

① 国图抄本“过”作“歌”。

② 国图抄本“夸”作“诗”。

③ 国图抄本“柳”作“阳”。

栖云阁诗卷第十　七言绝句诗九十七首①

长安归途

挹来日观千寻翠，洗却燕山十丈尘。无奈邯郸争入梦，望中多少北来人。

归来

归来栗里万缘轻，社酒歌场最有情。三月东风芳草遍，高原携酒看风筝。

徒步塔寺后巷②

步屧城闉爱晚晴，槿篱茅屋总多情。那知伏枕京尘客，又向斜阳巷陌行。

元宵

百花阑畔暗香轻，敢向钿车想目成。一一霓裳皆似雪，不知好月向谁明。

元宵二绝句

绛纱灯隔玉河微，金凤觚棱淡曙晖。大似初秋临水见，流萤巧作雁行飞。
逝水无情岂自持，不堪把玩总如斯。一年佳景回头过，明日天街寂寞时。

元宵雪

夜深已换旧衣裳，女伴踌躇懒下堂。雪霁月明游尚好，只愁泥涴绣鞋香。

① 国图抄本作“九十六首”。
② 国图抄本此诗在第九卷。

春

溪色山光最可怜，春来妩媚似婵娟。谁能岁岁看杨柳，烂醉东风七十年。

粉红梅

芳华忆破大江寒，载酒铜坑梦未残。不是清香风送过，游人真作杏花看。

寄怀济武南游

罗浮香梦玉横斜，一载钱塘竟作家。苏小坟前西去路，西溪几度看梅花。

和济武

皱玉清波花影明，道人难尽是闲情。愿为文履陶元亮，聊赋梅花[①]宋广平。

春游二首

唤客东风大有情，朝朝出郭问东城。闲行不踏常行路，缓辔穿村曲折行。
山色微鲜半画眉，柳条初长未成丝。游人莫讶寻春早，酷爱东风乍到时。

出郭

出郭先应过酒家，马蹄芳草印平沙。薄烟细雨消魂路，正好桥南问杏花。

野园

风过花间添妩媚，水流石畔倍澄清。莫嫌睡熟东轩久，自有流莺唤客声。

春来

春来佳节故牵连，才过花朝寒食天。老病昏慵浑不忆，泥人稚子问秋千。

---

① 国图抄本脱“花”字。

过故人居

东西村墅恰相邻，茅舍迷离忆未真。独倚危楼惆怅处，欲谈旧事更无人。

到门

到门柳色绿堪怜，一曲清溪百道泉。纵使主人深避客，客来元只借床眠。

戏介黄

留岁屠苏乐未央，春风铜雀艳歌长。不知同梦残灯夜，余梦能分到故乡。

戏代

学道灰心只自怜，何因与觅小乘禅。羡他采药天台去，赢得佳人又作仙。

东池

一溪万柳绿阴浓，樵牧争来坐卧同。付与诸君无不可，有人便不负清风。

闲行

夕阳佳丽天如改，明日端应大好晴。纵使杏花开尚晚，绿杨溪上也闲行。

郊原杂咏三绝句

雪后桃花尚杳茫，柳条深碧浅鹅黄。孤村犹有清明意，一架秋千出短墙。
清泉瀌瀌傍河干，杨柳新栽日影寒。他日柔丝长百尺，不知携酒共谁看。
河舫当年大道旁，河中短棹溯[1]波长。如今一一埋幽草，说向行人总断肠。

① 国图抄本“溯”作“泝”，应作“泝”，书写者少写一点。

五弟书斋

狼籍桃花断送春，小窗风过净[1]无尘。斜阳忽见临池影，六十年前旧主人。

寒食

寒食空闺午梦慵，熏炉留火傍帘栊。断肠春色梨花老，斜挂秋千细雨中。

寒食杂咏六首

一树红妆映浅塘，东风才过便闻香。好花亦乞延年否，小院庭阴又夕阳。
煌煌汉殿方传蜡，漠漠绵田正禁烟。憔悴繁华悲喜地，参差愁煞暮春天。
青山东望对层楼，近郭弯环一水流。城上风高难久立，桃红梨白镇回头。
桃花柳叶尽多情，勾引携樽出郭行。明日酒醒如梦杳，回头昨日是清明。
青山如黛远村东，嫩绿长溪柳絮风。乌雀不知郊野好，穿花翻恋小庭中。
羲和来往本无情，便作蜉蝣了不惊。屈指悬弧才几日，已过七十七清明。

清明

浮生忧乐转相生，除却神仙尽有情。痛哭棠梨归去晚，还将歌舞过清明。

清明过窑头水曲，杏花未开

杏花寒食燕呢喃，临水行人勒马衔。记得年年经此地，纷纷红雪点春衫。

送王瞻明北归

到村定自绕溪行，杨柳东风野客情。今岁春深山雨少，杏花开已过清明。

杨柳枝二绝句

垂杨城里斗娇娆，城外丝丝傍短桥。桥畔垂杨多野色，应知不及楚宫腰。

① 诗抄本“净”作“静”。

楼头玉笛落江梅，红杏迟迟尚未开。春色三分到杨柳，斜阳日日上城来。

柳枝

嫩碧轻黄杂翠绡，流莺几日恋溪桥。好阴不肯留人住，枉向东风卖细腰。

风筝

飞翥重霄也大难，如何脱手便云端。偶然借得东风力，已赚群儿仰面看。

郊行

桃花半落柳[①]丝黄，芒屩沿溪到远冈。翻忆幽窗清梦稳，禊辰风雨似重阳。

寻花

远近游蜂报午衙，墙头一树是谁家。疏枝到眼何劳诧，曾看西山万壑花。

问花开

不拘茅舍与精蓝，遍访春从不避贪。常恐花开人未觉，日呼童子到城南。

花发

花发春深倍有情，门前垂柳自交横。荒村空寂谁同话，寒雨连朝倦入城。

看花

远收光影近能真，疏密高低各可人。马上墙头犹恋恋，最难忘是未相亲。

① 国图抄本“柳”作“榴”。

对花

海榴得意占长安，芍药春归兴已阑。抛却天香对秾艳，只惭白发不宜看。

雨后

芳草迷人衬碧萝，闲花落地雨声多。疏疏几点平池满，奈尔鸣蛙得意何。

牡丹蕊

改得花阑次作池，牡丹移后放应迟。红珠映水春如海，正是东皇蕴藉时。

窑头溪上

柳阴浓处水平堤，石径参天路欲迷。忽忆扁舟当日事，为看绝壁数行题。

闲居二首

梦回方厌梦迷离，犹喜蒙蒙曙色迟。遮莫五更风雨恶，分明往日早朝时。
晓曙风寒尚不支，乌衣旧识话相思。可知春色今多少，细草方墀绿满时。

闲

看遍征人益觉闲，隔篱不必掩柴关。偶来树底俄惊雨，才出村来便有山。

春燕

天地蘧庐日日新，几家王谢尽黄尘。新来燕子凭君住，莫问当年旧主人。

惜芳草

蛛丝鸟迹可怜生，童子殷勤运帚轻。略扫浮埃须住手，要留芳草衬阶行。

菜圃

绿绽垂杨百鸟啼，雨余菜甲蘸香泥。桔槔声静园公醉，自在春流已满溪。

食新菜

西郭游鱼云水乡，城南花鸟系人肠。老来恃粥前贤意，七箸新添菜甲香。

暮春二首

每从春晚怨天工，细雨无多尽日风。庭下斜阳迟亦好，桃花能更几朝红。
添妆才看丁香雨，吹梦将成芍药风。莫讶鹃啼春欲去，好春正在晚春中。

漫兴

经翻摩诘终何解，术业君平尚未疏。室内散花从有漏，床头除《易》更无书。

春残

绿满平芜水满塘，残花半落尚余香。数椽白水青山下，日与乌衣共草堂。

惜牡丹

五日天香已作尘，风光空自占残春。如今始信秋花好，一月东篱看煞人。

觅絮

春残偏忆雪蒙蒙，谁惜飘零野水中。霁日微风尘事尽，缘寻柳絮到城东。

庭花晚开

春残蝶翅卷晴丝，嫩绿惊红乍满枝。占取秾华休恨晚，邻家花落已多时。

看海棠

花枝憔悴人多病，辜负春光易怆神。白发蒙头君莫笑，当年手种此花人。

城隅

绿幕迷天树百围，清流如带絮争飞。几年芜没城边路，白发遗民记亦稀。

雨

雨足�雏傍母生，鸣鸠逐妇太无情。蚕方簇薄犹愁湿，麦未登场各望晴。

赠燕

黯黯台城几落晖，掠泥新自小池归。乌衣不管兴亡事，只向朱门宛转飞。

赠鱼

清波瓦缶皱风鳞，海石榴花蹙绛巾。几日新荷舒似掌，媵鱼张盖学夫人。

喜新笋

酒樽棋局欲分凉，谡谡风来散绿霜。怪底清阴覆门径，满林新笋过檐长。

听歌

麦秀离离陌上歌，美人帐下夜滂沱。芜城旧赋雍门曲，四座柔肠暗断多。

嘲鹤

经诧浮丘亦浪传，漫将华胄羡青田。餐腥啄腐涎垂地，不信高飞便是仙。

闲立

黄鹂啼处雨萧萧，弥望平芜嫩绿饶。泛泛孤舟横野渡，有人闲立看春潮。

闲居二首

燕子呢喃报晚春，东风吹送落花尘。雨窗清寂非人世，应是长安梦里身。
广庭花竹影扶疏，宾客稀来意自娱。石上无尘凭偃仰，分明小驷衮尘图。

即目

高柳阴阴一道斜，小溪宛转向天涯。流莺日午啼应倦，闲向池塘啄菜花。

堂下作池

移石西堂小作渠，爱看波影上衣裾。不妨流向床前过，置足潺湲坐读书。

新荷

雨余风露入清和，竹影云光荡碧波。为念韶华易抛掷，临池日日数新荷。

池荷

红妆婀娜可怜生，尽日清樽对尔倾。欲问风尘骑马客，墙头遥望更多情。

莲池

柳色东西接画廊，浮萍雨后涨银塘。风从菡萏丛边到，减却炉中沉水香。

东园二首

芳草如茵接薜萝，东风吹送雨倾荷。无心添遣平池满，只有鸣蛙得意多。[①]

① 国图抄本该首诗作“芳草连天衬碧萝，东风闲送雨声多。无心添遣平地满，奈尔鸣娃得意多”。

昼长人倦意如何，南北分游蝶翅多。处处匡床储好梦，诸君随意选南柯。

西关

青山西望晚霞飞，卖酒人家半掩扉。斜日趁墟人去尽，闲情久坐断桥归。

载酒堂杂咏四首

荷才有叶尚无胎，飒飒微风荇藻开。谁向乌衣双燕报，小塘刚绿便飞来。
夜合花前夜漏迟，微风白苎正相宜。瑶台不在重霄上，高枕空庭月满时。
绿阴三尺已摇风，玉树青葱忆汉宫。不是主人能种树，邻家槐子落庭中。
琅玕拱把昔亲栽，多少龙孙破绿苔。不道平安应走报，老夫亲候起居来。

闻蝉漫兴

精思蠕白自飞扬，羽化凉柯风露香。正恐秋蝉他日悔，蜣螂滋味未全尝。

蝉

碧树青山大道旁，鸣蝉分队竞宫商。须臾雨过千林静，又换新声报夕阳。

芭蕉

几日芭蕉正怒生，森森浓绿与檐平。丁宁已与幽窗约，稳送新秋细雨声。

东园荷花

输与沙鸥日日来，山城欲出屡迟回。今朝客自园中至，为说芙蕖一朵开。

东池风雨

分破银塘万点萍，轻雷才过已如倾。何人颇解江湖意，来听风荷战雨声。

小滩竹

潇湘云梦到应难，啸咏名流只数竿。碧玉摇风三十里，无多宿雨带烟寒。

即事

云锁柴门未易开，常嫌车马破莓苔。林青溪碧山如画，只许幽人看竹来。

苦暑

雪海仙山路杳茫，人间未敢觅清凉。只求昼漏三分减，并向清宵作许长。

即目

碧涨盈盈接暗泉，飞来翠鸟爱翩翩。不知为饮池中水，为看摇风出水莲？

村舍

绳床移就豆花风，寂历疏篱野色通。毕竟村居风味好，蝉声也觉胜城中。

村居

人到村居意自闲，溪流如带绕柴关。半村斜日渔樵静，石几高眠看晚山。

栖云阁诗卷第十一　七言绝句诗一百五首

即事二首

井阑绿满葡萄叶，篱落红垂扁豆花。窗下蔬畦骚客圃，门前樵径野人家。

平沙晴久净无苔，觅地临流互举杯。莫畏长天斜日影，柳阴十丈过溪来。

邀友人围棋

空庭棋待客来过，胜负无妨笑语和。不必烂柯人换世，午阴已换晚凉多。

月下

庭阴如盖草如茵，凉月风吹过比邻。石枕横阶尘土净，昨宵曾有纳凉人。

窑头即事

竹下萧然出世心，屡移湘簟就浓阴。斜阳密树难穷望，便似千岩万壑深。

溪上

避暑长林西复东，披云细数塞天鸿。长须携酒寻应易，多在清溪绿柳中。

溪园

千章树暗穿云合，百道泉交怒雪飞。短策几人骑马路，匡床尽日钓鱼矶。

访友人

一曲清溪近可通，疏篱掩映夕阳中。柴门独有丹青意，杨柳芙蕖尽不同。

过杨用儒

雨后苔侵薜荔深，小斋犹喜绿交阴。客窗夜话期重听，惆怅先生已卖琴。

感旧

亭轩旧地尽蒿莱，石丈萧然立绿苔。憔悴繁华何足问，只如闲看故人来。

悼宋直方

荷衣枉说遂初闲，虚结茅茨傍水湾。七十二峰残照里，何年林屋令威还。

漫兴

喃喃儿女已无情，并笑英雄似老兵。铁绰板犹非我意，排云须作步虚声。

东园三首

错道云峰洞壑幽，何如散发卧溪头。揶揄笑向东山道，输与般波一道流。
风皱银塘瑟瑟秋，柳丝百尺蘸平流。离披影已吹难去，况有流莺在上头。
豆花放后雨丝丝，晓日初晴晒粉宜。蛱蝶便应频见访，凉秋汝住不多时。

闻西樵殁二首

鸡骨支床血泪新，夜台犹是雪衣人。名流江左于今在，和峤王戎共一身。
来往中阴掉臂行，人间文度尚关情。知君已到金沙界，为报莲花几叶生。

戏赠易斋二首

三年萍迹鲁秋胡，千里高轩秦大夫。瞥见提筐疑不尽，黄金可试道旁无？
青蛾不独怨分携，白兔茕茕东又西。织素织缣何似好，新人惆怅旧人啼。

赠人悼亡二首

白骨红颜自古哀，返魂香遣几人回。闲阶肠断蘅芜草，莫为相思入梦来。

画阑桐发愁新绿，宝抹[①]脂残怨旧红。反为月明愁此夜，照来魂断绣帷空。

枕上

枕上游仙更不疑，南柯命驾莫迟迟。空庭客去槐阴转，正是淳于欲睡时。

昼眠

庭前山翠落莓苔，庭下琅玕手自栽。睡诀五龙新授得，梦中亲访华山来。

长眠

高枕人如天上游，南柯何事早回头。已知便作千年睡，破梦晨钟更不愁。

睡起

竹坞花阑赤日长，画屏寂寂带残香。莺声唤醒瑶天梦，又是西窗半夕阳。

溪上

湘簟�楼对水开，才停葵扇好风催。高低乍见沙鸥起，应有行人问渡来。

东池

微凉忽上越罗衣，呼马还停到落晖。不是贪看花满眼，好风未肯放人归。

对盆水，忆道开泉上坐

瓦盆风动浪痕圆，梧影萧萧挂远天。忽忆山村临水坐，科头竟日对寒泉。

---

① 国图抄本“抹”作“扞”。

朝[1]

老去精神信未真，攒眉愁蹋软红尘。林间扶杖朝端健，世上英雄大有人。

秋海棠

团扇西风渐欲收，长生殿下望牵牛。不知娇卧时多少，检点红裳已到秋。

南台看小虫化飞蛾

茧室翩翩羽化年，飞扬乍欲刺遥天。才惊蝉蜕乘风起，多少蜉蝣庆选仙。

秋日邀友游东池

闲中赏会古犹今，嵇阮相逢定入林。酒近清真名士味，秋能消散道人心。

山村

村落西风景物奢，家家茅屋挂匏瓜。秋光不属繁桃李，付与疏篱扁豆花。

秋日感怀

大火西流感易深，客中无那是长吟。季鹰何止思莼菜，秋雨秋风总到心。

夜闻蕉雨

更深斗帐乍萧萧，只有残灯伴寂寥。不是梦回闻细雨，那知窗外有芭蕉。

尝果

闻说王家十八娘，摘来三日便无香。劝君莫负枝头果，晓起穿林带露尝。

---

① 国图抄本此诗在第九卷。另下面的《南台看小虫化飞蛾》《秋日感怀》《夜闻蕉雨》《尝果》《京署夜闻风声，因忆去年此日泊舟江上》《偶感二首》，国图抄本皆在第九卷。

京署夜闻风声，因忆去年此日泊舟江上

安庆城东晚泊船，江风霜柝夜萧然。分明湖海余声在，又向长安搅客眠。

秋池荷花

清商零露已相欺，犹喜盈盈见一枝。此后孤芳合珍重，风光非复艳阳时。

偶感二首

世事元知是幻缘，不平随地尚相牵。填胸五岳冲冠发，未觅神仙觅剑仙。
累叶簪缨梦已虚，登坛投笔意何如。阴符正好从容看，元是轩辕正[①]道书。

卜

自爱闲行卜[②]肆前，久将消息任流年。披帘一笑无他事，聊与君平送酒钱。

秋蝶

翩翩白蝶衬秋光，斜日轻风有底忙？大似幽人闲不耐，也来乘兴绕池塘。

秋

霁色顿如天可接，秋声偏与梦相求。丹枫极浦宜临水，白雁寒云数倚楼。

秋夜

唤愁笛莫催秋老，避舍云能放月晴。老去风情难一笑，歌来河汉易三更。

---

① 国图抄本“正”作“证”。
② 国图抄本“卜”作“小”。

蕉雨

风动仙鸾尾满庭，幽人攲[①]枕几回听。雨声昨夜添多少，又展芭蕉一叶青。

秋夜雨二首

蕉花梧叶各飕飕，静掩重门燕子愁。莫怪萧然凉彻夜，无风无雨不成秋。
细雨三更未肯休，峭寒真个是深秋。山窗元与天涯异，听尽萧萧不作愁。

听雨感怀

几载天涯故国情，栖云阁下野花明。今朝卧听梧桐雨，何似东华梦里声。

感兴

吊客青蝇亦可怜，死生只要两超然。一抔[②]掩却无穷事，参透刘伶[③]荷锸禅。

良夜二首

良夜浑疑世已空，单衫消受是微风。分明四十年前月，又挂长松五鬣东。
疏舂寂历度重门，华子冈头意可论。不尽犬声来枕上，严城中夜似山村。

野兴

荒陂秋水子牛鸣，被亩寒蔬草栅横。平楚何人残照里，酒罂斜挂蹇驴行。

病中寄子下

伏枕匆匆畏景斜，兼旬曾未到君家。红裳褪后莲房重，开尽闲庭夜合花。

---

① 国图抄本“攲”作“歌”。
② 国图抄本“抔”作“坏”。
③ 国图抄本“伶”作“令”。

窨药

清河珍药积如丘，病到陶朱自易瘳。二竖新来浑解事，别分佳恙与黔娄。

病余遣兴

支颐短杖[①]青山近，曝背空斋[②]白日长。病起乍如人隔世，心闲聊当客还乡。

闲居

闲客从来怕有情，才关我事便营营。花能隔舍看方好，雨向僧床听更清。

卧看庭下梧阴

羲皇未解是何年，风雨梧阴意洒然。不信渊明当日语，试来卧我北窗前。

忆东池

尘土情怀乱若丝，那能容易到东池。好花同尽无人赏，惟有溪鸥一一知。

闻笛忆故友

短杖单衣野寺旁，衰年惟识旧斜阳。自从记得山阳赋，长笛无声不断肠。

忆都门西山

淙淙蕉雨酒盈卮，十载空山入梦思。永夜泉声鸣枕上，来青阁里醉眠时。

梦

三生香烬世无涯，噩梦茫茫旧事差。纵使重来如柳絮，飞扬知复在谁家。

---

① 国图抄本“杖”作“长”。

② 国图抄本“斋”作“齐”。

卜

病骨闲心怯世缘，端宜丘壑置身偏。灯前愁听君平说，还向尘中二十年。

秋无酿料

琴本无弦作枕眠，科头三径意萧然。新来陶合[①]闲情减，检点西成欠秫田。

六十七中秋

白发清樽兴易阑，萧条辜负水晶盘。中秋六十七番过，只作寻常月夜看。

老

往日嫌人雪满颠，如今何计取人怜。风情未肯甘迟暮，只怪相逢尽少年。

偶成[②]

才展灵枢意自惊，久宜百死偶然生。已知蒿里无多假，日向刀头剑脊行。
社燕都来忘往返，雪鸿那复忆东西。十年枫下人空[③]老，千树桃边路欲迷。[④]

闷坐，用寒字

锁月蝉纱夜已残，离枝愁叶向秋寒。为花请假温存足，与酒题名懊恨宽。

有所思

怅望南云有所思，枫林兰渚女郎祠。寒鸦飞尽行人少，对酒长歌薄暮时。

---

① 国图抄本“合”作“令”。

② 国图抄本此诗题目作《偶感二绝句》，但两首诗与此皆不同。此处之第二首在国图抄本第九卷，题目是《都城南》。

③《渔洋山人感旧集》“空”作“归”。

④《般阳诗萃》此诗是单独一首，名《都城南》，与国图抄本相同。

无题

镜中憔悴恨难传，人道颦时态更妍。妾正倚床郎作客，却于何处得相怜。

闺情

杨白花飘拂画檐，黄鹂恰恰雨纤纤。合欢才绣鸳鸯颈，抛却金针自卷帘。

闻蛩[①]

愁生闻见情为累，电转春秋去不停。一任寒蛩勾落叶，道人只是未曾听。

回头

永州道上千峰玉，鄜县江头一叶舟。万里征夫斜日影，十年前事莫回头。

竹[②]

千亩淇园蔓草长，连昌宫畔亦荒凉。残枝好向柯亭去，还与人间诉断肠。

东方生传

执戟酣歌肆滑稽，金门谁识岁星栖。怪来大隐饥将死，那得余钱买小妻。

明妃

琵琶幽咽怅[③]君恩，宠辱由来未足论。何似华山毛女好，仙人掌上拂莲痕。

---

① 国图抄本此首诗以及下一首《回头》在第九卷。

② 国图抄本无此首诗。

③ 国图抄本“怅”作“恨”。

祢生

七尺昂藏笑自仇，邺中不死楚中游。惹将刀槊缘词赋，何处青山少一丘。

《太平广记》中郑余庆寄书事

狡狯从来未易量，一杯醽醁窃何妨。神仙自古偷儿事，朱鸟窗前汉侍郎。

九月八日过受之弟斋头

柳丝秋老自然黄，三径萧萧不待霜。黯淡孤城云似梦，欲将风雨讶重阳。

山村

短杖山腰步屧轻，小村红树远相迎。溪深不见清波绿，错道鸣泉是叶声。

九日

龙山落帽失童心，乍觉阶前众壑深。未敢平原门下去，美人楼上笑难禁。

忆五弟山中

策策芒鞋小尚平，穿林度壑问[①]山名。可知今夜西峰月，曲傍幽人杖履[②]行。

游山

十年幽梦忆山家，石上泉声岭畔霞。便过瓮边休尽醉，留将一半待黄花。

栽花

年来布置兴无涯，篱菊寥寥未足夸。要使小庭如小圃，不教一尺地无花。

---

① 国图抄本“问”作“门”。

② 国图抄本“履”作“屧”。

渊明家伎图

五柳庭中度管弦，东篱秋色更嫣然。人生努力为官好，彭泽归来有俸钱。

自笑

尘踪那敢望三丰，人道丰姿约略同。净海仙山无不可，金沙池上蕊珠宫。

戏作①

莫问麻姑沧海波，云璈且和幔亭歌。飞符只取余杭酒，六甲行厨也厌多。

闲

百计难消万种思，寒灰枯木是吾师。支颐闲对秋花坐，颇喜今朝未有诗。

戏赠柳在斗

柳四先生未可轻，渊明相遇定呼兄。不辞五斗腰曾折，百折柔腰更有情。

候仙园有感

素壁荧荧醉墨颠，芙蓉花落客凄然。何人分我西州涕，也对清溪叹逝川。

赠翌明

挥弦犹忆少年歌，子野如今唤奈何。闲向风前吹一曲，从他白发上头多。

栖云阁听邻寺树声

古寺长林相与清，闲庭独立夜涛生。十年尘事风吹尽，不辨波声与叶声。

---

① 国图抄本无此首诗，下面《候仙园有感》亦无。

坐临水小阁

临水柴扉镇日关，渔歌声断睡鸥闲。夕阳小阁收书坐，细看溪东远近山。

空庭

荒寒转觉益清凉，此地偏宜八尺床。半夜梦回心骨冷，无风也爱月如霜。

慰人断弦

鹣鹣百岁影终分，红泪琴台湿断云。若较[①]相如君有幸，预将渴病哭[②]文君。

过子下

疏灯影淡衬莓苔，花外重门半不开。知道幽窗人睡少，惊秋风雨夜深来。

口号

门启任从风四入，灯昏须让月孤明。残妆花懒偏多态，破梦乌啼乍有声。

感兴

顾俊哓哓正竞鸣，汪洋叔度似无情。那知卫乐清谈外，别有经营老士行。

東阮亭

升坠难知转世因，聪明元是暂时身。欲知弹雀明珠贱，比似文人与贵人。

偶拾松枝

同云痴懒占层峦，敝絮离披岁已残。拾得枯薪添土锉，不愁风雪夜分寒。

---

① 国图抄本“较”作“校”。

② 国图抄本“哭”作“笑”。

蜡梅

蜡蒂缃衣影亦妍，追随残菊晚霜前。春光自许能先占，唤作名花恐未然。

雪

铜坑玄墓太湖隈，画舫清歌载酒来。河朔少年浑不信，梅花万树雪中开。

雪夜口号

剡溪一棹路漫漫，未到门前兴已阑。不见戴公犹自可，野舫[①]无酒夜行寒。

① 国图抄本“舫”作“航”，此字国图抄本与上一首《雪》中“舫”字明显不同。《雪》中是“舫”，而此诗是“航”。

栖云阁诗卷第十二　七言绝句诗九十七首

元宵后赴三里沟

阑珊灯火夜来尘，短杖残樽野水滨。昨日快游今日卧，村村斜照静无人。

展三里沟门前溪

东风吹水绿参差，展拓江湖在此时。半亩横塘斜引处，新开别业待鸬鹚。

三十年前课文竹间室

俯仰乾坤付劫灰，春来花鸟旧亭台。三楹破屋千竿竹，曾见相如作赋来。

忆旧游

藜杖东风逸兴奢，邻村处处有梅花。细询开日谁先后，排比连朝置酒家。

同诸弟游赵段沟

沙中细路青溪岸，厓畔微阴绿草坡。系马高眠尘事尽，也堪一局烂樵柯。

游洞子沟

几树垂杨绿染衣，小溪添取钓鱼矶。不妨洞口携书卧，纵有行人识面稀。

题子下壁

蝶喜蜂争意自私，东风偷入短长枝。欲呼竹榻寻仙梦，待尔芭蕉绿满时。

太河道中二绝句

寻春晴日便闲行，疏柳烟寒未见莺。狂煞东风乱蜂蝶，杏花如雪媚清明。
驴背风吹布帽斜，曲溪转处见人家。山深谁道迷归路，记里分明有杏花。

沿孝水行至贾村访张嗣宗

远山青被近村遮，策杖行吟日未斜。白石细沙三五里，便随流水到君家。

袁家庄溯流西行

短杖沿流蹙浪纹，溪山曲折杳难分。不如高岸看能远，下数前滩鹭几群。

题宝塔寺元[①]时碑

苦信残编定是痴，古碑题字岂吾欺。分明曾改般阳府，今史方舆奈未知。

旱

四月南风麦欲枯，官家犹督去年逋。只应传说能霖雨，知入深宫梦里无？

过歌场

乍歇歌场客欲愁，君平卜肆一时收。斜阳瘦影消今古，尽在街东卖酒楼[②]。

过友人别墅

深巷无人径欲迷，柳丝弄影画檐低。流莺得意闲来往，啄尽樱桃自在啼。

---

① 国图抄本“元”作“金”，诗中“今史”作“金史”。

② 国图抄本“楼”作“家”。如此，韵不合，应为误书。

过友人园亭

竹树轩楹宛转通，过门安敢道匆匆。莫因剥啄频相厌，特借清流与好风。

张相国废圃

绿野堂倾石丈存，嵯峨犹带旧苔痕。曾经相国衣冠拜，合作前朝耆旧论。

候仙园二绝句

细雨随人不厌多，爱他沾湿脱重蓑。预期高枕闻雷后，明日诸溪涨绿波。
蜻蜓风定抱花痴，茅屋无人燕子知。两月不来花满径，新篁争送隔墙枝。

笠云阁下作二绝句

清波潋滟动银塘，镜里婵娟正艳妆。添出酒帘幽意好，解鞍小醉藕花旁。
谩道虹桥又彩舟，藕花蒲叶伴眠鸥。临平莫作江南梦，个是山城小锦秋。

坐石矶上，是孝水般水合处二首

清风偏傍曲流隈，白石还同步障开。要识绿阴中好处，须从赤日里行来。
逝水飞花阅古今，往来邮递莫沉吟。垂髫黄发行还坐，尽是前人老树阴。

浒山泊[1]

水铺万顷玻璃地，云衬千层翡翠天。已觉途移存老树，乍疑山出是朝烟。

南定别墅

懒水阁前丝柳长，新篁簇簇绿相当。榴花日射熏笼火，荷叶风吹醒酒香。

① 国图抄本“泊”作“铺”。

河上

杖藜先问钓鱼矶，策策微风上苎衣。野外鸟声偏[1]可爱，譬如高士到城稀。

傅家湾

远树长桥图画开，沉沉斜日尚徘徊。大如轻薄丹阳尹，一个渔舟日日来。

新城道中

新城南去好清溪，款款东风送马蹄。寻得当垆堪一醉，杏花犹在酒帘西。

至新城

新城南下水浮天，过客停车唤小船。薄日酸风骑马路，白鸥相对话桑田。

山家

枝头作雨白杨叶，篱畔摇风红豆花。客到解鞍溪上坐，不知沽酒向谁家。

南湖

绿皱清波浴素鸥，人从晴日爱林丘。闲游争道秋光好，不信西堂宋玉愁。

湖上

无缘歌扇共清宵，肠断花前百尺桥。秋意欲来先报雨，满湖烟树自吹箫。

湖上口号

一叶莲花寄客身，沧溟东去是通津。不妨直取蓬壶路，此日仙山正少人。

① 国图抄本无“偏”字，应为漏抄。

野寺

闲云似欲款柴关，遮莫忙人到此闲。流水长松残磬寺，落花飞鸟夕阳山。

古寺

槐绿如云塔影斜，阑风伏雨梵王家。门前尔许闲田地，不种优昙万树花。

入寺

名蓝才到意仙仙，闲坐闲行客自便。竹院松坛皆世外，不逢僧话更萧然。

行僧

未必宗门继一灯，宿生云水爱担簦。颓垣破屋欣然坐，半个蒲团一个僧。

过友人村居

入户萧然掷马鞭，嘤嘤鸟语促高眠。南窗幽梦元堪借，只在青林绿水边。

山游

野意闲循熟路行，逢人到处问村名。芋畦瓜圃柴门外，迓客流莺作意鸣。

仰天游诗十首

身似铜梁玉垒迎，仰天槽畔落钟声。骄骢迟钝非无意，红叶林中不肯行。
坏壁前题掩绿苔，金堂有分待人开。十年未脱多生垢，惭愧名山又到来。
仄径延缘一线开，山腰选地坐莓苔。那知俯首千寻下，犹有行人策杖来。
游踪绝地欲参天，垂脚千峰万壑前。不是虚空惊失手，那能取次堕人间[①]。
山腹空悬溅沫垂，遥通沧海旧来疑。谁穿石罅褰裳入，或是桃源未可知。
桐叶枫林半变霜，千山斜日乱丹黄。紫丝步幛酸寒甚，已入钱王锦绣乡。

① 国图抄本“间”作“门”。

重冈高下断犹环，残照荒荒宿鸟闲。八百里余青不尽，千峰东去到劳山。
渴掷诗瓢欲发狂，似闻滴沥暗泉香。悬崖特吐苍龙髓，付与高人自在尝。
谷远路逢流水转，山深村受夕阳重。炊烟袅袅西风外，只隔前溪一两峰。
马上清歌足解颜，溪声林籁共琤潺。空山清远宜丝竹，未许游人索莫还。

河上

系马开樽孝水滨，麦场风过静无尘。篮舆南指山阴道，笑折荷花赠远人。

友人入山[①]

猿鸟西风足往还，知君佳兴与秋关。年年红叶长相待，白雁来时定入山。

山游迷途，问主人田姓者，乃得径

溪转云深径易迁，枯藤老树不知年。无端邂逅田山叟，得到华阳小洞天。

宿亡友家

高馆萧闲棐几清，荧荧残烛月三更。依然旧榻分明下，笑语相看属后生。

楮树堂跻高厓，探五[②]云洞

系臂[③]长绳毡裹头，阴平觅路走江油。可怜邓艾痴狂甚，不觅神仙觅彻侯。

五云洞

千丈摩霄耸玉台，杖前紫翠向人开。已知邀得山灵喜，迎客清溪出谷来。

① 国图抄本无此首诗。
② 国图抄本“五”作“三”。
③ 国图抄本“臂”作“背”。

古寺

白杨凋尽尚多风，古寺无垣暮[①]境空。廊下僧雏烧落叶，茶烟一缕破窗中。

山游归[②]

碧嶂青溪自此分，相随惭愧岭头云。游人自爱红尘去，岂有名山逐客文。

途中[③]

长途残照万峰明，息马荒村旅兴生。有客青帘呼酒坐，何人红树杖藜行。

自笑

须知身世两亡羊，未审回头是故乡。岐路重来应笑我，晶莹双鬓足秋霜。

客况

客舍孤衾雨雪凉，鸡声灯影下藜床。何如尚欠东华债，丹凤门前一夜霜。

旅馆

饥马争刍夜向阑，啼鸦飞去漏声残。北风掠地长林吼，不跨霜鞍梦亦寒。

大夫松

西峰得得又东峰，先听天齐晓殿钟[④]。五十余年重蜡屐，故人惟有大夫松。

---

① 《般阳诗萃》“暮”作“莫”。

② 国图抄本题目作《游西山归》。

③ 国图抄本此诗前是《大夫松》(见本页)。

④ 国图抄本此句作“先听仰天高寺钟”。

沂水道中

沂水南来断雁啼，晴堤驿路净无泥。斜阳一抹沙如雪，碧水青山送马蹄。

黄河冰解

河朔天寒积雪横，东风吹出断冰明。朝暾乍上残澌下，万马西来铁甲鸣。

畏途

童仆残年乞早归，畏途瞻顾识人稀。过淮便觉南音少，细马雕弧短后衣。

扬[①]州城外

轻车不过市桥头，蓬转江郊到远丘。过眼繁华元是梦，寒[②]烟一抹失扬州。

扬[③]州

殿脚垂杨夹岸栽，杨家天子旧多才。墓田合傍山光好，直为雷塘特地来。

江舟口号

迟速风帆任宿因，何须封豕赛江神。今朝伐鼓鼓篷坐，大似人间得意人。

有感二首

玉陛级平飞猎马，金铺薛长黯宫城。犹留云气三山在，莫听江流六代声。
屈指繁华六代都，蜉蝣吊古任揶揄。阿房绣岭何曾改，元是青山与绿芜。

---

① 国图抄本“扬”作“杨”，诗中同。

② 国图抄本“寒”作“空”。

③ 国图抄本“扬”作“杨”，诗中同。

舟行三首

官树邮亭簇簇新，攒眉车马入红尘。连朝篷底枯禅坐，又羡闲行岸上人。
送目船窗古岸昏，前湾仿佛绿杨村。不知何处桨堪乞[①]，开遍桃花人倚门。
长流浩浩几时休，破浪心情已倦游。夹岸垂杨憔悴甚，只堪系著钓鱼舟。

舟中口号五首

波平日暖水无烟，独立船头意浩然。挝鼓赋诗兼饮酒，乘流真欲上青天。
梅花奏角夜迟迟，好月船窗意自私。更爱空明天水影，渔村灯灭是眠时。
泻尽银河迴不愁，昆仑一滴几时收。凭舷翘首扶桑外，想像归墟纳万流。
点点遥村数得无，剩堪稳睡过朝晡。却愁晏起金乌出，失却轻阴细雨图。
惊起沙鸥避钓缗，微波荡桨[②]散鱼鳞。飘将旌尾当船觜，得意舟师拜水神。

渔父

菰蒲猎猎漾涟漪，雨向渔舟听最宜。万顷玻璃千点鹭，半醒半醉棹歌时。

华氏园

率尔循篱未得门，孤舟且系老梅根。栽花种树浑多事，十万琅玕绿雪村。

越中杂咏三首

越水归帆鼓棹行，长歌一叶入空明。天随尚有能言鸭，共尔溪头泛晓晴。
老树浓阴弥望中，如椽修竹万竿风。纵饶花露无心饮，绿醉红酣定不同。
夜行虚放子猷舟，亭午萧山又滞留。斜照渡江应自好，不过今日入杭州。

七里滩

七里滩声雪浪开，悬厓百丈没苍苔。朝歌亦是回车地，未及公卿忌钓台。

---

① 国图抄本“桨堪乞”作“堪桨乞”。

② 国图抄本“桨”作“浆”。

七里濑二首

钓台千丈水云孤，傲睨何能耐世途。如此溪山良不恶，羊裘真是挂狂奴。
故人雅意似绨袍，同卧蘧蘧兴亦豪。一作公卿那[①]复尔，台星元让客星高。

中秋作客

尘缘消遣自风流，家是樊笼种种愁。万事不知惟痛饮，便宜客里[②]过中秋。

忆白下竹

傍寺临溪万玉繁，插天青凤羽翰尊。愿随蓟训分身去，有竹人家遍叩门。

柳

南归好友赠新诗，祖帐青门得意时。从此改为欢喜树，不须仍折断肠枝。

吴山口号

飘飘客子滞风尘，来是青秋又见春。久与吴山称好友，山灵恐亦爱新人。

忆辛卯以腊月离姑苏[③]

翠羽罗浮梦久赊，腊前草草喜还家。如今翻恨还家早，不见铜坑邓尉花。

南菱

青梨如雪齿难胜，还让江南紫角菱。说与北人浑不信，请君六月到吴兴。

① 国图抄本“那”作“岂”。
② 国图抄本“里”作“来”。
③ 诗抄本诗题作《忆辛卯以腊月离姑苏》，又在“辛”字上划去，旁写“癸”。

过江

江干残照尚当头，海面风来送去舟。瓜步潮回人卧稳，阑珊灯火到扬[①]州。

渡黄河

拜祝阳侯风日嘉[②]，中流击汰似乘槎。南来惯怕江湖险，才过黄河已到家。

舍舟从陆

晓枕茅茨烛影昏，故乡转近转惊魂。五更驱马寒霜里，犹有篷窗睡味存。

宿高桥，与吴门皋桥同音

渡河八月客程赊，渐近青齐问酒家。唤作皋桥空自笑，可能驻马看梅花？

渡汶水

汶水[③]汤汤津渡迷，征途今落穆陵西。不须更忆扁舟好，如笑春山待马蹄。

---

① 国图抄本“扬”作“杨”。

② 国图抄本“嘉”作“佳”。

③ 国图抄本“水”作“文”。

栖云阁诗卷第十三　七言律诗六十八首[①]

北上道中二首[②]

荒原高下断蓬惊，不审何朝此废城。父老未能言旧事，流移且喜竞新耕。歌场暖长优伶气，古殿风收燕雀声。据榻清凉如世外，好凭残衲悟前生。

夜语阑珊呓语讹，童奴耽睡耐谯诃。荒村灾重晓鸡少，大道年残归骑多。醒梦从堪参鼓漏，东西未可定星河。炉头幸有余樽在，随意挑灯起啸歌。

壬午元宵

年少轻抛无计偿，已知容易负春光。太平盛事趋逾下，薄幸良时过易忘。著意寻欢知兴浅，与春作剧让人忙。不知天禄中宵火，得傍青藜几许长。

元夕次吉津韵

花信轻寒不碍晴，乞来休沐任闲行。从教枹鼓闻三辅，不用车轮迓两生。短策萦尘争大道，长刀佐酒割鸣筝。同心握手能无醉，莫负星球万点明。

次韫退元宵韵

曼胡珠勒蒲梢马，短剑轻衫御道平。双阙紫临燕月老，九枝青动汉宫明。行瞻北斗星河近，醉倚东风笑语生。怀抱总添风物换，摊书空忆梦华名。

次坦园韵[③]

远岸鹅黄柳渐舒，走从詹尹卜何居。幽栖旧谱心偏忆，漫士新衔手自除。

---

① 国图抄本作“七十二首”。

② 国图抄本第一首是《壬午元宵》。

③ 国图抄本《送客之楚》在《次坦园韵》前。

芸阁岂容嵇叔懒，兰台未就孟坚书。丁丁宫漏黄云暮，怅望昏鸦下直庐。

送客之楚

预借春风送客行，千峰晴日赋南征。河临瓠子嵩丘出，江照梅花汉水明。短策顿离驱马路，长歌行接断猿声。桃源父老如相见，为报年来已罢兵。

赠王松侣

布袍芒屩踏京尘，紫陌东风浩荡春。海峤几年容浪迹，帝城今日见闲人。书如姜桂偏宜老，囊有珠玑不受贫。投绂东归知有伴，十洲随地可垂纶。

赠施尚白视学山左

才名独步白云司，久识西曹绝妙辞。掌故重惊施氏学，殊方应织宛陵诗。虞廷四岳争推毂，稷下诸生共得师。沧海鱼龙翘首处，回看冀北马空嘶。

偶成

天涯芳草望中深，漫兴春来总越吟。客子情怀浑耐酒，帝城风日不宜阴。厌留宦邸匏瓜梦，懒去公车泣玉心。世事参商皆似①此，争嫌明镜晓霜侵？

送人返里②

去住随缘度岁华，浮生何许是天涯。歌残夜醉银罂酒，坐久灯垂金粟花。往事十年人忆梦，春风二月客还家。青青芳草依依柳，到处增君怅望赊。

---

① 国图抄本“似”作“以”。

② 国图抄本题目作《送友人返里》。

都门寒食三首[①]

蓟草青连泷[②]水滨，就中难著宦游身。听莺柳浪徒评画[③]，走马兰台不当春。几日禁烟饧粥旧，昨宵微雨杏胎新。年年未识东风面，总为秾华解误人。

翻嫌寒食到匆匆，老去情怀渐不同。春事顿抛乡梦外，雨声全在客心中。相争燕蹙东西水，欲放梅商冷暖[④]风。最是[⑤]冲泥朝凤阙，禁钟才断火城红[⑥]。

万年天地尚多情，作使闲人乐事生。青眼柳窥挑菜女，红楼人梦卖花声。燕争社日骄春雨，角起霞天报晚晴。为促君归多酿酒，好随[⑦]箫鼓过清明。

寒食同子下、子濂竹浦小集

细马燕姬寒食天，故人一笑阅华年。吟怀迟日莺花际，琴思长松水石边。已破海棠三月梦，莫惊宫蜡五侯烟。城南载酒当时路，回首天涯意惘然。

感事

吾负青山恨已迟，移文惊看鬓边丝。若思南省真成妄，便盼西台也自痴。画里欲寻三岛路，梦中偶诵上清诗。碧桃洞口应相笑，荒尽琼田万顷芝。

即事

寥廓谈天碣石宫，市中击筑更谁同。梦来燕子东风外，春在丁香细雨中。对酒歌宜金错落，搴帷佩忆玉玲珑。云间尺素谁相寄，翘首迢迢问社鸿。

---

① 《晚晴簃诗汇》选前两首，题作《感兴》;《渔洋山人感旧集》题作《清明感兴》，只有前两首。按，该组诗之第二首有手迹本。

② 《国朝山左诗钞》《渔洋山人感旧集》《晚晴簃诗汇》“泷”作“孝”，国图抄本作“笼”。

③ 这句《国朝山左诗钞》作“听莺杜曲谁携酒”，《渔洋山人感旧集》《晚晴簃诗汇》《般阳诗萃》同。

④ 《渔洋山人感旧集》《晚晴簃诗汇》“冷暖”作“断续”，手迹作“寒暖”。

⑤ 《渔洋山人感旧集》《晚晴簃诗汇》“是”作“苦”，手迹作“苦”。

⑥ 这句诗抄本作“何来深巷卖花翁”。

⑦ 国图抄本“好随”作“摒挡”。

有感

帝里深春户自扃，惊闻阊阖下雷霆。金银气掩文昌座，贯索城填宦者星。痛哭唐衢宁解笑，沉酣阮籍不教醒。卖浆屠狗皆吾偶，何事玄成业一经？

韦公寺看海棠二首

燕子初来杏子酸，早朝几度又春残。莫嫌逆旅莺偏涩，但出城阛地自宽。纵使海棠嗔醉客，岂无芳草待吟鞍。风光好处皆游遍，不信如今是作官。

占断秾华别有情，妖姿带睡亦倾城。三章约法棋书酒，一夜关心风雨晴。藜杖自当酬语燕，金[1]樽可忍负啼莺。出门无限寻春路，笑煞[2]沾襟阮步兵。

咏孙二如新寓梨花

肯将妖艳竞春光，风味真宜白玉堂。百宝栏深遮凤子，三更月淡照霓裳。梅花已笑徐娘老，兰佩空输楚客香。结子金盘冰雪冽，山中长史合先尝。

题友人园亭

息机何必入山深，三径萧然抱一琴。花傍酒开香更远，莺闻歌至友相寻。碧溪洗研书生业，青陇锄瓜故老心。何日期君同命驾，南宫旧事话桑阴。

都门赠起东

白苎新衫著体轻，客来连日问闲行。明窗敧枕谈初剧，倦手抛书梦已成。风静庭花娇有态，日长乳燕寂无声。新蒲一寸波三尺，满眼潇湘万顷生。

过内湖分韵得“五歌”

太液三洲事若何，空凭柳浪忆银河。忘机白鹭穿林雪，随意青钱散水荷。游客乍来询玉辇，夕阳不断上渔蓑。汉宫春尽蘅芜老，惟有铜仙涕泪多。

---

① 国图抄本“金”作“酒”。

② 国图抄本“笑煞”作“关杀”。

送王子侧表弟归里

杏子微黄蝶乱飞，苎衣初试玉骢肥。陆机入洛年方少，贺监抽簪志久违。已耐垂杨飘絮老，何堪痛饮送君归。锦秋湖上花如锦，莫惜扁舟傍钓矶。

送人之江西

槐里天低月影清，檀槽风雨夜来声。拟将秀靥留君住，何事流莺唤客行。锦字远烦彭蠡雁，布帆高挂豫章城。遥峰青眼如含笑，知有匡君绛节迎。

送乡人归里

垂杨无际雨蒙蒙，千里随君到济东。地出青门辞陆海，人同黄鹄驾天风。舟抛三峡波非[1]险，负释千金路未穷。故国好山相对笑，青青一望暮[2]云中。

赠里人

花屿松风旧业存，橦山遥带绿萝村。快谈足使天荒破，薄醉方知曲部尊。白发图书消药裹，缁尘车马忆柴门。幅巾何日东归去，下榻存亡与细论。

示友

握手灯前夜未央，冰心错道是疏狂。开樽乍可倾三雅，争席何须愧五浆。楚客大山丛桂赋，蜀江小队浣花庄。倚楼不尽惊人句，新濯蔷薇露已香。

署中与福兄谈志

藤阴小立话心期，穷相樗材自可知。多病已嫌医药妄，言归空重友朋疑。堕身婚宦真前业，入社渔樵定几时。才念抽簪殊自喜，祈君先作送行诗。

---

① 国图抄本“波非”作“原无”。

② 国图抄本“暮”作“莫”。

南台即事

绿水分流宛转通，五云楼阁入空蒙。纷披树色随心异，自在莺声不约同。帆影乍移朱槛上，荷香忽起画桥东。曲阑无限江南意，肯信风光是帝宫？

过子下新居

衣桁蜻蜓绿影双，青丝碧井响淙淙。凭阑柳织千家雨，临圃花吹四面窗。休沐乍知酣睡美，谈谐已觉旅愁降。贝多翻罢跏趺坐，自竖闲居精进幢。

过敬哉斋头有赠①

莫作灵均漫问天，年来得力是随缘。若科乞酒真无赖，才说寻花便放颠。坐卧自尊闲日月，朝参不縶散神仙。偶寻子晋吹笙语，沧海红尘剧可怜。

答王康侯

迢迢远道各天涯，五月停云有所思。兰茝王途兄弟少，风尘薄宦友朋疑。别怀蓟北骊歌后，醉忆曹南锦瑟时。便拟投簪神武外，濠梁秋水故人期。

赠梁玉立归里二首

少小飞鸣冀北空，翩跹曳履遍南宫。宦成那识心元淡，身退才惊道益崇。他日匡时终藉手，此行学道早成功。十年宰相浑闲事，煨芋香留榾柮中。

朱门不识岂公卿，辜负须眉骯脏生。入幕各争三妇艳，袒衣谁择五侯鲭。譬如马失宁非福，便作牛呼亦甚平。千古儒生浑不解，纷纷泾渭太分明。

寄家兄

酒醒漏尽梦难追，始信繁华有尽时。幻影无多应了了，浮生何事尚嬉嬉。老来兴会凭谁借，病后筋骸顿自疑。业识千生真误我，火轮直下忍相欺。

---

① 国图抄本此首诗在卷第十四《赠丁野鹤》与《赠星士》之间。

送玉立

彰义门前把袂时，西山青入柳丝丝。离怀对酒杯疑浅，别路逢阴马倍迟。驿阅存亡楚子泪，归当春夏落花时。微风吹醒邯郸梦，惟有樗冠道士知。

与某尚书

旖旎琼枝梦未真，风流回首已成尘。西园酒客皆名士，南国歌儿胜美人。八俊宗盟犹可数，六朝花月几回新？贞元朝士无多在，说到何戡泪满巾。

不寐

青镜鬖鬖白发垂，惊闻绵蕞肃朝仪。宵残紫陌鸡先晓，梦觉红窗日已移。心切归田僚友劝，眉攒待漏侍儿知。野鸥惟忆青溪乐，不道人间有凤池。

自适二首

不妨高卧待清秋，萧寺香林足醉游。且任家书千度寄，并将归梦一时休。帘间燕与春来往，水上鸥同月去留。世界蘧庐乘兴住[1]，等闲那得许多愁[2]。

阅尽升沉好息机，劳劳终岁欲何归。救时姚相身无具，巧宦任安意久非。婚嫁已将学道误，溪山复与赏心违。累生尘垢何由洗，岂独残年未拂衣。

寄卢德水

天地苍凉卫水东，十年兰雪梦卢鸿。道兼夷惠宜斯世，酒与[3]离骚须此翁。避世青山羞负贩，摩天黄鹄笑樊笼。何时南下扁舟住，秋水芦花明月中。

送王子下归里

将归且为我徐徐，忍向殊乡看去车。天是何心迷客梦，人从今日叹离居。

---

① 国图抄本“住”作“往”。

② 国图抄本此下有一小字“梦”，似为旁注。

③ 国图抄本“与”作“兴”。

定歌黄鹄消名酒，肯负青山有异书。知尔故园相忆处，一瓢新绿月窗虚。

饮左旦明所，归闻王学冶讣音

迟归邀月借微明，一曲山阳意自惊。白骨生苔真恶谑，黄泉呼雉忆他生。客谈仙迹心先去，马识归途足久轻。此夜定知无好梦，寒螿同耐短长更。

次介黄韵

病结林峦想益狂，辋川归梦带宵长。但寻欢伯偿名地，不用桑君授禁方。歌后伯鸾愁滞越，病余司马倦游梁。夕阳啼鴂堪回首，昨日阑珊百草芳。

寄龙膺弟

散发柴桑事若何，苍凉天地称渔蓑。借驴舍远入城少，种秫田稀沽酒多。阮籍回车空有泪，王郎拔剑尚能歌。宦游每忆十年事，风雨池台暗薜萝。

送友人自晋还里

晋阳秋色太行云，携取东归与客分。九折梦回惊险道，一封疏入讶深文。书经郢说元难定，字以乌讹恐益纷。置取风波无足道，清歌且遣故人闻。

忆山居

步屧河梁逸兴生，临岐不是世中情。检来丹籍名先注，归去青山道易成。天仗梦回双凤阙，仙璈风送九霞城。秋期定访希夷去，携手苍龙杖履轻。

龙潭

澄潭风雨对龙吟，云气山光尽作阴。人似枯株将入定，树如老衲已空心。多情恋阙非卿相，有道尊生阅古今。楚篁从兹留宿约，松风和梦任相寻。

新秋

车马红尘晚不收，掩关小筑自然幽。蓟门玉塞黄云暮[①]，汉阙金盘白露秋。三径怀乡思越鸟，一官望署怯吴牛。凌风欲挽银河水，聊为张衡洗四愁。

新秋闲居

解官虽旅亦徜徉，病起维摩只一床。秋爽乍如人出世[②]，身闲聊当客还乡。风催香返青萦幕，雨长苔骄绿满廊。波涨新闻鸥报喜，更期载酒过南塘。

秋夜同友人作二首

万户萧萧捣素音，玉关锦字动[③]秋心。堂前果落悲摩诘，门外香来忆法深[④]。茉莉开时[⑤]灯冉冉，芭蕉鸣处雨沉沉。骚怀怜汝能同调，起和西堂蟋蟀吟。

劝予早赁屋沉沉，三叹还兼笑不禁。童仆妄为台辅计，妻孥讵识水云心。试看丹旐人驰驿，何似青鞋客入林。误却前贤多少在，尊前空自话抽簪。

夜坐

唱彻梁州入破长，盈盈河汉落绳床。莫愁北阙三更漏，且领东窗一夜凉。息定翻成鸜鹆舞，心空忽送曼陀香。锦秋有梦依依去，十里菱歌乐未央。

移居二首

划却南荣天亦宽，赊风饶月共盘桓。不妨直任蓬三径，那得全无竹数竿。宦到善贫应近市，书占相宅幸宜官。何当赐第湖山上，绝胜旌旄夹道看。

酒气茶烟次第生，怀新群动各经营。社公雨过苔痕长，少女风回菜甲鸣。稍约帘旌通燕影，已闻刀尺应砧声。主人据榻欣然笑，不待凉飔体已轻。

---

① 《般阳诗萃》“暮”作“莫”。

② 国图抄本“出世”作“世出”。

③ 国图抄本“动”作“暮”。

④ 国图抄本此句作“窗外人呼忆孔宾”。

⑤ 国图抄本“开时”作“香来”。

巽甫询游西山之期，走笔戏柬敬哉

秋色苍然晚照明，蔚蓝西望倍多情。试将樽酒催禽庆[①]，莫以眉峰泥马卿。官不碍游今有侣，天能破例岂难晴。驱除风雨登临快，笑买篮舆出凤城。

警悟二首

天地当知如许宽，闲人领略自成欢。不妨再整将残酒，大似重弹已挂冠。待缺黄花方有兴，乘[②]时白雁岂愁寒。浮生正是逍遥注，只要张眸子细看。

渔歌一曲爱沧浪，自笑龙钟入建章。借问早趋[③]丹凤阙，何如高卧赤城梁？阑干北斗天无际，钟鼓西清夜未央。安[④]枕谁与清梦稳，烘窗红日问衣裳。

秋日

旅怀无地发长歌，短烛空堂意若何。虫语似因秋半苦，箫声偏向月明多。南枝宿鸟惊残露，北浦眠鸥簇败荷。晏坐焚香心似水，寥天笙鹤倘来过。

秋日漫兴

岂是灰心学小乘，年来痴淡意如冰。旅同雁久归还让，心与书违[⑤]迹未能。宦苦无方宁易热，官缘自觅又谁憎。此生大错应回首，文度前盟况有征。

秋日感怀

节候清商喜渐温，朝来庭树验霜痕。懒看除目[⑥]惊新刺，快睹悬帘涤旧樽。自谑左慈仙是眇，共嘲季布贵缘髡。微风苦忆茅檐下，豆粥蓬头趁早暄。

---

① 国图抄本“庆”作“尚”。

② 国图抄本“乘”作“来”。

③ 国图抄本“早趋”作“趋跄”。

④ 国图抄本“安”作“高”。

⑤ 国图抄本“违”作“还”。

⑥ 国图抄本“目”作“日”。

秋日四首

冻鸟经霜欲敛翰，斯人岂合尚弹冠。劳同马足衣衾涩，枯比桑心笔墨干[①]。薄醉远归愁晚道，凌寒促直厌晨餐。宦情如酒无何饮，才望糟丘兴已阑。

吟眺苍然极望中，心情又与昔年同。穷秋行尽愁无尽，薄宦难工病转工。沙浦回鸣怜白雁，蓬窗归梦傍青枫。补天无计空搔首，何事谈天有故宫。

旅雁啼霜入夜声，黄花时节旅人情。到家[②]除睡无方略，问客消闲有姓名。赋就一丘仍卜易，思穷百事但归耕。重门久与斜阳约，为照吟鞭送我行。

败叶罘罳返照升，抛书起立意懵腾。客疏渐少驺先快，史课重添影自憎。配就一潭真似鲤，薙残双鬓尚输僧。当归未必还[③]惆怅，客里高台莫漫登。

秋思

西堂惆怅至今存,《九辨》哀歌断客魂。旅雁未能臣白帝，啼螀偏欲恼朱门。樽当露下寒难醉，蕉近窗生雨易昏。多少炎凉团扇似，罗衾已觉少奇温。

---

① 国图抄本“干”作“难”。

② 国图抄本“到家”作“入门”。

③ 国图抄本“还”作“重”。

栖云阁诗卷第十四　七言律诗七十首[①]

独酌

花影萧然酒一卮，晚凉书卷颇相宜。灯昏欲灺挑还暗，雨细如丝卧始知。不[②]尽余香兰烬瘦，渐成长夜禁钟迟。昨朝轮直巡初过，更乞游仙梦少时。

枕上晓角

画角谁吹出凤城，呜呜拂曙梦魂惊。三千水击蛟龙怒，十万军驰铁马鸣。哀乐都来惟月影，古今何物入秋声。不知绝塞情何似，一夕金台白发生。

过旧寓

折径添垣槿作樊，小山丛桂绿犹存。虽留混沌迟金谷，已拓提封到玉门。壁上青苔蜗篆冷，井边碧甃鸭池喧。烦君移取西湖样，三竺风光入野园。

长安杂兴二首

缁尘重上芰荷衣，鶗鴂声中事事非。秋老金台寒蔓草，波摇玉蝀淡晴晖。市中击筑华阳晚，阁上收书太乙归。别后故人相忆处，苍苔黄叶满渔矶。

西风吹梦唤归与，南望闲云指敝庐。纵使凤池收短翰，不妨牛角挂遗书。人来人去双蓬鬓，江北江南一蹇驴。笠顶茱萸应待尔，侧身渺渺独愁予。

九日

百感重阳杂笑颦，牛山何怪泪沾巾。东徐戏马英雄没，南楚呼鹰鼓角新。

---

① 国图抄本作“六十七首”。

② 国图抄本“不”作“欲”。

萸叹右丞天宝后，菊[1]香陶令义熙身。龙山纵酒谁宣武，亦是当年可惜人。

登高

黑窑厂北五云悬，黑窑厂南秋可怜。不见南徐寄奴马，还忆西湖苏子船。老我徜徉好风日，何人啼笑旧山川。长房萸囊儿戏耳，吾将采药三山巅。

送明术兄归里[2]

不尽残阳驿路长，西风摇落倍堪伤。劳人瘏马休辞酒，去国单衣讵耐霜。楼上何时惊旅雁，天涯明日过重阳。不成风雨还多病，又负秋花一度黄？

送友

好友相看赋遂初，长竿归钓孟诸鱼。红香尘里休回首，黄叶村中自卜居。苏晋逃禅桑落酒，维摩抱病贝多书。知君元是瑶台客，一曲琴声梦寐虚。

送人归里

潞水寒波照旅颜，都亭疏柳带霜攀。连城且蕴怀中玉，拂袖聊寻海上山。爱弟青藜辉禁阁，慈亲白业掩禅关。趋庭如问金门朔，为道新歌倦鸟还。

送客

忽惊泽国露团团，几度来过[3]迫岁寒。樽酒无人歌白苎，柴车有梦入晴峦。应思鹭羽回明镜，不见渔舟掠远滩。惟有同侪鱼贯去，长堤历历望中看。

京邸二首

慵飞犹见上林鸦，细雨丝丝帽影斜。北地早寒将落叶，西池重到已无花。

---

① 国图抄本“菊”作“花”。

② 国图抄本题目作《燕京送明术兄归里》。

③ 国图抄本“过”作“歌”。

自缘病久应辞禄，不为秋深始忆家。名岳纵游何日遂，五年如梦耐京华。

乍思笙鹤刺天飞，便觉蟭蟟生事微。六十年来真自[1]误，三千界内更何归。只今萸菊皆前梦，如此湖山又夕晖。采采华芝应恨晚，那能枯骨恋朝衣。

闲居

客子衣裳早欲霜，京华日月以闲长。登山病后篮舆健，尝酒秋来蟹甲香。小作津梁须益友，薄安鹏鷃是空床。读残旧史忻然笑，又看蜗牛战一场。

砺岳招饮将往，忽病腰

清泉旋作郁金香，异味从来岂易尝。鼓缶方思桑落酒，检书如注橘皮汤。腰应有鬼欺馋口，福岂无星照醉乡。何日回波翻舞袖，长鲸不厌海为觞。

寄冯孔博年丈

皂帽绳床似海东，雪宫秋尽看飞鸿。书穷玄宴人方壮，诗近黄初感益工。玉导行招珠浦月，香篝偷送锦湖风。女萝宜笑思招饮，有待同歌桂树丛。

次孔博韵[2]

云璈天畔忆扬州，灯火交衢十二楼。侠少轻衫裁紫凤，美人画帐卧青牛。炉烟入夜香飘陌，冰雪融春玉满沟。拾翠目成斜月散，携归清梦为君愁。

秋怀

侯骨卿材岂易优，闲情久付海天鸥。箧中五岳图虽在，石上三生愿未酬。痴钝自宜朝士笑，龙钟聊伴化人游。嘉平屈指犹三月，晓漏东华更足愁。

次仲若韵

久客年来意已轻，犹将消息问君平。殊方雁足书难寄，险道熊轓梦易惊。

---

① 国图抄本脱“自”字。

② 国图抄本此诗在下面《归休》与《即目》之间。

红友萧疏风雨夜，青奴惭愧短长更。狂痴又欲烦詹尹，何日鸾星较有情。

次介黄韵

画壁金钗记月痕，钿车依约望如存。听歌有客双垂袖，背烛无憀独倚门。琐闼嫌灯思紫陌，明妆留伴待黄昏。天街薄醉轻寒失，呼取貂褕傍酒樽。

答友人

薄暮空樽信使还，知君独坐正萧然。拟将锦字投河伯，为取天风送酒船。微雪欲侵羁客梦，轻寒不散禁城烟。何当走马南山去，猎火烧空笑割鲜。

对酒偶成

烧残短烛意如何，独酌空堂未易酡。北雁霜啼秦塞柳，西风雪卷洞庭波。青山夜雨狂歌尽，白发秋宵客梦多。何用担囊寻五岳，玉泉西下足烟萝。

阙题二首

崆峒长剑五云楼，司马于今正卧游。疏奏风清丹凤阙，朝回霜满紫貂裘。千群组练元戎帐，万斛艨艟下濑舟。正恐麒麟高阁影，迟君辟谷为君愁。

湖海苍茫访钓矶，玄真西塞是耶非。百年日月双蓬鬓，万里关河一衲衣。笠泽浮家人未远，商山采药志多违。不知命驾何年事，只听经声叩竹扉。

与友人小酌话旧

雪后偏惊扑面风，腊残羯鼓苦逢逢。家音久待寒云外，乡思谁堪好月中。五夜先愁新梦扰，一樽聊与故人同。国门连日看人去，极目南天送塞鸿。

和韫退早朝韵

从知到处是侨居，楼上元龙意久除。世事譬如残腊尽，尘情都向曙窗虚。身随香袅三生业，债与蟫分一束书。忽忆御床犹昨日，披衣起听寺钟疏。

除夕次和韫退早朝韵[①]

天涯蓬迹爱鸠居，长日支扉罢扫除。岁晏风烟牵梦乱，夜晴星汉到檐虚。论交地密常耽酒，学道心收欲弃书。明日东风高卧稳，南枝应笑宦情疏。

张家湾登舟，得韫退诗扇，倦游招隐，喜而有寄

岭徼梅花倚戍楼，新诗知又遍南州。乍开怀袖三年[②]字，相对江湖万里流。迁客犹憎湓浦月，归人已上潞河舟。东蒙黛[③]色清樽满，莫负秋风汗漫游。

途中

掷箸南行就柳阴，火龙戢影避长林。久藏椎待渔阳鼓，新买弦装靖节琴。得地樽罍方有兴，问天风雨亦何心。便当襆被投兰若，凉夜虚堂听梵音。

河间道中

为客始歌行路难，飞鸿远驿每争先。平原靡靡孤村出，大野荒荒猎骑还。客为归途欢旅酒，鸟当[④]霜叶迓吟鞭。关河却羡田居乐，榾柮匡床抱膝眠。

尝罗钦瞻酒

瑞露天浆总未真，每从[⑤]德水想清沦。不断名下如佳士，乍对樽前信故人。部署无双从事好，风流第一麴生亲。蒲城奢望吾何敢，一斗从君借小春。

感兴二首

沧海何曾见驻波，人间元少鲁阳戈。红尘有味端如此，白发无情可奈何。

---

① 国图抄本此诗题目作《除夕》。

② 国图抄本“年”作“千”。

③ “黛”，《国朝山左诗钞》作“浅”。

④ 国图抄本“当”作“衔”，下面“迓”作“袅”。

⑤ 从，《般阳诗萃》卷四作“因”，国图抄本作“从”。此诗选入《德县志》“艺文志”，亦作“从”。

八德池边回首路，三生石上断肠歌。九皇九世迟归去，岂止宵行醉尉呵。

乍为拥鼻洛生吟，马上看山意不禁。自净居来皆孽海，出神京去即云林。秋声竟淡人间世，山色能增物外心。仆仆终年成底事，三生石畔好相寻。

途次

惮人睡思早腾腾，薄被寒因夜气增。灯影高低风顿挫，柝声断续梦侵凌。思随驱马归田客，慵羡闻鸡持课僧。火宅寻门君自解，禅心一片玉壶冰。

将抵里途中作

堠亭历历已分明，屈指吾庐三日程。偶遇熟人询邑事，忽看老树忆村名。店尝乡味脾加[①]健，马识归途足自轻。胜地相邻休负却，近家乘兴更山行。

归休

麋鹿天馗未可留，直拚衡泌始归休。秋田芜后縻无策，米价低时税转愁。执戟旧时狂曼倩，挂冠新署病黔娄。谁能种秫倾家酿，又向云山让醉侯。

即目

曲岸渔矶傍竹篱，东风拂荇散涟漪。已惊雪霁雁归早，复恐春寒花发迟。多病勋名长路倦，中年情事短筇知。愿违禽尚[②]应相笑，拂袖京尘已早离。

春日

落尽梅花小院深，绕阑闲立更微吟。渐成柳色牵游兴，小结香烟试定心。梦减飞扬安老懒，寒添蕴藉赖春阴。床头屏幛丹青好，勾惹林泉意不禁。

闲居

乞得闲身咏遂初，药囊诗卷酒随车。有林泉处皆留屋，正放歌时且置书。

① 国图抄本“加”作“如”。

② 国图抄本“尚”作“向”。

白苎红绡风雪后，青鞋黄帽海天居。褰裳更有三山在，万顷琼田自荷锄。

寓园晚坐[①] 子下园名

新篁满径水平湾，嵇阮穿林共解颜。高枕全胜三锡命，浮生谁对万花闲。樽前淡荡宜云水，树底清凉梦雪山。稳睡明朝仍晏起，停杯莫待夜钟还。

静室[②]

寓园北去寺东偏，曲巷幽踪日往还。细草无心生竹径，轻风有意敞柴关。倚花池面时窥月，隔柳城头一望山。莫说寒岩披衲去，精蓝才傍已成闲。

乞粥[③]

饭后华钟报未曾？羡他香积气犹蒸。吐鱼或是汾阳客，托钵聊为舍卫僧。岂以只鸡恭郭太，久将一饱笑何曾。虚空嚼破求滋味，试向曹溪问老能。

送韫退北上

时变如棋举目惊，登朝何计问澄清。艰危节钺恩仇易，门户封章反覆争。未敢深心规社稷，岂因低首羡公卿。欲全吾道良非细，初入蛾眉太艳生。

春游

春光元不许人愁，绿树青郊唤野游。三日看花花满眼，五更宿酒酒扶头。晴云照水宜临榭，斜日看山更倚楼。散吏玉虚新拜命，官衔不署醉乡侯。

---

① 此诗国图抄本在卷第十三，无小注。

② 此诗国图抄本在卷第十三。

③ 此诗国图抄本在卷第十三。

过拱玉园故址[1]

玉津莫叹前朝事，拱玉园边最恼人。小样辋川殊蕴藉，别裁金谷更清新。传来父老虽能忆，写向丹青恐未真。石丈当庭无恙否？金仙涕泪似前身。

答冯殿公年友

妙香疏磬柳阴阴，麈尾风摇祇树林。百战余生真再世，三车觉路乍同心。维摩室外缁尘染，博望槎头净海深。应笑攒眉居士去，远公今许数招寻，

赠丁野鹤

郑鬓萧萧暮已疏，阑干苜蓿意何如。借将燕市当歌酒，浇尽名山未瘗书。白眼云霄裘马贱，黄粱天地鼎彝虚。灵风习习吹华表，知有新声试起予。

赠星士

宋贾曾闻联骑过，甘生星纬又如何。何星入命宜诗酒，无疏回天黜计罗。说偈已知人电梦，谈天不若尔狂歌。出为小草堪倾倒，终向般溪老钓蓑。

戏赋

买欢重压少年场，人笑维摩病转狂。心愿化弦依锦瑟，座将掷果代明珰。司空见惯还应恼，丞相微嗔亦不妨。谢傅中年知此意，陶情丝竹正相当。

次二兄韵

枝头红萼暖来增，拚醉酙春病未能。雀啅莺啼三语掾，周妻何肉一分僧。临流风送奔泉骥，静坐天空脱臂鹰。文字小乘难尽去，犹嫌永夜读书灯。

---

① 此诗国图抄本在卷第十三《龙潭》与《新秋》之间。

读家兄记异

大力谁留大壑舟，北邙元不碍天游。暂来公干翻成泣，欲去遮须定不忧。人鬼皆真非是梦，幽明何地不如邮。三途轮转无常住，探取瞿昙第一筹。

见斋得子

拂袖南宫道益明，河汾夫子鲁诸生。别怀良友三年剧，老得佳儿万事轻。频梦熊罴劳络秀，再传弓冶付玄成。璚云王屋徒翘首，无路闻啼一试声。

东方朔

金门大隐陆沉中，调笑天家气若虹。仙界谪来缘阿母，岁星明处问王公。赋才未抵相如富，谏草全胜汲黯工。更羡闲情余宛若，阳台云接海霞红。

戏为

浪道昌阳可引年，屠沽得意地行仙。生惭白额山君队，死乞青蝇吊客怜。卜式羊填精卫海，邓通铜补女娲天。何缘觅得纯阳术，五百年中且放颠。

漫兴

但矜食指未观颐，一刻河鱼便不支。无病那知人易死，乘欢益觉志难持。骊歌入破催三叠，鸩酒方酣罄一卮。欲问黠痴君自审，矛头淅米剑头炊。

即事

熏笼香烬砚池干，柳线风轻拂钓竿。远信乍如新梦断[①]，旧诗寻作故人看。春波惹恨[②]遥闻橹，晴日投怀镇倚阑。莫厌蒙茸相伴久，东风还恐送余[③]寒。

---

① 国图抄本“断”作“渺”。

② 国图抄本“恨”作“梦”。

③ 国图抄本“余”作“春”。

忆亡友

屈指官途意自惊，长歌回首蓟门行。才思河朔樽中酒，便有山阳笛里声。社燕旅鸿催短鬓，溪花原草黯孤城。青山无恙还今古，莫问黄垆旧姓名。

感兴

浮世何来万劫新，回头念念似车轮。江寒翡翠堂中酒，人老芙蓉城里春。梦去昆丘或邀月，书来沧海已生尘。长松危石香烟断，屈指前身与后身。

次韵枚先太宰寄赠

书来香露浣蔷薇，鲍叔知深喜我归。自是休文惊革带，非关弘景厌朝衣。闲思行脚千峰老，病感浮生万事微。君健自当酬圣主，莫将云壑换纶扉。

起东枉顾

却扫柴扉久已扃，双眸乍看故人青。只将真率同羊尹，敢以芝兰拟谢庭。济胜登山谁可继，高谈倚枕尚能听。输君百事吾何羡，并驾惟期化酒星。

次瞻明韵

梅花鼻观欲通禅，安置闲心病榻边。呼酒还宜卢女曲，买春休笑沈郎钱。筑堤一水添轻舫，策杖千峰觅暗泉。行坐随缘无不可，胸中清寂便超然。

郭外

绕郭浓阴处处苔，天留闲日待徘徊。小舟初就波随涨，上客将临花始开。择树莺惊歌管去，忘机鸥趁酒人来。楸枰可代投琼赌，赢得新诗荐一杯。

山游

万仞峰头近上清，芒鞋欲逐野云行。珍禽声向幽溪聚，老树花从隔岸生。车马天街无稳步，渔樵山径有闲情。晚归莫惮溪桥险，望望西村月已明。

游药园

中兴三径劫灰余，树色堂堂鸟意舒。南客来传分竹法，东风吹送乞花车。水和高士邀方到，山恐佳人秀不如。容否移家伏生里，涛笺常擘酒常储。

济武南宅新成小山

襟抱由来丘壑全，才①经位置便超然。丹青选出移山手，烟雨催来种竹天。青似九华摇镜里，绿疑千顷落樽前。眼中胜赏千秋事，始识兰亭亦偶传。

殷家泉

旧地重来岁已遥，擘窠书识旧团瓢。松藏浓碧犹悭叶，柳炫新黄乍染条。且就樽中商月旦，肯从野外负花朝。河桥骇浪溶溶满，知是西山雪尽消。

题法家庄庙壁

赤日停镳乍解颜，荒村路尽敞禅关。花溪命酒莺先到，竹院无僧客更闲。欲咒龙添林下水，忽驱云就画中山。前途缓辔行还止，不尽闲情暮霭间。

龙口园

名园步屧试相求，方怪经年止暂游。竹作梦天移世界，树如耆宿阅春秋。双莺隔岸啼来合，乱水悬崖裂处流。到此闲愁浑破尽，只应酒尽为君愁。

滴水岩②

千仞嶙峋碧玉屏，看山双眼梦初醒。海霞日射桃花紫，石发泉垂竹叶青。匡阜漏传莲社约③，湘灵瑟付楚猿听。老龙睡懒春波瘦，移檄阳侯问不庭。

---

① 国图抄本“才（纔）”作“绝”，此抄者误书。

② 诗抄本标题下有小字注“时方忧旱”。

③ 国图抄本“约”作“友”。

嘲人下第后娶妾

夜光不售亦何妨，十斛留偿碧玉娘。作客茂陵春有赋，渡江桃叶影相将。颊边好避蒲萄刺，市上新闻皂荚香。我欲乞醯君绝倒，狂夫莫待老来狂。

栖云阁诗卷第十五　七言律诗六十七首

有感

孽海狂风未有涯，茹荼自喜又何嗟。秃毫楚壁天难问，雪涕渔阳鼓罢挝。剑树不传千古恨，僧衣未挂几生差。古坟留血终成土，岁岁春开原上花。

狂言

破壳游思引益狂，黄缭答问怪何妨。水非东走方隅仄，天止西旋日月长。载地神鳌轻粒米，出裈[1]稚虱叹洪荒。公明不死驺生在，碣石宫中未易商。

次龚孝升韵[2]

椿蟪经营各百年，居然醉饱壮登筵。飞鸣何尽娥追日，颦笑难工蛇任天。笏拄青山陪后乘，手扶沧海让先鞭。临流高唱公无渡，唤取蛟龙听短弦。

读史

银阙存疑博浪惊，奇人遗事想平生。掷椎[3]师有山中石，采药人留海上城。仙圣高踪常傍乱，英雄定论不关成。啼鸡到枕时长叹，曾是刘琨梦里声。

读谢渑水诗寄赠四首

泽畔行歌绝妙词，晴窗泼墨上乌丝。箜篌秦女怜中妇，笔札杨郎谑小儿。三尺借人看鹏鸦，一樽知我在鸬鹚。真娘墓上伤心绿，泪洒春风恨所思。

荒城岁晏意谁论，潦倒飞扬浊酒樽。前辈高呼管子墓，小丘真署谢公墩。

---

① 国图抄本“裈”作“裩”。

② 国图抄本题目作《步龚孝升韵》。

③ 国图抄本“椎”作“锥”。

犹分醉醒难同社，莫问妍媸尽倚门。作意楚歌为若舞，猖狂天地厌招魂。

海曲狂名未易才，鱼肠飞动射云开。朱缨北阙谈天壮，白石南山叩角哀。霸气未消渑水岸，孤吟疑上越王台。向人捉鼻妨高卧，曾见君家太傅来。

五岳填胸垒块生，短衣走马大堤晴。西来露掌金人泪，东去江潮铁板声。得岁秫田狂易办，掷书兰畹恨难平。陶情少借丝兼肉，未抵弓弦霹雳鸣。

访客

径曲篱疏草未删，款门迟应识君闲。题诗忆旧翻书得，近郭招人带酒还。满砌紫苔邀晚照①，孤城红叶背春山。数声长笛穿云去，知在渔村第几湾。

初夏

萧索华林讶瘦红，浮萍收尽絮浮空。树平南涧青无际，泉泻西溪绿已通。泛②蚁金③船荷叶露，画鸾纨扇枕函风。幽人高卧休寻梦，占断瑶天雪海中。

答孔博并解嘲，次和韫退《早朝》韵④

闭⑤门寂历似斋居，蜩甲蛇肤渐解除。梦后彩云香久散，水中璧月影还虚。空思谢傅登山屐，不问麻姑洞口书。任作人间惆怅事，瑶台将近凤台疏。

赠孔博

文场问字乍交欢，联辔秋风振羽翰。蓟北一书分客袂，城南双玉挂臣冠。浮生都付雍门泣，险梦频惊蜀道难。掉首鸾坡还共去，好从僧可觅心安。

---

① 国图抄本此句作“三径紫苔迟晚照”。

② 国图抄本“泛”作“浮”。

③ 国图抄本“金”作“觥”。

④ 国图抄本题目作《答孔博并解嘲》。

⑤ 国图抄本“闭”作“闲”。

有感赠友人

高鸟良弓事有因，空留故垒在三秦。妄思慷慨酬明主，不念迍邅有古人。吴楚已知非俊物，漆膏幸可恕闲身。麒麟粉本从图画，何处清江少钓纶。

游王氏园亭次韵

万绿阴中寄数椽，池开预想碧荷钱。千花覆处红侵额，五岳移来翠满拳。鸟道曲悬高阁路，蝉纱薄起画廊烟。看残素女图堆枕，秾李微风到四弦。

至荷池

郭外银塘万绿湾，游因晴日一开颜。萧然静坐看新溜，偶尔徐行过远山。邀客预期携酒至，出城全许借僧闲。晚凉白苎单衫透，夜合花香送我还。

次子下韵

轻飔策策赴高城，雨后千峰竞晚晴。天阔遥怜烟墅小，人闲偏爱野塘清。深隍惊雉时双起，密树新蝉试一鸣。田父黄昏闻笑语，饭牛知待夜凉耕。

亭桥

篱槿朱荣间绿蕉，小亭北去到危桥。波惊乍讶榭倾倒，树荡翻疑天动摇。云外风来催进酒，花前棋罢静闻箫。茫茫便有沧洲意，莫道琴高不可招。

闲适

林阴溪曲敞茅茨，客到先看满壁诗。峰为王维添粉本，鸟如宋玉有微词。麦场吏缓催科后，雨陇人争种豆时。好月宜觞先布簟，忻然解事有卢儿。

友人遣妾二首

别鸿清泪入琵琶，怅望蘼芜去路遐。已尽宿缘风外絮，乍添行色雨中花。可能有梦时相过，便使无情怨已赊。带水莫惊淇卫渺，才离杜曲是天涯。

重帏回首已消魂，往事悲欢敢细论。故素新缣空手迹，还裘归扇尽啼痕。飞花落水抛残[①]艳，去燕巡巢恋旧[②]恩。莫忆西陵松下路，伤心芳草断肠猿。

东郭荷陂

出郭萧然便解颜，了知家事不相关。晴云几片山千叠，垂柳多层水一湾。过客何妨同语语，居人亦解暂闲闲。支颐何似江湘去，高枕渔歌杳霭间。

再游王氏园亭

每度登台怅望迟，重来皱绿已盈池。方怀好雨青冥借，才得新流白小知。出水疏蒲穿几寸，占滩静鹭立多时。主人无限湘沅意，碧杜红蘅有所思。

偶成

稳[③]卧绳床自在身，纷然万化耐横陈。桐先趋悴非徒我，鸠自闲鸣不唤人。日送暄和宁畏夏，风随杖履[④]已胜春。近城未必无盘谷，为报溪山事事新。

感怀

少年岂信鬓终皤，种种颠毛奈尔何。脱手春秋惟恨促，到头耄耋亦无多。马蹄卒岁人空倦，烛影催衮日又过。世上英雄皆是妄，可怜垓下暗悲歌。

偶同子下作

樗发兼抛折角巾，风尘雅称阮家贫。蓬心无恙天还恕，虎口难归旅已驯。笑对醯鸡樽有酒，叹当广武世无人。九歌山鬼殊堪友，薜荔衣裳泼眼新。

---

① 国图抄本“残”作“新”。

② 国图抄本“旧”作“故”。

③ 国图抄本“稳”作“闲”。

④ 国图抄本“履”作“屦”。

雨

云汉谁临旧日图，直将炎海泛王都。物皆有数卉逢劫，雨岂无心天赐酺。庭作银塘宜菡萏，树如鲛宝泻珍珠。神工立换清凉界，不待秋风病骨苏。

题便面画竹

便面萧然对此君，寒香出袖已氤氲。枝繁欲碎金波影，干直能垂玉箸文。秦地春阴含渭雨，楚天秋老带湘云。画阑深处微风过，苦忆山窗静夜闻。

题三弟壁

绿柳朱英照碧流，晴窗尽日坐清幽。三湘九畹移佳梦，爽籁轻飔作好秋。酒客歌成云散麈，美人箫罢月当楼。会心不尽沧洲意，十斛还堪傲五侯。

寄赠徐小峦

赋哀憔悴滞兰成，何计相从事耦耕。凤德久知关治乱，冰心岂但弃科名。诗题甲子柴桑在，学守庚申梨枣生。梦向锦秋湖上去，娟娟雪月为君清。

次韵

万卷残书欲废吟，晴窗兀兀静观心。忆人如梦半成古，说鬼为欢聊永今。已问麻姑知海浅，因逢曼倩笑山深。双丸不为长丝系，又看秋霜上短簪。

七夕二首

闲[①]门疏雨暗空床，坐久帘帏袅断香。蟋蟀西堂秋有梦，芙蕖南浦夜无[②]霜。

---

① 《诗观初集》《国朝诗因》“闲”作“闭”。

② 《诗观初集》《国朝诗因》“无”作“初”，国图抄本作“来”。

金城[①]过雁怀人远，银甲调筝滴漏[②]长。白帝黄姑期有[③]素[④]，也应天上怨清商[⑤]。

轻寒白苎夜沉沉，短烛长歌代越吟。桂树风高清露冷，豆花雨细绿芜深。河梁岁岁天孙驾，砧杵声声故国心。一自楚臣传九辨，兰芳惆怅到于今。

次王敬哉《秋怀》韵四首

罘罳惊雨上苔痕，蟋蟀西堂应客言。华鬘自应溲仄注，绣丝且与奠平原。醉锄兰畹长春圃，瞑解缁尘独乐园。斜照登台时送目，数家灯火忆渔村。

却扇西风满目尘，夜行犹自望三辰。已凭天地惊新制，莫倚诗书议古人。偃蹇赤狸褰楚桂，摧颓紫凤抱湘筠。狂谈碣石非无意，稗海茫茫待问津。

宝衣烬后暗尘凝，玉碗人间忆茂陵。骚楚问天愁莫对，荒唐说鬼恕无征。穹碑磨剑披蜗藓，磷火穿林射漆灯。恨血千年斜照里，寒烟霜叶自层层。

暝色长楸意黯然，轻云不散鹊炉烟。现因忘却非今世，旧梦寻来似往年。短剑化凫飞雪练，长镵倚月种芝田。尘缘看足慵开目，赖尔龟兹一枕眠。

五弟书舍夜同张孔绣作

尘缘摆脱自翩翩，也胜巴山短烛前。走忆驹騟行冉冉，舞成鸜鹆态仙仙。老槐防露能张盖，疏竹乘秋更走鞭。鲑菜已残重进酒，星河莫问玉衡偏。

次韵寄韫退

长沙太息得无同，谁念先朝补牍功。招隐山中歌绿桂，怀人江上梦青枫。旌旄始识参藩重，文赋还从过岭工。捉鼻从君三日语，十分莫惜酒船空。

---

① 《诗观初集》《国朝诗因》、国图抄本“城”作“微”。

② 《诗观初集》《国朝诗因》、国图抄本“滴漏”作“咽夜”。

③ 《般阳诗萃》“有”作“约”。

④ 《诗观初集》《诗国朝因》“素”作“数”。《诗观初集》总评此诗：“笔情秀冷，似兼宫体。”

⑤ 国图抄本“商”作“霜”。

秋夜

寒蝉拥树渐无情，机畔停梭络纬惊。尘世一番黄叶落，庭阴几度[①]绿苔生。捣衣风急怀难遣[②]，团扇恩疏意未平。欲赋秋声童子睡，残[③]灯斜汉两盈盈。

读王西樵遗诗

星河垂地夜漫漫，残卷秋窗月露寒。旧雨犹思官舍饮，新诗忍[④]作古人看。空谈净业栖心懒，竟负仙才住世难。千载名山惟数语，玉楼赋恨见无端。

秋思四首

霜林落叶问何归，叹息浮生共尔微。太史藏山姑舍是，愚公填海未云非。客能谈剑猿公老，巷莫寻巢燕子飞。此日登楼休作赋，醉乡侯好任相依。

憔悴形神渐不亲，长虹犹欲射秋旻。百年若只如今日，七尺终为何等人。哭爱唐衢能涕泪，笑凭邓禹话邅迍。除将浊酒相料理，架上琴书积寸尘。

心息依微本道场，客来再拜问中黄。勋名自拙元非淡，机械全疏反类狂。卜命星辰醒梦幻，临流骨相澹飞扬。熟思毕竟投闲是，敢向鸡栖竞稻粱。

驱马时时过水滨，清流迎送笑缁尘。灰心自古荣华事，著眼如今将相人。槐梦已嫌非待觉，蔗甘须尽况兼辛。百年刺促皆人事，与我周旋尚未真。

九日登高，石君弟修道之南山壶卢顶、霹雳尖皆峰名

壶卢顶结翠氤氲，霹雳尖留雷斧纹。谷远长林藏曲坞，峰高倦鸟抱归云。出村溪壑诸流合，过岭人家两县分。了了孤峰天外起，骑龙来看小茅君。

古寺

古寺闲游似远村，长廊深避莫敲门。蒹葭远引骚人梦，蟋蟀寒招楚客魂。

---

① 国图抄本“几度”作“厌见”。

② 国图抄本“怀难遣”作“情难尽”。

③ 国图抄本“残”作“疏”。

④ 诗抄本和《般阳诗萃》“忍”作“忍”，《国朝山左诗钞》作“忽”。

有恨莺花消白露，无情风雨易黄昏。闲心细与炉香断，蕉鹿茫茫底处论？

过载绩石隐园

位置闲人须一丘，逍遥乘化是天游。雨中溪上行看鹭，晴后窗前坐听鸠。启户风棂惊簌簌，移床霜簟喜休休。老饕不俟新莲子，摘取荷花泛酒瓯。

感兴

高卧因知万事平，好怀才向静中生。繁花炫老愁多态，宿雨留眠梦有情[①]。蟋蟀自应添恨赋，琵琶何故作[②]秋声。萧然淡尽人间意，枕上游仙碧落行。

赠王瞻明

长宵守尽博山烟，透幕明河望已偏。握臂[③]自怜金钏冷，卸头犹恋烛花圆。乡书北道飞霜后，春事南枝瘦影前。二十四桥应载酒，古来惟有月婵娟。

易酒而饮

分霸糟丘兴不同，酒泉拟寄大江东。沉雄我爱幽燕将，妩媚君怜田舍翁。敢谓李桃元待报，或容粟布略相通。老饕食指还成笑，兴在坡仙一赋中。

酷爱

古来贤达亦何穷，酷爱香山与放翁。常以琴樽游物外，懒将冰炭到胸中。一生怀抱如斯足，千载襟期与我同。此外卿材兼相业，野人笑对马牛风。

冬至

玉琯灰飞子夜清，天心元气一时生。想多自觉三天近，梦破方知万事轻。

---

① 国图抄本“有情”作“又成”。

② 国图抄本“作”作“尽”。

③ 国图抄本“臂”作“背”。

香海青莲将托体，蕊编丹阙又书名。不妨暂醉声闻酒，枯木寒岩借化城。

送仲美访道蒙山

采真名岳意嫌迟，踏雪千山一杖时。但助文心司马钝，定完尘事尚平[①]痴。琼楼自辟壶中路，樵斧休耽洞口棋。他日玉清携手去，鹤衣同拂五云旗。

毕载绩过访，与五弟斗奕

黄池雄长久争鸣，卷土重来更背城。不欲上人名似奕，无多酌我酒犹兵。偏宜过从当残腊，未废歌呼尚太平。昨日条风春已到，南枝香梦一时惊。

岁杪

冰雪东亭未易亲，晴来便觉是佳晨。溪山无恙终归我，花鸟多情略似人。浮世定须消闷酒，韶华错过断肠春。时光[②]几日条风到，隔岁青皇羽卫新。

己亥元旦二兄园中

茶烟苔影罢将迎，远眺微吟称野情。此地闲人宜痛饮，何年芳草不丛生。横塘半亩添春雨，斜照千家傍古城。直待芙蕖香绕屋，移床来听水禽鸣。

元宵石君弟邀看花灯

已有条风拂绿涟，还催新月到华筵。愁因齿发称前辈，喜趁歌呼冒少年。三雅莫辞消夜酒，九微恰照试灯天。香车宝马空如梦，玉漏金吾并可怜。[③]

梅花

庾岭寒香忆未亲，玉妃袅袅下重旻。先春绿凤疑传语，著月青溪欲写真。

---

① 国图抄本“平”作“禽”。

② 国图抄本“时光”作“东风”。

③ 国图抄本“香车宝马空如梦，玉漏金吾并可怜”作“香城宝马王城梦，鼓吹东华夜可怜”。

风袅长缨浑耐瘦，天寒薄袖自然贫。南枝无语南窗晚，问取罗浮梦里人。

石君弟室中看梅

绿凤罗浮有所思，幽窗赊与看花期。难逢月写东西影，不信春残南北枝。飘拂暗香凡几度，护持清梦已多时。主人京国青骢缓，玉笛无情莫遣吹。

看孙禹年梅花

贫病如何也累花，幽情未减去年赊。任寻玉照豪门宴，莫恋孤山处士家。卷幕有风香掩冉，临池得月影横斜。须携姑射仙人子，去访湘山萼绿华。

春日漫兴

酒面新时世界新，糟丘元与玉宸邻。琵琶旧事弹连锁，啰唝清歌唱采春。日涉溪山成令节，天留花月赐闲人。北邙空有黄金在，白发荣期莫厌贫。

春夜

群动萧然似太清，一星夜夜正中明。雕梁燕子初归舍，屋角梅花已落英。把酒风前闻远笛，翻经窗下听残更。谁能跨鹤东归去，濯发沧溟唤月生。

即事

春风劝我日寻芳，一簟一书还一觞。偶买酒时来妙妓，每挥鞭处碍[1]垂杨。眠逢林鸟喧皆好，坐对岩泉溅不妨。更向名蓝参老衲，支公台近[2]净名床。

---

① 国图抄本“碍”作“有”。

② 国图抄本“近”作“对”。

春游

竹里清溪柳外台，好花只共笑颜开。风知醒酒[①]披襟入，莺为窥人隔树来。度曲曼声低欲断，藏钩殊状诡难猜。渴羌偷眼红螺影，录事殷勤借一杯。

春晚郭外

乾坤容汝暂婆娑，解事无如春梦婆。但傍龙楼闲日少，不知马鬣故人多。客何方至分尝酒，鸥汝来前共听歌。斜日虽低风渐暖，寺钟声急欲如何[②]。

郊外

贫到心闲乐有余，一行出郭爱郊墟。青峰碧涧狂催酒，晴日熏风缓跨驴。惊梦春明门外路，沉思夏口瓮中书。营营尘际谁为我，乌有先生字太虚。

看花

扑面韶华梦未空，颇嫌多事是天工。离亭柳与销魂绿，幽谷花堪薄命红。传送寒暄骄北雁，招摇开落任东风。争知天上容华好？万劫长春日日同。

① 国图抄本“酒”作“喝”。

② 国图抄本此句作“谯楼钟鼓欲如何”。

栖云阁诗卷第十六　七言律诗六十七首

漫兴二首

安得长林百里连，飞泉高阁回浮天。鸾箫歇处留莺语，棋局抛时上酒船。衲子蒲团千涧曲，仙人鹤驾万峰巅。明窗来致真师命，欲授金珰玉佩篇。

浮世蒙头百丈尘，蜉蝣枉自作劳薪。溪山方占神仙窟①，花月能轻将相人。万事谁云非幻影，三生元不是吾身。法航行指金沙去，菡萏香中有宿因。

闲居

下寿已经天所赐，残年敢怨病相侵。寻山登眺愁春晚，纵酒歌呼怕夜深。柳下碧池追旧梦，案头青史损闲心。栗留花外殷勤语，五十年来识汝音。

栖云阁漫兴

小阁栖云古寺邻，萧条钟梵似山村。但临流水先携篁②，非抱琴来莫叩门。香细休教风卷幕，书开恰值酒盈樽。蒲团定起流莺语，寂寞伽陀与细论。

小斋

月季花联柳叶桃，今年忘却种芭蕉。台端狂客红螺盏，洞里仙人紫凤箫。四五株松工部宅，两三尺水广陵潮。浮生万事元儿戏，莫笑童心老尚饶。

次龚孝升韵三首

逝水秾华得几年，狂名消尽向珠筵。空楼明月梨花梦，高阁春风燕子天。拾翠停车飞彩扇，踏青回勒盼遗鞭。十千沽酒君无惜，银甲新调蜀国弦。

---

① 国图抄本“神仙窟”作“仙人福”。

② 诗抄本先有“流”字，后划去，在“水”之下补“处”字，此句作“但临水处先携篁”。

忘怀聊复置淄渑，骨瘦新惊眉有棱。一坐已将消短劫，双轮何用系长绳。珠沉赤水深难觅，龙示玄言近可承。颇爱曹溪分一滴，多生禅观忆吾曾。

据梧莫问异还同，镜里妍媸照即空。错错欲同批颊鸟，羞羞应笑叩头虫。净缘垢业花飞雨，笑果啼因籥解风。拨尽浮云消尽翳，妙高峰顶日方中。

夜

栖鸟幽花望不明，星河拂地夜三更。才听旧曲偏多感，每到良宵若有情。好月须为怀梦草，洞箫元是断肠声。轻风骤起兰塘外，渔火篝灯分外清。

雨

飒飒东风雨欲来，坐看嫩绿到莓苔。放舟烟浦冲鸥去，乞笠山村走马回。消酒莫嫌桑落尽，催花专唤牡丹开。直须淅沥声来后，枕上重过旧大槐。

客过

老树扶疏影借邻，叩门一笑两闲身。开樽羊曼能真率，作黍庞公忘主宾。小试选锋谈垒破，暂为酷吏酒条新。夕阳投辖休言去，同向前溪把钓缗。

漫兴

把酒看云且放歌，丹房清寂奈君何。方知霞客相思苦，自古钱奴出世多。天路仍愁眉黛少，风情不怕鬓丝皤。维扬大有游仙梦，江树箜篌字未磨。

过梓橦山下友人家，和济武韵

山腰东去问幽居，有客携壶驻鹿车。斜日残砧多隔巷，深秋寒叶半堆庐。郑虔有秩十年晚，司马无琴四壁虚。回首沧桑多少事，几年今是到门初。

饮谢启东斋头

那复开樽唤奈何，重逢正喜鬓丝皤。地仍抱郭碧山在，人似飞花黄壤多。传舍高堂新燕子，素封极浦旧渔蓑。离怀未有河桥怨，夜合香中任醉歌。

水仙祠

江妃羽盖水仙祠，兰浦蘅洲有所思。布席为寻花发处，抱琴直到月明时。波翻袅袅藏鸥叶，露压垂垂宿鸟枝。百尺高楼天似水，何人闲弄玉参差。

龙口园

走马飞尘上短鞯，到门人意已萧然。青山欲走还围座，碧树虽攲尚刺天。小步客留岩畔字，低飞鸟趁竹间泉。重来携榻追清梦，更对西溪结数椽。

青萝洞

伯推杨柳仲菰蒲，夹辅溪山入画图。劈石五丁新洞府，开塘十步小江湖。倦来正喜蝉同静，酣去如招鸟共呼。每到斜阳成小社，一樽一局聚潜夫。

荒冢

千载荒丘只废基，巍峨高冢尔为谁。茂陵玉碗何年出，秦帝银凫几日移。猎客熏狐遗宿火，牧童吹笛卧残碑。牛山一笑空今古，多少痴人尚泪垂。

感兴

一杖斜阳世尽非，三生鸿雪迹依微。溪山元让渔樵占，仙佛从看将相稀。劫火梵天中未免，香莲世界外何归。藕丝难断轮难止，便请吹毛剑一挥。

过杨用孺

停车山坞忆当年，老健惊逢地上仙。垂发交游霜鬓后，孤村语笑素秋前。尚余荒径流泉涸，不尽疏篱夕照悬。无计疗穷穷可送，阳春即到广文毡。

湖上

藕花衔日淡烟流，断柳平将远翠收。十里闻歌香近远，四天涵碧影沉浮。

何人命笑仍携燕，有客相呼却道鸥[①]。弹罢银筝终[②]阕后，随他花畔看停舟。

雨

一点云阴能几时，芭蕉叶重已先垂。清寒正爱空床好，淅沥偏于小阁宜。绣幕影摇残烛见，芳塘涨满浴鸥知。红蘅碧杜湘君梦，八载孤舟楚水湄。

青云寺

平地相看意未惊，登山始觉险难平。选厓憩足如邮传，与杖相随似弟兄。高下千盘孤鸟没，阴晴万壑片云争。有人泉畔蹁跹坐，看我飞筇上太清。

墨龙池

千年人说墨龙池，龙去池荒有旧基。老树心空如衲子，流莺声媚亦歌儿。到来晋魏知何代，坐久鸿蒙正此时。唱演三丰[③]招手在，蓬山我欲往从之。

山寺

相轮天外挂晴晖，马系残碑叩竹扉。远浦光中孤鸟去，斜阳岭半[④]一僧归。村春晚急炊烟合，芳草秋深樵径微。清梵顿醒尘土梦，闲心初地欲皈依。

山游归，东园即景

五日名山蜡屐回，又携余兴到亭台。重阳未过秋先老，小院无人花尚开。曳杖莓苔铺绣乱，闭门风雨作潮来。阿谁唤起游仙梦，鹤唳三天酒一杯。

---

① 国图抄本此句作“有客相呼道是鸥”。

② 国图抄本“终”作“歌”。

③ 国图抄本“丰”作“峰”。

④ 国图抄本“半”作“畔”。

东园

触热红尘欲发狂，乍来寓目已清凉。柳丝风搅偏多影，荷叶花稀尚有香。负郭带郊[①]天旷远，入吴游楚梦苍茫。将军金碧天工画，尺幅依稀挂夕阳。

小园

万柳阴围一草堂，小园近郭爱荒凉。送迎风雨惟啼鸟，妆点溪山有夕阳。歌板声催青箬梦，茗炉烟飏绿荷香。锦秋一棹何时去，越水吴山寄兴长。

水阁晓起

晓露翻荷送暗香，萧然未尽夜来凉。倦游益觉青山好，早起方知白日长。地僻人疑忘晋魏，枕安心欲借潇湘。谈深客倦茶烟瘦，偶尔摊书亦不妨。

雨

午窗惊起梦蘧蘧，飞雨轻沾案上书。豪客欢来频命酒，旅人愁处屡停车。新名亭子珠还让，旧买蓑衣锦不如。南浦又添多少绿，莫将清泪溅芙蕖。

初秋

作赋休言宋玉工，人间那有大王风。波宽须入凫鸥社，林远将分燕雀宫。渐觉斜阳垂阁畔，即看凉月到床中。[②]西堂蟋蟀知人意，骚辨凄凄气味同。

秋夜月下

清凉只道已难期，斜照何如汝亦移。风化衣裳为霰雪，月将天地入玻璃。长吟喜有秋虫和，幽梦唯应宿鸟知。濯发银河犹未足，沉沉露下五更时。

---

① 国图抄本“郊”作“效”。

② 国图抄本此两句作“有幸斜阳垂阁畔，几时凉月到床中”。

得友人书

莫叹萧条白发翁，百年谁是日长中。从教上客参差笑，颇忆前贤约略同。退鹢飞鹏均有故，冈梧岩桂各为丛。喜看尺素山中到，好语新传无上宫。

笙云阁闲坐

秋风祓禊宛[①]深春，短策佯狂孝水滨。好月乍来如快友，少年重忆似前身。琼楼贝阙游仙梦，沧海名山结愿人。吹彻玉笙天若水[②]，飘然散发驭麒麟。

赠子下

东山五亩吾何有，南面百城君见招。楚客自然闻蟋蟀，秋窗似欲映芭蕉。胸中丘壑邀云易[③]，岭上笙歌待月遥。归即草书飞帝里，尚期清梦伴渔樵。

饮韫退园亭

云关长日未尝扃，几曲晴峰展翠屏。画里诗情开幔到，夜中酒病听泉醒。芙蓉欲种先成堰，枕簟须安更作亭。浣罢蔷薇香已炷，琅函初启蕊珠经。

秋夜

草虫絮絮已难休，残烛何人更倚楼。幽梦能通千里月，良宵稳占五分秋。人间已识清霜近，天上争看大火流。狡狯楚臣君莫信，不言欢乐反言愁。

寄浙臬宋玉叔

芙蓉彩笔玉嶙峋，执法星悬浙水滨，今日湖山须大手，当年苏白似前身。六朝桂棹宁无梦，八月银涛若有神。大好云栖堪结社，宗雷匡阜又何人。

---

① 国图抄本“宛”作“似”。

② 国图抄本此句作“吹散玉笙天似水”。

③ 国图抄本“邀云易”作“招云起”。

中秋东园次韵

步屧园林晚照明，回廊[①]小坐待深更。枝头果动风才度[②]，浦口[③]鸥惊月已生。紫袖低鬟歌玉树，红螺浥露泻金茎。换来世界空明甚，乍似飘飘问五城。

秋雨

望远伤离楚客心，萧森积雨意难禁。人凭佳梦潜来往，秋与闲愁校浅深。苔藓有情窥画槛，管弦无力咽重阴。闭门亦有茱萸酒，戏马台荒更莫寻。

登高[④]用杜牧句起

牛[⑤]山何必泪沾衣，千载茱萸各[⑥]是非。转毂旧秋和梦到，践更新雁缀行飞。游须野宿欢方畅，客甫狂歌日已微。明日相期重载酒，好山未肯放人归。

秋柳

当年张绪久相思，海燕东归夙有期。青眼窥人风叶叶，红亭罢酒泪丝丝。参差玉笛空楼上，憔悴金城暮雨时。为语兰成休作赋，春光会到短长枝。

即事二首

颇恨风沙尚喜晴，闲游借得马驹名。柳当郭外偏增态，水到城隅倍觉清。一一征人皆有故，年年芳草本无情。不知几个华阳客，瓢笠青门拂袖行。

夕阳天气短长砧，高柳人家淡荡阴。水自何来绕寺曲，山从此去入云深。蒿原叶下麒麟冢，枫树霜前[⑦]鞣鞨林。才转城隅秋色满，谁能出郭一相寻。

---

① 国图抄本“回廊”作“排当”。

② 国图抄本此句作“林中莺动风微度”。

③ 国图抄本“口”作“外”。

④ 国图抄本无小注。

⑤ 国图抄本“牛”作“斗”。

⑥ 国图抄本“各”作“客”。

⑦ 国图抄本“前”作“浓”。

悼亡

莫惊紫玉抱如烟，但说容华便可怜。洒雪堂中春梦梦，遗香殿里月娟娟。已知龙剑终分水，岂有鸾胶可续弦。惆怅槿花枝上血，杜鹃啼尽是何年。

有感二首

旧业相招须此来，重重罗网亦堪哀。学疏宜入渔樵社，命薄元无醉饱才。万派流皆归海尽，千株花总待时开。若能会得生前事，累劫[1]阴云一夕回。

万劫[2]盲聋乍自惊，拈花消息几时明。余年拚我还天地，多故嫌人识姓名。非想到来犹有业，忘情入去始无生。[3]诸缘寂寞君知否？试听风铃自作声。

病起

回首浮生万事非，朝华日及斗芳菲。死如蝉蜕公卿贱，贵属鸢肩耆艾稀。宝地无尘何界似，金沙有路几人归。宗雷旧社前缘在，一笑阎浮便拂衣。

适楚

词客精灵定可呼，移情林壑渺难图。江山自昔多情甚，屈宋于今有赋无？猎火驱车云梦泽，仙舟吹笛洞庭湖。翩翩黄鹄排云去，天柱峰头望眼孤。

过梁王城

樵风薄暮送南征，凭眺梁王有故城。遗殿久随原烧灭，寒花犹上女墙生。神弦送酒灵狐啸，渔火摇樯鹳鸟鸣。栾布吞声千载怨，汉陵耕牧亦将平。

自楚归[4]时地震后

楚水扁舟万里余，远行方解爱闲居。人归尝酒逢新雪，客过分茶得异书。

---

① 国图抄本“劫”作“结”。

② 国图抄本“劫”作“却”。

③ 国图抄本此两句作“到非想天犹有业，入忘情地始无生”。

④ 国图抄本此诗在本卷《旅邸》与《舟中》之间。

莞尔长松存肮脏，依然高阁贮空虚。崩腾劫火浑无恙，珍重乾坤一草庐。

晓渡汶河，神祠小憩

白发抽簪起每迟，宵征又喜见朝曦。葑田水落通樵径，野墅云深失酒旗。细雨黄垆三日醉，微风青柳万条丝。神祠回首人惆怅，四十年前驻马时。

新泰道中

风过郊原见烧痕，晓晴霜袂一时温。平溪清浅忽成浦，小径湾环遥入村。醒酒石多移绿野，名山书不恋朱门。沧溟莫惜东流水，惟有昆明劫火存。

淮南道中

水国轻裘耐晚霜，神乌犹送去来樯。小山赋就淮王老，大泽风回海气凉。月向波心光更远，山连夜色望尤苍。冯夷起舞湘妃笑，倒泻银河劝羽觞。

客夜

落落风沙旅鬓侵，悠悠物态日追寻。道来顿[①]猛闻人死，荣过偏[②]惊阅世深。不尽寒波长改路，无多霜叶强依林。观心未寂狂奴兴，禅板轻敲又醉吟。

旅邸

萧条樽酒傍香篝，烟树苍茫始欲愁。百岁便来能几日，终年如梦奈双眸[③]。悲歌羁客偏怜夜，风雨天涯易得秋。拔剑灯前红泪尽，吴霜明日镜中稠。

舟中

把酒长歌一扣舷，白鸥没处入吴天。浮云吊古芜城赋，明月怀人采石船。

---

① 国图抄本“来顿”作“心俄”。

② 国图抄本“过偏”作“路多”。

③ 国图抄本此句作“终年如骛欲何求”。

龙旆只今余蔓草，蜃楼强[1]半是秋烟。定知自在输渔父，笺乞天公署水仙。

故人

故人久别长安市，薄领羁身笑语难。偶尔帆樯迟郭外，翩然骀驭到河干。风波如此留君住，鸡黍从教尽我欢[2]。记取临岐携手意，莲花金地七重阑。

吊古

今古茫茫貉一丘，登高凭眺涕神州。长江飞渡怜三阁，大岘平驱笑五楼。不是地灵真有尽，自缘天子欲无愁。山河元借英雄力，错莫东阳忆仲谋。

金陵舟次遇友人话旧

丹灶难封六乙泥，焚香且读紫阳诗。红尘落劫天酬懒，白发寻师客笑迟。舌底醍醐三昧酒，橘中世界四仙棋。他年若剪巴山烛，须话金陵道上时。

金陵感兴

云霄江海各浮沉，花月长干尚可寻。淮蔡欲平谁有相，轻肥自许我无心。褰裳五岳追禽庆，挥麈三支叩道林。离却尘缘人自在，骅骝顿辔已骎骎。

秋

自是[3]征夫爱远游，西堂蟋蟀强吟秋[4]。溪山为我支销懒，风雨因人整顿愁[5]。多事星躔趋北陆，耐劳江海竞东流。禁他几度飞鸿影，白帝悬知亦白头。

---

① 国图抄本“强”作“大”。

② 国图抄本此句作“鸡黍为欢授我餐”。

③ 国图抄本“自是”作“何事”。

④ 国图抄本“吟秋”作“知愁”。

⑤ 国图抄本此句作“风雨凌人加倍秋”。

南中即目

裙腰浓绿草萋萋，雨后微风翼杖藜。野水自明斜日外，烟村只在断桥西。竹知[①]避客回穿牖，鸥识忘机近过溪。缚取飞亭松五丈，巢居[②]人鸟两堪栖。

杭州腊底

三吴腊雪旧来稀，预怯春寒上客衣。了已无情堪惹梦，不知何事又怀归。旅中少病天能念，老去寻师愿已违。一壑千峰终岁好，笙歌长傍五云飞。

归舟即事

行客招呼远道应，云垂天阔影层层。大星照水将争月，野火连村不辨灯。五里荒陂司夜柝，三更枯[③]寺课经僧。舟师薄醉凭篙卧，敲尽晨钟未肯兴。

途中忆家

何时匹马穆陵关，正恐人归未肯闲。遍阅新书初雪后，乍尝腊酒小梅间。疏渠驱使穿花水，辟户招呼近郭山。兄弟相寻询异事，留连往往暮忘还。

客游

蓟门行入越人吟，步屧河桥酒缓斟。杨柳风微牵客梦，秋千影过引归心。莫愁风雨催寒食，乍喜云山似故林。沂水仙坛三百里，可能策杖一相寻？

---

① 国图抄本“知”作“因”。

② 国图抄本“居”作“民”。

③ 国图抄本“枯”作“野”。

仲昰保跋

淄川少司寇高公，才高学富，随遇有作，惟诗最多。其言浩瀚充溢，文则淹肆，词赋益加排荡焉，然俱不存稿，盖公无事以之争名也。凡所存录，皆出其好事吏人之手，为讹音谬字者什三，舛错重复者什二。埋金玉于沙砾，吏实为之矣，垂今四十年。

公之孙保实、绎常、武安三人思欲表章其著作，搜括记录，得数十束，诗逾万首，文亦数千篇，词赋之流殆不可数，则为蠹食濒尽。属其所亲昆朗毕君先裒辑其诗，剔去残缺棼乱者什之四。念当世之知公与公之才之学者，唯益都饴山先生为致切，以订定诚告，先生谊不容却，为之正其讹谬，删其舛错重复，沙砾之污淘汰净尽，精益求精，拔尤得一千首，分十六卷为一集。又病其题目先后无章，时余北学于先生，命为校对排次。乃俾先生叔子西陵缮写成帙，序而行之，庶几表章之无憾矣。比辑文来，讹舛愈甚，倘一润色则失公之精神，订更有难于诗者，非先生割爱舍之，盖慎之也。其他词赋虽佳，公之末技耳，既败于蠹，亦姑置之。

噫！公虽无事于争名，吏知宝惜，乃为存录，功亦不可泯也。然一出其手，几汩作者之光华，苟非公有三贤孙择人淘汰，乌能出其金玉以焜耀于人间哉！常熟仲昰保识。

高肇丰跋

先大父平生吟咏致多，俱散置，遗命不听辑。故吾父与吾叔父两先人遵约弗敢逾，垂四十年。仲兄肇鼎虑弗辑，后遂不可知，谓丰及弟㥄曰："吾同祖兄弟八人，存者惟吾与若及叔父之子此一弟耳。失今不料理，将为子孙羞，盍图之。"丰等唯唯。念当世惟邻邑赵宫赞饴山先生为风雅宗，雍正戊申奉所缀录，诣先生居，恳请选定。先生夙敦旧好，不复辞，竭精力，阅三寒暑，事乃竣。方谋授梓人，而仲兄复赍志以殁。乾隆戊午，丰、㥄两人始黾勉从事，剞劂成集。丰既感先大父之诗藉饴山先生选定以行世，又悲吾仲兄之不克见集之成也。刊校已竟，爰述辑之之意于后云。肇丰谨识。

栖云阁诗拾遗

《栖云阁诗拾遗》小序

高念东先生《栖云阁集》，饴山老人定为十[1]卷，凡一千首。海内谭艺之士以获睹之为快也。第闻先生诗盈二尺许，或疑其多遗美矣。予至济南，乃觏其全，即老人所阅原本也。古体丹黄精细，几无遗憾。近体二十余大册，写者多复出。其所选间有漏略，因摭所遗，得二百篇以归先生曾孙，俾附前集之后。渔洋山人尝谓先生咳唾珠玑而用之如泥沙，诗几万首，广大难周，今之所录非有加于前，正使未尽菁华不湮没耳。取金于山，求珠于渊，其宝必有不尽者，岂取之者之过耶？乾隆丙子秋同郡后学宋弼序。

① 应为“十六”，但原文如此。

栖云阁诗拾遗卷第一　古律诗四十二首

赠张王二婿

春王正月之望前，欲雪不雪回风旋。山城久贫歌吹少，九枝青玉谁为然。客何自苦拥棐几，捻须嗫嚅如秋蝉。六博呼卢者谁子，君辈沾沾博士言。小宋飞觞故自快，大宋读易殊酸寒。卫乐当年恐不尔，慷慨为歌行路难。人情冷暖当面异，四达摧车忽九盘。意气肯与绛灌伍？贫贱耻受屠沽怜。况尔俱称名德裔，清才奕奕凌云烟。卞家忠孝喜有后，韦氏经术堪绍先。贾生弱冠终童达，卿相当朝皆少年。弹指槐花淡墨榜，拔鳌而舞何仙仙。蹀躞九州骅骝步，风飙万里雕鹗抟。公车来春应并驾，黄金突兀高台悬。草罢新篇且共饭，狂言勿为他人传。

夜中有感

累棋十二岂不危，漆园宁作泥中龟。麒麟不如上蔡犬，宾孟何以羡人牺。世上快谈多乐事，莫及不祥将相字。急挽天河洗耳根，津津何事屠羊肆。使君于此故不凡，子野搊筝涕横沾。

古意

郎何所，妾独苦，空房明镜相尔汝。只影凉凉已自怜，娟娟明月来相侮。荡子何曾解忆家，断肠芳草连天涯。双栖紫燕尤堪恼，斫却中庭双蒂花。菖蒲叶凋兰叶短，郎去日多行益远。剪剪灯花蟢子飞，灯前含笑扫蛾眉。新衣乍换重看镜，门外马嘶郎已归。

戏题与二孙

两孙四五龄，比肩日游戏。问其何能尔，胸中无一事。每来必登楼，或有仙人致。折花知插头，骑帚以为骥。奔趋不可止，踣蹶或流涕。索果曾无饱，一日频复至。跳掷以为常，追逐欲插翅。青果掇树头，酸涩何曾避。捕我蒲中蛙，折我池中芰。兄弟或争扑，小婢遭骂詈。有时向我诉，诘之亦知忌。洗面避多端，跣足不忧刺。每饮酒一杯，辄云已大醉。雀雏玩复虐，蚁穴遭其祟。赐钱诱以诗，间日犹能记。想我婴孺时，当亦同此意。稚者日以长，老者日以悴。无物可为欢，有故皆相累。我闻学道人，观化如假寐。松鹤等大年，岂以老少异。崦嵫事已迟，临崖难返辔。书此于尔绅，壮年勿自弃。

送六弟南归

终惜匆匆去，轻装已在门。乍调新市马，最忆故园樽。旅雁三春急，冲流二月浑。到家寒食节，南墅杏花繁。

送人归

匆匆三月莫，春事又空过。惆怅王孙路，其如芳草何。宦情缘病减，乡梦向离多。匹马青门道，愁闻折柳歌。

仙槎

藜火映仙槎，清樽对莫笳。去帆千里远，归雁数行斜。淮浦惊遗垒，吴宫问落花。日新多圣政，好向远人夸。

过石隐园

潇洒幽人宅，柴门长夏清。自然苍藓遍，不禁野云生。小水侵阶湿，疏花隔树明。何当白羽扇，尽日对楸枰。

送人归省

积雪青门路，轩轩去国人。所期终悟主，此去且宁亲。谏草郎官切，轻装汉吏贫。行看澧浦上，丹凤问垂纶。

答张天石通政二首

尘土诚堪厌，居诸只自知。百年今已半，五岳更何时。北阙辞明主，南州觅导师。仙才吾岂敢，颇讶梦华芝。

贺监支离甚，朝簪已晚抽。拟将乘化去，或为看山留。海上琴尊约，尘中支许游。故人相忆切，语笑待清秋。

都门西闸同谢冯两同年晚坐

野兴由来剧，羁怀向此宽。波声清入夜，水气晚生寒。沽酒红桥肆，烧灯绿树滩。欲归期后约，好月更来看。

立秋日汪园小集，次韵三首原选[①]三首

胜地多愁远，褰裳此易寻。牢愁楚客赋，歌泣酒人心。云日惊秋淡，松杉阅世深。柴车门外道，应閟管弦音。

旧语征文献，虚堂敛众喧。茗香文字饮，河朔辟疆园。燕子将辞社，笋孙欲满轩。阮嵇何事业，避世酒盈樽。

未觉新丰似，偏惊杜曲移。清秋梧叶节，斜日藕花池。酒态宜邻市，虫声不隔篱。山公倒载去，信宿再来期。

将抵武昌

楚塞王程远，江风笳吹轻。断云樊口树，晴日武昌城。岂有英雄在，空余山水清。帝陵行可望，缥缈彩云生。

临淄道中

班荆恣笑语，游子意偏闲。渐觉前村夕，因看飞鸟还。水奔将入海，地远似无山。凉月催归杖，田家欲掩关。

莫论

莫论千秋事，千秋事可哀。地皆前辈历，书任后人裁。黄壤英雄骨，青蒿将相才。乾坤多故甚，只有劫残灰。

---

① “原选”指《栖云阁诗集》十六卷中赵执信所选同题诗，下同。

游锦秋湖

不负湖山美，诸贤集锦秋。衣冠君子国，烟水化人游。夹岸阗阗鼓，浮波点点鸥。闻声同好至，盛事冠营邱。

出郭二首

谋野原宜蚤，行来晚径迷。游人皆问酒，倦鸟已停啼。淡霭千峰接，残阳一寸低。看花明日事，一斗更同携。

青溪处处苔，野色满城隈。言就东陂饮，翻从北郭来。闲行宜远道，佳卉爱迟开。吾意将学圃，樊迟未易裁。

憩山寺

到此忻然笑，寒居上古天。溪声低作雨，柳色远为烟。时有莺双过，何妨琴一弦。萧萧人世隔，长日抱云眠。

出穆陵关

单车三日路，已出穆陵关。旅兴沿途写，家音附客还。黄连九曲水，青接二劳山。吴国行将近，飞鸿灭没间。

春草

何物为春草，无心却向荣。能铺金谷遍，解向玉阶生。柳外多闲态，雨中饶远情。杖藜尘事少，独向大堤行。

舟行

小艇缘溪好，狎鸥依晚汀。晴春懒即卧，渔唱醉还听。南国来鸿雁，东风长绿萍。游人挟赵瑟，渺渺忆湘灵。

送人之任楚南

扁舟楚南去，击楫洞庭间。兰忆骚人赋，香来帝子山。九江仍浩荡，三户正屯艰。廉叔来何莫，遗黎已解颜。

寓大明湖侧，夜闻风雨声

天籁自泠泠，迢遥下远汀。地疑邻楚甸，人似对湘灵。顿觉秋声壮，偏宜醉客听。移情即此是，不用泛沧溟。

秋风

何与人间事，秋风百感生。西堂鸣蟋蟀，北渚浴鸡鹕。役役征夫路，萧萧倦马声。岁荒村社急，铃鼓正争鸣。

新正

新正来几日，风物渐柔嘉。香雾仙人馆，歌声酒客家。长松时落雪，迟日欲催花。天意如人意，韶光转物华。

洞庭舟中

长安风雨夜，往往梦孤舟。乍作舟中客，何殊梦里游。想因皆是梦，人境总宜秋。一片冰心在，苍茫对十洲。

江上寄京洛故人

登舟风日好，便觉是闲身。朱绂如前梦，沙鸥自故人，斜阳芳草渡，寒食杏花辰。南浦离怀剧，邮书莫厌频。

苏州

十日吴门外，匆匆已莫春。箫声饧粥过，柳色酒帘新。风雨维舟树，渔樵问渡人。萧然云水梦，持谢软红尘。

野寺

偶到招提境，心眸谢俗撄。人闲足禅悦，院静有棋声。不似京华住，自然风日清。只疑金粟老，大士欲将迎。

送客

骊歌不可听，况复夕阳时。山阔云归晚，风惊鸟去迟。青门宜怅望，红树最相思。迢递金微路，还愁梦里知。

初秋

不知秋到否，已觉夜来凉。残烛欹斜影，熏炉掩冉香。砧如愁玉塞，花欲老银塘。渐有读书火，丁丁喜漏长。

春日过友人山居

斗酒向何方，游情信马缰。秾华怜野圃，风物忆官庄。柳尽青罗密，溪皆碧玉长。此宵君有梦，春草遍南塘。

思归

未必无余暑，君能几日留。雁来鸾扇怯，蝉噪凤城秋。歌舞宜新社，山川供醉游。湖天应更好，处处采莲舟。

夜中

吟惜残春夜，慵添出世心。疏春和漏永，短烛闭门深。云峤悬归梦，风枝妥宿禽。碧霄真有路，只是恋朝簪。

送人归里

帝城南去路，客里过清明。官道邮程近，晴春酒旆轻。无花迟去马，有树听啼莺。归向山中说，今年渐太平。

有感

易破秾华梦，难招惆怅魂。鸦飞梁苑树，客散信陵门。汾水秋来雁，巴山月下猿。南朝多法曲，歌罢有啼痕。

冬夜

古今弹指尽，惆怅一灯前。夜色留寒梦，风声忆往年。炉熏侵药裹，书帙润茶烟。颠发遽如许，回头意惘然。

与友人夜话

脾病愁孤坐，谈谐慰寂寥。岁怜秋事半，乐忆故乡饶。枫雨沉红树，蕉风展翠翘。所嗟景物似，归梦满寒宵。

栖云阁诗拾遗卷第二　七言律六十三首

秋兴

秋风客梦送将归，千里萧条木叶飞。远舍几移新燕垒，夕阳不改旧渔矶。向平婚嫁寻山晚，广武英雄屈指稀。怅望江干鸿尽去，芙蓉白露上人衣。

揭来

握手惊看意惘然，揭来轻骑越江边。从戎书记三千里，去国萍踪八九年。客路风花羁旅酒，长衢歌管禁城烟。前游回首皆陈迹，此后心期雪夜船。

送唐济武归里①

成名需次暂云阿，携得天恩到薜萝。千里飞花随短剑，一尊微雨对长歌。学从阅世风波定，天与探书岁月多。第一延英期大对，蓬山把臂共婆娑。

再送济武

残春走马青门道，归卧般湄意若何。绿酒尊前无感慨，碧山影里有琴歌。志能自见复何恨，士所当为政自多。别驾英州真不忝，更添佳话向銮坡。

送门人陆处实司教宁国

世人作吏易为豪，疏乞青毡意已高。要使诸生服雅颂，莫耽名士醉离骚。佳山水处风尘尽，多簿书时郡邑劳。绛帐谈经良自喜，广文博士是仙曹。

① 诗抄本题作《送唐济武归里》，文曰："成名需次暂云阿，携得天恩到薜萝。千里飞花随短剑，一尊微雨对长歌。学从阅世风波定，天与探书岁月多。别驾英州真不忝，更添佳话向鸾坡。"

广平道中

星轺预怯道途赊，十里穿林上晓霞。略彴似萍惊病骥，流澌如掌漾寒沙。计程屡屈长亭指，乞火兼询卖酒家。自在云霄如意客，刺天飞雁数行斜。

送迈尘下第归里

冯文敏诗云："我已倦游君未遇，杨花如雪送归人。"迈尘临岐，予忽忆此句，方知其妙，赋此寄怀。

泣玉陵阳泪满襟，倦游谁念越人吟。旧诗漫诵徒经眼，新恨全同始上心。如雪杨花征路渺，和云芳草马蹄深。他年此味君应解，只恐吴霜镜里侵。

次王敬哉《秋怀》韵二首原选四首

醒自能狂忆次公，歌呼飒爽得无同。十年客梦星河下，千里秋声砧杵中。鸟匝疏枝空傍月，人依病叶乍惊风。未知造物成何事，晓漏昏钟竟不穷。

切切秋蛩何太频，蜀丝灯下唱迎神。黄金歌舞医愁药，青史英雄佐酒人。纵步茫茫皆暗海，回头念念已成尘。香烟未断风中穗，辛苦前身与后身。

新秋原选其一

山翠空蒙傍晚收，疏钟良夜转清幽。穿云玉管星河近，照梦银屏灯火秋。白露帘栊辞去燕，碧花篱落上牵牛。箧中团扇乘鸾影，应为西风岁岁愁。

送蒋维章监扬州税务

画省鸣珂乞暂闲，持筹秋色照严关。淮南树影芜城月，瓜步潮声建业山。已喜越裳通累译，行看蒟酱下诸蛮。不知谁作狂书记，廿四桥头共往还。

送张孔绣之沁水判石署中

春寒犹靳柳成阴，西去征途雪满林。上党地当天下脊，太行云系客中心。玄成世业余经笥，单父风流对雅琴。到日清明官舍酒，绵田烟火寄微吟。

送李有文按粤西

玉节金台破腊行，条风送客赋南征。桄榔影里尧山出，翡翠烟中漓水余。欲致太平惟察吏，尚烦石画是屯兵。桂堂莫怅长安远，封事时时到汉京。

谒周公庙作

残碣斜阳野殿虚，龙旂想见閟宫初。弟兄王业岐丰后，父子文章河洛馀。三握幸瞻元圣貌，六经亦是一家书。西京日远空怀古，怅望千秋蘋藻疏。

淮南道中原选一首

青女霜前罢晚砧，维舟断岸柏林深。守更风柝依残苇，沽酒寒灯起夜禽。楚水声中游子梦，岳云影里故园心。此时通德魂应断，瘦影单衾意不禁。

归田杂兴

故人相赠有琼琚，载酒青门白板车。旧署勇能辞贯索，新衔稳许老樵渔。山中酒政闲人课，海上军储计部书。赐复十年公辈事，九州歌舞莫踌躇。

寒食偶感

蜡炬谁分汉殿香，禁烟景物似秋凉。归宁儿女争红袖，寒食风烟让绿杨。上冢群趋芳草路，冶游半问杏花庄。唐陵麦饭啼鹃血，不及东郊倒一觞。

竹园

烟榭苔矶石径微，竭来长啸憺忘归。穿林忽得登山路，看竹全胜食肉肥。寒以古香迷客梦，清留苍雪上人衣。不通姓字惭伧父，未必肩舆径造非。

入都，寓报国寺僧舍

缁尘不到梵王家，铃语天风静若哗。客久能持龙树偈，僧贫解饷虎邱茶。名山遥忆心先往，帝里重来鬓已华。栖鸽禅房原自好，一枝休羡上林鸦。

九日二首

节序迟迟勒物华，寻芳遍历野人家。天容桓景山头酒，人就陶潜篱下花。斜日几回临古道，秋风何事又天涯。重阳风雨骚人谶，偏喜新晴噪晚鸦。

九辩登临楚客愁，茫茫怀古又悲秋。久销伯气荒台马，空忆歌声圣水舟。人似塞鸿皆灭没，酒同金马任沉浮。终期蓬海山头驾，冉冉仙軿碧落游。

赠梁玉立二首原选二首

才出春明野兴新，向来正色冠朝臣。久推燕赵无双士，竟作滂膺以上人。绿野从今厘缺典，黄扉那许换闲身？雕丘绿水浓于染，欲濯长缨未有尘。

十载中枢庆得朋，年来进退似相仍。索瘢岂谓公无过，强项遂疑天亦憎。迹近异同良易构，言滋毁誉总难胜。西州豪士应相羡，党籍求名得未曾。

题家兄小园

隔院先惊菡萏生，平池略受一桥横。接来园果儿孙满，架得墙薇洞壑成。挥麈凭教山鸟怪，科头喜与野人争。连朝止酒闲亭坐，却笑欧公醉署名。

送谢起东南游

步屧河梁意不禁，轻衫迟轡绿杨阴。三吴泽畔莺花路，五岳图中禽向心。僮仆渐亲疏白酒，肝肠差贵贱黄金。密云一曲今谁唱，巾拂凭君问道林。

入都过德州

怀土行期定复更，登车顿欲到承明。东风忽送神灵雨，南浦重看春草生。路径依稀前问渡，邮亭惊顾旧题名。一航便觉燕齐异，无复青山送客行。

平原颜鲁公祠

白杨风雨战檐楹，飒飒金戈铁马声。故老难询天宝事，废墟犹藉鲁公名。蜗涎篆处残碑尽，马圉来时春草生。欲荐芳蘅无处所，荒荒斜日下孤城。

感兴原选其一

簪佩情如酒兴阑，转从林麓话长安。当权方识风波恶，退步终因天地宽。婚宦累多出世少，禅元说易息心难。快谈莫问城头漏，晏起何妨日几竿。

送客

神武抽簪汗漫游，鸣琴载酒问高邱。霜浮红叶千林满，客历青山十日留。野馆花阑已著子，空庭槐老自成秋。故人久擅青藜阁，乙夜何人共校雠。

步子下韵

芙蓉城里昼阴阴，梦即游仙醉即吟。地可闻琴宜水榭，僧招说偈向风林。撩云春絮人间世，濯月秋潭定后心。不尽精魂鸿雪路，三生石畔漫追寻。

清明

镜里容华雪满头，阳春何事满皇州。杏花微雨秋千索，燕子轻风歌管楼。客梦迷如思远道，老怀冷似坐深秋。蒲团一片鸿蒙海，铁作虚舟自在游。

春日漫兴[①]

酒面新时世界新，糟邱原与玉宸邻。琵琶旧事弹连锁，啰唝清歌唱采春。日涉溪山成令节，天留花月赐闲人。北邙空有黄金在，白发荣期莫厌贫。

忆华东先生语

翘车北指五云边，绪论追陪岂偶然。晚节功名如嚼蜡，少年科第似登仙。旷怀久矣[②]推先辈，微语尤[③]堪悟后贤。毕竟山中煨芋好，十年宰相亦堪怜。

---

① 按，此诗重出，又见《栖云阁诗集》卷十五。

② 诗抄本“矣”作“以”。

③ 《池北偶谈》《清诗纪事》“尤”作“还”。

对酒

斜日凭栏花气香，蔬林浅濑泰坛旁。紫云乐府人颦笑，红豆歌声夜短长。送客西风连下杜，愁予北渚忆清湘。便成往事徒回首，莫负兰陵琥珀光。

游劳山三首

红霞不尽恋山椒，坐听波声识晚潮。沙屿高低分断鹭，烟村寂历数归樵。临溪人劝风前酒，隔岸谁吹月下箫。机息萧然皆自得，漆园何处说逍遥。

风吹雨过淡晴晖，荦确漫漫石径微。山路渐高人藉杖，海风忽到客添衣。通潮溪水来无爽，守洞山云静不飞。惆怅鹤山高士去，万松影里闭岩扉。

何年兰若此修真，仿佛空山姑射身。湘瑟鼓来疑帝子，秦箫吹后忆仙人。石惟垒在犹如黛，杏已花残不复春。过客漫劳频吊古，纵余珠翠已成尘。

自嘲

春蚓秋蛇任卷舒，僧虔拙笔定谁如。颠毛濡墨嫌张放，柿叶为笺笑郑疏。尚不折腰八贵座，岂能俯首二王书。临池有诀君知否，蛙迹苔痕宿雨余。

过金矶

涟漪细细镜花平，却羡渔舟不计程。两岸霞明孤屿见，九疑雨过晚潮生。蘼芜绿入湘君曲，杜若香牵楚客情。酹酒天吴相念否，蒲帆百幅待飞行。

漫赋

犹向西曹乞俸钱，流光冉冉失华年。书抛邺架三千卷，画爱匡庐十八贤。作佛未甘灵运后，著鞭谁在祖生先。焚香自浣蔷薇露，细校虚皇《内景》篇 。

北上别诸友

乍对离尊意不禁，萧萧驱马望遥岑。再归应自重回首，此去能无事系心。百叠青山牵远梦，半林黄叶散秋阴。酒阑欲起还长啸，莫道桃花潭水深。

江上

钱塘门外酒帘斜，明圣湖光浸落霞。十里何从询古树，六桥不信有桃花。梦回南浦怀春燕，潮打西陵噪晚鸦。却怪子胥痴未减，凌波白马恨犹奢。

赠济武太史

七年两度共君游，前送残春后莫秋。旧事难驱花径马，旅怀常觅酒家楼。莼羹秋老宜吴会，杜若香寒泛楚流。五夜云栖清梵好，虎邱小驻问杭州。

游山阴，和唐太史赠许竹隐韵二首

远游原胜掩柴关，纵不登临意已闲。白发天容婚宦外，青山人在向禽间。残霞低覆千溪水，斜日高衔万叠山。一任使君归骑促，城南有客坐忘还。

芒鞋犹未蹋禅关，输却云门衲子闲。筇杖古松流水外，蒲团修竹绪风间。闲行正好旁寻墅，小倦何妨不上山。无雪此时兼有月，轻舟应胜剡溪还。

登瑞石山

晓起，将穷吴山。而乃登瑞石山之巅，左望为通元观，为吴山东南尽处。下临修竹参天，则寿春庵，庵为扫帚禅师故刹也，诗纪其胜。

门外青山傍屋难，山家也只是柴关。那能画阁参差处，直在奇峰杳霭间。松顶偶看猿定去，云心时唤鹤飞还。翠微蹋破千峰上，天眼方知世界闲。

渡江

万口欢呼潮已生，翩翩乍觉片帆轻。阳侯已借停桡力，舟子休辞击汏行。明日登高浮玉顶，几人误住吕蒙城。犹惭漏下铜壶后，辛苦江干候吏迎。

大明湖

删抹湖光应更妍，游人惊顾似游仙。绿添柳岸千重锦，白豁葑堤十里天。绣幕朱楼清濑上，新妆红袖小舟前。便将西子新图样，移向齐州亦可怜。

初秋忆家

回首韶华雪满头，西风袅袅几时休。单衫易浥愁新雨，半臂重寻感素秋。雁影欲连湘水梦，蝉声能结楚臣愁。翩翩一舸南征去，更濯沧江万里流。

送别

沙明溪曲路横斜，独树村中三两家。耕事乍闲牛乳犊，柳阴渐放鹭眠沙。晴春芳墅偿樽酒，闲步微吟就野花。车马勿来惊枕簟，东风吹梦向天涯。

江上

何人纵目妙高台，吴楚青苍望里开。白鹤似将衔月去，青山如欲渡江来。枫林客梦牵渔火，铁板商歌侑酒杯。今古滔滔浑不异，谁云劫火有沉灰。

阁上

小阁微凉扇影迟，眠沙鸥鹭静相宜。醉醒谁是难询酒，胜败虽忘尚看棋。好月精神佳梦得，东风勋业落花知。渔歌不断江天远。惆怅樽前耐所思。

放言

失笑风轮万古忙，九州一叶海中央。久看星宿方知变，熟阅沧桑翻觉常。虫样揵连章亥躄，土中常寂化城殇。管窥莫信谈天衍，天外何曾丈尺量。

清明

荒原初霁有啼鸦，出郭风吹帽影斜。新火几家调杏酪，旧醅何处就桃花。麦虽过雪仍无恙，燕正衔泥已有家。门巷不须重插柳，绿阴芳草遍天涯。

咏燕二首

旧事昭阳尚可寻，长门枉却贮黄金。掠花灞水还沣水，试舞花阴复柳阴。泥落空梁成恨谱，谣传啄矢累佳禽。还愁楼上霓裳歇，二十年来夜雨心。

秋社愁霜去莫寻，重来犹傍辟寒金。珠帘细雨商春昼，彩栋双栖憩午阴。应笑鹃啼名怨鸟，亦嫌鸥去是惊禽。芑丰翼子乌衣最，始识镐京堂构心。

韩燕翼邀饮候仙园

自嫌乘兴径登堂，一揖开筵旋命觞。松栝已惊皆玉树，芙蓉何吝种金塘。野人礼数寒暄简，名士风流几砚香。倒载方归无不可，吾徒随处是高阳。

过故人园

茅亭重到杖藜迟，洞壑苔骄遍废基。歌舫皆随宿莽尽，清泉犹与故人期。空山寂寂宜幽鸟，好月溶溶付酒卮。不负晚窗高卧稳，笛声又起夜凉时。

再宿清河

截渡樵舟掠水轻，黄昏鼓枻啸歌行。鸥藏密霭寒无梦，雨滴孤蓬夜有声。行客十年迷旧馆，秋潮一夜到空城。采蘋欲问阳侯兆，可为游人借早晴？

舟中夜起

半夜披衣坐复眠，空樽惆怅负江天。频年堰废潮侵岸，几夜窗虚月满船。篷侧风樯喧楚语，水浮霜树接吴烟。芜城帝子知何处，秋老淮南桂树篇。

闻长卿卒于西湖

如此人亡百感生，茫茫神理未分明。纵横谈笑千人见，跌宕风流四座倾。三竺或疑依佛座，六桥仍可听歌声。九原更买千金笑，苏小西陵尚有情。

梅花

领袖群芳天亦私，偷春分付向南枝。美人铅粉妆偏素，高士风霜性不辞。临水香浓雪霁后，横窗影瘦月明时。从教玉笛吹难落，梦绕罗浮有所思。

登楼

独上高楼思悄然，鸡窗灯火忆前年。年随逝水潺湲外，心在飞云淡荡边。去马骖騑穿孝水，归鸿断续入吴天。西堂有客伤播落，遥指枫林落照悬。

清明送客

红蜡烟轻出禁城，天涯也复有清明。佳晨作客风情借，晴日还乡意气生。果下金丸年少去，水边珠袚丽人行。读书灯火无劳乞，且喜前村酒旆迎。

候仙园销①夏

园林又见落花泥，新雨银塘燕子栖。日荡树心光掩冉，楼横水面影高低。堂堂久自知鱼计，恰恰惟宜听鸟啼。长昼闭门如小劫，宽心已过夕阳西。

小酌示客

华筵钟鼓马牛风，小酌清谈兴不穷。熟睡忘情兼蝶尽，闲行无意与云同。年光俱向歌吹换，山水能将哀乐空。返照超然尘壒外，笙箫缥缈大瀛东。

① 《渔洋山人感旧集》《国朝山左诗钞》《般阳诗萃》“销”作“消”。

栖云阁诗拾遗卷第三　绝句诗九十首

舟中

清流到郡城，气色失清净。高人居市廛，屠沽丧真性。

庵子沟

青嶂双环铁作关，隔尘谷口杖藜还。桃花千树鹤千只，尽日扁舟系柳间。

话长白山

听君细话溪山曲，便觉江湖意渺然。短策疏泉枫叶路，扁舟吹笛藕花天。

夜坐

冰壶濯魄意萧然，欲蹑青霞到碧天。不审瑶台风露冷，此宵天上是何年。

感旧十三首

介子西京壮略传，延陵又著祖生鞭。忠魂甘作扬州烬，不为山光好墓田。吴

传家忠孝久空群，绝命词哀姓字芬。终古未申婴臼意，阿谁为吊信陵坟。浙江魏

傅粉风流旧有闻，清姿年少复能文。南归跃马无消息，多恐蛾眉解误君。何

玉骨修眉野鹤身，嵩云高卧大归人。想应又作缑山梦，夜月瑶笙未可亲。魏

灵心如镜笔如霞，妙绝文词擅作家。天壤王郎今寂寞，始知慧业亦空花。王

香山司寇尚岩栖，洛社风流二老齐。三晋素称君子国，灵光今在太行西。山西

西州杰气信难俦，元礼温醇自雅流。青琐官移能几日，素冠人去竟千秋。李

少年树帜霸文坛，部署群英壁上看。江左衣冠厨顾尽，至今烟雨秣陵寒。周

词馆萧条惜四张，岭南元子闽西堂。登坛蓟北星忽落，不独山东相早亡。

小筑临波花满湖，兰亭新本贵三都。瓠园花木今芜否，犹有蓝田别业图。岳

浣花溪是芙蓉城，五色云车上玉清。璧月在天君不死，遗经今已付玄成。杜

旄仗仪形羡伯仁，素心尤爱聃翁真。乡书一纸先朝露，汶水南来哭故人。周

一赋皇华遂不归，四愁有咏怨斜晖。都门旧第峥嵘甚，知与何人贮舞衣。

鲁中张

听歌

昨日春风听艳歌，此宵凉月吊青娥。芙蓉零落胭脂冷，却悔东君雨露多。

奉使邢襄道中二首原选二首

小麦花稀野雉飞，晓寒客子木绵衣。何来柳絮粘泥久，又逐熏风上锦韀。

苜蓿花开柳散绵，孤村晓日上炊烟。绿阴满地迟征马，种树方知汉吏贤。

江上杂咏

擘岸惊风疑陆沉，崩涛永夜似秋霖。他时急雨鸣阶夜，又起江湖万里心。

斜阳

斜阳客去酒杯空，卧爱南窗款款风。意思萧然如出世，闲庭松竹到胸中。

九月八日留客

黄花白露意相关，瑟瑟秋光客自闲。风雨不来租吏去，明朝同醉梓橦山。

东池

细柳新蒲绕坐隅，石桥南北是征途。风荷偃仰行人住，画作临平五月图。

新秋

芭蕉淅淅战长廊，庭下秋花有暗香。二十五声清漏永，西风一夜到匡床。

欲雪

穆陵北是青齐地，翘首乡关亦可期。连日南风将作雪，待予前路酒佳时。

驿路即事

林边箫鼓过迟迟，父老将迎引画旗。挟策儿童应羡我，那知我忆似君时。

即事二首

红窗一曲怨东风，芳草青青满苑[①]中。沽酒先寻铁绰板，与君齐唱大江东。
冠盖依然满帝畿，重来燕市酒人稀。开元旧曲谁能听，斜日东风掠客衣。

漫成

片语能令节义轻，那知名教是干城。闺中有女或新寡，未许临文说长卿。

舟中

酒家灯火过篱红，帆卸犹惊擘岸风。烟锁孤舟清睡稳，明朝晴雨任天工。

赵段沟

古庙盘陀柿影迷，数村都在梓橦西。行来馌妇穿溪笑，坐久山禽出谷啼。

菊

管领重阳秋色嘉，西风原不斗韶华。粗疏枝叶妖妍少，自是东篱处士花。

---

① 诗抄本“苑”作“院”。

桃源图

疑鬼疑仙总未真，山中世代几先民。桃花岁岁东风里，也是秦时花后身。

出郭

百叠青峰万树花，流莺啼处板桥斜。骄骢认得来时路，青旆临溪卖酒家。

擘柑

树树金丸缀晚秋，甘泉香髓更无俦。坐中客说霜柑好，便枕残书梦广州。

窑头溪上

庵子沟宜著隐沦，窑头东畔草如茵。千株细柳真名士，一曲清溪似美人。

漫兴

高下星河断续风，一杯笑对烛花红。那知心赏流连处，正在哀弦惆怅中。

即景

柳影荷香入画楼，差排骤作小瀛洲。昨朝客到迷前径，高下分溪水乱流。

秋

西风半夜梧桐雨，晓起蝉声便带秋。人世几番惊落叶，吴霜催上老人头。

雨中垂杨

蕉展梧欹酒乍醒，平池万点散浮萍。不知细雨何颜色，能使垂杨一倍青。

感旧游

青山西北是阳邱，回首当年载酒游。纵向青楼重驻马，何人为唱小梁州。

张彝公园亭戏题

五亩荒园鸟下频，野花细草斗时新。蒙茸杂树屠沽耳，大似名山少异人。

平原道中望泰山

才到平原笑语生，天孙含笑已相迎。飞来云气吾家物，淡日微风马足轻。

灯下看海棠

红妆簇簇压阑干，乍对倾城破晓寒。自昔[①]美人颜色好，偏宜烧烛隔帘看。

秋虫

如泣如歌怨不穷，分明秋意付秋虫。夜深无那殷勤语，拟入繁弦急管中。

闲居

风雨阴阴促落花，萧闲意思似天涯。轻舟欲访玄真子，西塞山边第几家。

过磁州

马蹄处处踏清流，驿路尘沙望已收。乍似江南风景好，水云满地入磁州。

秋夜二首

白雁南飞汾水流，送来惆怅是新秋。金风玉露年年事，何与骚人尔许愁。
山上流泉风雨哀，新凉剪烛意徘徊。读书窗下萧萧响，身入秋声赋里来。

---

① 诗抄本“昔”作“是”。

梅

景物迟迟淡日阴，似无春色到园林。连朝细检南枝蕊，著意东风看浅深。

自三里沟入城

爽气朝来致已清，溪山晓日画难成。无穷顾恺王维手，乍向闲心静眼生。

琼花观

锦帆千里赴雷塘，小杜风流事亦荒。何处琼花归劫火，萧萧鸭脚满长廊。

浙中归途

翩翩一棹越江东，来固欣然归亦同。西去乡关在眼底，东来邱壑满胸中。

柳絮

不知杨柳谁家树，嫩绿阴阴隔几坊。今日微风吹絮到，西郊应已满横塘。

维扬怀古

垂柳阴阴覆汴河，司花宫女逐龙舸。西京谁唱安公子，又是陈家玉树歌。

锦秋湖

垂柳垂杨酒幔悬，画船短笛藕花天。麻衣犹有同人否？细雨平湖似往年。

百花桥

西风吹老碧梧枝，莲子房空藕有丝。小院闭门风露下，百花桥畔暮秋时。

客中

漠漠寒云旅雁哀，离离风叶豆花开。新诗莫讶皆秋色，昨夜山窗听雨来。

都门秋日

翠柳凉生白苎衣，银塘莲子渐应肥。瓮头春社留余酒，屈指秋风待我归。

游西山回二首原选一首

万山深抱古招提，摩汉长松咫尺迷。古洞云深钟磬悄，佛灯初上野禽啼。
万叠枫林万壑烟，无情夕照唤人还。归来仍有青山梦，留在西岩黄叶边[①]。

舟次

北斗阑干带绛河，轻风远送榜人歌。不知童仆怀归否，船尾残灯絮语多。

扬州

汴水东流事已非，锦帆残日转霏微。柳丝又作春来絮，一梦雷塘何日归。

柿岩

潺潺偏搅道人眠，静夜空山泻暗泉。骨冷神寒幽梦醒，来青轩外柿岩前。

登高望远

路当曲折青山外，人在萧疏红树中。九月云寒依北陆，三湘水阔待南鸿。

① 《般阳诗萃》卷四有《都门秋日》一首，但不是上一首，而是这里的一首，即《游西山回二首》的第二首。

漫兴

醉余掉臂去堂堂，富贵他年亦不妨。若遇少陵同一笑，江头酒债本寻常。

寻梅

空山何处问梅花，策杖穿林石径斜。拟向罗浮选好梦，翠禽啼出美人家。

题画

红叶疏林映草庐，萧然秋色地仙居。辋川已拜维摩赠，粉本真疑画不如。

偶忆溧阳同馆

山邱华屋恨难平，相国坟头草又生。重唱渭城人隔世，山阳笛里断肠声。

使楚杂诗十三首

鄂渚君山更几程，轩辕张乐百灵惊。萧萧风荻非人世，遥听湘灵瑟一声。
千顷菰蒲水鸟呼，推窗凉月满平湖。古人妙句今方解，白玉盘中一粒珠。
屋角临江舟过迟，疏花高下半遮篱。几株绿柳蓬门外，好置黄垆插酒旗。
几声呕哑送吴船[①]，便觉江空夜寂寥。何事木兰舟畔月，又教络纬送秋宵。
篷底科头半卸衫，舟如骏马乍除衔。中流得意徐徐好，莫为乘风满挂帆。
洪山东去塔分明，泱泱飞泉下岭声。绿锦铺山山接寺，爱教屐笠雨中行。
雨蒋风蒲半带烟，巉岩如卧画艭前。昆仑挟长休相笑，正爱青苍小似拳。
篠簜成林梦想中，此来真见楚材雄。大人龙伯森然立，百尺虬龙拜下风。
小展沙开村意成，萝阴遥听午鸡声。几年兵燹荒残后，惊见王人过楚城。
南来几月使臣星，望岳浮湘过洞庭。巴陵暮雨堪惆怅，篷背潇潇不可听。
溪畔赭山封紫泥，森森松鬣盖姜畦。枫窗竹屋人来少，赢得山鸡自在啼。
适意当前意便安，无监有蟹果宜官。人生只合湘南住，大竹如松绿万竿。
五老峰高烟水长，轻舟有客下潇湘。匡庐飞雪三千尺，一洗十年尘土肠。

① 音 diāo。

易斋相公过松筠庵见访

户倚双藤禅宇开，无人知是相公来。相看一笑忘朝市，风味依然两秀才。

感兴

画角晨钟动曙乌，回头逸思满江湖。晓风残月依稀似，得似兰舟酒醒无？

答人赠别

文通一赋入离歌，不用樽前唤奈何。说与少年能信否，白头原听渭城多。

感

日日斜阳送晚潮，啼乌过尽草萧萧。只因曾作繁华梦，惹得闲人忆六朝。

戏作咏史

揶揄鬼子笑人忙，汉殿诸公未易方。但有黄金总不碍，归为广受出王阳。

燕子

王谢堂前巢已倾，又从传舍构新成。不须重问兴亡事，燕子如今亦后生。

犬吠

渔火禅灯树树霜，空山远梦月苍凉。禁城吠犬还如豹，触忤心情华子冈。

道中

荷篠行歌忆故邱，燕南惆怅使星留。他时只恐衡门下，又向天涯忆远游。

漫兴

钝根尘网出常迟，滋味如秋渐已移。昨夜新凉风露爽，心情只许暮蝉知。

絮

一曲骊歌日已西，渭城雨过意凄迷。青青折取情难尽，更遣飞花送马蹄。

客中感兴

丹青顾陆已千秋，画尽繁华写尽愁。若问上林空有赋，平芜斜日满秦州。

夜雪

乱扑帘栊点箔旌，重于柳絮较花轻。敲窗几点清人耳，抵得空阶夜雨声。

蝇

秦庭传赦尔多能，每笑欧阳亦误憎。净拭铜匜轻点染，伤心始解赋青蝇。

平原道中

天宝平原古战场，神仙节义万年香。向南又见青山色，莫把天孙作太行。

栖云阁文集

陆燿序

曩余因事按淄川，信宿故侍郎念东高公第，问所为《栖云阁诗文集》。其玄孙贻荣揖而言曰："先公诗曾为赵宫赞秋谷选刻，惟《文集》尚藏于家，方谋剞劂而未能。"越六年，贻荣之弟贻乐，奉其兄命，手公文来谒。余发而观之，知公虽以词翰起家，而所怀常在民物。当国家景运方新之日，东省草昧初开，余风未殄，哀鸿满泽，莫为念此嗷嗷。及至田功渐即，朱提贾踊，催科之吏，抚字无方。公局外持筹，发言流涕，见于《救荒序》《与当事书》者，一篇之中三致意焉。至于叹末俗之凌迟，痛艺林之波荡，"杜奢"有疏，"砥士"有议，起僵立仆，斯为药石矣。或以公文涉及二氏，喜阐宗风，即齐谐、夷坚、传奇、乐府，亦复津津齿颊，疑止以跌宕文史自奇[①]，而不知其意念所存有如此也。

且公之于文，眼如明月，口如悬河，思如涌泉，笔如翻水，充沛而不嫌其冗，秀赡而不觉其腴。叙一事必灼陈其事之情状，举一义必尽显其义之底蕴。如与毕少保论计相，陈百史说冢宰，《会墨序》之议时文，《瀛洲草》之绘词苑，令人如身厕其列，为之喟然兴叹而不能已焉。新城王尚书所称"咳唾珠玑，用如泥沙"者，尚不足以尽公行文之妙，斯不亦自足千古已乎。

顾扬雄后世，安有子云；子建当年，深期敬礼。欧阳手订《六一》，朝宗乃有《壮悔》。公之文，未尝自定篇第，阅者易以文词之工，而掩其蕴含之大。今略为差次，凡得如干[②]篇，订为正集。其出入二氏与夫散碎零杂近于小说者，则归诸别集。庶几椒艾攸分，淄渑各别，而公之真面目为不泯矣。贻荣兄弟如力不足以全梓，先出其正集以传世也，可乎？乾隆四十一年孟冬上瀚，山东按察使吴江后学陆燿拜撰[③]。

① 《切问斋集》卷六"奇"作"喜"。

② 《切问斋集》卷六"如干"作"一百三十八"。

③ 后有印章二枚："陆燿之印""朗夫"。

栖云阁文集后序

高侍郎念东先生宦京师，少交游，独与金沙蒋公虎臣称莫逆交。金沙故逃于禅，而读栖云阁诗，每使人有遗世务、弃尘埃之想。又凡二氏之文，有求必应，不立畛畦，先生自云附于随喜赞叹者也。于是天下谓儒而兼释者，必曰高侍郎。呜呼！是焉足以知先生哉？盖以未见全书，无足怪也。

余昔承乏般阳，与先生玄孙木欣昆季善。求先生文集，则以尚无定本。意欲余为简别，未果，余以忧去矣，盖乾隆已丑岁也。后八年，木欣之弟益三肄业泺源书院，以《栖云文集》质正于廉使吴江陆公。公时有《切问斋文钞》之举，简阅之余，分为正别二集。以为先生之本领具见于文，存之惟其慎，择之惟其精。犹不敢自是，既属巽斋钱子改其讹舛，又以书命百二商酌其出入焉。

噫，余安足以知先生哉！惟是悔从前交臂之失，且幸庐山真面目，今乃见之。于论学见先生察识扩充之旨，体验甚深；于说经则有左右逢源之乐。至国计民生，风俗之所系，必痛切言之，直痌瘝利害之切于肌肤而不能自已焉。其气滔滔汩汩，如长江大河一泻千里，港汊洲渚无不到。以其余润泛滥于老佛，正如江之有沱，河之有灉而已。若遂以先生为禅伯，何异以沱、灉为江河之经流哉？用附数言，以告天下之读栖云文者，并以质巽斋云。丁酉正月，秀水后学盛百二识于任城书院之学海楼。

栖云阁文集目录

教议、时务五款

第九卷

策问一首：禁讼策问；论一首：申韩论；说三首：充斋说、革刁风说、鲍德舆字说；解二首：易解、丧棚迂解

第十卷　记十一首

世训记略、重修淄川城记、重修学宫记、县治旌善瘅恶亭记、恤幼局记、京都学院署记、修般水官坝记、道州桥记、河工底绩纪事、亦园记、重修禹王山庙记

第十一卷　题辞十三首

翕社申约题辞、劝民绪言题辞、厘弊题辞、题玉弱疏、李子常为长支立嗣题辞、仁孝题辞、戒牛题辞、范文正公菑薛辨题辞、粕笺甲集题辞、题陈子文诗、题兰亭图诗、偕老园题词、会馆会约；跋二首：平心录跋语、张玉庵先生传跋；赞一首：吕新吾先生集赞

第十二卷

碑文二首：祀炎帝碑文、京都建弥陀寺碑文；募疏二首：补修梓潼山郑公祠书院募疏、募修甘露王菩萨祠疏；传五首：何思先生传、刘显之传、一门三义传、韩节妇传、孙节妇传

第十三卷　墓志铭六首

内翰林秘书院学士鄂公墓志铭、浙江丽水县知县蓼庵田公墓志铭、陕西按察司按察使子仁葛公墓志铭、刑部尚书五弦李公墓志铭、江南布政使司参议峄巄刘公墓志铭、监察御史巡按浙江弼之王公墓志铭

第十四卷　墓志铭六首

湖广布政使司布政使友白杜公墓志铭、太仆寺卿管通政使司右通政事乾宇韩公墓志铭、通政使司右通政子下王公墓志铭、户科给事中树百孙公墓志铭、王太公暨元配孙孺人墓志铭、黄母孙宜人墓志铭

第十五卷

神道碑铭三首：赠户部尚书涧溯王公神道碑铭、诰封中宪大夫范宸王公神道碑铭、江南无为州知州在公李公神道碑铭；墓表二首：兵部尚书庸足仇公墓表、山西布政使司布政使在川李公墓表；祭文一首：祭通政王子下先生文；赋一首：游赋

附录[①]

神道碑铭、传

五世孙贻荣、贻乐、贻华，六世孙凤谋、廷谋同校字

---

① 按，此“附录”两篇文章，按照体例，移置于全书“附录”里。

栖云阁文集卷第一・序

易解序

三代而后，《易》之专门也始于菑川田生。予幸与先儒同里，自高曾而下，世受一经，然不过为科举之业，期于一第而已，非能究心往圣之传也。年来体验人事，方知《易》理在焉。庄周曰《易》以道阴阳，似觉未尽也。既而思之，人事皆阴阳也，天道原在人事中，离人事而言阴阳，则圣人岂欲以天文法象名家乎？必不然矣。

间与友人商订此意，友人问曰：天下皆《易》道乎？曰：然。天下不皆《易》道乎？曰：然。问者疑焉，予应之曰：天下皆《易》道，所以无《易》。天下无可专指为《易》道者，所以《易》之道无不在也。或又曰：《易》言天道乎？曰：否。然则《易》不专言天道乎？曰：否。问者疑焉，予应之曰：言天而如周髀、浑天诸家也，于人事远矣。言人事而消息尽变以游环[①]中也，谓非用天道不可也，故《易》之为义难测也。观圣人之用《易》而了然，圣人不已言之乎？曰：弥纶[②]天地之道，以顺性命之理者也。故"元亨"而承以"利贞"，惟于"乾"可训以四德耳，至"坤"则"贞"已为戒词矣。此人事也，戒不及于天地也。《乾》曰君子以自强不息，《坤》曰君子以厚德载物，以敬而诚，以恕而仁，圣学尽于此，而六十四[③]卦统于此矣，人事也。《履》《谦》九卦以处患，假年五十以寡过，文王、孔子之用《易》也，人事也。圣人之用《易》也中庸如此，而后世学者皆欲远过于圣人，何也？

此犹以《易》论"易"也，即以非《易》者论"易"，四经四子皆《易》之疏也。而吾尤谓善言《易》者莫若《中庸》，善体《中庸》者莫若《乡党》一篇，其要"诸时中"而已。"中"之一字启自唐虞，而后《易》与《中庸》再见焉。戒诚不及于天矣，而圣人乃必以天道律人事，故于刚健之下、纯粹以精之上，而会以中正，谓足以尽天地之道故也。既足以尽天地之道，而即足以尽万物之道故也。夫中正者，体用一原之道也，而亦体用合德，故《乾》"元亨利"之末而曰"贞"。

---

① 国图抄本"环"作"寰"，为挖改之字。

② 国图抄本"弥纶"作"猕沦"，下文"弥纶"作"猕纶"，亦作"弥纶"。

③ 国图抄本"四"作"二"，是也。

贞者，三德之固也，体也。诸卦间亦言“贞”，贞者，三德之救也，用也。犹之乎“时中”者，用也，而未发者，体也，时时以“中”为体而“正”为用也。亦有时以“正”为体而“中”为用，中而不正焉，内则枯寂、外则流倚；正而不中焉，道术则为小成偏门，世局则为蜀洛甘陵，本持世也，而反足以祸世者有之。中正未全，不明乎《易》故也，中正合而时措焉，则《易》之道尽矣，则学《易》之事毕矣。故京房、管辂，术数耳；王弼、郭象，清言耳；说衍八师、梦吞三爻，支离奇怪耳。非《易》学也。

今先生之《圭约》出，若视标而趋，握肘而诊。嗣君虎臣太史之言曰：重义理而后象数，崇易简而绌纷纭。允矣，片言居要哉！其义切，故有经世之业；其学闳，故有尽变之文；其研理精而摄教广，故兼有柱下之精、乾竺之谛。《易》以睟盘示物，先生殆摄斋诸先儒后历历诏[①]之者乎？而大约以人事为主，故弥纶天地之道而卒归于仁智，和顺于道德，穷理尽性乃可以至命。则天与人之非二事，而舍人事无以谈天道，尤彰彰哉！

或献疑曰：《易》之用在筮，其秦火之存也亦以筮。予谓此如荥阳之围以诳楚解，而终不敢谓纪信有功，即可代高帝大统也。或又曰：《易》之本在河洛。予谓此如《春秋》一编，虽以西狩受名，而亦终不敢谓鉏商不获，《春秋》正月无书也，凡此皆《易》之一端耳。先生此集，其弥纶《易》之一道也，备矣，广矣。先生于四经四书皆有注，予谓皆注《易》也。而会通此编，即云以注四经四书而兼之，亦无不可者。进而求之变易，交易而万化之机繁，不易而天下之道尽。不易者，太极也，太极则已有之矣，无极而太极即有而无矣。即人即天，即有即无，是又先生之所不及注，而亦天下无由以文字求焉者也。斯理也，太史已久矣默识，予将往而问之。

史窾序

读经，所以明理也；读史，所以明事也。理者，先圣、后圣之所同，故求诸心而易简可尽。事因势而百变，非悉古洞今、溯源穷委，不足以详其异道而定其归。此经世者之不得仅以穷经为足，而曰我已得心理之同矣。班马以降，纷纶汗青，儒者讥为玩物丧志，可置诸高阁而远之也。后生束书不观，而谬引皋夔稷契，是何异后世之业在刀圭者，青囊诸编不一寓目，而傲然谓黄帝岐伯所读何书，遂欲以空腹方驾为軼？

然而，读书者以读史为难，而读史者尤苦于读之无其法。博而寡要，良史

① 国图抄本“诏”作“召”。

所讥，古之人固已虑及此矣。故丘明编年，事统于岁，而龙门变为传纪。盖统于岁者杂，而系于人者专也，其人之本末尽此矣，此便于读史者一。《通鉴纲目》已撮诸史之通，而纪事本末尤合二书之散。盖纪从分而骤竟为难，纪从合则一览立尽也，其事之本末尽此矣，此便于读史者二。且读书与经世非二事也，遂纷则日劳，而乱以日深，得其居要之法，故御万人犹一人。昔人谓善驭兵者杀其士卒之半，此读书法也；赋诗者得骊珠而弃爪甲，此读书法也；马援聚米、山川指掌，此读书法也；张华披图，宫殿如睹，此读书法也。予素有读史之志，而以病废业，且师丹多忘，欲撮要为一书便记忆而未果。石生年丈以其先君子□□先生《史窾》授予，予卒业而后喜可知也。考证详矣，而论断复屹然如山，学者疑难之端，一展卷而了然揭诸日月。然后知史不可以不读，而读史不可以无法也。

然而读史有法，尤贵读史有用。士苟于民生利弊、国计重轻，叩之如堕云雾，此即并百国宝书、三坟史逸，历历于口，如瓶泻水，谓之一字不识可也。今石生以家学见诸天下，封事凿凿，若粱肉之可疗饥，药石之可伐病，此可谓善读父书者矣。先生之学，其康济斯世者，不既多乎哉！

读庄一吷序

予读《庄子》至轮扁之章，乃废书而叹曰：此独非齐侯之册乎，子休固已告我矣，奈何百世之下縠再亡羊也？已而卧病无事，漆园傲吏又在王掾床头，时有会心，则复欣然独笑曰：英雄固欺人哉！夫古人之言而尽糟粕也。《逍遥》一编，覆瓿久矣，何以至今而犹肄业及之也？且也，昔则拔理于郭向，近复殚致于袁、谭。虽所疏固有浅深，然岂尽巫觋译语乎？及得西巘顾先生《读庄一吷》味之，而后心解古人微意，正与五宗语句之参略同。彼死于句下者，醯鸡自困耳，古今何与焉？

夫以味之索焉而为糟粕也，岂惟千古载籍然哉？面命而重垣在焉，今人之言宁非糟粕乎？岂惟今之言哉？交臂而空壳浮焉，今人宁非糟粕乎？甚而形神不抱，忽忽蜩甲，我与我周旋亦糟粕也。苟糟粕而不滞于糟粕也者，蒙庄之言曰尘垢可以陶铸尧舜，何糟粕之不足以酝酿老列乎？彼“作诗必此诗，定知非诗人”，子瞻下语，妙得风雅三昧矣。予谓读书非此人，定不解此书，则糟粕与河汉正复同趋耳。彼蒙庄之言，固世人惊怖河汉者也，而独以惠子为郢人之质者，何居？夫惠，固又一蒙庄也，引而伸之，百世之下而仍有蒙庄出焉。则《南华》一编，如其宿构，谓以蒙庄而疑蒙庄之语，可乎？然则西巘之注庄，固昔人所谓以海受海者。而世人蠡测，或以文而祀之柔翰，或以谈而宗之麈尾，一何小吾《南华》耶？夫以牙筹兔窟之胸而舌借濠梁，其为蒙倛粉题，绝倒千古矣。而后人耳食者，乃欲以荆棘铜驼，狱归麈尾，典午诸子有知，不亦窃笑地下耶？

世儒雷同，率云文宗六经。夫六经，非尽出圣人手也。其上者，意不在文，言简而达，故不尽错综之致。而下者，妇人戍卒之所讴吟，并与俗儒之所荟嘬，又未足尽为文字统宗。夫世间文章鼻祖，断然庄、左，同有千古耳。第庄子之学，久以文字掩之，是亦管中窥豹者也。譬之蚕丝之用，黼黻玄黄，文允文矣。而衣被四海，功俪春阳，今仅斤斤曰文也文也，争丽于蜉蝣之羽，又安有当乎？盖蒙庄之粲然成文者，亦犹其卮言云尔。而道渊乎其中，而用恢乎其外。开喉见胆，则逍遥游三语，略尽之矣。晋人阐发数百言，诚不为过，但语已不传，未审果尽精微否耳。逍遥之游，非真于人间世外别有建德之乡，可得而舟车托也。源浚于《大宗师》，而应备于《德充符》，其于内圣外王之道，美矣备矣。而小夫戋戋，乃啜糟而挥醴，遂不幸令扁轮笑语，悬记千秋。今西巘之于《庄》也，穷其奥窔，挹其液沥，贯其经纬，标其峰崿，陶冶应手，纵横为章，即谓西巘之注《庄》为铸《庄》，无不可也。

且西巘之于《庄》，又非止其子墨客卿之谓也。之邑令则为名邑令，治行斑斑如也，逍遥其寓于花封乎。之御史则为名御史，封事凿凿如也[①]，逍遥其寓于柏台乎。是皆漆园之注也。无往而不尽其道，以底其用，庶几所谓涵也如海，运也如风，变化也如鹏，而莫知夭阏者乎！昔人谓子舆氏不谈《易》而深于《易》，吾兹于西巘也亦然。以此推之，则蒙庄之曳尾泥涂，婆挲园吏，皆糟粕也，皆逍遥之游也。不楚也而未尝不相楚也，其相楚也，治必越於菟而上矣。吾安知之？知之西巘也。

山东通志序[②]

宁万国而圣人申受天庥，大一统而舆图昭垂册府，此唐虞三代之鸿模，而《禹贡》《周官》所以灿若日星，重于球图者也。盖圣人之膺图驭箓也，其经纶一时之草昧，则为之规州郡、别物宜而定艺极，审大川广谷、嗜好谣俗之殊而树之风声，所以端政教者然也。其明示奕世之规型，则为之缉缥缃、缄金石，使后之人有以酌因革而剂时宜，神损益而弘通变。故舆图之志，上而雄藩奥壤，下而遐区荒陬，亦罔有遗焉，所以垂典训者然也。

窾启之士或云：志之与史，似分道而驰。不知史则以人事为经，而地其纬也。

---

① 国图抄本无此句。

② 国图抄本题目作《山东志序》。

故《春秋》重龟蒙邦鄟之田，而诸史列郡国方舆之考。志则以地为经，而纬以人事者也。故《华阳》亦综士女，而《益部》□□□□。殊途同归，异轪并驰，总以纪往诏来，综善败而垂龟镜耳。故史之兼乎志也，其地分则为之列十二诸侯，七雄之分疆胙土而错综之，以至三分而为蜀魏吴，十六国汉秦凉蜀之纷纷，较若列眉；而志之兼乎史也，其时远两戒三条之径庭，而上溯羲轩，中延唐宋，近追元明，若屈指而计朝晡也。岂非其分合同异，不可为典要者哉？

我皇上俞辅臣之请而遍诏郡国，搜辑舆图，亦犹行古之道也。方伯施公既拜命，乃聘名儒，考旧章，蔚然大典，期月告竣。予既受而卒业焉，乃拜手扬言曰：公之敏于事而有以黻黼皇猷、润章盛[①]制也如此。昔人云"经国大业，不朽盛事"，此足以当之矣。若夫二京巨丽于平子，三都纂[②]组于太冲，以云绣其鞶帨藻火、艺圃则可耳，其何足以俪斯大业耶？夫二东十二河山，盖自昔以来称齐鲁文献邦，在于今日则尤京畿[③]肱股之要地矣。虚危之次，海岱之雄，载在故籍，未易更仆尽也。而撮其大要，不尤以田赋、兵防、风俗、人才之为要乎？夫田赋，指掌可列，非海王告匮于昔也。二东跗注之君子以及三军之众、六族之良，非不按籍可稽也。子衿之挑达拟于郑[④]，妇姑之勃溪拟于秦[⑤]。饮章告变，赭衣断指，而茫不惩艾[⑥]，如火之燎于原，不可向迩也。何以故？岂先王先公之遗风尽泯，而文献之邦遂有裔民乎？此无他，文武之道，幽厉伤之，秉国之成而因循泯棼，政教日隳而和恒之治沦胥以铺[⑦]也。夫力田之科不劭[⑧]，牟贼之侵不芟，田卒污莱矣[⑨]。搜原之不闻，执秩之不诏，则甲士执冰而踞，马轶于林矣。政在兵食，国在富强，而风俗、人才则尤二者之嶓岷也。夫东郊保厘以后，商俗犹有存者，我未之前闻，是犹埏埴之在型耳。则壤一书，详言物产而不及人才，非略之也。篠簜金锡之伦产于地，而人才者，天地之菁英，社稷之桢干，不可以星土河汉之分而有定产也明矣。即曰吴越隽民，燕赵节概，亦似介介分疆，此犹之篠簜金锡，犹可按图而求。而和氏明月之珠，天闲籥云之乘，亦不可力索于荆山之

① 国图抄本"盛"作"帝"。

② 国图抄本"纂"作"缵"。

③ 国图抄本"京畿"作"帝室"。

④ 国图抄本无此"郑"字。

⑤ 国图抄本无"拟于秦"三字。

⑥ 国图抄本自"饮章告变"至此，无。

⑦ 国图抄本"铺"作"销"。

⑧ 国图抄本"劭"作"邵"。

⑨ 国图抄本"田卒污莱矣"之前有"则"字。

圃，广求之渥注之津也。然而前圣过化，遗泽犹存，作人有型，德造桴鼓，夫非当权御物者之所优为乎？故不必侈万国之煌煌，抚九州之翼翼，搜三楚之邱索，言百国之宝书也。

不佞，东海之鄙人也，请述东海之遗烈。驱车营邱之野，不忾然而如晤鹰扬；盱衡大庭之墟，不宛然而覯赤舄；陈书缁帷之林，不仰焉而遇素王乎？方今滇云未靖，南纪出车，得一尚父而饮至凯歌可以立应也。民瘼须苏，官才待饬，得一元公而迓衡可以立奏也。至于敷天常而立人极，育英才而储国干，则得一尼父而民誉咸蒸蒸矣。是三圣人者，非齐鲁之所受治，即其地之所笃生也。故予不佞不敢如相如、子云侈其地之所有以矜巨丽，而即桑梓前谟可以辅今日[①]尧舜之治者寄怀焉。以十二诸侯受命之府、七十二君告成之地，筦枢六寓，攀提三古有余裕矣。六韬可陈也，六官可厘也，六经六行可迪率也。载笔既竣，爰企以是翊休隆焉，是亦方伯公之有同志者欤？

淄川县志序[②]

文者，天之所以显道也，经以详其理，史以详其事，尽之矣。而史之分区，则郡邑诸志尤重焉。刻画三才，昭明万祀，所赖翰墨之功，能与乾坤同寿耳。不然，史志不传事之小者，固不足论矣。将泰华嵩衡并不能指其峙在何方，唐虞商周亦不复知其列于何代，即自号为聪颖冠世之姿，问之千秋四海事，张目而止耳。况能别险易之境、治乱之迹、利弊之端、贤愚淑慝之纷纭乎？然而舆图、郡国之志不可同，而邑志尤与郡国有异。盖邑志所贵，以详审精核为功者也。乃秉笔之士，漫以言简而意尽为高手，误矣。信斯言也，则麟经二百四十年中之数百言，寥寥已尽矣。而丘明、公、穀，连篇累牍，不亦赘乎？则文体之各有当也，固矣。而笔削尽致，则更待之为政者，所谓人存而政举者，非乎？

予邑志之不修也有年，盖以官斯地者率视为不急之务。既非钱谷刑名之考成可以登上选、跻清班，而剞劂之赀又必待金钱始赡，亦谁为倡予和汝者？是以崖略虽完，而束之高阁者数岁，虽久奉俞旨而挂壁，竟若罔闻，此固无足怪也。丁卯之秋，予得新志读之，流连累日。盖以予耳目之所及者，因而俯仰今古，不能无所疑，更不能无所感，而究之忻慰无量矣。其所疑者何也？如鬼谷洞、郑公祠、岑山、公孙墓是也。夫鬼谷，见之舆图者累累，秦楚间不一而足矣。

---

① 国图抄本无“今日”二字。

② 乾隆《淄川县志》卷一作“旧志序”，文末作“康熙丁卯八月朔日邑人高珩撰。”有二印章：“念东”“高珩之印”。

而梓潼山之洞，尚不足容幽人数尺几榻，令仪、秦挟册其中，不亦蹙乎？郑司农车辙之东也，经过或未可知耳。而此山之上，数椽修庐亦未具也，欲令数百门人露处而讲业，不更难乎？则影借于阳丘之黉堂岭也。鹿皮公，岑山栖托数十年，昭昭《列仙传》中。而予邑之东南万峰云际，左俯沧溟，而樵夫、牧竖并未有能名岑山为何地者。夫此山岂其灵鹫能飞，琅琊善徙欤？安得起古人而质之，叩山灵而问之乎？至公孙之祀于学宫也，当自淄、菑二字之仿佛误之，《志》中辨已明矣。而向来乃又有妄指一丘以实堂斧者，夫皋罣无言，淄渑何据，此可信乎？若王孝子之茧室，今乃并不复知其处矣，人之重丞相而轻孝子也，一至此乎？此则疑似之难定者也。然而往古之事，若存若亡；前贤之迹，传疑传信也亦久矣。故回车之圣，实沉留祠；来苏之桥，南津志喜，亦后人景慕之公情也。与其过而去之，不若过而存之，犹足起人仰止之怀也。

百年之前，升平累代矣。故予一邑中，朝[①]多显仕而亦野饶素封。即田舍翁家皆高屋华轩，出而飞辔洋洋、联骑塞路，腰缠中动辄裹数十金为歌楼酒榭之资也。至于园林台榭，分疆斗巧，而城北中丞韩公之仙洲园尤为第一。其飞楼高阁，鹄峙前轩，蹊涧山亭，掎角后劲。长流来于远浦，画舫送以清歌，天魔小队、仙媛长裾翩翩于琅玕数亩之中，望之者忽尔作翠水、樊桐间想矣。当是时也，新城大司马王公、邹平都御史张公，平泉竞爽，绿野分雄，而皆远让仙洲。故大夫、士庶人之游观者，踵相次也。又于清明、上巳之间，百货骈集，数邑麇赴，烂若五都之市矣，此日宁可复睹乎？此则兴废之不同者也。至于政教民风之大向者，四海晏安，敉宁无事。故惟正之供，考课亦宽，百姓额赋之入，每至改岁方报竣焉。且其时化成已久，淑慝攸分，士大夫皆知自爱，未有吞噬闾右者。而闾阎之下，率皆循循畏法，亦未闻有诬讼诗张，轻生图赂，以苍冥之鉴观为不足凭，以宪典之刑赏为不足信者。今亦荡然非昔矣，此则隆替之不同者也。乃低回不已，忽复莞尔自笑曰：夫秾华憔悴，历劫迁流，既能隐见无常，渺若蜃宫，亦且往复不穷，转如日毂。不止季子之丘久湮桥畔，平津之阁已圮秦封。即令王诩之仙舍依然，岑山之精庐犹故，岂能碑效摄魂，符呼驻节，上挹浮丘之袂，亲踵松乔之武乎？则皆不足置之怀抱耳。而展卷忻忻，差足慰意者，良以新志之竣工不日也。且夫讹者已正，缺者已补，为图若吴越之丹青，选语如箫韶之丝竹。一编在手，亦足以豪矣。

而所尤喜者，百余年之缺事一朝告成。上既可以仰答一人，下复足以楷模百祀，则非我侯捐资、择贤之力不至此。侯下车无几，期月有成，而半尘不染，百度维新，变齐已有厚望。人存政举，邑志固止一端之共睹者耳。而又幸抚军

① 国图抄本“朝”前有“既已”二字。

吴兴朗亭钱公祖，分麾伊迩，海岱春回。共知为一代正人，且行为九重硕辅。叠来文告，语语痌瘝，止《请更仓粮》一疏，般阳之受福已无量。盖般阳去德州独远，故沐恩尤倍深也，二东覆露未有涯矣。况我皇上武功聿隆，圣泽日普，蠲租减税，史不绝书。乃煌煌德音，此日复下山城，则治平之上媲三代也，观成旦夕矣。此固四海九州之洪休，而吾邑载笔成书，适逢盛事，固不偶云。

冯再来滇考序[①]

前贤轺车所至，辄有成书，后之读之者以为此艺林之琼瑰，而词人之羽翰也。然而经术有旅，固非一揆，舆图之编，其来尚矣。神禹开疆于前，职方嗣响于后，而伯益嗜奇，灿若九金之鼎，猗欤伟矣！虽然，君子之载笔也，固将经纬天地耳，而经纬天地，又以人事为归。不然者，铅椠裔皇，或失则不详，或失则不经。其下者，中郎秘之帐中耳；即上之，或以标群玉之峰，矜上帝之府也有余哉，而终于人事鲜裨焉。扬马赋手，丽而不则，曲终奏雅，其与几何？大言炎炎，殊有径庭矣。

再来先生，以壮猷伟略，携危疆以还之天子，天子嘉之。圣门之所谓可与权者，非欤？余乃得肩随而朝夕共事，幸矣。追读《滇考》一书，乃知学固有本而志固有素，良非偶然。而一编为百世鉴，亦非《华阳》《益部》诸册所可望其肩背者也。意切柔，能远略，故不屑屑摭山川土物之繁以为富，而于得失治乱之所以然者，每篇之乱，三致意焉。正如武惠晬盘，左戈右印，国土[②]楸罫，扼要争先，此百代柔远之龟蓍。而玉斧之外，永安覆盂，以大臣圣治者也。譬之日月所经，岳渎烛照，而万物以滋，千劫不改，亦以人事为功也。经国大业，不朽胜事，于是乎取之，子桓之言不诬矣。

其中扶翼天常，激扬名义，风教所关，彝伦式叙，而大旨则尤在型兹仁廉，惩彼贪沓。盖荒服之召衅也，率由官邪促之，荣公溪壑，视金车之求，千百倍而无算。彼蚩蚩者，怨诅不能自抑，挺而走险，固其所也。不德则鹿，不亦信而可征乎？不然者，六诏虽遐，其审于利害，固与冠带之伦同矣。苟能疆以周索，蔡人亦吾人也。岂其不惜项领，而以上国之京观为乐乎？必不然矣。此固古今得失之林也。后之读是编者，能得其意而用之，无宁兹蕞尔敉宁，恪恭正朔。我知王会可图，越裳可译，于是始基之矣。

先生诗文之外，著述累累。而世德世学之贻，即闺阁遗泽，有炜彤管，夫

① 《滇考》，清人冯甦（字再来）撰，清康熙十九年刻本，高珩序言署“淄川年家弟高珩拜题”。

② 康熙刻本“土”作“工”。

嶓岷固有其源也。先生之授简也，戒予勿辞费，故仅志其崖略如此。

广孝百行编序

仁义二字，子舆氏所以继往圣而开来学也。而孔门约其理，止言仁。盖义者，仁之用也，能为仁人，自能为义士矣。探其本，止言孝。盖仁者，孝之达也，能为孝子，自能为仁人，兼能为义士矣。惟元可以统天，惟孝可以统道。天下万川，未有不归于溟渤者也。无忝所生，而天下遂无余理。仲尼曰：吾志在《春秋》，行在《孝经》。此犹并举之，以垂世教云耳。夫《春秋》，刑书也，义失而后刑以正之。使春秋君相，果克天明地察，永锡尔类，则二百四十年之间，当上接协和风动之治有余耳。大书特书，又何事殷殷载笔乎？

吾友淦秋氏，少而好节侠，以豪举闻。比年翻然一变，视履考祥，洗心入道，卓然以仁人义士为归。予往年策蹇长白山中，得睹是编，而叹其学之得大本。且所以端式縠而广不匮者，其施远也。

夫《孝经》，诚垂教万世矣，大纲灿若日星矣，然犹待学者之触类以通之。如《素问》《难经》，汇其理而未详其事也。先贤庭训诸书，其所以范子姓者切矣。而未必事事悚其明发，示以约守博施之道。是编绰有兼长，允称家庭球璧哉！《大学》一书，得西山、琼山两先生"衍义"而乃大备。此编之善也，亦何减于古人乎？

江南乡试录序

岁辛卯，天下复当论秀于乡，上命臣珩偕臣机往典江南试。先是，上采科臣言，下秩宗定取士之式。遣使惟公，衡艺惟雅，亦既炳炳矣。迨臣辆车就道，院臣动色相勖，务期涤志登良，以对扬休命。夫以文治鼎新之初，圣明化成之大，而窾启如臣，何堪蚊负？臣惧责之重而荷之难也，且臣以三载史馆，两岁成均，志淡学疏，素不作鉴衡之想。而院臣循资察例，特俾抡材，臣又惧望之深而副之更难也。虽然，臣又敢不以其难者自勉哉！拜命而南，饮冰栗栗，简书之灵，赫然周道间矣。

入境待期，取学臣所录士七千七百有奇，三试之。矢慎矢公，得士一百四十人，裁其文以献。臣乃拜手飏言曰："猗欤多士，何幸而飞鸣际此时也！"夫士子，芸窗握椠，动语逢年矫首天衢，翩然入彀。然此－稽古有秋，一人福命耳，其与千载昌期未必合也。故慈恩姓字一旦煌煌矣，其下者谓青紫已膺，无复余事，诗书之报累累若若止矣，此负当宁侧席之心实甚。夫辟门大典无，亦谓子大[1]夫席珍蓬藁，用通羔雁以佐郅隆。不然者，三百赤芾，其乏人乎？而又劳八纮之罗，以滋螟蝨为也。乃夙怀大略，幸履云逵，谓旦夕勋勒[2]彝常矣。而昌期未遘，展采多艰，精华果锐之心渐以观望朝廷，趋于顽钝。虽循资可取九列，而内负宿心，夙夜浩叹者，古今固不乏人。岂非士之所难际者时也？虽具长材，又登膴仕，而上无圣人以为之君，亦卒与庸庸无具之夫同一淹没乎？则家修廷献，一人福命之期与圣作物，睹千载风云之会，固未可同日语矣。今兹多士所膺者，犹然前日鹿鸣之典也，而非前日鹿鸣之时也。盖我皇上恭默七年于兹矣，甫揽乾纲，万方载旦，圣德仁政，史不胜书，方轨唐虞，固不俟智者而后知之也。百世而下，有志有才之士，或当以不得立朝为大恨。而躬际熙隆，卑卑苟禄，求为一无咎无誉之公卿，此亦翘车之大辱也，尔多士必不然矣。

夫持衡者之与多士，一日文字之知耳。而神其鉴者谓文字，即福泽勋名之见荣，亿则有中焉，此或亦侥得之事也。夫福泽，固非志士所期。而言功相合，亦复得失相半。使周公、稷、契生今日，伏首濡毫，定当无欺世狥时之语。然即谓瞿、薛、归、胡，油素策勋，便可参新建、忠肃之座，持衡者未敢侈此隔垣之见也。然臣以为亦有可合者，则非敢恃射覆之知，而专恃昌明启运。天与人合，皇上精神之感召，有以司其左契耳。夫贤士以才翼运，而圣人以运铸才。世之否也，显贵若而人，不与贤谋也；名德若而人，不与位谋也；文章之士若而人，亦不与勋业谋也。故虽大僚充庭，雄文掞藻，而求殿邦居师之一人，了不可得。至上治之世则不然，赫赫三事，采采九德，而其矢口陈书，皆喤喤嘒嘒，足为千秋之谟诰。位与其德合，而言又与其人合。士人福命，星岳灵奇，俱奔走翕合于圣主。求治辟门，一念精诚之内，而水乳磁铁，郁蔚奋起。臣尝持此论以折衷三古，即何幸于今日亲见之也。夫亲见已云大幸，而况持衡而与有荣施乎？且臣之相士南国也，咸谓三吴名地，英隽之渊薮，文字之嶓岷也。而士或病于多才，臣以为二者皆未尽也。夫圣人在上，名世登兴，须辅世长民之士切矣。以英隽渊薮之乡，乃仅仅矜此春华，何异还珠留椟乎？多士以尺幅雄海内，又孰若以道德经济为海内人士之宗者之为尤烈也。彼多才，故亦多慧，致饰矜胜，易长浮夸，则躬行之道薄而功实之课荒矣。臣谓此又不善用其所长，以为世诟厉，可惜也。夫士苟能殚力于王室也者，多才何病？臣方病其或少耳。三代而下，如诸葛武侯，神明机鉴，俯视曹马有余矣。乃其于谋国也则智，而成都条桑，侈其汤沐，初不改草庐泊淡之素。何者？明略重于社稷，而计数轻于筐箧故也。虽谓之愚也，亦宜士多才而能愚也。若此，亦足为天子大臣矣。

---

① 国图抄本“大”，原作“丈”，点去，改为“子”。

② 国图抄本“勒”作“勤”。

臣衡文事竟，多士行且通籍，所以告之者无辞费，亦惟正谊报国如古人而已矣。即多士遇合难定，何得尽拾级崇峻也？然唐虞之世，千古泰交，益虎亦参弼谐，不必胥职丝纶；岳牧亦列明良，不必胥司禁闼也。名位高下之间，亦乌足以论天下士也。要惟以志定其学，以诚用其才，不负其心，斯断不负乎国。多士能持是语以往也，斯无愧于此千载一时矣。则持衡一日之知，其为荣施也，不亦多乎？多士他日者，功伐载在太常，声施煜乎世史。而或以为此如汉世文学，率持其师说以有成者也。斯为多士之不负于臣，而臣歌《皇华》而周咨询，以勤于始；歌《鹿鸣》而赋旨酒，以宴于中；歌《天保》而颂升恒，以祝无疆之大猷于奕世。所谓对扬休命者，亦庶几万一有合哉！

会墨序[①]

古来取士之法盖屡变，而名臣硕辅皆出其中，此造物之从乎王制者也。虽然，君相育才，则不恃造物之能生之，而恃我之立法，有以鼓一代之才于无尽，法之所系，重矣哉！

取士之法，至八股而弊极矣。此庸人所尸祝，谓可以立取卿相之术，而以为果有济于国家则非也。天下事有其始，固自有说，而继乃失之，徒为诟厉。又有其名甚美，在古昔帝王之法之上，而实则究出晚季之下者。夫八股，代圣贤之语，非鹦猩之谓也。盖将心圣贤之心，而业圣贤之业耳。乃功利益急，经术益荒，鞶帨益繁，理体益芜，固有组练华滋，洋洋缅缅。而求其一句作何解，一篇果何说，欲以寻常之语可以喻之香山老妪者，率哑然而不能应，而其人已扬扬金马、石渠间，俨然公卿大夫矣。夫买椟还珠，犹得其粗也；刻楮为叶，犹窃其似也。士人勺象以后，强仕以前，约二十年耳。此二十年中贯串往牒，讲究时政，晓然于往古之得失利害，并今日社稷军民之所急需而立效者，犹恐抱膝抵掌，绰然有余，起而行之，当机缩手。而乃颦眉聚族，习此了无意味之语，并其粗者似者而无之。而高视大言曰“有才有学，造士进士，登明选公”。夫此才何才？此学何学？造之何方？进之何故？虽明何当？虽公何裨？朝廷不知取此何为？而士人自审，亦不知将以何用？上与下两不解而相误也。

夫周以乡举里选，汉以贤良孝弟，降而唐宋以诗赋，历代之法，不同如此。八股之初，将令士人深究性道，精辨天人，其待之在周汉之上。区区诗赋，岂足言哉？然而诗赋之无补民社者，固与八股同矣。而歌咏性情，排陈景物，即比之优俳乎，然犹可以悦心娱耳。今八股之业，名跨成周、两汉而过之，而实

---

① 按，原目录作“会试录序”，正文作“会墨序”，陆燿序言也作“会墨序”。今从正文。

则尘饭土羹，更出优俳、诗赋之下。文皇“英雄入彀”之言，以销磨智勇为得策，此其失天作君师之意明矣。即期以能陶冶斯皇，意甚盛也，而实求名应，燕月背驰。前贤造士颇极苦心，岂意其流弊之至此耶？天时人事，固已极矣。予辛卯校士南闱时，“策”中已力言之，然犹意狃故袭常，狂澜莫砥。何幸今兹制诏，立革颓波。先天作人，鞭策明试，虽唐虞商周之主起于今日，我知无以易此耳。何者？取士之始必借于敷奏者，势也。帝王有可以觌面寓目，立取贤能之术，必行之已久，而不俟后人始为之矣。乃以古帝之圣，不能不穷于知人。夫不能不穷于知人，则不得不循乎科目。既循乎科目，则虽毕智竭力，亦不过如虞周汉唐诸已事耳。诗赋鞶帨，士人之小技也，如蕣华然，固无足言。而世风日伪，诡竞方张，周汉之法，名则甚美而实则益弊。乌头黄独，易至杀人，安得不以晁董射策为制科圣书哉？郤、孟之论后主也，略其行履，先此智略。今小腆未授首，司农仰屋，此日天下，首须才耳。而次即以经书之理观其论断，则又何尝不兼总体用，文采彬彬乎？

夫变通以利，朝廷改造士之法，将以收士人之用也。际兹盛典，奏技维新，苟未能揆策明彻，晰理精微，则亦汰夫去盖奇股不偶之文艺耳。昌黎省试一论，尚拘闱中体制，衰起八代，谈何易易耶？诸君偶以南宫之牍见示，略为染指，不禁莞然。查梨味殊，皆当于口，其中可以续丹扆之箴，补衮职之阙者，已有人矣。而复纬以雄藻，规于古则，情文灿然，致足乐也。夫栝柏所以为栋梁也，而枝叶之扶疏，文理之斑烂，不谋而已兼具。江汉河海之利，在通万斛之舟而阜因陈耳。而波折沦涟，粲粲沙石，盖才见而文生乎其中。副墨之精，固景钟熟釜之先资也。建鼓而求，才能怒茁，士人自命，岂出律铁车铎之下哉？故始之以晁贾欧韩，而终之以丙魏韩范。上之为丙魏韩范，而下之亦不失为广川洛闽。盖于是科始基之，而即于是科之牍卜之矣。

重修万历丙子齿录序

士人既登贤书，序以齿，欢然兄弟谊也。寿诸梓而传之，上及祖祢，下及子姓，咸班班焉。曰由兄弟而推之，犹吾祖祢子姓也云尔。夫以一日之遇，联四境之盟，而讲数传之好，甚盛事哉！然而吾身而上，存亡半焉，势固不能以逮往，而后吾身而来者，则绳绳未艾也。世讲之谊，方在百祀，则夫上及祖祢，下及子姓，寿诸梓而传之者，意岂不在后之人乎？

故同籍登朝，而有四方之役焉。之一邦则必逆计之曰：此同籍兄弟，某某桑梓也，起居无恙乎？亟造请焉。不则，尺素及之矣。其或存没不偶，则又未尝不楸然有思，询其守宗祏者几人，隆替今且何状，而切切动于中也。次之，同籍子姓登朝，而有四方之役焉。之一邦则亦逆计之曰：是得无故旧尚存乎？亟敬询焉。不则，求其后人而进之，奖其休豫而恤其阙，切切于中，犹之同籍勿谖也。此自士大夫之雅义，而世风之淳浇亦足以观矣。然而，士自通籍以后，荣悴异轨而交驰，其不相谋也亦久矣。夫遇合福命，即贤者固不能必之。其友而不肖者，同谱觌面，而鳞介莫测，是又安能以世讲之谊力而必之于后也？至于勿遏佚我前人光，踵武而世其欢好如一日焉。是则前人之志而后人之责，无可逭也明矣。

不佞己卯荐乡书，于中获事先世年家六七君子，盖皆先人以万历丙子隽者。既欢然聚称兄弟矣，而又加慎焉。言念家声，各虞陨越，用是相庆而复交相励也，曰：念昔先人哉！更十年所，则年家之继起者益盛。宁章周年兄乃首事庀材，取丙子旧录而新之。补阙订讹，粲然眉列。至其考访而未详者则缺之，以俟异日。不佞卒业，而念其意之深远也。一编裒辑无多耳，然食旧德而绍之，可以承先；垂成矩而示之，可以训后。丹青不渝，以存古道；矛酬是戒，以愧薄俗，庶几剞劂之有成劳哉。

夫一本之戚，缌麻而降，递杀几埒于途人。此势之所疏，推而远之，远之，故日以薄也。异姓之士，苹鹿而还，累传犹宛如同气。此谊之所亲，引而进之，进之，故日以厚也。彼流俗，亦何常之与有？吾诚褫薄而崇厚，淳笃所被，不既多乎？凡姓名之列于是编者，吾愿其披读掩卷而忾然以长思。思其始，思其复，思其可久而图之。则是编之日新，亦当相将未艾矣。是则宁章之志也夫。

朱翠华乡贤录序

於戏！士能以砥修利物，自见于世，岂必诩诩一命以膴仕为豪哉？庚桑之尸祝，由来尚矣。彼诚以淳节姱行，有所丰庇于元元。而人士于我乎歌舞，非徒然也。士亦弁鄙，卒没没耳。果能砥修利物，揩揩若恐后，然其又何显晦之与有？桐乡伏腊，胜于子姓。彼分符所至，固等于汤沐邑矣。至于太丘、彦方，躬不出里闬，而一以为楷模，一以为帡幪。则夫钓弋、杖履之所及，又何异营丘赐履乎？是亦为政，尸而祝之，固其所也。

按令甲，春秋祀典自宣尼暨弟子而外，仕于其地而贤、生于其地而贤者，盖尤有专祠云。夫仕于其地而贤也者，则所云以死勤事，以劳定国，御大灾，捍大患，是其功在鼎彝者也。生于其地而贤也者，则所云乡先生没而祀于乡，是其行在桑梓者也。夫功在鼎彝之士，德施茂矣，以享以祀，以云报焉。桑梓之行，而蘋蘩之荐也何居？噫嘻！是殆未知先王九两师儒之重也。盖先王之取士，其于乡也特真，故其崇祀亦于乡也特重。彼夫银黄，荣夫佩组，山玄[①]侈其璆玉，可谓乡之贵人矣。贵人也可以百世祀乎？曰：否，是蜉蝣之羽耳。然则三桓六卿，皆当与颜闵争席矣。撷班宋之华，摩曹刘之垒，可谓乡之华士矣。华士也可以百世祀乎？曰：否，是粉题之妍耳。然则，相如终古不祧，潘陆横裾从祀矣。彼其之子，德不足以[②]康民，而教不足以迪世。即显且艺，其[③]与能几何？钟鼓既设，有扬觯而退已耳。故夫乡贤之祀，介介乎轩素修、轻权藉、黜华士、崇躬行，然后足以厉。当世之先生长者，而为奕世鹄焉。若是乎其审且重也，则翠华先生之崇祀也，不亦宜乎？

先生以孝友齐家，以仁泽济世，以清正训子孙，没世而邑人士歌思益隆也。投牒郡邑大夫，上请烝尝之典，缕缕德美，亦既信而有征，炳烺俎豆矣。独计儒者砥修蓬荜中，淑躬视履，秩秩德音。如汉廷赐韩福故事，岁时羊酒衣衾，煌煌策书，亦足以师表人伦，中牢之祠为不朽矣。而先生乃复饥溺若己，蒿目于大祲之来，倾筐倒庋，苏无饘卖子者蕉泽中无算，捍灾御患，处士而坐有其成。是起叶[④]阳、钟离子于九原而为王息民者也，岂俟威后之问而乃方轨海表乎？以视彼□□□[⑤]坐视饿殍，而漠然秦越者，其贤不肖为何如耶？于世鲜[⑥]毫发之益，即言语妙天下，副在名山，何贵焉？宜哉[⑦]，人士之永思而尸祝之恐后也！推是心也，乘权而大布之，油云九有，宁复可方域量[⑧]欤？然则先生虽辱在泥涂，未竟所欲为，而克昌如券，用焜耀于而宗。左司空嵩若年兄，奉庭训为名柱史，督学王畿，正色清修，已为人伦冠冕。今袖[⑨]然九列，大用方将，尧舜君民之业，众咸属目俟焉。

先生之德，自桑梓而广轮，又将烝烝无尽也。维作维述，以絜昔贤无廱矣。庚桑去人，何必有间乎？余故喜为论次焉，令天下为人父、为人子者，有所兴起焉。

---

① 国图抄本“玄”字之上被贴去。

② 国图抄本无此“以”字。

③ 国图抄本“其”作“且”。

④ 国图抄本“叶”作“业”。

⑤ 国图抄本无此三缺字。

⑥ 国图抄本“鲜”作“少”，下一句“言”前有“一”字，下面“何贵焉”作“无贵焉”。

⑦ 国图抄本“哉”作“乎”。

⑧ 国图抄本无“量”字。下一句无“则”字。

⑨ 袖，原作“褎”，“袖”之异体字。又下一段“廱”，国图抄本作“愧”。

陈侍御名宦乡贤录序

予不佞己卯之秋，随家明术举于乡，乃得兄事今给谏君巽甫年丈。时给谏君已褎然称艺林祭酒，从游者济济多知名士矣。而生计萧然，壁立之余，惟有砚田存耳。进询家世，始知为芸窗先生孙。先生谢世无何，而子姓一寒如素士，盖宿以清白自树云。先生以万历丙子，偕葵窗先生联璧贤书，与不佞先大父中丞公同籍友也。阅六十余年，而不佞兄弟复辱与给谏君同籍。盖世讲益隆，风徽可溯相善也。而亦交相勖曰：无遏佚前人光哉！迄今又十年所，乃得庄诵先生崇祀之书，则恒山潍水间，俎豆已奕奕有章矣。

予惟古贤人君子功德之被于人者，有永怀而无斁志矣。于是乎载之以缇素，章之以管弦，寿之以旂常彝鼎，皆所以志勿谖焉。而灿列焜煌，犹复虑其有遗孅也，则又为之坛宇馨香，存其人以全之[①]，匍匐跪拜而承曰：庶几某公在是焉。故或则分符赐履之方，或则钓弋游息之地，于彼于此，曰：庶几某公之无往而不在焉。伏腊有期，鞠兰不尽，所百世祀者，其思百世，其德百世，可考而知也。迹先生以廉正之姿，楷模当世，珥笔螭头，正色言其大者，为天子骨鲠之臣，得以进其所学矣。然而官不过七品，齿未登下寿。其终也，盖菀结而未竟其所施，天下惜之。而其始则一受专城，殚心司牧，便已齐轨古人，轹召藉杜而未已。盖先生之甫通仕籍，即志存不朽，一命之荣亦不苟受如此。故虽异代绵邈，而桐乡如朱邑之庐，甘棠乃召公之树，明禋荐醴，何疑入人孔深欤？至于畏垒之社，人拜庚桑，康成之乡，门题通德。佥拜手曰：先生以义藩身，而好行[②]其德于桑梓。自修业抵执法如一日也，尸祝偕隆，猗欤盛矣。

夫视履，君子所自贵耳，而仕人往往视功令之所急与所不及，作而致其意。一行作吏，功令随焉。左顾王鈇，右耽好爵，虽不令之，夫亦以有所趋避。而貌袭名行，以是拾级而登，驯至卿贰，往往功施在日月之际矣。而里门之内，父老疾首，百年未半，不复知其姓名。甚者，松楸之地，诟詈及之，向之所为，怒马舞车上，扬扬骄市井儿者止增辱焉。此无他，彼其之子，实有慆德。封靡无厌，为里人之所积苦，以至此极也。是安得以先生之风正告之哉！

或谓吏治之盛，莫若汉神爵、元康间。考其时，综核之主立其上，大吏承流递降，而各得尽其职以自建立。先生筮仕，当察相风励之后。方州而上，若监司、若直指使、若都御史皆以簠簋自饬。兢兢惜行检，故郡邑吏不苦于苞苴，而洁身爱民，得以成劳，进于王家，其视今日难易殆径庭也。是固不然，观先

---

① 国图抄本此句作“以尸祝之”，“之”字后、“匍匐”前有“且”字。

② 国图抄本无“行”字。

生青天白日之榜，岂仅遘会？其所以自命者，实卓然矣。此圣贤之学，笃实光明，进而寅亮端揆，义蕴正复无尽。即降焉，蓬蔂而行，亦当没而社祀之。而花封布化，侨也实有遗爱焉。殷荐之隆，隆两地也，不亦宜乎？独惜先生箕尾不淹，促于短驭，未及竟其所施耳。然给谏君方以直笔侍承明，侃侃补衮职之阙，则发皇祖德以补先人未竟之志而益光大之。手泽四字，非直座右之铭，殆其家学渊源在焉，陈氏子孙用奉为球璧大训可也。持此以往，先生之荣闻，益振振有孚于永世哉！

栖云阁文集卷第二·序

张西山青齐治略序

西山张公以《青齐治略》一册授予，予既卒业，慨然而叹曰：天下何可一日无姚元之，而益知封德彝之为万世罪人也。拘儒疏于时务，动谓三代盛治不可复见于汉唐之后。甚矣！其非君子之言，仁人之心也。夫厉[1]山氏，万世粒食之祖也。令有人焉，睹垄亩而戚然曰："茫茫禹甸，提封万里有余矣，然此汉唐以降之田耳，我安得厉山氏之田而耕焉？"或又睹耒耜而敖然曰："此固下农夫之器耳，彼夫厉山之耒耜，吾知其必刊以丹丘之木，铸以庄山之金，饰以琅玕七宝，非是制也，田功罔即。"是人也，谓之为尊古则可耳，欲其免于黔娄之馁也，难矣。

夫今犹古也，齐州之东犹齐州也，顾吾方略何如耳。岂谓生斯世也，遂不可复登于三代之隆哉？吾三齐，海宇之国也，薄姑、逢伯，荒略莫考矣。自太公、管子以来，则太公、管子之沃田也。曹平阳莅焉，则曹平阳之沃田也。至我皇清定鼎，洋洋东海，张公兹实赐履焉。与与黍稷，固其所也。今观《治略》所载，美矣备矣！有为之正其德者，有为之厚其生者，有为之兴利而除害者，有为之明赏罚而率其属者。约而言之，教养以立其本，刑[2]罚以尽其用，设诚致一而课其成，综核名实而群贤奉令。各殚其心，则万物之效于前者如掇之矣。

盖事不必求合于古，能宜于时，则意之所存，古人分座焉。姚元之之为政也，舍人之所许者，止以"救时"二字。意若不足，而未可侪于萧、曹、房、杜之班。而元之之大喜不能已已者，何则？舍人之经世也浅，而元之匡时观变之略深也。古来称安齐者，每以平阳为首，以清宁不扰为其道，固矣。而予上下古今之林，其得失固亦有可深论者。夫汉兴于秦项百战之余，甫出汤火，燠煦为上，此盖公所以可师也。倘后之人所际异于西京，上之而逾额之蚕丝方烦，下之而燎原之嚣恶未悛，乃泄泄[3]坐视曰："平阳之所谓勿扰市狱、务容奸民者，其在斯乎，其在斯乎！我将媲美前贤焉。"岂非邯郸之步，东施之颦，空其里而与寿陵余

---

① 国图抄本"厉"作"烈"，以下皆同。

② 国图抄本"刑"作"赏"。

③ 国图抄本"泄泄"作"怡怡"。

子同失乎？夫“速贫速朽”之言，得弟子之阐论，而意乃了然于万世。则平阳之言，其或有含而未发，其或史臣之略而未详，未可知也。不然，其与陶公所谓“遵养时贼”者何异？而欲睹海国之歌舞焉，不亦难乎？故吾谓公之治齐也，不袭平阳之迹而得夷[①]吾之心，可以至道，何止变鲁。可以推之四海，何论安齐也！

而予犹有所惜，则公于此，盖亦有救时大略。立起菜色，而所未能尽行其意者，则酌开海禁与增价官粜是也。夫海禁一开，则海国可以骤富，明矣。而此犹一省之利也，夫二东之谷贱如土，盖百余年来所未有者。而朱提之直日腾，数亩之入，纳一亩之租而不足也，此海内之大忧，逾于兵革多矣。予因公之议，遍询诸邑缙绅之留心国计者，乃咸有所论著，来教予以恤宗周之阙。谓是议苟行，既足以济三农之穷，亦兼以足两税之额，民不复忧逋赋而兵不至虞脱巾，但苦于粜本无所出。予因稽古而深思之，此固无难也。苟能通钞币之穷，效刘巴富蜀之策，改铸大钱，而行之以断，持之以信，泉流山积，立睹其成。此固《周官》九府之所未议及，敬[②]仲阴里石壁之谋所远让者也。但此非据公孤之席，立庙堂之上，为国家深计利害、自任以天下之重者，孰能当此任而愉快乎？康济四海，但俟公之旦夕秉钧[③]耳。尧舜在上，治平可期，吾日祝祠[④]而求之矣。

张西山救荒书序

学者治书，英雄创业，其道略同。夫经营四海，属意关中者，汉皇独有卓识矣。操觚之士，何独不然？故著述[⑤]不在多，端顾利世何如耳。利世之著述[⑥]，二种而止耳。其一为明道之书。天经地义，子孝臣忠，所以立人极也。其一为济世之书。含哺康食，亨屯出蹇，所以延人命也。而二者又各有缓急，不可为典要焉。盖溯道之大原，则自未发而返乎天，载太极而通乎神明，无声无臭以达天下，不识不知以顺帝则矣。然而中人以上，世不多逢。朝闻夕可，微言不数数及之，此非可缓而亦可缓者也。何也？凡圣人之训世也，但期比屋可封，各孜孜于善人君子之途，治己登于上理矣。而圣人之济世也，恒产为经，尤以力起之沟壑

① 国图抄本“夷”作“彝”。

② 国图抄本“敬”字前有“而亦”二字。

③ 国图抄本“钧”作“均”，“均”字左边“土”旁为后挖改而成。

④ 国图抄本“祠”字本作“祠”，后右旁改为“巳”。

⑤ 国图抄本无“述”字。

⑥ 国图抄本“利世之著述”作“则著之当务”，下句无“而”字。原句作“则著之当务二种止耳”。

为急。故孜孜于正德厚生，而教复次于富焉，其明证也。夫天灾荐至，数窘金饥，嗷嗷之鸿，啜其泣矣。苟振业之无方，坐视数千[①]万人之死，乃复侈谈帝王之业，卿相之功，圣贤之学，不亦令天下之人齿冷乎？故予读西山先生《荒政》一书，而喜慰不能已已也。

先是，先生应博学宏词之召，待试神京。以赐履之地无年，拜疏乞归。皇上大悦，俞旨褒嘉。归而如富郑公故事，孑遗获苏，已不减二十四考中书矣。而欲覃道济于来兹也，乃搜群集而成书，焜[②]煌一编，雨露卿云，俱在是矣。其网罗百代之赜，即如睟盘示物，而其扼要得髓、匠心应变者，则已含于各总论中。此百代不朽之言，兼立德、立功而一之者也。无论不可私为帐中之秘，即使学士大夫家传而户诵之，亦未足穷其量也。予自侍交戟之下，仰见我皇上二十年以来，事事欲出汉唐宋元诸贤君之上，以接踵唐虞。是书也，倘得进尘[③]乙夜之观，立下九重之诏，令廷臣有心计者详议而折衷之，兼购利民诸书，如王氏《农书》、《救荒本草》诸编，勒成一代鸿书，永作千秋金鉴，即以列于唐虞二典、《禹贡》、《周官》之后，何不可者？

而予不佞亦尚有葑菲之谈，姑妄言之以备一映者。大道以经制而兼为救急，则常平社仓是也。然而，非公廪有余赀不可，此所当酌者一也。以救急而不费公家，则出粟而拜官，或免罪，或免差徭，此所当酌者二也。官谕富家，各赈佃户，官为印券，迨岁熟而官为追之，如大粮然，此所当酌者三也。大吏以官银籴于丰收之处，运归发粜，此所当酌者四也。其一则在变古法、通时宜也。此编救急之策也，固有老生常谈即为足民。既欲富民，必先富国，则北而京东之荒陂当田，有虞集之议；山西之水利当广，有郑白之勋。则漕运可折，河工可省，而屯田当行，有充国、孔明及明太祖成效俱在。当赏田功如军功，以府兵寓骁骑，此可立效也。至以大钱代金贝，则有昭烈、刘巴之成效在矣。尚恐伪造者多，不妨以织代铸。事非旦夕可成，犯则发甚易矣。但使钞关盐策，民间之纳税、置产半用之，则沛然如流水矣。

此上，更有本图焉。其一则崇俭德也。倡自九重，风移四海，停不急之土木，省可简之官僚，凡臣民之居食宴会、吉凶礼度，均颁定式。或亦有当议者乎？其一则清冒滥也。惟王不会，诸司必察，军旅土木，无纵雀鼠。或亦有当议者乎？更有似缓而实急者，则更在乎正人心以迓天和也。盖下民日浇，上天示谴，水旱荐至有由矣。人主虽爱其民，而无能代为请命于天，如父母虽爱其子，而

① 国图抄本“千”作“十”。

② 国图抄本“焜”作“烨”。国图抄本本“焜煌”二字作“华皇”，左边“火”旁是后加上的。

③ 国图抄本“尘”字划去，旁写“陈”，又圈之。

得罪于君，无可救也。似须严督臣工，广敷教化，令郡邑有司，彰善之典必先瘅恶，木铎之功等之考课，以革心而锡福，庶有济乎？然此又非实心力行不可也。比年以来，皇上留神教化，天语屡颁矣。而郡邑泄泄，虚文应之。即如前代各邑治所之前，皆有彰善、瘅恶二亭，详书姓名，朔望旌扑，今尽鞠为茂草矣，有一遗址尚存者乎？勿论淫赌凶暴，人不以为非，即殴詈父母，尚有知为不可者乎？此亦大负皇上移风易俗之意矣，非诸有司之咎，而谁咎哉？

永丰纪事序①

予窾启无似，然乐见济世之才，恨未能数数也。则又乐观济世之书，每读虞升卿、龚少卿诸传，未尝不击节叹赏，若对其人，而亦未尝无遗恨也。夫非常之人，智略辐辏，百变若神，咄嗟眉睫之间，而已寝戈鋋于千里之外。其难倾储而告之人者十之三四矣，其难载之书牍者亦十之三四矣。至于众口所传，幕府所上，兰台汗简之所班班而列，艳称于百世之下者，崖略十一已耳。若使九原可作，把先哲之臂而详叩之，所谓鼻端出火、席上生风者，其愉快为何如也！夫九原之无复起也明矣，乃于百世之后，忽忽旦暮遇之，亦足以释生不同时之憾。而方隅之士，动谓古今人不相及，若江河之日下者，不亦足发粲然一笑耶？

予友邓元固先生以《永丰纪事》示予，予卒业，作数日喜。先生释褐令昆山，则已翕然黄、龚间矣。久之，调补江右，入官大行，固闲曹，日饮无何，若袁丝长安道上，萧然无事人也。乃予晤江右士大夫，则言永丰之难治倍蓰昆山，游刃盘错，砉然有余，不啻若自其口出云。故予每暇日辄过先生，一一委曲叩之，若起龚、虞而询其史册所未及之秘略，盖不觉日之易夕也。载笔虽岸略，然亦稍见一斑矣。

盖永丰地广数百里，山谷居多，而又当兵燹叠臻之后，鲁无鸠矣。病萑苻之耽耽也，司农之檄，则未尝以鹄面而稍缓之。龚、黄已将却步矣，况欲兼应而奏方召之绩乎？先生以洁身仁民为干，而四应桀桀，刜钟断兕，则为之缓征而恤荒芜，振旅而剪鲸鲵。颜可犯也，险可履也，虽严旨驳之而仍申，邻封甚之而不慑。诚之所结，而智勇生焉，祸之将成，而天人佑焉。区区一铜墨之长耳，而俨然具方伯连帅卢矢斧钺之威，人之为先生危者固多矣。而或以脱颖而出，为先生幸见其长。然而泛艨艟于沟渠，辱昆吾于管蒯，识者当为先生惜。假令擢先生而握节一道，开府一方，抚千里之荆榛，统数十万浴铁之众，其所以恤孑遗而扫猰貐者，功施煜爚为何如耶？不然，而改鹖冠、佩双鞬，与靺鞈踔注

① 国图抄本题目作《平寇荒田序》，然内容与此同。

者驰驱于建牙鸣角之间，授钺登坛，万户侯岂足道者？是虎牙鹰扬之功，而反以令长累也。卒乃积资例转，俯仰闲曹，以精华星税①之气，销之于轺车英荡之间。王人虽众，等于旅人，人又为先生惜。而不知惟海内多故，俊乂方腾跨而前。彼以智名勇功、倜傥非常之略而骤登显烁者，其时势为何如耶？今天子圣明，寰海方卧鼓而嬉，即有非常之略，无所见之，先生正以此为天下幸。而先生方韬光自喜，拾级而坐进松乔之列。假令风尘澒洞，大用先生，提封千里，统师十万，而责之底定，即仍欲回风呼吸而内视黄宁，其能之乎？故识者又未尝不为先生幸也。

夫世之所谓大用者，至将相而止矣。唐人悬将相之科以求贤，吾谓不若练将相之材以造士。盖设科者求之以言，固不若练材者试之以功，则莫若自令长始矣。唐虞三代间，将者，相之一事；司马者，六官之一职。一释褐而兼综六官者，百里之令长事也。故相可以兼将，长令可以练宰相之才，予生平之持论然也。以今观于先生，一行为吏，而将相之业裕如焉，吾言不亦信而有征乎②？予比年来，颇怪世之治郡邑者，往往薄视所职，不肯尽所长以大庇吾民。疑若汉史中黄次公功名损于治郡时，而憖留其不尽，以为他日钧轴惊人地也者。先生乃宁民而民以宁，御变而变以御，何不亦少加蕴藉，为他年钧轴地乎？所为与今之君子异矣。

然先生之所以得见其能者，以温如张公开府其上，无私谒，无公卿介绍，而以才力受特达之知，了不为谤书所动，故先生能观厥成。至今道之，感不容口，此古人之所以重知③已。士有才难矣，幸获乎上，得尽其才之为尤难也。年来吏治愈卑矣，虽有龚黄召虞，岂能自全哉？

天中理牍序

有四字而可以尽天下之理，并可尽天下之功者，其惟“上帝好生”一语乎？其内圣外王之蕴，道德之所由立，而治平之所由达乎？至与生相反，而以杀为事者，曰兵与刑。夫连骑百万，血流千里，兵之祸信烈矣。然而横延四海，竖穷百年，亦不恒见，故人犹绳绳乎慎之。刑虽轻重例不一，而列郡之内，一岁之间，时时论报焉。赭衣载道，履踊者相错也，乃人遂习为故常，而莫之省忧。然则日耗天下之生者惟刑，刓道德之隆理而日滋惨刻者，惟刑名之吏矣。故大

① 国图抄本“税”作“说”。

② 国图抄本“乎”作“与”。

③ 国图抄本无“知”字。

禹下车之泣，千载涟洏；后世之减膳撤乐，三刺五听三覆奏，悉甲拆此一念之中，以为此三寸之牍毒民戕命，不殊七十余战阪泉下也。庭坚、苏公而降，全好生之仁者，视稷契毕散为尤切，则以返魂于嬴博之间，而续命于刀锯之下，绵亘无间故也。

吾年友粘先生以《天中狱案》见示，予欣然卒业，曰：“此非爽鸠之刑书，而归昌之瑞音也。”反复读之，如观扁俞一匕之投，白骨立起，旁观歌舞，不能已已。不知其身受之手授之者，愉快更何如也。所以助天子风动之化甚盛，为东海高闾之兆者甚明，卓矣，噬嗑师表哉！

而先生自序中，驳申韩本于老庄之说，尤与予素意吻合。夫以道德之学莅刑名，哀生于情法之中，仁覆于威明之外，非必一切纵舍以矜语囹圄尽空也，其当生者固无死法矣。至求其生而不得死者，亦复无憾。夫死者无憾，则生者心折而却步矣。寡过于未然而弼教于不忍，生生之所及，孰大焉？即更以医术喻之，夫肌肤之痛，虽童昏皆知。乃王公大人，或至千里走轺，百纯致贶，延国工而拜，祈其揲荒爪幕以为幸，是不亦惨刻不仁之甚者乎？而识者反以为爱其身有独至，而并其操刀针而恐有余力者，皆目为圣技仁心而俎豆于桐雷太乙之间，则刑名之学，得道德而皆成大生之用者，亦甚明也。而子长、子瞻乃以刑名而病道德乎？夫子长长于史而博于学，姑毋论矣。子瞻，学道人也，而失言亦复若此，且将千年而未有辨之者，何耶？今先生之折子瞻也，不以笔舌而以躬行。丹笔之芒，化为卿云，下覆嘉石，上掩贯索。定国一石之余，不烦更劝一杯酒，而落落星躔顿欲空矣。以此为麈尾，子瞻之舌不同于充宗之角乎？

夫先生治狱之功，由天中而可以风四海，功在一代。先生立论之功，则可以畅道德之宗旨，救刑名之毒螫，令后来有志道德者，不为一偏之论所惑，而又能以躬行为质。皎然日月，功在万世，不更多乎？然予自承风先生以来，即未读此牍，而知先生释褐为吏时，即能高置一座于于定国、徐有功之间无疑。盖予信道德之致治平犹反掌，而先生学道人也。

邓氏族谱序

万载茫茫，冯生翼翼，溯而上之，皆三皇之裔也，推而下之，皆不知谁何之人也。谱牒累累，不亦赘乎？然而黄帝以锡姓受氏，载在册府，昭穆云礽，百世可稽焉。率亲率祖，此物此志，所以广仁孝而植人纪，未可斁也。故联道济之宗，拜汾阳之墓，君子以为讥。至服官而忘其祖，辨族而失其职，君子又以为陋矣。晋矜王谢，唐诩崔卢，是一代之人表，万载之华贯也。令其统系不详，谱牒无序，问高曾姓氏，若存若亡，等于尊卢，可谓有亢宗之志者乎？其视肉谱仓曹，艳称古今，明七穆之序，著声于卿大夫之间者，为何如耶？

吾友元固先生，世籍南阳，其后移居豫章。明初，以军功家济南，旋移东郡。名德、科第相望，藉甚缙绅间。元固具经济才，盘错之地游刃砉然，吏治军功昂首抗行韩范间，海内所共屈指者也。重修家乘，意良深矣。夫高密以元功佐赤符，褒然云台之冠。而家法垂裕，人授一经，门内醇淑，足为百代师。此又在六朝、三唐之先，为王谢颜柳权舆矣。嗣子康功，疏凿为烈，非梁马阴窦碌碌通侯世禄者所可及也。元固槃槃伟器，经方应变，自当于古人中求之。而经纬利济，多方所至，具有成绩。至内养湛深，入伯阳、紫阳之室，将来殆不可量，此更非节钺旂常之所可同日语者。夫济世之谓德，度世之谓道，以此为锡类，其为不匮，孰与京焉？予不佞读邓氏谱，而重有期于元固，而又以知其光前裕后者，方大书特书，而未有艾也。

刘止一族谱序

商周而降，宗法殊严，唐宋以来，家乘綦重。故前代诸君子谱系之书，焜煌奕叶，传诵不休，有较之金匮石室之牒尤永者。此非褒然鸣豫，侈四姓之华贯、扬八叶之貂蝉以为荣观已也。吾读《周礼》乃知之，《周礼》以九两系邦国，其五曰宗，以族得民，斯先王治天下之微权乎？盖其一本之推也，伦则笃于天，其九族之睦也，教则成于近。家与家各惇彝则于门内，而四海已晏然，大顺之休可坐睹矣，此于变时雍之权舆也。

自封建之典废，世官之制革，而大宗之法因之以泯。即王谢顾陆之英，阀阅煌[①]煌，皆奋身自致于皇馗者，无常贵也。无常贵故亦无常尊，无常尊故亦无常法。何者？势不足以统之，法不足以约之。其散焉而掉臂视之若涂人者，时势使然，无足怪也。然而，贤士大夫则有以起而济其穷，既贵且贤，则族人之望归焉。故可以尊祖，可以收族，可以定祭享之仪，可以垂训行之则。是则先王之法虽缺，而先王之微义，先贤之芳规，未尝不于是乎在焉。则家乘，何得不亟亟也？

安丘刘止一先生以成书见示，命为糠秕之言。予不佞年来抱疴杜门，鸲眼尘生也，何能为役？迨既卒业，则莞尔而喜曰：彝伦攸斁也久矣，何幸见此？所谓先王之微义、先正之芳型，其在此乎？其昭穆秩秩，则武库桓穆之详；其先德愔愔，则康乐先德之大备，而彤管内则之遗意也；其羡门祠庙之奕奕，则泷冈之表、清臣之碑所未详也。至补前贤之缺而可以垂示百世者，则家训、家

① 国图抄本此“煌”字作“烨”。

戒二则，懿矣备矣。子姓蝉联，苟能世守而勿替，纳言、太傅两先生之业当有继绪而绍庭者。其为刘氏之天球河图也，不亦多乎！而天下之为人子孙者，皆可取法而自淑焉，予安敢以不文辞哉！先生以敦诗说礼之素，登坛秉钺，既以排韩轹白矣，而息影长林中。文笔之外，乃湛于性命之学，盖其孝之大者，世人未之知也。夫淑世之孝，首在修身，以极于治国安民。出世之孝，在乎观心，以极于尽性至命，则先生之所以孳孳也欤。

黄侍御家乘序

三代风俗之美，不俟上之刑政，而化自成于下者，其惟宗法乎？其不复见也已久矣。盖三代所以治天下之具烬灭无余，何怪治化之日替也。三代治天下之法[①]伊何？曰：封建也，井田也，宗法也。是三者，固后世贤君察相之所共知也。而卒不能复者何欤？曰：五德迭更，其势异而不可复返也。古者提封数百万，皆在公家。今田皆富民世业也，无罪而夺富民之田，曰以复古，可乎？数百年神明之胄，守其社稷，在昔自不可骤夺。今即欲骤而予之，人异姓易，为韩彭本支，亦多吴楚矣。世爵、世禄原相因，故宗法得以不坏。今皆起自寒门，骤班鹭序，易世无何，门墙房杜，子孙栾郤比比矣。宗祏不立[②]，即《周官》九两之系，安所施之？所以好古之士，虽著有成书，而究不可行者，以此也。然而因时取济，其效与古人略等。所贵贤者达变，得古之意而已足矣。夫州县得人，龚黄踵起，五等可无班[③]也；限田有法，兼并无虞，百亩可无逾也。至于一家之中，敬高曾而裕子姓，尊祖、收族、敬宗，自可乘时为之，斯亦百世之仁也。夫独无君子之可自尽者乎？故尊祖、收族，教养有[④]道，合宴立嗣，修墓命名，秩秩可守，使数传之后，皆欢然如一姓之戚。本于一人而瓜瓞绵绵，庆流无尽，则宗谱固始基之矣。此予读侍御在之黄先生之家乘，而忾然有动也。

先生分支豫章，占[⑤]籍曲阜，盖世三百于兹土矣。起家登朝，自按察公始。而重刻[⑥]家牒，授梓垂后，则实先生厘定而重光焉。按察公所云"不可不时时修之"

---

① 国图抄本"法"作"治"。

② 国图抄本"立"作"生"。

③ 国图抄本"班"作"陈"。

④ 国图抄本"有"作"之"，下一句前有"使"字。

⑤ 国图抄本"占"作"点"。

⑥ 国图抄本"刻"作"订"。

者，其有以哉[①]！“一本而同于路人”，先生之戒深矣。彼琅邪率祖始兴，赵郡动云赞皇，昔人久以为肉谱笑。先生于奕世而上者阙之，盖其慎也。当吾世者，伦次必详，后乎此者，昭穆勿替，盖其贻谋之远也。

夫匹士之家，固与有天下、有国者天壤之分悬矣，而义则有可类举者。三代之君，皆神明之胄，允矣天之宗子也。汉唐而来，崛起田亩，遂为康济九州，垂统后[②]世，谓非天之宗子，可乎？今士大夫既无世爵矣，明经登第以亢厥宗，得以创立庙祠，光崇俎豆，亦与古人别子为祖之义有合。而复加以祭有恒田，训有恒法，高曾而可起九原也。将式临之，则宗法之变而获通之道，亦正赖有此耳。复古之道，固不以区区之迹论矣。乃吾独怪昔人谓“天下将治，天气自北而南；其将乱，则自南而北”。然而衣冠之渡江左也，则司马永嘉之故。而唐宋以来，闽粤川湖之彦奋兴，僻壤者率移居陕洛，往往为望族。如先生之里邹鲁而世昌，尤大彰明较著者也。岂天气地气，古今亦自不同，而家与国复有径庭欤？非明天地之经者，其孰能知之？

张氏族谱序

三代而上，人皆为善于家而达之国，与天下裕如也。大宗之法，不綦重矣哉！盖天下之所以治平，而人伦之所为纲维者[③]，尊尊也，贤贤也，长长也以[④]亲亲也。三者去一则不治，而宗法无一不备举焉。夫九族必睦，所以亲亲也。而自天子以降，诸侯、卿、大夫、士，别子为祖，百世不祧者，则皆受爵于朝。而世守其祧，以君命临之者也。有昭穆，然后有埙篪。而宗老之任，则以族之宿德大良为之。非一物而数善具焉者乎？是以自家而国，自国而天下，如手使指，如衣振领。其教不肃而成，其化不劳而驰，如流水耳。迨后世，世爵废而宗法亦斁矣。然而贤者略存其意，犹足以裨教化而一风俗，则在宗谱一书焉。谓是即天经地义之饩羊，而曾闵之掌故可也。

明州张氏，两浙之望也。自文定先生以名臣为海内楷模，而宗谱一书则先生手定义例，最为详确。夫西豪之里，媲美高阳。高敞行营[⑤]，阡题京兆。醉白有记，履道为篇，此轮奂卜筮之所协也。肉谱仓曹，其来尚矣，唐则崔卢著望，

---

① 国图抄本“哉”作“岁”。

② 国图抄本“后”作“数”。

③ 国图抄本此处有“曰”字。

④ 国图抄本此处无“以”字。

⑤ 国图抄本“营”作“宫”。

宋而欧苏载笔，纶綍煌煌，天宠临之。以及先资之语，羔雉为群，嘉树之留，琰琬不泐。羡门灿乎云章，赠言方于缟纻。焜煌炜奕，夫宁以幽明间乎？铭有道而隃麋无惭，仰女宗则绰楔为烈。庆锡灵寿，授简挹彼弧南；燕喜郝钟，介眉引诸龙月。士毂人瑞，风教所关，何如耶？七叶有集，过于八萧远矣。册府玉峰，求诸箕裘之载笔有余。至于太原戒命，柳氏家仪，譬诸九金之鼎，其寿百世，海内观型焉。岂止河东三相，侈为一姓嘉话乎？此球图之林莽，而诗礼之渊海也。然自先生而降，阙而未修者已历有年所矣。次瑛明府乃搜讨累年之故实而补葺之，以扬先德，以迪来嗣。其于尊祖敬宗之道，不綦隆欤？推诸四海，人笃高曾之矩，家扬式縠之澜。于以佐圣朝，惇睦平章之理，当有不爽者。然吾窃怪古人数奇之憾，乃不意于次瑛见之。以延英大对之学，而竟以明经筮仕，而悬鱼瘗鹿之守，而误以仆区解组，是何数之不偶也。然而，当世之名公大人知次瑛之为宿学良吏者，自若而未尝以偶然之遇为疵，而且咸为致惜不尽焉，则或者此犹其未定之天也。夫公侯之后，必复其始，次瑛婆娑五柳毋谖矣。其继自今，克绍前烈而亢宗者，当在象贤之嗣乎？吾读是编，拭目俟之矣。

募修淄川学序[①] 以下五篇皆系募疏，俟更

余抱疴杜门有日矣，乃文学诸君贻之尺书，盖伤学官之圮，而以修复为志者。予慨然而叹曰：甚矣！诸君子之尊师而勇于义也。道之将兴也，斯为之兆云。

三十年变乱以来，文武之道不坠于地者几希矣。其大者冠圆履句，而彝行之不饬与市侩等，且自以为豪而相矜也。弦诵无闻，而春秋释菜之期，博士弟子夷然曰我不与知。奕奕胶庠，鞠为茂草，甚至下[②]同于马肆，固其所也。我国家耆定武功，绍隆圣绪，所以崇进儒术者煌煌振振，视唐汉有加等焉。修阙里，修虎闱，于以风示百城者良厚。而军兴旁午，大农之金钱告匮，乃下明诏，俾士大夫各捐赀以佐焉。一时蒸蒸雷动，泮水之赋，嗣《鲁颂》矣。然而捄度之役犹烦，玺书焜煌实督之。今文学诸君非有上命，亦非俟师儒讽谕及之也。而义召同人，展谒朔望。畚锸之役，广之以将伯之助，而贞之以卒岁之期。无促节也，亦无媮色，其于百堵之兴也何有？予是以卜其事之有成劳也。

且多士亦知国家所以尊师之义[③]乎？胶庠礼乐，非仅隆膴仕之阶，亦非以金碧舄奕为足以耸民观听，与二氏琳宫竞华侈已也。尊圣人之教者，盖将以学

① 国图抄本题目无“川”字，无后面的小注。

② 国图抄本“至下”作“下至”。

③ 国图抄本“义作“意”。”

圣人之道，学圣人之道者，先在于见圣人之心。夫圣人之心，多士毋亦远求。夫即此观宫墙之颓而意不自安，趋拜如期而怵然恐后者是也。人心有仲尼者以此，千圣所共传者亦以此耳。推之而彝伦以叙，民物以绥，修身善世有余矣。汉儒发明经术未为无功，而驳而不醇，率以奇怪谶纬相矜尚。不知仲尼之不亡者在是，而侈鲁壁金石之声，惊喜告语所见，不亦陋欤？多士之学为圣人，其亦于此识其端倪，扩而充之可也。至于宫墙既焕，厉禁宜恪，洒扫以时，而阑入者必呵。瞻拜有期，而不虔者有[1]警，吾知此固贤令尹良师儒所乐为而无难者，然皆于是役也托始焉。吾邑济济，雅为二东冠冕，好义尊师当有不谋而同者，共襄盛事以副圣天子右文之治，予拭目俟之矣。

募建义仓序

载道死伤，莫惨于凶荒之岁；殚心拯救，莫奇于储备之谋。不储而备阙，虽尧舜在上，岳牧如林，坐视一日之中数万赤子立化饿殍，而无能引手。早储而备足，虽匹夫匹妇之微，蓄菜果糠秕，阅大祲而不死，此信而有征，无可疑者。

今幸皇上痌瘝四海，诸贤入告嘉谋，力行常平仓法。督抚、司道、府州县诸君子，苟能仰体慈仁，实图修举，四海寿域，指顾可睹矣。而仁人各行其德，智者自防其困。可以济常平之所不及而且过之，则又莫善于义仓。苟非以视人死亡为乐事者，谈未尝不津津，而行之未见有孜孜者。则以倡之难得其人，始之难具其资耳。予以为此亦无难，难于无志也。夫济世，人有同心；而率众，何妨始隗。古人不暇远引，如武林有慧智之社，四明有义仓之刻。异地或未目睹，而周村义仓俨然盛事，谓斯世无人，可乎？积少成多，积岁益广，谓义举无资，可乎？劝富、劝赏二议，痛快明晰，灼然龟鉴也。始之以愿力，广之以劝谕。而乃议收藏之地，而乃择看守之人，而乃定籴粜子母之法，而乃定义田之规，而乃详济荒平籴义学义助之法。一邑如此，一邑无饿殍；诸邑效之，千里犹一邑也。一年不堕，一年无饿殍；累年遵之，百年犹一年也。为善最乐，此殊畅然。作善降祥，故当不爽矣。诸名贤或议及现成盛事，或规附纪崖略以标指南。嗣即辑《常平义仓》《荒政全书》，公诸同志也。

---

① 国图抄本“有”作“百”。

募重修官坝序[①]

予观前史，贤者得百里之地而君之，皆能以俎豆庚桑、兰鞠万世者，何也？君子之仕也，行其义也即行其仁也。佐辟之勋，在以惠畴为大，无论三事百揆，即降而亭长三老、井隧遗风，亦奕奕兰台史籍中。故存心于物，一命亦有所丰庇，而得志于时，万物皆称得所，此意同也。

予邑不腆，在群山之中，水皆自南而北，若建瓴然。往岁，宪使三晋王公以予先太夫人之丧来行谕祭。成款[②]，忽谓予曰："般阳，固山水都会也，汤汤如带，惜未遇西门豹耳。敝乡尺水，未有不为田功辅者。不佞顷自颜文姜祠下来，业已胸有成竹。粟流河畔，粳稻蓬蓬于二水之阳矣。畚锸之役，未敢多让也。"予急谢焉。乃无何，而公以艰归矣。此可为浩叹者也。夫经始草昧之事，仁人犹黾勉创之，矧成绩百年，而可以小变毁乎？则窑头庄之官坝，所当复修恐后者也。

吾邑官坝，盖隆庆年中，邑令侯君之所创也。自是百年以来，井得甘泉，人饱菜茹，利已普矣。而一水绕城，诸贤登第，缙绅蔚起，海岱增辉，则又诸士大夫之功臣，而文昌帝君之灵贶也。前令之遗泽如此其大且久也，自当崇祀名宦明矣。而天时不常，秋涨辄决，然稍稍补葺，便告成事。今岁溃决过当，修复为难，非借力于仁人，难仍还其旧规。以方无岁，敢觊有成？然一禾一麦，积之亦可盈车；寸缕寸丝，合焉亦可成匹。倘邀推解之余，庶为畚锸之助，一城利赖，百世怀思。其视修祠拜醮，功德虚实，百亿由旬不侔矣。闻先贤之每游宦归也，即为桑梓创一二利泽事。予空囊，每以为愧。而幸邑有仁恕之宰，痌瘝乃身，知不遗力，而让前贤矣。淄民得岁，其在斯欤？

重修六龙桥序

六龙桥之建，盖始于明万历之乙卯云。是岁也，邑之举于乡者六人，桥以是得名。自是，年谷屡丰，民有康食。而官于朝者至卿相，即次之台省，亦若承蜩也。而司牧者亦接踵升迁去，为名臣，冠冕诸邑。此非止石梁之灵，而人杰地灵，三才相应，固有征矣。丁亥六月，贼迁陷城，迨秋霪雨。越戊子夏，复大水，桥以圮。自是而邑人及令长皆不振，视三十年前夐异。邑人之道西郭者，咸太息焉。三年偶一鸠工，及半而止。

---

① 国图抄本"序"作"记"。

② 国图抄本"款"字后有"语"字。

今岁父老踵门，复以募缘疏来请。不佞因询之曰：诸君毋乃未熟计吾邑之人事，而易言筑之登登乎？吾山左之视诸省也，径庭远矣。大江以南，则百货走集、舟车辐辏之名区也，固不敢望之矣。即实沉之墟，“风诗”不以俭为刺乎？然而，予累年京师，每见其士大夫未尝谈及田畯事。即缙绅大家，南亩东畴之业，不过如吾省措大止耳。率皆走僮仆，携巨万之资，贸易江淮中，煮海盐，挥斥八极者也。二东之人，有一于此乎？至吾邑，则较之诸邑尤为下驷矣。吾邑之接壤也，东则益都，西则章丘。而章丘，地则肥沃，室多华润。至益之西河、颜神镇，去淄邑四十里止耳。而其陶冶煤矾之利，淄人无分也。不过守荦确之田，刺草发硃，幸旱潦不为灾，仅给饔飧止耳。子将叩谁氏之门乎？曰：富室可求也。予笑曰：子意良善，然亦知富室之学乎？天下之富室，其持论皆过于尼山远甚，而不熟读子舆书，如晋人尔雅者比比也。尼父之善子荆明矣，而世人则窃笑之曰：夫夫也，薄命自画，见笑大方。粟或一罂，侈为洛口之仓矣；帛或一幅，矜为蜀都之锦矣。此管仲之器耳。孰若益之韩魏之家而自视欿焉者之为日进无疆乎？其家居者之视扑满也，则恨其未如百谷之王；其咒青蚨也，则惟恐其不若螽斯之百斯男也；其居宫者赐履江海，则恨其未立化为桑田；分陕崤函，则又恨其未能兼摄严道也。而既富矣，又何加焉？曰：守之，能守之以鄙吝，而天下之能事毕，斯可以俎豆于陶朱、猗顿之间矣。盖富人之道，必以好施为大忌。而世之慨然好行其德者，皆分阮宣之杖、倒赵壹之囊者耳。夫人有缓急，而不以有无为解者，其人诚不易得。然苟以八物推之，其司命之籍，定是黔娄无疑耳。性也有命，此亦其一端也。而欲其挥金，不异行舟于陆，此实难矣。且也黔娄好施，何所取之？不过取之丰年朝哺之余耳。今兹既又无麦矣，乃旱魃之虐未已。暴巫无罪，伐鼓无灵，两税之不充，一粲之不给，利涉之计，将若之何？即勉旃解橐，吾虞其以泣益河也。则群对曰：是不然，此邑明府之德意也。君无忧岁，秋将大有年矣。吾非瞽史，安知天道，窃以人事卜之耳。吾邑得天，明府莅止，视民如伤，虽大吏之租檄如雷，而催科视诸邑为独缓。旁睨邻封，一问可知也。诗人所歌岂弟君子，非欤？夫岂弟君子，神之所相也。天咫煌然，仓箱可望，无事鳃鳃畚锸也。西京芍陂之复，不征于人而征于神，黄鹄之谣，不亦幻乎？予跃然而起曰：君言良是！夫人者，三才之枢钥，而奉天子之符以司命百里，则尤呼吸通帝座者也。

余居平每怪堪舆之说，古今聚讼，其信之过者则置人事而专恃青乌，其疑之者则以为此巫觋之说。予尝臆断之曰：是皆未得其平也。元公卜洛，考度涧瀍，岂待杨、郭为之导师乎？仰观俯察，《周易》亦既郑重言之矣。夫地必听命于天，而天必司契于人。感天凝命，则非修德之人，事不为功。吾明府之为淄人造福也，以济川之才，极病涉之苦，侨也众人之母也，岂复沾沾乘舆哉？则丰年可觏，而鼙鼓可勤，灵虹之夭矫，可刻日而观厥成。而百福之永，被于士民如往代者，正未有艾也。予虽愧子瞻之解带，而富平胜事，媲美当阳，不亦愉快乎？诸君其俟之矣。

募化重修兴教寺序

邑之北郭外，旧有兴教寺，创建于金，年久而圮矣。诸父老将重葺之，以募化之辞相属。

予笑谓之曰：诸君之意善矣，虽然，愿有商也。葺寺与完税孰急？曰：税急明矣，上关国课，中系官常，下关民瘼，如之何不急？予曰：是矣，葺寺与供亲孰急？曰：亲急明矣，返哺惭乌，汗颜覆载，博施有本，菽水为先，如之何不急？予曰：是矣，葺寺与救饿莩孰急？曰：饿莩急矣。枵腹连朝，便登鬼箓，溟然道殣，是曰豺狼，如之何不急？予曰：是矣，而诸君之奉佛殷殷也，非以人天导师，故皈依恐后耶？然即以佛法论之，亦自有缓急不爽者。前代高僧之语善信也，曰先完国赋，次奉双亲，次恤饥寒，乃及檀度。夫逋赋者，国有常刑，即缁衣亦不能逭，则世尊亦以完税为急也。高堂枵腹，而苾刍朵颐，调御有灵，先为颦蹙，肯以伊蒲之馔诱人堕落阿鼻狱、铁围山乎？是世尊亦以奉亲为急也。哺及禽鱼，功齐调御，咒开甘露，薜荔先蒙，是世尊亦以饥馁为急也。今岁饥如此，而犹谋土木之功，不亦缓急失伦乎？父老曰：唯唯，否否，缓急固有常经，而适莫亦非通变。今创建寺庙有禁矣，此则数百年旧刹也。令旧贯可仍，新田是侈，此则比丘之私耳。今绀宇将倾，风雨剥肤，古人有见之泣下者。夫佛为三界大津梁，固万劫之大父母耳。吾辈税未敢逋，养未敢缺，授粲起饿，姑以让之贵官长者，而一茅一瓦以尽其心，则又缓中之急也。君且以为何如？予曰：子言当矣。人之好善，谁不如我？沿门持钵，何虑喜舍无人乎？乃笔其语以附于随喜赞叹云。

栖云阁文集卷第三·序

毕少保公石隐园藏稿序[①]

余邑自明嘉、隆以来，士大夫彬彬起，多致身公若卿间。而以厚德名于时者，余所睹记，则大司农毕公白阳先生，盖其冠冕云。然余弱冠时，则先生已致政里居。余方伏首博士弟子业，天下大计茫然如堕云雾中，不能知先生之功在彝常者何等。比余佐部，尝奏事入朝，与诸君子偶语廊庑间，偶及计部之难其才，大司马坤安张公曰："君同邑白阳毕公，真大司农也！向余以子部事公，公精敏娴熟，天下大计，琅琅于胸，屈指兵食款目如观掌果。时军兴旁午，中旨日数十下，公即刻奏成手中[②]，一一当上旨。不似后来者止署字纸尾，令司属具稿，专以子部为左右手也。公每入署，舆后置书二寸余。日晡事竣，僚友倦剧，皆呵殿出，怡然大小三昧矣。公方危坐火房，一灯荧荧，必读尽所挟书。漏下数刻余乃归，以为常。今安得再见其人乎？"余因叹服先生宦业如此，是诚向者草茅所不能晰也。

然私念先生志在经邦，铅椠之事或当不复与文士争鸣矣。久之，余以定省归，偶于友人家见先生七言近体数首，金石之声铿然，揖华泉、沧溟而分其座，乃大惊异。自念管中窥豹，殆无能测先生之高深。而遍询乡中士大夫，亦有知先生素娴诗歌古文辞者。因益叹服前辈之善晦其长，如阳元纵送，为更不可及也。迨稷山君发箧见贶，巨丽之编，煌然富有，乃得卒业焉。作而三叹曰：古人不朽之事有三，先生其庶几乎？夫树德以立其本，经方以达其用，大人之事备矣。而摛辞虎仆，复洋洋而登作者之坛。泽于古者，如此其宏也；匠于心者，如此其慧也。时方以钩章棘句，樊、徐涩[③]体为宗工。公夷然不屑为，而畅[④]经术、明德谊、筹时务，曲折如意，条达醇懿，复多风则。此即令刺艺绩[⑤]文之士抱

---

① 国图抄本题目作《毕白阳先生石隐园藏稿序》。

② 国图抄本无"旨日数十下，公即刻奏成手中"。

③ 国图抄本"涩"作"庚"。

④ 国图抄本"畅"作"本"。

⑤ 国图抄本"绩"作"续"。"

槃而寐[①]、挟策以呻，矻矻穷年，分其一脔[②]，尚诧照乘而诩世人以所未有。乃先生终童之年，已分大府，策勋内外，迄于颁白，中间子墨客卿之交似无多日矣。而谋篇之富乃埒猗顿，何邪？岂非林下息机，服膺一编，萧然宛如素士。而公余退食，仍与古人晤对，如司马所云“仕优不废学”者，盖随地而皆然乎？

夫前代传人，如何、李诸君，允树艺林赤帜矣。而经国大业，未勒王朝。即晁、贾多石画，亦托不律垂之名山尔，未见坐而言之、起而行之之有成劳。则昔人所言“此辈束之高阁，算子不知颠倒”者，其诟辱文士，固有浅深，而欲以间执其口，则又戛戛乎其难之也。读先生此集，固为古人一洒之。酂侯、刘晏，遂抽晁、贾之簟，照曜文苑，此实古来仅事矣。而先生闇然自晦，留有余以裕后人者，复事事数[③]此，宜哉！稷山君之娴于辞而良于政，发皇未艾，知有以绍前烈而光大之无疑也。

独惜余方少年时，懵焉不知天下之大计，亦不知名公巨卿，虽海内之大亦不可以数遘。遂至以桑梓密迩，无能孜孜请益闻所未闻。而逝者如斯，年齿遽及，方慨然有志询往代之经猷，考[④]先民之文献，而已不可复得。故老日稀，前迹愈没，百年之间遂邈然如三代汉唐[⑤]同矣。此余读遗文而追赏旁皇，亦黯然慨息，不能自释于中者也。然先生箧衍中尚有编辑书种种[⑥]，皆世人未见者。俟稷山君政成报最，昼锦归里时，当勤[⑦]求壁中藏书而尽读之。先生音徽，依稀如睹，当亦不减耳提尔。

毕少保公石隐园藏稿又序

《石隐园集》，予于二十年前久有糠秕之言矣，此何以重序为？盖悔予往日之疏也。

予不佞素无济世之才，故虽或披览翰墨，不过涉猎齐谐、夷坚、传奇、乐府诸书以为乐事云尔。今年逾七秩有五矣，乃始知向来未读一字。盖古今文字，原度世、济世之津梁，而士子乃止以娱情纵目了之，岂非苍颉之罪人乎？即令

① 国图抄本“寐”作“游”。

② 国图抄本“脔”作“二”。

③ 国图抄本“数”作“类”。

④ 国图抄本“考”作“征”。

⑤ 国图抄本“汉唐”作“唐汉”。

⑥ 国图抄本“种种”作“数十种”。

⑦ 国图抄本无“勤”字。

勉一终篇，而未能了了作者之意者多矣。夫度世、济世，此何等书，而可以靖节之流览大意者负之乎？盖士人习气，但艳春华，至家丞秋实，十未尝一置念也。如宋人之垂名来世者，韩范勋名、欧苏文笔，并驾千秋矣。试向今人之号为读书者，叩之欧苏之文，成诵者多矣。稚圭、希文之集，藏书之家亦有之，而能举其数语者，殊寥寥也。夫度世诚未易论，亦并未知济世之功胜荣世之文倍蓰无算故耳。士大夫既立身廊庙矣，苟无济世之功，即翔步三台，或非君子之所乐道也。故予虽年在崦嵫，犹未敢于自负居诸。方欲细读《中庸》《周易》以及往哲济世之书，乃先细读白阳先生诸疏。连日累夜，始作而叹曰：甚矣，济世之不可无才，而成功之不能违时也！然时危则任益重矣，虑周则心益苦矣。如今之户部尚书，古人亦云计相。夫相之名尊矣，而计之任重矣。《周礼·地官》之职，班班可考，非能为无米之炊也。三代而后，计相二字，惟酂侯足以当之。而其时辅弼沛公，未有位其上者，则言动可以从心。然亦未尝有他技巧，不过关中调发，军前不匮云尔。

至迩年来，宰相逸而计相劳矣，宰相易而计相更难矣。盖自明初，宰相不复兼统六部，惟批代王言耳。间有不合上旨，谕令改票，则人主自行其意，亦自任其责矣。若计相则一一身任之，言之则未必悉从，责之则无可他诿，此则任事维难也。即以奏疏名百世者，无若陆宣公。然以旁观而代陈其苦，则犹易于尽言。以身任而言之过切，甚或至于获戾，则任事者之尽言亦复难也。然使任土无荒，琼林方裕，内帑之发如泉，惟正之供满品，士饱马腾，此非大臣报国而康时之夙愿乎？乃先生之时，果何如耶？以经制之所入者校之而出，已缺百万有奇矣。而震邻之外，滇黔煽动于南服，左道跳梁于邹鲁。既而辽沈失守，既而都邑戒严。调发千端，饷支百绪，月益而日有加焉。额解不前，截留难料，阃外不得其人，故虽增兵而兵不可用。即盈籍韎韐，孰为貔貅？虽核饷而饷徒虚糜，虽地走金钱，究饱鼠雀。以三空四尽之时，复百孔千疮之告。共事者为同为异，未必一心；柄国者且公且私，岂尽忧国。呼航繁于蜩螗，尾闾竭乎溟渤。即使酂侯再起，辅之以百研桑而千刘晏，仰屋之外，亦无策也。非点金雨粟，将何术以慰庚癸乎？乃一则曰问之司农，再则曰问之司农。当此任者，不亦难乎？而先生小心翼翼，大度恢恢，抒一策首广君仁，持一筹先轸民瘼。故以捉襟露肘之时而收补偏救败之绩，六年之中，未尝一告脱巾也。虽玉烛不调，而金瓯无恙。然犹不免以贝锦之言，悚狱吏之尊矣。予所谓任事之苦者、难者，此也。迨先生归而继之者非人，益不可支，三百年之社为墟矣。然后知时事虽艰，而贤者终有以自见其长若此。然以视酂侯之得志当朝，而焜煌百世者何如耶？可为长太息矣。

余既读户部诸疏，已津津不能自止，乃取诸册尽读之，知先生非待正席计相而始以道济苍生为己任也。《云间条议十则》已虑周民瘼，以告直指使者刘君代行之矣。《冀宁大阅十则》已绸缪边防，以告直指使者苏君登封事矣。《灾祲窾议十三则》已救桑梓之颠连，起金木之厄运，亦由赈院达九重矣。不止条议然也，即赠孟白之文而权衡古今，校量兵食，洞如观火。是故前人所未发，此可以应酬华藻之文视之乎？

吾山左文人，向来奔走海内者，久以于鳞为大手。而吾邑百年前，则仪部张先生、吏部王先生，大畅宗风，雄视艺林，屹然矗矗三峰矣。至先生，则尤以经济文章衣被海内，不亦千秋大业后来居上乎？视于鳞“峨眉积雪”之评，文人小技耳，何足为先生道耶？先生仲子刺史君尝请刻诸稿，先生云：吾之不朽，或不在此。先生大业之可传，诚不待文字。然即文以论之，经纬起伏，深入韩苏之室。即四六俪语，于鸣金戛玉之中，极流水行云之致，岂徐庾之所能兼乎？文之可传也，亦复无疑矣。而家庭躬行，则雍雍孝友，奕世重光。焚黄告墓之文云：志切冰蘖，为国为民，以求不忝于先德。兄弟中倘有武断乡曲，关说讼事，逋公家之赋而敛私室之财者，尚其是启是佑，以不陨吾家声。是又以纯忠为大孝者也。冲阳公之遇变也，先生上疏云：愿以臣庆典应晋之阶，及削去考满加授宫衔，赎臣弟罪而复其官。以视子由之于子瞻也，岂复让古人哉？先生淑世之行如此。白首而尽瘁王家，未尝谈及出世之学也。而纪黄发翁之观化也，鸣金伐鼓而去，视呻吟床笫者何如？而太夫人之白业，则固昭然清泰人矣。予尝谓人非忠臣孝子、仁人义士，无得妄希仙佛。而先生于“吴霞城志”中亦云：古来大圣贤、仙佛，只先于日用人伦修持。则先生于出世之学，已于门内得其宗矣。予所见公卿亦多矣，如先生者，殆未易再屈指也。

回忆五十年前，予不佞与冲阳先生之伯子孟议君结子女之好，登龙布币时，先生之去古希一年耳，而幸侍宾筵。樽酒燕笑，不知其为海内达尊也。岁月迢迢矣，回首龙光如旦暮耳。刺史君复绍明家学，诗与文皆超超隽永，即《石隐集》诸跋，引申义蕴，足见一斑矣。作述渊源，有光前绪，不亦永隆乎？予数日来对先生之集，俨然如侍侧而謦欬伊迩也，故不厌繁委而缕缕拈出。虽成书具在，宛如晬盘，后之读者能自得之。予复薄举其要，使披数语而意已豁然。予不佞虽不敢附于好德道善之乐，而亦以表予之钦慕于无斁也。至刺史君重刻家集，与先生之刻《黄发翁集》略同。盖不尚声华者，君子之心，而克扬前烈者，孝子之道也。所谓善述不拘治命者乎？予祖中丞公所辑刻诸书约数十种，自邑城陷后，遂不可觅矣。数年前，予有事济宁，会其地给谏陈君曰“此地有中丞公抚浙章奏板数百叶。”予闻之惊喜，具礼赎之以归。吉光片羽，幸有此耳。然以视刺史君，则远让多矣。糠秕续言，不止志予之悔，而且以志予愧也。

元公集序

谓道之必待人传者，非也。道者，人人之所同有也，不以圣贤而增，不以庸愚而减，然而显晦则有异焉。雷霆动而百昌动，日月光而万物光。谓斯道之得其传而于天下之污隆无益者，亦非也。故尧虽授舜而非有所加于舜，舜虽承尧而非有所待于尧，皆自明也。而两朝之幸厕在宥中者，时雍于变，比屋可封，何其风之隆而披拂沁入之速也。然则道自与天无极，不在于传不传。而道之传不传足以污隆乎斯世斯民也，亦明矣。君师虽殊，其同善有固然不爽者。

顷予奉命祀虞帝还，息驾道州。周元公后人济济来谒，予欣然束带见之。向予庚子薄游曲阜，乃见周文公裔孙。兹复见诸士，何于先圣先贤之裔多缘也！夫王谢崔卢，降而舆隶，陵谷固然，何与人事哉！而于先哲之后，见者惓惓，岂非缁衣之性有同然者乎？诸公乃以《元公遗集》见眎，谓此秦灰之后所仅存者，急谋锓梓，敢以玄晏托焉。予与先生何能为役，然向往有素，未可以不文谢也，遂亦欣然应之。

夫公起孔子千五百年之后，而独探先天，得尧舜以来不传之宗而直窥圣域。彼《春秋》以后，或自有遁世不知之圣人，吾诚不得而知耳。若其姓名著述表表于代，由百世而等之，尼山之后，先生一人而已。大约温粹似颜，而闳毅复曾也，精微似思，而性善以立本、仁义以立教则孟也。伯淳受业，异曲同工，文字支离者瞠乎后矣。有明胡公直一序，有味乎其言之也。曰无极，曰无欲，曰主静，寻孔颜乐处，凡穷理格物，未尝不在其中，而不同于后儒之支离者，中有主焉故也。此《大学》之格物，大《易》之穷理，而岂汉宋诸儒传注之格物穷理也哉！知此者，可以识先生之学，并可以揭万世之学，而兼善天下有余矣。

因更进诸生而语之曰：待文王而兴者，凡民也。先生崛起斯道晦蒙之后，而焜耀中天，斯诚振古豪杰。不待著书立言，斯即足为百世之师矣，而况遗书之嘉惠百世者方尤已。此冠圆履句之所宜法也，又况诸士原本一气乎？尼山之学，得子思而益光，有为之后者也。不然，王谢崔卢，犹矜门阅；赵括读书，于其父何当焉？昔晦庵文公之裔致命，毅然曰："我岂他姓者比。"此大贤后裔之鹄也。诸士勉之！先生之学，其自今而大被于天下后世者，端二三子之绳武始矣。

陈吉云编序

圣人之道大矣，然止在学人日用之间。盖本之于身心意知，散之于子臣弟友，而达之于天下国家，所谓庸德庸言者是也。而庸则本之于中，中则受之于天命之性，而合之于上天之载。天人一原，显微无间，至聪明睿智，光照四表，明德之全量彰矣。其始之以知，则格物也；持之以获，则慎独也；纯之以成，则天道人道兼之。至于《大学》则言心，《中庸》则言性，其归一也。本于天者，复其所为性善；修于人者，密之而为时习，所谓须臾不离者也，是四子之大意略可睹矣。开其统者为尧舜，精一允执，君道也，递禅而为禹汤文武。述其教者为仲尼，忠恕仁义，师道也，孟周程朱分阐之。而总以圣人之道，复天命之性耳。

君道之大成，位育尽矣。然致中和而底位育，或以为儒者论理之辞耳。久之而悟其义，盖以喜怒哀乐者之情故也。性受于天而发为情，人之能接于天下国家者，情也。人主之喜怒得宜，则政教得序矣，则万类得所、两仪得安无疑矣。盖我尽其性而后可以复天地万物之性，我平其情而后性乃可以复。则知也慎也诚也，以为舟车可穷覆载，圣人之学，其在斯乎？

至后世师道之殊，诸儒聚讼，则知行之分途，尊德性、道问学之先后，各有说焉。是盖诸儒质之有所近，见之有所偏，而未竟其所归故也。实则真知必行，喻如水火，而行必在知中，如足与目之不相离。如谓知即是行，是千里外遥见高山，即谓已登其巅，可乎？真能尊德性者，凡学问之所已获，皆所以尊德性。如博学、审问，乃力行之是也。即学问之方致力，亦可以尊德性，如博学、切问，而仁在其中是也。但明真似，不妨异同，苟知主辅，何忧矛盾乎？

夫殊途而同归，大道原相通，而学者每自窒焉。此何止学者之质原自不同，即圣人之教亦不可为典要。子夏、子张之论交，由也、求也之问行，固已然矣。归之于中，何病之有？吉云陈子，有志于圣人之学者也。荟诸贤之粹，而择其立可见之行者为一编，于以自励，于以淑人，裕如也。凡有志于圣人之学者，可以兴矣。

象六先生文集序①

象六先生以其文集示余，余②卒业焉，慨然而叹。盖叹学之与治、文之与仁，离合大小③之间，古今较然其不相及，宜乎三代之隆，今④不复见于天下也。

---

① 按，本文是高珩为翟凤翥《涑水编》写的序言。翟氏，山西闻喜人，号象陆，古“陆”通“六”。此书有清康熙刻本，“象六”作“象陆”。以下以清康熙刻本《涑水编》作校勘，简称《涑水》。

② 《涑水》此处两个“余”字均作“予”。

③ 《涑水》“大小”作“小大”。

④ 《涑水》“今”作“久”。

盖[①]古人未尝有意为文也，彼其经纬伦物之则[②]秩然其有序矣。而垂之以训典，树之以风声，故天地以是平章[③]，而风猷于焉惇叙。曰文思，曰如天，陶唐一纪，分为两事不得也。后世名卿才相，以[④]智名勇功、驰奇骤险以为理，自谓因时就功[⑤]，岂知古之人固未尝汲汲于兹乎[⑥]？其所夙夜以图者[⑦]，惟欲四海之广、万民之众，油然如一家子弟，恂恂穆穆，于物则之中，而屋已可封、刑已可措、兵已可寝而不用。然则，文固有其广被，学固有其要旨，措斯世于三代之隆，指顾而收名卿才相之所难，亦直易易也[⑧]。天下文章，孰大于是乎[⑨]？

乃后世之命为文学者不然，俪事掞华，或为韩欧之篇章，王杜之歌咏[⑩]，鞶帨而粉题，依希优孟，伐鼓而矜于众曰：是已足为文人矣。及其施诸有位也，五典之[⑪]不敦，五福之[⑫]不锡，三德六德之未乂用，泯泯纷纷，横目冠带之伦，将谓[⑬]豺狼鬼魅，而方肆然于慆德之上，曰：是亦[⑭]足以称隆业矣。呜呼！何其小吾文、小吾治而离之于仁且学也。是隋苑之剪彩，皆可以埒七政[⑮]三光，而群猰貐封豕之磨牙于宇下者，皆曰无殊率舞也，有是理乎？如是以为治[⑯]，姚姒之佐，将扬觯而退之，而其所侈韩柳王孟之文者[⑰]，其为名卿才相，束诸高阁[⑱]不为过也。

---

① 《涑水》“盖”作“夫”。

② 《涑水》无“之则”二字。

③ 《涑水》“章”作“成”。

④ 《涑水》“以”作“大约”。

⑤ 《涑水》“功”作“业”，“业”后又有“固然”二字。

⑥ 《涑水》本句作“岂知古人之人未尝屑意于兹乎”。

⑦ 《涑水》本句作“彼其夙夜以图者”。

⑧ 《涑水》“也”作“耳”。

⑨ 《涑水》无“乎”字。

⑩ 《涑水》此句作“或为杜王之歌行”。

⑪ 《涑水》无“之”字。

⑫ 《涑水》无“之”字。

⑬ 《涑水》“谓”作“为”。

⑭ 《涑水》“亦”作“已”。

⑮ 《涑水》无“七政”二字。

⑯ 《涑水》此句作“以此为治”。

⑰ 《涑水》此句作“而所侈为韩欧王杜之才者”。

⑱ 《涑水》“束诸高阁”作“置诸高阁”

今先生之书，有一言之离于仁者乎？先生之治，有一事之离于仁者乎？夫肫肫其仁，经纶天下之大经者也。经纶天下之大经，乃天地之大文也。正心而亦[①]正天下之心，明伦而即以明天下之伦，内圣外王之道具是矣。故[②]吾谓不必问先生之居业，观先生之政可知也。不必论先生之课绩，观先生之学可知也。故[③]所至立效，其上以告之吾君者，即下以孚之于民[④]。此岂以修辞为文，以骋[⑤]才为政，如吾所言[⑥]离而二之、小而隘之者哉？

夫[⑦]先生之为文，不以握管竟，犹先生之为治，不自绾绶始也。盖自其家塾书院，殷殷于桑梓者，而宰天下不外是矣。[⑧]万古之[⑨]文学，以尼父为大宗，世之所共推也。乃[⑩]自子夏之归也，吾道西矣，故东鲁之铎，禅于西河。子贡之悟，以继子渊未可知；子夏之修，以继曾子固有符矣。三晋多君子，宗风不替。文中献策而归龙潜毕世，文清虽云柄政矣，而当时未能究其用，儒效不彰，天下惜之。[⑪]独[⑫]《读书一录》上续圣灯，然亦未尝周历方岳，躬亲民事也。先生起家西曹，为良二千石，为劝农使者，为名藩臬，所至有成绩[⑬]。设诚制行，本身广教，虽铜马之俦，皆信之若父母，而归心革志[⑭]焉。文学之所暨如斯，则刘东山之辞辞章而请民社，良有以也。[⑮]先生虽不沾沾以摛辞为事，而有德之

① 《涑水》此处有“以”字。

② 《涑水》无“故”字。

③ 《涑水》无“故”字。

④ 《涑水》“其上以告之吾君者，即下以孚之于民”作“上以告之吾君下以孚之吾民”。

⑤ 《涑水》“骋”作“见”

⑥ 《涑水》“如吾所言作“如前所云”。

⑦ 《涑水》无“夫”字

⑧ 《涑水》此句中“塾”作“庭”，“殷殷”后有“布”字，“是”作“此”。

⑨ 《涑水》无“之”字，亦无下面“世之所共推也”一句。

⑩ 《涑水》自此至“三晋多君子”作“迨子夏之魏，东鲁之铎禅于西河。子贡之悟以继，子渊未可知，而子夏之学以继曾子固有符矣。孔门四科文学者如此，是德行言语政事之始终条理也。自是而后晋多君子”。

⑪ 《涑水》此句中“归龙潜毕世”作“归潜河汾”，无“云”字，“究”作“竟”。

⑫ 《涑水》无“独”字。

⑬ 《涑水》“所至有成绩”作“所至俱有成绩”。

⑭ 《涑水》“志”作“面”。

⑮ 《涑水》此句中“辞章”作“词章”，“良有以也”作“良有以云”。

言，言言破的，几于“学、庸”二序矣，韩欧之笔，不谋而合。[①]至于发扬先哲，表章懿行、忠臣孝子、节妇义夫，伦纪之际，有味乎其言之也[②]。今天下教化之不明，人心之不正也久矣。吾尝谓子舆[③]之功不在道性善而在正人心，盖语上或非中人所知，隐其所以然而训之以所当然，则遵路[④]而同风者众著矣。故[⑤]先生之文，不必[⑥]深言定性，但殷殷以万物一体者为教[⑦]，而濂洛之旨已兼得[⑧]矣。夫教稼者思文[⑨]，格苗者文德，文之为义大矣哉！以此光赞文思[⑩]平章之治，吾于先生有厚望焉[⑪]，讵曰一家之言，藏之名山已哉？

孙文定公文集序[⑫]

文定孙公既卒之三年，诗刻乃竣，嗣君孟滋来索序言。余持此编，若吹昭华之管而慨然有所睹焉。初则若麻衣席帽，啸咏于济水之湄，虽薛烛未逢，而芙蓉之色烂彻绛霄也。进之而所睹异矣，则若睹[⑬]峨冠长缨、水苍山玄，曳履星辰之表，高议云台之上也。再进之而所[⑭]睹益异矣，则若霖雨既归，晴昊寂若，

---

① 《涑水》此句中“摛辞”作“摛词”,“言言”作“言必”,“二序矣”作“两序矣”，后又有“正思逸气婉而多风”八字，“笔”作“长”。

② 《涑水》自“忠臣”至“言之也”作“忠孝节义之际大书累书有味乎其言之也”，且无此下句。

③ 《涑水》“子舆”作“孟子”。

④ 《涑水》“路”作“道”，后面“而”字无。

⑤ 《涑水》无此“故”字。

⑥ 《涑水》“不必”作“未尝”。

⑦ 《涑水》“为教”作“为文为学”。

⑧ 《涑水》“得”作“之”

⑨ 《涑水》“思文”作“文思”,

⑩ 《涑水》“思”作“明”。

⑪ 《涑水》“焉”作“矣”。

⑫ 据《清代诗文集汇编》，此文题目应该是《沚亭自删诗序》，按之本文云“诗刻乃竣”，亦应是“诗集”序言。文后署：“时康熙戊午上巳日东蒙年弟高珩题，孙宝儒拜书。”下即以此与本篇对勘，简称《沚亭》。

⑬ 国图抄本无此“睹”字,《沚亭》亦无。

⑭ 国图抄本无此“所”字。

以辞荣之疏傅[①]为善病之留侯，鸠筇深衣、缓步笑语、挟[②]手精蓝之畔也。盖不佞与公占籍则同地，入泮则同庠，鹗书复同荐于乡。犹忆丙子之秋应省会时，海岱英游，裙屐相接，而予与公尤朝夕过从无间。为予衍庚甲一纸曰：君今岁当中式乎？纸尾题一绝有云：分官皇路应相忆，水国清秋寒雨天。迨榜发，公不偶，予亦止中副车云。此后公先予捷南宫，两历外任，旋陟天曹。而予时亦官京邸，自是朝夕过从，尤密于挟册旅进时矣。久之[③]，公以阁学休沐，致政而归。壬子之春，不佞亦返长林，赴公小饮，单衣徒步至郭南佛院中，畅饮而别。隔岁无何，遽惊薤露之歌。回忆四十年中，旧游历历如旦夕事，亦如枕上蘧蘧耳。昭华之管，不又为山阳之笛乎？太上忘情，固[④]未易言，逝者如斯，亦何能已已于怀耶？

公温恭雅秀，善气如春，至义所不可，则侃侃正色，凝然岳立。其燮和元化，弼翼泰阶，出于睹记之表者，非外廷所得而知也。至于度支端揆之座，精心正色，亮节忠猷，其效具在王室，夫人而能言之。即以文字论之，无论文昌诸疏，其关海宇休戚、人才消长者，于贾、陆已无多让。即所著《南征纪略》《汉史亿》《颜山杂记》诸编，皆以古俊之笔，上掩前贤，遇事成书，海内传之。至于溢为声律，涤笔冰瓯，古体则远挹三谢矣，而冲腴兼剂以陶韦，律体则近参王李矣，而流美复侪于钱刘。为璚云浮天，为芳兰竞体，执丹漆而随尼父，饰朱干以揖文公。廊庙而有云林之气，藐姑而叶廱喈之音。始知雅归平子、润归叔度，清丽之归景阳茂先。《雕龙》斤斤判鸿沟者，昔人固未为通论也。夜抱九仙骨，朝披一品衣，不亦兼撮长源之秀乎？在昔汉唐，鼎铉名臣，屈指萧曹房杜姚宋韩张矣。然草昧伊始，武功方急，金戈铁马之交[⑤]，笔札自缓；借箸飞檄之下，声律亦稀。故诸君子彝常之绩伟矣，而未闻萧曹滥苏李之觞，房杜夺沈宋之簟也。若夫以清正冠冕乎当涂，而菁华纷蕤于文苑，子寿[⑥]其翘楚乎？公之平生仿佛伯仲，不止风度似曲江，而海燕秋扇之感无闻，圣世则始终荣遇又过之远矣。

我皇上以天纵之姿，圣学日就。比年来，方广招天下隽异之士，给札天章，上掩贞观开元盛事，而公则宿草已芊芊矣。调元赞化之勋，四海待命者既未得一竟于纯熙之代。而清庙明堂之什，钟镛韶頀之音，矢《天保》而颂《卷阿》者，

① 《沚亭》“傅”作“传”，而下文“海内传之”中“传”字则作“傅”。国图抄本皆作“传”。

② 国图抄本“挟”作“携”，《沚亭》同作“携”。

③ 自“盖不佞与公占籍则同地”至“久之”，《沚亭》无，国图抄本亦无。

④ 《沚亭》作“故”，下“固当以勋伐报国家”同，国图抄本同《沚亭》。

⑤ 《沚亭》“交”作“文”，国图抄本亦作“文”。

⑥ 《沚亭》此处有“殆”字，国图抄本亦有。

又无能起九原而奏之当宁，上继虞廷赓歌喜起。此予所以味遗编而三叹，而亦天下所为共惜者也。独喜孟滋能世其家学，雅什隽音，风气日上，且才气槃槃，荫映数人，公有子矣。予谓孟滋曰："宰相子姓，固当以勋伐报国家，用补韦平所未逮。而经国之大业，不朽之盛事，亦兼及之，赞皇会昌之集，去人伊迩耳。"孟滋行，即出而服官矣，其以予言为何如耶？

张西山文集序①

国家以制科登庸天下士，故天下士无不号为读书者，然而读书岂易言哉？夫读书之所求，以明道济时为归。而士之实能读书者，则贵乎深思而得其意，参伍古今②以观其会通，斯所贵于博依也。彼八股之为优孟，固已。即以杜元凯之学涉渊涵，司马长卿之文藻巨丽，是后世铅椠之家，掇其片羽而矜照乘之珠者，乃前贤斥之以癖，卑之以俳，谓浮华戋戋无足道。而举世之人，乃尸祝刍狗之余而拜祷其下。幸博一第，昂然自命为卿相之材，竟可掉臂丙、魏、房、杜之林而无忝。噫！甚矣，其不知愧也！③以此言之，书之未易云读也，明矣。

顷读玉甲张先生之集，而知海内之深思学道，读书而能得其意者，固未尝无人也。先生之治营丘也，视时之所急者，而建之以讦谋，申之以条奏，播之以文告，亦既达于上下，溢于歌舞矣。一时士大夫，咸知为救时之才矣，而家学渊源，文笔卓越，时人未之测也。人④之⑤以拟程数艺示予，予读之而心仪焉。曰：异哉！不止非炎炎时贤所能至，而亦非貌为王唐前辈者所可同。盖以唐宋大家而兼注疏出之者。久之，复得是编，乃耸然曰：是矣，是矣。向固疑之，今乃知予亿之不爽也。盖古文大家，自秦汉滥觞以来，波靡于六朝聱牙⑥，则初救之以韩柳之雄峭，再振之以欧苏之婉畅，尽矣。先生不袭二者之貌，而振笔所至，沛然而溢，油然而和，骨坚情挚，节应桑林，修辞之家无能望其肩背，固已度

---

① 《清代诗文集汇编 · 西山集》有此"序言"，以下以此为本篇校本，简称《西山集》，文字稍异则不校。

② 《西山集》"古今"作"今古"。按，嘉庆《浚县志》卷二十亦作"今古"。

③ 《西山集》此后有以下文字："佔毕无灵，簪祓日贱，遂至使海内长材，远驭之彦以冠员履句为诟厉所宅。下至负贩驵侩者流，亦可纵辔皇途，扬扬负乘，末流至此，吾道非欤？虽谓祖龙一炬与烈山泽者仝功未为刻论可也，亦何怪于轮扁睨笑乎糟粕，王寿焚书而舞乎？"

④ 《西山集》"人"作"久"。

⑤ 《西山集》此处有"偶"字。

⑥ 《西山集》此处有"继起"二字。

越时流矣。至于绍先哲，晰微言，则超然发濂洛之扃键而登其堂奥。兼之鉴衡所暨，游泳圣涯，即时所号为坛坫宿儒有左次者，然后知先生之所涉者深，而所造者远，则群贤之愦愦而未能深知之，皆[①]其宜也[②]。

朱文公，尼丘之大宗，而斯文之嫡子也。其董贾之笔，则见[③]于封事，孝宗谓“政事可观”者，明矣。其欧苏之文，则见之于《大学》一序，孝宗所谓“一日三复”者，信矣。然而立朝四十六日，其所及于天下者，未足酬其所学之十一。至晚年论定诸书，则又不能不以崦嵫为遗恨。先生今日者，渤海之康济，牛刀小试耳。英声茂实，隆隆日起，将内召而大用之，翱翔钧枢之地矣。而又方富于春秋，游泳圣涯未有艾也。则所以康济九州，补前贤之所未备，而为斯道之宗盟者，岂复可量哉！

复阳先生文序[④]

余顷受复阳一编而卒业焉，乃慨然于先贤之言不吾欺，而其未尽之旨可引而申之无尽也。夫才以济世，学以广才，此古今[⑤]不刊之语也。而古人之为学也，尤以见性为本，经方为用[⑥]。《大学》之归墟不诬[⑦]，而显微共贯者也。

复阳先生，海内异人也。英英[⑧]弱冠，终、贾让席。一持绣斧而出，即以定力昌言，震煜海内，屹然如山岳之不可撼矣。然予素寡交游，未之识也。迨先生编管辽海，偶一持牒入都门，予幸而[⑨]把臂，洒然异之。时则又英华内敛，

---

① 《西山集》“皆”作“固”。

② 《西山集》此下有以下文字：“盖先生所至，涖民应变有明效奇功矣，而厚望生正德则以砥风俗之淫靡，济饥溺之凋瘵为归，折角理窟，持衡往哲也有卓论，有特识矣。而羽翼道真则以发潜德之幽光，畅先贤之微论为要。至于训家，一本仁孝，敷教卓有渊源，则崇正学而明圣统，绍真儒以弼皇极。欲使四海皆被尧舜之泽而后已，则关西先儒之薪传有光，百世而大行之者，其在斯乎！其在斯乎！”

③ 《西山集》此处有“之”字。

④ 此文是《中山集诗钞》的“序言”。有清康熙六十年刊本，下即以此作校，称《中山》。

⑤ 《中山》“古今”作“今古”。

⑥ 《中山》此句下有“亦以经方为用，复性为归”。

⑦ 《中山》本句作“此又学之归墟不二”。

⑧ 《中山》后一“英”字作“特”。

⑨ 《中山》无“持牒入都门，予幸而”八字。

渊渊学道人矣。而瞻视非常，则犹隐隐在眉宇间，不可尽掩。迨赐环南旋[①]，视淮阳鹾政，厘蠹奏最，军兴赖之，人又共知为管敬仲、刘士安接轸人矣。然而此皆先生之一吷耳，要未足以尽先生也。然即以鹾政论之，官海之策，其弊积不可诘也为日久矣。[②]先生此一役也，远迈前贤，鼓舞尽制[③]，如濂洛之析理，细入茧丝；如淮阴之用兵，驱市人而缚强寇。恢恢游刃，固救时宰相才也。[④]

先生[⑤]过予，谈次，慨然曰：为人臣者无以有己，无己则为臣之义尽矣。予因曰：为学亦无有己[⑥]，无己则为学之义亦尽矣。何也？无己则无欲矣，无欲则王佐之权舆；无己则无我矣，无我则圣人之橐钥也。弥纶六合而冲漠一中者，非此物此志欤？则先生自兹以往，佐圣主之平康，而传前哲之心印者，正未有艾也。而四海之道济须异才，而千圣之薪传惟同道。予谓古人不吾欺，而其未尽之义可引申者，正以此耳。先生其勉之矣！至康济之远猷，诗歌之奇致，有心有目者当共逊心久矣。兹仅言其大者。

愚山集序

天下教与政合，而后上治可成；儒者文与行合，而后大猷可立。此亦古今人物得失之林，章章不爽者也。盖三代而后，急于功利久矣。即有英君才相，往往详于纲纪，而略于教化。以为振长策而驭六合，但以严刑厚赏，驱策天下之才力以入吾彀中，是亦足矣。何规规三物六行之为，而且迟以岁月而未竟耶？故亦未尝不专敬敷之职。而膺其任者，止以士子尔雅能文，多取太常上第为称职。夫司马升贤之书，岂子衿皆褰裳而避之乎？而重烦玺书过督之也。然则，人才不茂，而风俗不醇，比屋之风，作人之效，遂以寥廓千古，是又何足怪乎？此一舛也。士人一行作吏，肘后累累之外，无所复知。语以经国大业、不朽盛事，适适然愕眙相顾笑，且河汉怖焉者，不足道矣。即能驱染烟云，凌沉轹谢，侈然自命作者之坛，可谓彬彬，世不乏人矣。而适志则夸而鸣豫，失志则牢愁侘傺，若无以自容于天地之间，以是而大言曰：斯文在兹。吾不知其于邹鲁舆台，果何等也？起八代之衰者，昌黎也。其著书自待，可谓不薄。而叹老嗟卑，羡光

---

① 《中山》此处作“迨赐环而旋，南”。

② 自“然而此皆”至“论之”,《中山》无。《中山》在“官海”前有“夫”字,又句末无“矣”字。

③ 《中山》“制”作“致”。

④ 《中山》此处为“然而，此皆先生之一吷耳，岂遂足以尽先生乎”，当以《中山》为是。

⑤ 《中山》此处有“尝”。

⑥ 《中山》“予因曰：为学亦无有己”作“予因曰：为学亦无以有己”。

荣于《二鸟》，至《示儿》一诗，乃沾沾于屋庐牢蔬、卿士棋槊诸事，又即何辞于后儒讪笑乎？此又一舛也。然则不朽盛事，文士空言自好，聊以张楚可耳。进而求其黼藻王事，难矣。

不佞往者窃禄阙下，即闻施愚山先生以诗赋古文辞名当世。无何握手，则温然修士也。及来视二东学政，则二东人士之业蒸蒸起。迨予赐告，卧里门，询诸士子，则人人自以为得师云。盖衡文之难也，士子积习，不能兢修业而好私诽。其上鸿都之贸故无论耳，即公且慎矣，安能人人前茅也者。往往自谓连城，而以陵阳之泣为使者辜。乃于愚山，则六郡无间言者，何也？而帖括之外，尤谆谆以敦修藻行诸书，纳多士于洙泗宫墙之内，视前朝昆山魏恭简先生之训多士也，殆无多让焉。此可谓不负圣天子教化之职矣。然吾颇疑谈经铨艺无暇晷，向所谓诗歌古文辞之业，或者不无少损。比乃得近作累牍，则深讶愚山兼才，掩映数十辈。及卒业，乃益为之心折不能已已也。碑版诸作，大指以存文献、修废湮、崇祀先贤哲为归，而行文在子政、子固之间。声律之作，愉怿春容，大雅复振，而淡泊宁静之致，一篇之中三致意焉，良云温柔敦厚之遗哉！昔人弹琴而见前修须眉如睹。试取此编，三复过之，其人安且贞，穆然而寡营，神之听之和且平，有穆然于朱弦疏越之馀者。此自足以静流竞徽嗣猗兰，文章之功，固与教化通矣。

昔两汉诸儒，谈经推季长，而文治首属蜀郡。然草奏《西第》，止令绛帐诸生汗颜耳。即上之石室俎豆，薄示仪型，卒未闻其所以敦谕躬行者何道之从。而油素之业，风谕诸门下诸弟子者何所传也。愚山以先圣之教，陶冶薄俗，为圣天子弘从风之化，而霏微染翰皆足以镌金石、备鼓歌。庶几文行之教，殊途同归，渊源固有自哉。盖愚山自其祖太先生与南皋、复所诸先正，切劘濂洛之学，褎然畏友。愚山世业绍庭，慨然有志于圣人之道。此后著述，知将有进于今者。予日俟之，庶几文在兹矣。

瀛洲草序

《瀛洲草》者，昊庵叶先生官词林时笔也。士人通籍金门后，辄受一职，治天子之事，独词林一席，仍读士子之书耳。然上命煌煌，实式临之，与博士弟子党庠鼓箧者不同。是读士人之书，即读天子之书，而治天子之事者也。然往往佔毕之业，反俭于家食时。何者？士人有十年读书之志，视南面百城，雅谓过之。下帷闭户，此可以自力者也。至于长安道上，俨然子大夫矣。酒食征逐，晨昏报谒，时时有之。甚而二陆三张，森然槐柳，或不能独异于时贤。即仆仆挟箧入官舍乎，连庑分室，人才受两楹耳。片石支门，同人辄笑为怪事。

綦履过从，一彼一此，倒屣不遑，何执卷之为也？一饱无何，日下春，呼马出矣。故入馆以后，授职以前，时不为不久，然三年荏苒犹一日也。谓此三年日月，而严乐笔精，渊云大手，胥臣多闻，茂先广识，于此中刻期而可得焉，我未之前闻也。今先生诸草具在，其学博，其识醇，其文丽以则，其纪核以辨。树文坛之正彀，涉艺海之渊流，庶几不愧读书二字矣，是能以学衹天子之命者也。而先生既倦承明，出参方岳，又即恢恢然以政事见于世。秦晋吏治犹曰遐陬，若夫蕞尔笼水，当是士元纵酒卧啸地耳。矧先生以金华宿彦与灌绛伍[①]，虽贤者处此，或未免于夷然不屑也者。而先生治事理民，孜孜不倦，视前代所传治办能吏乃十百过之，有不殚厥心不已者。昔云间徐文贞公以宫坊谪司李时，忘怀奉职，人不知为自台阁出，而己亦忘其左迁也，识者卜为公辅无疑。以视先生此日，将无同欤？

噫嘻！以天子妙选时彦，令馆阁大臣日月课之若子弟然。而饱食游谈，艺不加进，俨然有民人焉，有社稷焉。为之牧与刍矣，曰此不足以辱函牛之鼎也。则是一登仕版，便无可读之书。而宰相以下，皆不足殚力之官矣，有是理哉？先生以仕衹天子之命者，固与向之为学也同。而儒者素位之学，亦岂外于此欤？人或讶先生之佐郡也，奉职以勤，事上以敬，不以素贵骄，亦不以今约戚，意思言笑与平昔等。而不知向者官词林时，同官中有攘臂而争差，且以速化苟得之术怂恿者，先生笑而谢之。视不义之得，若将浼焉；并视义之所得而不得，若将忘焉。此非以道自安、以天自乐也有素，安能蹶而不慑？知楚固未得，凡仍不亡者有如此哉？予以是惊叹先生过人远矣。

吾又闻先生壮年善病，乃刳心主静者数年，殆几于濂溪无欲，其游乎象帝之先者欤？先生立乎其大者矣，是学之得其嶓岷，而仕之失其盘错者也。予犹沾沾然以文字求之，不犹登崆峒之巅，而诩诩于含陆包潘、凌颜轹谢也乎？予其有蓬之心也夫！

① 底本自“我未知前闻也”至此共119字残缺不全，此据哈佛大学藏本补。

栖云阁文集卷第四·序

息轩草序[①]

今古苍茫，伤心之事多矣。而名作不传，词人早陨，尤为恻恻。乃昔人《恨赋》竟未及之，何耶？长吉玉楼之召，是始青黄曾之间[②]，亦知世上有才人矣。而不能不以其遗什，听忌者投之厕中。噫嘻！岂此地固即淮王仙后左迁所司者耶？不然，何以金薤琳琅于此有缘耶？至于文考、子安诸君，皆以盛年不偶，而且下从正则游，不亦甚乎？然以帝子王孙[③]，寂寂同昆明之玉[④]，而灵光故宫，反以一赋岿然如[⑤]存，奇矣。至画栋珠帘成序后，并佩玉鸣鸾，亦与南浦西山共有千古。烟雨空蒙中，呼之或出。呜呼！前有百世，后有万年，岂[⑥]以蜉蝣岁月，偶延旦夕，遂诧为松乔耶？抑亦[⑦]金薤琳琅，璘斑来祀为大年不朽也耶？

余读子下先生遗诗而潸然陨涕，旋破涕而为笑也。予邑素多士大夫，而以声律闻于时者，代不数人，人不数篇。非尽不娴六义，盖亦其地其时雅有殊云。夫吴越秀民、燕赵奇士，较然如五岳三川之各有疆域，欲易之而不能。而三百篇以后，六代三唐，英英递吐，亦如曜灵之出扶桑，浴咸池、降桑榆而不可止，此天下之所共知者也。岂知百里之内亦有燕吴，百岁之中亦有汉魏唐宋之分，班班眉列者乎？盖予邑在万山之中，石田峣崅，非高赀大贾之所集，与夫高轩华盖、文人词客之所乐游。其风土有素，夫亦与邹鲁深而吴越浅矣。而士大夫之有闻于时者，又皆各以勋名旂常之业，竞相镞厉，意不及于诗歌。即间有以诗歌传者，亦复浑沦元气胜于英华。等差往代，其犹在景隆天宝之前乎？若夫

① 国图抄本此文题目作《寓园遗诗序》。按,《息轩草诗》,有康熙十年刊本,下以此作校,称“刊本”。

② 国图抄本无此句。

③ 国图抄本“帝子王孙”作“帝王子孙”。

④ 国图抄本作“玉”作“土”，刊本亦作“土”。

⑤ 国图抄本“如”字，原作“如”，后划去改为“独”。

⑥ 国图抄本“岂”作“其”。

⑦ 国图抄本“亦”作“以”，下面“盖亦其地其时雅有殊云”之“亦”同。

簇簇能新，油油自得，出入于陆游、许浑之中[①]，而为吾邑树贞元、大历之帜者，其归之先生无疑矣。

予与先生居同里，官同朝，朝夕过从无间也，故集中与予唱酬遗赠者颇多。回忆当时促膝扬眉，分曹角韵，高论文人之表，游心蒙洞之初，击钵刻香，捻须投笔，一笑忻[②]然辄弃去，陶陶浮大白矣。其回环讽咏、细咀英华者，未数数然也。自谓此乐亦平平，自可万年如故。若复耳所习闻生之有死、合之有离，此或古人漫谈其理，或他人偶值其事，不足深信为典常。不然，则亦俟之石烂海枯，几百年之后，或者一目击之耳。不意数十年间，河山未改，琴樽犹故，而离合生死，迷梦空蒙。追思向者击钵刻香、捻须投笔、陶陶大白之景，如劫外缘，如生前事，已了不[③]复得矣。然后知尘世空花，果有生死离合之事，且止于旦夕，回首中便立见之。益信古人之言为不诬，而感叹固[④]有同情也！然予深感所至，亦有独与古人不同者。夫古人所谓潸然泪下者，正谓前不见古人，后不见来者耳。譬若朝花久陨，夕秀难期，其不见宜矣，何复三叹？乃吾同堂把臂，非有沧桑。而崦嵫一沉，望绝复旦，其为涕泗，又复何如？此其有异者一也。夫中郎虽逝，虎贲犹存，抵掌如生，叔孙固在。俳场粉墨、啼笑相宣之会，三古英游，不难宛然觌面矣。而晷刻低徊，便惊沙劫。与我周旋，去若风飚。江汉东流，断无回浪。此其有异者二也。至顷者，手息轩之什，把玩浃晨，咨嗟激赏，乃深叹为未易及。岂文章一道亦与嘤鸣略同，接砚联几，流连或浅。至风雨离索之后，揽停云而寄慨，援芳草以兴思。情愫风谊，方思之而益永，挹之而益无尽耶？从来诗文之道，兴会怀新，往往箧衍旧咏，视若陈人。对客擘[⑤]笺，芳华溢目，此固常情也。乃于此又有大异者，何耶？

先生明敏爽豁，盖经济之才也。即使大钧刓印，不欲以公卿假之，亦复可耳。正不妨放归田里，斥逐岩阿，使与此一二同人者负瓢田间、行歌陌上，南阡东陌[⑥]、鸠杖柴车数往来。日月不延，亦究为[⑦]黄发诗老，墙阴檐隙之交。检点诗瓢，忆天宝之歌声，数贞元之朝士，仍有足以自适者。乃棘人偃蹇，既迟其建节之楼；而朝槿飞零，复夺其生花之笔者，何耶？故予一有所憾，一有所望焉。长

① 国图抄本"中"作"间"，刊本亦作"间"。

② 国图抄本"忻"作"听"，音银，不是"聽"的简化字。听然，笑的样子。刊本亦作"听"。

③ 国图抄本此处有"可"字，刊本亦有。

④ 刊本"固"作"故"，下"叔孙固在"同。国图抄本前作"固"，后作"故"。

⑤ 国图抄本"擘"作"襞"，刊本亦作"擘"。按，以"襞"为是。

⑥ 国图抄本无"南阡东陌"四字。

⑦ 国图抄本此处有"一"字，刊本亦有。

爪王孙，承帝召太早，故所传于后者，视青莲、杜陵十仅三四止耳。倘使司惜才，拜章玉阙，赋成之后，昌谷更生，锡以期颐，数十年所，则业以齿富，比于香山、渭南，遂足为后代词人箧衍猗顿，此非艺林快事欤？吾昔抱恨于长吉，今复怆怀于子下。文考、子安，意亦略同。岂乌衣青箱之彦富于才者，纵脱屣尘界，亦仍如世间公卿佳子弟，往往为造物所急收录欤？是又未可以呵壁致诘者也。然而八极悠悠，三生梦梦，或鬼唱鲍照之诗，或人梦灵芝之馆。布袍江渚，杜陵野老之什，不异生前；日脚莺声，芙蓉城主之诗，更留仙后。秋香冀馆，梦泽晓青，太白捻须，依稀可睹。是鬼是仙，为真为幻，吾何足以知之？但无已之怀，常欲借净能摄魂碑法，尽呼古词人才士而汇其新篇。千百年余，咏吟之什，故当溢于生前数倍，则息轩近作又宁可量乎？巫咸可降，邮筒如生，亦艺林奇快事，未可知也。

息轩诗向已授梓，盖先生执友蜀抚张公坤育、滇抚李公敬兹醵金为之。今先生从兄雪因先生，感深花萼，补辑遗珠，将以存先生于千百世后，意良深矣。剞劂告成，日当焚一通于墓门，幽明异道，正复同情耳。践宿诺于文度，或有之乎。

新城雷令诗序

文学之于政事，虽洙泗之门，不能不殊科也久矣。文通梦里之花，可以代召伯《甘棠》乎？曰：否否。中牟车前之雉，可以兼陈思绣虎乎？曰：否否。夫吏治，首指西京，至歌诗，则以六朝三唐为大宗，此人人共喻者也。夫使卓鲁龚黄握三寸不律，与拈须夺锦诸君子，伏首而争一韵之长，或有所不欲。然使曹刘王孟弃其鞶帨，授以一城一邑而责其桑无附枝，邑歌五裤，恐扬觯而退者，抑又多矣。此亦犹之泰豆之车、废尹之矢，皆可分存千秋耳。圣人曰“吾执御矣”，则兼长之难得也。虽以天纵之资，犹瞿瞿若此矣。吾读桓台令君雷侯之什，而适适然惊焉。是何泰豆之弦、厩尹之矢，一人而兼长，异曲而同工也。久之，逌然而笑，乃知其故也。

夫对可以专，政可以达，宁非侨肸选才，春秋贤士大夫之翘楚哉？而尼父提衡，乃合而责之三百之诵。若以为《大田》之稌黍，其千仓也固然，否则以卤莽之报责之，是即非见卵而求时夜，抑亦瑟之能工而求竽之清吹矣。迨再绎圣人之训学诗也，曰“兴观群怨”、曰“事父事君”而有悟也。曰“兴观群怨”，非陶情之大冶乎？曰“事父事君”，非尽性之大逵乎？夫温柔敦厚，词人之志，即大雅之才有其本矣。至于牢笼天地，涵育万有，其于十五国之善败，劳人思妇，民俗国风，又洞若观火矣。善没者之于操舟数数能之，彼固有其具也。詹何以纶，邹忌以瑟，于从政乎何有？

雷侯之莅桓台也，旷怡夷简，吏不劳而民以康阜矣。其于报最而迁擢，不亦宜乎？学优而仕，士元固非止百里才。《天保》治内，《采薇》治外，由此而大用恢恢，其在江汉之交乎，而桓台则为之兆也云尔。季子之观二南也，曰“始基之矣”，吾于桓台亦然。至于诗之清新流逸，掉鞅而前，出于随州、考功之间，则有目者自能知之，不俟予言也。

耿又朴诗序

《诗》者，六经之一也。其道百变，亦折衷于圣人而后可矣。诗言志，非圣人之言乎？志以人异，人之不同，如其面焉。而奈何欲万人而一面焉如蒙倛耶？三百篇之《风》，固十六国野人女子之言，而《雅》《颂》亦诸公卿各矢其音者也。其能笑啼优孟，折旋简子，而出于一途乎？李杜王孟，词坛巨手矣。然王孟不同李杜，而李与杜又复各取途焉。其究各有千秋，如宫商不同，而皆为韶濩之所凭。甘苦不同，而皆为易牙之所剂也。至近代，则袒分左右，帜分汉赵矣。苦诋其末流，而狱归于滥觞之星宿。若必欲灭此而朝食，祧此而自为别祖者，艺林之隘，不止等于朝局蜀洛，其于西域各宗，分河而饮者无多矣。何其无昭旷之观，而韩白英流乃作鼠穴之斗耶？夫申一己之长，而欲尽废其于我异者，则兰必与菊争帝，橘柚查梨相捽而质于士师。如元明御域，而唐宋诸君皆当扫其国史，而等之舆台，有是理乎？此皆夜郎自大，不能持其所长，而必诋群雄以自张，何浅之其为丈夫也！夫天下固有元音，如天符所归，不屑与群雄竞力，但自修其德，而正统自归。汤武垂衣而九域星拱，不待兵车九合而始尊也。予居常持论如此，而乃得之于耿先生又朴。

先生之诗出之于天素，籥之为元音。一以为初日芙蓉，一以为明堂钟吕。而又有山空水静，步屧安舒，天际真人，笙鹤翱翔之致。盖翛然自得，容与埃壒之表矣。予往岁车驱东郡，爱其风土清美，士大夫多娴雅。而郡伯园林，窕窈清华，几于武夷九曲。及登光岳楼，屣履半天之上，取又朴诸什读之，罡风四起，松乔若可揖，而绛节翩翩至也。殆将挥手蚁穴，呼吸沆瀣者乎？

又朴以名卿华胄，紬书东观、石渠间，读礼之暇，孜孜修业砥德，为郡国多士大师。咫尺邹鲁，故应有人。声律之班班，其一吷也。求之往哲，四溟何足抗衡。东西不百里而遥，则于文定谷城，依依在望也。文定亦起家词馆，卓然为一代龙门。而秉钧之后，功施未竟，天下惜之。又朴方富于春秋，行当曳履星辰之际，勋勒鼎彝，补前贤所未逮，是吾所日夕望之者也。区区声律之美，方轨燕许已乎？然际尧舜之君在上，拱明堂，奏《云门》，而天下和平，行睹之矣。《天保》《卷阿》，载赓无斁。即以此集为王事之权舆，无不可也。

于子先诗序

予自鸠车竹马，以逮弱冠之年，盖屡诣桓台云。以外祖大司马公时方里居，数往定省故也。既至，则萧闲无事，名胜之地，皆得杖履及之。而名山胜水，长林修竹，殊寥寥也。虽长白副岳，云气蜿蜒，决眦可以及之。而突兀偃蹇若外臣然，傲睨四封之外。孝水、般水自南来，去城殆二三十里，去发源之地百里而遥，安行地中，无复崩奔飞舞之势，盈盈衣带止耳。然而科甲勋名，则久为邻封冠冕。岂冲和之气，毓灵蕴祟，如平远之画，反足擅场画苑乎？

至于飞声艺林，则季木先生实为开山。鼎革以来，阮亭兄弟，复轩翥词坛，执海内牛耳，嗣响于鳞，宛如葵丘衣裳之会矣。封胡昆从之以声律鸣者，亦复班班。然倒箧衍而行世者，指不多屈也。其外，隐君徐长公以隽才老笔，能传外祖季木之业，而心淡间远，韬光丘壑，海内之人亦未得见一斑也。桓台固多才矣。顷予再出佐司寇，乃识子先年兄。神观巍峨，掩映数十人，所谓旎仗下形也。迨得新诗读之，则文如其人，亦复轩轩霞举。回环讽诵，则清泉流齿，香雾噀人，如咀余甘，致足乐也。

吾闻子先之为令也，数载莱芜，茹荼百状，而治行煌煌荐牍中。初则拾级贯索，今已绶带容台。台之于诸曹中，固萧闲仙署也。娑婆老树，无复讼牒纠纷、啼号凄切之苦。吏散鹤啼，巡檐啸咏，以诗瓢充宦橐，将有猗顿敌国之富矣，非必专以文章饰吏治也。盖文人慧业，包举万有。故提封百里，则可以凌杜轹召。提衡寸管，则可以含任咀谢。更上之而韩范羊杜，叩之囊底，余智裕如耳。子先槃槃之器，自当以勋名见于天下。先贤旂常之业，吾知将接轸而起矣。

起东诗序

三才，一生气所周耳，维诗亦然。须性情勃勃，有雷出地奋之意，斯可比之弦管，荐于灵祇。先王之所为作乐，与士子之所为赋诗，无二道也。夫风行水上，而又附于地；雷起地下，而响闻于天。然则天地自然之声、自然之色，其皆起于动乎？其皆成于不容已，而生生无已乎？不然，彼生气不存，而侥以出之，或剪彩，或空花，或鸜鹆学人语，何当焉？譬如令曹蜍、李志建大将旗鼓，出井陉拔赵帜，不千年壁立乎？予友起东谢君，具异才，负一往不群之气，故下笔铮铮入胜场。兴会所属，能令八公山鹤唳风声，俱镗鞳作金铁鸣，斯亦奇矣。

然吾闻古之人日进无疆，荟萃众美。以君占籍齐都，则太冲《招隐》可赓也；司理南康，则渊明《饮酒》可和也。至于华贯雅宗，翘登六代，宁惟是询惠连、灵运之筵而牢醴从之。彼雍容庙堂，洛下书生之咏，君家太傅去人，又何必有间乎？太傅超世雅怀，殆敛气而归之于道者，是吾所期于起东异日之诗，而又不仅望之于诗也。

起东南游诗序

天地之所以灵奇变化者，雷也，风也，而兼之者惟诗。《易》曰雷以动之，子曰兴于诗。然则骚雅墠坛，无乃丰隆鼓车欤？发为于喁，谱以宫徵，鞠陵之刁调，兰台之披拂，想见曹刘握椠、王孟濡翰时也。或正或变，各极其致；曰颂曰雅，总是风之大小鸣耳。故声韵之为人宝，非可以端居拜跪而得者也。虽才具隽上，学涉渊通，仍须帅以胜情逸气，乃可忽忽遇之。昔长卿赋奏，汉天子飘忽不禁，若凌云气而游乎天地之间。不知长卿意思萧散，时控引天地，原自置身佡霄玉清之上，下视壒埃，不啻万亿由旬也。

起东年丈远游归，以一编示予。予灯下读之大惊，急起把袂而询之曰：古人放浪江湖，一筇五岳，或得异书，或见异人，乃可洗髓涤肠，超超玄著。子之南游作何状，乃遽抽三唐簟扇若斯乎？起东笑曰：君言不妄，亿则屡中矣。予之拂衣而南也，一叶浮江，斗槎自命，螺川回舸，容与龙沙。蹑履五老峰头，披云长啸。右楚宫，左吴趋[1]，苍然短杖之间。当是时也，齐州九点，寒烟内蠛蠓起灭，不堪一吷，子有是乎？予谢曰：未能也。起东曰：敬亭寂寞，采石淼茫，千古风流，委之蔓草。予乃蹑玄晖之遗迹，揖青莲而笑语，银罂檀板，宾从如云，喝月席云，睥睨今古。当是时也，大儿宣城，小儿长庚，呼之欲出，惟恨古人不见我耳，子有是乎？予急浮一觞酬之。起东曰：未也。山川换文士之肠，诗酒入古人之室，致足乐矣，然未免所谓冷淡生活也。予复倚棹秦淮，掇拾金粉，堕珥遗钿，不减群玉峰头环佩声矣。邗江载酒，十里灯光如白昼。平山画舫，藐姑目成。赠汉潇之明珰，留芝田之琼瑑，佩缃已结，明霜皎日不殊也，子有是乎？予为之婆娑起舞不能已已，曰：是矣，是矣！昔者子长浪迹，小杜冶游，江畔酒楼，敬亭云气，古人一事，便足千秋。吾子兼之，仙仙霞举矣。何怪新编脱手，灿若芙蓉晓日也。

予因念，起东隽才，千人亦见，其为吾党白眉，岂止词翰一斑哉！年未弱冠，以田何魁山左士，一时羡为璧人。无何第南宫，豫章绾绶。金逆之乱，跳身不屈，托钵匡庐兰若中。说偈参堂，与白足抗尘，人不知为故侯也。已而王师渡江，乃献谋大将军幕府，以奇功超拜司理。已而读礼归田，贝锦作矣。长卿挥毫，须眉无是，曲逆盗嫂，金石爰书，国人为赋《青蝇》焉。我皇上明烛万里，

---

① 此字原作“[趋]”。《尔雅·释宫》曰：“门外谓之趋。”加框有门内之意，吴门之内，即吴地。

制诏天官氏曰：明堂计吏，所以劝惩百城也。而藩臬大吏，往往骫骳诡实，多以迁秩罢去。及伏在草土者，应格对薄，比多不雠。其有丽在肺石者，考功为湔洗以闻。天语煌煌，实式临之，则起东复雁门之踦，以用其所未足。其庸以焜耀旌常者，宁讵出古人下耶？

昔陈思王之见邯郸生也，胜情逸气，风起云飞，百技千长，雷轰电掣。今人眼如豆许，妄谓世固未必有其事，此当未见吾起东耳。倘窥左足渑水，当不河汉此言也。独笑予年来善病，枯肠畏酒，秃笔无花，每当起东诗酒淋漓后，予辄辟易袖手，作钜鹿诸侯壁上观。又大略如滕大夫醉后长揖希文时，希文掷书，不得不逡巡避去耳。昔人云：问法知诗妄，观身向酒慵。三复此言，粲然自笑。起东故当揶揄腐儒我哉。

涉境诗序

古人缟纻未及而情愫相通者，目曰神交，予于西湖亦犹是也。忆垂髫时，得《西湖志》一编，心目豁然，宝持如连城璧。晴昼枕函，修途马背，罗刹江干，遂为予汤沐邑矣。自后早春冰泮，辄向南云翘首曰：此放舟西泠时也。堤上青骢，湖心翠翰，不知游冶几何人，亦有于箫鼓、凉月、笙歌之外，认取湖山清凉面目者乎？偶逢南冠君子，辄问"苏堤桃柳无恙否"。兵燹之余，西子颦蹙何似。或不减姑苏荒草后，捧心掩泣时也。

积年梦想，而山川间之，盖不能不惋福命之薄云。何者？梅花百树，鹤羽九皋，处士风流，孤山俱永，可谓适矣。而余也宅维青社，托在龟蒙。伧父吴侬，渺如河汉，则逊其地。岢峨高帆，茶监长鬣，牙筹化为歌板，腰缠壮其缠头，销金锅[①]畔亦少此豪儿不得。而予也清白馀风，泊然素士，宣子杖头，元叔囊里，其与能几何？则逊其赀。至彼麟符赐履，燕寝凝香，了公事于湖中，排管弦于镜里，可谓快矣。而予也寄迹承明，不娴吏事，则逊其才。即令幸而一麾湖海，而功令森森，与唐宋异。才一翱翔山水间，柱后惠文旋至矣，是将如西子何哉？或为借箸筹之曰：胜地无双，河清难俟，必待三缘辐辏。明圣湖头，知君游履绝响矣。何若以瓢笠云水，了此夙怀？庶参寥子不终作无是公，为屠纬真补此一段实义可耳。余为首肯者久之。

会周康之以诗见示，盖归自武林，息肩[②]都门之作也。三复诸什，倩灿秀发，如湖上芙蓉，灼灼出水，三竺六桥之胜，尽在是矣。至其清机入悟境，复

① 国图抄本"锅"作"歌"。

② 国图抄本"肩"作"间"。

似有冰雪集其腕下，味之泠然善也。西山晴雪，《关雎》之乱，将无晓漏声中、软红香里，犹未离断桥残玉，钓艇茶烟畔耶。康之虽含兰画省乎，吾知其去尘壒远矣。

白东谷南游草序

皇帝定天下之八年，乃始总万机，礼百神，遣在廷大僚出修祀事，煌煌盛典也！而东谷得吴楚之役。夫真人御宇，上之将与古圣帝明王通其响，次之授岳渎诸神职，使其降云出雨、御灾捍患，以福兆姓而佐平康之治。此非温恭淑慎、精白无二之士，不足以扬王休、邀景贶也，东谷殆其人哉！

乃东谷非止能恪修其职已也，而又能以其啸咏之情，为山川藻火。或曰：此吴楚之地为之，夫《三都》《两京》，抽辞华缛，不过丽事累累，以抽簟扇可耳，中无歌哭之情也。至于六代荒榛，三湘香草，芜城可哀，郢都堪赋，琼楼珠馆，白骨青磷，此俱文人无端之梦想所栖、风雨如晤者也。而况复有高流逸士之所都，迁客骚人之所寓，姝子仙灵之所变现，寥廓千秋，呼之可应，自非土木为肠，安能不徘徊动色，依永为歌哉？予曰：唯唯，否否。夫鲁卫喜季札之来，而南粤以陆贾而著。名山大川之精灵，诚能助龙门椽笔。古人固有以流离迁谪，而使其地脍炙人口，千秋凭吊，如阆风玉井者矣。况以六传辉煌，芝函赫煜，天家一骑，品目名胜者哉？此虽培塿荒徼，经东谷载笔，当有以写风土而被管弦，勒职方而参耆旧不难也，而况吴楚哉。

乃吾独怪东谷之南也，无负弩牛酒之欢，无金马碧鸡之泰，原隰载驰，仆夫况瘁，意歉然若有不自得者。而武昌授予一编，则慨然柴桑、白、苏诸君子不能已已。何耶？夫靖节，固羲皇上人，黍田可念，聊代躬耕，彼其视绾绶也，与服朱也无以异，兴尽便行，不待督邮。吾辈以卒岁穷经，幸一通籍者，原不得拟之香山、玉局，则固仕宦中人也。文采风流，照耀百世，然此亦幸际昌明之期，褎然得全其贤士大夫之身。故即坎坷挫折，迁谪流离，而所至声施奕奕，如所云湓浦、庐山、雪堂、赤壁诸区，犹足令后之过其地者，徘徊想慕，如或见之而不能顿去。夫古今人何遽不相及，而难易径庭，同异诡趋。是以君子论其世，而忾然三叹也。东谷之意，其在斯乎？武昌而南，则千古骚人鼻祖——屈宋之所歌、所哭，斯吊故都而陨涕者也。二子所际，又不逮苏、白远甚。吾知东谷之怀古益深，固将怀椒糈、伐灵鼓、招巫阳、命彭咸，而低徊于回风云旗之际，驱染烟云，《山鬼》《招魂》诸什中，高置一座焉。惜予方持筹江干，未能飞晨风之翼而搴其瑶华也。至若莫愁石湖之歌，宋玉朝云之赋，则东谷饶为之，方以精禋荐玉而未之及云。

术子石发诗序

吾读术子石发之诗而愀然于昔人之言也，昔人有言曰“诗能穷人”，异哉斯[①]言！一以危之，一以戒之，其诅楚之文乎？其送穷之文乎？是将以一丸泥塞风雅之关，惘黔娄而大餔之也。而或则椎连环而解之曰：非诗能穷人，乃诗以穷而后工。是又为釜生鱼者曹丘生矣，予不能无疑焉。夫谓诗必能令人穷，“卿云”不累虞帝，“流火”不祟姬公乎？谓诗必待于穷乃益工，则蒙袂者[②]掉鞅于词坛，而翳桑之人皆可叶韵宫悬矣。是二说者，果可以为笃论欤？或又谓诗能穷人，而亦能富贵人。有唐公卿率出声律中，然而李杜王孟其首选也。主第新声，固所不论。而三子捻须竟世，未尝一与月灯牡丹之席，非必皆以南山、北阙之句忤人主也。青莲飘逸，草堂悲感，夫飘逸非秾肥之士，悲感自憔悴之音，此中岂有猗顿乎？故残杯冷炙，非不欲辞也，虽欲辞之而不能。五花马、千金裘，非不欲留也，虽欲留之而不可。轚笑纷然，皆词伯也，将无诗之功罪，两有所不受欤？无已，吾妄以平衡为调人，谓必先定其人以为鹄，而后穷之与诗，可折衷定也。其人为穷士之命也，益之以诗而穷不可瘳也。其人为诗人之材也，益之以穷，而诗不可量也，而穷亦不可量也。夫以穷士之命而益之以诗，则必率多好山好水、好轻装远游、好声气倡酬、好睨傲当途而有不可一世之意。其所不屑，若将浼焉，好忧时悯俗而多有不快于中。夫好山水则弃本业，好声气则似浮薄，好睨傲则所遈易穷，好忧时悯俗则世人笑骂所不能免，其穷固无怪也。今功令既不以诗取士，则与富贵之途已远，而又不能与世之既都通显，醉饱无事而染指词坛，令伯龙揶揄之鬼，望而却避者衡福命。斗室萧然，而吟咏方侈，令应刘沈谢而陟降及之也，桃茢恐其不勇矣。

石发清修自好，意若蝉蜕于尘壒之外者。而脱口泠泠，又多冰雪之句、磊块之音，与青莲、草堂若臭味然，此可吊也。虽然，有骚人之才、贫士之命，而万一能致力于逐贫之绝学，必将击鼓其镗，以与大司命交绥而争，则贺战胜者十亦四五。倘得之焉，则人定胜天之说矣。盖人能狡诈毒悍，视他人室中之藏，无不为我外府者，逐贫之学也。人能沈冥货利，毕智竭力，视性命若毫毛者，逐贫之学也。能视仁心义概、古来贤哲之名如仇寇者，逐贫之学也。吾观石发恂恂儒雅，其于绝学，惭谢未能久矣。夫石发之所长者，既不足与温饱为缘，而[③]所短者，则深足以恣贫所虐使而不能谢，是且奈之何哉？今将为石发

---

① 国图抄本“斯”作“此”。

② 国图抄本此处有“皆”字。

③ 国图抄本此处有“其”字。

忠告之益，祷祠[1]而求之，使其碎砚焚毫，执贽而乞陶朱之门[2]。苟欲退穷，必先使其诗退。此殆不殊夺中散之琴、步兵之卮，而束之牛医、屠儿、负贩之中。吾知石发颦蹙而退以为大戚，此逆耳药石[3]不能受也。如是者，将操夸父之杖，追郊岛于广莫之野，正无涯际，则诗日进。而穷之不可量者，恐亦信而有征矣。石发慎之哉！

松涛室诗序

顷展云石先生《松涛集》，而爽然移我情也。然而，冰雪盈轴，乃于京洛缁尘中垂首读之，则又未尝不顾影增惭矣。因自念麋鹿之姿，幼耽林壑，家世居城市中，意殊不快也。暇即郊游，或啸命同人，亦或率尔独往。双履[4]才出重闉，辄有飘飘凌云意。壶觞枕簟，书策棋枰，作律师三车自随。泳清流，依茂树，散发高卧，见红尘中骑马人，辄揶揄其苦，益返顾欣欣自得也。久之，夕阳垂巘，素月流空[5]，村墅翳然，叩门寄宿，率以为常。弱冠后，稍稍有志四方，盖以天下丘壑，酬其生来蓬矢，闻某山某水为海内名胜地，意不禁跃然赴之。尝轻舠渡江，欲振策华阳之馆，易迁宫畔，云舄或逢。乃历白门钟山之胜，弭节金阊，扬帆明圣。两峰、三竺间，俱令有车辙马迹焉。而后上会稽，吊禹穴，问智者之踪，穷兴公之赋，坐琼台之巅，叩胡麻之迹。双阙划然而开，遂于尘世割鸿沟，无难矣。而胜缘不偶，浃旬回车，迄今念之怏怏也。年来束影樊笼，丧其故我，尘土堆眸，性情都尽。譬如土木偶人，尚哑哑言笑耳。至炎歊驱马长衢中，短发淫淫，以汗自沐。问箧中名刺多少，为息肩之期。回念林泉旧赏，惘然便如天上矣。其稍可娱悦，比于化城者，西望芙蓉，插天冷翠，或循[6]河缓辔，齿齿涟沦，响闻百步之间。雪影雷声，具体匡庐瀑布。又或好事门巷，佳树亭亭，缛绿惠风，偃舒如盖，辄停策徘徊不能去，以为此长安中一息清都矣。安所得先生数亩松涛也者，而纳履从之乎？

先生至行清淳，道风秀世，自当敝屣轩冕，作尘壒以外人。诸什具在，谡谡清音，欲洒贞白之梦。惟其有之，是以似之，信不虚也。予雅志海峤为安期、

① 国图抄本原作“祠”，后改为“祀”。

② 国图抄本“门”作“策”。

③ 国图抄本此处有“正”字。

④ 国图抄本“履”作“屐”。

⑤ 国图抄本“流空”作“空流”。

⑥ 国图抄本“循”作“寻”。

重阳诸真来往地，乃先生通德之乡。襟带溟渤，五城十二楼，时时在几席杖履间。予壬午之夏，东指大小劳山，息驾渠丘者信宿，闻警而归，恨未得一识先生面。然披寻往牒，流连闲居诸什，竹里、鹿柴诸图，辄如摩诘前席，觞咏竟日，岂必别寻右丞哉？或谓兵燹之余，地童童，龙鳞尽矣。予曰不然，桃花源之在太康中，其果有与否，未可知也。但既有靖节，自应辟地武陵，垂休图什，先生此地，将无同欤？至其始或云无，终归于幻，阎浮百物，孰不同归？正赖有先生之诗而此地千秋，松声如在耳。

予以丘壑畸人，乘轩自笑。息壤在彼，岂负名山？但每怪川岩佳话，率言丰草长林。而予虽足迹不广，南北二千里间，亦复时恣登眺，未见有所谓千章万荟、深蒨窈冥，日月离合、风雨奔会之区也。私将推先生之意而广之，移家萧闲之地，溪曲湖阴，荷锄种树，须令松梅桐柳，荫覆数里不绝；弥缝其阙，则花竹扶疏为政焉。至若良田广宅之语，大非幽人所宜。此中卜筑，惟须草堂数椽、渔舟一叶。读书酿酒，放棹采苓，衲僧田父二三，朝夕从吾所好，卒岁有余矣。然后取先生之诗一再赓之，亦庶几松涛之后尘哉！

栖云阁文集卷第五·序

黄韫生文序

予友黄韫生，岂以文字传哉！然自为秀才时，即以文字为艺林祭酒。癸未成进士，后二年而从容就义，天下伤之。久之，而制义之散逸零落，获全于青磷白骨之间者，宝光陆离，连城益贵。嗟乎！玉经焚而性见，檀既烬而香留。星辰河岳之间，其尚有不亡者存耶？予与韫生同出会稽周忠节先生门下，韫生笑言不苟，而意殊抑然有以自下，望而知为有道人也，予心严事之。无何而韫生请假南归，无何而北都告陷，无何而浙潮不至，汉烬遂寒，韫生以身殉之。比予今岁过吴，而墓已宿草离离矣。嗟乎！士生穷乡山谷中，患不得游名邑、步帝都，见天下之贤者矣。而介绍无因，缟苎不接，定交舂杵，古人奇事又未易数数见也。至于既分兰谱，再共函席，可以杯酒连朝，抵掌竟夕，晰丘索之微言，商广轮之大业矣。而以尘土奔走，间阔兰言，聚散不常，存亡遂异。子休丧质，非古今人所同为陨涕者耶？

盖忠节先生，秉人伦之鉴，为声气之宗，而琥芥吸合，群贤茅茹。虽予最不肖，滥竽其中，而诸君子彬彬立雪，洵多才矣。镐京革命，天与人归，而孤竹益有千古。临秋、尚庾，俱从方外游，而或已解天弢，或方扬宗乘，合之携手，埙篪雉经，凤举固有三人矣。文忠之门，不胜子瞻四学士耶？晤韫生乃弟上枝于吴门，盖能字兄之孤者，慷慨有义士风，非韫生，无此弟也。上枝长君，今秋隽武闱，骎骎将绝景而驰江夏之英，贤有文武，韫生益不朽矣。

劳学台文序

昌黎之殷殷于师说也，何哉？夫绣段千纯，未若锦机之示者。标立则群趋，器具而用博故也。秋驾之梦，期者难矣，不若受六辔于太丙，范我驰驱，则白义山子跻樊桐，于尺棰有馀裕焉。铸颜固贵乎师哉！故予读书升先生《多士鹄文艺》而心折也。

制义一途，固人人殊矣。下视之以为优孟衣冠，而高拟之以为邹鲁心印。夫以为优孟衣冠，则抵掌可以得楚相，而贤者薄之；以为邹鲁心印，则其下驷犹复西京注疏矣。艾千子之斤斤于八股，以与天下之才士诟厉者以此，虽其持之各有故，亦过当矣。予尝平心衡之，则“才人慧业”一语，其蛮触之调人乎？夫慧业如太皞然，钧陶万卉，绘绣飞扬；慧业如幢珠然，七宝缤纷，雨四天下。其力之所取，则五丁之蚕丛鱼凫也；其巧之所逢，则武陵之衣裳俎豆也。然其逢之也，亦其力中之巧之所至也。令渔父一棹，日系于武陵阛阓之中，吾知秦人子孙风马牛也久矣，安得有靖节之纪，介甫、昌黎之歌行，煌煌千载哉？

先生以华胄隽才，弱冠亵然庶常中。然方读中秘书时，予正在田间，及予再为小草，乃一晤于津门，时已持筹郎署矣。心甚讶之，曰：此确然道山片玉，奈何以算缗为也？已而持衡南国，得人为海内冠，已而为齐鲁大师。予乃龈然而喜，非为先生喜，喜多士之得师也。故每巡行郡国，试案未发也，其邑中先达屈指曰：某子甲必隽矣，既而一一不爽也。其不遇者退，而自咎无愠色。其父以诏其子，兄以诏其弟者，曰：盍自勉乎。夫今而乃知力田之果可以逢年如左券也有如此。

先生乃复于政事之暇，出其绪馀以为多士鹄。大约浚以灵心，纬以丰藻，行以古法。或则赋手骚心，烟云缭绕，或则五花八阵，风雨惊飞。沈宋抗颜，陶储扶毂，控纵于蚁封之中，刻镂于玉楮之上，猗与至矣。盱衡前哲，倪鸿宝、王季重，以隽笔噪一时，胡安定以教法式天下。倪王固甬东产，而安定则尤先生桑梓。三先生皆越之良也，先生兼之，其殆后来者居上乎？方岳之职多矣，至学使者盖独以学为仕者也。而先生复仕而益学，且将以海岱新机衣被天下，可谓盛事哉！

或献疑曰：先生笔妙天下，颉颃渊云矣。虽然，亦知古人有以句拙才尽为用晦乎？何者？假令秉国成者进此编，而尘乙夜之观，因之著为功令，俾天下视学诸大夫试士，必有程文以式多士，恐扬觯而退者多矣，不几为入宫之蛾眉乎？予解之曰：否否。夫薛烛之辨纯钩也，非必身兼欧冶；蹇修之缔娉婷也，非必人皆光旦。左宜右有，千人一见耳。官人贵乎器，使通识何至苛求耶？且时贤一登仕版，除目甲乙，尊为经史。若王、唐、瞿、薛之名，犹一吷也。夫服葛者固须仲达，而泣邢者亦得尹姬。古人有言，斯世而求一解妒者，不亦难乎？或复疑曰：秋实淡彼春华，至人黜乎健羡。霜毫煌耀，勿乃大中之帝，复欲与延英士子竞一状头为愉快乎？予曰：否否。闻琴迦叶，不禁婆娑；壁上桃花，喷薄班孟。此固贤达高致也。且士子之荒于嬉也久矣，三寸不律畏之若龙文之鼎，惴惴绝脰而惊避焉。谢公不曰“我尝自教儿”乎，先生以身型之，小子有造，正视鳌弧先登耳。或复疑曰：乡会程式，率仿先正；缁冠练布，岂尚秾华？随宜梳洗，莫倾城者非欤？予曰：否否。太羹玄酒，以列登歌之筵则殚矣。岛瘦郊寒，以应昆明之制则左矣。归昌振乎九苞，龙文迷乎五色。斯乃台阁之鸿裁，而国家之上瑞也。则先生此一编也，其不懈于位也，身为的也，王多吉士，意在斯乎？夫天下之以学为仕者，学臣而外，俯而广文，上而司成皆是也。向予待罪虎闱，尝以“问津、止宿”两图，课诸士歌行，又令拟“战场、秋声”诸赋，亦博学鸿才之遗意也。

先生之诗温文大雅，随州、摩诘之伯仲也。古文辞尚靳，而未肯示人。然则此一编中，而徐庾之学、韩苏之法，具可知矣。若以维桑先哲校之，徐子与屠赤谷之间，当高置一座无疑也。皋比之暇，或令多士献其长，必有兢劝而进于古人者。吾知二东之士，他日为国家黼藻之臣，以不朽盛事闻于后者，其为先生门下士无疑也。则先生之嘉惠来学，宁有已哉！

人岳时文序

予出田，再佐秋卿，思得贤才以匡其不逮。数询于部诸大夫，而诸大夫啧啧赞人岳王公，若出一口，以为此他日节钺上选也，予韃然而喜。退而询桑梓诸公，则又交口谓：人岳立诚制行，方轨前贤有余裕矣，予喜更有加焉。

久之，而人岳以窗艺见示，予初妄意此山左之文耳。盖予乡山左之文，以逢年为正鹄，期一当有司而止。其标新领异，自出机轴，可争衡于吴越间者，率寥寥也。及开卷则愕然而惊，时气洗尽，子云深湛之思，杜陵沉雄之笔，奔走腕下。用笔如刀，有力如虎，如金雕之撇海，如巨灵之开山。故人之昏散者读之，而如履沧溟；意之凡鄙者读之，而如瞻嵩华。古人斋心而后渡江，信非欺我矣。世人每谓文场有鬼，入彀者头点朱衣吏。予每戏谓人，司文鬼神，亦复拘墟。山左朱衣之吏，亦老于山左场屋。习见应制文体，恪守为金科玉律，非是者即以茁轧点之矣。恐七曲帝子之分司，亦未具超旷之观也。迨戊午乡墨，则迥出新裁，直欲排突江表，斯一奇矣。乃人岳之文，则又创辟蚕丛。造物之生异才，未可以地限如此。戊午闱艺，如太白之漂缈欲仙，人岳窗牍，则浣花之沉雄绝世，异曲同工，并足千古矣。天下无浅语也，深心者听之，则埋能广大矣。天下无小技也，尽心者为之，则致尽高深矣。行文之妙，有用笔疑过轻，而不病于虚者，有至理以包之也；有用笔疑过重，而不病于实者，有大气以举之也。则文字虽小技乎，而用之达于政，通之进于道也久矣。我因而忆其下笔时，如对神明，如侍君父，如掬水洗肠，如僵死树杪，以此文心，奏刀于盘根错节，砉然有余裕矣。

而分藩无何，乃得赐履西蜀。予复笑谓之曰：予虽不娴弓义之卜，固知君之宜于蜀，而蜀之亦宜于得君也。文章有神，固与山川相召。君之笔底，嵯峨澄泓，蛾[1]眉锦江可掬也。此地待人，将焉避之？秉才如是，其非组舞康馗、画诺庸

---

① 此处“蛾”或应作“峨”。

福之人，天实命之矣。不宁惟是，开辟蚕丛之烈，又将于君有宿缘焉。盖自小丑跳梁以来，益州何止鲁无鸠，其将返于洪荒也几希矣。人岳五丁之手，又将于方舆试之焉。使此二三孑遗，重睹康食，重睹彝教，井络之墟重沐尧舜之泽，此即巢燧之分身也，宁止王襄乐职、文翁经训而已哉？夫一益州也，前代矜为宰相回翔之地，今乃顿为巢燧佐命之乡。其功德，不百亿由旬无算乎？然吾又有为人岳惜，而转为人岳幸者。人岳之衔命也，虽熊轼朱幡，赫然二千石之上乎。而腹笥则丰，行装殊啬，竟不能庀车马，挟幞被以行。而同曹诸君子慨然义助，如昔人襄名士之婚，以不得与名为恨。苍凉古道，此日重光，诸君子之高谊自足千古，而人岳之致此，固有本矣。何西曹之多贤，视前哲加等也，因并书之。

珠善义序

一言而天下无余理者，率性之谓道是已；一言而圣贤无余事者，修道之谓教是已。原始要终，通复总归一善故也。举世尊天而贵圣人，岂知天道止一善道，而圣人止一善人乎？圣而不可知者即其善，而可欲者广大而精微之耳。子舆之以性善接踵尼山，有以也。然子舆之学在道性善，而尤在正人心。人心正则教行，而善立，天下乃复性矣。昏衢日月，人得以免陷阱之忧，非所谓功不在禹下者欤？

不佞往者以田何之业分校浙闱，拔□□潘子，历有年所矣。今岁来晤金台，得所刻《珠善义》。读之洒然而喜，不觉其卷之立尽也。夫五经首《易》，诸卦首《乾》，四德首元。仲尼曰：长善者，其统天者也，尽矣。故学焉而无大过，知焉而不远复，孔颜由此其选也。物躬训世，道固一揆。先儒谓子舆深于《易》，所见卓矣。予虽未能夺子厚之席，潘子所辑，固足干城名教，与子舆心性之旨有合。九师训诂，何足陈哉？

实庵词序①

六义之学，至扬马而乃浩瀚，故昔人以能赋为大手。比来文士，赋殊寥寥，固宜归之词曲明矣。夫声律始于八阕，此星宿海也，而其气与天地之气相通。天地之气日开，故声律之道亦日畅。而词曲中之天地，亦复旷然无尽。三唐可谓四渎行地，浩淼千秋矣。至沧溟所归，非宋词元曲将何属焉？盖所贵乎大海者，蛟龙出没，风

① 本文是曹贞吉《珂雪词》的序言，或题作《珂雪词序》，下面以此对勘。又可参《清名家词》（陈乃乾辑，上海书店 1982 版）

雨惊飞，天地回旋，日月往来[①]。词曲亦然。一于六义中变赋之体，而得风之用，故非五七言诗之所可尽矣。前人漫有轩轾[②]其所长，文人习气耳，恐未为定论也。

今日之以词曲名海内者指不胜屈，而实庵之词则镗镗先鸣，跗注之君子往往壁上观矣。予每读实庵之词，惊魂荡魄，惝怳不定。初读吊古诸作，慷慨悲凉，羽声四起，如逢祖士雅、刘越石诸人。既而读咏物诸作，入微穷变，五色陆离，又若树珠幢于谷王之曲，而百宝麇赴也。[③]陆海局促，蚊蚋一器啾啾耳。神游八极之表，揽化人之袂而上征者亦有人乎？然而左思、曹唐，尚窘边幅，玄风未畅，是则吾所深望于实庵者。倘肯走笔觅我，当拍洪崖之肩，沥酒曼声而歌之。步虚之音，上薄禹余黄曾，天上九华紫微诸仙子，安知不拊云璈而和之乎？[④]

大雅堂词稿序

居恒抱膝作痴想，欲奏笺重阳，上邀凤尾书，得一切便宜从事，以摄魂碑法追古来名姝数人。则有若庭花翻砌者，则有若犀导随瓯者，则有若红豆子谱拍者，则有若黄金缕泥梦者，则有若柳绵芳草怆悦春风、河满一声阑珊双泪者。悉勒令按部分御，引喉麟麒阙。上易迁诸姊，复以红窗雅奏八琅璈柘枝，沓坐无休。而居士以一石葡萄主之，箕踞自笑，老奴差不负尔此钧天七日游也。下视陆海中泼面红尘日蹙蹙，墨榜烟阁者诧语：何物蓼虫，刺促如此？则浮白一叫绝。乃碧翁且切责骄溢无状，主臣诚有之，愿悉罢遣自赎，不止如汾阳惊心、杨相大拜时也。则三褫红牙，以班管为九宾，以银光为九锡，自清平广大教主而下，温韦柳周迄胜国登坛诸彦，一一吹之。辄以此一丸龙香，敌魏太子闲房妙选，上乱灵祇，足令车子妒煞。譬如啜墨嗅茗，消磨热恼，翘首曲车上，暂补平原十日豪。于此芰嗜，良不能已已耳。

---

① 《珂雪词》“往来”作“隐见”。

② 《珂雪词》此处有“矜”字。

③ 《珂雪词》此处有以下文字：“已乃过实庵所，求诸作尽读之，无体不工。而田居世外之音，往往而遇，如闻鱼山之梵，两腋生风，五浊欲洗。又疑非金马直庐间人也，因复更有请焉。”

④ 《珂雪词》此后有如下文字：“客谓余曰：实庵生有异征，盖自比丘中乘愿来者，淡于荣利久矣。今不究粲可之宗而反抽秦黄之簟，绮语未尽，毋乃为秀铁面所呵与？予听然而笑曰：是未可执也。夫慧业文人，宿习难静，迦叶闻琴，固其所也。而义之予夺有殊实际理地，一字未尽，便成毒鸩。即古德青龙疏抄，亦须付咸阳一炬。至于纵横入妙，能转法华，则本来寂灭不碍莺花，文字性离，无非般若。频呼小玉，亦可证入圆通有余矣。实庵方究研《佛顶尊经》，果能鞭心于此，离即离非，能所何碍焉？况区区花间兰畹，遽至仰溯虚空耶？吾将就实庵而叩之。东蒙高珩题。”

而表叔射甫，以所著词稿授予。快读一过，曰：美矣备矣，是固不佞案头填恨物也。色则菡萏初舒，百尺光明锦而情致芊绵，似美人低鬟絮语，字字入人心肺。至本色名通，无忝元人所谓当家者。乃用髯苏读史法，取类歌之。晴窗点绿，好客不来，茶烟缕缕欲袅，则闲居者宜至。若玉瘦花啼，懊熏泪照，心在菊芳兰秀之间，则怀人者宜及。夫寒碧冶红，盟蜚揖鹂，淫怆骀荡，败叶游丝，顿若苍茫移我情也。

昔人辨体以胪宫调之位，拾柒拾伍，较如列眉，是编其有兼长乎？然大约本色之语出于香艳，尤佳旗亭。双鬟知无别唱，允矣，其当于大雅云。若世人高语白杀为教祖，谓可夺才人梦毫，恐《牡丹亭》未许问渡也。国朝作者比比，梁闳梅整，汤艳陆幽，各具槌碎黄楼手，兹固又当以雁行进矣。不佞迩来欲办寒灰枯木生活，守绮语戒，不复作垓头弱草轻狂。而卒读是编，聊复见猎兰畹、吴骚，又复夤缘于绛宫、银海之交，射甫殆误我哉！然吾每闻其诗肠赋心，踢韩突庾，间以馀绮命雪儿，此特其一斑也。而雅能深悟好道，留心竺说宗乘事。试问柳岸晓风较柏树子，相去几由旬？此重公案，似向明眼人，不妨为秀铁面下一转语也。

钟一士词序

钟子以尺书来，曰：不佞待罪下邑，弦歌之化未有当也。惟是牛马余晷间操柔翰，窃以金荃、兰畹之遗，佐子燕市一觞。予启缄，而大咤之曰：异哉，钟子之强敏而肆于志也！

往予总角时，即与钟子为笔砚交。劘切艺林，睥睨当世士，期各以文章驰驱海内。盖交相勖也久之。予困顿文场，钟子率一再先登，拔蝥而舞，为吾党军锋冠矣。比年来，予承乏词馆，谓当以鞶帨为功。乃意兴萧然如秋后箨，因自笑向者喜负棱棱，耻为跗注之君子后，一何童心未尽也！又以年逾强仕，非与子墨客卿斗春华。时欲向脚跟下稍究实际，辄作焚砚君苗，八识田中绮语根株稿尽矣。

乃钟子佩组皇堂，比闻茹荼百状，厨传萧然，杞菊可赋也。而鞲拳事贵人，郡尺符旁午而至。吾意即元道州当此捉襟攒眉，或不复能染毫镂思矣。乃钟子戴星之瘁，不废鸣琴。晓衙填委，方轨召杜之尘；退食委蛇，高揖周秦于座。总持前彦，不亦泰乎？可异也。岂邑大夫虽云窘瘁，而瘗仍有鹿，县尚得鱼，不至如金马浮沉，曼倩欲死。即有时单骑谒大吏，岁不过二三行耳。视长安客子日以高骨马蹩躠缁尘中，风霾乍来，须眉俱失者，固有闲矣。外此，而印床丹笔陆离，指挥如意，驺卒伍伯累累鱼贯而匍匐阶前，俯首北望，俨若神明。且也铃下小史，或亦堪代雪儿之唱。故钟子苦矣，而亦稍有所乐于此，而流为宫徵以代鼓吹耶？是亦未可知也。且钟子少为贵介公子，闲雅多艺能，文史之暇，自以丝竹度曲，殊不减仁祖天际真人想。造物者欲以难危吏事妒之苦之，而钟子不受。则曰：是区区者固无若予何，抚字之字，鲁有鸠也，犹不废我啸歌。其倔强犹昔，风流自喜如此。苟造物者不纾其忮，而必有以逞之也，遗大投坚，将后来者益力。或赐履而分陕，提封千里，连百城而授之，钟子安所逃之？然吾即以管城子策之，而知钟子之有馀力于此。何者？钟子而非槃槃大器，短绠汲深，将朝夕鞭策案馀积牍，如日有食之，奔走周呼，鸣鼓播铎而不给於救也。何能燕寝清香，琅然而闻《于艻》之音乎？即不然，恢恢游刃有余矣。而以辱在泥涂，枳栖自悼，日作捉襟攒眉之状，戚戚无欢，其器为已狭矣。夫才有以肆应，而中又有以自广，天下行必赖之，然则钟子将何以自免于艰大乎？

楚游日纪序

袁中郎云：三生旧发游山愿，一卷新传辟谷方。每诵此言，莞然独笑曰：是殆为我咏也。予河鱼之疾四十年余矣，非得文成之诀，能不食也而不能食，于《国风》独悟“乐饥”二字。盖饥之可乐，胜于郇公厨远甚。一日循例两举箸，所谓应酬故事，勾销前件者，非谓人生必须此也。至于杖履眺望，垂髫便尔，自念宿生岂久与禽尚有烟火缘乎。不然者，何以兴会所关，萧然独往，青鞋胜于彤襜，一杖过于八骀乎？取夫游政，固有定程矣。九州未便行脚，五岳故先染指。而五岳之中，秀削惟华，雄博惟衡。乃衡在南纪数千里外，古来王者，六龙遄驾犹惮远，而摄之以霍。乃欲以瓢笠屩筀，坐而有之，难矣。从来之高隐湘楚者，大抵皆大江以南人士也。予每引睇南云，邈若天外。

迨皇上亲政，遣廷臣祭古帝王，予以宗丞滥竽。私计曰：轺车其指西南乎？而予友黄门刘君，素善六壬，豫赠予诗亦有“明年定向衡山去”之句云。迨隔岁，而予果以神农虞舜二陵行矣。以时将十月有馀，以地将万有馀里，可谓壮游矣！而游乃未尝有纪，此亦事理之所不宜者。盖以予之好游有素，不止身自好游，而亦往往好人之游。故每就游人而叩其所至，若山川风物在其人衣履眉睫间也。不止好人之游，而并好嘱人作游纪以相示。盖得人之游纪而坐卧读之，如与之方舟并驾而追夸父也。故凡轺车将出，就而请所托者，予辄托以游纪；轺车既返，而或有所觋者，予则先索其游纪之贶，以为此南金大贝之锡也。乃予以十月之久、万里之遥而竟不成一纪，则予之懒于笔墨，好多望于诸君子而往往自恕有如此，亦可发一大噱也。至于岁暮归来，欢言故里，亲知过从，斗酒而话萍踪。问山川之曲折，吴楚何分，高低何状，则问之嗣宗，若对图经也。问缟纻之逢迎，何地何人何时何故，若披兰谱也。某方之风土何状，某邑之货贝何等，若指掌而列螺纹也。盖嗣宗已有成书，灿然掌故矣。予于是乃欣然而笑，谓非嗣宗之同我行也，予虽驰驱三湘，乃如竹叶瀛洲图，恍惚如十万。纵向人抵掌娓娓，谓尝焫香二陵，驱车三楚，飞觞祝融之巅，蜡屐君山之麓，皆诡对妄言之。或梦寐偶至而无稽如齐谐、志怪而已；或并疑三湘九嶷者，文人寄托之言，如西汉未必有扬子云，亦未可知也。

予尝念三代而下，以壮游称者莫若司马子长。观其于名山大川、帝王都会，稍一撰述，皆可补輶轩之所阙、职方之所未纪者。而千载而下，未闻龙门有游纪。而列传、八书、货殖数万言，垂之万古。何其详于人物、钱刀，而俭于揽胜山川，一至此耶？然使当时同游有人载策多兴，当不尔尔。何者？子长之作多采《左》《国》《楚汉春秋》而为一家言。则万里壮游，安知不采同人之册而侈为己有乎？未可知也。

嗣宗之为此篇也，不资粉本而灿然成书。详记日月，纬以英华，星槎可信，则嗣宗之功大矣。其中间及予者，则嗣宗臆为之，宋玉微词、庄生寓意莫从见，想当然之类，非实录也。夫五岳胜迹矣，而岱宗日观，予家圃中物，杖履已数数及焉。熊湘之奇，兹复目治，禽尚之所侈者，已有破竹之势矣。予自是以往，天假之年，将一载而恒华嵩高，飘然而为汗漫之游，不知从我者其谁耳。

卢先生传序

吾往年偶得先生《孝廉约》一册，并清言数则，洒然异之。意服为谨饬名行，且萧然自得人也。及后读《皇明臣录》，则列之魏党案中，转而生疑，岂染指通显后，塞之不变也果难乎？久之，乃得复阅全集。则学涉渊通，根柢道义，非寻常士大夫可易及也。又复疑之，因质之同邑大参，大参甚为之不平。最后乃得此《传》读之，慨然而叹。因以知古今是非，原未易明，不止悠悠之口，雌黄易溢。虽六计官评，千秋信史矣，令人抱不白之诬者良多也。

昔阙文阙文虽稗官之言，良有政矣，此犹其远者也。予即以近事征之，如词林陈长卿，亦挂名逆案中。然予见其人，恂恂长者也。追其弥留之日，多吉祥异徵，知其久契于神明矣。大学士孙沚亭先生，见小史中云“受李贼伪职”。其实，先生当国修史月旦，则京师未破之日，已微服自卢龙返故园久矣。令此书误传诸后代，岂不以为信史乎？大抵史传易淆以疑信，而官评易行以爱憎，则苍黄之溷淆也易易矣。卢先生六年而至正卿，阉人炎炎之时，人固不能无议耳。盖权臣当国，濡首固易。即不濡者，而迹之相近，事亦难白。是以君子贵乎先几之哲，而投劾之勇也。

张相国医验编又序[1]

上帝好生，慈尊救苦，三灵千圣，其道同归，更无疑矣。而救苦之中，又有为好生之所尤急者，盖人共知生死为第一大事矣。而会当桁杨、疾病不可复堪之时，有视一死快然，得免痛楚，如登仙界，而万不可得者，亦深知之否乎？盖桁杨所横加，仁人之所急欲援手无疑矣。若刑当其罚，则仁者能恶，不可姑息，是死虽当救，亦有不可救者在[2]也。至疾病之来，或以天灾，或其自取，事不可知，然非有不赦之罪也[3]。而号呼呻吟，非又仁人之所痛若身受而无疑者乎？故神农黄帝，帝王之祖[4]也，而开统为医宗[5]；药王药师，调御之尊也，而垂名于龙藏[6]。至仙人而杏林之董、太白之孙，则更有表表万世者矣[7]。此无他，盖救苦而全好生之仁，固其尤急者。故西域以医[8]为科第，仁之至也[9]。

予邑相国圣鹊张老先生[10]，旧刻《有效方》一帙，予[11]于三[12]十载之前久已僭为糠秕矣。今岁重检旧作，意犹未畅，乃复申言[13]之曰：古人有言，医卜者，圣人之外篇也。故卜亦以伏羲、文王为鼻祖。然卜止发踪指示，而医则起死回生矣。是孰轻孰重耶？后世圣人以好生之大者为事，故志在教养四海。而刀圭汤散，则《周礼》姑统诸宗伯而已。予尝再四思之，教养之成功，人皆温饱，人皆圣贤，事固大矣。然[14]温饱之人，其病之苦也与饥寒同科；圣贤之彦，其病之苦也与愚不肖同科。则病之为害至切而至重也，不又为圣人教养之所不能

---

① 国图抄本题目作《张相国经验效方又序》。

② 国图抄本无“在”字。

③ 国图抄本无“也”字

④ 国图抄本“祖”作“尊”。

⑤ 国图抄本此句作“乃开统而为医圣”

⑥ 国图抄本此句作“更济世而借刀圭”。

⑦ 国图抄本此后有如下文字：“若夫孝子忠臣，尤当尽力。彼许止之误，垂戒麟经；红丸一案，罪及首辅。殚心彝伦者，可枏枏乎？”

⑧ 国图抄本此处有“学”字。

⑨ 国图抄本此句“仁之至焉故也”

⑩ 国图抄本“先生”作“夫子”。

⑪ 国图抄本“予”作“余”。

⑫ 国图抄本“三”作“二”

⑬ 国图抄本无“言”字。

⑭ 国图抄本此处有“而”字。

救焉者乎？即仙人未至飞升，禅人未证声闻，亦不能不以病而瞿瞿也。故予平生窃有微憾焉，以人而不仁，或虽仁矣而未智，不能究五运六气之变、穷百草万物之性者，可无论也。以仲尼之圣也，子房、孔明之贤且慧也，而或以慎闻，且以祷闻。或以辟谷而从赤松子游，或以陨星而毙五丈原畔，则其皆为二竖之凭陵而莫御也明矣。即上之仙佛，已成神通不测，亦安能遍四海九州，诸纷纷碌碌之人，而一一应之乎？所幸仁人智士，虽不能身为扁和者，而仁术出焉，亦可与神医分座，则惟有刻行良方以广其惠焉。四海可以几席，千秋可以旦暮，谓龙宾剡藤之力，非假年于南斗，而返魂于东岳不可也[①]。昔太史公传仓公诸人也，惜仅列其事而未载其方。至陆宣公之书，亦成于降谪之后耳，未若先生方轩翥天尴之时，早已为痛楚者廑同体之忧之为大慈也。

予幼时愚而不知养生，日以饮冷水为乐，未弱冠而脾伤。晓起至午不能飧也，必呕尽宿食，已而呕水，始黄继绿。苦矣，苦矣！如是者累月，谓必死无疑，后以苍术膏而愈。庚辰暑，浴于河，自午至夕，又以为乐，遂病疟数日。幸已愈矣，饱食肉而复作。已治后事，兼手书一纸托家兄，至今日已四十馀年矣。昨偶检敝笥，其纸犹在也。当时偶[②]闻新城一兵能疗此病，乃聘之来。用大蒜捣烂，贴于手腕之中央，覆之以帛，亦一二日而愈矣。及去帛，则肉之下陷也二指馀。迨年馀，则肉之上出也[③]亦指余矣。又逾年乃平，而其痕亦至今犹在也。

后辛卯，予典试江南，甫阅文而疟发。盖背为风袭故也。即欲出闱，而监试御史为同籍上官君三立，挽留甚力。予无如之何，乃细检行囊，得予外叔祖故方伯新城王公《简便验方》中姜茶饮方试之，一服而霍然立愈。[④]此后，予每遇一病，即多[⑤]求效方而录之。遇人之曾得病而愈者，亦急询[⑥]其效方而录之。各病各方，辑而成书。[⑦]又尝作求人效方诗一绝句，刻之板而刷之，并日日随身一小册，名曰《询人效方册》，为行囊第一事。求方诗中用东坡同醉语，盖东坡不能饮酒而乐观人之饮。迨人之醉也，东坡之乐与之同焉故也。同醉一语，或以为此。昔贤寄兴之词，而不知即万物一体之意也[⑧]。如有病夫，于此号呼偃

---

① 国图抄本本句“岳”作“岱”，无句末“也”字。

② 国图抄本无“偶”字。

③ 国图抄本无“也”字。

④ 国图抄本自段首“后辛卯，予典试江南”至此无。

⑤ 国图抄本无“多”字。

⑥ 国图抄本“急询”作“亟问”。

⑦ 国图抄本无“各病各方，辑而成书”句。

⑧ 国图抄本此句后有“人不必吾身之病痊为至乐”一句。

仰，天地之大，无以容其身矣。而[1]我乍授以良方，号呼者遂破涕而为笑，偃仆者遂翔步而能趋，亦人己同快焉[2]否乎？

予平生作客，遍历南北。若汴梁、吴楚以至燕京，皆有车辙马迹焉。而所至之地，书廊市摊，凡见[3]效方，未尝不捐价收之，过于娜嬛秘笈也。然而册籍太多，恐庞杂未必尽善，且无以为贫贱者地，其利人也几何矣？未若此册之博施济众也。至百里之内，则又有邹平太保华东张先生《悬袖便方》及新城方伯康宇公验方之刻[4]，并此刻而三矣。故予尝谓人，能一日记一二简要效方，其为仁人无疑也。而况于累累若贯珠可以广应乎？而况于授之剞劂，可以四海无穷千秋不尽乎？其为乐也何如？其为仁也何如乎？昔释迦文佛之为老僧穿针也，自许为不嫌功德之细、不嫌功德之多者，三界万劫之慈尊，为[5]人乃至如此，我辈何可无此意也？

予阅今岁乙丑七月邸报，恭读[6]上谕礼部曰：朕研究经史之馀，兼阅诸子百家。至于黄[7]帝《素问》《内经》诸篇，观其义蕴，实有恻隐之心。民生疾苦，无不洞烛。其后历代医家虽多著述，各执意见，若《难经》及《痘疹》诸书，皆未精思。极论文义，每欠贯通，朕甚惜之。兹当海宇升平，正宜怀保吾民，跻春台而登寿域。尔等可取医家载籍，酌古准今，博采群言，折衷定论，成为一书，永垂不朽，以副朕轸恤元元之至意。大哉王言！真视九州如一体，力广上帝之好生者。此与赵宋之《圣惠方》同，而年复逾数百则方加广矣，书[8]复加折衷则选益精矣。前代帝王盛事，有远不及今日者。际当阳圣主之鸿慈[9]，忆往代良弼之仁善[10]，再题数语以识乐事。天下后世之仁人君子，其来无尽。将有概然而同心，益为可久可大，以洪大生广生之仁者，苦海洋洋，化为乐土无疑。[11]

---

① 国图抄本无“而”字。

② 国图抄本“焉”作“然”

③ 国图抄本“见”作“有”，下两句作“未尝不捐价急收之，若过于琅嬛秘笈也”。

④ 国图抄本此句作“则有新城方伯康宇王先生简便效方之刻，邹平尚书华东张先生则有《悬袖效方》之刻”。

⑤ 国图抄本“为”作“利”。

⑥ 国图抄本无“恭读”二字。

⑦ 国图抄本“黄”作“皇”。

⑧ 国图抄本无“书”字。

⑨ 国图抄本本句“际”前有“予不佞”三字，“鸿慈”作“洪慈”。

⑩ 国图抄本“仁善”作“大德”。

⑪ 国图抄本本句“洪”作“弘”（缺末笔），“无疑”前有“也”字。

余[①]不佞固有厚望矣。

读此文，想见先生万物一体之意。吾儒之恻隐，释氏之慈悲，尽在行墨中[②]矣。虽广额屠儿，能不动念涕洟耶？乙丑蜡日王士禛伏枕跋。

雕丘杂录序

阮酒嵇琴，奇人多癖；饱食熟睡，措大宿怀，其来久矣。而予生平亦有妄想，欲以靖能摄魂之法尚友昔人。看昆阳之战，游梓泽之园，参五家车骑之队，检万国王会之图，而犹未若陟嫏嬛之洞天、登昆仑之册府，为足偷快而满志也[③]。丈夫坐拥万卷，何假南面百城？此固士大夫之高致也。然而菁华可掇，而徒记姓名，譬诸没人之于龙渊也。鳞介专车，便可颉颃照乘否乎？即令照乘之珍充内府，其视悬幢海埠、雨被四天下者，差数为何如耶？故百人之瞻舍利也，其所见者不侔矣；将相之陈晬盘也，其所取者不侔矣。待其人而后行，予谓读书亦有然者。彼康成车后裦[④]然夜郎，不亦戴晋人前之一吷乎？

夫训世之道则备诸经，治世之法则垂诸史，古今之学尽于此矣。而二者之外，复有二端焉。次之亦足以游泳情愫、宣畅陶郁，所谓筌簧六籍、园圃七略者非欤？至于研藏史而揖玄元，翻贝多而追调御，虚静玄牝之地、希夷帝象之先，则出世之宗，尤超然毗卢顶上矣。或则献疑曰：太极多此一动，遂使万象纷然。世返鸿蒙，星纬亦寂，惘[⑤]惘此中，岂有一字？子毋乃为苍颉所役役乎？予应之曰：子不闻伊川之言乎？何思何虑，是有此理，但言之太早耳。不止束书不观，鲁直为笑，至仙人而不识字，是亦道华所揶揄不已者也。或又进规曰，雅言罕言，垂训万世，庸言庸德，亦足以为君子矣。中人以上，譬若昙华高语滋惑也何居？予应之曰，有是言也。然而，五经以《易》为冠冕，不曰幽明之故、死生之说、鬼神之情状乎？此固尼山读《易》法门也。象先物表，大畅伭[⑥]风，视"兴观群怨""授政专对"之语何如？且朝闻夕可，与柱下、天竺之道，果可以淄渑判否？吾非易牙，正未敢知也。予不佞摊卷忘疲，未尽书生宿业。每发愿悉屏卷帙，而屡忏屡犯

---

① 国图抄本无"余"字。

② 国图抄本无"中"字，最后署名作"王士禛"。

③ 国图抄本此句"足"作"之"，"也"作"焉"。

④ 国图抄本"裦"作"裒"。

⑤ 国图抄本此字作"烱。"。

⑥ 国图抄本此字作"玹"。

之余，依然故吾。徐邈□杯[①]，时一中之；迦叶闻琴，翩迁起舞，故当不异人意矣。

予向来[②]南过秣陵，北依帝毂，趁墟报国仁祠，徙依殿角书摊者，予也；吴越之驾甫税，早已书廊缓步者，亦予也。以至轺车游舫，半载缥缃，不知者或妄意为陆贾之装，而不知其多遮眼故纸，皆绳钻未出，蠹鱼争伯者也。即今年逾古稀而老人无寐，五夜呼灯，一编达旦。群从执友，每笑问予：发箧揣摩，尚欲南宫应试乎？抑将以博学宏词，与诸君子争一日之长乎？予亦哑然自笑，而无以应也。而痂嗜所钟，则又与杂说稗史为多。盖海珍适口，不必大庖，幽兰为芳，姚黄却步矣。今岁乃得梁葵石先生《雕丘漫录》一书，回环讽诵之，不能释手。其足以淑世治世，灼然蓍蔡无疑也。至于出世之学，偶一拈举，便是上乘。吾尝衡量前贤，谓通明、稚川两君子，百世上人，邈焉不可复睹矣。何幸于尺幅遇之，顿把浮邱之袂乎？昔汉皇经营九有，属意有在此编，亦不佞之关中也。

先生神情开美，朗朗如百间屋，而霁月光风之中[③]，萧然尘壒之外，望而知为阆风樊桐中[④]人无疑也。故虽通籍多年，端揆是佐。而鸣珂佩玉，松风之致宛然，百尺楼头，不必寄迹罗浮、寻丹勾漏也。所谓凤翔千仞，下视九点齐烟，神游八极之表，白云先生携手待之者，是耶，非耶？故其折衷六术、提衡百氏，邺侯架上，觞豆斯存。而探骊得珠，晬盘取印，更有出于伊洛坛墠、房杜埏埴之外者，先生自此远矣。

予登朝将四十年，而谒告家居者二十年有余。闲中掌录，亦约得二三十卷，而逡巡点定，未及成书。是自中散之懒，尚未易瘳，然[⑤]亦可谓与先生同好矣。而循省平生，其相同者固不止一事也。先生曾祖太宰公抚予二东，而予先大父尝案王畿也则同。先生以丙戌举南宫，与予兄同籍，而予与乃弟苍岩大司马举癸未也则又同，先生官少宰而旋左迁也复与予同。但先生为王国鼎鼐，昆从琳琅鼎贵，此则予不及者一也。予蓬心瓠落，百无一长，而先生大器槃槃，飞黄龙友，则不及者二也。先生子姓诜诜、孙曾济济，而予膝下寥寥，是[⑥]不及者三也。宣武之似越石，得毋为女子齿冷乎？至于不佞，比来禾麦不登，黔娄分座，租吏敲门，重阳掷笔，此固当有独长。先生虽贫，或不能不让予一头地耳。

---

① 国图抄本此两字作“盃栢”。

② 国图抄本此处有“中”字。

③ 国图抄本“中”作“下”。

④ 国图抄本无“中”字

⑤ 国图抄本无“然”字。

⑥ 国图抄本“是”作“则”。

间尝屈指海内藏书之家，裒[①]然猗顿者，以胜国言之，锦江太史、豫章王孙，其巨擘也。阅其书目，尚令食指欲动。至数十年内，则有若退谷少宰、栎园待郎为最。二公已谢宾客，书亦多半散逸矣。今则上党四世方伯、常山苍岩司马耳。苍岩广搜秘笈，宾朋尽是陈农。予往亦曾摄袂雕丘之下，摩挲寿槐，忾怀前烈。而轺车猝发，未得寓目帐中秘笈。每思乘兴而北，行吟长柳之廊，饮马滹沱之水，造门而发藏书，请以十日卒业焉。今者老病侵寻，都无宿志，惟手此一编，便似与先生羽衣黄冠，薄游莲渚。开樽挹兰之亭，捉麈高林之馆，订释道氏之异同，评南北宗之顿渐。溯洄咏怀，伊人宛在矣，不识先生以为何如也？

① 国图抄本“裒”作“裒”。

栖云阁文集卷第六·序

赠大中丞张公灭寇保民序[①]

皇帝定鼎之四年，中丞英翁张老公祖，奉玺镇抚山左。时国家威德遐鬯，献琛奉朔，百粤喁喁，一侯一尉暨[②]于玉斧之外，於维盛矣。公至而字流亡，庀组练，壮猷炜如，度师衽席之上，韩范甲兵，百城震霆焉。岂其囿我宸宇，而小腆允蠢，容其丛薄嗥踔也者。盖自逆闯煽虐以来，泯棼无纪，猰犬之渐，馀沴同胎。贤者茹荼万状，始知共主之德如天。而一二不逞，遂至轨物荡然，捐元首而雄啸聚。夫宁糜败之不恤，自取天诛，若不皇而以为病者乎？无亦惟是，凶德将终，天厌其罪而夺之鉴。盖大僇行即及之，使其一逞则无余烬。救世之功有所归，而安堵以大庇吾子姓也。

山左诸向来啸聚者，公至而以次授首，既以书绩司庸，焜煌史册矣。六月望前，淄忽告溃。淄，岩邑也，屹然百雉，而蔺石渠答亦复蚁附，所咋指退者。客岁阳月，贼既薄东城，叩阖数枚，曾目无睥睨焉者。而一发殪之，逡巡鼠窜。邻封诸人士皆望之为天都，捐钱刀而愿授一廛，恐不得当焉。岂以一二亡命垂缅宵登，合邑暴骨，而山左为震也。当是时，溽暑炎歊，泞潦接踵，援师劲旅[③]，尚隔碣石。众虽宛转汤火，日祝公之出车，而转虞下甲之迟迟也。百姓咸以为忧，曰：公其弃我乎？不佞则谓：若无忧也，公之赐履海邦也，旧治编蒙，襁从千计，归市不异允荒也。岂其受命抚有我众而虎牙委之？必不其然。乃公果已兼道东驰，不佞闻而昧爽迓焉，既已远矣，诘旦率诸绅士拜于辕门。公则和颜降礼，哀其瘨若，而析其薰莸，若将不及。不佞退而语人曰：既见衮衣，诸君无复忧寇也已。公暇以整，谈笑折冲。剪邑之蟊，而昆岗不滥，恻然岂弟君子也，我淄何福得此。乃越日，而虎旅以西，不佞闻而昧爽挽焉，则又远矣。百姓复以为忧且加甚焉，曰：公之视师，为我来也。今者卷旆言旋，吾属何望？其果弃我也已？跧[④]伏莽泽、挟拏而出疆者，是日盖相属于道。不佞则又进父

① 国图抄本题目作《赠大中丞英翁张老公祖灭寇保民序》。

② 国图抄本原作“暨”，后又以粗笔改“旦”为“土”，改为“塈”。

③ 国图抄本“援师劲旅”作“满洲戍旅”。

④ 国图抄本“跧”作“踡”。

老而慰之曰：是固无忧。公七萃之总持，二东之司命也。望邑不戒而睨者多矣，无宁居重之不御而谫焉，下邑敢久柅淮浦之驾也者？且公玉趾亲临，二东跗注之君子萃焉，贼胆落矣。方略必已授诸居者，寇游釜中，此直偃旗俟之耳。泾以渭浊，若辈鲲鲲实过，公必有以处此，不然，岂其回辕是恝耶？乃公则息驾，无何而宪示果至：从逆之外，不许妄僇一人。六军惴惴奉法，而向之以公去为大戚者，乃忭告于室、愉舞于涂，操豚肩卮酒，而群祝祏社神明曰：张公活我，张公活我。其自今而至于子孙，千[1]亿烝尝，毋忘此恩也。

不佞盱衡今古，将相济世，不慰藉人心而可以建肤功、垂永泽者无有。然而人心合忤，如向背群峰，其一之也实难。方变之始闻也，或里居无恙，或越堞幸全。然贼已发骑持牒，录姓名而将驱入铁围矣。时则引领云霓，而城内者妄意其满志疾归，恐霓师之薄城而贼或负固也，惧且甚。及乎寇之婴城浃月，城中之忿贼屠僇也，思与偕亡以甘心。而国[2]有常刑，胁从罔治之恩未敢顿冀。则前之城外偶全者，虽幸馀生未尽乎，又咸以妻孥族姓寒心矣。慰其两喜，而释其两忧，天地所为有憾者，而公乃于此令人无憾。《诗》有之：式歌且舞。公之明德，民不歌舞能乎？此无论民也，生全万姓，公真可以歌舞自慰矣。不佞乃得进而飏言曰：公之德无垠哉！然此亦豹之一斑耳。公檠檠大才，树[3]德如圃。小丑既慑天威，凡在覆焘，咸欲以纯[4]灰自濯。姑尤聊摄，我知其有宁域矣。而一二遗黎，知虽罹网内，惟父母孔迩，终镜别而起之白骨也。盗即偶有阑入，其缚而献诸麾下，又何疑焉？二东磐石，直裕如耳。阙文[5]今上方思进庸股肱之佐，嘉于海内敉宁，宅兹百揆[6]，鼎丕基以霖雨天下，舍公又将谁属者！公其申受天休，惟无疆哉！

赠守宪张公天寇救民序

闲[7]尝上下古今，求夫智勇磊落，所谓豪杰绝世之姿而尚友之，代不数人，戛戛乎难其选哉！夫豪杰绝世之姿，任人之所不能任与不敢任。彼盘根错节、

---

① 国图抄本“千”作“十”。

② 国图抄本“国”作“固”。

③ 国图抄本“树”作“楙”。

④ 国图抄本“纯”作“纪”。

⑤ 国图抄本无此“阙文”两字。

⑥ 国图抄本“揆”作“揔”。

⑦ 国图抄本“闲”作“间”。

羊肠诘曲之地，众人敛手却步而退者，此直恢恢应之有馀。惊人快人，龙腾虎攫，不可瞬视，真足排溟倾岳矣。而求其油然恺易，冬日之为德也，或有遗憾焉。且夫事之不与谋期也久矣，墉栉之登，不酬铫耨，功成而变有司之者，盛略椠椠，而横流未极熟釜之铭，其亦数为之乎？故夫豪杰之士，锋锷为先，不专以纯德责也。德纯而心与天下共见之，难矣。方略足传，并不专以成功绳也。功成而事与天下共见之，又难矣。所谓代不数人，百世而一出，犹为旦暮遇之者，今乃于守宪张公得之，一何幸欤！

公天才英敏，足兼数十人有余。理剧经繁，若不经意，而叱嗟立办。侃侃刚正，人不敢以私干。击豪强，卵翼百姓，殆属毛之不殊者。稷门以及列邑人歌“父母孔迩”，如出一口久矣。往公行部抵般阳时，不佞伏枕杜门，半刺未通也，辄左顾草庐中。抵掌言天下如指诸掌，不佞惊服为眼中未曾有。岂惟不腆下邑是福，其自聊摄以东、姑尤以西实荷帡幪，当无疑者。至祸出不意，而敝邑惨在刀几。猰貐封豕，荐食我二三赤子，卒之槁街无赦，京观赫然。不尽孑遗，公起之白骨而重肉之。敝邑受福，果万倍诸邻土，然而伤公之心多矣。公救民水火，若揭日月而行，有口者皆能道之，殆比儿童知司马、走卒识君寔无异。而其苦心妙手，征[①]用冲怀，公不欲人知，人亦[②]未之知也。不佞不能为阿，敢隐善乎？

夫淄为公赐履地，诸君子之济师来者，皆客旅也。米盐琐屑，麇至取给焉。公一一应之，左唯右顾，口喻手挥，未尝不各得所欲去。上自[③]统帅，降而偏裨，以及櫜鞬奔走之士，皆能鉴公之劳，而相与欢然。因以与公一心，而绩用底成，民用来苏。淄之生齿未具烬，自庆余生哉！而公之心血，不知[④]耗磨几许矣。公吐辞有伦，咳唾未尝轻出。当机一字，若千钧之弩，一发往辄破的，应弦而倒，不留行也。颠倒喜怒，似不可测，而水落石出，卒以爱人利物为归。委蛇玉成，向之悚惕甚至怨怅而以为疑惧者，乃大喜逾望，而感矢不可量。留侯善藏其用，信有之乎？方城甫破，而大兵沓至，民惊溃而鸟兽散矣。井里虚无人也，谁为应鼙鼓、转刍粟者？公款曲招集，躬抚摩之，假以颜色，劳以酒食，而众乃欢然子来。畚锸云从，挎黍相饷，居者、行者，皆恃公而无恐。围既合矣，寇有宵入郛者，人或忧之。公笑谓，是何难知？若辈授首恐后，故为不速之客耳。向者，深巢菁巘，坐老我师，孰能一矢加遗者？今釜已困矣，方

---

① 国图抄本“征”作“微”。

② 国图抄本无“亦”字

③ 国图抄本“上自”作“满洲”。

④ 国图抄本“不知”二字为小字，在“心血”中间旁注。

益之薪，彼漏网者正恐折柬招之不至耳。倘源源而来，幸甚。无忧异日有遗孽矣。无何，城堕而贼歼焉，人方服公胆智无双云。破贼之后，即集众城头，同大人并诸将校，公讯顺逆而立决之。用钺无冤，解网无辜①。不移日而邑大定，民重生，感②为圣天子祝万寿无疆。公不负简书哉！

夫招魂续命，即古之仁人君子犹以为难矣。然行我之意而立生之，视夫多方调剂于人，而后可以行我之意，其难何居？行其意而庆誉③有加，以视夫欲行其意而左右顾畏焉，乃卒行其意而生之，其难又何居也？公惟不惮此两难而力行其德，则前之所谓两难，公直易易坐进，固有本已。淄遗民万口欢祝，咸谓吾侪小人，得张公而再生。公则愀然改容，且欿然不居也。谓不佞曰：吾宇下赤子，而及此膏血原野，忍言功乎？且弹丸之复，茕茕十一犹存者，是诸④大人之力而统帅之鸿慈也，于予何有焉？公平日通乾竺之学，深究内典，得性命大旨，德被万姓而居之若虚，固不偶哉。

史氏曰：懋官懋赏，国有常秩，所以酬德功，旌往而劝来也。庆何馀曰天，淑何纪曰史，不亦司契而金石无斁乎？曹彬之下江南也，曰仁以清，带砺永其世，而今为烈焉。以予观张公，何以似也！不嗜杀人，奉扬天子德，意不虚矣。而洁清无点，枕戈之馀，蓐食不饱鲑菜，屯于野而垒是栖，询民之村，无守宪卒也。跻于城而堞是守，询民之庐，无守宪卒也。堕城之旦，爪士数十殪焉。承制酬分妇口一二，即已慨念仳离，寻其父母遣还矣。视数箧图书，不尤无累与？夫天人交争，亦待其定耳。天之既定，其绩不书于太常，爵不诏于司勋，螽斯阀阅，鬼神不启翼而降之祥，有是理乎？若夫垂文汗青，以上与古人颉颃而并驰，则有大书特书之笔在，予不佞何敢多让焉。

成青坛大拜序

升平之待圣主，与弼亮之须贤相，岂不以时哉？盖天下当板荡之馀，父老之望德化久矣。翘首跂踵，疑若不能朝夕俟。而迟之又久，志气之应，乃得之堂陛之间。于是宇内喁喁，知观成之有日也。我皇上受天宝命，臣妾万邦，十年于兹矣。然向者七年中，登蜀法宫，含光恭默。文石之陛，曜灵升而未普也。故环海骚然，揭竿数起。若豫章，若宣云，螳臂怒张，不可向迩。至遣期门羽

① 国图抄本“辜”作“倖”。”
② 国图抄本“感”作“咸”。
③ 国图抄本“誉”作“举”。
④ 国图抄本“诸”作“谓”。

林诸宿卫士，歌《采薇》《出车》者匝月，而后饮至有成劳。浸及海岱东诸侯之地，青犊铜马，蔓延数郡，道茀无足音焉。灵旗所指，未有豸也。迨我皇上端委明堂，万几在手，风行电扫，不期月而跗注之君子驰弓卧矣。此非泰运时开而圣人斯作，固有灼然不爽者存耶。而改玉以来，维新百度，政本之制亦与前代轻重殊焉。前代之初，削宰相名，散其权于六部，继而纶扉调旨，帝綍实熙，则名异而实固同也。昭代由旧，未尝不隆内院之名，而实则六曹尚书皆丰沛旧德，或以亲王莅其事。诸务皆得臆决，奏成手中，直取上旨行之耳。夫专则私，私则善败之数有所匿而不以闻也；分则乱，乱则甲乙之衡无所定而难以决也。于是乎昨非今是[1]，乃未几而又以为非矣。彼可此否，乃无何而此又以为可矣。幸皇上圣明天纵，烛其弊而改弦，下诸王大臣廷议，顿复旧制，机务一归政府。夫天下之事统于六曹而内院受其成既已，无不相筦之事。而皇上优礼大臣，期以棐忱用义，大臣亦无不精白殚厥心者。故凡机务之至于前者，其是也，则为之尽义，以广其不逮；其非也，则为之正辞，以斥其不衷。其封事未及，而时务所急与宸虑所周者，则又为播告之。修以申之，务期上德有所必周，而下情有所必尽，则事又无不可尽之言。此真千载一时，躬逢尧舜，而贤人君子宣猷弼治之昌期也。乃青坛先生则首膺帝简，褎然登庸矣。

先生德器渊雅，风度端凝，夙负海内重望。甫通金闺之籍，一时士大夫即以公辅期之。正骨冲襟，侃侃以名教为己任，而同人与处，卒未尝一睹喜愠之色也。客岁以翰长校士南宫，会执政乏人，未出棘闱，姓名已登启事矣。乃犹荐历统均，大计天下之吏。既阅岁余，以新命广咨院臣，然后秉均。盖异数也。而待政本既定，可以尽吾所欲为者于天下，而后起而应之，岂非郅隆将立奏而观成，固待其人欤？夫秉均之职，三代后或曰平章。名以命之，义固寓焉。是故意偏而昭昭轻重，与好奇而沾沾矫革，以一人之憎喜示于前，而召天下之憎喜从于后。往牒所在，左监炳如，海内之耳目何可尽掩也？先生虚以受天下之来，而静以待天下之变。履其至平，而不以我与焉。以赞宸谟，不亦熙乎？以端士习，不亦静乎？以求民瘼，不亦康乎？此不佞深为天下喜，而卜六符之叶也。至于先生世文穆公之学，因以世文穆公之业，以大猷允升为一姓之弓冶，史表中快事不多觏矣。稽古者谓西汉韦氏父子，差可并轶千秋。不佞谓文穆公楷模海内，抗迹君宗之上，史称节侯守正持重，庶几似之。若玄成议大礼外无他表见，仅以文采著称耳。今先生际圣明，在上大用，乘乎昌期。而檠檠之器应之裕如，致治于三代之隆者，岂韦氏所可同日语乎？此又天下之所望于先生，而亦先生之慨然自命者也。畿辅诸君子，筐币称觞，而授简不佞。夫王国克生而广舆燕喜，

[1] 国图抄本“昨非今是”作“昨是今非”。

山甫之诗，岂止都人士之庆已哉？

陈百史进秩太宰序

圣世必有纲纪教化，此治天下之本也。而大器当如规矩准绳，此尤治身以治天下之本也。古来贤士大夫，独行一意，皭然不欺其志者，盖不乏人。推其功施所暨，则谓此可坐镇雅俗耳。而道济萌生，救时之功，或非所任焉，似乎清节易而宏济为难。夫子舆之题大人也，何居？如卢怀慎、杨绾诸君子，仪型高洁，风示百僚，而功实未媲古人。正而未大，亦间有之，然未有不正而能大者也。岳渎之镇，其无私荫；雨露之澍，其无私润。而后三辰正而玉烛调，酌瑶光而资粮万物焉耳。盖立其本而准之，正学大业，古今人未尝不相及也。

国家定鼎五年于兹矣[①]。特承帝简，创正国家万年统均之[②]席，自先生始。盖开天异数云。先生文继韩欧，为天下第一。自史馆立，擢少宰，受天子宠遇，亦为天下第一。而上意固以为未足也。先生学有本原，以不愧天下、不负主知为期誓[③]。三年受事，曳缊袍，饭脱粟，一鲑菜称大庖矣。阍人抱筦而悬釜，苞苴之履一何不一[④]及于窒白丁也，一时有关西夫子之拟。至于殿最百辟，无私喜，无私怒，无诡从违。陟一人而当身若衮焉，道扬恐后。否则太宰曰可，公曰否，必正色争之不惮频，虽诟谇不恤也。黜一人而当身若袯焉，激涤无已[⑤]。否则太宰曰否，公曰可，必正色争之不惮频，虽诟谇亦不恤也。而天下贤士大夫亦尚以为未足尽公之用，而犹有所企焉者何[⑥]也？夫季世之弊，固有功命所不及，典章所不载。不知一何庸人始之而后之，贤士大夫至相沿以为金科。至欲少少自见异，而众辄动色相戒，以为大不可者，则其职之不尽不曰瘝，心之不殚不曰愧，而以弊例之不遵为大谬者是也。[⑦]夫进退人才之地，堂案司呈[⑧]，少宰以一身仰俯其间。乃上而一语询焉，以为争权；下而一语询焉，以为侵职。干木纸尾，是不如其已也。又其弊也，明季选郎过于自好，用一人不如己意辄

---

① 国图抄本此后有“天官之长，汉人不得过而问焉，顷者”。

② 国图抄本“之”作“三”。

③ 国图抄本“期誓”作“得”。

④ 国图抄本无此“一”字

⑤ 国图抄本“激涤无已”作“导扬恐后”。

⑥ 国图抄本无此“何”字。

⑦ 国图抄本无自“夫季世之弊”至此一段。

⑧ 国图抄本无“堂案司呈”四字，在下面“少宰”前有一“寔”字。

投劾去，太宰至为避席不遑。噫嘻！是又乌用太宰为也？乃今又有异焉者，以东西之不相喻也，为之驲骑。而发踪指示者，乃捭阖之于其际[①]。彼三山之冠重在上，九鼎之举重在下。而丛神狐孽，体物不遗，非上非下而在于中，而能令上下应之如左右手焉。先生既以天下为己任，其能一日恝置诸怀乎？然虽日力争之，而固不能不有所待也。顷者，上采天下望，进汉臣以六曹尚书，而先生褎然。士大夫喜而相告，谓：陈百史先生正位冢宰矣。铨政得人，百官得序，四海内外得岁。而先生慨然益自力，复抑然有以自下者。太史成青坛亟闻其语矣。先生之言曰：不佞奉职无状，不[②]即斥谴而朱绂方来，实鈇钺临之。今吏道杂甚，不能澄叙官方，登茂良之士而剪莨莠，将圣上[③]嘉惠元元至意，其若简书何？何职秩之为也？且铨政之稠浊，为日久矣。猝应之一事或失当，辗转竟夕，必改弦乃即安焉。不敢过爱其丑也。人苦不自知，非好我，孰以药石进者？同籍二三兄弟尚交警勿弃，余不佞得以藉手弃咎，免大戾焉。以规为瑱，必不其然。先生之翼翼日新如此，可谓能得诸己矣。夫圣贤之学，惧其日有所失也。乃能日有所获，惟能内顾而得其身也。而四海承流，乃得进而有其待命之人。先生自求如此，宜乎天下士人人有一百史冢宰于其腹内[④]，而将有以责其大作于后也。今天下可谓已安已治乎？远略无外矣，而□□□□[⑤]思皇蔚起矣，而□□□□事势洞如观火矣。盗贼生于贪酷，贪酷生于宠赂。宠赂之章，而不可堤也。生于其拜官之有所来，而成于其黜幽之无足畏。公以天下为己任，又岂不以是为鳃鳃也？救而药之，岂易言哉？

贺刘宪石先生擢少宰序

上亲政之三年，既集海内岳牧，黜陟惟允矣。已进廷臣，而亲阅之。其内外去留以及[⑥]老疾礼遣者，明旨秩然有序，求之古帝王中，所罕觏也。盖上圣明天纵，锐意太平，知致治首在用人。故躬秉铨衡之柄，以与海内士大夫濯磨更新如此。则铨衡之重也，至今日而益甚哉！会少宰缺所司，例疏二人请上裁，则宪石刘先生褎然拜命矣。时先生名次在副，盖特简云。

---

① 国图抄本此句“捭”作“押”，“际”作“后”。

② 国图抄本“不”前有“上”字，且抬头书写。

③ 国图抄本“圣上”作“陛下”，抬头书写。

④ 国图抄本“腹内”作“意中”。

⑤ 国图抄本无此四框，下面四框亦无。

⑥ 国图抄本“以及”作“及以”。

不佞珥笔从先生后，十年于兹矣。忆不佞癸未列庶常，房师一章郭先生诏之曰：子今读中秘书，绳绳步趋，毋亦先达是程乎？矜式得人，夫亦免于戾矣。勿远求，子同乡宪石刘先生其人也。然是时先生适以皇华出国门，思一睹仪型不可得。后四年春，乃幸觏止，始信予师所示不偶也。先生良玉在躬，德兼温栗，闳中肆外，文章为海内雅宗。而练习掌故朝典，不佞有疑，辄请益焉，先生未尝不娓娓言之。则又方轨伯始，裕如也，一时词林后进，赖以睹先正典型。其为清庙明堂之宝，盖拾级台衮，众共目属之矣。

既拜命，即上皇帝书，曰：臣不敏，猥蒙不次之擢，无以报上恩。然刍荛是询，明诏实式临之。臣以为今日吏道杂，而考功之制未详也。新制以铨翰台谏补方面，俟皺历有成劳，入掌京堂，制至善也。夫方面，既得廉察所部矣，而属吏累累以贪墨败，表率之地，岂曰能贤？郎官出即[①]长百城也，乃不择人而授之州县，贪暴庸猥之流，岁月稍深，辄翘足南省，非尽治行高第也。他日期以龚黄之绩，知其扬觯而退，明矣。臣以为，用才莫若储才之便，而储才在定典章、明赏罚。请以郡邑贪墨之多少定方面功过，而妙选有司之贤者为部司，其长贰不时疏称职者以闻。诏曰：可。不佞三复先生之言，而叹体国之诚、救时之失为至深也。

今日铨衡之地，有所易，亦有所难。其易者，幸上圣明，求治方急，可以骤拔非常之才，破格得士力。而其难者，不慎收之于始，进而争之于既敝之馀，则汰之不胜其汰，而曹署为空。其甚者，力胜之以期一快，而倚伏[②]多端，国事为之不静。官守之所专司、耳目之所睹记者，不能当下激扬而消其不令。而慢坐以数十年后，圣贤不能自必与取必于人之身，则人皆可以自[③]恕而无所悔于其心。不能创法定制，使天下人才喁喁趋进，以交赴上之所期，乃救其慝而骤有变置焉，又未尝虑其可久、可复也。则变置卒无已时，而天下惶惑而无所守。夫训之秋驾，不若先蓄冀野之骏以实天闲。欧冶鼓橐，五齐纷纶，咸诧劓锺之锐，而后薛烛品目有当也。持衡者不能储育而变化之，徒言辨论官材，其与能几何？先生所以举要言之，先事而图，亦以云救也。

先生以司李起家，吏事精敏冠畿辅，故老雅能道之。召试以异等入词林，其于人伦渊薮，久称水镜矣。今乃自翰长出莅端揆，甄陶万品，所素裕也。一借箸足以经久，又何疑乎？闻诸先民云：往代词臣出而佐铨者不甚事事，安坐堂皇，雍容养望而已。而太宰一席地，则诸曹之长递为之。至本朝开运，三易天卿。溧阳陈公、静海高公暨今元城成公，皆以佐铨进而正席，亦皆由词臣出

① 国图抄本“即”作“则”。

② 国图抄本“伏”作“仗”。

③ 国图抄本无此“自”字。

为之。陈公、高公旋入院，成公则先以内院廷推，而后司铨政者。陈公既职论思矣，无何复出兼铨政，旋又召入焉。盖上殚心治理，论道与官人之司并重，故择天下之贤者而官[①]府参用之，无不既其猷者。先生桀桀大器，左宜右有，亦无之不胜任。自是而进总端揆，入参几[②]务。朱绂方来，非阿所私，盖以海内之将治平卜之也。

先是，上优礼引年者以风励廷臣。先生年未及格也，辄欲从诸君子之后乞身归，尝向不佞屡言之，不佞谓先生未宜及此也。顷年来，上日亲侍从之臣，先生时承顾问，德器渊闳，在洞鉴中久矣。且上睿照不世出，廷臣济济，止以齿发而进退之也，必不其然。不佞属有犬马之疾，行将请告。一丘无恙，正恃贤者当轴锡我菟裘耳。至是特简，而朝士翕然庆得人，且以颂上神明、藻鉴非常，果不可以寻常测也。而不佞则外为天下喜，而内以自快其私。息壤在彼，其可渝乎？先生门下士授简于予，聊泚笔以侑一觞如此。至不佞之焚砚有年，先生固恕其不文矣。

贺叶郡倅序

昔刘忠宣公时雍之官庶常也，解馆当留，而自请试吏。及以子部郎将陟冏卿矣，又以意出参闽藩焉。其言曰：吾非不知京堂人之所欲也，但吾为士时，见府县之政不修，辄愤然曰：使我当之，某也必行，某也必罢。今幸登朝，不得一理民事，非素志也。予每读史至此，即彷徨掩卷久之，曰：前贤之不苟于仕也，其明于得志泽民之理如此哉！盖古人得志，非宠利之谓也。功不被于时，即赫然卿相，践台鼎，酌斗杓，翰音鼓妖，其耻与挞市等，况其下焉者。苟自我而有所利济，五两之铜、半通之纶，秩至卑也，而覆在宸宇者，歌舞之矣。可以不负君，不负所学，跻之前贤之庑而无愧，矧其上焉者。然则有志之士其自命也有素，而自慰也有成，在此乎，抑在彼乎？

昊庵叶公之为笼水未期月也，而士民颂声，百里一舌，抱牒而赴诉者，不远千里，茧足恐后。公何以骤得此声于齐鲁间哉？昔人谓“宰相不必询其论奏，视海内治与乱而可知也”，予谓守令亦然。不必询其兴除，视境内祝与诅而可知也。公诸善政，未可更仆尽，而惠我无私，众实有口。穆陵之南，无棣之北，喁喁如也，公得民矣。每祷辄应，道叶为霖，公动天矣！惟勤民，故可以动天。夫至以勤民者动天，而民安得不歌且舞之也？而公固非习于为吏者也，盖以翰

① 国图抄本“官”作“宫”。

② 国图抄本“几”作“机”。

林出云，而又自监司左迁以受今职。夫翰林，固世所谓词臣也。其人大约以鞶帨为妍，而不娴于治理，问以龚黄之效犹云雾也。乃复以贵倨而俯同群匹，夷犹不屑之意，率以拄笏不薄领为高。即御史中丞及台使者，若藩臬大吏，亦不敢以吏事责之。雍容养俸，待次而已。而公宠辱淡然，反若有以慰其素，而有以效其所未足也者。岂非其泽民之志命之有素者，欲上与昔贤并轨乎？

或谓牛刀小试，其与能几何？予应之曰：否否。世之所谓大用者，不过至卿相而止耳。既都卿相，且具济世之才矣。然而不得乎君，无成也；得君而未久于其位，无成也；得君而秉政久矣，而僚采挠于其旁，而奉行坏于其下，犹之无成也。余不佞亦尝从大夫之后矣，窃观当世之贤者，嘉谟石画，确然可济时艰，然往往进前且却，十言而不得一当。退而愤叹，徒有疾首耳。公不鄙夷我弹丸，朝出一政，而民朝得岁焉；夕布一语，而民夕解悬焉。夫以泰山之云、四海之雨，其所携者广矣。姑敛而为一邑一井之润焉，未尝非甘露也。谓小而非效也，可乎？以视彼大而无可用，与欲用而卒不能效者，其虚实为何如耶？予年友杨冰如先生，癸未传胪第一人也，乃郎云陶[①]今岁散馆授令去。予遗之书曰：释棨分符，勿以为不幸也。以世法言之，何职不可至公卿？以儒术言之，吾辈即白首馆阁，不过老蠹鱼耳。其可以利济含生、垂裕后嗣者，何事也？今观公治行若此，益可信吾言之不妄矣。

昔黄次公为相，功名逊于治郡时，此或亦有说欤？而刘忠宣之既为大司马也，明孝宗腹心之毗逾于刘夏，勋名烂焉无两。忠宣有云：吾之所以至今日，得参政布政之力也。此语良有味哉！公向在词林，正谊有素，循是以往，秉雅志而懋新猷，进无疆也。他日为黄为刘，若固有之。予不佞喜接壤有贤君，词苑有良吏。姑以睹颍川之次公为愉快，而以忠宣之秉大政者拭目俟之。并以告天下之凡临民而可以泽民，与夫未得牧民而有志于泽民者。

贺笼水通判齐君序

今天下甫出汤火，而百姓之疮痍未复，呻吟之声，十室而九。天子加意元元，哀痛之诏凡屡下，所以体恤诸父老子弟者良厚。顾九阍远矣，安能进孑遗而噢咻之，所与起癃瘵而跻之春台，非此累累大吏而下以逮诸州邑之司牧者乎？然而，亲民之职，独专城司牧者为，实有成劳：朝一言而朝得岁焉，夕一事而夕茹荼焉。响谷景赴，乃正非御史、中丞、直指使、监司若二千石之所及，即

① 按，应作“陶云”。杨大鲲，字陶云，武进（今江苏常州）人。崇祯癸未科状元杨廷鉴长子。杨大鲲为顺治十六年己亥科（加科）进士，散馆后选江西新建县令，于顺治十八年就任。

中丞、直指，朝夕督察部中，期奉职无罪状，亦正为此。二三专城司牧者，而重之玺书、铁镢也。而比来职亲民者，理人之谱，乃以苍鹰乳虎为口蔡，掠食视肉，方以双凫之去，烹羔伐鼓，结社赛神。而后来者反笑前人未工，而务过之。当之者，乃复追颂向者，苍鹰乳虎亦犹古之遗爱也，尸祝畏垒，谥以驺虞。千室之邑、百雉之都，遂以除目寥绝、数月不补长吏为幸。然则，吏治亦岂易言哉？麟角凤毛，地方幸得一贤者，士民之所跂足丰庇者也。而贤者过于自好，以为函牛之鼎耻在烹鲜。丈夫业得位而居之，得民而莅之，或数十城，或数百城，提封万井，烟火千里不绝。肤寸之云，沾漉四海，差云雄飞，足以豪耳。不者，弹丸是隶，俯仰大人眉睫如低首矮屋中，此直堪拄笏西山。不则，士元一月醉，以非百里之才，坐谢昔人有余矣。嗟乎！方六七十，如五六十，有民人焉，吾与为浮沉。有社稷焉，人将为丛灶。野葛一寸，足以杀人，奈何而以民命为草菅也？或者其实无济世之心、无济世之具，而以画诺为雅望欤？自得箎水别驾齐君，而予之言益信。

吾邑望箎水，不一舍而遥，若在宇下。其长吏贤否，未尝不耳而目之也。丁亥，予命驾都门，时公甫下车期月耳。未谋一面，而章甫之颂，已洒然异之矣。迨比年来，匏系都门，公既聿观厥成矣，而父老乃走乞一言以佐卮酒。予心知公之贤也，则漫问父老曰：诸君之觞公也若之何？可更仆治状以代赋诗之遗乎？或则跃然而前曰：吾箎水之难也，则以与他州邑殊。迭嶂之中，伐石而宫之，虽翼然睥睨丽谯哉。无秸秸之纳，筦库之司焉，惟是不腆束矢以佐饩牵耳。公以教让为心，雍雍无讼，虞芮之质几绝。铃下伍伯，凛凛奉三尺惟谨。出名一钱即斥去，不崇朝矣。至于捕盗，固专职也。而顷者，凿坯胠箧之豪，可叱游缴吏，尺组缚之。即桴鼓宵鸣，良易与耳。属者，封豕荐食，连陷名城大邑，而巢窟箐岩，实偪处我襟带，以为干掫大忧。公昼夜登陴，墨守无怠，间侦内应，辄诇捕之，而域内以固。鼓练乡勇，数以奇捷上幕府，绿林不敢复窥左足，而封内以安。至大贼之陷淄川也，时则青济二府之交，惶惶惊风鹤矣。而公捐赀犒士，輂致军需，选壮士穴城攻之。而逆氛立靖者，则公之全力也。至亲冒矢石，而山左之大警以息，识其大者，功德焜煌一时，可以为难矣。公以槃槃大器，而不狭小吾一隅，恢宸宇而丰庇之，民以宁，盗以息。吾侪小人，蜩螗之介，尚亦有良食，毫发皆明公之赐也。如毁孔迩，愿上一觞。

不佞乃谓之曰：若等其谓长孺薄淮扬哉！夫君子之出而仕也，志贵其见于世，而非宿计其时；德期其被于民，而不必介其位。今夫由陬城而上，自郡州进于省会及京邑，权益加隆，位益加崇，而瞻顾日益加甚，掣肘日益加难，安能独行一意而利泽，究图爽然自见于当时也者？自不佞索米阙下，三年矣。九卿之长受宠锡，为天子股肱，赫赫大吏也。虽善败之谟，未尝不敝舌而陈之。

然听我嚣嚣，以规为瑱，盖十不得一于寮采间。其贤者，退食有愤懑太息而已。欲行一事、建一谟，沛然朝发夕行，立有所见于天下，岂可得哉？夫笼水，僻在山林，为丰沛贵人之所不屑。虽蕞尔一隅哉，公实自有之。故志行效见捷于桴鼓，或反能得诸卿寺大僚之所不能得。而又以其地得长有公，而不患有遵渚之鸿、耽如之鼓。鸿鹄锵锵，杂民歌之。惠心悃愊，而誉永功最也，有以哉。

天子方开明堂，大计郡国吏，将求司牧之贤而大用之，以风示天下，如汉故事，赐金增秩，超拜九卿丞相，公将首膺其选。笼水如带，实始基之，则亦公之南阳、颍川矣。然吾闻，公故江南名家子，幼席贵介，以经术世其家。而诗歌古文词褎然作者，美无度，悃愊固不足尽之矣。

赠长山南令序[①]

甚矣！夫民瘼之可瘳而未易瘳[②]，良吏之不易为而可为也；夫国家所重者惟正供，井里所苦者惟贼盗。约法三章，杀人者死，令甲久已森森矣。受百里之地而君之，其孰不宜凛凛功令也者？但分数明则吏不能为奸，期会简则民不致妨务。视多寡懵懵而敲扑竟岁者，贤不肖、巧拙为何如耶？鼠窃必惩，则鸱张自敛；窃钩无赦，则发箧裹足矣。何至萑苻飙起，而邑邑曰“盗未可得，蔓难图”乎？刁诬者攫金而去，若固有之，败民实有羡心焉，是诲民以死市也。父母孔迩之谓，何而反谓是所以重民命乎？是三者，不佞之有慨于中久矣。

向之请告出都也，曾草《弭盗小言》，留之言路诸君子。其言曰：朝廷忧盗，盖以宁民，德至厚也。但失盗之律过严，则隐盗之谋益巧。盗知有司之畏之也，则势益横而不可止。虽钟鼓而招摇于五父之衢，曰：我绿林之豪也，孰敢过而问焉？岂惟不敢过[③]问，将卑辞厚币而遣之恐后矣。窃观今日百城，非不日具甘结，曰“桴鼓不鸣”若一辞也，然而不察盗而泄泄矣。曰“不鸣”者，偷也，既失盗而惶惶矣；曰“不鸣”者，欺也。其偷也，似处堂；其欺也，似盗铃。卒之事发，不能掩捕之。不满品则罪也，孰与上宽其文网、而下严其巡徼之为得乎？年来刁讼繁兴，实伤圣治。不佞偶著《变齐论》以达之上台。其略曰：贤者之治国也，如良医之疗病。视其证之急者而授之药，一匙，沉疴立起矣。凡诬告者，必按律反坐。非真正人命，不断烧埋，此古来仁人故事也。夫徒死，既不能陷人，则人自不肯轻死，则不特仁于偿命之人，且并仁于拼命

① 国图抄本题目作《赠长山南令文》。

② 按，底本此处作“瘳”，末段“民瘼可疗而不疗者”句则作“疗”，国图抄本亦如此。

③ 国图抄本无“过”字。

之人。阴骘也，王章也。

南侯善政，兹以得其崖略，卓然循良之选矣。而以不佞所闻，尚有更仆未尽者。而又闻梁邹刘侯，口碑啧啧，亦邻封之卓鲁也。将博询两侯治状，缉而梓之，以为海内牧民[①]之大师，则煌煌治谱，非止傅氏一姓所得球图秘之。而式穀之诲，堂构重光，是又将以贤令闻于海内矣。予以是知缁衣之好有同心，而民瘼可疗而不疗者为可惜，良吏不易为而力为之者可为[②]师。而南氏之子姓，光大前人之令绪，授简而称觞者，将大书特书，川至而未有艾者也[③]。

刘尉署淄令序

吏治至今日，难言哉！夫吏治之所以良者，惟其能自尽也。蒲可鞭，尸可伏，贯索可空，君子谓其尽于仁焉。鱼可悬，犊可留，胡床可挂，君子谓其尽于廉焉。盖其内之夙盟者，立身诚有本末，而外无旁挠之势以为金柅而。且也上日有安民之令，而中素裕养廉之资，故志达而行立，表于时而垂于后世也。以视今日，何如哉？天下非无贤者能自爱也，而大吏之符日至，阳在考功，阴在苞苴。多如雨，疾如风，怒如雷霆矣，赫然而虎视曰“途车之不充”。尔即廉如公绰，仁如卓茂，为尔上者何利焉？四知伯起，一甑史云，“逢彼之怒”实多矣。或曰：弃此鸡肋，将若我何？而未知解绶投劾，容其高引，此往古大僚、大贤大度事也。今若悻悻一决，旦挂冠而去，夕縶约而来，廷尉望山头矣。婆娑五柳，安可得哉？盖进退维谷，不驱之大贪大酷不止，其得与古人校量否耶？然而，世之所谓俊杰识时务者，则莞尔笑曰：时乎，时乎！龚黄之骨久已朽矣，世何以若人为哉？敲扑鼓吹，致足乐也。朘民获上道在朱提，茧丝三之，囊橐五之。是区区者而不畀予，三尺之设正为是人。我初不识循良何物，上之清华侍从，班次亦彬彬尚书郎矣。然则，今日而称为政者则又特易易也。夫以难若彼，以易若此，吾为斯民之沦胥忧，吾又为临民之悃愊者危也。盖不佞因是而平衡吏治，以古人循良之易，而犹有不肖者出焉。是直东陵之魁而分符也，其罪盖加于今之贪残者数等。以今日之吏之难，而又有其独易者以甚难，其难百倍矣。而卓然犹能以字民自见，此犹干盾于锋镝之下，授餔于道殣之余，其加于汉唐良吏，又何以数计哉？是以君子论其势而三叹也。若刘侯，可不谓今之古人哉？

侯之摄篆吾淄邑也，予于琳宫一晤，已洒然异之矣。越两月，而歌舞颂德

---

① 国图抄本“海内牧民”作“海内民牧”。

② 国图抄本“可为”作“为可”。

③ 国图抄本“者也”作“也矣”。

者载途也。父老数辈登予门而请曰：吾邑不天，屡蹶司牧者，侯至，顿跻春台云。吾侪目不识诗书，然闻在昔不有伏谒而借寇君者乎？今将走谒御史台，乞侯即真，长字吾蕞尔也。予曰：侯之中吾父老子弟者，何若而皇皇至是也？则曰：侯之善政，悉数之不能终也。请略言之：以火耗，止足解藩司，指无染也；以金矢，止为辨泾渭，锾无罚也；以杂派，则一切罢役、条鞭之外，无箕敛也；以旧赋，则一概停征，本年之外无溢科也。而左右属耳之言，毅然尽绝，此尤山左百城所末有矣。予为忻然色喜曰：诸父老言不诬也。昔人言仕宦有五瘴也，比年来左右属耳之瘴，则兼五者而为一，增五者而为六矣。盖不地气而毒氛，不天行而传染不救者也。吾邑二十馀年，长民者率以此败，而覆辙相仍不悛焉。侯独能洒濯此习，其方轨龚黄，何疑哉！借寇意良善，今功令龃龃，勿论士民之请不能得之天部，而督抚亦戛戛难之矣。然而以侯之治行上考，花封将自得之，故不烦伏阙请也。无已，则衮衣之颂，勉泚笔以抒父老心，可乎？

盖天下事，有不可以大常论者。夫抡才而矜甲第，筮仕而诩专城，此古今治理所凭，而国家考绩之所尚也。然而循资记秩，此庸庸无志者之所托耳。彼汉之卿相，不起自明经乎？唐宋之科第，不咸为簿尉乎？侯之洁己仁民，能尽破庸人所恃而间执谗慝之口，则允矣汉之明经而唐宋之县佐哉！古今人未始不相及，而其事则更难也。且谈为政于吾邑，二十年来则更有可异者。西汉循良，类称久任，岂不以历载鸣琴，真有家人父子之谊，与悠悠行路者大有径庭也哉？乃吾淄比年以来，部授而莅此土者，往往疾视其民，而民亦实应且憎。至代庖者，视若邮传，宜耳。而善政屡见焉，今侯又度越前贤远甚，虽谓之变常倒置可也。今海内善恶尊卑之间倒置多矣，济世者慨思砥柱，返之往古若恐后然。惟吾邑倒置甚，仁民也若此，虽祷祠以拜求可也，其何大常之有？今圣天子方破格用人，以劝天下之贤者，侯率是以往，何所不跻，名臣之迹非异人任矣。不佞登朝，亦二十馀年所，每叹三晋多君子焉，今于侯益信云。

祝莱芜令戎公寿序

予不佞伏首药裹久矣，笼水诸君以介寿之词来请，予谢之曰：予砚田芜矣，且以无端谀人之词为戒。故比年凡为监司、为视学使者来请者，概未敢应也。然君等冲寒远道，仆仆叩门，亦将谁寿乎？咸曰：莱芜戎侯也。予因解颜一笑曰：戎侯乎，斯固难以例却矣。予闻侯实贤甚，二[①]东诸侯中，当屈第一指。即无诸君之辱，已拟有所撰次，以风海内，此何可以不文谢也！虽然，君等隶籍北

① 国图抄本无此“二”字。

海，于莱芜[1]为邻封，而称觥乐效，何居乎？诸君同声曰：密迩花封，实多寄佃，湛恩所被，无殊编氓。即或无田，亦莫不倾怀盛化而愿祝华封，其何可以已乎？予油然以兴曰：有是哉。侯之德入人之深，而笼水风俗之孔厚也，此更何可以不文谢也！夫笔墨之事，亦于其地有宿缘哉！莱邑，固岱岳之北古来名区也。地以人传，史云之煌煌海内久矣。今治河使者学亭叶公牧兹土时，予尝受简侑一觞，公盖多才而又予道友也。今闻戎侯之治，又将超乘而上之，奇矣，奇矣。予每读两汉《循吏传》，炳朗千秋，然于班范之纪，不能无遗憾者。何也？盖吾辈盱衡今古，诚可交臂前贤，而以语于促膝推襟，把袂浮丘终有间矣。即侈然于烟雨空蒙，呼之或出，恐未易易也。何幸比壤贤侯，顿释此憾，置我于元康、永平之间乎？

侯以青年司民社，不期月而颂声洋洋四达矣。接壤人士惊相告语，予闻之辗然而喜。窃就其宇下之人而详问之，皆诩诩自矜。且骄稚比壤之人，以为独得乐郊，而诸邑无分者。然予益温颜款语，再三求之，乃始相告曰：君知扁和之以国工闻奕世者乎？于秦于周，为老人，为带下，亦惟察时之所大病而霍然起之耳。今日之万室嗷嗷者何故？岂非以惟正之供[2]，雀鼠乘之吞噬乎？军糈之繁，束湿重之况瘁乎？刁诬之积习，虞芮不可复睹乎？铃下之追呼，鸡犬为之嚣动乎？侯则雨露为心，雷霆为手，廉以持身，严以驭下。里甲之弊已尽除矣，杂派之差已尽免矣。至于解马解硝，则以清俸备之，而编户不知也。有牙有角，则以燃犀烛之，而嚣风顿易也。标骑来，畈民扰矣，尺檄上而敛手；游檄下，乡民惊矣，牌票绝而裹足。此皆与民休息，而登之春台者也。比岁以来，莱邑之科甲殊少，青青子衿咸委之地灵偶绌耳。侯则毅然自任之，曰：戴匡六星，是诚在我。乃遴隽异之才而月课之，饷以膏火，且缓以征输。乃优宾兴之彦而厚资之，使馆餐兴歌，且使遗珠入网。是岁也，贤书遂登二人，则又侯之为国育才、鼓舞髦士者也。侯善政多端，悉数之不能终其物，此其十一之崖略耳。若夫匠心出巧，破格为仁，游戏而拔之网罗，纵横而登之衽席，又皆前贤所咋舌避席而未尝有者。宜乎宇下之人士，歌舞矜张，傲[3]列邑而不逊也。

不佞浮沉宦海，齿发已凋，将治蜗庐于南山之下。或告我曰：莱俗善讼而多悍，未可授一廛也。予踌躇久之。既而复有来者告曰：戎侯下车以来，一变至鲁矣。予闻之忻然。将谢绝家缘，于焉避地。而又念当吾世而得大贤绾绶于此，岂可守澹台小节不一造膝也？拟于冬夏之交，上诣铃阁，细叩言论风旨，一为

① 国图抄本“芜”作“邑”。

② 国图抄本“供”作“贡”。

③ 国图抄本此处有“诸”字。

愉快。复访吾友芹沚先生于苍龙峡，山水之间备询侯事实，一一笔之。如太仓公之列传，布之四方，传之千古，使有志循良之士有所取法焉。此更与人为善之怀，君子当不以为谀也。且侯尊甫载立先生，方以清卿拾级九列，而侯以世家子鹊起皇途。勋名超越如是，青琐乌台，将焉避之？其为王谢子弟吐气多矣。不宁惟是，予客岁以纳赋无策，售产吴越，归过武康。邑人道其韩令之贤，即采木造舟一事，为邑人福泽甚深。韩令亦燕翼大参嗣君，与侯兰谱兄弟也。何幸两贤，增美世讲。而不佞亦忝与焉，其为光宠，不既多乎。

而予于近事更有感者。夫得百里之地而君之，万家司命，固古人得志行道之发轫也。今直以为天子命我操券而往，仿佛冯驩已耳。宁不负此三尺之纶，五两之铜哉？且即自为计，亦谓之宝山空手可也。今岁秋闱榜发，首毕次赵。两君曾祖中丞、观察公，盖皆以县令起家。时亦军兴旁午，他邑欣然以为赉我外府矣。而两公巧心妙手，费视他邑百之一二耳，民皆欢若更生。迄今庙貌贞珉，绵绵无斁。予昨笑谓友人曰：今岁贤书，固文昌帝君叙前朝循吏之功，恩纶远被孙曾耳。今侯之应变方驾前贤，其为三槐，不既多乎？

古来介寿，类举松乔为辞，或失则诞矣。若夫叶县凫飞于前，旌阳宅升于后，此则以良吏登仙箓，信而不诬者。侯亦以度世之事为然否？爰命子侄，随诸君子之后，以为我洗爵而前，以东华步虚之声，歌南山“九如”之什，何如？

寿白公祖序

从来受天宝箓、披荆榛而抚舆图者，必归之英毅神武之君。然而，万年福祚，四海休豫，致斯世于三代之隆，则守文继体者称焉。盖功高者凝命巩，而德厚者卜历长也。此非独主德为然，臣道盖亦有同焉者。第两[①]汉疆宇无重臣，止以刺史守相治之。故《循良列传》，所纪者亦复区区治渠、种树诸小务而止，此诚未可与分陕二南玉轪并驰也。而弼成郅理，已千古啧啧矣。至于周召分治，典在功宗，物在大常，歌颂无斁在诗雅。而会朝清明之勋，则独归之师尚父，而未尝介介分功者，何耶？夫使二公奋袂登坛，进而争檀车驷介之勋于钓璜之叟，二公或有所未遑[②]。然使师尚父释《六韬》而雨四国，与保厘畿甸者絜奕世熙洽之烈，恐二公亦未遽扬觯而退也。故改玉之不可无尚父，犹守成之不可无周召。而周召之坐致和恒，延久安长治之休，则勋名为尤永焉。不佞闲[③]尝上

① 国图抄本“两”作“西”。

② 国图抄本“遑”作“逮”。

③ 国图抄本“闲”作“间”。

下古今，以为受命重，守文尤重；名将难，名臣尤难，是岂[1]数数见者耶？

皇[2]上御宇之六年，三省督臣阙人。廷臣会推以名闻，上难其选者久之。下诏敦谕乃得白公，爰报，曰可。一时，士大夫之在国门者，忻然以得人相贺也。盖公历政已有成劳，而温文恭懿如穆风之拂物，接荀令之香者，已为大江以北庆生成矣。仲春下浣，适值公揽揆之辰，诸大夫咸欲遥介一觞，授简不佞。不佞再以不文辞，不得当也，乃飏言曰：予不佞亦将何以寿公哉？凡人世吉祥显烁之事，公既已坐而有之矣，又将何以寿公哉？虽然，公之集思，虚受如谷矣，愿以窾启之闻万民待命者效于幕府也。

吾闻君子之济世也以身，其寿身也以国。若夫济世而先其急者，则扁鹊之历诸国而各以医名，诚有以也。吾侪东诸侯之国也，则姑陈海岱之痛心疾首者以待公一匙，何如？周严荒阅，哲王之令典也。臣仆之不供，其何以安上？而奸民借之为厉阶矣。内则纵逋而以为罗，外则诡逃而以为罔。幻于内外之间，则以为某子甲闻匿某所。而尺符下矣，及郜鼎既纳，则曰误也，而捏报者无恙。又或恶胥免罪而为奴，此浩荡之恩也。而乃择人而食桑梓肉焉，若之何？乃顷者，言甫及之，而公洞若观火也。则自今以往，我东国百馀年间，不以仆区之法泣血雉罗者，公之德也。夫肺石达冤，先王之嘉惠也。民瘼之不闻，其何以靖国？而猾民以之快搏噬矣。鸡豚之细，动渎闾阖；潢池之慝，轻诬侍从。告密刊章，逮系数百馀家，迨见晛曰消，而庾尽囹圄者已不可返魂嬴博矣。故下而素封，外府也；中而缙绅，奇货也；上之而大吏，亦可恫喝使矣。若之何？乃顷者，言甫及之，而公已义形于色也。则自今以往，我东国百馀年间，不以飞章之变哀岸狱者，公之德也。夫艺极之贡，虽狂夫犹瞿瞿矣。践王之土，其谁敢曰不敏？而牟胥于焉，雀鼠饱矣。阔狭之不裁，筦库之不慎，溢额征之，而乾没尽之。按册而求之，则裹蹄已飞；持票而对之，则印籍已换。诉之监司，则邑长令先为仇；抑之交代，则新令尹受其辜；勒之义助，则邑士民啜其泣矣。若之何？乃顷者，言甫及之，而公若痌瘝乃身也。则自今以往，我东国百馀年间，不以任土之输忧代僵者，公之德也。夫不佞持此为三祝，诸大夫以为何如也？

言未既，有疑于侧者曰：甚矣！子言之有故也。然以是颂公也则可矣，以是寿公也何居，我未之前闻也。其于封人之请，果有当乎？予曰：唯唯，否否。夫寿者，受也，亦授也。受视乎其量，量视乎其人。受有其仅焉者，山泽之癯而松乔之永，此为下士言之也，不足以语元臣。受有其兼焉者，纯嘏嘉其穰穰，而锡胤继以蛰蛰。此虽扬嘉祉之委，而未及疏向用之宗也。封人之三祝也，公

① 国图抄本此处有“得”字。

② 国图抄本“皇”前有“上”字。

已坐进，吾亦已言之于前矣，何庸赘焉？至其继此者绳绳未艾，进此者荡荡方将，而致此者益孳孳而日新也。譬之渤海然，受也，夫不有昆仑星宿授之乎？不佞之祝，是百川之所自来，而归墟无尽者也。三月衮衣，皇畿既奠。而神京左臂以逮襟带中州，咸怡然庇夏屋而登春台。八荒寿域，于此基之矣。古所谓殿天子之邦者，于古人何多让也？眉寿其亦何量之有？无宁兹月籥更蓂，华渚圣作。即廷臣虎拜，仰进万年之觞者，亦将于是乎有取焉。公岂其靳一釂耶？于是诸大夫曰：善。乃书辞于缣，布币于筐，歌南山之诗，三肃使者而遣之行。

祝施方伯寿序

公分陕二东之十有四年，二东百城人士咸喁喁颂庚桑畏垒矣。献岁五日，则岳降之辰也。簪绅济济，将为介寿之辞以属予。予谢不敏焉，曰：百福之觞，须风人之善颂者侑之，乃或有当，予不佞朴樕不堪也。且致祝他人也或易，而于公则綦难。何哉？公比年来，覆帱东诸侯之国，崇隆岱宗，浩荡溟渤埒矣。聊摄无棣百万口，人异其感，感异其颂，岂予戋戋不律所能述哉？撮其崖略，又非诸君子授简盛心也。无已，识其大者可乎？

夫方伯监诸侯之国，此周制也。至元而署曰行省，官曰平章，盖以宰相执政之官官之。以其出而莅民，故易“执”曰“布”，名稍殊耳。此真得三代命官之遗者，故一省之政胥于是乎出焉。迨明之中叶而降，则寖失初意矣。以事增官而其后遂为不可复减之员，为地设官而馀地亦互争[①]相援之例。谓地方之官为不足信也，而出耳目之臣以察之。未已也，而都御史出也；犹未已也，而总督出焉；久之，则亦为地方之官耳。然而其体统益重，其掣肘则益烦。一羊九牧，此可彼否。朝廷既不复以大政相责，故虽贤者亦无复可尽之心，斤斤以金钱征解为供职。如有司然，曰“吾事毕矣”，此岂行省之初意哉？

夫《周官》立政之典，固与五官并列而为六矣。然古人曰为政、曰敷政、曰执政，盖一言政而五者毕统者也。公十四年之于吾土也，美无度，德无度哉！其职业[②]之所及而为二东留余力者，则衡量必平矣，催科无惊矣。硗确之必除，租吏不督石田；灾荒之力请，而蠲租惊闻汉诏矣。其职掌之所不及，可以膜外置之。虽秦越视而人亦不为非者，公则孜孜焉为国家计，终不余力而让能矣。夫六计之弊群吏，贤能必慎，用佐激扬，则统均之所资也。三载之献贤能，多士衔恩，克光苹鹿，则秩宗之所赖也。七萃之雄，何以能宿饱，非军糈无后时乎？

---

① 国图抄本此处有“为”字。

② 国图抄本“业”作“掌”，原作“业”字，后划去，改为“掌”字。

则司马之职兼修矣。千金之堰，何以戢波臣，非畚锸有馀力乎？则司空之职兼举矣。至若三刺，固有专司矣，而民有诟谇，动即投公。召伯之车，所至便是甘棠；虞芮之田，不争即为周土。白云之司，复以承蜩之馀及之，是六官之咸秩者也。至于太牢之封，不止前贤示戒、明神示警，世祖章皇帝至颁玉[①]札刻成书，亦谆谆矣。而不逞之徒，奏刀犹故也。公厉禁一颁，庖丁易业。人或疑公变俗之速，何以若此？不佞尝解之曰：先帝以君道也而意兼师道，故欲其从容革心以俟之。公以臣道而恪奉国法，信赏必罚，下遂草偃，故不同也。单父之鱼，艳称千古，此宁多让乎？即以时事言之，武节方殷，积粟为上，邵农力耕，固军国之急务矣。若夫女闾之设，霸[②]国宿垢，绥绥倚门，实同寄豭。公独陶以淳良，俾还荆布，此周召之遗孅、江汉之芳风，合之则又万物同体之学。一夫不获之愿，而三代可登之治，世人未之知焉。乃若百万之家[③]所共知者亦有之，则蠲租之恩是也。盖是岁也，积荒之后，复病肥蠓，《云汉》之歌戚戚矣。而抗粮谪戍之令方严，虽以予宿从大夫之后，而穷于阿堵，拙于谋生，惮于干谒。访亭伯之故栖，吊令威于海畔，已自分其不免，盖安坐而俟时矣。而德音一降，欢若更生，则三齐之同困同感者概可知也，非尧舜如天之仁不至此。而饮水者知源，权舆有自，畏垒百世之祀，其敢忘哉！夫公，固齐鲁产也。始从王师出关，阨危万状。继而季子归来，龟蒙志喜。继而稚圭昼锦，牖幪维桑。当其出入戈鋋、苫席霜露时，岂自意终为二东丰庇至此哉？

尝读唐人传奇、稗史中天相名德离合变幻之奇，疑其好事者所为。以公观之，乃信其不诬也。予尝间至省会，闻舆人之言曰：凡省会民有不得其所者，必倚公为命，辄得所欲焉。比于蜀民之受诸葛善政必归德者，何以殊乎？客又为予言：往年公偶忧采薪，而民[④]咸咨嗟于道路，如痛在身。此可以观得民之深矣。其为百福骈集之大年，宁可量乎？万口歌舞之气化为吉云，二东功德之籍缉成宝箓。《诗》有之"永言配命，自求多福"，公之寿所谓自求者也。二东之人日祝公坐进开府，永为二东丰庇。然而二东岂能长留[⑤]公哉？或福星之照他方也，或即入而文昌也，进而纶阁也，此固四海之福，而公能忘我二东哉？则众之祝公也，终欲大食其福，而自为之愿深也。称彼兕觥，《豳风》其犹存乎？公应无辞一浮白矣。

---

① 国图抄本"玉"作"御"。

② 国图抄本"霸"作"伯"。

③ 国图抄本"家"作"众"。

④ 国图抄本此处有"庶"字。

⑤ 国图抄本"留"作"有"。

寿教谕房子明序

郡邑之师，盖非唐虞三代之旧也，而胜唐虞三代多矣。盖上古止有一国学耳。夫一介之士，迢迢上国，或千里而遥，甚者万里而赴辟雍，裹粮累月而习业难矣。自唐宋以来，郡邑乃各立之师，考道问业，近取而裕，此后王之制远过先王者也。然而，得师则戛戛乎难之矣。何也？广文一席，下者明经，上者则甲乙科也。明经齿已暮矣，不能摆脱青毡之习。振作多士至甲乙科，方将振翼天衢，飞黄万里。于苜蓿斋头不过一宿，蘧庐直寓公焉耳；其能视璧水如家，视青衿如子弟，而殷殷课六术者鲜矣。欲其储公卿名辅之才，而为天子异时左宜右有之用，岂可得哉？

若予邑子明房先生，固皋比之翘楚无疑矣。予邑之黉宫，鞠为茂草也，殆将百年于兹。前任景夏孙先生，毅然欲重葺之，未及落成而迁去。邑人鳃鳃忧之，谓且中辍也。先生甫下车，崇饬庙貌，度越前人。志加锐，筹加详，廊庑之序加备。捐俸率先，为绅士的，拟之往哲。是犹阙里之荆榛豁然自辟，石室之须眉飒爽欲动者也。以役车之揹揹也，东国告哀焉。隶博士弟子籍者，邀芹藻之灵，或革其役。邻封盖幸息肩矣，而予邑相沿已久，肩随编氓。军兴方急，未敢以比邑请也。先生恻然悯之，曰：般阳固诸邑之望也，卿相累累，肩背相接，每三岁大比，士元魁接踵出焉，此固不在诸邑后。而冠员履句之裾裾者，乃徭役无少异于三农，其于圣代广厉之意谓何？而当事者乃恝置之不问耶？乃与邑侯数数言之，意将得当而后已。此固绛帐之侧，有耳咸与闻焉者也。

某月日，际先生揽揆之辰，诸士忻忻授简不佞，谋为介寿之辞以侑一觞。予莞尔而笑，应之曰：郡邑多士之祝其大师，予未之前闻也。虽然，事固有可以义起者。念昔先民，未尝不待后之君子补之。彼跻公堂而祝寿考，夫非豳人之寿其君者欤？作师之等，于君也久矣，兕觥之称，可独缓于芹宫乎？且也前代惟无郡邑之师，故其文不著。而辟雍之盛典，则执酳执酱有其地矣，三老五更有其人矣。即祀于瞽宗者，亦皆前代之六德六艺陶育群彦者也。则讲席之下，洗爵油油，概可知矣。进之，《云汉》之什不曰"寿考作人"乎？夫既颂言胡耇，则拜祝之典，仪物之备，又可知矣。宜乎介寿之士麇至而凫趋也。

先生豁达通敏，器具槃槃，而惠温彬彬，复饮人以和若穆风。不佞尝私期为他日方面上选，今之枳栖于兹，亦为之兆也云尔。先生自此升矣，有德有造，誉髦之饱于教泽也，美无度哉！再稽前代两汉时，虽未立郡邑学宫，而五经三传诸专门大师，皆公卿身自为之。即外而持节、内而秉钧，其著录弟子皆执经从门下，而后堂歌舞皆得与焉。如张禹、马融、彭宣、康成诸盛事，尚脍炙千秋也。先生行将进而翱翔皇途矣。吾知诸弟子之追随杖履，当不减两汉诸君子，鳣堂特发轫已耳。不腆之辞以代“九如”，先生其无惜浮白也。

送王子下先生还朝序

向者，世祖之在御也，云贵尚宿王师，百司凛凛守官，未有敢轻以请告瀆者。至隶丰沛之籍，虽故国窀穸，亦不敢以请，亦辄复报罢。王子下先生独以俞旨扶柩归，盖异数也。

予不佞与先生衡宇相望，率尔曳杖，晨夕同之。而性又皆好游，百里之内有山有泽有长林大壑者，辄以酒樽书卷枕簟从之，若日课然，迨越岁而匆匆北矣。当其剥啄在门，倒屐迎笑，折简命侣，幞被及焉，以为此友生之恒事，居诸相循，了无足异者。迨夫班马一闲，子綦若丧，萧然索处，巷无居人。然后悟向者乐事不复易得，而离合风雨之不常，古人怅怀之，非过也。乃贻先生书曰：先生十载不归，譬若龙沙雁塞，既已绝望，殊觉安之若素。桑梓暂回，轩车复返，陶陶永夕之俦，遂咸意休沐可以频请。而我车之东，当旦夕复睹清尘也。尺素北来，辄询京使，春明未驾，每用怅然。幸先生勿更作昼锦游可耳。

乃壬寅之秋，以省觐重归，事出望表，若将军从天而下矣！过从遨游，爰有故事。而商邑中利弊，旁及性命之学，则又过之。无何，而倌人又告北首也。中年哀乐怀抱，每似昔人，不能不怏怏作数日恶。已而龈然自解，曰：甚矣，蓬心之未化也！夫嘤鸣之义止惟是，诗酒征逐、山泽舒啸也者，辅仁何以至今称焉？河伯向若，规于大方，然后知拘墟之未尽也。夫海内提封万里，其待康济也。若一人而学道有得之士，或开席于名山，或和光于京洛，津梁斯世，隐现多端，视区区一同之民瘼、二三子之然疑精舍者，其优劣为何如也？恢道济而登圣功，吾于先生此行也有厚望焉。正当代促舍人装耳。麋鹿常聚，宁足多乎？乃慨然携酒而送先生行。

魏昧庵学士终养序

闲尝屈指寓内，以家庭盛事焜耀于古今者，良难哉！箕畴之冠五福者，寿也。乃耄耋坐进矣，而膝下鸣珂，褎然山玄水苍之佩，往以问之司勋也则难。又或彼其之子，翔步皇逵，公卿三事若掇之矣。而台背儿齿之祥，欲以高堂大年，问之司命也则又难。即使白发无恙，朱绂方来，二者兼隆，洵称人瑞矣。而《北山》之什，鲜我告愍。百世而下，如闻其叹息之声，彼固忠臣孝子也。绝裾之行，自士君子之所不道。而独以国事方殷，主恩未沛，蒙蒙东华尘土中。北堂之萱、南陔之兰，不复可问矣。谁得以维罍之耻，期诸锡类之仁也者？此虽人力可致之事，而其难为尤倍焉。故予于学士魏公之归养，叹羡永言不能已已。一何其得之造物与得之圣明者，骈锡而独厚至此耶？

予与公获隽南宫，同科选入，词林同馆。比年来，兰台笔札，复晨夕同舍，事事肩随，相与欢然无间也。介性坦怀，雅不喜与时俯仰，予或仿佛万一。至老成雅练，德器渊闳，予则三舍逊之矣。以故，予时时请益焉。或休沐之晨，兴会嘉适，吕车剡棹，必指公庐也。其或造请报谒，仆仆远驾，迁期展晷，方事马蹄，及过公之门，往往停辔入焉。握手顾笑，率尔开樽，共寻橘中之乐。旋令驺卒绁马，稍稍休息，久之呼烛，屡易跋。箧中名刺不发函，亟裹之返舍矣。

乃公往往语及里门，辄南向忾然太息。曰：家大人八秩馀矣，遥遥子舍，白云间之，蓟北汝南，渺然天汉。一官匏系，其若韝鞠之欢何？予则进而广之曰：公勿心艳李令伯也，彼虽报刘情切，亦实无期功强近之亲，代将栖棬，故负米之怀不以捧檄夺耳。且也官非禁近，投簪入林，亦复易易也。公则象贤兰茁，含饴色笑，足供承欢。而翰长之职，与闻机务。矧今上励精洪业，雅意左右文学之臣，公且旦夕向用矣。弼亮之功，荣归生我，古人所云显扬者在此不在彼，明矣。公勿心艳令伯也！乃公意决不可挽，至是草奏上闻，竟获俞旨。而后喜可知也。

先是，上幸南台，亲询诸大僚父母存殁并及存者春秋几何。予乡大司寇李公以母氏年高，祈归养，辞甚切。上为恻然动容者久之，且谕曰：人子事亲，久当爱日，两髦而疏瀡瀡，异日即五鼎之享，何减风木悲乎？至哉，王言可以为经矣！而京官三品以上以终养归者，实自公始。一时士大夫啧啧交羡为盛事云。盖上方虔奉慈宁，以仁孝治天下，故不惜辍侍从之班，俾遂乌哺。归而以大官羊酒陈堂下，褎然金绯，跪进龙章。万石君方之，渺矣，上恩深厚，至无极也。

向非公得天之厚，而又适逢明圣当阳，虽累疏叩阍，执事者且以大义裁之曰：子大夫既委贽称人臣矣，亲虽景桑榆，即安得以门内之私渎九重哉？世之所谓三难而公携取，视之天下千百人子中一二人耳。然公之五十孺慕，实又得天得君之本。有德司契，彼固有由，然非幸也。

公尝分校南宫，所得皆一时名彦。既而服官则且岳岳朝宁间，如蓝君皀渚、魏君环溪，尤不佞所投分最深者。授简于予，聊为质语代骊歌如此。公行矣，予无何亦即请告归，将以青鞋黄冠访公汝水上。携偓佺之伦，赋采真之曲，酌大斗以为老年伯寿也。曰：有子如此，可以无遗憾矣。既醑，则又以一觞浮公，曰：天下人子得如公，亦复何憾哉？予之所感叹而不能已已者，且躬览其盛，以识予罔极之怀焉。

三君子序

三君子者，益都冯孔博、孙介黄、赵韫退也。始予乙亥善病，又素有子长之癖，乃过晤韫退于句曲署中。予年逾弱冠，而韫退才垂髫耳，握手欢如也。于时，韫退为予道介黄。而予先是于考卷中知孔博、介黄，名已熟，然以予性寡交游，恨未识也。比浃月北归，与韫退扁舟同榻，觞咏共之。阅岁，候试青州，而冠玉少年朅来相顾，则介黄云。入试场，乃与孔博席相邻，初不知也。易试卷，看姓名，则相揖，道幸甚。其握手相欢，如二子无殊。则三君子者，皆得友矣。

丙子偕试省下，介黄为予演斗数云云。既而三人放归，韫退以第一人售去。迨乙[1]卯，而三人乃茅茹数升。予复肩随介黄，计偕来京师，徒步相寻，笑语酒肆中。而介黄意锐甚，以必捷南宫为期。予与孔博了无仕宦意，且笑谓：时事如此，何用大冠为？吾辈勉上公车，意在遨游，一睹宫阙止耳。是时，韫退以随任楚中，届场期至。予试毕即归，至雄县闻榜发被放，而介黄、韫退偕捷，意亦稍稍动。越日而孔博策蹇追及，与予联骑而南。忽以家信至，为其大父病笃，乃分手疾驰去。抵里，予抱病经年。孔博连丁内外艰，予东游一过其家，留城南别墅，信宿而别。孙、赵二君，北上谒选，时一相过。既而孙宦魏博，赵侨寓维扬，久之官太行，南北驰，相见甚少。

癸未，予七月上公车，冯犹在衰绖中。赵以八月入都门，寓青州公馆，与予寓相邻也。发榜后，予幸售，与韫退朝夕聚首。是时赵欲以差速归，予羡而妒之，十月乃赍诏南行，予移居青州馆。是时介黄调孤竹，恒有尺一往来。甲申三月城陷，七月予乃抵里。时赵方在江右，介黄已返驾久矣。乙酉，予有事青州，一晤孔博。次年同介黄赴阙下，介黄出，司李津门，旋入铨部。孔博亦以候选入都，数日归。久之，自南渡江，抵都门。丙戌，孔博成进士，未廷对即归，予亦以请告南矣。十月，介黄典泰试，归里北上，过予为荡舟之游。孔博时徜徉里门，有安石、东山之兴，数作书召予。予素好游，往往轻千里，而冶源三齐胜地，水竹大类江南，好友东道主而卒未尝往。迄今思之，不解其故也。孔博入京官庶常，而予以十二月入都，寓韫退处。则四子一时咸聚矣。复偕同里诸君子结社，数日一小聚，或间日不面，辄走马相访。四子咸官都下，似可无分手之虞。然昔人云“人非鹿豕，岂能常聚”，后此离合，殆不可知。聊识此，以俟后日览之，助其感怀云。

---

① 原文如此，此处应作“己”。乙卯，有万历四十三年和康熙十四年，皆不符。己卯则为崇祯十二年。

栖云阁文集卷第七·疏

请建常平仓疏

臣闻：治天下无异道，民食足，则太平立见矣；拯饥荒，无奇策，救备豫[①]，则天行非灾矣。盖旨[②]蓄所以御冬，而曲突良于烂额。彼成规具在，非圣明或难以举行。譬起瘵有方，必鹊、缓，斯收其大效。则常平仓一事，不可不讲求而力行之也。

我皇上除残以义，视民如伤，四海呻吟[③]，十年噢咻，盖将登元元于春台之上矣。比者水旱为灾，饥荒荐至。肥蟥在野，白茅六祷无灵；商羊方骄，黄云三畴若扫。盖胜殷之馀宜臻穰岁，而大兵之后亦有凶年。一凡颠脐沟壑，仳离道路，皆我皇上赤子也[④]，宸衷宁不恻然？第从来救荒之法，不过议蠲议赈。下而有司之设处，上而少府之储胥。臣以为此皆言之可听而效少，事之可暂而久则不继者也。

夫叩阍，动延岁月，未几扶杖已为郑侠图内之人。艰食非有方隅[⑤]，哀我遗黎，谁储汲黯仓余之粟？方州虽饶，卓鲁终愁无米之炊；荒政即备，周官亦是临渴之井。惟常平一法，昉于隋唐，而有宋兼行之诸路；剂其丰歉，而贵贱交通于不伤。其收焉发焉有定期，其[⑥]借之蠲之有定则。不病农亦不至病国，有宿储，故无患顷刻夺斯民之命于旱魃阳侯之手，计无善于此者矣[⑦]。

今古谓救荒无奇策，岂知其[⑧]豫于先事而垂于可久者，正有不朽之常策乎？惟使侵冒留难有常刑，饿荒考成关殿最，则其制定矣。兼屯铸之所余，赎锾[⑨]之所入，

① 国图抄本“豫”作“预”。
② 国图抄本无“旨”字。
③ 国图抄本此四字与下四字顺序颠倒。
④ 国图抄本以上三句作“一颠脐沟壑，仳离道路，此皆我皇上赤子也”。
⑤ 国图抄本无此句。
⑥ 国图抄本无“其”字。
⑦ 国图抄本无“矣”字。
⑧ 国图抄本无“其”字。
⑨ 此字原作“睖”，应是受到前面“赎”字影响而形符同化所致。

则其资足矣。择良吏而行之，为诸郡州[①]先焉。理财安民，尤在得人。如是而海内犹以厉气为忧，国家犹以饥民为患者，未之有也。伏惟详议而力行之，天下幸甚。

杜奢疏

为定制度以杜奢靡事。伏念民生之日困也，以其财少；财用之不充也，以其费多。费于所当费为礼，礼者，用之经也。可已而不已为奢，奢者，家之蠹也。相煽不止，遂为风俗，其害有不止蠹于家者。

盖常人之情，稍见饶余，辄思华美。日复一日，妄费愈增；人复一人，摹仿务过。见人朴俭，则笑以为不才；视家清素，则歉以为深耻。其于古先典训，食时用礼、与奢宁俭之经，亦已拂矣[②]。且也一夫终岁，勤动收获之值不过数金。一官终岁，俸薪诏禄有经，何堪百孔浪费？侈靡日盛，不可复裁。一身冠服，动辄百金。鞍马饮食，众皆称是。不继妄取，必多攫金。名义尽丧，廉耻不闻。贪冒之行，日滋无已。然此犹一人一家之事也。

至于侈靡既久，僭越亦忘，上下无章，贵贱莫辨。贾谊之所蒿目，习俗以为平常。越分恣睢，有伤至治。汉[③]之文帝，宋之仁宗，皆四海九州守文圣主也，而一惜露台百金之费，一斥妃嫔珠玑之饰。夫以万乘之君犹节约若此，凡所以重天物而念民艰，崇俭德以砥靡俗也。而况区区士民，乃纵欲荡检无所不至乎？自古一代之圣王，必悬一代之典章，以垂治安之谋，以寡臣民之过。虽其损益不同，要使子孙共守。如“会典”所载，贵贱了然，居食有章，被服有制，班班可考可遵也。而典章虽备，寔未饬行，僭越之徒，无所忌惮。

夫京师者，四海所取则；八旗者，尤都人所步趋者也。伏乞皇上敕下礼臣，衷古今之式，定贵贱之经，颁示内外，务期遵守。违者题参，定行惩治。旗下则责诸统驭阙文严行申饬，俾令率先遵行，为四方倡。[④]庶制度有定式，而奢靡可立革矣。

察贪疏

顷承皇上恤念民艰，诏求条奏，此天下之福也。臣念百姓失所，由州县残

---

① 国图抄本“州”作“守”。

② 国图抄本此句作“已亦拂矣”。

③ 国图抄本“汉”之前有“昔”字。

④ 国图抄本无“旗下则责诸统驭……为四方倡”句。

之，州县贪酷，由督抚殴[①]之，夫督抚岂尽不肖？然而比年督抚之任，其果受圣明特简，不夤[②]缘权要而得之者少矣。夫既假途于营求，自然重为其酬谢。昔人指债帅以为讥，自举督抚而然。是故其一至地方也，既经营以完旧负，复措处以结新欢。且也以为贪黩之行须大弭[③]旁观之口，故岁节生辰，来而晋谒，出而巡历，皆送有成规，严切逾于常赋。即州县诸臣亦岂尽甘不肖？然而中人固[④]思梯荣，即贤者亦不免畏祸。当此贿赂成风之日，悍然强项，苞苴不前，惠文立可加遗；罗织何能，辗转身家，祸大官爵犹轻。所以弃平生而甘心，指廉吏以为戒。但愁督抚之威，且置朝廷之法，此则州县之不敢不贪者也[⑤]。

或谓督抚之参州县，时有封章；科道之参督抚，亦有专责矣。何患惩贪之不力也？然而督抚虽时参州县矣，或小贪而挂弹章则有之，果系大贪，断然无虑，是督抚外府故也[⑥]。奇货可居，彼何肯参？猫鼠同卧，又何能参？此则州县之所以有所师，而效尤日多也。科道虽职参督抚矣，但暮夜暗授之[⑦]金，旁人虽知之而无可[⑧]据。与者受者同罪，本人自愍焉而不敢言[⑨]，故言官虽欲上闻，究竟或忧反坐。数年来，科道列款参督抚之贪者几人乎？此则督抚之所以无所惮，而滥觞不返者也。

向来甄别虽行，止属塞责故事，不过取公事稽迟。或间奉严旨者当之，即或议降议调，而平昔横取，捐十一之金钱，久储护身堪抵对之。纪录丝毫无损，徒烦纸笔，此则尤负澄清之大典者也。法度荡然，贪风日炽。凡此当权之贿赂，无一非下民之脂膏。欲民生之得所，何可得耶？甄别欲求实效，明断须出宸裁。或寄之于咨访，则在廷[⑩]之臣质直不欺、清慎无欲者可使也。或求之于实据，则其家之宫室车马、始贫忽富者可考也。或博采臣工之论以成彰瘅之公，则立集九卿科道，详举督抚姓名，咫尺天颜，面加评骘。果系廉洁，责令保任。其盈廷[⑪]所不敢保者，则素行立可知矣。严黜一二，以励其余。公论大明，官方

---

① 国图抄本“殴”作“歐（驱）”。

② 国图抄本无“夤”字。

③ 国图抄本“弭”作“弥”。

④ 国图抄本“固”作“因”。

⑤ 国图抄本无“也”字。

⑥ 国图抄本无“也”字。

⑦ 国图抄本无“之”字。

⑧ 国图抄本无“可”字。

⑨ 国图抄本“与者受者同罪，本人自愍焉而不敢言”作“本人虽恨焉而不敢言”。

⑩ 国图抄本“廷”作“庭”。

⑪ 国图抄本“廷”作“庭”。

立振。斯扬清激浊，立扫仕路之积氛。而大法小廉，共弼维新之盛治矣。

陈湖南民瘼疏[1]

为[2]直陈湖南民瘼事。顷承诏旨，下询刍荛。仰见我皇上嘉惠黎元之[3]至意，务期四海九州之大，无一人不安居乐业而后慰也。敢以生民疾苦见闻真切者，为皇上陈之。

臣于康熙七年奉命适湖南，致祭炎帝虞帝之陵。至酃县、宁远两县，境中士民之以困苦控告者将数百人。酃县之诉苦者则谓，衡州一府州县凡[4]上则田税，衡阳、衡山二县每亩四升有余，常宁、临武二县则五升余。[5]安仁县赋称最重矣，亦只[6]八升而止。独酃县科至一斗二升余，其地校[7]邻邑最瘠，而赋校[8]邻邑最重。且连年兵燹逃亡，县官竭力招集，仅五千丁[9]。至顺治十四年，疾疫虎狼迭灾，顿毙三百八十余。人丁[10]亡而丁银未豁，田荒而田租犹在[11]，皆系合县赔补，此酃县疾苦之状也。

宁远之诉苦者则谓，永州一府州县凡[12]上则田税，零陵、道州二处每亩四升有余，永明、东安二处则三升余，祁阳、江华二处则仅二升矣。而宁远县科至九升有余，是诸邑皆以二三十亩派粮一石，而宁远独以十一亩派粮一石。以及明季九厘辽饷[13]，各县皆按亩九厘，而宁远独按粮九厘。以粮浮于田，而饷遂浮于粮。宁远县计亩算，则一年之中多科银一千七百余两，此宁远疾苦之状也。

---

① 国图抄本题目作《湖南民瘼事》。此文又见同治《酃县志》(清同治十二年刊本)卷之十七《艺文上》。其题目作《陈酃宁二邑疾苦疏》。作者衔名作“国朝宗人府府丞高珩”。下文简称《酃县志》。

② 国图抄本无“为”字。

③ 国图抄本无“之”字。

④《酃县志》此处有“十，其”二字，是也。

⑤《酃县志》此处“五升余”作“五升有余”，以下与此同者，有的有“余”，有的没有，不再出校。

⑥《酃县志》“只”作“至”，国图抄本作“止”。

⑦《酃县志》“校”作“视”。

⑧《酃县志》“校”作“独”。

⑨《酃县志》“五千丁”作“一千二百丁”。

⑩《酃县志》无“丁”。

⑪ 国图抄本“在”作“存”。

⑫《酃县志》此处有“八，其”二字，是也。

⑬《酃县志》“以及明季九厘辽饷”作“又明季九厘东饷”。

臣以轺车偶至，尚恐控诉或[①]有不真。比[②]事竣，北至长沙，叩之抚臣周召南。抚臣谓，苦累最确[③]，已于康熙六年应诏上疏。而通政司以日月已久，未及对进。臣即索疏观之，其中仍有安仁一县苦与宁远相同。是于万物得所之时，独抱一夫向隅之痛者也。臣[④]念我国家诞膺天命，抚摩九州。湖南之孽偏深，独迟沾乎大[⑤]化，犹苦[⑥]前朝之弊政，颙俟今日之皇仁。臣以目击心伤，久欲奏疏未敢。兹幸仰承清问[⑦]，谨以上闻。伏祈敕下部臣，酌均苦乐[⑧]，庶圣慈不遗于荒远而疲癃立苏于春阳矣。[⑨]

酌裁提镇疏

为酌裁提镇事。伏念国家经制，郡国屯兵，所以建威销萌，定疆域而安兆庶也。而三军司命，一将重焉。将得其人则军政修，不得其人则武备堕。但所谓得其人者，智勇有素、训练有方之谓，非谓其官尊禄厚、峻秩崇阶便足以慑伏盗贼、御侮折冲也。故果得其人，则偏裨一校皆堪固宇敉宁；不得其人，虽一军七萃尽加总戎，其不足以寒寇胆而奏肤功也明矣。

查提镇之任，前朝历代，寰海不过数人。即我朝定鼎之初，增加亦复有限。未有分阃，无非大帅列土尽是元戎，如比年之甚者也。此不止假人之名器太轻，司农之俸饩日益，而害且有被之民生者。

盖古来驭将似有微权，每留未尽之荣以策方新之气。若使爵位既隆，无所希望，偷安甚易，淬励则难。至于士卒从军，淳良原少，必令有所顾忌，尚可不扰地方。若主帅既已尊巍，恐士卒易于骄横。睥睨州县，孰敢抗衡，民庶吞声，

---

① 国图抄本无“或”字。

② 国图抄本无“比”字。

③ 国图抄本“确”作“难”。

④ 《鄘县志》自此至文末作“民不聊生，地愈荒废，亟须拯救，苏此孑遗，庶圣慈不遗于荒远而疲癃立苏于春阳矣。伏起睿鉴施行。为此具本，题请奉旨批该部议奏”。

⑤ 国图抄本“大”作“王”。

⑥ 国图抄本“苦”作“若”。

⑦ 国图抄本此句作“幸逢清问”。

⑧ 国图抄本“乐”作“累”。

⑨ 按，《鄘县志》在下面有部议之文，略云“府丞高条奏俱无庸议”。又“奉旨依议”。又“旧志按”：“此鄘民起瘠回生之一机也。”校按，高珩疏虽然没有被采纳，但却是在为鄘县民众争取恢复生计的机会。

盖有之矣。

臣愚以为宜勅兵部，详酌地方。其要害必须重臣者仍旧，馀酌更易，续补参游。其于军政地方，未必无小补也。

酌裁督抚疏

谨以时务之切要者，为我皇上陈之。今朝廷内政渐以肃清，而在外大臣身受国恩，未见有善政恤民以报朝廷者。今以时务论之，当以酌裁督抚为先。

盖督抚之任原以总理下僚，纠弹贪鄙，措置百姓于安阜，使得遂其生而已。如直省统御，端须重臣，则督抚其最要者。然考之前代，地方责任三司尽之矣：兵统于都阃，刑领于臬司，钱谷统于藩司，诸事未闻废驰。即巡抚之设也，盖以郡国偶有兵荒大故，或一遣京堂，往视以抚绥焉，事竣即撤回。并未永莅地方，亦不闻各省皆有添设巡抚。其分设总督之本意，因有用兵之地，恐各省呼应不灵，故特设一大臣以控制之，并以镇察各省分符之不职者。其馀无事之地，未闻尽设总督也。

夫添设督抚，则供费亦必浩繁。下司郡县，借此逢迎以窥上官之喜怒，其所费必过逾于经制。且添设督抚，必私设旗鼓、传宣、巡捕等官。各官之下又置色役，此等皆系刁猾，未必人人守法，多有假挟威福以压制有司者，更有潜通贿赂反为下属之耳目。是添一衙门，添一衙门之贿赂，民又多一衙门之害矣。而督抚中又以荒岁而作熟，以未完而作完。贿赂公行，颠倒是非，种种欺蔽，习为故常。如此而民生益促。盗贼未靖，水旱频仍，财尽力穷，未必不由于此。

况督抚所司职务不甚相远。如督臣议裁，凡有兵机，抚臣可以兼摄。且世祖定例，督抚皆有军务之责。原未闻督臣止管兵事，而抚臣又另治民御事也。且督抚之下，仍有三司在焉，而兵事又有副参、游守等官为专责。则多设督抚，其宜议裁也益明矣。然议者谓添设则易，裁撤似难。盖以识见易狃于故常，而又不乐轻于裁撤，使朝廷徒繁无益之费，而地方终受其累而莫敢言。臣以言无忌讳，惟期有益于百姓，是即有益于国家。思所以先去百姓致病之最大者，而后百姓自受其福。

伏乞皇上，敕下九卿科道，秉公详酌地方之轻重缓急，以定督抚之应去应留。则从此百姓永俾百世无穷之福，而国家永享万年有道之长矣。伏乞睿鉴施行。

栖云阁文集卷第八·议

与巡方议

伏以皇上欲立致太平切矣。而天下未治，盖州县之百姓未治也。天下之广未敢具论，以吾乡比邑言之。私派日增则民困，淫纵列庠则士浇。上司提差接踵来而里甲困于贿，下邑行劫若无官而游徼反扰民。此等事，更仆不能尽矣。

百姓未治，则州县之有司为之也。有司之强者若豺狼，其懦者遂如木偶。然大略必以衙役为师保，而上台又以为外府而教之贪。有司之败类，司道与有责焉，而督、抚、按实挈其纲领者。至督抚之所畏惟巡方者，然则欲治今之天下，得十三贤御史固有余耳。此论治世之人，至论治世之法，则天下固宜已治已安久矣。何者？凡前代良法之利于民者，言路已条陈矣，部覆已奉旨矣，直省已具遵依矣，岂尚有不安不治者？然其效亦仅取遵依而止。夫遵依，尺许故纸耳。故纸治安，而天下不治不安又何疑哉？

盖下不实行，上不考成，此今日之膏肓病也。不实行而诡云已行，是仅治于其貌；不考成而冀其有成，是仅治于其名。故虽尧舜在上，天下之望治未可几也。今欲天下治平，四字足矣。凡上之功令必实行，欲下之实行必考成。汉宣综核名实，殆今之扁鹊之剂哉。向甲午归省，偶闻邑令以“登对宪纲册”上御史台。取而阅之，内一款云“淄川三年内，栽过树三万株”。予不觉哑然失笑，实则一株未有也。倘使者按册而求樊侯之漆、卫侯之桐，不止说梦且若捕风矣。天下事，大略如此。须淄水之菁葱满四郊，则海隅之雍熙逾三代矣。笔此以发一笑，然亦可以喻大也。

与巡方议

百姓之利害在有司，有司之惩劝在举劾。举一人、劾一人而即能令恶者惩、贤者劝。其道在无私，其本在无欲。能无私无欲而体立，乃可进而问其用矣。

一曰取大略小，一曰博询独断。何言乎取大略小也？十三年来，督抚白简未尝不累累也，其所弹射亦未尝非不肖也。然而身受者不服，旁观者不戒。何以故？曰：所劾之人诚非贤者。然某某贪酷过此十倍矣，而肆然无恙，甚且登荐牍焉。豺狼不问，众未革心也。此则不能略小取大之失也。何言乎博询独断也？

督抚以贤否取之司李，司李以贤否取之衙役，则是衙役司举劾也。衙役果尽贤者乎？顷有一二县令，通国皆曰贪酷矣。及询之当事者，则曰：闻其劣状久矣，屡下檄求之，而下司不以开送也。比周有徒，竟以获免。此则不能博询独断之失也。

而尤有进焉者，夫改过不吝天所矜，不戒而杀谓之虐。士君子大权在手，不难于区别人物，而难于变化人才。即有慆德之人，苟自我而易辙焉，吾复何求之有？变化之道在示之以信赏必罚，而先之以教诲戒谕。教戒既明之后，彼果能改过迁善，吾即与舍旧图新。如此者，既足副圣明求治之心，而又不伤上帝好生之德。仁者能好，枉者能直，是或一道也。

与当事论民弊害

一，逃人之害。凡逃人之难获者，人不敢出首故也。盖出首之后，逃人即与之为仇。必诬以曾寄收钱银等物，官为追赔，每至破家。故明知为逃人，而不言耳。今必确为定制，凡逃人获后，诬告出首者一概不准，则出首者无后患而逃人无所匿矣。又，今日邻近州县真东人并假东人，主谋羽翼，党众毒深，国人皆知而不敢告发者，以事不干己，惮于见官，一到官后，反愁烦费故也。今若实遵严旨，着印官督地方保甲悬十家牌，十五以上不许遗漏一人，其所遗人并开牌人并坐以罪。每季挨门一查，即对册籍。凡真东人、假东人及自称新投旗下并告假归来者，务令地方邻佑即时报官。其有地方明知而不行告官者，许他人讦告。即至后日事发，必将保甲地方查明年月重治之。则事有专责，逃人无所匿矣。近来州县保甲地方，亦每于朔望日期具甘结两次。然而自称东人横行乡里者自若，则以但有甘结虚文而实不查不报。初未尝谕他人讦告，地方隐匿者即后日事发觉，亦未尝追治地方不报之罪故也。

一，钱粮之害。近来吏弊百出，官或不知，亦或不问。至赤历数目一切诈冒不真，甚并赤历毁若不存者，似当着落专司清造交掌。至易知单虽奉有令旨，年前必发，其实来岁粮完，竟不发给花户。今似宜于秋末为期，过割赋役明白之后，即刊来岁油单，颁行各户。地粮数目明用印钤，其有稽迟不发、差讹不清者，许赴官告理，定行重处。又，收役开造欠册，以贿赂情面，随意增减。官长未核，率尔报部。九阍难叩，则蔀屋多冤，若登闻辨明，则官长致累，皆由不慎于始、恣肆未惩之故也。莫若早谕收役，凡开欠不真，必加重责，不得以笔下之误为解。岁终开欠，必令州县将欠户姓名，张挂晓谕。又，申上欠册，必令造二本。将一本仍发还本县张挂，使完粮而开欠者得以辨明，不致诈陷。则尤胜州县张挂，以州县欺玩多端故也。又，收粮银流水簿，官用印钤，发给收役，每柜一本，花户眼同上簿，此旧规也。近有不肖有司与收役通同分肥，至一柜竟有二三本者。其示花户册与存库册不同，完欠改抹，莫可凭据。昨济南守道王公祖用道印二册，发州县收粮，一存一缴，此可通行一省，绝官吏通同改换之弊矣。

一，旧粮蒙混难清之弊。各州县收役户书，积弊成俗，侵欺无算。兼以州县有司未必皆清正威明，或以衙役为师友。虽三令五申，决不清开账目，竟至官官递坏，遗累无穷。似不妨于极敝州县钱粮历年不清者，偶委精明府佐一员，宽以日月，务期彻底澄清。万一索贿狥情，不妨白简从事。果能澄清，亦当特为题荐，庶有瘳耳。

一，常平仓无实之害。海内甫安，疮痍未起，决不堪再罹饥荒。苟非豫为积储，虽圣智亦无奇策。莫若当此谷贱伤农之时，多方设处，将折赎等项尽代以粟，便以三分之息变旧为新。印官每年必一亲查造册，勿为奸胥干没，勿为空文朦胧。数载之中，必有实用。每一石粟可活一人，万石可活万人矣。为国家培元气，为子孙广阴骘，未有大于此者。当权不行，使仓有常平之名，而人无举政之实，大可惜也！

一，士风之弊。比来学校中，败伦伤化、撒泼鸱张者，耳目之前，比比不乏。盖因提学、广文之官视此为庸行而不之怪焉故也。莫若提学严饬广文，先分给保状之式，令诸生相近者十人一结，其不愿相保者听。至相保者，每季至学宫一查行止，面具新状。其旧相保而忽不保者申闻，或有过相匿、他日事发，并罪同结者。若广文既知其事而不申告提学，罪坐广文。如此则同结有所见，不敢不告之广文；广文有所闻，不敢不告之提学。彼无忌惮者，不能不有所畏而改行。王制：上贤以崇德，简不肖以绌恶，而必先命乡简不帅教者以告。盖不绌其恶不可得贤，而有德者崇而上之也。

一，民风之弊。名分善恶既已荡然，虽朝廷法度亦悍若不畏，此以教民之法久亡故也。莫若力行乡约。但比年一二讲约者不止虚文，且为实害。则又以或索饮食，或旷日工，或多连累故也。似当斟酌旧式，严禁诸害，然后择公正之人，讲刑名之书。其约中有“无籍不肖之行必公书于册，不改者报官惩戒”。人稍知恶之不可为，则风俗渐淳矣。

一，保甲不行之弊。保甲不行，贼盗盘据，无人稽查矣。其法当即寓于“查逃走东人，逐门登牌十家户册”之中，则盗贼不问而自明，不拿而自少。且按十家牌造册，则户口不查而自多，丁银之饶益胜于搜索按刮数倍矣。又白莲无为等一切邪教，男女不辨，既坏风俗，党与太多，亦生事故，亦令保甲详查。或簿责令改过，或斥逐令出攠，则患消于萌芽矣。又比来拿获白莲，问明贼盗，累年不结，牢狱充满，辗转扳人，甚至生变，此衙索问明不结之为害者也。

一，差人下县之害。每见上司差人一至州县，辱官锁吏，势若虎狼。又有积奸里长，串通差人，佯受拷打，倡率苛敛，暗地分肥。此风一行，来者纷纷矣。或一事续差数人，或一人兼持数票。一出府门，欢如索债，溪壑难填也。莫若令各州县遣役三两人，常川在府。凡有提催之文付之传送，严定限期，如有违误，定拿经承。则下不扰而事可集矣。

一，柜书比较之害。近来催比钱粮，每提户房至本府，已属无益之事。今更变换新奇，转令柜书往应比。夫柜书，但管收粮耳，欠粮关渠何事？上役只以柜书皆系殷实，繁费易办。故每提到府，不过薄责数板、纳贿数两而已耳。此又何益于朝廷之事？而徒令之重以科敛为乎？立行革除，亦减柜书之借此为名而多加火耗、横拿短少之一端也。

一，罪役不遣之害。问过罪役法当遣者，累年不发，上司来提，辄云已死，听其改名应役，作恶如前。夫坏事衙蠹，奉旨严禁矣。而阿邑猾黠之奸，公然留用，播恶益狂，无复忌惮。或窜投他县，不取役结，俾朦胧入幕。妻孥难问，来去飘然，侵欺窜逃，不可追究。似隔县亦当取保结，此当议也。

一，诬告之害。法教久弛，刁恶相效。凡有一言不合者，即刻私走京师，动以谋反、窝贼、窝东、强盗、劫杀为辞。或以屡经大赦之事，牵扯满篇，皆讼师利其财、希图必准故也。莫若严禁代书，凡告状不许以轻为重，状后写代书姓名。审虚定行反坐，仍严处代书。其状中事体，必明书年月，如告赦前之事，必援“仍以其罪罪之”之条。或以赦前事改为赦后者，审真亦援前律罪之，并惩代书。则讼狱日减，而刁风可息矣。

一，轻生图赖之害。刁风日甚，易至轻生。原告以此得财，从而效法益夥。又有本意止欲诈财，而后竟致殒命，且为旁人唆拨，投水、服毒、自缢、自刺者比比矣。莫若审出真情，于斗殴杖惩之外，不令原告丝毫得赂，且遍出告示谕之。刁不售而利不获，则轻生者自止，所全人命实多矣。

一，上发告示不贴之弊。凡上司发下利民剔弊告示，此不便于贪横者，故或竟不贴示，或暂贴即揭去。似宜凡有告示行县，即取捕衙已贴回文。且饬以加心护守，不许损坏，徐俟后日查验。

行钱议

问曰：兵饷不足，奈何？曰：断银行钱，则足矣。曰：银以易粟，何故断之？曰：今国家无银，天下亦无银，而今岁每粟六斗，不能易银一钱，比较打死无算，终不能有银。盖地亩止出粟[①]，原不能生银也。且不断银，钱终不可行也。曰：今钱法方苦壅滞，何以行之？曰：钱未变通而行之，亦未得其道也。曰：变法而行之，其道云何？曰：铸当十当百之钱，则可[②]轻赍而行远，与银同矣。曰：军民不肯流通，奈何？曰：封粮盐，课关税，必要钱，民间交易，田宅价值十两以上必要钱[③]，则断无不行矣。人主之权，变化万物者也，可以顷刻变化人之贵贱，独不可以顷刻变化物之贵贱乎？但当行之以勇，守之以信耳。

曰：钱即铸矣，百姓能有银以易之乎？曰：军前之粟贵极，而民间之粟贱极。即以钱收江北之粟，而各地铸之饷军有馀矣。即令贵籴民粟，民可[④]以完粮而无敲朴之忧，此安民福民之急着也。况征之于古，刘备得西川，府库为军士掠尽，刘巴建议铸大钱，尽收所掠而成都遂富。又，宋朝严禁用银，此皆载在《文献通考》，明甚也。即铜不足，以铁代之，不胜于纸钞乎？今言废银，人必大笑为狂儒。试问唐虞纳总纳秸，三代布缕粟米，唐之租庸调，曾有用银者否？自宋而降，妖孽乘权，酷吏贪官埋藏馈送，莫此为便，故不可挽耳。败官方，坏风俗，病国家，窘民生，皆此妖孽为之也。苟能流金放银，杀珠殛玉，不患太平不立见矣。但家藏巨万之人，痛恶而百计挠之耳。

实行保结以砥士趋议

今天下文体日弊矣。庙堂上深忧而力砥之，知狂澜之可回，喜大雅之将复也，斯文幸甚！然文者，士之言也。夫士之根本，不在行乎？其处也，四民之望，俗实宗之；其出也，三事之寄，国攸赖焉。文与行之轻重，相去不啻倍蓰矣。即其弊也，害亦径庭矣[⑤]。

夫稚子而歌效优俳，壮夫而语参呓醉，听者笑且厌之而已。至于珍蜣丸以充帏，挥龙泉而入市，有不望[⑥]步鸣鼓御之者，非情也。故推圣君贤相敦教化、美风俗之至意，今日之士行，不尤当亟议乎？昔也武断乡曲以为厉禁，谓其嚣戾也；佻达侧弁以为大讥，谓其姚冶也。而渐摩益深，嚣戾化为鲸鲵，姚冶化为禽犊。绿林若为讲艺之堂，而《蝃蝀》是其言志之什也。若而人者，郡国多

① 国图抄本此处有“米”字。

② 国图抄本此处有“以”字。

③ 国图抄本此处“钱”字之上有一点，旁写有“银”字，此处似乎为“银”字。

④ 国图抄本无“可”字。

⑤ 国图抄本无“矣”字。

⑥ 国图抄本“望”字后有“而却”二字。

有之，交游多知之，师帅亦多闻之矣。而为其事者[①]无惧，知其事者无讥，何欤？曰：罪累上，累上奈何？曰：为者之无惧也，无可惧也。

夫训士者，近而广文，上而邑令，再上而学使者，所谓[②]雷霆奉之者也。乃败类亦既上闻矣，而憖置之若充耳焉。士将曰：是诚无若我何，我何惮焉？华衣阔步益侈然鸣豫于同人，固其所也。知者之无讥也，无敢讥也。上已置若充耳矣[③]，我亦何言？即言之而必不听，止以上取憎、下取仇焉。且其人他日得志而诛怨首，我则鱼肉也。凡此者，皆由于上之纵之也。

夫上亦何利于纵之而爱其丑以劝慝欤？曰：一则行谊久轻也。谓阅其鞶帨而上下之。吾事幸竣，岁汇周则[④]迁去耳。风教之淳浇，与夫异日者国家之得贤士与否，我何知焉？一则情面难脱也。夫败类之行，罪固重矣，罪重则必惧而求免，惧而求免则必附强有力者为奥援焉。或乡绅之请托，或僚属之卵翼。日再三至于耳，一不听即目摄之矣。伊可畏也，畏怨安得不骫法，而奸复何所惩？宜为之者之益肆而无所忌、相踵相劝而日以多也。曰：畏怨固已，夫独不畏功令欤？曰：功令何遑畏也？[⑤]且又未尝以是责司士者。建言有之，兵莫憯于志而莫邪[⑥]为下。岂为莫邪之锋不利哉？而莫邪固不能志于杀人，人之志立则莫邪从之耳。彼功令星悬，未尝不谆谆于士行也。然第其试牍而殿最持衡者有之已，有以士习日非而持衡坐视致一诘责者乎？无有也。则虽制诏日下，是亦在匣之莫邪云尔。纵恶既无妨于上考，且请托者固又以不关殿最之事而力持之为大恨也。是莫若以士习定考功之法，其赏罚断在课艺之上，则法尊而情诎，幸免之途塞而纳于邪者始惩也[⑦]已。

曰：士习固自难知。主者一日之耳目，将安所据之？此非若尺幅灿然可凭而上下者也，以是课持衡者将责其见垣一方欤？曰：是不然，吾谓法之可行而无难者，不责于其知之所不及，而责其知之所及而置之者也。夫知之所及而复置之，后乃为功令所无贷耳。然欲尽庶士而知之，其道奈何？曰：莫若乡举里选善。夫儒者，性道之精微。或难众喻，至其居身邪正，宗族乡党立可指名而

---

① 国图抄本无“者”字。

② 国图抄本“谓”作“为”。

③ 国图抄本“矣”作“已”，下文“我则鱼肉也”作“我则鱼肉已”。按，本文很多“矣”“也”作“已”，不再列出。

④ 国图抄本“则”作“即”。

⑤ 国图抄本此句作“曰：功令固不足畏也”。

⑥ 国图抄本“莫邪”作“莫耶”，下同

⑦ 国图抄本无“也”字。

悉数之无疑也。曰：国家以经术取士久矣，一旦复古，不亦难乎？曰：有道以处此，不变今[①]而古可复。即于明经课艺之中而兼三物六行之道，则莫若今之所行保结是也。试取其款而读之，详密森严，其若水之有坊，怀襄之所为立静者也。惜也以前王之深心，神明古法而通其变，而后世有司乃饩羊存之而酱瓿用之。法之斁也，又复何疑？今成法具在，但须严旨一申饬之而立举耳。而申饬之中使其尽善而必行者有二端焉。今自童子而试于邑，自子衿而试于省。必责保结者，所以端士之始进[②]，所以端仕之始进也。然童子之时其事寡，步趋固未定也，泮宫而后不可知矣。秋场之试其人寡，一邑之与锁闱者十才一二人耳。高等而外，不可知矣。陟黜士子法，不以岁考重乎？严保结者必于此日，则举全而无疑也，此非力补其阙不可。功令具在，而效不立臻者，阳奉其名而阴斁其实者无罪故也。其甚也，豪者借党，贪者牟利，并与其功令而窃之。莫若法在必行，众之所共[③]弃而有司庇之者，罪有司无贷。有司所阅实定罪而其前日为同庠之所党庇者，考年月而罪保主，亦重惩无赦。诚如是，则邑之清议可以辅法，而不肖者亦不得不畏议而洁其身。国之严刑必于黜恶，而庇奸者亦不得不畏刑而守其法，此非大严其令不可。苟制也详而罚也必，夫也不良，国人知之，始畏众实有口矣。墓门之棘，斧寻及焉，荃蕙庶无茅化乎？

风俗教化之枢，直可两言决之，曰：欲端士习，莫若实行保结；欲行保结，莫若严饬官方而已。故曰：责之以所共知，罚之以[④]所既知。而复置之者，而非难之以所不知者也。然而行之既断，明以生焉，而遁于知者益寡。何者？上之[⑤]人于士之淑慝不入于耳者，以其不足经于心，谓此非考成荣辱之所主耳。今功令森森若此，学使者即安得不咨之郡邑，郡邑安得不责之广文哉？夫郡邑固可以耳治之，而广文已亲以目治之矣。至其耳目之所见[⑥]尤亲而利害共焉者，同学同里，是将日察淑慝以闻焉而惟恐后。何以故？无救于匪类而我与其辜，虽父子亦有戒心矣。士安得不兢兢视履以奉上旨革慆心哉？率是道也，可以救时，可以复古，可以淑民俗，可以储国器，是在力行何如耳，勿曰习难变也。

---

① 国图抄本无“今”字。

② 国图抄本无“进”字。

③ 国图抄本“共”作“公”。

④ 国图抄本此处有“其”字。

⑤ 国图抄本无“之”字

⑥ 国图抄本无“见”字。

三教议

伏读上传[①]世祖皇帝所以明圣人之道而寡天下之过者，至矣。未尝如曲士所言，儒者之外皆异端。而防民之惑于邪伪以干大法者，又未尝不恻恻也。

盖三教之中各有邪伪，而为各家异端者皆托[②]圣人之名，诡其实以滋害于世。彼以黄白泥水欺人者，羽士是也；以茫荡之语为证悟而欺人者，释子是也。以诗书干禄而行同椎埋行劫者，此黄冠缁衣之为耶，抑士大夫之为耶？盖洋洋乎号为孔孟之弟子，卫正道而排异端所自矜为[③]儒者是也。夫夫也，其于孔孟果同端耶，异端耶？其校释道之祸世，轻重大小又何如耶？天下当有辨之者已。至于上谕所严禁，亦止言其大端，市井奸黠小小惑百姓者耳。至士大夫聪明隽异而亦为所深惑者，更有二端焉：一则禅宗之伪，一则神怪之邪也。

夫禅宗之所矜者，曰见性也。其性之见否，人不得而知之也。吾但见其走利也如贩夫游商[④]，其怙势也若不才缙绅。若此者，即令能不为大[⑤]恶。而权利熏心，鄙俗甚矣。岂方外风规[⑥]而能仁弟子耶？何其不知愧怍而反妄自矜夸耶？至于[⑦]神怪之途，大小殊径。而大约示变怪，诧前知。夫虚明而知者，道也，此断不欲人之闻之。卜筮而前知者，技也，管郭之学，世有传焉，此亦无害于世。独有自诧道术，通于神明，谈人未来祸福往往亦有验者，而口多妄诞、毁诋正法。而不知正为魔鬼妖狐所著，其人祸报方将，识者当褰裳避之耳。故或现光怪异形，或言某佛出世，某人是某菩萨化生，《楞严经》言之最详。后世妖人皆以此术惑众，如元末之言弥勒下生，明末之白莲教，徐鸿儒镜照人皆将相衣冠，以药水洗目见天堂诸圣。世人惑之，久而谋逆，身家俱尽。其所挟持者，邪也；而托于仙佛以为名，则伪也。总之，所谓异端之祸世者也。

然而二氏虽有贤者，亦不能救此流弊。惟儒者秉政而明教，乃能救之。必复唐宋礼部之议，试大经，试静坐，乃许给牒。复择其中之贤者为府县僧道之长，犯戒律者即斥令还俗，示怪聚众者即绳以法。必如此，而二氏[⑧]之教，方

---

① 国图抄本无“上传”二字。

② 国图抄本“托”作“于”。

③ 国图抄本无“自矜”二字，“为”作“谓”。

④ 国图抄本“商”作“客”。

⑤ 国图抄本无“大”字。

⑥ 国图抄本“风规”作“风味”。

⑦ 国图抄本无“至于”二字。

⑧ 国图抄本“二氏”作“后出世圣人”。

可以善薄俗而助王化。而佛氏[①]所谓以正法付国王大臣者，良在此矣。若不审其邪正真伪而概以护法修福为名，则所护者乃不法之人，而修福者皆[②]修祸耳。天语煌煌，胡不闻焉？

时务五款

一，诬匿逃人，谁能自保？今督捕之制日详，凡旗下人不得出五百里外。各省直光棍诬陷人者，发督抚重处，可谓良法矣。而逃人怀恨，奸棍诈财，凡逃人既到官后，动云某处某人欠彼银钱若干，望门吞噬，此一害也。再则逃人既归之后，向旗下原有逃人之家，率意妄言，亲见汝家逃人现在某县某处，其主人自然报部，督捕自然行提。在他人忽罹破家之灾，而彼了无诬人之惧。然其甚者，又不止回旗逃人为然也，又有回旗人原无此意，而本县恶徒，京游神棍，上下交结，诈富嫁祸，串通而买嘱之，一言而多家受祸矣。朝廷轸念编氓，热审恤刑，惟恐诬枉一人。而棍徒害人，竟坐操生杀之柄，是岂圣明之世所宜有也？此后妄诬人欠钱者，似当以亲笔文约为主。如无据者不听，而且薄惩之。至诬人窝逃，似当别其真伪。伪者即加重惩，方可底止。不然，所得甚多而蒲鞭示辱，彼何畏哉？或献疑曰：如此则既归之逃人，不复报未归之逃人，恐逃人之归旗者日少矣。应之曰：不然。人畏逃人归旗之后肆害多端，则虽明知左近有逃人，必畏害而断不敢揭告。将逃人之归旗者不更少乎？一以恤无辜，一以搜逃窜，不可不为之审计也。

一，连年水旱无警，民食粗足。虽谷贱伤农，而道无饿莩，亦吉祥善事之大者。但天之水旱如人之疾病，时出意外，不可不防。水旱必至饥馑，饥馑必至流亡，流亡必为贼盗，又不可不早为之计。而以方今谷贱之时，则尤易为计也。若豫备诸仓，久已饬行海内。而官玩吏猾，向来一切仁政，总是空文搪塞，似当严督印官广储而详查之。勿饱奸胥，勿滋腐坏，万一偶罹天灾，可以立活百万。成康、文景之盛，此其根本矣。

一，教化久湮，风俗日坏。士民偷薄，狂澜莫止。不但弁髦礼义，亦且目藐王章。视败伦若中庸，谓荡检为豪举，人心不正亦已久矣。正人心而明教化，此在昔圣贤之功，正方今卿相救时之业也。似宜以士子责之，提学、广文先颁互结之式，十人一保，每季一申。素逾闲而敢为隐容者，定将一保连坐。既保后而新有劣行者，许其一保首出。若一保结，其劣行已到广文，而广文庇之者

① 国图抄本“佛氏”作“世尊”。

② 国图抄本“皆”作“乃”。

连坐广文。事经提学，而提学纵之者，并罪提学。则众不得不畏功令而谨月旦，士不得不畏乡评而惇素修。至于教民，则实行保甲。善谨乡约而严查无行可疑之人，公同报之官府。其容隐事发者罪坐甲长与约正，如是则漏丁不查而自出，逃人匿贼一问而即知。不止风俗还淳，正为地方弭盗也。

一，山左明末每钱一百买银一钱，康熙二年至三百文，今遂六百有余，尚若无银可买。是国家未曾加赋，而百姓一年若纳四五年之粮矣。天实为之，无可归咎也。今各县有储粟几百石、弃之携家而逃者，比比见告矣，来岁恐将益甚。逃愈多，地愈荒，而赋愈逋矣。何可不早为之救乎？救之之道奈何？或曰：本省存留，可封制钱；本省兵饷，可用本色。不独可令国赋立办，而且民省火耗之费，兵省克减之费。况兵未尝即衣食银钱也，仍将卖买用之，则并省其卖买之费。是于国于民于兵皆为甚便，独官吏之取火耗、纳贿赂、入囊橐、输苞苴者不以为便，遂云不可行耳。或曰：钞法亦可救急。若大粮商税，非钞不收则钞法立行矣。或误以为此止利民而不利国，非也。夫赋税之入，皆为兵饷、官俸用耳。苟上操利权，出不尽而用不竭，又安用朱提为乎？《禹贡》纳秸纳秷，唐法为调为租，元明开国之初皆以宝钞济用，不专重金银也。至兵饷当以屯田为上策，而现今陕西靖边诸处，兵皆半支谷麦。变通尽利，是在持筹者矣。

一，比来，衙役犯罪有入旗下者，此圣明轸恤之仁也。遂有一种奸人，家无立锥，恣意侵盗官帑，便可囊饱白镪、身完旗下，将来亦何顾忌而畏止乎？若归旗而彼以为苦，则尚有所畏也？今犯役有一得入旗，而其人得意扬扬，数倍登第。其父子兄弟横行乡里，其得意扬扬尤加倍焉。又有入旗之后，即私假锦还，恣意吞噬者矣。据法而论，流者发烟瘴之乡，徒者配远地之跕。起械上道，仍钮锁加身，备极苦楚，可以惩恶而绝后人之恶也。今旗下，神京福地，正恶人用极力钻求而尚难得者，岂宜令欢然若归反以得福乎？此等人，即分与穷丁为奴，其为苦楚有限，亦不足畏也。商阳之堡正为是人，以此惩恶，庶有豸乎？

栖云阁文集卷第九·策问 论 说 解

禁讼策问

教化未淳，人心日弊，讼狱之繁兴也病民久矣。而钦件旁午，中之且病官。时雍稽迟，上之更病国。甚矣！金矢之为厉也。孔子曰:“听讼，吾犹人也，必也，使无讼乎？”然则无讼者，岂非圣人之所深愿而不敢必者乎？而无讼之由，始于大畏。今鸡豚诟谇之细，不止扰大吏，遂至吁至尊，了不畏也。赦前之事，告者反坐。王言悬诸日月，咸与海内更新矣。而风影旧事，累状未休，了不畏也。贱者凌贵，恶者忤良，逃东通寇，必假大题。无是子虚，弁髦反坐，不畏圣训，亦不畏王章也。贤者忧时，动曰惟反坐可以治之。夫反坐，诚不可不严也。然而，反坐必在事结之后，迨于水落石出而被告身家已尽矣。刁诈即惩，无补于被害。被害恐惧，必应其诛求。但令一纸入官，而刀笔之奸遂为择人之虎，讼狱安得不日繁乎？海宇同患，而齐楚尤甚焉。

今我皇上，圣政日新，痌瘝清问，撤叩阍之牌，太平可计日俟矣。而镇抚荆楚者，亦切切以无讼为怀。将以仰赞庙谟，此荆楚之福也。然安坐而期讼之自无也实难。夫无讼曰使当，必有道矣。诸生定有嘉谟，其详言之。不佞将藉手以复分陕者，并储之为入告地也。

申韩论

君子之言，天下之日月也，次之亦为星汉，次之亦为灯烛。煌煌乎为功于群目，为功于群心矣。不然而为蚩尤之雾于涿鹿之野，令黄帝之圣几覆其招摇，则天下后世之祸兆于此焉。雄奇博辩之谈，不如其喑哑也。

吾向读苏子“韩非之论”,而心讶之久矣。顷读粘子“讼牍之序”,适获我心。乃慨然论之曰：甚矣！苏子之失言也。夫刑名之祸，而归狱于道德。申韩之寡恩，而庄老受其咎。平心之论，固如是乎？苏子之言曰：老庄之学，轻富贵而齐生死是已。然所谓“轻富贵，齐生死”者，不以世荣荡其心，不以怛化二其意。如舜禹之有天下而不与，仲尼之“朝闻夕死可”云耳。夫古来圣贤，惟不以世荣荡其心、怛化二其意也，乃能一体万物，恤其阽危，以措之宁谧。此万物之所以托命，而上帝君师之所寄好生之仁所由众著也。今乃谓水热而火寒，坐以所违绝之愆，则是世之沉酣利禄、自私其七尺若九鼎者，皆足为博施九有、道济天下之人，而巢许以上尹寿广成乘权莅人必为酷吏嚆矢。即巢燧赫胥，将易面而同猰貐封豕矣，有是理乎？此治乱之所由分。而苏子固文人也，岂智不足以辨此欤？盖其意之所独矜，辨之所甚力。而以为吾独得其隙，可破庄老之干橹而攻之无难者，则“爱人不足以为仁，而杀人亦不足以为不仁”二言而已。夫爱人不足以为仁，岂谓人不当爱，彼有取尔也？正谓桔槔之施不及膏雨，翣篁之挥不及凉飔，则驩虞煦煦视在宥为浅云尔。岂谓桔槔之润、翣篁之凉无多，而昆冈之火、咸阳之炬，遂亦不足焦土乎？且三宝而首慈，柱下之言则有之。嘉孺子而哀妇人，漆园之言则有之。若杀人而不足以为不仁，则二子虽方外之学，未尝有是言也。乃反其辞而引申之，附于将毋同之说，坐以莫须有之案，其于酷吏舞文锻炼周纳之术，有以异乎，否乎？吾意郅都受牒，宁成据案，张汤定爰书，杜周治奏牍，不过如此。而明是非，切事情，子长所云之申韩，尚未必至此也。即四子者，惨刻寡恩，为千古酷吏鼻祖矣。此自其性生固然，岂其必受业藏史之门、鼓箧漆园之舍而乃至此极哉？夫能正天下之刑名者，道德也。惟明惟畏而三讯得宜者，孰为之？能止天下之刑名者，道德也。不干不犯而四方从欲者，孰为之？未闻有以道德而肇刑名者也。夫苏子之论著多矣，好为高论而不顾其安，亦说屡迁而子矛子盾之难无能自解。如以李斯诟荀卿也，则曰“此放言高论之过也”“其父杀人报仇，其子必且行劫”，盖道之同者沿而加厉故也。以申韩而咎庄老，将毋其父盘旋俎豆、被服儒者而子亦必行劫，道之异者复反而相成乎？

然则天下之择术者安适而可，而后免意外之批根耶？即再以苏子之诸论衡之，其于《扬雄论》中[①]谓退之驳佛老乃流入佛老而不自知，兹无乃诋申韩而身为申韩乎？岂苏子亦深有得于庄老之学而为此乎？于《荀卿论》中，谓荀卿快一时之论而不知其祸之至于此。夫掊击庄老以为快而使后之致治者或以道德为鸠毒而裹足去之，将汉文帝丧其平治[②]而曹平阳清静宁下同于祖龙之[③]攸郁，其害又宁后于李斯耶？今观苏子“上英宗之书”，其欲破舆论以行其意，殆视介甫而先鸣者。倘后人以新法之害而坐之苏子，苏子其亦甘心否？立论亦[④]如行法，当以平恕为康庄也。苏子半生多口孽之患，人所知也。即“绝圣弃知，

① 国图抄本“中”作“之”。

② 国图抄本“平治”作“治平”。

③ 国图抄本无“之”字。

④ 国图抄本“亦”作“之”。

圣人不死，大盗不止”之语，亦足[1]来苏子之议而有余矣。庄老有知，不亦笑商君之法自弊哉？然则君子之立言归于中乃可久，勿轻诋圣贤而以学术祸后世可也。

充斋说

天下有一言而可以入圣人之室者，其“充”乎？亦可以举四子六经之义而贯之者，亦惟“充”乎！吾读《充斋说》而深叹沈子绎堂之好学，而钟元先生之善言学也。

夫子之言学也，首重在心。而其赞颜子也曰“未见其止”，而子渊之自叹也亦曰“既竭吾才”。沈子已有其志矣。而钟元之说举义宏而晰理细，无遗憾矣。然而亦有可引而申之以畅其说者。其曰：此中无欠阙、无等待，则本体昭昭矣。所谓明德而涵乎治平，率性而涵乎位育，性善而四端固有，反身而乐莫大焉者，此义也。夫明德之性善矣，万物皆备也，何阙之有？欲仁斯至矣，何待之有？其曰：必从慎独握其几，则功夫昭昭矣。所谓修己以敬、克己为仁者，此义也。夫养之于未发，基之以知止，由敬而静，其圣学之枢机乎？所谓“时习”“下学”，无逾此矣。而“充”之为义，训之曰满。夫不为不欲，问途人而心同，非性善、明德乎？无为无欲，虽贤者有时不能自主。非择执、克明之力浅乎？能达之于其所忍，达之于其所为，非“充”之实际乎？时时习则时时充，则时时达，至于达天德则上达矣。故日新而用其极，致曲以底于化，不息以运天行，钦明而运帝德，充之之义乃尽。而其实则皆人性之所自具者，非袭取，非外铄，不待助长者也。由识本体而以功夫达其初，充岂复有遗议哉？孙先生始以义烈闻于天下，如东汉君宗诸前哲。学日进而道日崇，所造乃至于斯，则又渊乎濂洛矣。顷读其所著诸书，则又有圆濂洛之所未圆者，信乎一代大儒也。沈子之卓然，知不负先生之所期矣。

革刁风说

治国如治病，必先审其病之所急者而疗之。若管仲、子产、曹参、王猛、诸葛亮，皆医也，而各有所急，与秦越人之为老人、带下医同。盖管子承襄公之后，法纪荡然矣，故用严。孔明亦得此意者。曹参于百战汤火之馀，故尚宽。究其归也，皆令良民皆安衽席而止，则五毒与百补同功矣。

---

① 国图抄本此处有“以”字。

今之青齐，盖亦吏治久荒、民瘼[①]方急之日也。诸不深论，但以讼狱一事言之。其初告也，以刁诬为能事。不问服鸩死、投井悬梁死，以及生产老病而死，必皆云打死。而妇人之死，其母家必诬告，尤为可恨。驾言争气，实则诈财。其既告也，审理后必殴打，检尸时必殴打。聚众行凶[②]，目无官府。而青州各属县，小小斗争，辄纠聚千百余人，横行城市，习以为常，不然则以为深愧。此尚知有王章乎？是大乱之所由生，而今之所尤[③]急者也。乃其所以相效而日甚者，则以县官教猱耳。不才者或竟如木偶，不肖者或以为奇货，豪强复何惮焉？至上台[④]贤明，禁之则亦易也。凡诬告者，必按律反坐不恕，非真人命不断烧埋，此古来仁人故事也。夫徒死既不能赖人，则人自不肯轻死，此不特仁于偿命之人，且并仁于舍[⑤]命之人，大阴骘也。其审理检尸时殴[⑥]打者，则以责其原差，并日添巡拿二役。凡于城市行凶，定行责罚，而又必先时遍行告谕，兼行枷示。至于各县，聚众至数十百人以上[⑦]打仗者，县官不即刻申请，定以罢软参罚。而又必先时遍行告谕，令人人皆知，继以重惩，复人人不贷。而恶俗不变、淳理不复者，未之有也。如是则民命至重，反以似轻之而获全。德化本宽，亦以严驭之而克布。明刑弼教，不在斯乎？况乱萌早杜，潢池无忧，即谓明刑兼以诘戎可也。然而州县权轻，仅可奉令[⑧]而承流。督抚以迨道府自能立刻更化，而且所及者广。寔行一两事之后，风行草偃矣。是所望于上台之仁智勇者。盖以曹平阳之心行管敬仲之政，武乡景略，伯仲及之。一变至鲁，千载俎豆，何疑乎？

鲍德舆字说

字之创于仓颉，远矣。然其同文于九州者，所以冒天下之道。而其表德于一人者，所以惇终身之学也。故古人名之外，复有字，盖引申其义以勖之勿谖耳。鲍夏生先生即锡嗣君名，曰秉谦，而问字于予。予字之曰德舆，乃为之言曰：先生之锡名，意深哉！义方之训，式榖之懿，已于是乎卜之矣。盖谦者，

---

① 国图抄本“瘼”作“瘽”。

② 国图抄本无“行凶”二字。

③ 国图抄本“尤”作“由”。

④ 国图抄本无“上”字，“台”作“召”。

⑤ 国图抄本“舍”作“拼”。

⑥ 国图抄本无“殴”字。

⑦ 国图抄本无“至数十百人以上”。

⑧ 国图抄本“令”作“人”。

有而不居之义也，不有何居？黔娄而云不奢，人知笑之矣。王、石之擅敌国富也，而令德不彰，豪举相竞，故以贿闻、以汰败。有则有矣，吾惜其居之之未善也。夫君子之修身也亦然。训典所垂，不曰“功崇惟志，业广惟勤”乎？苟功崇业广，而轩轩乎于车上儛焉。考父之铭谓何？吾亦惜其居之之未善也。伐善施劳，先贤示戒，进而天下莫与汝争功，天下莫与汝争能，夐绝万代矣。夫亦知由不自矜、不自伐中来欤？然则有而不居，然后能载。“谦”之所谓有终，所谓万民服者在此矣，此百福之管钥，万世之辎车也。

吾再就“谦”之说而引申之。“谦”之义散见于六经，而专名则独标于大《易》。其言圣人之处忧患也，以九卦为用，首《履》次《谦》终《巽》矣。不又曰“谦以制礼”乎？“谦”以制礼，则“履”亦入于谦、巽以行权，则“巽”亦出于“谦”矣。不又曰“谦，德之柄”乎？夫柄所以持，舆所以载也，持载而地之德于是乎全固已。至“天道下济而光明，地道卑而上行”二语，则全体天地之撰者非谦乎？六经于是乎交绥，诸圣于是乎按辔，而三才于是乎合辙矣。德舆者，所以载德也。然于世则温良恭俭兼以载福，而于心则居敬克己兼以载道。总以有而不居，故所受无量，即以碧落为盖、赤丝为厢无不可者。大车以载，大有所称，其谓是欤？

德舆童年颖异，亦复恂恂拔釜，而何所不逮？千年受姓，固尚父之裔也。司隶之骢，其小者耳。绎二字之义而广之，蒸蒸前烈，无多让哉！

易解

予尝过一大僚斋头，见方读《易》。予问其故，则曰：《易》者，六经精微之书，四圣人之学在焉，不可不究心也。后月余，复过之，曰：于《易》已契精微否？曰：未也。予笑曰：君之尊《易》也至矣。然尊之益甚，恐去之益远。君将为郑王之训乎，管郭之卜乎？抑为晋人之麈尾乎？谓是为非《易》，不可。谓是为尽《易》，则管中一斑已耳。即《易》以道阴阳，昔人灼有明训矣。而未知阴阳者，人事是也。性命者，事物是也。文王之学《易》，吾闻之矣。《履》《谦》九卦而素乎忧患，非乎？尼父之学《易》，吾闻之矣。韦编三绝而祈于寡过，非乎？姬公大象，则尤彰晬盎以示矣，未尝有奇诡幽渺之谈也。六十四归于八，八归于乾坤，而坤统乎乾，乾坤归于太极，《易》道尽于此矣。自强不息与至诚无息，有异否？太极与未发之中，有异否？易简之善与庸德庸言，有异否？天下无二道，而道含万物之变；圣人无两心，而心通万物之情。分殊理一，立本趋时，此三极不易之理而万古之经也，不易乃能为变易。无言可也，图之可也，说之可也，引而申之可也。六之则经也，四之则子也。谓四子之皆《中庸》

可也，谓《诗》《书》《礼》《春秋》之皆《易》可也。治总经可也，曰六经注我可也。时乘六龙以御天，以人用天道可也，君子而时中，以用人之道用天道可也。皆言心之影也，天之变也，总以前人之用者也。野翁先生以《易》诠《中庸》，而不佞以《中庸》诠《易》。其一欤，二欤？世必有知之者矣。

丧棚迂解

从先野人问于予曰：闻贵邑之治葬事也，率用布棚十许座。其高大也以几丈计，其用布也以几百疋计，或至用杂彩丹青，其侈费也几十金以至几百金计，信有之乎？曰：然。曰：此王者之制欤？曰：否。此圣人之教欤？曰：否。曰：此有益于亡者欤？曰：未知也。曰：然则奚为而为之？曰：论其事则富贵之家偶创焉，遂相效而务过之以为美观。不然，世俗将以为讥。论其心则君子不以天下俭其亲，然后尽于人心之义也。曰：以是而师孟子，是王莽、安石之《周礼》，其为病今人而累古人也多矣。

夫古人之立说也，标其大端而未及示其微义。学者附古人之义也，虚者未可语于实，小者未可语于大，其相去远矣。夫不以天下俭其亲者，亲重而财轻也。亲重而财轻者，将斥财以事吾亲，一无所吝惜之谓也。然而孝子之于亲，岂沾沾耑以财事哉？夫固有其大者焉。事亲以道而偕为圣贤，上也；策名王朝免于贪酷邪慝而荣以纶綍，次也。其次乃酒炙之养矣，其次乃附身附棺之具矣，其次乃堂斧之制矣。夫酒炙之养，未敢侈以为孝也。然而吾亲实享之，胜于祭而太牢之丰矣。衣衾棺椁之制，亦未敢侈以为孝也。然而于吾亲之身犹切焉，胜于葬而容卫之隆矣。乃今之人子知孝矣，而置其大者若罔闻焉，于其切者或致怠焉，反沾沾倾家以营葬者，何也？且其劳多而费重，一一自为之欤？曰：否，亲知之襄事然也。

曰：是皆乐为之欤？曰：未可知也。然或有为施焉者，或有为报焉者。其为报者则我之施固在前矣，其为施者则我之报将在后矣，似未尝厉人也。曰：是不然，夫物之不齐，物之情；则事之不齐，亦事之势也。亲知相爱，诚有愿为之者，则亦有不愿为之者矣，则又有虽欲为而力实不能为之者矣。夫不愿而使之，则致厌之道也。不能与不愿而强之，则致怨之道也。虽其人理当报我者，而彼力实不能，强之报犹怨矣，况强之施焉者乎？至于令彼先施焉，而我俟后日报之，此盖当前之言耳，后日之崇替原不可知。我替矣则不能报矣，必责我报之则我苦矣。彼替焉，我欲报之而彼不用者有矣。又或至竟忘之，而不肯报焉，轻至遗诮，甚或构讼矣。夫本以为荣也而后乃至于辱，本以为孝也而后至令人怨且诅其父母，不亦非计之得者乎？

曰：家富而自为之者，何如？曰：免于人怨矣，然惜其尚染于流俗。拙于用财，而未知能用财者之足进于孝也。夫致饰以为观美也者，不过欲令小民俗士叹羡啧啧，以为此家诚富贵，有子孙能华美耳。以致戚之时而企乎观者之誉，人子岂宜有是心？且不以天下俭其亲，孟子之言也，吾亦即以孟子之言证之。颜色之戚，哭泣之哀，吊者大悦，吾闻之矣。未闻以幄幕之多、彩缋之靡而吊者大悦也。若果以区区而致悦，众皆悦之，士君子笑之必矣。奈何斤斤求流俗之所羡，而为士君子之所笑乎？且以数日兼旬之劳，百金千金之费，俄顷才过，便为乌有，不亦暴殄天物乎？曰：为吾亲故也。曰：人而不为孝子也则已，且欲孝而无财也则亦已耳。财既足而复欲孝，不有营高敞、广松楸、立享堂、建祠寺以隆世守而滋冥福者乎？古今贤者多有之，此可谓用财而能孝者已。进而上之，不又有推述祖父之遗意而赡三族以及百世，建义仓、赈凶荒而养残废孤病者乎？于以广先德而滋冥福为尤厚，古今大贤多有之。《礼记》曰："父母虽没，将为善。思贻父母令名，必果。"夫为善，自修身外，孰有大于济众者乎？此谓能用财而大孝者矣。释此不为，虽轻费万金，譬掷金于旷野，置有用于无用耳已，可谓拙于计矣。而况敛怨诅于亲知，损先人之令德哉？亡者而无知也，将焉用之？是自为侈大，而非为父母也。亡者而有知也，其贤者必不乐其子孙之厉人而敛怨厉己而耗业矣。为子孙者何忍臆其先人之非贤哲，而必以世俗之夸诩为荣也耶？

或规之曰：习俗已成，何能独异？曰：是也。然习俗无害，亦可相沿。今时绌而人怨，聊以救时，不亦可乎？曰：一端之孝，宁非孝乎？曰：是也。然如上所陈，孝固有大而切者。欲为孝子，必审择于此矣。曰：人已为我尽力矣，可但已耶？曰：此为丧主言之，不为襄事者言也。既以[①]大事烦人，自当循例报之。其人即力辞焉，赠赙定须相偿。曰：宾客可露处乎？曰：布幕代之，既不费财亦不露处，与奢宁俭，君子以为然否？

---

① 此以下底本标"原缺"。此是据校本而补。又按，乾隆《淄川县志》卷一有此篇，题目作《劝止丧棚迂解》，与此大体同。又《清经世文编》（清人贺长龄辑，光绪十二年思补楼重校本）卷六十二也收有此篇，此处所补部分中的最后一句作"圣人之明训也"，其他皆同。

栖云阁文集卷第十・记

世训记略

吾家累世积善，而受封则自中丞赠公始。“家乘”中南溟叔祖侍赠公，偶有感于时事，曰：天可畏乎？公曰：赏善祸淫，如之何不畏？既而曰：存心养性，所以事天也。是则吾家畏天之学也。又尝曰：吾子孙有不詈人一语、弹人一指者，得此善根足矣。是则吾家爱人之学也。《东郭祠堂碑记》曰：他邑人有入吾淄城者，见车骑过市而欲避之。旁人曰：此必高氏子弟，不必避也。其人曰：何以知之？旁人曰：其马不怒，其盖不张，其童仆不丽服而洋洋，高氏子弟固然也。此吾家谦谨朴素之学也。至宗丞赠公之训予也，以弱冠时元旦起稍迟，即以不知敬天严训之。又予七八岁时，偶学骂人，亦严训之。复以元旦后三日犹习华服未改，复严训之，与封公之训无丝毫异也。后世子孙苟能以畏天为学、爱人为道、谦谨朴素为家风，庶几无陨先人之训矣。

重修淄川城记[①]

吾淄城工之既竣也，邑人士诣予授简焉。予目睹成功，窃快于心也久矣。乃拜手飏言曰：设险守国，《大易》之训，王公者重矣。然而创始无人，则言言百雉，孰启新图？绍绪无人，则奕奕千堞，谁还旧观？而鸠工又必有所需焉。沧溟之梁已没，石固未能驱来；广武之垒久湮，瓴亦岂能飞至？则又非阜财不可，而二者更复相待焉。苟用财未得其人，则徒饱侵牟之腹耳。盖向来土木之蠹，皆自胥吏之猾实滋之。风雨不时，倾圮屡见。彼以为是戋戋者未足朵颐，日祝百堵之皆倾为大贶故也。吾淄邑之自州府降而为邑也，亦已有年矣。然止土垣数尺，坎而登之有余耳。其易土而为石，则故明相国张公倡阖邑绅士而创之者也。迨本朝康熙七年地震，垛口城楼崩坼，所存无几。经前任估计，上官具题，须四千馀金。工部覆准三千余金，令官绅士民设法捐修，迭檄督催十载有馀。又经康熙二十三年大雨，倾颓城墙三处，并倒塌马道三处，又非题准三千余金所能完也。

① 国图抄本题目作《淄城重修记》。按，乾隆《淄川县志》卷七亦作《淄城重修记》。

乃吾邑明府汪侯详请捐俸于前，阖县乡绅士民同心赴义于后。畚锸一载有奇，乃得垣墉如故。钦奉上传，念四民之保障；维此下国，留百世之金汤。所募止七百余金，并不曾鞭笞一户。所省盖三千馀两，并不烦起派一夫。万堞重新，三农不害。不止东门之晳，诟诅无闻；且与南国之棠，荫庇有永矣。人皆颂侯之能仁矣，而未知侯之费少而功多者，以智足以知人，而又能委心以观其成也。盖是役也，侯实一一借箸于太史唐君，故一时铃下饕餮之豪，洋洋有欲炙之色者，咸吐舌而掉臂去焉。是以褐父之睨，旨酒无恙也。盖太史素负经国长材而复能详能慎，敛萧相瑶宫之手，为陶公木屑之心。一甓必衷其直，一锾必核其用，甚或偶有不给，则以宣子杖头、少陵囊底代之，故能事半而功倍若此。此阖邑之所共惊为绩底意外、功成望表者欤。盖理财为国家之要务，非节以制度不可。而学者率忽为经生常谈，彼固未尝留心当世，念时艰，恤民瘼，筹国计，体宸谟耳。苟能留心于当世，自知经生之常谈，即经世之讦谟也。

我皇上圣德日懋，圣治日周，知民瘼之未尽苏，而利用之不可无度也。故比来司农司空之奏疏，屡经驳议。六府之不匮，已握其枢矣。降而州县之土功，宁有异道哉？昔吾邑张相国之登庸也，亦以官光禄时事事综核，见知于人主，卒至首揆。而太史之所为，乃更能困苏桑梓矣。前代杨石斋相国纪云：每休沐归里，辄为邑人创一二善事。今古贤士大夫，固有同心云。

予不佞夙许太史为经济宏才，惜以建言归田，未能大见其效于斯世[①]。予每诵井渫不食之爻，辄为行恻然。布[②]指知尺，是役固一斑可信者。予即自附于知人，亦何不可？缵前贤之绪，而成茂宰之功，自当不朽。爰勒之贞珉，以诏来贤。般水洋洋，橦山矗矗，同无斁也，不亦昭昭乎。

重修学宫记[③]

诗曰“好是懿[④]德”，此天下之元气也。明人伦以正风化，育贤才以赞升平，有国家者培养元气之道也。其典在于教，而教专于学，故自辟雍以迨党庠，无地而不建学为先也。而于教化久湮之日，则尤急焉。盖博士弟子，本圣人之徒也。而千余年来，止沾沾以科第自足。勤习艺文，期一当于有司，而以为不负朝廷教养之意，如是足矣。故长吏急催科而缓教化，士子先科名而后行谊。庠

① 国图抄本“斯世”作“国家”。

② 国图抄本“布”作“步”。

③ 国图抄本题目作《重修淄邑学宫记》。

④ 国图抄本“懿”作“彝”。

序已无端士，而欲寮采有良臣，何可得也？以故耳目所及，其不由学校而出者，反往往得谨身爱民之人。而所称为两闱兴贤之选，一登上第，即咨询脂膏之地赋风隧[①]焉。甚者，一入胶庠便已跋扈飞扬，为邑中夜郎王矣。子弟而忤父兄，不肖而凌贤哲，以武断为豪，以侮功令为能事，谓此为王章之所不禁，而无妨于登上第为公卿。自大宗伯、学使者皆熟视习闻，相沿以为固然而不为之厉禁。呜呼！此岂朝廷建学之初意耶？夫古人之期于学者，原责以经明行修，处为名儒，出为名臣[②]，以道济天下为正业。至于博物洽闻，练综典制，足以黻黼皇猷、仰备顾问者，其次也。若夫束书不观，游谈无根，则讥之以为戒。乃今日所称为宿士名流，肇帨制艺，尚远不及昔人之中驷。而昔人之所讥为不学者，其过止于游谈无根而已，尚无伤于人伦风化[③]，若今学校中子衿也。士既贱矣，则学校为具文。而师儒遂为枝官，浮议者无深识，谓其官裁也可。于是胶庠之地鞠为茂草，而曾不一动其心，此岂尽议者之罪哉？实教不修，士行不立，夫固有以取之也。吾以为[④]教既不明，而设教之地，益不可以不饬[⑤]。盖[⑥]此泮宫尺寸地，尚足耸观听而存饩羊。化[⑦]民兴贤，盛治当有赖于此也云尔。

然而，学宫之修抑难矣。一则功令之所不及也。夫城郭成毁，则以为守土之殿最寄之。至学宫，则率谓子衿之庐耳。即沦蔬圃，我无[⑧]与知矣，则有司以为私也而置之。一则福田之所不急也。花宫琳观，羽人苾刍之世业也，私之故急之。而希二梵之美报者，一瓦一椽辄邀利益。洋洋頖水既非好畤[⑨]之田，而二梵福田之说又圣人之所不道，则士子以为公而亦置之也，故倾圮日有闻焉。天下类然矣。吾邑文献，二东之望也。而学宫之圮亦且数十年所，未有敢过而问之者。教谕孙君至，即毅然任之，不以为难也，而旁观者咸难之。然而风义所激，僝功立奏。实实枚枚，豆登有奕，庙貌顿为鼎新矣。以是知天下不患有难成之事，而得任事之人为难。任事之人能断以义之所必当为，而出之以至诚、

① 国图抄本“隧”作“隊”。

② 国图抄本“名臣”作“王佐”。

③ 国图抄本此处有“也”字。自此处至“而曾不一动其心”作“夫学校既为具文师儒，遂为枝官，士既贱矣，而胶庠之地鞠为茂草，而不一动其心”。

④ 国图抄本此处有“圣人之”三字，无下“既”字。

⑤ 国图抄本“饬”作“餙”，即“饰”。

⑥ 国图抄本此处有“以”字，下一句“足”后亦有“以”字。

⑦ 国图抄本“化”字前有“异日者”三字。

⑧ 国图抄本“无”作“勿”。

⑨ 国图抄本“畤”作“畴”。

持之以经久、以底绩为期则尤难也。

而吾尤有望者，记有之：师严而后道尊。夫塾师之严，自好者可勉为之。而郡邑师道之严，则功令为政。今博士之职权出簿尉之下，即令程朱振铎，安能令行禁止而风教翕然乎？似当尊教谕之职，妙选经明行、确然可为人师者而后任之。其果能令士子经明行就、教化有成以最闻者，即与有司一体考选，庶几淳风立奏而人材蔚起乎。[①]往年予典试江南，试录策中曾发此议，今复笔之于此。盖以圣人在上，治平可期，或有采而行之者。则不止葺圣人之宫，而圣人之道、圣人之治当隆隆起矣。孰谓三代之盛不可复睹也？则学宫之修，其为权舆哉！

县治旌善瘅恶亭记[②]

天下何以治平？不过比屋可封、迁善改过云尔。而从风在下民，提衡在执政。是以言其人则曰君曰师，言其事则曰刑曰赏。而又必先有其地焉，所以使天下之人举目及之，而怦怦心动者也。所以使人首畏天命、出王游衍而明旦临之，次畏大人赫声濯灵而钟鼓震之，次畏圣人之言而诗书礼义日月煌煌洗心濯胃者也。是以泮宫训士，有耑司矣。而县治大门之外，二亭翼然，署曰“旌善”“瘅恶”云。予童子时犹及见之，今六七十年来，鞠为茂草矣。夫六七十年中，未尝无才名长吏也，然未尝有询及而动念者。予久欲进言而辄中止者何也？盖知其必以予言为迂，而且曰：此文具而不足为也。夫古来圣贤之所垂训者，岂以为文而愚后世哉？必不然矣。其患在未尝至诚推行耳。苟不以至诚推行之，则岂止二亭之为文具。即三事三德，唐虞三代之法皆具文而无足道也。岂惟诗书之所训为具文，即二帝三王若而人，后世岂能觌面乎？即皆以为无是公、乌有先生，无不可也。此即才名籍甚，可以攀黄提龚、轶卓度鲁，但知蚕丝保障，为梧掖之妙选，岂知学道弦歌，冠圣治之崇功乎？则吏治民行，不问而可知矣。

予邑今岁得天，张侯以间出之才照临蕞土。下车未及期月而百废俱兴，如河阳壁垒，勃然改色；县治丽谯，一新旧观，而二亭顿复焉。且也畚锸之功不日而竣，北门之晢了未闻焉。而又皆倒史云之橐而告成者也。予为之跃然而喜，以知前代之风徽欲复，而我皇上治平四海之心，绍统三代之道，得承流者而旦夕可睹之矣。况我皇上六谕之成书，各省直督抚已皆详演而广布之。果使家喻

---

① 底本原文到此为止，标为“原缺第九叶”，今以校本补之。又乾隆《淄川县志》卷七亦载有此文。所缺部分，国图抄本与县志所载全同，唯最后一句无“其”字。

② 国图抄本题目作《淄川县治旌善瘅恶亭记》。

而户晓，遒人之铎振于月吉，而孜孜兴行易矣。其不率教者，令三老以时报闻而奖之惩之，一一遵王章而不怠，则二帝三王之盛治又何疑焉？故予妄以为欲四海皆善人无奇道，遵君王之法、奉父母之训而已。欲成循良之绩无奇法，行之以至诚，绵之以不倦而已。一邑如此力行，则一邑有善治；九州如此同行，则九州睹上理也。而自予邑首倡焉，则予邑侯岂非天下之师哉？九重誉命，三事崇登，此固不待言者矣。

恤幼局记

上帝好生，帝王承之以育天下。下而卿相以逮守令百职，皆分生天下之任者也。故蛸[①]翘犹有所不伤，而况[②]同伦乎？道路之人，推刃犹有所不忍，而况于离里者乎？乃南方溺女，习为固然，前贤劝说亦既班班矣。至我世祖章皇帝谆谆戒谕，刊布宸章，此又前代帝王所未逮者。我皇上敬天仁民，覆育万有，一夫不得其所者，宛若痌瘝在身。上视世祖章皇帝，若合符节也。往者山东告饥，全蠲一岁田租矣；顷岁，山西被灾之地亦然。仁覆博济，盖历代所罕觏哉。使[③]者之祭中岳回也，引之御座前，面问河南百姓饥否，盖虞沟壑之有捐瘠若是其瞿瞿也。比岁朝审罪犯，率多立决。今岁从台臣言，顿复矜疑旧典。盖虽大憝当辟，而皇上犹楸然欲延其旦夕之生，若是其恻恻也。乃有甫出胎胞便膺水火，惨毒动天毛里绝类者，其为如天好生之心所隐痛，又当何如耶？

予于湘楚道上，偶以其地溺女旧事询之舆夫，皆曰固然。且鞶躄[④]曰：不止女也，虽获雄亦多不举矣。予骇曰：有是哉？弄瓦不育，伉俪将绝。稚齿先摧，丁壮何望？且无父子之恩，是毒于虎狼也；损版籍之户口，是朝廷罪人也；伤天地之化育，是人理生机已绝灭也，何以至此极乎？舆夫曰：女子之溺也，以结缡难耳。俗之敝也，不耻其教之不淑，而耻其奁之不厚。束帛戋戋若挞市朝者然，因习于忍也。予曰：此有司与士大夫之责也。婚葬有定式，则下不靡矣。大姓敦俭节，则俗可易矣。簿正祭器，不有术乎？越分僭礼，不有罚乎？若之何其恣侈以殖忍也？舆夫曰：是则然矣。男子之溺也，半菽不给故也，是又将若之何？曰：此非士大夫之责也，而亦士大夫之责也。皇上如天之仁，而不以上闻。且大贤统莅，父母孔迩，而州县亦扪舌莫以告者，何也？夫严杀子之罚

① 国图抄本“蛸”作“肖”。

② 国图抄本此处有“于”字。

③ 国图抄本“使者”前有“顷”字。

④ 国图抄本无“躄”字。

则令行于下矣，申连坐之条则罪闻于上矣。艰于食者，官为之局以养之，则蔑不济矣。彼勾践，小国耳，生女有赐，生男倍之。南宋偏安之地也，慈幼有局，赡于官焉，此古来人主之事可征也。即以今时言之，扬州有育婴之会则商人倡之，燕京亦有育婴之会，则朝绅供之。此非士大夫之好行其德，施及于怀幼者与？今即未能补九阍，广生万有。而创法置地，攒[①]赀择人，怂恿郡邑贤有司各子其子。曰郑父也，曰贾君[②]也，曰侨也国之母也。不亦光流世史、功书上考有余乎？古之人有于弃儿书券，不许长大之后其父母复认之者而儿以生。有以丁钱弃儿，乃为之措处以代输者而儿以生。则前贤之遗轨具在也。大中丞晋侯周公，以道济天下之怀而始之荆，以安老信友之志而先之幼，亦犹行古之道也夫。

古来无父曰孤，王仁首被矣。然怙恃虽失乎，未必即挤于沟壑也。即挤沟壑，尚须时日。而非即命尽俄顷，亦非即其生之育之者手毙之也。奇惨如斯，此盖三代之所未有而亦圣仁[③]之所不忍料者矣。何幸一旦获全，夺之水火，登之仁寿，是[④]三代圣王养民之政所未逮者矣。我世祖章皇帝劝谕溺女者于前，而今皇帝日殷殷以民饥民溺为忧。上与炎帝虞帝之生天下同心，谓先圣后圣之不一揆者，我未之前闻也。是役也，仁以育之，义以正之。既沛先帝之遗泽茂育无方，且广暨之而帲幪有进焉。于以辅我皇上求民之瘼、育物之仁者，于是乎更隆矣。后之君子当有同心，生生大典，守而无斁。允矣，百世之仁哉！

京都学院署记

皇帝践阼之四年，蒋虎臣先生上言：臣蒙圣恩，忝膺学政。然校士无专署，不称国家作人至意。今盐臣移署津门，臣昧死上言，乞以其署为多士考课地，臣暨士子幸甚！章下部覆[⑤]：请如学臣言。诏曰：可。王畿学臣，自是都门有专署矣。

伏念我国家之受天宝命也，一戎衣而四海永宁，其上迈汉唐远甚。而皇帝绍衣圣绪，丕振儒宗。申胶庠之制，严宾兴之典，亦较前朝有加焉。盖所以陶一世于诗书而登明选公，嘉与士大夫弼佑维新之治。又特改台臣出鸾坡侍从之士司之，甚盛典也。然而课士贵得人，而校士之地亦重焉。乃改玉以来，衡文

---

① 国图抄本“攒”作“措”。

② 国图抄本“君”作“名”。

③ 国图抄本“仁”作“王”。

④ 国图抄本“是”后有“亦”字。

⑤ 国图抄本无“下部覆”三字。

旧地易为新丰鸡犬之区。每士子载笔献技之晨，往往假浮屠氏舍代之，此岂所以广厉思[①]皇、比刺六术经制哉？夫课士之地与育士之地，自有制科以来，其并重久矣。今育士之地，自虎闱以及郡邑泮水之宫，翼翼犹前代也。即间有鞠为茂草，沦于蔬圃者。数年以来，大司农出水衡钱及有司捐输修之，俱芹藻焕然，博士弟子鼓箧彬彬起矣。而学臣视事之所，则尤文移所贮、科条所颁，品先资拜献之言而一一诠之者也。其所以[②]提衡多士而尊黄图，而风示海内者，不尤重乎？而皇上慨然采学臣言，朝上夕可，其右文礼士之意上媲《菁莪》《棫朴》，无以加矣！而吁特恩，彰盛典，则实自先生始也。

先生质擅岐嶷，夙有江夏黄童之目。弱冠及第，珥笔北门，人人羡为苏欧复出[③]而不知家学有自。太翁鸣玉先生以羊杜之茂绩阐洛濂之微言，所著经书诸解，勃窣理窟。鲤庭异闻，视汉代传经诸大儒[④]世业学官、箕裘章句者，度越无等矣。振铎以来，一刷士子靡靡之习。由欧苏而登之两汉，北方之学者乃始知有古文辞。而教谕引翼则尤以六德六行为先，奖孝友，崇名德，雅叶先王广厉[⑤]学官之意，其与平仲之在太学、安定之在湖州，奚以异哉？钧陶王畿而大起之，多士得师如逢年焉。斯地也固又以人重矣，后之履斯地者以道德为学宫标的，以经史古文大[⑥]家为艺苑指南，如农之有畔而无越思焉。斯足以承圣天子右文宠儒之誉命，而先生为[⑦]首善惓惓请命之雅意乃无负云。

修般水官坝记

予邑故为般阳郡云。城南二十里许，回溪窕窈中，珠泻般陀，活活有声者，般水源也。水出泉不百步，穿鱼[⑧]头河石梁而北，至前崖庄，西折至邑城坤隅下。而孝水澎湃自南来，双龙宛延合于丽谯之下，北行长驱入溟渤矣。方水之在城南也，大约附西山之足。余素有山水癖，会乙未以定省归，往往屏车骑仆

① 国图抄本“厉思”作“励斯”。

② 国图抄本无“以”字。

③ 国图抄本此处有“矣”字。

④ 国图抄本“传经诸大儒”作“田杨伏郑诸君子”。

⑤ 国图抄本“广厉”作“广励”。

⑥ 国图抄本“文大”作“太”。

⑦ 国图抄本无“为”字，下面之文作“首善请命惓惓雅意乃无负云”。

⑧ 国图抄本“鱼”作“渭”。按，“渭”更合理，高珩时多叫“渭头河”，又叫“峪头河”，即般水，讹为“鱼头河”。“渭”实为“温”之讹。参乾隆《淄川县志》卷一。

从，率昆从之能跻胜者，单衣徒步，汗漫闲[1]游。沿溪昂首而西[2]望，则群峰如髻鬟，石花如绣，崟岑附缀者如崩云、如怒虬、如猿狖蹲踞而欲下饮，物色百出。及登山而下窥之，则长溪北走，涧谷郁纡，触石注壑，辄潺湲有声。其村曲林薄断续掩映，加以斜阳明灭，隐见殊姿。凫鸥午浴，照影青溪，樵牧晚归，濯足空涧。风雨来而万玉鸣，渔梁照而千峰夕，此固幽人汤沐邑也。若以一卮置滥觞之地，策杖追之，越岸穿林。辄席兰茝，倒鸱夷，啸咏坐卧，二十里之内，皆令有琴樽延伫焉。其为会稽兰亭，不亦龙伯之视侏儒乎[3]？然而尚未为一邑润泽之所仰也。惟水至城南三里许，庄曰窑头。其庄之东隅，邑人士伐石堰水，仿佛金堤。支流北来，匝于城下，由南而北，西折乃入大河。则绿水环周，邑堞宛在中央矣。记余竹马时，负笈之暇，重闉窃步，明河掖下，顾而乐之。郭外夏畦，姜薤[4]之入与封君等。其大姓则踞胜卜筑，平泉相望，筑[5]山浚沼，晻霭潆回，跨水为梁，临水为阁，注水为池，引水为花溪竹圃。芙蕖镜里，风来百步之香；菱芡樽前，霜落千珠之橐。一衣带水之为功也如此。而太平风物，士民之各有其乐也，犹及仿佛见之。

顷以兵荒洊至，遂塞邗沟。父老颦蹙向予言：弹指沧桑，终岁不复饱菜茹。而临池[6]台榭，亦皆倾圮略尽，遗黎一二或有能[7]指其地，咨嗟道之者。其士大夫则曰：吾邑十[8]年来，科目垒垒胜矣。然而千里霜蹄，发轫多蹶，似稍逊向者诸君子[9]。堪舆之说，此执其咎，青乌家言[10]或亦持有故耶？天下事兴废何常，此自[11]关人兴会耳。邪许同心，小小玄圭，何难告者？予虽无负郭一亩田，而重违父老意，倦鸟长林，颓然自废。而闻[12]诸君子之昂首天衢、坐臻万里，未尝不莞然而喜。若子瞻之神醉，意反有馀于衔杯也。然而，予亦窃有幸者。浸

---

① 国图抄本“闲”作“之”。

② 国图抄本“西”作“四”。

③ 国图抄本此句无“龙伯之视侏儒”六字，改为“多”字，作“不亦多乎”。

④ 国图抄本“薤”作“韭”。

⑤ 国图抄本“筑”作“叠”。

⑥ 国图抄本“池”作“流”。

⑦ 国图抄本无“能”字。

⑧ 国图抄本“十”作“千”。

⑨ 国图抄本“向者诸君子”作“先民”。

⑩ 国图抄本无“青乌家言”。

⑪ 国图抄本“自”作“亦”。

⑫ 国图抄本“闻”作“期”。

假而淼漫重来，沧浪复故，一碧如带，风约蘋香，万绿如云，雨疏菜甲。予将伫立微风，支颐画堞，山翠蔚蓝，堆人怀袖。听琮琮田间之响，过吾师丈人远矣。下呼老圃，与话瓜瓞菘苔，以自附于抱瓮丈人之流。汉阴不远，居然濠濮，般水之曲，何必减盘谷也。骚人逸客，当有闻而赋之者矣。

道州桥记

顷予奉命恭祀虞陵。永州之南，笋舆潇岸。道过茅江口，僧人以疏相示。予曰：云何？僧人云：山溪如矢，厉此褰裳，驱石无鞭，布金皆果，过客宁无意乎？予曰：长江北注，雪浪横飞，青雀黄龙，疾逾上驷，戋戋小渡，不亦赘乎？僧曰：不然，石固巉岩，地当孔道，南通百粤，北抵两京，转棹逆流，嶙嶙石齿，舟危桥安，昔人炯鉴亦久矣。且单骑徒步，负戴辇任之，子安所尽得艅艎而乘之？予曰：然，成桥云何，几锾可竟？僧云：鼎足有三，二者已竣矣。星使乘轺，宰官留带，古人亦何多让焉？予曰：太府且至，当共商之。前途追及太府刘公，与有同心，予亦随喜。

迨南归而僧复来，多为吉语，且将勒之石焉。予笑曰：竹叶游瀛，乘舆济洧，古人游戏，兴会有然耳。二梵福田，我自不烦尔，尔丰干幸勿饶舌可也。但试与子徐步江[①]上，两山束水，蜀峡何殊？潇渌盈盈，翩然白鹭，渔舟贾艓时荡漾于微风夕照之间。右顾明溪，淙淙泻玉，穿远嶂而东来。夭娇宛虹，浮空矗矗如在重霄上。或过客骖驔，或游人步屧，徙倚凭栏，闲适可掬。彼积日乘流者蓬窗伊郁，想当以舍舟登陆为欢。而自高临下，送目江中，命酒翻书，布帆高挂，偃仰支颐，千里已度衽席上，又未尝不羡乘风破浪、迟日锦缆之足乐也。异日者，太守公五马观风、熊幡江澨，望长江上灯火乱、使君还。子瞻佳句，高鸣空山，又当写入潇江画图无疑矣。僧亦笑，以为然。乃题二绝付之[②]：沙鸟幽篁尽日鸣，惊滩儿旦厌江行。何人袖手蓬窗底，遥羡长桥立晚晴。别浦穿江百折流，鹧鸪声里杜蘅秋。何人缓步长桥上，目送微风下濑舟。戊申七月十一日零陵舟中笔此。

---

① 国图抄本此处有“皋之”二字。

② 底本至此为止，无后面的部分。以下据国图抄本补。

河工底绩纪事[①]

旧史氏曰：天下猝有非常之变，济之者岂不在得人哉？而有志济世者，虽具有为之才，不际其时，无以自见也。即际其时矣，而不得尺寸之柄，则亦不过旁观袖手，灭没于碌碌旅进之列而已。安能卓然有成，以自见于天下耶？故于吾邑治河之事，而深有感也。

黄河为漕运害也久矣，而比年为甚。方其洪流横决时，举朝错愕。天子临朝而叹，封章累累满公车，不能得要领也。行河督臣乃起三省民夫，千里而操畚锸。人皆知其厉民，而漕事重大，莫能难之。予时佐宪，拜疏争之，亦不能得也。而乡人自东国来[②]者，则言齐鲁汹汹[③]。盖齐鲁之民惮于离室家，跬步之远视若万里然。而搴茭下楗，复恐为阳侯所俘。且时方冱寒，皲瘃肤裂，故郡符屡下，咸摇首咋指莫应也。其慨然请行者，则饮赌无赖子弟，将以此役坐致猗顿[④]，而又辄佯为辞谢裹足状，非饱其溪壑不肯行。及趾一出邑门，则洋洋跋扈，所过狂啸，不可向迩。至其地，官家金钱一入手，纵酒呼庐自豪。或投一菅焉，或肩一石焉，已高卧嬲青楼狭邪为乐矣。甚者旋即襆被归里，故以逃役累其主人。重索高赀，将至再至三，而未有肩息日也。故邑人惧甚，非独惜赀，且虑追摄之檄旦夕至，以抗役挠功为大辜也。无何而邑人歌舞于途，欢若更生，则相语曰：钱尉府有告谕至矣。其中详述河夫骄蹇玩愒状，了不受役业，已以水衡钱雇夫竣工，诸逃[⑤]虽至，亦无所用之矣。其仍有要挟吓诈者，伍伯与杖可也，合县人士遂得高枕卧。而河夫自矜为数年豪纵之计者，一旦失之，衔恨至骨。乃向河厅刁讼不休，幸河厅审明[⑥]坐以罪乃止。淄则事解，而邻邑长山邹平诸县至今贻害，追呼未止也。夫各省河夫之害深矣，新总河王公至，洞悉此害，汤火乃除，仁及三省，广矣，大矣！而前此燎原方扬，淄一隅独无恙，则谓非尉府一人之力可乎？

夫旧督河，朝廷大臣也，彼岂不欲宽主忧而苏民瘼哉？特以未悉民瘼，而其下奉行诸职官，亦恐异议妨工，异日难执其咎，雷同苟可，谢罪已矣。厉民与否，我勿与知可也，故亦卒未敢有与总河历历言之者。而予上疏半岁后，承皇上召

① 国图抄本题目作《河工底绩赠言》。

② 国图抄本此处有“言”字。

③ 国图抄本此处有“甚”字。

④ 国图抄本“顿”作“陶”。

⑤ 国图抄本此处有“者”字。

⑥ 国图抄本“明”作“实”。

对时，不佞复娓娓而[1]陈河夫之害。上迟疑动色，亦以河流叵测，一日召集不至、千里溃决为虞，圣人之忧民如此其至也。向使早得今王公任其事，而其下皆得如钱君者若而人，则底绩也亦已久矣。又向予与今大司马明公论及相业，予谓相业不在多才，只用人二字足矣。推而广之，大将在选偏裨，督抚在择州县。故自人主而下以至大僚，执要自有其本也。夫毛遂一言而定二国之盟，赵卒以单车而还其主。岂非建功，故视其才耳，不必专属卿相[2]。而为之上者以人事君，方为盛节乎？今尧舜当阳，而太平尚迟迟有待，或者怀才之士未尽得见其长欤？援毫引领，盖不止颂钱君一邑之功也。

亦园记

易斋先生之欲致政而归也，予贻之诗，有“栖凤楼前眠鹭浦，濯龙门外钓鱼舟”之句。盖先生有园在临朐冶水之源，水竹千顷，二东胜地也。既而未遂悬车，乃复遗予书曰：圣恩深厚，未能顿返初服也。新构亦园于崇文门之东南隅，介育婴堂、放生池间，聊述崖略，子其为我纪之。予听然而笑曰：前书殆于谶乎？盖仕隐之分途也久矣。夫排金门，上玉堂，紬书延阁之庐，高议云台之上，此幽人逸士所褰裳而避之，未敢左足窥者。至于盘谷纶丝，辋川渔艇，此则高冠长缨辇毂诸君子之所不问。而幽人逸士所据以为汤沐世封，于世判若鸿沟然，而未许公卿之帑寄虢郑者也。乃若贯朝野之川涂，作通隐之邮置，若平泉绿野之胜，古之人不有行之者乎？而后之人论其世者，固有说也。盖唐宋之建都也，东则大梁，西则咸秦，而洛邑则其东西陪京耳。彼时士大夫一通朝籍，辄忘其桑梓而咸以洛阳为菟裘。悬车之后，卜筑疏凿以娱暮景。故园圃台池之胜，比比而是，递相雄长，遂为天下所指名。即赞皇、晋国二公，亦其致政之后，留守陪京，间于休沐之暇，轩车过从，以徜徉娱志于诗酒间，遂为千秋佳话耳。非能朝登政事之堂，夕散濠梁之步，下直东华而去，遂不废我啸歌也。先生是役也，毋乃视先贤为尤快乎？

李文叔尝谓“洛阳园圃，为天下盛衰之征”，信矣。盖不佞弱冠时，即闻予邑张圣鹄先生秉钧崇祯之末也，万几丛脞，无论游眺之不遑，戴星而入，夜漏下数十刻乃出，岁以为常。其劳悴也如此。苟非三十年来上理既奏，朝政清暇，将如前朝执政之劬劬而恐后也，欲以步屧林皋，其可得乎？则名区胜赏，其为太平休征，荷圣天子在上，而锡士大夫以清宴觞咏之乐无疑也。而其议尚有未

① 国图抄本“而”作“面”。

② 国图抄本此处有一“士”字。

尽者，夫偃息在床，非士之所以报国也明矣。然而国家大事，其匆遽孰若兵兴者？乃古人之于行阵也，犹有临敌安闲，若不欲战者，早贺战胜焉，此晋国之所谓好以暇胜者也。故安石之奕棋丝竹，足觇庙堂雅量；而诸葛之纶巾羽扇，亦称名士风流。夫古之君子，必澄神味道，心遗六合，超然万物之表，几类于幽人逸士之为，而后能经物而不穷。盖其意思萧远若无营故，指顾咄嗟而定大故，应大变若承蜩耳。不然而搰搰于衡书传餐之间，傀焉如不终日也者，其与能也几何哉？然则烟霞癖痼，未足通方，而邱壑情深，正堪通济。自非通人，或以拘墟相格，固其所耳。是知古人所侈"园林胜事、钟鼓清时"之咏，非止太平有象，而太平无疆之基，于是乎益为苞桑矣。

且予按是园之地，幽旷两绝，车马之音不至，固此都清凉国也。万缕将披细柳，知浓阴行埒苏堤；数尺自出清泉，是神力驱成香海。游鲦依梵呗，说偈而降天人；碑版埒颜苏，祝厘而扬圣寿。诚咸若之盛事哉！至亭曰活泼泼地，则尤油然与人心会焉者也。不止天光云影，悟化机于空明，抑且翠竹黄花，示毗卢之法界。万物咸熙，一真独露，此尤先生之所欲与人共焉者也。先生名园曰"亦"，"亦"之时义大矣哉！试与旁睇九寓，上穷百代。则亦冶源也，亦梓泽也，亦平泉午桥也，亦鹫峰鹿苑之附庸，而仁民育物之别馆也。先生既坐而有之矣，而缙绅之挟樽而至者，骚人墨客，载笔而游者，流水长者净名居士，一逮三支二朗之流，杖履及焉者，皆怡然谓即吾庐也。夫都门亭圃，原属于朱邸王侯，以及于土著缙绅，与夫猗顿五陵之豪耳。其秦晋齐鲁三吴百粤之通籍而居者，皆寓公也。车辕南指，他人入室矣。子猷种竹，叔孙葺宇，不亦劳乎？先生固曰：吾一出春明门，则此地公之常住，吾不得而有之矣，而苾蒭亦不得而有之。夫彼既不得而有之，则不得而鬻之。信斯言也。凡既不亡，楚原可去。是地也，将遂同于广莫之野，建德之乡欤？燕山潞水，沙劫无尽矣。虽谓爽鸠之乐，万古无殊可也。

重修禹王山庙记[①]

夏王庙重新，邑人索记于予。予曰：往年疏文之中亦已详言之矣。昔人临河之叹，明德之远也。茫茫九州，万载攸同矣。一枝之安，皆文命遗泽无疑也。而旧迹未湮者，忾怀尤亿焉。

予邑之南禹王山有祠，正旧迹之未湮者也。嶕峣犹存，丹青已蚀，诸父老慨然欲新之。予曰：此报功报德之大典，载在册府。岂同于里社烝尝鸡豚，伏

① 此文亦载入乾隆《淄川县志》卷七。

腊社鼓坎坎、觋舞傞傞者乎？然而圣王之功，与天同大。天之秩祀，地在泰坛，司在太常，原非下里父老所敢焫香布币者甚明也。然而山陬海澨之远亦有琳宫，溪毛涧芷之微亦陈觳座。盖匹夫匹妇一念之明信，亦□□之所不鄙也。圣王之祀于邦国也亦然。况此祠之南二十里内，山壑之间，尚有铁杙船材千秋不朽，则吾辈今日桑麻之野，轮奂之庐，其在鸿荒往代，固鱼龙之窟而沧溟之腹矣。非神禹经营之烈，何由蒙业而安乎？则刊旅之瘁，而四载之乘，于此地尤孜孜矣。

诸父老感于庙貌之沦风雨，而慨然议鸠工也，不亦于古人明德之叹有同心，而于报功铭德之典为允协乎？然而明禋之荐既报功于前，王亦锡福于来祀。神功盛德之救万民也，如良医之疗百病。故积阴在玄圭平地，而积阳则桑林回天。痌瘝之切，不止一端。岁之大有，将于此永赖焉。知吾邑邀康庇于无方也，在此役矣。

栖云阁文集卷第十一·题辞 跋 赞

翕社申约题辞

士子所诵法，仲尼之书也，而仲尼之道今反坠于地，将烬灭矣。非天实为之，盖即仲尼之弟子为之。以其诵而不法，而哗然曰“仲尼弟子”，世遂亦恶而斥之曰：仲尼之弟子乃如此也？陟降在天者，宁不涕泗阙里、悼叹庭坚之祀乎？三疾既变，易古而今，怪证百出，扁鹊束手。一隶泮宫，遂以跃治为固然；不殊一隶尺符者，遂视脱巾为固然。嗟乎！今有子夏氏之小儒，岂非圣人哉？至或列之娼下丐上，是自取之，又将谁尤？夫岂昔之圣人虑不及此哉？

夫昔之圣人，盖亦深为圣道虑也。以科第诱其经义，以经义诱其经术，以经术诱其明经，以明经诱其修行，此所求在四累之下也。彼其之子忘修行也而谈明经，忘明经也而谈经术，忘经术也而谈经义。今并经义未明，醉梦而忽忽科第矣。如此科第公卿可耳，君民岂有赖焉？不止买椟还珠，而已务华绝根矣。幸朝廷宽大，不忍骤罢制举。但稍更制艺以警之，为士者可不三易肠乎？吾谓圣人在上，风教将隆。欲士人敦行修德，更在督学广文之制。实行保结以励纯修，此庙堂及宗伯之事也。尚有待焉，至纠同人而严视履，为善于乡，此士君子之自励者也。

景生之约尽矣，此不佞所三叹而恐行之后时者也。当力行以为海内倡，吾日望之不置云。更为之箴曰：

希圣有方，一言曰敬；翼翼小心，惟畏天命。其事则义，而本于仁；充吾胞与，始于事亲。归仁乃终，克已乃始；改过又新，如昨日死。以友辅仁，黾勉求斯；季路之喜，百世之师。

劝民绪言题辞

予每谓善世之学、济世之功，惟有志之士饶为之。或乃谓三代之治不可复睹，九州之大无贤者，何欤？予读邵侯《劝民纪》而乃有以自信也。言简而意尽，坐而言之，起而可行，且可计日而观其效，若立竿而见影者然。

昔周元亮先生之治齐也，告谕之文亹亹数千言，若与家人妇子语，若奇快通俗小说，若谑若嘲，必俗必尽。觉《盘庚》诸诰之余，不可无此一快；韩柳欧苏之外，豁然创此一体。予矜之爱之，既以为帐中秘，而亦将以为公之象魏也久矣。

今读侯此册，尚觉元亮辞费矣。然以之移俗，各有当也。乃知卓鲁龚黄了不异人意，五凤元康之绩，拾级而登，如唾手耳。读予友环溪之“题辞”，莞尔而笑，有同归也。

厘弊题辞

夫创制惟以利民，而兴利不如除害。盖甘雨之膏，润泽诚大；而汤火之害，痛苦尤深故也。我淄弊政多端，皆以权宜阶厉，沿而益甚，循为固然。彼秦肥之视越瘠，原是途人；即止沸而仅扬汤，何如去火。自非仁勇备至，孰俾瘵瘥忽苏。兹幸萧公祖痌瘝切心，霹雳为手，尽铲宿弊，若耨新田。更幸诸公祖嘉与更弦，庆深得岁，毅然去夫害马，不失其驰。从此，卜其有鸠，爰得我所。改辙如投药，一朝立起沉疴；垂法若留方，百世永为龟鉴。知后来之贤者，谅有同心；颂当事之良哉，用昭奕世。譬识俞跗之姓名，以永畏垒之俎豆云尔。

题玉驷疏

昔人谓文为载道之器，余窃疑之。谓文何足以载道？久之潜心儒释诸书，乃悟非文之足以载道，而自有道者立言则道在其中矣，故言亦不可谓功也。而自经世之才抒之则动而愈出，渊然为鸿功之钥，此予之心折于吾玉驷年丈也。当玉驷以时艺名海内，时方弱冠耳。而灵隽峭削之章，炜然为艺林祭酒矣。二十年来乃得握手金台下，出掖垣封事读之，几令寰海阳气满于大宅。乃知晁陆诸子尚在人间，而天下原无不可起之弊，无不可图之功也。阮步兵途穷痛哭，虽白义山子若系金柅。而五丁运掌，金牛之下遂辟蚕丛。彼千里锦城，颉颃天府，是岂天降地出哉？智力之所通然也。贾长沙三表五饵，其术固已疏矣。痛哭流涕，安得不与步兵同欤？至若制钟无声，伐毛多窍，姚元之马前十事，参井鸟道立为坦途。今古攀提，何必有间？吾意玉驷将抽簟扬袖起矣。顷以需次，暂脂南车，余又深为玉驷喜也。夫丈夫堕地以后事，非出世即济世耳。君家仲方，名在玉清，此南国所共知，而玉驷所目睹者也。二千年来，五百里内，三茅二许岂异人哉？玉驷勉之矣！虽然，圣天子方向学垂裳，将旦夕致奏太平于三代之上，吾又祝玉驷之衡山煨芋，且为邺侯也。

李子常[1]为长枝立嗣题辞

噫嘻！三代孝友之风，果不可复见于今日乎？何所闻所见之日以浇也？予年来耳目所及，有以一钱而阋于门内者矣，有以相怨一方而忘其怙恃者矣，有以反唇戟手上逮高堂，方沾沾自矜为豪，而以伏首逊词为大辱者矣。何其沦胥至此极耶！

或曰教化日替，故风俗日敝。桴鼓响答，此长民者之责也。且也以三物六行迪翼斯民者圣天子，亦既煌煌重巽以申之，并载诸考成令甲矣。而下以挂壁慭置之，此非长民者之责而谁责也？是固然矣。然而斯日之长民者，不亦难乎？军兴方急，田功未奏，大农使者蒿目久矣。朝下一檄曰正税未完也，夕移一牒曰漕储未充也。斯时也，即比屋可封，亦有当考功之法否？吾但使金谷满品褎然侍从清班，翔步乌台青琐有余矣，何区区遒人之为烦也？虽然，亲亲曰仁，敬长曰义，田里妇子咸能知之，其皆为国家象魏之悬司空城旦书也而孳孳乎。抑以降衷有德，因心有爱，而自致其所不容已者耶？太伯季札，大圣贤，吾未敢遽以望之世人。彼汉唐以降，孝友列传若而人，馨传班范，舄奕千秋，谓皆缘执圭诱之于前，司败惩之于后，以至此也，必不然矣。所谓虽无文王犹兴者，此也。可以挽浇俗，可以登上理，可以补良有司之所登兴，并可以拜答圣天子之训诰。吾所以读子长之纪，而肃然起敬，忾然三叹如见古人也。

子长以名胄子弟，夙有良吏才，而复力敦天叙如此。盖孝友性生，念大宗而隆祖考，卓然置身三代以上。于彝伦澌灭之日，为空谷蕿镛，非易易也。始知太伯季子之行，非尽由于教化，亦听有至性者自为之耳。夫太伯自至德一叹后，世儒无敢更置一喙者，而于吴公子乃有遗议焉。是何后儒责人之无已，而必以深文刻核为慆淫者嚆矢，乃自托于责备贤者之义。又何贤者之不幸，而《春秋》之义反为后世鸩毒也！今子长之所为仿佛季札，又无继世之虞可以滋其苛议。家庭盛德事，不又加于前贤一等乎？子长行即出而服官矣，其即以此牖民孔易，西汉循良何多让焉？子长勉之哉！

谓三代之治遂果绝望者，是何所见之不广，而待今天下之薄乎？向者丁巳，予于武康署中即晤子长，得悉此事，叹赏不能已已。今五年矣，乃得睹南明府之跋语，益知彝好之有同然，而古道可复也。予拙于临池，从未敢涴人笺纸，况纨素乎？重违子长之意，乃命沈子书之。自题数字，以识仰止之私耳。

---

① 按，题目作“子常”，文中皆作“子长”。嘉庆《长山县志》卷十四、道光《济南府志》卷五十五皆云“李斯恒，字子常，号劬垣，又号侗庵”。

仁孝题赠邓元昭[1]

天地之大德曰生，圣人以“长善归元，吉事有祥”，尽于此矣。仁之为道也，外则准之天，内则准之心，无大小之分也。故大之至于道，济四海而非博；小之至于一虫一禽，不以为微而不足加之，意且极于微而乃以全其博焉。仁之量如是，人之心如是，天地之德如是也。然而育万物之仁，则由于敦一本之仁始。仁者，孝之源，而孝，尤仁之权舆矣。

吾友元昭邓先生，把笔妙天下。不佞数年前联袂銮坡，心折为海内文人也。顷予致祭帝陵，轺车荆楚，每息驾泽国，辄念颜鲁公、苏端明之前徽可接。友人卞图南先生谓予曰：至金陵，不可不晤邓元昭。盖元昭之为流水长者已有年矣，予乃知先生又仁人也。比晤先生，急询发心之故，则视世人之爱物为德更有进焉者。盖先生以禄不逮养，风木多悲，借济物之功补养志之憾。每于忌期，辄斥百馀金为之无倦，予然后耸然服先生之[2]大孝广。伐树杀兽之训，于终天衔恨之余，而予亦鲜民，瞠乎其后焉者固已久矣。夫世人之所矜为孝者，不过丰俎华诰、五鼎之养、九命之荣止耳。亦知有以万物一体之怀推本于所生，而仰赞上帝好生之德、永言锡类者乎？推斯意也，明道所为“万物各得其所”者已尽焉。先生殆天下为人子者之师矣。

或谓“亲亲而仁民”，士大夫宜先其远者大者，沾沾羽毛水族，其与能几何？予曰：否否。夫心无大小，万物之性命亦无大小。坐视垂尽之命而诡期利济万有，其谁信之？且也钱刀悭出囊中耳，而盛气洋洋谓西竺小慈，儒者所不道，何其忍耶？况所谓利济万有者，非位跻卿相不可得。吾见卿相亦多矣，而能行其志以及斯世者几何人？其视于将枯之白骨立傅羽肉，当下一举手即为全副造化者，果何如耶？

夫以孝为仁，盖超然于福田果报之上。而杨环孔印，了不足以动其心者，其仁纯。而以仁为孝，虽士庶之志事乎，而于古圣贤所谓敛万国之欢心以事其先王者，大小固有殊，义亦约略同之矣。其孝，不为尤大欤？昔颜苏之奏请放生池也以祝圣寿，而先生之孜孜于此也以报亲恩。惟忠与孝，总归于仁。天下之为人臣子者，宜于此有[3]动焉否耶？然先生中年艰于嗣，今已济济荀氏龙矣，此尤所以为大孝，而天之报仁人者固不爽哉！

---

① 国图抄本题目作《仁孝题》。

② 国图抄本此处有“为”字。

③ 国图抄本无此“有”字。

戒牛题辞

予弱冠即戒食牛，时举以劝人，人无不莞然笑也。后闻世祖皇帝谆谆戒谕，窃喜海内可立从风矣。乃告谕悬之通逵，而酒垆食肆之后依然血肉淋漓，徒为屠户游徼者增厚利耳。岂非有司之禁者弗诚、罚者不力，而煌煌上命徒以为故事了之乎？予役湖南，见州县屠牛者遂寡。则晋侯周公祖设诫之力也，公于是乎可谓全物命、寡民过、广主德者矣。

夫屠牛，已事冥祸。明法诸君子已详哉乎言之，予不复赘。聊臆谈以助解颐，可乎？衣冠之伦，谈衷仁义，所贵者伊何？曰亲也功也贤也。牛亦畜耳，然与鸡豚固不同，其性命知识骎骎近于人矣，谓非亲之属焉可乎？粒食之原，惟耕是赖，非是族也，钱镈何资焉？谓非功之属焉可乎？楚南多虎，牛遇之，辄与斗，且有以护牧儿不惮俱毙者，此贲育之勇而兼仁者也。乃南亩之中，五尺童子折棰驱之，竟日饿劳，不敢抵触。柔顺利贞，《大易》所云坤德，非欤？可谓贤劳者矣。乃人以口腹细事，至不惜剸刃亲者功者贤者而屠之噉之，一何忍也！吾愿士大夫读书知道理者一念之也。

至于亡命椎埋之徒，了不畏死，则自有朝廷三尺在。苟能专责簿尉，严坐比邻而厚罚之，小人惜财如命，何患其不徙业也哉？且世间营生之业亦多矣，而择术必出于不仁，何其愚而不自爱乎？则公仁民之德以爱物，而功之被之者深矣。是书也，当公之海内，不止楚南；当垂之百世，不止一时也。

范文正公淄薛辨题辞[①]

昔王粲赋成，楼光荆楚；贾谊井渫，人吊长沙；梦谢有亭，怀苏名渡。懿厥前修，垂为世赏。景行眷夫遗踪，怀古于焉永叹，千秋旦暮，情有同然矣。正如景星庆云，不必问其躔度何直[②]，余光所被，即庆嘉祥者，理也。倘有好事生端，创为奇论，如谓归昌之翼不[③]在周京，别有岐山于焉戾止。此虽非损益之所关，而于事理为有舛，欲以征信古今，良亦[④]难矣。

---

① 此文是《宋范文正公流寓长山事迹考》的序言。序言后有“淄川高珩题”并印章：高珩之印，念东父。按，此文亦收入乾隆《淄川县志》卷七，题目作《范文正公流寓考序》。国图抄本题目同乾隆《淄川县志》，其中“公流寓考序”五字为挖改。则此文应为“序”，非“题辞”。

② 国图抄本“直”作“值”，其中左偏旁是后添加的。

③ 国图抄本“不”作“非”。

④ 国图抄本无“亦”字。

范文正公幼而寄居淄之长山也，国史、谱志班班可据。久之，乃有青阳宰丁黼之《记》，遂以滋疑焉。友生刘君博稽而详证之，屹然南山铁案。不必皋陶而听，可无荧也。夫后之人辨百世以上事，岂其能起九原而讯[①]之？然故牒未毁，年月昭然，又何疑于掌果乎？公孙丞相之以乡贤祀淄川庠序也，数百年于兹矣。顷修邑志，载绩毕君亦博稽而详证之，已揖而还之故剧矣。不腆敝邑岂敢扬矍相之觯也者，勿亦以降灵有地，许田未敢久假也。即令先民无反唇乎，倘有执简而进者，与为虞芮之质，载笔者实职其咎，惧无以折充宗之角云尔。不然者，平津之义概正色，虽未能参长孺、申屠之座，罢西南之役，阻卜式，黜宁成，亦自铮铮，固非中下李蔡聊敢雁行也。

夫汗青之纪，虽贵直笔，亦存厚道，岂其睥睨汉相，因辕固一言，遂下逐客之令乎？必不然矣。夫毛遂声同，桓魋形似，三苍之误亦有然者。焉马鲁鱼，其谁是正之？以剧之淆而为薛也，庸讵知淄之不淆而为池乎？《淄川志》之正公孙也，免于纪侯大去，丧其维桑。《长山志》之正文正也，等於季子来归，光乎凫绎。义以相形，而各当矣。

握火而处，井陌熙[②]然，是以君子考其图，尤论其世也。即以淄川旧志论之，有鬼谷洞、康成祠、书带草矣。夫鬼谷一名，见于云阳，见于云梦，而东蒙复有之。岂飞来神峰，不惮翔集仆仆乎？司农传经，所至诚皆讲舍，而黉山之名，淄川、章丘久无定属，是溱洧之于晋楚也。至书带之草，骤生通德乡中，故云瑞耳，乃亦能逐逐康成车后，所至丛生乎？异甚矣！夫寓公之屐履为光[③]，犹可借也。至若李青莲一人也，而井络、匡庐、成纪、山左，皆其悬弧地焉，恐太白未能分身襁褓中也。安得尽如两君子之考，慎而明晰[④]，一破百世之惑也[⑤]哉？

粕笺甲集题辞

予读《粕笺甲集》而叹曰：先生其又以《春秋》说《易》乎？麟经之特笔也，变例也，辞之繁而不杀也，昔贤以为其中有大美恶存焉。《杂卦》皆对举，而《大过》以下独不对，而以《夬》终也，尤三致意焉。文繁于诸卦而义足于《乾》《坤》，圣人岂辞费哉？盖曰：如是乃复乎《乾》也云尔。夫刚之决柔，是天下治乱关

---

① 国图抄本“讯”作“问”。

② 国图抄本“熙”作“烨”。

③ 国图抄本“光”作“先”。

④ 国图抄本无“而明晰”三字，而作“也”字。

⑤ 国图抄本无“也”字。

键也。邪正一明，万国咸宁易易矣。

《乾》者，天之道也，复乎《乾》者，人之道也。圣人言天道而志在人事，扶阳抑阴。《春秋》一书，此物此志也。令《春秋》而在《易》之外，《易》不足以冒天下之道矣。《夬》乃成圣治，思诚乃成圣学，总以复乎《乾》也。予又以《中庸》释《易》矣，先生以为然否？

题陈子文诗

顷于长安马首，见西山爽气飞来，冷翠离离扑鞯勒上，洗尽长安尘胃矣。而千峦秋色，偃蹇空蒙，大有幽人之致，颇与《九歌》楚客相宜也。乃子文忽以新诗见示，读之未竟，觉蔼蔼春云岭上生矣。风华掩冉，著纸欲飞，春衣杜陵，急管平乐，年少风流，岂让五陵豪乎？

子文绮年隽才，礌硐英多，谈笑斐然，亦复芳兰竟体，自当向金马石渠分一席地，三薛三谢，玉轪并驰可卜矣。渤海多奇，何必诧乌衣也！予以衰迟，挹此芳润，老年花似雾中看，庶几似之。子文方当都试，拔蠡而前，颉颃二方。白帝江陵，瞬息千里，春水船如天上坐矣。聊题数语志喜云。

题兰亭图诗

予读《兰亭诗》竟，莞然而笑。客讶之，予曰：熟思四十二人，止一顾虎头耳，盖亦痴黠各半也。夫以两晋诸人①，旷远任诞②，麈尾风流，几若灵芝入口，九窍通明，凤子③翻身，九苞④飞舞。乃尽读是日诸诗，昏昏欲寐，胸中许多道理、笔底许多古纪⑤，冲⑥喉效颦，殆不可耐。大如多年胶刷重纸衣裳，诸君固一大厄。而高山峻岭，茂林修竹，亦何以堪此挥⑦洒也？诸公当日若专以饮酒

① 国图抄本此处有“作”字。

② 国图抄本“旷远任诞”作“止任诞”。

③ 国图抄本“子”作“毛”。

④ 国图抄本“九苞”作“五官”。

⑤ 国图抄本“纪”作“事”。

⑥ 国图抄本“冲”作“衔”。

⑦ 国图抄本“挥”作“浑”。

为政，固[①]自佳耳。而逸兴勃勃，横欲赋诗，何为也？胆虽如斗，君侯固[②]自痴矣。至于甘罚十六君子，黠不可言。彼意中自念，当此胜地，不即畅饮，而乃攒眉相向，苦构恶诗，人[③]自量甚难。必不免[④]炫纸洛阳，揶揄千古，我罪伊何一至此乎？尔乃巧借不成[⑤]之名，以发诸公之兴。诸公于是吟兴愈豪，吮毫欲舞，比于诱人犯法[⑥]，大是恶人伎俩也。此亦何殊唐之朝士，笑具[⑦]椎牛大烹乎？假令骚坛有人，全提正令，百盏之罚，兼以童羖，决在豪吟诸公。而扪舌十六君子欲分余沥，亦了不可得矣。

唐制：点额士子率饮墨渖，以其胸中无点[⑧]墨也。今豪吟诸公，墨多而杂以胶，殆不可浣。请饮纯灰三斛何如[⑨]？然而豪吟诸公，功在天地，则又不可不知。何者？天地一劫，正如士子一生，亦复始痴终黠。士子人人有一部欠通藏稿，须数百篇发泄净尽，则佳作出矣。天地亦有一部欠通藏稿，须数百人发泄净尽，则佳士亦出矣。然则，三谢三唐，非赖诸公大勇，一流汾浍之垢，岂能独为后劲哉？则痴者固慧者[⑩]之鼻祖欤？天下事往往如此，不止笔墨一端为然也。[⑪]

偕老园题辞

古来园亭之胜，咸以平泉金谷为归，此古今卿大夫之艳羡而不可得者也。至于鹿门采药，山泽好逑，皋庑齐眉，琴瑟素节，亦士人之佳耦，门内之芳型矣。然而赞皇潘令，席高位，拥多赀，极欲穷奢，笳鸣鼓吹，荡壑轰山，粉黛兰香，疑仙胡帝，谓足以腾耀九州，夸示千秋矣。而时事一移，繁华顿歇，海外名花，日南语鸟，一旦化为冷雨寒烟。迄于樵夫牧竖踯躅而行吟之地，岂复

① 国图抄本“固”作“故”。
② 国图抄本“固”作“故”。
③ 国图抄本“人”作“令”。
④ 国图抄本“不免”作“当”。
⑤ 国图抄本“成”作“美”。
⑥ 国图抄本无此句。
⑦ 国图抄本“具”作“得”。
⑧ 国图抄本无“点”字。
⑨ 国图抄本“如”字贴去，此处空格，无字。
⑩ 国图抄本无“者”字。
⑪ 国图抄本此句作“天下事，不止笔墨一事为然也”。

有四十里紫丝步帐，二十四友琴樽响答乎？至于庞梁两君子，唱随顾步，道风秀世，诚飘飘霞外有余矣。而东窗眉黛，镜台装新，南园春辉，花间路曲，闺阁胜事，恐亦穷岩斗室之所瞠乎其后者也。

去巧安君以名卿之后，清白克世其家。与王孺人白首相庄，抚膝下森森兰玉盛矣。乃复于闺阁之内，小构午桥。交枝芍药，影分织锦之窗；比翼鸳鸯，声嗜合欢之树。晨夕延欢，愉愉自适。岂非跨鹤扬州，移家樊圃，兼前贤之所难兼，而并撮裴王之胜者乎？同人歌咏，比于琳琅，予亦续貂，聊发一笑，去巧当为喷饭也。予草此未终，适君弟天锡过予。予因笑谓之曰：《南园》张谓一诗中有少妇同行之句，则绿珠红绡掩映璇宫，飞琼杜兰点缀玉井，尤为佳胜。不知主人亦复有志否乎？天锡曰：然，吾将问之。

会馆会约

各省皆设会馆，所以叙乡井之情，敦协恭之义也。盖吾辈幸际昌时，偕登朝序，比肩事主，拾级升华，此自当属宿缘，良亦可云盛事矣。所以先辈高贤退归林下，犹复同题缣素，表著丹青，追京国之昔游，忆兰茝而永叹。往籍宿墨，奕奕如生，而当前寥绝，笑言未接，毋乃疏乎？且也既分职守，则当劳勚王家；各有本末，则当镞励名行。于焉追踪前进，楷式将来，又非嘤鸣丽泽之义不为功矣；是则一觞一语，亦有韦弦，又非止筵侈簪绅欢申桑梓已也。今将比拟诸方，立为春秋二会，爰卜期于四月，聿款叙我同人，并博访各馆成规，以酌定诸贤坐次，永为世守。良是雅谊，诸丈如以为然，单至各书尊字。

平心录跋语

世之负康济雄才，自命管葛之亚者多矣。有确然立志，欲致治于三代之隆者乎？或欲治臻三代矣，有灼知先务，在寡民之过而远于辟者乎？期民远于辟矣，有知以正人心为拔本之计者乎？闻是三言，鲜有不以为迂者，而自负雄才者尤甚。亦何怪汜劳日炽，而遂谓先王之郅理，必不可复睹于今耶？予不佞素无当世之才，然而志在教化久矣。妄以为遒人之职，闾师乡三老之教戒，乃王道之所由基，而古今升降之所自分途者也。

周栎园先生之观察营丘也，期年而政成，民易志焉。其治迹未可以更仆尽，而絜其大要，盖独能知天子授节莅民之意，与古来圣贤使民寡过之心。《平心》一编，其见之教戒者殷殷矣。公初以制艺雄贤科，继而以诗歌妙天下，是海内之所共知也。迨卒业是编，而觉向之以文人目公者，殊为未尽。夫以龙门之逸才，韩欧之大手，竭次卿、延寿之心，为闾师乡三老喃喃之语，涤浇俗之垢肠而三易之，固古来文士集中所无，亦古来良吏传中所未有也。其情挚，故文繁而不杀；其虑周，故事肆而无遗。其笔妙于舌，故能豁然通人所各怀之情，而洞然中于其念。是以闻之者如自言其意，如代发其覆。其惧者遂以安，疑者遂以信，狃而不可破者，遂如雷动而冰释，而霍然自恨向者之大非也。盖以通俗而入之隐为主，故人亦遂不自守其情，而字字首肯，语语心折。不然者，必令姬公端冕，尼父陈书，袭《盘庚》《洛诰》之文，窜清庙明堂之字，鸣钟伐鼓，聚田父野老而申之，其不为爰居之悸者几希矣。夫《盘庚》《洛诰》，意亦正复晓人耳。而出语诘曲，吃吃周昌，后世疑之者或以为绛守园池、札闼洪休之类。而曲为之解者，则又以为古文幽奥，或三代委巷小人皆解文字，吾以为不然。此自史臣习气，谬矜格体，不解时宜，遂为子云嚅矢耳。此录如香山之诗，女子能解，前无古辙，后开来径，固知当与晋字、唐诗、宋词、元曲并有千秋，而及人之功，尤为过焉者也。

然而世之献疑者亦有二端。一则曰：图治不在多言，此何以称焉？予曰：否否。夫人己之道固殊也。言廉也而行则污，言惠也而衷则惨。鹦鹉之语，是则府辜矣。若夫人而不仁不义也，而训之以惠心，迪之以正谊，风雷之震若之何？其以为赘也。再则曰：修辞亦尚体要，此无乃辞费乎？予曰：否否。夫详略之用固殊也。《史记》之妙在灌、窦、相如诸传，笑语如生。使腐儒操笔，不过曰长卿窃女、灌夫使酒而已。二言诚为居要，然千载下尚有子长哉？不特此也，麟经垂世，正赖左氏[①]一传洋洋尽致耳。不然者，郑伯克段于鄢，段果何人，克缘何事？千载下梦梦必矣。功过尚不可知，诩为传心之典，化工之笔，不亦诬乎？古人以嬉笑怒骂皆文章，又何若以嬉笑怒骂为经济者更奇也？夫致治于三代之上，是曰太平。然而天下之平必以人心平为本，未有人心不平而天下平者也。平人心，又必以各正其心为本，未有人心不正而能平者也。正人心又以力觉其非为本，未有不令之各自觉其宿非而克正者也。予尝谓孟子之功不在道性善而在正人心，非孳孳好辩以格其非不为功。然则，治世明[②]道将无同欤？是功不在禹下者也。此一编也，吾将广之海内，垂之百世，为志在三代者先路焉。

张玉庵先生传跋

高子曰：吾乃今而知良吏之重也。少时，数读《循良传》，辄掩卷以为无奇。

---

① 国图抄本“左氏”作“邱明”。

② 国图抄本“明”作“鸣”。

窃意诸君子诚长者，然煦育和平，非有赫赫可喜之迹足以震煌奕世也者。下至封豕伐树之类，抑末矣，而班氏乃笔之史册，卒为符竹冠冕，何欤？嗟乎！鸩葛不毒，孰知参术？夏屋无意，风雨为功。盖席承平之世者久矣，君父之德犹将忘之，而况良吏乎？吾乃今而知良吏之果重也，顾安所得神爵元凤诸君子而见之欤？即不然，揖其子若孙而进之，比于甘棠，犹将百倍。而世祀绵邈，蓬荜之间亦不可得而识也。

顷读松霞张君所为《玉庵先生传》，辄慨然曰：此非古循良再觏哉？孰谓侨也遗爱，而未由睹之三代下者？且郡人士之歌思也，亦足重为良吏劝。夫平阳留鄚，亵然汤沐之邑，数世而后，宁几存焉者乎？而河南颍川、南阳诸区，数百年封域子姓，召杜龚黄诸君子，直以畏垒俎豆坐而有之，其为带砺也，不亦多乎？至裕如先生之词，尤有加焉，则业在《大雅·文王》之章矣。是又以绳祖武之烈为王国广冯翼者也。

夫使绳绳多士，各勤念祖，无或遏抑前人光，其为荩臣，孰能加焉？无宁兹理，人之谱一氏，百世进之。而召也有虎，伊也有陟，夫孰非以弓冶之求闻于永世也者？率是训也，吾见张氏之世殖其训而未有艾也。朱邑曰：后世子孙奉我，未必如桐乡民。盖以苗裔固不可必耳。而邑之子若孙，后亦果未有以功庸世其家，重为祖烈焜耀者。

今二瞻君以进士高第司李武安，亢直自守，不肯一依阿权贵人，萧然空橐如诸生时，入郎司马，意泊如也。时时过从不佞，胸无城府，意泠泠远出尘壒外。夫人惟无欲于世，世之赖其用而以大受责之也，乃不可量矣。然而朱邑之桐乡，固不能逾玉庵之泺洲①。而先生之贻谋克昌，所得又与邑孰多哉？

吕新吾先生集赞

岁壬辰，予始于市上得先生《训小儿语》，即洒然异之。曰：此不止具训蒙士也，而圣功端矣。继而请假归里，于友人座上见先生《理欲》《贫富》二图，益稔先生觉世婆心。遂以此图遍语亲知，谓几案间各宜置一通。因有以先生文集见示者，字字晨钟破梦也。其中“与邹南皋往反格物”诸辨，尤为鞭心见血。自是，欲得尽先生之著述而寓目焉。又恐先生当年或以默识为宗而不甚留意文字，又或急于穷理学道，而引手饥溺未数数焉，私淑之心当不能无觖望也。迄丙申，还都门，见中州君子，辄询先生子姓若何，乃知今比部君莲岳年兄，

① 原字如此，似应作“滦州”。按，张玉庵曾为滦州知州。两字的繁体字“濼”“灤”字形近似。参康熙《永平府志》卷之十四《滦州知州·张璜》、康熙《海丰县志》卷之十《人物列传·张璜》。

先生孙也。快晤间，复惠予以《理欲》《身家》二刻，其为功于教化风俗甚大。偶一日于友人席上向杨贤甫父母谈及《恤刑数则》，直南面者金科玉律也。而贤甫复以《实政录》见示，既卒业，乃作而叹曰：三代教养之法具在是矣。是书苟行之天下，而民不登于春台、世不升于大猷者，未之有也。

先生立身植节，麟凤前朝，而遗书复衣被百世，猗欤伟矣！昔人谓程伯子得志，可令万物得所。王伯安先生以丰功大业，名在鼎彝，为吾道一洗迂疏之诮。然而伯子小试吏治，未有专书。伯安之功，如以药石起沉疴，焜煌一代。而布帛菽粟，为四海不可一息去者，则先生之惠斯世尤无穷也。以先生视二公，灼然伯仲之间矣。此外遗书，犹有《呻吟语》及所辑医卜劝化诸集，片字皆吉光裘也，尚以未见为恨。方将百计搜之，并前诸刻统表章，以公之同好焉。乃拜手而为之赞曰：

噫嘻！儒术之不隆也，腾口哔然，而德有愧于躬行。视履皭然，而泽未广于兼成。孰能检身栗栗乎寡过，而垂谟道济乎九瀛。是为先生絜量齐乎明道，而方轨蹑乎阳明。洵斯世之津梁，而吾道之干城欤。

栖云阁文集卷第十二·碑文 募疏 传

祀炎帝碑文

古来风土为纪，方州有乘者多矣，所以采撷幽逸，凭揽往迹，备舆图而诏后人也。故郑公之里，楚臣之宅，千百世而下，闻其名者如登其堂，过其地者徘徊而不能去。况于古皇①之神皋，圣帝②之灵寝，万世首出之一人乎？则其山川风物，亦万古首出之地也明矣，是恶可以无纪耶？

予戊申衔上命，恭祀神农皇帝于酃县。邑无城郭，又二十年兵燹之后，一二聚落没在榛莽中。予乃馆于罗氏之祖祠，则文学罗君率其子姓衣冠来谒，济济彬彬，不减京洛遗风也。急询帝陵故事，则以一编惠焉。迨予谒祠竣事，周睇山川，鹿原云秋，历历如指掌矣。予惟古帝王之开天地，与历代帝王之开国祚略同也。开国者以取天下为主，而养天下之道则需之继起之人，盖缓急详略先后异道然耳。故庖③羲急于明天道，而五谷以育④天下之生，百药以卫天下之生，则维炎帝之道⑤尤烈云。由是言之，万世之喘息林总，由帝以存。则万世之喘息林总，相延毋替者，犹是炎帝之莅其上而抚摩之也。故神京致祀，历代炜煌，而衣冠所藏，此实灵区。罗子于兵燹之余，胪存文献，良足嘉也，谓非倚相之一斑乎？夫梓里之未纪，何有乎九丘八索？矞皇帝陵而不登之掌故，彼长沙之井渫、永州之潭洞，虽足存前贤遗迹乎，亦末矣。吾知后之采湖湘风物，并识帝王陵寝者，其有取于斯文无疑焉。

至予以一介星槎，叨承帝命，得焫香帝陵下，可谓宿缘厚矣。而万里衰病之身，布帆无恙，霜露靡灾，则神贶不既多乎？季秋返棹时，登南岳祝融峰头，遥望帝陵，拜辞北发，烟云灭没中，疑金支翠盖仿佛接也。庚戌腊后，得生邮寄此编，视前加详备焉。燕云天上，回首茶陵，历落江山，梦游可续，亦足解颐矣。独末简灾石之辞，重予汗下。虽父老厚意，不遂王人，而触目凋残，无

---

① 国图抄本“皇”作“帝”。

② 国图抄本“圣帝”作“神皇”。

③ 国图抄本“庖”作“伏”。

④ 国图抄本“育”作“永”。

⑤ 国图抄本无“之道”二字。

能为计，愧矣愧矣！后之仁人君子之节钺斯土者，诚念古帝弓剑所藏，等之汤沐。一二遗黎，可无鸠欤？当有恻然而立苏其困者，是予所祷祀而求也。

京都建弥陀寺碑文

洪维我国家诞膺天眷，至圣踵生。太祖太宗以丰功盛德肇启宝箓，皇皇大统已归我大[①]清久矣。我[②]皇上以上哲之姿鼎新乾造、敬天勤民，惟日不足，故手揽万几，未浃岁而百度维新，兆民时若，天下喁喁，聿追时雍，风动之休，万世无疆大历服，盖于兹永建焉。百灵翊赞而诸福咸臻，固我皇上以道治天下，坐而致之有馀也。凡兹臣庶，方将珥笔扬休，仰进《天保》之颂。乃皇上圣不自圣，犹孜孜焉，思为天下凝休，用采天竺之道，佐我平康。爰咨西僧，建塔禁地以奉觉皇厘景命焉。

臣等有以窥我皇上合德神明，祈天永命之思，缉熙无已也。臣以为治世之道，一而已矣，本于修身，极之平治天下，此儒者之典训，而二帝三王所不能外者。若大雄氏崛起天竺，证果菩提，或则议其元微寂灭，无裨人伦；或则惊其变化神通，不可思议，臣以为此皆方隅之见也。夫变化神通，彼诚有之，后世传其绪余者亦未尝不偶验，然此固彼教中有道者之所不贵也。至其始之以清心屏欲、澄练神明，极之于六道四生、陶冶天地，允出世之要道哉！而于治世之道殊途同归，殆不可诬。是在善用释氏者，得其精微以辅至治，教殊而并受其福耳。

矧帝王之福，原与臣庶径庭，道在六府调、九功叙，跻下民于春台之安，贻后世以盘石之固。一身福祚，无意而自臻焉，降福穰穰，孰能为圣明量者。我皇上圣敬日跻、寿域弘开，体此能仁，登于大觉，斯正取其精微以辅弘[③]化，彼教中所谓金轮治世者，意在斯乎？阿育庄严，始基之矣。《诗》有之“永言配命，自求多福”，我皇上秉至道以为理，敛五福以锡天下，而益以笃一人之祜于无疆，所谓自求者非欤？臣得广天竺之旨，以代《天保》之颂，其中亦信而有征哉。

补修梓橦山郑公祠书院募疏[④]

黉山原名梓橦山，固般阳之小岱宗也。客或疑曰：《广舆志》中，华恒衡

① 国图抄本“大”作“有”。

② 国图抄本“我”前有“追”字。

③ 国图抄本“弘”作“元”，与前“寿域弘开”之“弘”字皆后之改字。

④ 国图抄本题目无“募”字。

岱，有定位也亦已久矣，弹丸一区而僭名“岳”，可乎？予哑然笑曰：是未可以一言尽也。华藏界中，恒沙莫尽，降而邹衍九州，亦复恢然，此犹往代之言也。即以大西琍玛窦之书言之，此亦章亥所瞿瞿者矣，然此犹异域之言也。但以此方故府所列者，为丽农，为广桑，人亦盱衡其地否乎？蚁蛭争雄，孰为埙篪？则岳渎之难定也明矣[①]。此固当以共主所宅者为准耳，如一人跂足而立，东西朔南之名，一刻分矣。从来帝王建都有地，而五岳因以受名，古今同[②]一揆也。吾淄邑令长出治之所，既有其地矣，此亦百里之主也。则天门日观，降而借其宠灵，以统列巘，不亦宜乎？夫东岳者，天地生气之所由滋也。而生气之滋，以德以经，德者天常，经者天文也。人知君之生天下矣，抑知师之生天下亦无尽乎？故尼山崛起邹泗，而道德文章，日星百代，亦有地灵之助然也。

梓橦山，童阜耳。而郑公以经术祀，王君以孝谊祀，俎豆千秋，固不偶也。山之腰有康成故祠，祠之后有楼岿然。盖邑人勒石，王君所捐赀而特创者，已数年于兹矣。登楼四望，若在云中，西俯山城，万家烟火，东眺村落，灿列丹青。城之西为奂山，再西则长白副岳，睥睨天孙。由西而南，三台業業，万山东去。举五城十一[③]楼，隐现空蒙，安期偓佺，呼之或降焉。其北则谒帝朝宗，燕云极目万国，此其会归矣，煌煌乎登览胜地也。予弟□□[④]将鸠工而补其缺者。以楼板则须楡柳，以廊庑则须瓴甋。广之以为邑士藏修之地，且将久要以订之曰：修业，固士人分内事，其黾遑固不待言矣；吾愿后之居此者咸以邹鲁为高曾，而弓裘翼翼，孝于家忠于国；出而经营四方则为商霖，归而训淑一邑则同通德，使邑人视履而臧[⑤]，蒙业而安。则是山也，固东岳之所分灵，而东鲁之可接统者也。况夫西蜀梓橦，固七曲帝子之宫也，灿灿文昌，实充东壁。彼前代，白鹿岳麓，山长命之九重，文献照乎百世[⑥]。一区五岳，相为伯仲，未可知也。予嘉其意而为之一言，知诸君子之有同心而积壤成丘，自可观成不日耳。

修甘露王菩萨祠募疏

甘露王菩萨祠者，报甘露之贶而乐建者也。或者疑曰：雨露，上帝之泽也，

---

① 国图抄本“矣”作“也”。

② 国图抄本“同”作“固”。

③ 乾隆《淄川县志》作“二”，国图抄本亦作“二”。

④ 乾隆《淄川县志》作“予弟某”，国图抄本亦作“予弟某”。

⑤ 乾隆《淄川县志》“臧”作“藏”。

⑥ 乾隆《淄川县志》无“世”字，国图抄本“世”作“代”。

不归上帝而他为报焉，亦有说乎？曰：有之。阴阳妙密，吾未敢臆度也，试以人事喻之。凡四海之蒙大泽者，皆天子赐也，然而九重远矣，其请而赞也有卿相居其中，其受而布也有守令剂其下，天子端拱受成已耳。故百辟之勤民，皆帝德也。而帝德下下，则非贤有司无所济。何者？皇帝之子视万姓也明矣，而卿士不然。或子姓视焉，或路人视焉，甚且寇仇视焉，未可知也。

天下地亩不清，或无粮而墉栉自若，或无地而科敛自若。上赫然下明诏，遣廷臣履亩而清之，至明也。而无粮之地果尽出，无地之粮果尽豁否？徒责贿而为胥吏利耳，此犹曰法也。法之为雷霆、为雨露各有之，非尽沾沾令民喜也。至于二龠不登，甘心沟壑矣。上恻然发太仓之粟为道殣续命，此非尧舜如天好生之仁乎？而壮哉雀鼠！竟无一粒及元元，徒拜浩荡之诏而抚心耳。哀此孑遗，幸当尧舜之世，仁泽沛矣，而死亡如故不少减，悠悠苍天，此何人哉？故小民闻朝廷建良法，而惴惴特甚。闻大泽将至，而太息流涕者益多。岂其愚痴不慧哉？彼盖熟知朝廷之志在利民，而奉行者惟利己。己之利也非厉民不为功，则力为厉民之事若不及。反不若良法不新，大泽不降，民虽无易辙之可欢，而亦无求金之可惧。虽沟壑竟不能免，或不至耗朝廷之恩，而徒令鼠雀饱死之为愈也。以明揆幽，或不甚径庭乎？

夫雨露之作也，倘信若世儒所言山川之气无心而自起自止焉，则虽谓上帝无功万物亦可也。苟知是山川之气而不止，山川亦有江河之水焉。不止江河亦有蛟龙之化，而又有司之作之者焉。则吾之归功甘露大士，不亦可乎？何者？大士而请民命于上焉，则安上流民之图也；或矫上命而行焉，则长孺仓粟之发也；其或向主者旁贷之，则臧孙玉磬之请也；其或以神力自致之，则业阳息民之惠也。昔之神龙，盖有舍身以济众者矣。仁人之救物也不可意度，而仁神之救物也吾敢意度之乎？虽其泽诚有所自，而究以奉上帝好生之德而行之。然而上帝尊矣，大矣，非一二元元所能报、所敢言报也。取以归之吾所请泽之甘露王菩萨，不亦宜乎？庙貌既饬，慈灵益远，下民将有所瞻礼而恃以无恐，此亦大士所许也。诸君子盍竭力图之。

何思先生传

何思先生，长山人也。年长予数岁，相去一舍而遥，然不面者亦已有年矣。壬戌清明节，偶相晤于市墟歌台之畔。神情安以舒，肤理腴以润，耳目步履若才五六十岁人然。予惊而问所自得，先生笑而不应。再三渎之，乃告我曰：予束发受经，即濡首排偶制义中。既通籍后，出入金马门，日昃休沐，则又有宾筵报谒纷纷沓至矣。其于广成之旨、伯阳之教，未之有闻也。然而“存心养气”

四字，窃服膺焉。予曰：存心养气四字，此吾儒之薪传，而圣学之正印也。然而世之号为儒者，类能举其辞，而实未尝一涉其藩。夫尼父言心矣，而未尝及气；言正心矣，而亦未尝言存心。予不佞亦尝深思之，邪者戾正，固失心之本矣，而亡则辞更危焉。虽肉血存而土木偶也，可乎？夫心，固身之大君矣，苟不能统气而为我用，犹之元戎高拱而环卫无人也，不仍危乎？故尼山之言得子舆而始畅，犹之“精一危微”四言止耳。历诸圣互发，而敬义仁智乃全也。

予再问曰：“良田每每”四字存矣，耘耔之术云何？先生曰：予得“静和”二字，子以为何如？予曰：先生之守尤约而尽哉！夫主静则人极立矣，致和则万物育矣。造化在乎手，万化生于心者，此也。心游溟涬之初，气凝保合之籥，广成、伯阳之谛何以加焉？涉以止静之徐清，归根曰静，静曰复命。冲气以为和，终日号而嗌不嗄，和之至也，此非伯阳之言乎？无视无听，抱神以静，守其一以处其和，此非广成之告黄帝者乎？至矣，尽矣！但吾辈尚未能掉臂尘寰之外，人伦物命皆不以隔膜视之，故以此为明旦之承，是云天显；以此为伦纪之叙，则有民彝；以义则煜爚，可质之三光；以仁则含宏，可周乎万类，和至此，斯云太和。此岂熊经鸟伸之所可媲者哉？此又先生所云敬天不外一心，至德莫先忠孝，济人利物推而及之者，亦已了了无余义矣。吾辈师承邹鲁，既依孔孟之廊庑，亦当识孔孟之心传。义与道大矣，而气以配之；形与色粗矣，而性乃践焉者，是何故也？尼山固以人道庸德为宗，未尝一言及度世津梁矣。然而《乡党》篇中数则，妙尽养生，绝四“固我意必”，神超象帝者，又何故耶？此岂遗官骸而言性命耶？世儒买椟还珠，昧暧习气，为方外之士齿冷也久矣。得先生一以贯之，其愉快也为何如，是亦阐前圣之所未发者已。

先生一字大木，一字雨岚，今称何思者何？盖久有会于《大易》“何思何虑”之旨故也。夫思睿作圣，交而引于物者，可谓思之正乎？寂然不动，感而室其通者，可谓何思之正乎？诗所谓不识不知而帝则以顺，《易》所谓无思无为而天下之故以通者，良可绎也。而明道先生亦曰：心要在腔子里。前贤谓明道所谓腔子里，亦只是太虚而已。虽终日应酬，而不出太虚即是也。若不在太虚，便是私欲妄行。斯之谓放，斯之谓亡。茂叔之无欲，正以此也。既以无我而太虚为归，则即人即我，即实即虚，即凡即圣，即人即天，即蠢动含灵即诸佛菩萨。夫思而无思、无思而思乃神，作圣之睿，于是乎满矣。先生于“学庸”之中独提二字，于《周易》之中亦独提二字。可谓金刚眼、娲皇手，已得玄珠。而二氏之宝藏，已尽于此矣。

先生登丙戌进士科，初授中书舍人，旋陟给事中，历都科，升太常寺少卿。其官西掖者凡八年，侃侃论列凡二十一疏，海内传颂焉。以育人才，则有《旗下教习铨选之疏》《副榜充贡之疏》。才育思皇而丰沛，多《棫朴》之彦，光生璧水而贤关，无崔烈之讥矣。以恤民隐，则有《荒粮同仁协济代解酌议》《漕粮折征运本》之疏。而追呼立登于春台，代僵无忧于桃李，运输不病于灾荒矣。以厘逋逃，则有《严饬诈害补议》《窝逃安置流亡》之疏。而贪残戢翼，荒阅法媲于《周官》；籍没无忧，里闬得苏于株累；居停罔虞，泽鸿得免于捐瘠矣。夫国家大政，总于六部足矣。而复妙选时英，登之言路，一言破的，立济时艰，良有以也。先生上广主德，下恤民瘼，即部议或有枘凿，而能谈言微中、立使转环，苦心妙用微矣哉！夫绵惙已痼，乃见国工，滟滪惊舟，千金匏贵，姚元之之相业，岂不以救时哉？

予三问先生曰：三千八百钟吕，权舆先生之利济，亦可得闻乎？则曰：予家徒壁立，无善可行，惟兢兢不敢为恶耳。予曰：是矣。修身以迁善为主，迁善尤以无过为先。故《易》云损德之修也，而以益德之裕继之。颜子，圣门高足也，一则曰不贰过，一则曰有不善未尝不知，知之未尝复行也。故善纯而恶始消，如水之涤垢也；亦必恶尽而善乃至，如玉之无瑕也。吾闻先生遂初以来，恂恂乡党，人皆忘其为卿寺显秩也。盖先生幼年梦中，关帝与之剖何思之义。且以如石喻之，故先生又取以为字，而并名其斋。又比年，先生灶中忽现大士形，如燕京窑变观音然。灵通感召，不可思议矣。夫先生之志道也如此，其济世行己也复如此。敛康民定国之讦谟，入致虚还元之真谛，则关帝与之提耳而大士为之现身也，不亦宜乎？予不佞固未能测其所至矣。

刘显之传

予少而好读唐人传奇诸书，于剑侠及诸义烈人，恨不旦暮遇之。偶仲美过我，酒间谈显之事，辄不禁击节浮白，婆娑起舞也。

刘必显，字显之，邑庠生。文笔矫异，不寄人篱下。慷慨好义，慕古人。韩生白先生延之，为其子仲美师。久之，先生为许州佐。壬午城陷，死之。仲美[①]缞绖往迎广柳，时蛾[②]贼充斥，豫州路鲜行人，亲友惴惴无从者。显之适来视仲美，知将南行，因问曰：千里畏途，道茀不可行也，仗剑从子者几何人？仲美曰：未敢以烦亲知也。显之毅然请从，不返舍即幞被行矣。次东明，晤旧邑令辛君以别墅止之，显之不可。次长垣，溃兵满野，城中戒严，闭城中者十日。出而次开州，西折至滑县，越卫辉至新乡。仲美病不能前，计无复之。显

① 国图抄本此处有“以”字。

② 国图抄本“蛾”作“娥”。

之将只身渡河而南，仲美难之，显之决不容己已也[1]。会有鄢陵人单骑北来者，显之跨一马傍[2]之南下。仲美作河南故知及当路书数函，令往商进止，约七日为期。后二十馀日，音问杳然，仲美忧甚，扶病日号河干。忽见鹑衣憔悴，徒步来者，依稀似显之。仲美疾趋，泣问曰：先生人耶，鬼耶？显之曰：幸甚无恙，汝父柩在后，旧仆王代兴扶之，旦夕至矣。仲美乃拜，伏地哭，执手问状。显之曰：别汝后即至新郑，贼骑蔽野。见予两骑，各惊愕，鸣钟发炮。予夜宿林薄间，旦日叩村人，语之故，隔垣度食，得以无甚馁。越荥阳长葛，久之达许州。城破后，居民四散，屡问无知者。遇一人自言名田忠，先生旧役也，道汝父殉难事甚详，并指藏衣冠地，且曰：一二残民感公遗惠，已伐北坛栢为椑焉。乃导予至，旧仆惟王代兴在侍香火，受邑人吊唁。邑人致牟麦，给朝夕，困累累矣。因治装将还。时府委官挽留，且将申文上台请赙有旧例[3]，予却之。即售马得百五十金，僦二舆，舆夫倍之，为行计。而王代兴有前讨贼时俘妇为室，不欲北，予与田忠曲喻之以大义，且曰北归便，乃各就道。夜宿黄河，突有南陈叛兵至，尽劫行装，杀舆夫二人。予裸身越墙，伏河畔仅免。体无寸缕，村媪投一[4]帕蔽下体，乃号于市曰：我山东庠生，来迎许州死难同知韩公灵柩者也，特以亲知义，故冒险前来，今被劫不能前矣。其子某俟于河干，汝辈有能扶榇过河者，当不惜重酬汝。时河南被兵久，里人各分寨自卫，有张王两人，皆寨主也。感予言而前曰：公好义，天下岂无义士乎？乃遣夫四名拥护而前，三日北渡河矣。予急返公柩，前函并未投也。仲美抢地哭，不能起。少旋，灵果至，乃由卫河归焉。

夫刘君之于韩氏，宾师函丈谊耳。然非有金石深交，而公子亦未尝长跽以请也。或曰：刘君文奇崛，人不识也，而生白先生独贤之，有知己之言在。嘻！知[5]己二字，出文人口中，亦习气耳。未必片言生羽毛也，而每堕阿己者云雾中，如龙褒吟咏，即官牛酒，为千古笑柄实多。然至于三刖而获剖璞，一言而识然明，此事故足千古，难矣难矣！而欲以是责人之报，则实应且憎者有之。彼乡会两闱师，此终身荣贵之阶也，其为知己何但一言乎？而当其扫翟公之门，掉臂而不顾者，比比是也。若夫沾沾一言，不惜九死，践羊肠，履虎尾，而卒使丹旐北还，首丘无恨，此可于今人中求之哉？

① 国图抄本此句作“显之不可”。

② 国图抄本“傍”作“随”。

③ 国图抄本此后面四字作“有旧例赙”。

④ 国图抄本“一”作“以”。

⑤ 国图抄本“知”前有“夫”字。

向有人与予谈交游恩怨事。予曰：恩怨不足深论，视其为端人与否耳。彼诚端人也，即有怨亦以直报止耳，当不至刺骨不可解。若有涓埃之德，必倍蓰偿之矣。倘其人多机智而不可测也，突梯妩媚，能未言而得人意，他日一有小忤，不止前欢顿失，其乘机下石唯恐后者，必此人也。嗟乎！缓急，人所时有也。苟能手执司命之籍，富[①]贵亨通，若操左券，则日交滑泽谄佞之人以为金石可也。不然，变出不意，可以托缓急者几人哉？刘君盖加于人数等矣！刘君今年八秩余，神尚王而固穷，村落中人少知之者。予将携樽往访之，相与饮酒纵谈，并扣其未尽之奇焉，视古人所传义侠何若也。

一门三义传

顺治四年六月，贼陷淄川城，以义死者皆已载邑志中矣。而一门节烈，千载煌煌，则尤以汝符张公一家为最。邑训导金明宋禧昌赠之扁，曰一门三义，此实录也。至本家传略一编，更为详尽。予读之而雪涕沾巾不能已已，谨赘数语于后，以志景慕云。

按传，公讳泰瑞，号汝符。故明丁丑进士，仪制司主事，累赠大学士松石公讳敬之孙、硕隐邑增广生仰松公讳中发之仲子，大学士赠少保宪松公讳至发之侄也。公生而聪敏，弱冠入庠，硕隐公善书，公仿之，有琅邪家风。公幼即以孝闻，后硕隐公及许太孺人相继殁，遗女四人，皆尚幼。方属纩时，公长兄尚在也，而遗言身后事耑以属公。必诚必信，附身附棺，皆无憾焉。元配谭孺人，同邑别驾见绅先生讳诚言女。孺人抚育诸姑无间言，其贤可知矣。公承少保公荫，入监读书，或劝之仕，弗应。每共二三知己把酒谈心，一挥百练，意豁如也，性敦睦而不畏豪强。

公从兄孝廉伯开，少保公长子也。家颇饶，邑之贪暴有力者耽耽虎视久矣。乘甲申京师失守，遂假城守犒军为名，索孝廉白镪粟米无算。而溪壑未餍，势不尽吞其家不止。时土贼王茂德作乱，日夜攻淄城，有二豪者乃相与伪为贼书，缚箭上置城隅隙地，使其党发之，诬孝廉以通贼。而阴使人责赂焉，否则将加害。诘旦，召集诸荐绅于城隍庙而拘孝廉，公不离孝廉左右，与俱往，至则桁杨已陈于庭。二豪瞋目责孝廉曰：汝通贼，贼书可证也，僇将奚辞？遽令人拽孝廉下，褫袜履，将加刑焉，孝廉卒未及应。公厉声扬言谓：城守戒严，通贼奚自？贼射书，何独尔家得之？且亦孰见此箭之自外入乎？吾兄不过以怀璧之罪取怒于若辈耳。若辈婚姻也，亦世谊也。利人之财，胡乃尔？苟邀惠免死，此外均

---

① 国图抄本“富”作“福”。

非所惜也。必欲以莫须有相加，则吾愿从吾兄于九原，势必复拉若辈同质于此。乃整衣，望神座再拜。豪党相视，愕然失色。私谓不意张氏尚有此人，方结舌，莫知所措。时给谏韩公乾宇讳源，后为冏卿者，从容言曰：向使闯贼不败，吾辈已膏𫓧钺久矣。今幸免于难，而以此加人，是闯贼法也。无使张君以闯贼目我。豪谋稍解。逮皇清约法既定，公复劝孝廉勿与猰貐争，以俟天报。噫！方豪恶构难，生死呼吸间。公毅然弗惧，视弃财如脱屣，可以为难矣。

至顺治四年六月十四日，谢迁寇陷淄城。有丁可泽者实启门应贼，旧衔公。城既陷，或告公寇且甘心者，公不应。往拜家庙，语诸兄弟及家人曰：死生，命耳。语未毕而贼至，执公去，胁之以刃曰：能从我乎？公不少应，詈之，竟死。谭孺人闻之，一恸几绝，水浆三日不入口。乃自织长带置怀袖间，曰：未亡人虑有他变，当持此自尽耳。时次男谱妻高氏，同邑都宪东溟公孙女也，甫合卺十有八日，儒人指谓曰：吾所生四丈夫子，虽尚幼，吾无恋焉；其隐忍不即从乃翁死者，徒以若耳，若累我，若累我！高氏解姑意，乃昼夜随姑，姑哭亦哭，姑食乃食，如是者二十余日。孝廉悯之，使人谓曰：吾弟素德于我厚，安忍听茕茕母子啜泣于外乎？可迁避我舍，孺人不得已就之。旋曰：此皆高堂大厦，急不可以缳，即死非吾家，恐失吾夫意。遽辞归，孝廉弗能强也。所居有一小院，人迹罕及，至是恒命婢扫除之，家人不解其意。至七月十一日，晨兴方沐，忽有声如震雷，孺人惊，几仆地。或报曰：此官兵火攻城陷声也。孺人破颜曰：今日天兵杀贼矣。少间人马声嘈嘈，贼大溃，多更衣潜匿家人求幸免，良逆莫辨。或声言且大掠。孺人谓妇曰：可以死矣，脱被掳，何颜见乃翁地下乎？叱高使避，高不听，乃偕入小院中，大扃其户。出带袖内，自缢死，高氏亦解带缢于姑侧。旋有卒凭垣以刀断系，而已不救矣。兵卒环视者咸惊叹曰：节妇也！相戒勿入其室焉。后县令以其事上之中丞，汇题下部，部胥索例四十金乃允行。诸孤幼而贫，计无所出，孝廉曰：嘻！小子辈乌知此，吾何爱阿堵物，而不以成若父母之名。顾若父母何如人，此事何如事，而竟以贿得请焉？荣乎辱乎？不如其已也。以故，同时者皆被旌，而此独否。

高子曰：此予读《张氏三义传略》而陨涕不能已已也。盖予与公累世姻亲，而公则予父行。性慷慨豪迈，每与予樽酒快谈，往往彻夜。私念公他日入仕途，才气无双，当为缙绅翘楚。他不具论，如孝廉为势豪所辱，公视鼎镬如饴，数语自可千秋。不意倏以义烈终矣，此又亘古不朽者也。夫人谭氏，循吏谭公闺秀，而亦以义烈陨身，非偶然矣。即借寓旋归之言思之，金石之节，不已昭昭如左券乎？而儿妇高氏，则又予大父中丞公之孙女，予叔父光禄公之女。甫结缡而即殉难，尤为闺秀所难。一门义烈，千载旂檀。九州茫茫，不能多屈指也。予不佞素不谀墓，此盖知之最悉，郁勃于中而不能秘之者，故附以数语。倘采风君子询刍荛而阐幽隐，以补国史所未备，予不佞且分光无际矣。

韩节妇传

笄袆而以冰蘖闻，固彝序之庸行也。而与古今之英雄贤哲、忠臣孝子，气感风云、精薄光岳者同有千秋，何哉？人未有不爱其身者。爱其身矣，欣荠避蓼，固将百计以辞其所苦。故虽平日以伟丈夫自命有素，俯仰之间而失其所守，蒙耻冒诟而不敢复置一辞，比比然矣，况于粉黛弱质乎？盖虽云庸行，而茹苦则难焉故也。如吾邑韩节妇，信笄缨之兰茝，闺阁之楷模矣。

节妇吴氏，韩君茂寅配也。家长山。于归后，兢兢内则，奉舅姑以孝闻，举一女方六岁。韩君不禄时，节妇二十三岁耳。越六月得子，因取名曰全，志幸也。痛念藁砧，守一不渝。时当明季，寇盗蜂起。节妇携幼稚奔走移家，风鹤惊怖且濒危者屡矣。而岁复大祲，饔飧告匮，百方拮据。初不以累高堂，难矣。

及皇清定鼎，韩君犹子理，予从妹婿也。司李云间，携节妇母子而南，与司李子今进士维翰同学。节妇逾一载告归，将为儿纳妇，司李分俸相赠，节妇毅然曰：以是藐诸孤，累汝抚之诲之，为赐多矣，何忍以婚娶末务损清俸，谢之而行。无何，司李不禄，节妇霜朝雪夜，每与吾[①]妹相依，盖八年如一日也。无何，予妹病逝，节妇泫然曰：予未亡人，未能即从夫子九原，徒以弱子未能成立，强颜视息人间，多历艰辛，惟孺人能知我。今孺人弃我[②]归地下矣，如予未亡人何哉？其感怆深至如此，闻者咸为陨涕云。

夫琴瑟静好，人有同心。黄鹄之哀，暮年犹可轻也。今以韶龄稚齿，茹蘖怀冰，前望期颐，茫茫江海，正未有津涘可冀，则苦尤甚焉。世人皆知捐己[③]殉所天于地下之为难，而未深思难有百倍于捐躯者。即以之校化碧流丹、投缳饮刃，一瞑而千载[④]不视者，其久暂之苦，判若云泥。程婴旧事，昭然千古，难尤甚矣。然令业擅素封，怀清之台犹易易也。黔娄之妇，四壁徒存，饘粥维艰而滫瀡不匮，抑又难矣。夫古来忠臣孝子以及节妇，皆不以难阻而求其心之所安者也。不以难阻，故履孟门之险如夷[⑤]庚，务求其心之所安，故死者可作，生者不愧，信矣哉。昔人之论士也，曰先器识而后文艺。予亦谓女子当先志节而后功容。彼宣文帐下，

---

① 国图抄本“吾”作“予”。

② 国图抄本“我”作“予”。

③ 国图抄本“己”作“躯”。

④ 国图抄本“载”作“年”。

⑤ 国图抄本“夷”作“彝”。

止曰经师，道韫帷中，何关名教。春华秋实，庶子家丞之轻重，不亦昭昭日月乎？节妇松筠之操，焜煌[①]韩氏者多矣，而懿美昭度，又不止见于一家也。

其于母家，则为今进士舜玉君同曾祖女兄也。节妇自幼能当从母沈太孺人意，每示子舜玉君曰：韩氏侄女以节义著，甚为宗祏光，且可为闺中模范也。自是久住舜玉君家。沈太孺人卒，节妇哭之痛。舜玉夫人弃世，遗藐诸孤，节妇咸教育不倦焉。迨戊午，舜玉复弃世，节妇为主持丧纪，以逮其子女婚嫁，咸彬彬衷于礼焉。教兼师保，仪备吉凶，允矣闺阁大师，方轨女宗有馀裕矣。今岁节妇已寿登七秩，雅于令甲相符。乌头绰楔，国有常典。圣天子方以彝叙淑群伦，旌扬行将及之，而班范子政之笔，焜煌兰台而舄[②]奕千秋者，亦将有取焉，节妇于是乎不朽矣。

孙节妇传[③]

三教至圣，俱以纲常持世界，而以了生死为归宿者也，其途则微有殊焉。仙佛之学在出世，瞿昙言性，此超于生死者也；柱下言命，此纯气之守也。儒者之学在经世，经世重在彝伦，忠孝节烈其大端矣。履常则殚心，遇变则致命。当其心之所安，死如不及，犹恐失之。以刀锯为衽席，以绝粒捐生为乐土，此中宁复有生死乎？是天地之正气与纯气同归者也。古来彤管之秀，贞魂烈魄，焜煌于世者，盖有之矣。然而恨不同时，即同时[④]矣恨不同地，率得之故老之传闻、遗牒之纪载已耳。虽啧啧千秋乎，而每以未获目击为遗憾焉。兹读耿烈妇之状，而肃然起敬也，盖景星度云，目击之矣。

烈妇新城人，曾祖明万历中名侍御，祖死壬午之难。父某娶王忠烈百斯公与胤女，女生烈妇。幼适孙仲子，仲子者，大司马龙拂先生之獬曾孙也。仲子病卒，烈妇不食三日矣。父来视之，一痛即绝；救以药，复苏。顾哀毁之颜顿释，语姑曰：儿亦将去矣。次日早起，更装束新洁，尽散旧衣絮与诸婢子。至父榻前，执手抚足，作绻恋依依状。又遍过伯叔姑家及娣姒姑侄，皆握手款曲，若远别者。既归，复婉容劝姑以强饭节哀数语，众未觉其有异也。将午，趋至其寝室，端坐以瞑。异矣，王忠烈公当闯贼[⑤]陷燕京时，里居已久，毅然偕于夫人并子士

① 国图抄本“煌”作“燿”。

② 国图抄本“舄”作“鹤”，但写得很像“寫”字。按，“鹤”是，“鹤奕”即“赫奕”。

③ 国图抄本题目作《孙烈妇传》，“烈”是挖改字。

④ 国图抄本“同时”作“时同”。

⑤ 国图抄本“闯贼”作“李自成”。

和缢于一室。龙拂先生以谢贼陷淄城，不屈死，尤为惨烈。岂本源观感，固有自乎？是岁乙卯，烈妇叔舅迁葬，其元配袁烈妇盖卒已二十有五年。窀木已拱，棺木已朽，而袁烈妇色如生，袁[①]烈妇亦谢贼[②]陷城，偕二女投井赴义者也。予以一联赠之云：灏气俪银瓶，能存日月千秋在；冰心留玉貌，不受尘埃半点侵。盖实录云。夫一门之内，内外节烈，前后竞爽如此。此岂止一姓之姱节，实邦国之荣施也。

夫仙佛之了生死，世人皆能知之，而忠臣孝子烈女节妇[③]之亦能了生死，世之人知此义者盖鲜矣。此至德凝道之说也。烈妇死时方溽暑，而飞蝇远避，面色如生，与袁烈妇之不腐皆有异征。则颜鲁公之爪发，于此益不诬矣。此非天地之正气独畀一人，盖一人特能存天地之正气耳。故其神不朽者，并形亦不朽，此又形色天性之说也。然则纲常克立，固仙佛之权舆，而成仁取义，青史丹心，完光岳之精英者，固蝉脱羽化之神丹乎？予壬子归里过德州，程部郎贞夫赠予以所撰其里中二烈长歌。盖明万历中事，与王荆石相国昙阳[④]子事类相符，皆以贞淑怡然观化者。然三媛皆奉大觉有年，故能游戏死生如游园观尔尔。而烈妇则未闻刳心乾竺教也，乃忽然而往，如耆宿之灭度，则尤异焉。此既足以干城名教，而更豁五浊人天之眼，深有功于圣谛。岂其来有自耶？固非予窾启之所能测识矣。至于烈妇结褵以来，婉嫕而恪修妇职，可以为笄袆师者尚多，兹特表其大者如此。

---

① 国图抄本无此“袁”字。

② 国图抄本“谢贼”作“谢迁”。

③ 国图抄本“烈女节妇”作“节女烈妇”。

④ 国图抄本“阳”作“易”。

栖云阁文集卷第十三·墓志铭

内翰林秘书院学士鄂公墓志铭

不佞自抱疴归里，跧伏药裹间，念京洛之同人，数承明之旧事，惝然如梦矣。乃中翰赛君，介季霖年丈尺书来，请其先公隧道之铭。予伸楮循诵，复不禁黯然移日也。盖予乙酉之春，授职史馆，即摄斋满汉诸贤之后，道山蓬室，触目琳琅，九寓才彦，悉集于斯。而三韩百济之英，绿江白山之秀，雾蔚云蒸，高揖崔蔡，则又往代汉唐之所不逮者也。当是时，已与鄂公朝夕铅椠间，心仪为国器久矣。迨辰巳之交，予复以宫詹承乏翰长，时分掌三院者，则有若能公、叶公、蒋公，皆与公同事者也。其后，诸公皆升华衡鼎，或绾计相之章，或握周昌之印，或进而平章军国、正席政事之堂。而公则以娴于韬钤，时时出而视师南北，及凯旋抵津门，而溘焉告逝矣。兹嗣君不以耄而弃予，千里贻书，殷殷道宿谊。昔者吾友，重戚予怀，虽绵惙之馀，安得以不文为辞也？摛辞芜漫，聊代山阳之赋，亦附有道之碑云尔。

按状，公姓章佳氏，讳鄂貌图，字麟阁，号遇羲，业赫人。曾祖瓜公，祖代公，父吴公，俱以醇德世其家。公生而岳岳不群，幼即娴骑射，母觉罗氏每勉以名臣巨儒为法，公奉教孜孜嗜学，精研文史及司马穰苴诸书，慨然有济世之志。时太宗文皇帝肇隆文治，崇尚儒术，特拔为一等笔贴式，赐顶带，召对，进讲历代书史。辛巳初，以科目取士，公举乡试第一人，入内院翻译《会典》。越三年，扈从世祖章皇帝定鼎燕京，时初定官制，即晋公内翰林秘书院侍读，翻译《诗》《礼》二经及《通鉴》诸书。公以际昌时，应宠遇，抚膺感奋，策励勋名，盖寝食未尝忘也。是年冬，奉命随和硕豫亲王征李自成，破潼关，定陕洛，旋复下江南，平两浙，以参画功多，优诏特加恩赉。丙戌，又随征南大将军多罗贝勒入闽，绥定海疆，招抚郑芝龙归阙下，海表悉平，赐文绮八、名马二。时伪抚何腾蛟凭倚川湖，未归王化，复随和硕郑亲王往征之，遂收抚辰沅十二土司暨苗徭狪獠。辛卯还，进内翰林宏文院侍读学士，以覃恩授拖沙喇哈番，复以覃恩加拜他喇布勒哈番。是岁秋，特简充顺天考试官，主满洲、蒙古乡试，取士七十有一，时啧啧颂得人。癸巳，进内翰林秘书院学士，随和硕端重亲王出塞，征服喀尔喀部落。甲午，七闽复骚动，随郑亲王世子出师，时郑芝龙子郑锦败而入海，其坟庐、妻子、积聚，俱在海澄县。海澄介大海中，道狭如线，以其将黄梧守之。公密谋于大将军，移书往招之，梧即解甲降。公按行漳泉，修筑十四城而还。戊戌，加一级改中和殿学士兼礼部左侍郎加一级，是年随多罗信郡王南征，底定云贵，复进取浣江，百蛮就抚。辛丑，复改为内翰林秘书院学士加一级，班师在道，感疾卒。公素以冰蘖自矢，身后行橐萧然，惟诗草数卷而已。上悯悼积劳，兼洞晰素守，特赐造坟银五百两，遣官谕祭，荫二子入国学，时顺治十八年也。

予惟三代有道之长，以成周为最。我国家诞膺天命，奄有多方，得统之正逾于宋唐。而经文纬武之制，养兵育士之方，则灼然比肩丰镐无疑也。盖井田而寓军旅，轨里而具师徒，《周官》《鲁誓》以及管敬仲之所以九合一匡者，胥此物此志矣。八旗之制，既已合符西京，至于帷幄之彦，出而即弼元戎；方召之臣，入而旋陈经义。复与彬彬岐周，德造御侮之盛无殊焉。盖所以合兵农而广将相之益于一途者，法至善也。公以天挺奇才，博闻服古，丁圣作物睹之期，褎然举首，为贤科无双之士，焜煌东璧，五纬为光。既而载笔著作之庐，启沃细旃之地，视石渠、虎观前烈，何多让焉！横经之席每未暖，辄赋《出车》。秦川楚塞，以迨吴越瓯闽，驷介所至，霜锋荡然。一尉一候，风清六幕，青油幕下，咨询民瘼，遴署才贤，务使山海遐陬普被圣化，上媲云台凌烟诸君子有馀矣，又非区区汉儒，以五经同异、三传诂训励学宫者所敢企也。昔司马子长足迹几遍天下，远游万里，亦足以豪矣，然故书生萍迹，杖履萧萧已耳，非有赫赫军功，腾于幕府。即云台凌烟诸人，金戈百战，垂名册府，而铙歌露布，取之记室。视公之命笔斐然，文成倚马，或腾布于天京，或摛藻于乐府者，其短长为何如耶？以劳定国，以死勤事，公无歉于功宗之祀。而文德铭诸鼎，武功铭诸钺，固与往哲同归矣。独以万里騕褭之足，中道而蹶，未得翔步台枢，以罄报国之志，则海内为国惜贤者不能无疑于司命耳。今岁在丙辰，去公之逝也已十有六年矣，而前所言同事诸公，久已相将藏舟夜壑。金马旧游，晨星历落。予亦孑然顾影，奄嗞冉冉，急景无多矣。因转忆公仪观峨峨，魁梧瑰伟，荫映数人，而温克推诚，遇之者醇醪自醉。既以文章声气上友古人，而又乐接当世之贤者，其在承明之庐，风规有素矣。故幕府所至，辄与士大夫把臂披襟，啸咏款接，兰茝披拂，意豁如也。

嗣君饶有父风，即此窀穸之役，笃念前徽，丹青往烈，碑传炜煌，极一时燕许之手。予得一一读之，而知其咸有当于兰台，则公之千秋不朽无疑也。其为公惜者曰：公著作多散失，惟《北海集》一编在耳，且九州大定，期月之间而公不待也。此侍郎徐原一之言也。予以为经典之译，日月千秋，其为经国大业也多矣。至公骑箕无何，而先帝弓剑上宾于天，公先驱鼎湖，在帝左右，不亦远胜三良乎？其为公怏者则曰：从龙佐命，盖多奇功。而以其时满汉之翻译未备，故虽带砺奕世，而国史无传，虽有班范，何所取材乎？此中翰曹□□之言也。予往年副修文皇帝实录，知中翰之言有征，而事之关于册府者信巨也。然公卒于定鼎之十八年，典应景风，光昭信史，可无此憾矣。有亲睹公之师出以律，而民被其福者曰：闽海之平也，壶浆载途，兵不血刃。则□□富□□之言也。此自诸王奉世祖皇帝神武不杀之灵，而帷幄协赞之勋不减子房、曲逆明矣。今国家文德已敷，武功方竞，荩臣报国，孝子绍亲，在此时也。昔邓禹之后，公侯至三十人，大将军十三人，中二千石及列校以下不可胜纪。曹彬之后，玮、琮、璨继领节钺，少子玘追封王爵，此犹往古事也。元明以来，则赤赡思丁之后，长子封王，馀子以都元帅平章相继。徐达之后，二子世袭国封，绵绵无斁。此无他故，皆以宽仁不杀而子孙能世守前谟，故贤贵相踵为一代宗臣有如此。嗣君之继公而光大崇勋，与国家万世无穷也，予日夜望之矣。

公生于天命之前甲寅十二月初九日，卒于顺治辛丑十月初二日，得年四十有八。配韩氏，继配觉罗氏，赠一品夫人。子二：赛图，内阁中书舍人；赛良，三等侍卫。女三：长适达尔喀；次适拜他喇布勒哈番二等侍卫布赉；三适三等侍卫觉罗麻图。孙男二：达尔汉、额尔伯赫，俱业儒。铭曰：

维天眷命，维圣开天。东极溟海，真人出焉。龙鳞凤翼，济济多贤。崇文敷化，公奋迹焉。圣经帝典，垂训千年。颉颃前代，金华青田。於铄王师，泛扫蚩雾。晋郑推毂，禁中颇牧。邺侯行间，留侯借箸。岭峤海荒，恢我王度。如何不淑，梦叶瑰琼。方歌朱鹭，遽陨大星。帝念勋劳，骈锡优隆。黄肠秘器，丹旐佳城。煌煌凤毛，翩翩国彦。克绍前徽，用绵华贯。永言孝思，公复何憾？勒此贞珉，千秋载旦。

浙江丽水县知县蓼庵田公墓志铭

予向晤子纶于旅次，绮年隽才，知为经国器也。而意乃抑然有以自下者，亟询予以当读何书。予应之曰：士先志，官先事，君行牵丝弼教矣，读律宜先，定国无冤，此其基也。次当综古今奏议，及都国利弊便宜事，为他年晁贾封事之助，其馀词赋，雕虫小技耳。已而旁及性命之学，予复告之曰：出世与济世，圭璋之合也；养德与养身，桴鼓之应也。骥足修途，宁可缓卫生之经哉？无何别去，予乃自悔其言之好尽，未必有当于子纶也。已而，子纶以其大人丽水公羡门之石来请志，予详览家乘，不禁怆然雪涕。回忆前言，又未尝不偶当云。盖丽水公卓然以良吏自期，志在兰台史循吏间，而甫歌章甫，旋以河鱼之疾先朝露矣。贞珉千古，有待焜煌，予安得以不文辞乎？

按状，君讳绪宗，字彷文，又字文起，别号蓼庵，世为德州人。讳畹者生禹民文学，以子贵赠承德郎、户部主事。禹民生三戒，登嘉靖癸丑进士，历官户部云南司员外郎、监兑湖广粮储，以廉称，详载郡志。三戒生高，增广生，高生四子，叔曰实栗，是为公父。家贫好义，配于氏，生二子，公其仲也。髫年苦学，冬拥薪几下御寒，屡试前茅，未得售。设教于桑园镇，从游济济，为儒林大师矣。辛卯魁于乡，壬辰捷南宫成进士，授浙江丽水县知县。旋里，作《筮仕自记》一编，其略云：邑虽蕞尔，此中宏济，未始无权，须奋起精神，自我作主，方寸皭然，处于坦易清白之地，任天而动，勿迷本来。至若持己欲恭、事上欲敬，驭下欲严、待人欲宽，操权欲正、担当欲力，不贪不虐，清俭自守可也。况州县之职，原与民亲，父母二字，最宜体会。公之自铭如此。故其司催科也，以廉以慎。邑之粮额无多，而里书柜吏高下其手以病民。公按亩均派，内外各贮一籍，令纳户自注名数，即兑即投，一一磨对，积弊顿清。羡馀火耗，若凛脂膏之浼焉。其均徭役也，以公以仁。邑境下联闽建，上接温台，山峣岨而栈车如织也，奸役视为奇货，贫懦偏累有年矣。公按二十六都丁粮汇造一书，曰《烟户册》，以次拨役，追呼不至，闾左当堂受值，民无《葛屦》之伤焉。新檡山之学宫，千年再章轮奂，而郕侯之荒度，芹藻为光；创丽泽之文社，一月两课诸生，而括苍之文明壁垒载启，是文翁蚕丛之化也。至于百世之仁，则尤在修筑通济堰。堰踞县西五十里，创自萧梁，障松遂两溪之水，分四十八派，灌田万亩，后以大水啮堰而圮。公单骑往视，曰：黄鹄之歌伊可怀，而惜畚锸为也？捐俸鸠工，顿还旧观，西门豹不得独有邯郸矣。故下车无何，而有“邑侯清，鸡犬宁，邑侯廉，妇子安”之谣焉。宇下帡幪，方期无斁，而子晋玉棺，已无能借寇司命君矣。卒之日，邑士民罢市而哭，焚香礼醮、罗跪于庭者凡七昼夜不衰，其遗爱在人，亦可概见云。

公生于万历己酉正月十一日辰时，卒于顺治甲午七月初九日戌时，享年四十有六。配张氏，男四：长雯，庚子科举人，辛丑科进士，候选推官，即予乍晤洒然异之者也，娶本州庠生马公琨女。次需，廪生，娶本州庠生吕公献正女。又次震，早世。又次霦，业儒，聘本州庠生郑公锁女。女一，适许公嘉正男庠生裕。孙男三：长肇丽，聘商河县进士候选推官王公瞻祖女，雯出。次诒丽，未聘，需出。又次泽丽，未聘，雯出。孙女二：长未字；次字本州庠生李公维第三男，俱需出。

今诹于丙午十一月二十日，葬于祖茔西北之新阡。予维公甫膺茅社，即以古循良自期。造物者固当左右相之，以底于观成，公何以死也？然比见斯世之膴仕而长年者，率多攫金无厌、飞而食血之人，公又何得不死也？夫以时趋若此，乃率然欲为龚黄，诚无辞于不合时宜，然亦谓忤于达官要人可耳。何罪何辜？并忤造物，而既厄其仕并夺其年，以至此极也！司命赫赫，操之为已蹙矣。

然而可以慰公并可以慰天下士者，则在弓冶有传矣。子纶鹊起贤科，蔚然国器，公所为怀利器而促于短驭者，是将旦夕酬矣。夫致主宁民之业，膝下为之，何异于身之为之？而为之一邑，又未若训正百邑之共底于大猷者之为远也。以兰台之传为家谱，此龚黄之所未有。不朽在斯，公复何憾于九原乎？此又予之可终信于造物，而并以知向者逆旅之晤，抑然自下而殷殷请业，以欲有所见乎当世。盖孝子不匮之心，而补公所未足者，意固深远哉！夫既为名父之子矣，虽欲不自淬励，其可得乎？是宜铭。铭阙。

陕西提刑按察司按察使子仁葛公墓志铭[①]

呜呼！此故明名臣御史大夫端肃公之曾孙、赠公文肃先生孙、玺卿龙池公之子、按察使朝池先生墓也。先生姓葛氏，讳如麟，字子仁。癸卯举于乡，庚戌成进士，授临晋令，调繁榆次。升户部主事，迁正郎。升湖广下江防少参，丁内艰，服阕，改补潼关兵备道。升河东兵备宪副，晋阶宪使，以宁夏被兵中谗口，谪戍茂山卫。丁丑事白，以原官归里，庚寅卒。

公之令临晋也，地素多逋赋，积欠不清，强半在搢绅豪右家。公立法严明，屹屹如山。蒲州显宦，有寄赋于邑者而多欠，公逮其纪纲，善谕之，不悛也，乃严惩之。赋卒如额而宽之也，宦乃心服而交好有加礼。时两贤之，政成畏垒祀焉。治榆次，状如临晋最也。后三十年，公后裔过太原，有自陈其曾以奇冤系狱数年所，而赖公燃犀脱桎梏得无瘐死者，则榆次民也。其在户曹司督饷宣镇也，收支如法，吏无得上下其手，而甲士以宿饱。复为前官补透支金十三万有奇，夙弊尽清。大司农累疏特荐，纪录焉。迨崇祯壬申，农部清查分司累年出入数，前后同官逮赴都门簿责者二十余人，而公独免。盖向年在镇时，即缮收支印册副本，缄之箧衍，至是乃具疏缴查，毫厘无染故也。潼关，咽喉五省，厨传良繁，旧例并无公费，赀率科取里下，公粥桑梓产以给之，不止不名一钱于官也。当魏珰横肆时，生祠几遍海内，督抚大吏以及同官相讽者，如出一口也，公曰：吾东海男子，能劳民媚要人耶？卒不为动。会属邑澄城令戕于民，督抚将剿之。已誓师矣，公力请止兵，单骑诣其地，擒首恶数人置之法。昆冈之火，得以无燎者，则公力也。宁夏，边陲重地，兵饷殷烦，灵州一营，界在黄河之东，而拨饷往返，乃受成于抚军，挽运稽迟，则脱巾之呼且见告矣。公于饷之抵州者，即挽留请放，河东士马得饷反先于抚镇兵矣。癸酉，边烽孔急，请兵于抚于镇

[①] 按，《葛使公集》（嘉庆八年葛氏树滋堂刻本，国图有藏本）名《葛宪使公墓志铭》，相比《葛使公集》，此处有大量删节。以下非必要，不作校勘。

于制府无及也，孤城困者将三旬，公坐甲乘城，拊马示备，而疏勒乃全。巡方者以功次上，而卒下吏议，时柄国者温体仁也。久之，体仁去，用核覆当年战守捷级，事乃白，而公则怡然返初服矣。闭门却扫，口不谈当世事。兴朝定鼎，士皆弹冠相庆，公以病守林泉如故也。

乙酉，季子元祉授豫章令[①]，公惓惓以"清白承先，慈惠字民"为戒，盖以体国之忠，属之象贤复如此。其他俭于家，惠于里，绳绳方至，更仆莫尽。予惟建言有之，公侯之后，必复其初，言世贵也；名德之后有达人，言世贤也。端肃公盛德大业，劲骨清风，当在司马文正、赵清献之间。而龙池公以名臣子恪守庭训而光大之，楷模海内，与有唐河东之柳无殊矣。至公，则又继二世而鹊起贤科，功施王国，其为绍庭孰加焉！吾于澄城，而知公之仁也，其靖民于阽危也。吾于潼关，而知公之洁也，其远腻若垢也。吾于力拒珰祀，而知公之介也，不以婞阿愧先人也。孙刘有郄，不过不为三公耳。辛毗当年，膝下之惭，不既多乎？虽位未酬德，而世德之绳绳也，海内式之，孰与京焉？

予先祖中丞公，丙子乡荐时，则凤池先生蔚为举首。而公犹子岭南太守四河君，又与予为新城大司马霁宇王公外孙同也。世谱之末，复忝列葭莩矣。庚辰，予上公车，四河君觞予于宦邸。未几，一麾岭南，携家去，将三十年所，不闻音耗，念之怦怦焉。顷于都门晤受之明府，乃悉存没离合之状，知犹一弱子存耳，为之悲喜交集。追忆三十年前，联榻外家别业中，已邈然隔代，则予亦衰颓甚矣！已乃以公志铭见委，发状读之，忾然三叹。昔韩文公之于西平王也，以目击其孙祖三代之存没为慨。予幼读端肃公暨龙池公年谱，久有执鞭之慕。兹复备悉家乘，则公家三代懿辉，亦附闻知有余矣。典型如在，不能不重致企于九原而可作云。往者，凤池先生之不禄也，龙池公委曲植孤，茹辛万状。迨龙池公之立嗣元方也，又为人所难能。顷四河公子以四河柩归，盖受之间关万里而致之者，广柳南来，亦何殊虞寄生还乎？此又古人高义也。夫一门之内能世其孝友如此，他可类悉。《诗》不云乎：无念尔祖，聿修厥德。葛氏其永念之矣。今已芝兰济济，其腾踏飞黄而世其贵也若固有之，又宁俟君平、季主哉？公生卒年月，婚娶子孙，详具状中。兹将以□年□月□日葬于□之新阡，乃系之铭，铭曰：

为国宝臣，绩聿茂矣。攀范提韩，以御寇矣。师干之坐寝也，其德厚矣。正骨之嶙峋也，不迩垢矣。箕裘三世而益昌，允名德之胄也。腾踏千里而乍蹶，非顾步之咎也。佳城郁郁，视此贞珉，尚启佑尔后也。

① 《葛使公集》"豫章令"作"进贤知县"。

刑部尚书五弦李公墓志铭①

庚戌七夕后三日，予自署中归，假寐匡床，移时而蘧然觉，则日已亭午矣。忽而忆里门是月盖於陵大司寇五弦李公太夫人悬帨辰也，数年前，予里居，获以卮言介眉寿，今栖迟京邑，无由从诸君子后荐一觞，为之怅然。已而念公谢宾客亦已逾岁矣，今礼臣方以百年人瑞题覆，将颁荣命。而公斑衣不逮也，复为之黯然。而剥啄有声，一函已抵枕畔，急起读之，则公次君滦州守来请羡门之纪也。异哉！一念偶动，而冥通若此，是何祥耶？夫以公名德在月旦，丰功在国史，则固有载笔而大书之者，此非予所敢当。若以葭莩、埙篪之义，及频年长林杖履相从、樽酒卜夜，则予实为习公者。有道贞珉是在，后死安敢以不文谢也？

按状，公先世北直隶之枣强人，明初始徙籍于山东济南府之长山县。槐轩先生讳光先，公曾祖也。芳洲先生讳迓春，公祖也。见山先生讳梦凤，公父也。皆以公贵，诰赠光禄大夫、太子太保、兵部左侍郎、都察院右都御史。母宋氏封一品太夫人，今百龄矣，生公兄弟六人，公其仲也。公讳化熙，号五弦，十八入邑庠，甲子举于乡，甲戌成进士，授湖广推官。己卯丁父忧，辛巳补河间推官，改理天津，以台荐备兵津门，旋会推巡抚四川。方就道，复改陕西巡抚，中途晋三边总督，值改革，还里。皇清定鼎元年，甲申九月陛见，授工部右侍郎，乙酉转左侍郎，戊子转兵部左侍郎，己丑加都察院右都御史，辛卯以覃恩晋阶光禄大夫、太子太保，壬辰升刑部尚书，癸巳五月乞终养归。

公之官湖州也，旧有商人遇盗于寒山，剽其五百缣以去者，所司责游徼急，乃妄指徐巘并其家苍头十馀人以应。巘以毒刑诬服，讯其赃，妄云已毁。传爰书且十有九年矣，公至疑之，偶视他邑旧盗案，则有剽寒山商缣五百者，公叹曰：徐巘所坐，非此乎？时巘等已相继死狱中，独金忠一人尚在，立出之，且大书其牍尾曰：徐巘诸人业已魂涕长夜，然勿谓其已死而不为之昭雪也。于寒山则地同，于五百缣则货物同。巘乎巘乎，汝果瞑目于地下乎？时台使者闻而亟称之，以为察疑狱于数年之前，雪奇冤于已死之后，非李司李，谁辨此者！其摄德清篆也，先是，邑中输岁租多归蠹胥橐，而故为之觥其籍，长吏不能察也。率重科之民，而蠹方益为纠结，莫可破。公稔知其故，立讯之，更详按其籍则伪印半焉，乃寘诸法，积弊为之一清。比以忧归，民感泣枳道，立生祠岘

① 按，此文长山《李氏家谱·墓志铭·光禄大夫》（民国二十四年刻本）名为《皇清光禄大夫太子太保刑部尚书都察院右都御史五弦李公墓志铭》，长山《李氏家谱》原有高珩衔名。相比长山《李氏家谱》，此处本文有大量删节。

山之首，与前贤谢安、颜真卿、苏轼并祀焉。公之在津门也，一新妇嫁未匝月而疡毒作，其翁疑而逐之。妇诉于官，前谳者不能决，以遗公。公谓妇：汝嫁时，开面者家人乎，亦市工乎？妇曰：市工也。乃立摄其人至，趣洒酒之，工瘢痕宛然。公叹息曰：听狱不详慎，不几令贞女含冤也！此妇固因开面时染市工毒，何私乎？于是妇冤始白，夫妇相率泣谢去，一时称神明云。时关左军饷，岁糜百万而伍符不清。朝屡遣官核之，数汗漫不可考，而奸吏复挪移其间，率以虚文报命而已。至是，命公往，以理官膺重命，前此所未有也。至则按籍而稽之，隶督标者几何，隶镇营者几何，月给饷几何，马刍粟几何，一一条列以上，若燃犀云。其改而备兵也，则习其地已久，某伍当补当汰，某饷当省，某城隍当修浚，次第举行之。至今缭城诸要害，斥堠累累，二十余所，皆公所经理者。时兵燹之后，岁复大饥，直隶、山东、河南流亡载道，公详议安集之法，煮粥哺之，所全活者不下数万。及任总督，则贼已入潼关矣，督标兵不满千人，欲号召忠义，而诸镇兵已鸟兽散矣，一二孤城已闭门无应者矣。公痛哭拜疏云：不用臣于方事之时，而用臣于已败之日，此臣所以仰天泣血，而无可如何者也。然犹激励麾下，入援未至而都城陷，乃归。其官工部也，故明时有所谓班军者，一隶尺籍，子孙遂世世焉，有逃亡则株及亲族，至以老稚充伍而实则不任荷戈也。我世祖章皇帝方锐意更始，下廷臣议，公谓此辈实无益国家，即在前朝犹当革之，况百度维新之日乎？又有所谓大布边衣者，有司每岁辇运至京，所费不赀而实则恶劣败朽无可用者，公以为并去之便，廷臣条其议上之，悉允行。其尚书刑部也，平亭为多。尝念朝廷法，所以戢奸宄也。然上帝好生，人情恶死。夫死罪而下，有输鬼薪者，有城旦舂者，彼既无死法矣，乃系之圜扉，徽纆岁月，死者岁不胜计，则热审当复也。又死罪而监候与立决殊者，廷尉絜法也，若一成断案，立正典刑，岂朝廷别轻重，示矜疑意哉？则朝审当复也。于是，连疏特请之，又疏请复各省恤刑之差。一一俱报可，永为例。其归里也，不轻以一字干守相。至邑有大利弊，则不惮委曲以请。长山旧有荒地粮一千六百余顷，编户岁苦赔纳，相继逃亡，而长吏亦往往以此注下考，官民俱困矣。公毅然言于巡抚夏公，为特疏请之得免。新城王君与仁，故考功季木先生子也，以小郄为怨家所构，中危法，当论死。公为之力白其冤，当事者覆讯得实释之。后王君掇武科，生四子，季木先生于是有后焉。新城田公者，公故人也，公捷秋闱后，中途遇之，谓曰：乡无以赠君，今则裕矣。乃解橐，以所得坊金，割赠其半。田作诗谢，有“雨中马上分金赠，鲍叔于今又一人”之句。邑之南有镇曰周村者，远近商贾辐辏之所，旧有市税，后渐为狙猾所窟，浸病商市亦几废。公与诸昆季约各出金，备其税，且严戒诸不逞者，商大悦，归市者日众，不二十年，拓地列肆者千余家。

公常言：种德之事，在穷窭则甚难，贵达易矣。盖以居得为之地，乘可为之时，作应为之事，善不善一翻覆手耳。又云：风俗之淳浇，不在庶姓，亦不在长吏。盖庶姓之力微，长吏之时暂。是惟缙绅哉！渐渍之久，自尔成俗矣。公里居近二十年，内外亲以及远近识与不识：饥者待以举火，婚者以之娶，病者以之药，死者以之葬。有于公别业南亩中行得青乌家所云佳城者，欲请而难之。公闻，急予之，其人昂其直以酬，公不多受也，且告谕同里以为定例，听人人卜窀焉。公性坦易，既贵，益务去畛域。客至，无贵贱，倒屣握袂，与之讲布衣欢。尝曰：苏东坡云，上可以陪玉皇大帝，下可以陪卑田院乞儿。此语犹存物我相，何若物我与偕，不必计其谁何，更为大同乎？性喜种果，村之四傍，植桃杏榆柳万株。春时，灿若云锦，携耆旧三数人，曳杖徜徉其间，遇耕氓田叟，称说稼穑，探节数时，娓娓不厌，人亦忘其为贵人矣。

公天性孝友，以太翁之不逮养也，悲深风木，承欢太母若将不及。亟欲请归子舍，而本朝大臣未有以终养上吁者。且雁行济济，又与独子例不合。逡巡久之，未敢也。会世祖皇帝赐宴瀛台，遍询诸臣父母状，公伏地对曰：臣母年八十有三矣，乌鸟之私，时切寤寐。言已泪下，世祖亦为动容，特允所请，赐驰驿归。圣朝孝治锡类之仁实自公始，盖异数也。公既归，朝夕奉太夫人起居，先意承志，一堂之乐融融也。长子因之，官河东盐运司运同，死姜逆之变。公恐太夫人家居闻之，或损眠食，乃飞书驰告太夫人曰：此子死王事，死得所矣，蒙恩赐恤予荫，此吾家门户之荣，太夫人毋过伤也。即公病笃时，太夫人临视，犹勉强起，披衣坐，举手作挥霍状以示无恙。曰：吾母毋虑，病行愈矣。太夫人一为破颜。盖惟恐失太夫人欢，始终如一日也。其膝下之笃行如此。读书务明大义，不沾沾训诂，尝语人曰：务博学，何如熟五经，务修德，何如尽人伦，人伦之至，是曰圣人。五经之大，无所不统，其他曲学，何博之有，外于人伦，何德之有。又曰：恕字终身可行，古人岂欺我哉？尝反求诸己，觉世间人无一为吾所当怨恨者。于圣贤之学，为何如哉？公少好音律，都门宴聚，不废谢公丝竹。孟津王文安公尝称云：周郎顾曲，季子审音，其在足下乎？岁甲辰，伯兄即世，公遂一切屏去，益潜心内典，深究禅宗，意泊如也。

予乙酉始识公于京师，即辱与张苏二君共为车笠之盟。嗣是，复结子女姻。燕市过从，笑语无倦，每促膝，辄谈神仙及阴骘盛德事。迨予请假归里，偶游长白山。公闻之，即策蹇追及于山村，留连竟夜。迨后闻予将游二崂，即刻命傔人舂粮巾车，订期会于金岭镇。适予以捧檄北上，遂中止，至今念之犹恨恨也。今予又将旦夕归矣，簪冠藜杖，仍为汗漫之游，而支许山泽、尚禽瓢笠，萧然携手，可复得乎？

公生于万历甲午年八月十五日子时，卒于康熙八年六月二十一日寅时，享年七十有六。守臣以讣上闻，蒙恩给赐全葬并给致祭银两。内院撰拟祭文，遣官读文致祭，哀荣备矣。配诰封一品夫人沈氏，邑庠生沈公嘉柱女。子八人：长因之，以侍卫历官河东盐运司运同，死难，赠山西布政司右参议。次溉之，荫生，原任直隶永平府滦州知州，俱沈夫人出。棻之以长兄难，予荫候选知县，副室刘氏出。泽之发之舒之畅之，俱副室柴氏出。达之，副室韩氏出。女五人，俱夫人出。孙二人，因之出者一，斯祥；溉之出者一，斯佺。孙女六人：因之出者三，溉之出者二，棻之出者一，嫁娶云云。择地于祖兆之北、祖舍古城之南，乾山巽向，卜吉于辛亥之二月九日葬焉。予雪涕铭之，铭曰：

长白巀嶭副岱宗，笃生异人白麓东。崇跻司空职五兵，滋兰树蕙德施隆，爰日一疏何从容。天子首肯荣其行，怡然菽水傲三公。庚桑畏垒年谷丰，胡不少留厌尘容。浮邱洪崖五云迎，采真天游谁与同。丽农广桑金银宫，公来有自去何从。汉廷太史识岁星，黄肠玉具马鬣封。千秋万禩丰碑崇，福尔子孙永无终。

江南布政使司分守颍州兵备道参议峄巃刘公墓志铭

公讳孔中，字药生，别号峄巃，明故大学士青岳先生之长子也。生而聪警，七岁就外傅，动中仪节。公叔父禹光先生，尝寓书先生曰：孔中动必有礼，颇类成人。先生复书曰：当令日与孔修相见，以益观摩。孔修者，故禹光先生子，后以名行有闻者也。丙寅入黉序，庚午省试，中副榜第三名。后试录所刻经文，首篇即公作，以副榜文式多士，向来未有也。甲戌，先生以谪卒于代。公哀诉晋抚，晋抚为出《孤臣殒逝》一疏，遂邀温旨，给勘合，奉輀车回籍。

戊寅，山东罹兵燹。己卯春，流离载道，公择仆之廉能者，使之按程给费，以资其归，全活者以万计焉。庚辰岁旱，饥死者枕籍，公复施粥、施衣且收弃子而养之，其全活者，较己卯尤众。抚军义其事，疏闻，特授钦贡。甲申二月，避闯乱，侨寓白门。乙酉，豫王定江南，擢内院中书，两阅月，改授泰州知州。泰当哀鸿甫集之日，人相愕眙。又通州、如皋诸郡邑，多抗不奉法，抚军严檄之。其莅泰也，亦将有所剪除，公多方劝谕乃止戈，复躬具供张，犒师旅，以故维扬诸属，惟泰不加兵而民获安堵。未几，学使者檄至，公校诸生，擢丁君日乾第一。后榜发，泰之列贤书者果丁君一人，于是，泰之人士大服，相就问字者无虚日。乃择地之爽垲者构堂，集多士课之，题社曰吴陵，自为文，勒石志焉。政事之暇，即较艺，课诗其中，旋付剞劂，遂有《吴陵国风》《凤游草》《读史》《腋园葵集》《柘枝集》《日损堂诗存》《择雅》诸刻。复梓先生所纂《玉海》诸书，以为汲古之助。是以二十年来，泰之获隽者鹊起，而陆君吴州，今司两浙文衡；宫君宗衮，今以会元读书中秘。谓非公相与以有成不可也。三年，政通人和，郡之绅民咸谋曰：吾邑贤守，前有徐公，今有刘公，皆於陵产，真召杜接踵也。将立祠于徐祠之东，公立止之。无何，今大宗伯芝麓龚公游泰，泰之绅民复相与请曰：今天下之能文而言足以传后者，莫若公也，韩陵一片石有托矣。于是作颂，铭石于州门之外。今读其碑大政，条列其戢镇兵、制乱民也，则拟之寇颍川、虞升卿；其课额税、除民蠹也，则拟之刘正字、李司隶；其藻鉴士林也，则复拟之荀令君、王文宪。且曰：泰固多贤守哉，然以公之所遭者揆之，则履险节而臻平理，校之昔贤，范参知、陆吏部、韩魏公、曾刺史诸君子之幸逢太平、易奏乃绩者，相去不可为里道矣。折衷古今，论世不爽哉！丁亥冬，升颍州兵备道。颍十八属邑，闯寇兵燹之后，灌莽极目无涯，数十里中，数椽隐见而已。公多方绥抚，给牛贷种，宽力缓征。又于要害地如双浮居、淝河口、清里浅诸处，镇以组练，逻以游徼，人颂乐郊矣。公犹曰：稂莠不薅，嘉禾何殖。廉知颍之金天瑞，巨恶也，立置之法。庚寅署庐州道，旋又以凤泗、滁和二道来摄焉。按部巡行，密剔芽蘖，以故谋叛昝应龙就擒，而其弟昝名扬之叩阍反噬事起焉，且行赂当事者。漕抚某，乃以误漕一疏劾公，遂坐落职。既而，昝逆兄弟伏诛，当事者亦中台臣白简，而公初服之志决矣。

甲午抵里，于所居之西构一楼，匾之曰倦飞，娑婆自得。日与同邑李五弦先生昆仲及王雨岚、鲍素垣诸公为五篮会。佳时令节，折简相招，或试茗听歌，登临送目，有香山洛下之风焉。性爱古帖，凡所珍藏，罔不披临数四，题跋遒劲，而新若未尝手触者。好读司马公《通鉴》及陆务观诗，坐谈间，或撮举数事，或摘取数联，皆以标举大旨，妙有解会，盖颇得靖节读书之乐云。为念里甲之役烦也，设会以备徭役，遵祖父旧例，与下户一例均输，躬先以倡之，且驳验不厌琐屑。是以数年中，宗亲以及乡党，未尝闻胥吏惊扰者，公之力也。又念族人贫者，岁时必赒给之，即值凶年，未尝中辍，曰：此祖父遗意也。壬子春，一病几殆，入夏始有起色，遂草遗嘱一册并身后窀穸计，因恻然与死而暴露者制榇施之，一岁中已四十余具矣。六月初，集兄弟叔侄及至亲数辈至榻前，曰：仲弟孔和，高才敏学，以能诗鸣于世而三十物故，无血荫，念之心伤。余将以孙继之，其为耐儿与其仲叔母立过嗣券，此我三十年心事也。此事妥，吾死可瞑目矣。及属纩，气度不殊平时云。

予观鼎革之初，江表虽入版图，而反侧子未尽帖然。故赐履秉钺诸君子，亦不能不惟师武臣力是视。倘非公以“蔡人，吾人之诚”衽席之，鲁无鸠矣，矧曰其有能既滋千年，并讦文物，建艺林大将旗鼓也？吴陵之泽畏垒百世，不亦宜乎？至于青邱之檄，亦聊以靖吾域也。而旄节之臣，乃为之佽，大风有隧，自贻伊戚，何责焉？独惜疆场之间，未能宝臣之用，所谓井渫不食，非欤？夫国家舍役，有籍书在，载师者经制煌煌矣。而其弊也，大吏尺书下金车旁午，上而分符、下而持檄者欢若德音，盖一以为外府，一以为丰橐故也。栈车葛屦，化为蚨羽飞翔矣。若之何而先畴不荒，维桑不病，是亦为政，孰有加焉？此尤可为天下士大夫里居师无疑也。夫胄子教自虞廷，而成周虎闱之典，日取在庭元士而淑之，岂其不知世禄之有流弊也者？勿亦以粲粲门子，家有赐书，日闻国略，其一出而娴于政也。视单门之崛起者，大有殊耳。典午而后以迨宋齐，秉国之钧者，率皆乌衣子弟。后之人不绎伊巫共和之义，而喜言《春秋》讥世卿，率以尹氏之子概之，非通论矣。公以名臣之子，大器槃槃，仅于熊轼见一斑。未能与李卫公、韩持国玉轪并驰，盟功于日月之旗，此自大司命有责焉，公何憾也。

公多才多艺，妙于诗歌古文词，而顾曲临池，皆饶胜赏，即此已翩翩浊世有馀矣。予性好游览，闻公家午桥绿野间，琅玕万个，伟若龙伯之人，偶以微服啸咏其下。公已侦知，以名酝至，握麈浮白，仙仙醉归矣。顷以吊公，复此息驾，亭池犹故也，而田田荷叶之南，竹已瘦至如食指。对此檀栾，伤其憔悴，金城柳色，向秀笛声，潸然陨涕，亦怆然重感于今昔也。先世为宁津人，自祖善兴始徙长山。善兴生谦，谦生拳，拳生达，达生元，元生玺，玺生寿官伯能。伯能生天赐，以子贵，赠承德郎、刑部河南清吏司署员外郎事主事。配高氏，封太安人。天赐生一相，隆庆庚午科举人，万历丁丑科进士，皆第七名，历官陕西按察司副使。配孟氏，封恭人。后以青岳先生贵，祖父皆赠礼部尚书兼东阁大学士，祖母皆赠夫人副使。公子三人：仲为太学公鸿范，季为太学公鸿采，相国公鸿训其长也。万历己酉科举人，癸丑科进士，历官礼部尚书兼东阁大学士。配曲氏，赠夫人；王氏，封夫人。生三子，长即参议公也。

公生于万历三十八年庚戌六月十七日申时，卒于康熙十二年癸丑六月初十日丑时，享年六十四岁。元配淄川诰授中大夫、太仆寺卿、管通政使司右通政事韩公讳源女，例封恭人。男二：长耐，贡监生，侧室张氏出；次导，贡监生，侧室石氏出。女一，侧室孙氏出。孙男三：一大量，一大馥，一大继，出嗣公仲弟孔和，俱耐出。婚嫁云云。卜于康熙十二年十月十九日未时，葬于黄家庄青岳墓侧癸山丁向。隧道之石，予不文，无能为役，以公遗命，不可辞也。乃系之铭，铭曰：

三戟之门，奕奕乎其世也。千斛之舟，恢恢乎其器也。节钺或若靳焉，井渫之为恻也。佳城之永康兮，千秋之所憩也。宜尔子孙之绳武兮，百世其可继也。

监察御史巡按河南弼之王公墓志铭代作

往予匏系都门也，齐鲁之士盖缔维桑之社云。于时改玉之初，国华蔚起，而大江以北，则山左之英彬彬为最。冠带轮蹄，盖从者月以相及也。不佞欢然缟纻之末，而齿序则礼先一饭焉。饮酒乐恺，而驰驱王路相切劘。盖嘤鸣靖共，交相勖也。然意中亦以为比肩事主，错趾天阊，此或朝士之常耳。迨予请告归里门，而诸君子出入升沉，旬时异状。闻已落落散去，不复欢聚如曩时。然而岁时邮传赫蹄，间亦不乏焉。巴山夜话，尺幅代之，不减班尹陶陶也。比予子舍十年所，而一二同人遂有山阳之赋。凉凉兰藉，游岱多人，齿率少壮也。然后喟然长叹，忆南皮之欢游，西园之良晤，为隔世不可复追之事。而俯仰之间，已为今古矣。则吾于侍御王公隧道之词，义不可以疏慵辞也。

按状，君姓王氏，讳亮教，字弼之。先世冀之枣强人，始祖讳阿翟，明初徙阳邱。七传为心一，君曾祖也，以太学生簿交河，有隐德。心一生服南，邑庠生，举丈夫子八人，季讳津，敕封文林郎、四川道监察御史。配刘氏，赠太孺人，生四子，君其仲也。生而颖异，试多前茅，己卯举于乡。又五年，大清革命，诏诸孝廉，咸分符试州县，君得宣平。邑素刁竞讼，人人自以为刀笔豪也。君不矜虞芮之质，而片语解纷，两造俯首而退，四越月，囹圄之草可撷也。草昧初丁，铜马接壤，渠丘之溃，不俟浃辰矣。君素慷慨，多大略，乃部勒邑中健儿，数肄之矛鋋，如戟鹳鹅不忒，明耻教战，屹然河阳壁垒也。进父老慰之曰：而无忧萑苻，亦知而公海岱间技击雄耶。且而乡五千君子，何遽让前人？是荷戈者，勇可鼓也。以此执讯，孰能御之？二三父老，其高枕良食哉！无何，贼以伪牌入境，君三复待之。复令邑人广庀茭糗，云郡将铜符夜下矣。至夕，贼果麇至，炬光络绎，凡数十里。将薄邑，知有备也，而复疑援师且至，遂鸟兽散去。当是时，处州属邑十有一，其九皆陷。而宣平无城郭，安堵不惊保障哉，以人不以崇墉也。后锋车内召，寇伺君甫出境，辄来侵。邑人斩获八百级，渠魁歼焉。上功幕府，摄篆者与鹖冠争功，幕府曰：若亦何功，此旧令之成劳耳。飞凫甫翥，遗爱已亭，三日子来，人惊鼛鼓之不胜也。其信上而孚下也如此。

己丑考授御史，命按两浙。浙中利弊，君已素知，如握火条告炳炳视隔垣也。而浙人亦喁喁待泽，喜相告曰：此吾向者宣平君也。会停差，旋都门。辛卯，复奉命按河南。盖天中奥区，自闯贼蹂躏以来，千里蓬藋，非复河洛旧观矣。君揽辔星轺，畴咨蒿目，凡可使鲁有鸠者，无不凑成手中也。禹州巨盗张扬既招抚矣，而狼子野心犹故也，残食方隅，市咸以目焉。当事者隐若敌国，未敢以柱后惠文从事也。君慨然曰：此辈飞而食人，固也，而吾以法冠坐视焉，其去傅之翼者几何？且何以对扬休命也？乃力请正法，还其所掠子女七十余家。行刑之日，快若燃脐，食其肉者，顷刻而尽，此真霹雳手矣！至单骑下邑，亲验税柜，有羡余者惩之，百城闻风，为股栗焉。里居，以关说公事为耻，皭然刘季陵风度也。而民瘼则娓娓言之，如杜密为德于乡复如此，邑人至今思之。

配宁孺人，邑巨族也。性静，恪娴《内则》。姑常病剧，绝粒矣，孺人焚香祝天，矢单衣三载，祈勿药，果霍然起。继而太翁复病，孺人仍对天誓祝，终身素食，三时供香，翁又复霍然起。此亦簪笄曾闵哉！而以事尊章，尤空谷之响矣。

不佞习君有素，丰颐伟干，谈笑蔼然，槃槃之器，吾党中侨肸也。分符则为能吏，武乡营垒，司马啧啧，心折将无同欤？持斧则为名御史，画民便利，普于八纮，是泰岱之云也。枭獍授首，逾于破柱，岂止瞷氏豪，桓东赫赫哉？方期翔步天馗，舒以千里之驾，而中道玉折，天下惜之。至不佞抚尘有素，接宇非遥，栗里素心，差堪寄托。君未撤瑟之前数日，不佞有事于阳丘，君投辖卜夜，剪烛蝉连，欢语达旦不休。旋驾无何，客有自西来者，语有异。予叱之谓：子瞻道山，何殊《诅楚》乎？乃无何，而讣音来，骑箕信矣。不佞既为天下惜长才，而又内以悼吾私，寝门外不禁陨涕之如霰也。

君生于明万历辛亥正月初四日酉时，卒于皇清顺治戊戌十二月二十一日亥时，享年四十八岁。孺人生于明万历庚戌正月二十五日申时，卒于皇清康熙癸卯九月十八日卯时，享年五十四岁。子四，宁孺人出者三。长有则，郡廪生；次有经，邑庠生；次有恪，早卒。副室费氏出者一，有严。女二。孙女四，有则出者三，有经出者一。婚嫁云云。今卜于本年十二月二十二日未时，安厝于邑东南西皋庄之新阡，佳城郁郁，遂终古矣。乃系之铭，铭曰：

越水汤汤，豫土茫茫。抚赑员之斑璘兮，睇绣斧之焜煌。神锋截玉，一试而藏。韬于下之为鱼肠兮，射于上之为龙光。贞珉铭诗剑履藏，终古灏气允不亡。

栖云阁文集卷第十四·墓志铭

湖广承宣布政使司左布政使友白杜公墓志铭

予读友白杜先生家乘，忾然而叹。盖以生也较晚，不及面觌先贤，摄齐君宗之座。转而窃幸纳交大参君，典型如在，且获习闻懿行，犹无殊旦暮遇之也。先生至孝纯忠，冠仁履义，岳岳风义，为一代人伦师表。而赐履所至，咸有成劳，贞珉兰几，焜煌奕世，美无度哉！虽更仆数，亦不能终，聊识其大者以备兰台载笔可耳。

按状，先生讳诗，字以兴，学者称友白先生。幼入庠，蔚为童子冠，壬辰贡入虎闱，甲午举于乡，戊戌登进士第。释褐督京仓，已出司饷宣府，丁内艰服阕郎武库。癸丑升庄浪道，迁晋臬，改湖广驿传道。己未举卓异，升永平兵备，旋以方伯衔兵巡辰常，寻晋江西方伯，以不建珰祠，冠带闲住。戊辰起辖三楚，再举卓异，以忤时解组归矣。

公之能体国奉公，不畏强御也，则自释褐始矣。督饷上谷，上谷故汉塞上地也。明初召商，实粟以资腾饱，嗣后易本色为折色，权贵要人每以空牍规商利，塞上因有土商、书商之名。公叹曰：商以书名，贵游尺一书，蚨羽能飞矣，其若庚癸之呼何？乃以膏腴处土商，而书商则遣之极边。改岁，一切汰之，风烈已见一斑矣。其在庄浪也，会羌有杀人者，故事：得以牛马赎罪如羌法。公怫然谓，此岂疆以周索意也？部分将吏，三日抵其巢，擒之至，馘首以狥，嗣后盖无复敢犯公法者。然后以恩抚之，诸羌畏怀如一也。偾将杨定国倚奥援而朘削者有年矣，健儿糗糒，不足饱其攫肉，离离鞢韘之籍，按之则皆子虚也。会御史廉得其状，以手书询公，公力斥其奸，定国之罪由是而定。楚宗人故多骄悍，名寄来者其尤也，公数其罪，笞之十有五。党众汹汹前，麾下士欲格之，公曰无庸也，卧阁不出。于是，诸宗人之贤者顿首，恳出视事，江汉肃然。会国哀至，诸宗人入临，狎中丞御史雁行平进，及公后至，望尘辟易退。辰常窝蠹周二者，略良人子女为臧获娼优以数百计，公奋髯抵几曰：此方方脊脊多事，鼠子敢尔！是尚有三尺乎？立扑杀之于妓馆前。凡所略者，悉令还其家。

其体国惠民，永垂利济也。于庄浪，则城阿坝以据要害，扩汉渠唐沟，犁为良田，于是羌之归者数万户。复随处立仓庾，酌年之丰歉，敛散之以为籴本，久之，积粟充盈，无輂挽之劳，而缓急水旱，咸以有备。以三楚旱魃，为民请命，奏改折漕粮，报可，欢声若雷，里社皆肖像畏垒祠之。会江汉水溢，公捐俸括赎锾，得二千余缗，搴茭下楗，屹屹金堤矣，岁复不登二鬴，鲁无鸠也。公乃劝富室借赈，禁私籴，振廪同食，以是野无捐瘠，舆人歌之，有“常德耗，有巡道；常德丰，赖杜公”之谣。筦钥豫章，则免属州负逋缗钱三十万、米五万斛。赋金之州，耗金以千计，困不能偿，皆免之。而以其所羡当太农之搜括，东南民力稍舒矣。

其体国洁身，冰蘖不染也。则上谷之役，积余粟累累，用充正额，复节省镪金二十五万有余，白之大司农赵南渚，奏闻贮边。盐政旧例，凡盐赎以芒种小春为断，先此而去官，则一岁课赎尽入后人。公迁秩，代人未至，至小春前三日即解印绶去，时论美之。左辖三楚，则又上羡银四十馀万以实司计，天子为之动容。公之解职也，以援饷延缓为罪，而吏部闵公洪学为特请予告，疏中有“清操三十年”之语，直道在人如此。

其体国育才，甄陶人物也。则有若西宁参将祁秉忠，跅弛士也，公数与语，奇之。然秉忠不能俯仰事贵人，遂与大将军不协。虽屡立战功，阅七年不一列荐牍，公特首举之。京山尹夏启昌为权要龁龁，广济尹周沃为刁民所扼，公心知其诬，皆阴脱其危，终身未尝言也。辛未入计时，上问楚变状，某按察亟应曰：林正平杀人竖旗，游士任与之交通。公徐对曰：六之日杀人，一之日竖旗。上憬然曰：是两事乎？对曰：然。上曰：地方官不能防之于先，又不能弭之于后，如疏玩何？对曰：竖旗以后，地方原无事。上笑，命之起。时要人欲赤游之族，得公对而上疑遽解，及士任至，立释之矣。天下莫不以公为长者。

其植节刚正，义形于色也。则方魏珰焰炎炎时，所在争建生祠，抚某者议毁澹台祠为之，公持不可。抚曰：孔子，圣之时者也，九原可作，猎校或亦不免尔。公曰：不主侍人瘠环，伊何人哉？亡何，廷推公浙抚，以忤珰故，冠带闲住去。某抚者亟撤澹台祠建祠焉，疏上而珰败，抚坐黥劓。乃仍用公前所置宗学田馀金重葺澹台祠，子羽之兰鞠复古也，先生以哉。《十六朝通纪》云：自杜某、王应熊、叶有声诸君子身退，而姓字益馨，门户党人之语不足埋没真品也。盖实录云。先是，道经武定，吊袁公化中丧，袁故以忤珰死者，人或咋舌止之，公曰：安有过故人门而不吊者？即获罪，将焉避之？古不有以西川名士不与党籍为耻者耶？公年家子中翰某以珰焰动公，且愿以曹邱之舌为交欢地，公正色曰：昔人有言：即忤孙刘，不过不为三公耳，立身自有本末，节钺何物？能使乃翁喔咿嚅唲以事巾帼耶？盖劲骨有素如此。海内名贤，咸惜公虽周历方岳，未获升华侍从，立螭头交戟之间，为天子分别贤奸，张目侃侃言天下事，而不佞独以为此殆造物曲成，不欲公与杨左诸君子之患，而以身名俱泰终也。即不然，开府一方，以中丞节提封数千里，于济世得矣。而强项自喜，苞苴之不敏，其能独免于缇骑丹书否乎？必无幸矣。微罪而行，此固不入不居之义也。

公幼即至性过人，孝友无间。策名南宫时，伏阙上书，言母贞节状，敕表其门，棹楔嶷然。自上谷麻衣归，徒跣扶柩三千里，大襄告竣，苫块墓侧，三年如一日也。郡守某夜半触雨，往窃窥公，公方危坐，课二子读书。守翌日具衣冠拜庐下曰：公真孝子也。一夕甫寝，闻窸窣声，有狼夜入，伏不动，至晓而去。公性嗜小蓟，忽丛生庐傍，三年公去，蓟乃不生，人以为孝征云。夫孝子不辱其亲，乃能不卑屈以趋荣路，正人君子固有本矣。非偶激，一旦悻悻自喜，或计无复之编虎须以为名高者所可同日语也。

公致政后，以清白为贻谟，菟裘粗具，不屑屑子将田舍谋。子弟辈下及僮奴，咸恂恂矩矱中，路人望而知之。惟日以奖引后学为事，质经正艺者履如织，于卧佛台择高才生有行义者而课之，后多脱颖去，为时闻人，盖乐育才彦，公宿志也。宦游时，每为诸生大师，月凡两课，捐俸赡之。复置学田为永业，而材官骑士，亦时时以金版银镝，聚而肄之。提调三楚，庚午上比时，凡士之才而沦落者投谒公，公一一录之。号舍广以编芦，得售者凡十二三。其后皇清应运，以第一人及第则刘君子壮，以第二人则熊君伯龙也，以至韦君成贤、汪君炼南皆有声词林中。其馀先后登第者，若黄君耳鼎、汪君爚南、黄君文旦、刘君敷仁，皆比比芦舍中人也。

至解推不倦，时时为德于乡，而不居其名。滨州泻卤濒海，卯辰大祲，公为请于抚臣李公长庚，题请州为次罢，若税登八分则有司免参，勒石以垂永久，州人德之，其与江楚饥溺衽席之功无殊，是亦为政矣。夫大臣体国字民，固不以隐见出处殊也。

性嗜书，手自校雠，不下邺侯万卷，所编辑有《文选芟注》《楚词芟注》《吕公医问》《读法须知》《海忠介集》《范文恪集》《大洞仙经注》。范盖，故山东学使，能知公于早岁者，舒公曰敬叹曰：人有三十年犹忆其童子时师者乎？公素慕忠介之为人，剞劂之工，谓为缟纻可也。先生下笔妙天下，诗歌古文词授梓者十一。其片语筹时，足当古人之所谓不朽者。如在卢龙与当事语，及节财用以救国家之急，当时揶揄之，公叹曰：利不从天来，必取之民，轻用民力至不畏圣人言，欲以有终，其将能乎？时天下之力既困，而国用无节，每叹曰：今日惟求知兵之数而已。使兵既核实，天下之用有常经，则计部有余力。所畏者，上每以所不足责其下，使下以不足而求见其才，是固教天下之为桑孔者也。仁人之言，大儒名臣之识哉！

新启圣祠，立白衣阁庋置藏经，九江东林寺、江夏四面佛皆然。性复好老庄诸书，晚年从事于谷神天根之学，超然五浊外，素不喜言鬼神事。向在楚时，有善为禁咒者，见公而术立败。荣府之郁攸也，公立修子美火政，而身当火冲，火以烬，王叹异焉。盖公之能与神明通也，亦有素矣。拘墟之士或适适然惊且疑之，不佞则谓此庸德之行而诚之不可掩也固然。夫子而孝也，臣而忠也，吏而仁且清也，得一可以通神明，而况得全而履顺者乎？桴鼓之应，智者固当不河汉此言耳。易箦时，犹口占孔孟洙峄四章，乃持季子若昧衣带曰：汝真孝子也！遂瞑。真泠秩秩，庶几观化而无怛化者矣。

元配程夫人，克襄中馈，纺绩焚膏，佐公读书，伊吾声若从机轴中出者。迨既贵，犹手烹饪以奉姑，至自奉淡素终身。谓诸子曰：自为汝家妇，饘粥不给，今亦厨传萧然，无异囊时耳。尝病，召女医诊视，见衣饰状，不知其为夫人也。客为言滇抚缺出，众推毂公，公笑曰：无多言，恐内人闻之齿冷。夫人盖尝为公言，避热地，却争地。是语也，虽名贤烈丈夫何以过焉？公之易去其官，宜也，内助与有力矣。桓孟虽贤，习贫易淡耳，方斯履炎蒸而冰雪凛然，恐未易也，可谓贤矣。

始祖雄飞，雄飞生榆，榆生钟及镛。钟去之颍上，亦成著族。镛生景和，景和生勤、勋、励、勛、勑五人。勋力学，有声诸生间。勋生滨，即公大父，以公贵累赠如公官，大母曹氏累赠夫人。滨生继业即公父绍轩公，亦累赠如公官，母孙氏封太宜人累赠夫人。

公生于隆庆己巳九月之四日，卒于崇祯丁丑十一月十有九日，享年六十有九。夫人生于隆庆戊辰二月之初八日，卒于崇祯癸酉二月十有六日，享年六十有六。顺治甲申正月，葬于州城西北隅祖阡。夫人先公卒五年，再聘阳信韩氏，后三年卒。男四人：长若朴，贡生；次若谷，贡生；次若昧，监生，累赠中大夫江南布政使司参政；次若水。女一。孙男九人；若朴出者枬，增生。若谷出者格，庠生。若昧出者旭，廪生；曦，监生；溙，丁亥进士，江南布政使司，分守江镇道参政；杲，廪生；昶，廪生；昂，监生；昱，庠生。若水，嗣孙章会。曾孙男十四人：衣曾，廪生；仪曾述曾绎曾绥曾，俱庠生；华曾遵曾寅曾迪曾亮曾章曾遡曾宣曾宏曾。玄孙男三人：同堂同田宝率。孙女曾玄孙女，不具列。

先生世德家学，瑜瑶竞爽，而大参君尤温雅英秀。掖垣封事，皆娴国体，所至善政，辄留去后思。予尝度江以南询诸父老，及在京邸，遇南来人士漫询之，若出一口也。今皇上圣明，方孜孜侧席求贤者崇登郅理，节钺之任不以新旧分，惟其贤。大参君之拾级而登，以补先生未竟之志，指顾行见之矣。三锡龙章，被于幽隧，又宁可量乎哉？乃系之铭，铭曰：

永怀维亲，自靖维君，其植德也猗嗟淳矣。不刿而清，不煦而仁，其敷政也宜于民矣。煌煌四岳，曰维藩宣之臣。以位则崇，论德则犹屯也。盖施未溥于广舆，而柄未握乎国钧也。然而惠心有淑，譬彼油云。义概棱棱，上为星辰。留不尽之弓冶，用以贻厥后昆。淑媛合德，并勒贞珉。百世无斁，视此铭文。

太仆寺卿管通政使司右通政事乾宇韩公墓志铭

皇清受命以来，翘车四出，予得摄衣从诸大夫后，见吾乡先达宿齿，冠盖纷纶，一时叹为绝盛云。乃今二十年中，浸寻乘箕尾去，则有若北海张公、昆岳郝公、蓬元张公、苎萝谢公、海客房公、宪石刘公，若而人晨星落落也。独予邑乾宇先生年最高，悬车休晏，为郡国楷模，灵寿之锡，行及之矣。而岁在龙蛇，复嗟梁木，彼大钧司命，何不慭遗一老，以永典型耶？窀穸有期矣，嗣君以状来请铭。予习先生有素，而桑梓葭莩，复敦世好，何敢以不文辞也！

先生姓韩，讳源，字逢之，别号乾宇。明万历己酉以第五人举于乡，崇祯戊辰成进士，除河南郾城令。辛未调繁固始，癸酉本省同考，甲戌行取考选，授礼科给事中，丙子巡视太仓银库，督理省直新旧饷务，丁丑巡视十库，戊寅以考选失上意罢归。甲申，世祖章皇帝龙飞定鼎，招抚使以地方人才上，蒙恩起自田间，授礼科给事中。乙酉，奉命赍诏，谕江南苏、松、常、镇、安庆地方。丙戌迁礼科右给事中，同考会试，寻升吏科左给事中，再同考会试武闱。丁亥管大计，本年升吏科都给事中。庚寅再管大计，本年升太仆寺少卿。辛卯，世祖章皇帝亲政，以覃恩晋本寺正卿，仍管少卿事。壬辰以太仆寺卿管通政使司右通政事，癸巳致仕。

其为民牧也，郾地弹丸冲疲，民贫而玩，先生簿敛轻徭，与民休息，其刁黠者惩以重法，未期月，总河臣及巡方使者交章荐之。固始素称富饶，一航可连金陵，俗号为小南都，而人情倾险，长吏视为畏途，先生廉以律已、公以御物、严以行法，士民畏而爱之。本年未经考满，陪推铨部。甲戌大计，方伯陆公于过堂日称：此官两任，省民间十馀万金，举海内卓异第三。即于是岁，行取考选副馆职。往例，陪推铨部者当得垣中，副馆职者亦然，以先生拙于周旋，当事者拟授江西道监察御史。疏入，留中者二十余日，奉特旨以科员用，盖异数也。

时以五义取士，每县一人，名曰超贡。先生疏谓：分县取士而不糊其名，弊易生，仍宜照大场弥缝，报可行之，是选称得人焉。流寇由陕西四出，蔓延楚豫间，先生疏谓流寇猖獗，守土者率以邻境为壑，出境即止，当专委总督办贼，尾击其后，所至会剿，庶可立歼。而另设陕督，弹压边方，扫清贼穴。时韪之，不能用也。戊寅考选推知，先是以行取到京者，吏部出单咨会九卿科道各加旌别，以圈之多寡，定授职高下。先词林，次垣中，次台中，部属次之，府佐又次之。未有无圈者，先生以次加圈，乃以圈奖太滥罢归。

甲申革命，起自田间，旋赍诏江南。时尚在用兵，先生单车冒险以进，暮泊舟无锡时，邑人未见诏书，以为未蒙赦也，哗然惧。先生粘贴黄于通衢，百姓皆簇拥执灯火读诏书数过，乃加额蹈舞而去。及浒墅，积尸盈路，贼犹有负固夺门与官军相搏者，其良民拈香夹道跪迎，直抵苏门，先生立宣诏旨，百姓始贴然相庆，若更生矣。回经无为州，当夜贼陷城，毁署门而入，露刃胁索诏敕，先生瞑目叱之曰：死即死耳，吾诏使安可胁也？贼愕然，掠行李而去。初，先生闻变，于废垒中安伏诏书，失足而颠，遂伤右足，犹力疾以行。及安庆，卧病舟中，遣官赍诏开读乃竣事。再管大计，皆谢绝苞苴，一函不通。癸巳官银台，年七十有二矣，方缮疏以致仕请告，会奉旨甄别京官，令各衙门自行开送，本衙门汉堂并缺，惟先生一人在事，遂自署曰“老”，蒙恩予致仕，阳元幞被，千载为两矣。解组以来，惟葛巾野服，徒步田间，督僮仆以耕耘，与牧竖相尔汝，遇者不知为大僚也。丙午寝疾，八日忽饬家人沐浴，具朝服，移正寝，翌日向晨，促设卧具，怡容就榻而殁，初不一语及私也。

先生器宇渊渟，丰姿魁岸，修髯长躯，望而知为伟人。陋室数椽，积尘满架，读书其中，晏如也。万历戊戌，保抚晶宇公捷报至，观者如堵，先生适从他所来，大参约庵公遥于众中谓之曰：尔来观汝兄捷报乎？以尔之才，努力读书，人将来看汝，何看人为？先生闻之瞿然，汗浃背归。时益都显东孙先生设教，及门者皆命试二题，然后得受业。先生一试，大加赏异，遂负笈以从。攻苦无间寒暑昼夜，孙先生每嘉叹，促膝谓曰：子当先吾着祖生鞭矣。后果不爽云。每语两嗣君曰：凡临文，须苦心涵泳，务得作者之意，一不解，至再至三，仍不解，则姑置之，俟从容徐玩。一篇若解，余如破竹，一篇不解，则篇篇皆含糊。读书多于不解处受益，勿以一偏之识衡前人自锢聪明也。诸费从省，至市书则不计，曰：苟嫌值贵，但多读几篇，便足相偿矣。居官则佐惠以廉，两任中州，日用惟蔬，肴鲜酒脯皆以现钱平市之，不取给行户也。士绅有馈遗者惟登一器，后易之以箪器食不受，再易之以熟食亦终不受也。其征税也，令花户自封自投柜，公同衙官拆封，悉兑准收库，立命银匠解役，原封领出倾销，无称累者。大粮三钱以下皆收钱，每银一钱纳钱一百三文，照纳数分发易银，限三月收贮库，至期贮者余银十七两。先生问故，众谓领官钱至三月方纳银，为惠已深，实易有此数，敢私之乎？先生立以分赈孤贫，因谕众曰：后但如数纳银，不许擅有多寡。自是官收钱不患易银，民有钱不苦纳粮，两称便焉。时漕米市价每斗银六分六厘，该吏解役以八分呈牒求判，先生曰：尔较市价多派千金，将以自肥乎，抑以媚官也？毁其稿，各笞三十，仍照市价征解焉。固俗：交易地宅文契，至十年皆须印钤，名之曰大开过。前任者计得三万余金，先生在任适十年，吏执簿以进，先生却之，曰：听民自便耳，成例何拘也？其事事便民类如此。至三讯之允也，惟慎惟明，讼词中凡阑及者，悉涂之不问。上官批词，随到即鞫，案无留牍，人不赢粮。有巨盗妄扳富民者，富民曰：素未识面也。先生曰：若贼识汝，即罪无辞矣。令其人易隶服，持梃立堂上，皂役衣罪人衣系阶下，盗至，示之曰：是与尔盗者乎？盗熟视良久，曰：是也。先生曰：得无误乎？盗曰：屡与同事，云何有误？先生曰：谛视之，恐错认耳。盗与争辨不已。先生笑指富民，谓盗曰：是尔所扳同盗者也，今汝所认者乃吾隶也，吾隶岂同汝作贼哉？而雉罹以无惊矣。民间有绘图像题歌谣鬻于市，因相争者，询其故，则两人争买所致，先生晓之曰：市此何为？谓鬻者曰：汝乱民也，为官自有公论，汝敢意为誉，转盼即意为毁矣。笞之，毁其板。善政缕缕，载固人"德政录"中，可稽也。鄺有"去思碑"，固人建生祠，肖像以祀。先是，祠基去县稍远，后流寇入境，邑人虑其残毁也，移建关内，足卜固人之爱戴矣。性淡素，无所嗜好，凡舆马车服、宫室亭苑、宴会交游，俱泊然。即静几明窗，啜茗焚香，亦非所好也。一切贵游豪举，名流习气，十斛纯灰，浣濯无余。故座无游客，门无寄名仆，游宦居乡，始终一辙云。

先世直隶枣强人，明洪武初，始祖讳景文以荷戈从王，遂徙于淄北之荆山阿里家焉。景文生镇，镇生泰，廪于庠，以学行闻。泰生四子：良臣相弼世禄，弼即先生曾王父也。以孙辽抚取善贵，累赠山西按察司按察使。弼生思同省祭，以先生贵，诰赠中大夫太仆寺卿。孝友纯笃，喜读书，慷慨乐施予，拯危济困，邑人德之。思同生师会，岁贡士，授宁阳训，迁瑞金王傅，不就，为世名儒，屡副正榜，不第也。读书泰山，督学使亟称之，谓在圣门，当班颜闵行，载张相国志中，以覃恩赠中大夫太仆寺卿，生二子，先生其长也。先生困公车者二十年，比登春官榜，去艾已三龄矣。而历纪仕途，坐臻卿贰，优游林下复逾十龄，备福完名，为淄邑所仅见。盖阅人世之飞扬跋扈早达，旋摧蕣槿朝华，败辕中路甚至挂吏议、蒙重谴、为世诟辱者，不知凡几许人矣，所得果与仲孰多哉？

先生生于明万历十年五月二十八日寅时，卒于皇清康熙五年七月初九日巳时，享年八十五岁。元配淑人胡氏，父宗允，滦阳卫坐营武职。母王氏，宁波守讳崇义女，幼沉静端凝，明敏多才智，十五归公，时家道中落，而鸡鸣之警日孜孜也，脱簪佐读。公后语嗣君曰：微汝母，吾几废学，今未知所税驾矣。迨鄺受封，敕有云：鄺乃尔祖故治，克相夫子，益大前徽。以淑人大父初任亦鄺城也，淑人感矢，益以冰蘖佐公，于国于家两无负矣。公在谏垣，鱼轩至都门旋归。侍太淑人，拓新居，庀滫瀡，迨太淑人大归，含敛无憾，是淑人之代公子也。丁亥谢迁陷城，索镪苦拷，以妇贾氏义烈获免。而逆奴将不利于主，淑人佯死，卧床若不闻也者。迨官兵复城，乃立起至城白大将军，以名收逆奴正法免无辜者，智仁勇殆兼之矣。辛丑感疾，逾四年所，乙巳，遂不起。属纩之夕，怡然不语及家务，但嘱嗣君无多作佛事，无多涕泣，吾所不喜也。几于达矣。性仁孝，父母之丧备礼以襄之，兄弟之老而无依、幼而无归者皆于我乎振业焉，至同胞之遗妹女侄某某、同宗之遗侄女某某，悉为抚育，资嫁无吝色，至自奉泊如，不以贵而改也，可为副袆师矣。淑人生于明万历十一年八月初三日申时，卒于皇清康熙四年三月初四日申时，享年八十三岁。旧史氏曰：予淄旧为国为府为路，洋洋巨丽哉！然自以州改县来，蕞尔土矣，而名族卿辅，故不乏人。一邑之中四封巨姓，盖有毕韩孙王若唐五姓云，而韩氏族姓尤大，且多素封膴仕。而后来者居上，完名上寿，岿然灵光，则未有如公得全者也。

前一载，予候公里第，公觞之，笑语如平时。予恐公倦剧，步出里门与次君眺咏溪上，公仍追及，晤言良久乃别，私谓百岁不难臻，不意见公止于此也。予比年目击士大夫之为闻人者，等差不一端矣，而要以天全者为上。彼一秩自豪，作车上儛，胸有麟甲，目光如烈火，凶凶欲啖人，其于畏天之义，固邈然万里矣。即令于人无侮乎，而智名勇功，瞷然欲以表见于世，淳白不备，械隐于胸以语抱真而游帝之县解，难也。若公则吾无间然，所谓全于天者非欤？不讲濂洛之学而视履方严，不讲偓佺之术而修年康胜，亦不讲乾竺之道而乘化倏然无怛焉，殆近有道者吾不能测之矣。

子二人，长茂椿，癸酉副榜，甲午岁贡，以承荫历任太仆寺主簿，娶同邑河南遂平县知县贾公讳征男、庠生讳士鹏女。谢迁之陷淄，孺人偕子妇孙氏死节，奉旨建坊，特旌孝烈，继娶顺天刘公讳良臣女。次茂柯，官生，历任内国史院管典籍事中书舍人，娶长山县通政使司通政使曲公讳迁乔男、京营参将讳汪如女。两君皆力学有闻于时，而长君尤长于史，二十一史手自丹铅，撮要为成编，予一寓目焉，则尤江北宿儒所难也。女六，孙七，茂椿出者二：至临，郡廪生；知临，官生。茂柯出者五：庄临，庠生；正临，庠生；睿临；聪临；健临。孙女十一，茂椿出者五，茂柯出者六。曾孙男一，法祖。曾孙女二，俱知临出。子姓绳绳哉！今卜吉十月某日合葬于祖兆，乃系之铭。铭曰：

惟人易伪，惟天则诚。人舞以机，公迪以贞。机近于杀，乃罔不凶。公葆其真，百福攸钟。扳召提杜，猗欤雷封。乃梧掖之奕奕，爰卿月之雍雍。故雁门云踦矣而旋追骝骊，铜马之迫也而过若蠛蠓。其嗣维隆，其算维丰。五福备跻，荣哀考终。为昙华而万祀，抑神芝之九茎。迨处顺以乘化兮，浮重阳而上征。铭赑屃而罔泐兮，是维先生万载之幽宫。

通政使司右通政子下王公墓志铭

呜呼！此故通政王公墓也，予何忍铭，予何忍铭！予每披唐人“通德旧榜，寂历樵车”之句，未尝不黯然心伤，宛若山阳笛声，呜咽振耳也。昔者，吾友雪涕潸然，岂意今者躬值之乎！然而习公生平者莫予若，车过腹痛，言笑如生，苟君后事果以相及，则虽欲以不文逊谢不得矣。第向来期许，将以三寸虎仆为公铭熟釜、识景钟，勒太常之旂、草兰台之传，以焜煌万祀。兹乃泣洒玄香，汍澜龙尾，点缀隧道一片石而止。悠悠古今，恨事何多耶！

公讳樛，字子下。初迁自枣强，始祖讳贵，五世而至封郎中养淳公讳逵，孝友异等，自上世及公四世皆同居，无私财，亦无间言，以厚德为闾里式。子三人，长方田公讳崇义，举明嘉靖戊戌进士，授刑部主事，时尚综核，而公独以宽平著声。有宫嫔坐逆诛，世宗欲歼其族，公倡言“此内庭猝发事，族人未知，不宜滥及无辜”，毛中丞伯温韪其言，合疏力争，活男女七十余人。奉使恤河南狱，免大辟百余人。出守四明，屠中丞家奴殴士人，公立置之法，月馀以病乞休。子四人，长侍御理丞公讳晓，其三为恩贡又田公讳昵。昵子三人，仲即司农涧遡公讳鳌永，举天启乙丑进士，历任户工二部侍郎。鼎革后，招抚山东殉难，赠户部尚书。生子二，长橠，早逝，次即通政公也。

公幼秉异才，七岁时，同学有藏《三国志》者，借览，靳之，后值其人出，乃潜披三日还之，同学偶举一事，便口诵朗朗不遗。九岁从司农公通州署中，读《左传》《文选》诸书，过目不忘，人咸期髫年上第无疑矣。无何旋里，予始识公，丰颐伟干，殆荫映数人，望而知乌衣英物也。癸未，予读中秘书，公亦侍养京邸，予偶代司农公作送白司农归田诗，后数年谈及，而公诵之如宿习也。甲申，李自成陷京师，公与予敝服过从，慰劳如常。时予以秋日先归，而公以司农殉青州赵应元之难，拉血草疏，请兵复仇，上为感动，命将军哈哈木东讨贼。公乃以营葬东归，营丘道上相遇而惊，则已楚衣长剑，介马而驰。又大故之余，哀毁深墨，棘人栾栾，几不相识矣。

丁亥，谢迁陷淄城，公与予日在库将军幕中督助兵士宿饱。复城后，予以冬入都，而公旋亦束装北矣。上念司农之劳，补公銮仪卫职，自是谢科第宿业。旋以本朝世职无在八旗外者，改镶蓝旗，拜塔喇布勒哈番，公复入籍丰沛。自是朝夕益无间矣，斗酒相呼，短榻时下，或追随为韦杜之游，或休沐命溪山之驾。数日契阔，雅什纷投，集中诸诗历历如睹也。己丑，姜瓖叛，据大同，公督火器西征，奉刘太淑人慈诲，所至多所全活。尔时岩城既下，诸军争入民舍中，有邀公往者，公辞之云：吾辈阅险多矣，家赀尚不能保，敢妄求耶？舍外多暴骨，令执殳者掩之，咸有难色，公曰：瘗骼覆殣，古人所重，恨不能遍及耳，岂可漠然耳目前哉？奏凯后，值上下诏求言，公以国用不敷，疏陈“钞法”，盖司农公宿志也。自缮清字疏以奏，上异之，诏入内院办事，加太常寺少卿兼中书舍人。公既学涉冠艺林，而殚心清字，一载而精。时内外章疏，悉以得公译正为无憾。值内院者七年，夙夜勤慎，凡甄别，两居最云。戊戌，予请告归，公及诸君子饯予上东门外，怅然恨不同舟南也。

庚子，以刘太淑人柩归葬，情文兼备，时啧啧有子盖同于伯仁伯智之母矣。壬寅，旋以省觐范太夫人归。无何入都，又以范太夫人弃养归，大襄之礼视昔加隆，人称孝焉。甲辰入都，越岁补通政使司右通政，无何以病不起矣，伤哉！此人竟不得四十！麈尾弥留，千秋同恨，此岂亦琅琊故事耶？伤哉！公性至孝，以司农公弃养，百计慰范太夫人心，其将迓范太夫人至都门也，下或尼之，公怒责曰：此事非汝等所知也，使吾得一奉慈闱，虽罄家赀，容何伤？乃筮日，具车马仪从迎之。公平日闺门肃然，青衣无迹于阈外者，及范太夫人至，凡都中胜地如金鱼池、水关诸名区，必为洒扫张筵以供游赏，刘太淑人陪从毕淑人手上食焉。迨板舆云南，公偕毕淑人送至潞河舟中，痛哭而别。范母抵里，述公之孝有如此。至扶刘太淑人之柩归也，方至淄境，公先偕毕淑人解去衰绖，至范太夫人寝室，告而后敢入。虽擗踊忉怛之中，而其入侍范母，未尝见涕泪痕也。窥范母意，不欲开司农旧圹，则为别营兆域以葬焉。初刘母爱一侍俾，至是即寻其母家付之，不索其直，曰“好还汝，无愆乃字期也”，盖曲体二母之心有如此。

姊适韩氏者，范母出也。当淄城失守，姊及甥俱没军中，公不惜厚赀赎之，迎养于家，数十年供亿如一朝。女甥之于归也，妆奁费不下千金，虽垂橐而无难色。后姊病则厚聘岐黄之士，络绎于途，及其殁也，选榇卜兆，有加礼焉。异母妹三人，抚养无不曲尽，继而结褵，适经城陷，室如洗矣，竟售产三所备之，曰：吾何可以土田细事，使高堂垂白不一破颜笑也。从兄砥中朝夕殆，不给饘粥，公授餐终其身。及砥中之殁也，母氏年逾七旬，兼之多病，而甘旨药饵之奉，公悉身任之。所遗子仅四岁，教育不殊己出。族中子姓繁衍，或至分门角立，公愀然曰：阋墙之变，自古伤之，不意近出吾宗，木本水源，宁有别裔耶？乃缮家谱刊布之，日以彝伦勖弟侄辈。尝论范文正公义田法，区画尽善，则欿然慕曰：我辈不当如是耶？因置义仓储粮，以济一族之婚葬。后建义学于罗家庄，延师葺宇，族姓就傅训者咸于我乎肄业焉。族弟子英，生育颇多，皆以缺乳不存，公为买乳妇哺之，今举三子矣。公尝谓：“允嗣由天，殆非人力也。然使其失哺襁褓而漫委之数，亦已过矣。苏子云以法活人，有味乎其言之与！”其敦族睦宗有如此。

淄邑学宫倾圮，广文孙先生倡义重修。公第有阁，广延五楹，甓桷约值数百金，尽蠲之以助，迄今泮水粲然，半银台旧第材也。泝水而东曰韩仓，为青齐孔道，桥梁中断，众病涉焉，公首捐银二十两，石灰万斤，更为立簿募化，飞虹今矗矗起矣。淄邑兵燹之馀，地以抛荒缺额，奉檄均丈，步弓旧为三尺二寸者，吏竟私缩一寸，阖邑忧之。公率众申请上台，具题改正，其后地额不亏，版籍以定，此百世之仁也。至若官票行盐，原商民之定例，吾邑数十年票归奸人，课累里下，公为调剂，以票归商，以商办课，牢盆之忧豁如矣。里长王国珍签解狐皮，官银荡尽，追比几死，公代为完解。至顺治十八年大祲，邑人不能办正供，公又为通邑代解狐皮，邑免签派焉。他如欠官银之张选，家产尽绝，公代纳，免其流徙。揭京债之程养廉，几毙囹圄，公助银，救其死刑。乡人唐近之，身死子幼，含敛无资，公施棺葬之。於陵安氏，没入旗下，其子欲赎无计，公为怂恿于都门宦游者义助之，更解橐以赠，其后与吾邑孝廉某公构衅，赴都阻其春试，公为缓颊而解，孝廉竟于是岁捷南宫。其利济存心，完人骨肉，而为谋能忠，周急不吝有如此。

吾邑之韩、泷水之赵接壤，缔儿女好，以赋役不清起讼，公曲为和解，俾其永息争端，公之片言排难，鲁连接武千秋矣。初司农殁后，公予假归里，时有肆其凭陵者，公坦然不与之较。常有言曰：横逆之来，天所以惩我辈也，或不幸而有刑狱、有疾病、有肢体伤，彼时但求受辱詈，又岂可得哉？故凡横逆偶来，当作前三事观。其受侮而能平情有如此，不止娄公甘唾面也。后其人皆以吏议之牍，经公校雠，公反为左右之，厚矣。

公素性好生，非祀典宾筵，未尝戕物。都门与同志者结放生社，大而犬牛，小而鱼鸟之类见，酬以直而活之。壬寅还里，偕族兄勒石，饮于受光亭，勒石时颇耽猎，公语之曰：鹰之获与网，孰多？曰：网多耳。因劝，尽解其网，勒石，自后亦疏毕弋矣。公深信因果，遇人谈报应事，辄倾听罔倦，或闻善言庄语，辄手书粘壁以代盘盂。晨起盥漱毕，危坐匡床，闭目存想，诵《太上感应篇》，务期心地开朗，欲障消除。尝手书数语云：吾辈有生以来为妄想轮转，虽微有悟入，如农夫之薙径草，旋开旋塞，非道念坚持，安能一心不乱乎？京邸公私之费甚繁，而常加意俭约，其《息轩日录》有云：薄暮过一友寓，出还债，息钱累累。自念不能澹泊明志，致与屠沽作缘，且多方妄取以供之，可为深愧。近日较畴昔用度，不止数倍，皆由不时亲良友、渐渍奢靡恶俗至是，将来必以此败德丧检，不可不力自诫也！其随在悔悟如此。故历宦二十余年，囊无余积，殁后搜诸箧中，仅存百金，衣衾棺椁，仓促莫办，至称贷焉。孝伯为人无长物，见之属纩时矣。公美无度，诸行薄摭崖略，以减吏仆云。

性尤长于声律之学，时时出入沧溟、剑南间，绝句多异想，五言古上逼元柳，每遇山水佳胜处，辄题咏数百言，或得句镌竹，或悬崖大书。有《息轩诗稿》，公殁后，同旗挚友大京兆李公敬兹、蜀抚张公坤舆、参领陈公君猷梓之，古人高义也，公不亡矣。公仁心为质，急人之难，讣闻之日，二东士大夫下至负贩，咸为涕洟。或相告曰：撤瑟之后三日，已回生矣；或又相告曰：传回生者误，殁后数日，即举遗腹子矣。其为人所思慕祷颂如此，公不亡矣。众口喁喁，件系懿躅，鸣之当事，下檄祀于学宫，获从高祖养淳先生之侧，兰鞠万世无替焉，公不亡矣。

公生于丁卯年十一月二十六日巳时，卒于康熙四年十二月初三日辰时，享年三十有九。元配毕淑人，太子太保赠少保户部尚书毕公白阳女。婉淑柔嘉，奉养两姑，侍膳省安，禳疾尝药，祗慎雍雍。从宦燕都，旋归梓里，荣瘁甘苦，与公备尝。公随大军剿姜逆，淑人每以“宁多生全，勿过杀戮”相勉。阃以内事，巨细毕举，绩絍烹调，一经指顾，罔弗精办，督课女红无闲，即米盐亦井井焉。虽两膺鸾诰，而綦缟自若，不觉有锦珈之容。天性慈爱，于公之姊若妹，和蔼终始无间言。即孀姊无依，公殊关切于怀，淑人昕夕供具，情爱倍至。即两遇歉岁，凡饥寒子女，赖以糯哺生活者又比比焉。秉性好生，不嗜宰割，虽不佞佛，间尝茹素，每以放生善事佐公，盖无忝女士也，先公一年而殁。淑人生于戊辰年四月十四日午时，卒于康熙三年六月初三日卯时，享年三十七岁，于康熙五年五月二十二日合葬双山祖茔之侧。有子一，早逝，从兄水因、雪因两君，痛司农公暨公之无嗣也，求从叔治垓公季男痈之次子继焉。捐所应分产与之，命名承正，以承宗祀，时康熙五年六月十八日也。古人高义，又见之群从中矣。

高子曰：予齿长公数岁，然以外家世戚，公则诸父行，抚尘之游，文字友也。后有以不义饷予者，予储以返之，然予时将假归，携之长途，恐资暴客且无以自明也，乃留付之公，公卒完而畀之，予曰“此古人之义也”。嗣是，与公以名义相镞砺。后予善病，嗜养生家言，兼游心贝叶书，公亦归命焉。然予质菲而力怠，未获深窥扃键，而公卒以盛年玉折，自惭不能精进以资道侣，予滋戚矣。公殁后半载馀，公族弟为环，恍惚遇公于梓橦山畔，骑从甚都，偕公先亡昆从两三人同游海上，召为环随焉，归而即病，卧数日乃苏，盖自海上归云。予与公向同有山泽癖，金台之侧，各勤王事，偶然游涉，杖履不遥。及公接岁南辕，乃以汗漫游相长，远则云高古洞，副岱精蓝，龙口万竹之园，山田三峡之水，觞咏琴书，不以寒暑辍也。至于隍浦明荷，寓园佳树，巨觞窘韵，则往往戴星而归矣。又尝畅饮黉山之巅，雷雨骤迷，宛虹夭矫，直来座侧，窥人峰头，瀑布雪浪横飞，奇矣险矣。甲辰五月之四日，与公暨唐太史济武，联骑过长山大司寇五弦李公第，言五日之内马首指两劳矣。李公忻然，即席申命傔人舂粮巾车，约以初十之夕共集金岭旅舍。而予越一日即部檄南来，荷衣北发，履及於皇，游不果也。乃冥冥之中，尚禽犹故，三山溟渤，卒有车尘马足迹焉。五岳之游，不间夜台，如此则出世宿怀，公岂顿忘哉？夫李氏金环，隔生不昧，息壤在彼，乘愿可期。若转轮再来，控之司命，当为羽人高衲，不则毗耶维摩，勿以旄节尘缘，重沦业海也。幽明不遐，宁欺文度？公或当粲然一笑，首肯斯言乎？以公倜傥卓荦之才，大类司农公，而武乡之慎，似有加焉，他日督抚上选也。纳言指顾，节钺及之矣，而骤惊薤露，其谓之何？予既不获铭公册府之业，故聊志平生款曲如此。不止存元白往事，亦可代向秀一赋云尔。铭曰：

青箱世业邦之英，龙渊鱼肠发于硎。冠仁綦义信为缨，俄焉薤露锢泉扃。下为河岳上列星，朅再来兮悟宿生。侍帝晨兮蹑玉清，回首五浊宛虹蝾[①]。翁仲跱兮蔓草萦，下看梓橦如砥平。回风飘兮笙鹤鸣，小有绛节还西城。

户科给事中树百孙公墓志铭

夫有济时之略而奄忽不禄也，天下惜之久矣。至同里过从之雅，而又深知其所蓄渊宏，而大受未竟十一者，惋痛之怀，尤为不能已已。百身之赎，始知古人非过情之语耳。此予不佞于笠山给谏之溘焉朝露，而寝门之涕，苏苏不尽也。

君讳蕙，字树百，笠山其别号也。颖悟天成，甫十岁，安太孺人见背。稍长，王父焕吾公自教之，焕吾经明行修，隐居好善，秉人伦鉴，谓封公曰：大吾宗者必此子也。经书之外，教之庄子、韩文，以故学有根柢。弱冠补博士弟子员，试辄冠军。丁酉荐贤书，辛丑成进士，殿试二甲，例选刑厅，后裁刑厅改授知县，得扬州之宝应。地当水陆交冲，星使往来，舟车络绎，供亿刻期无误。又值连岁水荒，哀鸿载道，请蠲请赈，招来抚绥，日孜孜矣。煮粥广被，并不假手胥役。旧有马户、更夫、长官农粮单、马饭等名色，大为民害，君详请立石，永禁之。他如议版荒、革滥役、修号舡、改淮仓，种种兴革，更仆难尽数。会河道淤塞，例当挑浚，君念荒残孑遗，不忍驱迫，而河使者以迟误限期，将白简从事。宝民曰：我侯爱民如此，忍坐视耶？一夜群呼，集夫万众，百里长河仅三日而竣厥役。河使者喜曰：向闻宝应令能声，果非虚语矣。邑民绘《浚河图》以志不忘，予曾披阅，如目睹畚锸水乡也。前此清水潭溃，河使者特委监修，不半载而功成。又岁修湖堤，前后节省帑金巨万，年来安澜无恙者，皆君之力也。甲寅，三逆发难，大军南征，君挺身白大将军，祈戒兵士勿暴掠，将军唯唯。君即扬言于众曰：奉将军命，登岸害民者置之法，立催出境。至如讲解六谕，劝课农桑，均市价而商旅衔恩，池放生而鳞介被泽。回赎难众，施舍絮衣，修理桥梁，犹政绩之绪馀耳。公馀，延士子课之，多成名士。而壬子秋分校南闱，取夏乾御等七人，时谓得人。甲寅冬，督抚以卓异荐，乙卯，行取入都，陛见，赐蟒衣。以庚申补户垣，首疏“澄清吏治，严禁奢怠”。继念秦人转饷艰苦，疏请

---

① 按，此字原作“蝤”，此以“蝾”代之。

轸恤，蠲免房租，严查各省奏销，俱蒙俞允。辛酉，典八闽秋试，壬戌复命，密疏海道情形甚悉，奏稿留中，继有“请开海禁疏”。又以捐纳人多，正途壅滞，复有“条奏铨法”一疏。上因星变求言，有“裁撤潼关关差”之议。一凡启奏，皇上霁颜采纳，尝语侍臣曰：孙蕙条奏详明，真谏臣也！

予以为国家之特重谏官，非无故也。意在入告昌言，用襄太平大业耳，故位在公卿大夫之后而百僚悚仄。六官之政无专责也，而无事不可以入告，上之摩切丹扆，次之攻击权要，虽裂麻无讳也。远之而四海九州之利病，皆待以纠拾补剂焉，此非有救世之志与救世之才者，未易称任而愉快也明矣。君于二者咸备焉，然止小试见颖于河工。迨入掖垣，则诸疏侃侃无所遏抑，固皆有以当圣心矣。夫以尧舜当阳，官牧奉职之时，批鳞斥莠，固不烦虑。而小腆不靖，南服馀波，累及寰海，吏治民生，脊脊多事，此正贾陆诸君子上书报国之时也。

其“端教养之原”一疏云：事例广开，而积蠹大棍，或籍之为藏身之符，或假此为狡兔之脱，所以加先用即用者，急欲肆其溪壑耳。且若辈既携重赀以买官，独不能用重赀以买称职乎？则临民一官，所宜详之于始，核之于后也。其“崇节俭以正人心，厉精勤以修臣职”一疏云：从来礼教不行，自贵者先犯之，故奢与俭即风俗人心之大关。匪躬之谊，臣子宜笃，故惰与勤，即人品行业之所由分也。盖奢则渐为贪之原，奢则流为僭之端，此风一倡，必以浮靡竞长者为可喜，而以清约守道者为可耻矣。惰则自便之心急，惰则报国之念缓，此风一倡，必以持禄养交者为旷达，而以鞠躬尽瘁者为迂阔矣。所宜敦朴素以弭灾，饬官方以兴事也。其“苏秦民重困”一疏云：蜀省诸臣乐于分任，而秦省转输之苦不肯计也；秦省诸臣惕于军需，而百姓艰危之状不暇计也。宜遴贤能大臣，星驰入蜀，合计军糈，蜀省能办者几何。倘数目相符，竟免秦运，固所以苏秦民之困，即量减一分亦受一分之福矣。若蜀省人稀米少，万不能供军需之急，亦当先计蜀省能办者几何，再责秦省设法运输。或止令其协济折色，就便采买，则粮不匮而民不累，只在一变通之间耳。其“严察奏销愆期”一疏云：夫从前兵旅云集，奉调援剿，或可借口曰册籍散亡，且身在军中不暇核算，所以每多展限之请也。今则削平恢恢，已有暇日，则每岁原额几何，征收几何，或蠲免存留几何，数目可以立清矣。报销尚复迟迟者，正以水落石出，无可委卸故耳，此可不问而知也。其“怜秦民馈饷之苦”一疏云：饷蜀远道数千里矣，闻其斗米即费银二两，合计数百万之军需，一年当费至三四年之正赋，则是八年之内已费正赋二十余年之外矣。秦民始则财力充盈，不苦于输而但苦于运也。今则财力困竭，既苦于运而兼苦于输也。乞特免其房号，或房号已经征收，则二十年、二十一年之征赋准其蠲免。或免来岁之全赋，或免今岁之半租，破格垂慈，庶有豸乎？其“计典澄汰”一疏云：捐纳途开，溪壑任意，至数人而纳一官之衔，一官而偿数主之债，岂非以民社重寄，竟听为龙断之场乎？且自兵兴以来，每逢大计，督抚之威福愈重，或借名而题留，或无故而请补，而工于奔竞弥缝者且踵相接也。乞于大计之后，复科道拾遗之例，指实纠参，治督抚以应得之罪。此与“教养”一疏大指略同，而指陈尤详矣。其“请严核卓异”一疏云：乞敕下诸臣，再一研求。或一眚之曾亏，或弹章之既挂，或秩崇者乐于狥庇，或赀厚者易于迎合。不得以一时之饰荐，遂滥上考之虚声，庶六计大典可无滥竽之弊矣。其“请设专官用便商民”一疏云：市舶一项，历岁税银，天壤悬绝，广东抚臣疏中历历可稽也。盖得清理之人，即可以报多，若听其浸渔，则远甚矣。今事例初罢，当变通市舶提举之制，或令沿海道员郡佐，责其管理。或特设专官，照各关收税之例，除会议广抚李士祯疏称“渡口盐埠算项共增税银六万五千余两”外，至于沿海诸省各色商民，或愿内地经贩，或愿出海贸易，俱许其自造船只，报官给票，登记姓名，查明人数，取其保结，严其夹带，定其限期。其出境也，给票而后放行；其回帆也，验票而后放进。计其货之贵贱，定其税之重轻。不数年，内地之元气可复，额外之财赋日增，庶从前内地、外洋各项物利徒饱于私橐者，今可尽归诸公家矣。其“变通选法”一疏云：祖宗旧章具在，铨法壅滞宜疏。希将在内地者，斟酌往例，查数科未选之员，照甲第先后量授京职，与纳银者分□缺录用。在外者一年六次大选，合无变通选法，间月而选，三选捐纳之即用先用录用，三选应用之科甲贡生，不必一月之内分行取选，庶无争先避后之嫌，并免压缺移缺之弊。如是则内外疏通，人才有效用之阶，科目无废置之叹矣。君之尽职于掖垣也，其恳至痛切直如此。

予以为圣王之图治，与国手之行棋略同，数着无多而全局制胜。大抵扼要多功，因时尽利之为道济溥也。而天下利弊之相生也如环，利之所始，遂为害之所伏；然害之所滋，又将为救之所起，如人病然，非扁卢通其变，鲜有济矣。故西园之拜三公，非盛世之事也。若捐赀而缓庚癸之呼，一壶千金，远胜加赋，不亦善乎？然非严察于授职之后不可，不然而以六计大典，徒饱金穴若之何？昔之人泛舟粜邻，翳桑可饱是也。然而武侯之牛马术窘工倕，狐鼠方快朵颐，而度支重增蒿目，可乎？君诸疏具在，瞭若指掌。其言用人者三，如秦镜高悬，魍魉褫魄矣。其言恤民者三，如岱云肤寸，道暍解醒矣。其言理财也，梯航所入，尽隶司农。先杜褐父之睆，遂补闾尾之泄，则又胜于鬻爵远矣。皆所谓坐而言之，起而可行，行之而立效者也。独惜其未得身总大政，自奏成功，而且所欲补牍而陈者，亦正累累未有涯也。余故摘其要语，表而出之，庶海内贤者览之，憬然有当，引而申之，亦足以有功于天下。而报国之心，君亦可少慰于九原矣。

君之孝于门内也，承颜养志，务得欢心而后已。特率族人合置祭田，供春秋享祀，又自立专祠奉祀祖父，至叔父析居已久，赡以田宅。叔弟四人为延师，皆已入庠，又为弟药援例考授州倅。素慷慨好施，凡死丧急难，不惜资助，如柳下族祖卒于余杭旅馆，公焕族叔卒于滇南任所，隆吉族兄卒于下邳州署，裕如袁君卒于临淮官舍，子山毕君卒于赣州郡衙，皆极力护其旅榇以归。邱君荆石，缺税未补，家产尽绝，代为理豁，得援例以免。鹤龛阎君，卒于长宁，只以数金诖误，家累三十六口，悒悒病殁者二十九人，皆为曲致当事，清其交盘，旅榇乃归。其为德于乡也又如此。夫流俗之日下也，凌弱暴寡自以为豪，而般水一隅，遂不幸为山左屈指焉。予不佞心窃惜之，偶命笔成《还淳小约》一书，君见之，深以为然，因取其书去，将梓之。盖君之居桑梓也，律己以正，存心以仁，严饬仆役，咸恂恂奉法无忒，一洗般阳故习矣。而浩气英才，千人亦见，予妄虞其或为未深谅者所怪，倘更进于温良，大受尤有馀地也。一日过予燕邸，予笑曰：适读《论语》中一二语有疑焉，质之可乎？君曰：何也？予曰：光明正直，千圣同归之地也，更无歧途，而质直好义，已确然正人君子矣。乃即继以察言观色，虑以下人者，何耶？义以为质之后，又即继以礼行孙出者，何耶？君笑曰：先生之教深矣。君闻过则喜，能受尽言，有先贤之风，故同人得以勸之，义概如斯。

君禀质素弱，尝就一楚客之善养生者习回风混合之术。上岁访医南服，于匡庐五老峰巅危坐者数日。予闻之忻然而喜，方俟归来，细叩所得，不虞归甫数日，已翩翩观化，不可问矣。呜呼，悲夫！直义成行而道济为心，何所忤于造物而见妒若此？苍生颙望，不足以留贤者之驾，他心宿命，予何足以知之？把笔怆然，失此良友，固不止西州之涕涔涔沾衣也。

君虽廿载荣途，而性嗜山水。于舍旁为园，筑亭其内，牓曰万仞芙蓉斋。又开池浚塘，堆岩布壑，种树蓄鹤，萧然尘外。雅负书癖，每见坊间善本，不惜重直购求，特建逸峰阁以贮之。虽病类休文，不废披诵也。著述最夥，遗稿无几，已经剞劂者有《心谷制艺》《安宜治略》《笠山奏议》《笠山诗选》及《历代循良录》《感应笺注》藏于家。

君生于崇祯壬申二月十六日子时，卒于康熙二十五年三月初六日寅时，享年五十有五。元配韩孺人，继配赵孺人。子一，斯铭，君叔弟芹出也，今继君祀，聘益都处士南吕夏侯君钟女。女一，适同邑岁贡生候选教谕马君朝端男监生步云，韩孺人出。以某年某月某日葬焉，乃铭之，铭曰：

嗟物化之转毂兮，孰司契乎穹苍？犄冠裳之屡易兮，盖升降乎俳场。已摩乎召杜之垒兮，将登乎稷契之堂。问鹫巅而禅观兮，谒龙月而飞觞。陟东华兮超超，睇西极兮煌煌。或证果于隔壁，蹑云驭兮翱翔。予犹有蓬之心兮，雪涕泗而纛伤。惆怅乎芙蓉之园兮，疑陟降乎辟疆。揖笠顶之白云兮，望鹤驾而彷徨。

王太公暨元配孙孺人墓志铭

君生而嗜学，即以诸父为师友，家庭皋比，镞砺忘晨昏。时博综六术，刻意古文词，而君独致精于博士家言，期一当有司以为捧檄之欢。闭户下楗，谢宾友游从，每出入，恒由一圭窦中。案上置□题十三本，濡首吟诵，座间俱录经史好句，瞻顾不忘。壬子入棘闱，满志而出，卒未售。咄咄淡墨无缘，意不自得，遂坎壈下世矣。平原君曰：大人不禄阙文。后不佞入向年修业庐，四壁纸声飒飒，犹飘摇蛛丝风影中，不禁泣下沾襟也。予尝谓士子受一经即如淮阴背水之阵，镗然一战，生死以之矣，朱衣点头，遂关松乔之算如此。天下志士文人，以数奇不封而赍志九原者何限？桂子堂斧，渺淼难期，不意果于君见之矣，惜哉！时万历四十二年甲寅阙文。后□□年而孺人弃养，孺人孙姓，称未亡人者二十年。太公卒时长子授室矣，诸子尚幼，家徒四壁立，而尊章皆六十余龄。饘粥之资，惟恃孺人十指供之。足不逾阃外，而每岁冬日，一至懿亲锡山赵氏家，与孀娅杨夫人共朝夕一室。幼子三皆从焉，孺人拥絮卧床上，诸子卧床前，以一剑共卫，森森如对鬼神。夜半听邻家杂作歌呼声，母子噤不发一语。至天色朦朦时，候壁隙微光，以针指就杨夫人，每笑曰：女秀才效古人凿壁事耶？久之，三子皆入庠。青青子衿，而庭趋之训不复闻，孺人辄泪潸潸下也。嗣是雁序竞爽，试皆高等，且食饩应秋试屡屡矣。皆不售，惭且愠，孺人则慰之曰：儿辈何乃尔尔，贤书一纸，自有司命君主之，宁可意取耶？汝父简练半生，止一入棘闱耳。汝辈决拾与三吴注跗之君子角者比矣，其如命何？发箧不休，晚成何害？即不然，青毡一席，亦是明经退步也。复顾平原君曰：汝年正富，勿虑，黾勉大业可也。平原君卒十试而后售，而孺人下世已□年所矣，言终验而不及见也。殁时无他语，惟语诸子勿忘汝六叔父□嗣事以酬汝四祖恩。盖孺人初失所天时，□公首先倡义，纠至戚一二人以翼孤寡，每岁有助焉，孺人弥留而耿耿不忘德如此。迨启攒入土，见木上灵芝累累□□掌，咸啧啧节孝之瑞不虚云。公生阙文。予惟太公苦志而不登上第，孺人苦节而不登上寿，且皆不及见后人之显烁也。斯平原君之标心陨涕而莫禁者乎？不佞则谓幽明无间何阙文。

黄母孙宜人墓志铭

宜人姓孙，郓城县贡生兆熊女，母杨氏。生而婉嫕端庄，语笑不苟。十四岁归黄君公蕴，事尊章以孝闻，针组滫瀡，夙夜恪恭，能当两尊人意。甘脆轻暖必以供，自奉飦蔬荆布而已。封翁仰山先生，孜孜为德于乡，排难解纷，有鲁连子遗风。宾客过从，治具无虚日，宜人雅意承欢，烹鲜酾酒，不惮劬劳，荣问翔井里，则冢妇力也。翁及王太君疾，宜人焫香祷天，祈以身代，盖笄帏曾闵行矣。训诸子以义方，则秩秩有常，使勉为善人长者。至佐夫子利济好施，雅称闺阁同志友焉。辛巳岁大祲，人相食，施药施粥施絮衣，四境络绎来赴，全活者以数百计，死者施槥且掩骼，亦以数百计，尽出纺织簪珥为之，一如佐太翁曩时，无倦色也。公蕴令陵川六年，皭然有冰蘖声，暮夜之金，望而却走。宜人萧萧，亦若故为诸生妇时，未尝制一纨绮服，及旋里，饷诸亲故，则蔬布数十端，王丹所谓出自机轴者，迄今陵人歌谣不替云。既而随任陕州，时山寇方张，众汹汹惧渠丘溃也。或劝公蕴宜遣家累归，宜人毅然曰：守土之臣，义当与此城同存亡，妾亦义当与君子同生死，若遣妻孥以为民望，其若致身之义何？且宇下之人，随而鸟兽散矣，是重戾也。而城以卒全，其明于大义复如此。无何，以疾终于官署，时长君在郓，三子视含敛焉，盖康熙三年五月也，寿止五十有七，惜哉！宜人孝于遵章，睦于先后，仁恕于仆役，门内淑德辉辉如矣。而孚惠多端，是钟离子之致问于威后者也。夫鱼轩百里，佐以清廉，彼德耀而膺象服也者，想当如是矣。及乎绿林伺隙，蛾附时惊，而轫用金柅，如全疏勒，宗周之阙，方之恤纬藐如矣，夫人之城，庶可匹烈焉，焜煌龙章，不亦宜乎？子五人阙文。

栖云阁文集卷第十五·神道碑铭 墓表 祭文赋

赠户部尚书涧遡王公神道碑铭

公讳鳌永，字蘅皋，号涧遡。始祖讳贵，明初自枣强占籍淄川，五世而至封中宪大夫养淳公讳逵，时称孝友长者，四世皆同居，无间言。逵子讳崇义，举嘉靖戊戌进士，授刑部主事。时尚综核，而公独以宽平著声。有宫嫔坐逆诛，明世宗，怒欲歼其族，公倡言：此内庭猝发，族人何知？不宜滥及无辜。御史中丞毛伯温韪其言，合疏力争，活男女七十余人。出恤河南狱，除大辟百余。出守四明，月余以病归。号见一山人，生四子：伯大理寺寺丞晓；叔讳昵，公父也。公幼负异才，为艺林祭酒，举天启甲子贤书，乙丑成进士，分符襄阳。襄阳，楚要地也，藩封骄悍，民俗侈而喜讼，号称难治。公剔衙蠹，抑豪强，革佥报骡马。时三王之国供亿旁午，皆先事区画，民不知扰。预储火药六万余斤，弓矢甲胄蔺石渠答各以千百计。明崇祯二年，楚抚入卫，军资粮饷，取给襄阳，费亦万计，皆咄嗟立办，不须安于之储也。襄阳钱值骤贱，每银一钱得钱百八十文，农商交病。公集绅民，酌议定为一百三十文，令民得以钱纳税粮，官零收而总鬻之，裒银以解。令下三月，钱价顿平。自是五年之内，襄阳钱价不缩，农民无加耗之累，邑人勒石县门以志德焉。

公冰蘖自持，耻以姑臧取润，而驭吏胥以严，即诸负势傔人，不少假颜色。署宜城篆时，盖尝折巨珰之角，而卒以持正忤台使云。盖宜城孔道，乘传者项背相望。而承天之守陵中贵人尤恣横，其奴子每过，辄鞭笞驿卒，稍失意则俟马饮水后，往来驰骋立毙之，或割弃障泥，宜城里甲以赔马破产者，不可更仆数也。公初视事，邮卒报中贵人奴捶驿吏几死，公遣二胥往召之，则怒而来，赫然曰：我辈公事方急，令且速具良马，召我何为？公诘其邮符安在？则又怒曰：中贵人所遣使，例不用邮符，且我辈岂赝者，而沾沾相难乎？公缚而笞之曰：归语汝中贵人，我知奉邮符而已，此外一骑不可得也。奴子归，白中贵人，中贵人大怒，行檄诘责。公阅其文移如长官行属吏者，乃批其后曰：本县非太监属吏也，此式何得加我？来役无邮符，而妄索马，捶驿吏，于法宜笞，已依律决遣矣。中贵人得檄则益大怒，诉之抚郧梁中丞。中丞以尺号属荆襄备兵使者曰：襄令固健，然亦不宜轻忤中贵人，足下幸风其往谢，不然恐羞刀难入鞘耳。使者以书示公，公辞曰：中丞及明府意诚厚，然令宦情甚淡，不能脂韦澳涊事若辈，若得以此罪去官，虽没齿无恨矣。卒不为屈。自是终任，无敢扰驿卒、多索马者。旧时直指使胥吏常分庭郡邑，公初至，一胥持檄至，傲睨无部民礼。公廉其恶状累累，执而毙之狱，由是其党咸思甘心强项令也。直指某果为所惑，将以危法中公。而都门九列诸大僚，复以公才望宜在乌台青琐间，持不肯，令公以平格例转。公乃上书云：职学制五载，历事数直指，皆蒙国士之遇，然从不假颜色于其胥吏。今值按君炀灶，正若辈报复之秋也，夫复何言？但按君若诬职以乖张矫激，不近人情，职不敢辩；若诬职以贪，则职不能默默以处此矣。襄属诸州县即至清者，无不受火耗，而职自履任之初，以襄邑银贵钱贱，即收钱以调剂商农，今五年所矣，未尝有锱铢入箧囊也。火耗尚不敢取，况其下焉者乎？独是按君投杼之惑已深三至，必欲罗织强项令，以伸宵人愤。职若腼颜居此，将何以见齐鲁文学之俦，燕赵悲歌之士哉？诸丈之欲留职而为职解纷者，不过惜职五载微劳，欲以清华处之耳。倘蒲柳先秋，清华又何望焉？今不阅之身未遑择地，即鸠曹比部，职望之无异登仙也。竟因是升户部云南司主事去。前公摄宜城篆一年有奇，积有公费赎锾一千七百馀两，即以代输本邑新饷，邑人立生祠祀之。公题二律祠中，有云“归装惟有图书在”，盖实录，可代清献之香矣。

既莅民曹，察核宣大抚赏，清出冒破银四十二万余两。以丁忧归，服阕复除户部，协理旧饷册库兼管章奏。凡本部生节大计十三司难结案牍皆属公定议，大司农倚以为重焉。时大农白阳毕公，公姻家也，计板曹资俸，公应得浒墅榷差，公辞不肯就。毕公问故，公曰：安有君为堂官而不佞可持筹膻地乎？后数月，山海新饷差出，公求自试。时边事方新，脱公巾时告，毕公曰：君即不为仕宦计，如老亲何？公曰：急难者人臣之节，吾以自靖，且老亲素安义命，不我忧也。之任，饷至辄发，士以宿饱。又清核仓委侵没，得米六万石豆九万石，悉归之公家。

崇祯九年，公以宪佥监通州军，十一年，流寇突四川，大司马特疏，改调荆州。时荆襄武备单弱，人不习兵。公议裁各所协济银，并榷关铸本银一万二千余两，添设防兵千余名，并荆卫操军舍余千余名，教之步伐，一一如司马法，南中始赳赳如雄边子弟矣。旋升郧阳抚治，初，贼张献忠败后，奔窜谷城。时边镇各兵厚集于襄，将合围焉，献忠惧，以抚愚总理熊文灿，文灿信之，按兵不动，为请敕印，且出示，令与百姓分粮。贼因此盘踞无忌，立关抽税，掠夺往来商贾，招买金铁材木胶漆之属，日夜造甲胄弓矢，杀掳及数百里外。而一时抚道有与相抗者，献忠辄籍以激怒文灿，云欲败抚局。公初拜命，即先劾文灿，以为抚之一字可附之剿中，而不可与剿并立。歼厥渠魁，胁从罔治，罔治即抚，无多委曲也。今认定抚之一字，听其盘踞不动，恣意掠夺，广畜军资，反多方委曲，令百姓不得名之为贼，甚至他人书札亦不敢及一破绽字。但有言者，即指以为坏抚局，夫抚有局乎？以见在之事征之，如刘国能、马进忠、李万庆等，不过当阵投戈，收之已耳，未尝有局也。盖缘认抚之过真，故尔将错以就错。狡贼已自知其挟抚之妄，翻然掣绦，而我犹逡巡于敝笼空架之旁，想像其附我臂鞲，亦愚之甚矣！伏稽正德年间，赵疯子、齐彦名等，转掠数省，势亦猖炽。当日未尝请抚，而二三年间驯致敉宁，良由有司拊循有素，民安田里，不肯从贼，凶逆之徒日日奔突，无所底止，计穷望屋，渐就销亡，此今日对症之药矣。奏上，报闻。无何，张逆果叛，攻陷房、竹等县，将窥荆州。时镇兵皆为熊文灿檄防均襄，公率施州卫兵一千五百，及楚抚借兵五百，扼贼于竹溪之冲，掘草根煮青柿而食，卒无畔者。相守两月，文灿不发军饷，但移书趣公回郧。公奏言：竹山为贼窥荆首冲，今弃而不守，倘有疏虞，责将谁归？臣深居镇城，高坐行文书，岂不甚便？第如皇上简拔寄托之意何？今虽转战可以趣郧，然贼氛正炽，臣不能舍房、竹也。则此一块土，是臣致命之秋矣。会文灿罢去，杨嗣昌以辅臣出督师，贼乃西奔。嗣昌旧以柱史巡榆关，见公清核廉敏，心甚异之。后在楚，与公相须如左右手，每以手书咨询。公亦持正不阿，往复论难无虚日。郧属僻在万山之中，久为闯、操诸贼所据。公疏请于竹山设防兵二千，移郧阳守道驻焉，断贼往来之路，奉旨允行。郧道周梦尹难之，因潜挑督师，谓顷题用计处诸废吏公有后言。督师意始疑，会复为宵小所交构，遂疏论公，部覆解任回籍。时嗣昌亲总细务，秦蜀楚豫抚镇诸军进止，必关白得当乃行。公奏言：兵机决于呼吸，往返或恐失时，愿诏辅臣，总核其全，而应变出奇，令诸臣各以便宜从事，荡平可俟矣。疏入不省。后张献忠诡分少兵趣承天，守陵抚镇告急，嗣昌尽檄各镇兵往援，而献忠身率锐师，倍道袭破襄阳。福王死，诸军卷甲急归，已无及，嗣昌遂仰药自尽。明怀宗始追忆公前疏，复起用，以佥都御史督治通州诸军。旋入为少司农，掌鼓铸事，尝因诏对，奏言增兵则赋重，赋重则民逃；军饷衍期，兵复鼓噪，是增兵适所以增赋，然则去兵去食，诚目前之要务矣。明怀宗亦俞其言而不能用也。李自成陷京师，公为贼所胁逼，受伪命，卒不肯屈。四月，天兵至都，公以为我朝代与国雪耻，谊不可不出，遂往见主帅曰：大王奉命讨贼，为中原雪不共之雠，席卷乌合，乘胜长驱，此不世之威，千秋之义举也。然逆贼余党犹屯聚近畿二东三河，声教未达，若遽遣虎旅，恐民心疑畏，逆我颜行，是坚其从贼之心，而自分七萃之力也。今莫如按兵不动，遣使宣谕伐罪吊民之义，二省将传而定矣，累臣虽不佞，愿为大王前驱焉。主帅然其计，即承制，令公以原官招抚山东、河南。行次德州，先以书谕其贤豪大姓，为陈逆顺成败之势，收其图籍，二东悉降。至济南，设官安辑，众志大定。东巡，次青州，逆贼旗鼓赵应元假称将降，而乘夜倍道袭青州，城陷，公殉之。后月余，大兵复青州，擒斩赵应元，尽坑其余党。迎榇归家，公颜色如生云。有司具始末，闻于朝，世祖皇帝震悼久之，命大司空营兆域，赠户部尚书，赐祭三坛，予一子荫。

公魁梧身长，须眉郁然，胥徒白事，不寒而栗，而中怀和易，即僮仆有过，未尝有疾言厉色。其居官讯囚，虽奸民怙恶，情罪殊常，皆如法决遣，从容如平昔然。性轻财货，不问家人生产。而敦友于，好施济，与弟及兄子析产，辄取其下者，有薛包遗风。后弟侄为豪右所兼并，公延之同居。筮仕后，将旧所分田产，尽与弟侄，不留寸土焉。方公为诸生时，邑学博士卒，贫不能具棺，其子闻公家蓄有美榇，值百余金，将为王母备后事者匐匐来求，公即辍与之，不少吝。明崇祯壬午之春，岁大祲，易子析骸，遍于四郊。公尽发食粟，先赈三族，次及亲友，复劝富民出粟煮粥，所全活者甚众。而自奉甚约，每食止一肴一菜耳。早年淹博群书，攻古文词。官通州时，军事之暇，偶过太常君书室，时太常方阅《文选》，遂问《三都》《两京》何处最佳，太常君仓卒未对。公笑曰：《文选》烂，秀才半，今汝滥竽博士弟子员而不能通大义耶？因覆诵《两京》，不误一字，偶问及他文亦然。酒户不减郑康成，少年卜夜常至终夕。筮仕后饮不过三卮，尝谓太常君曰：昔人以“日食三升米饭，不饮酒”为家传治谱语，虽近谑，然钱粮常多棼乱，综核贵严，人命时有隐情，审鞫宜细。精神不啬，则胥吏乘之，汝不可不知也。义方之训如此。

按公慷慨大器，文武兼资，雅量如谢安石，敏略如姚元之。不必稽之建节以后，即襄阳赋钱一法，卓然救时宰相事也。今朱提之贵，较明末倍蓰，诚复得公持筹，县官岂复忧军兴，而编户宁须敲扑哉？至料楚事如握火，而卒未得力。扫铜马，赓《江汉》《常武》之烈，此自关明社存亡大数，未可以一手支大厦也。至本朝六师入关，闯逆西溃。当是时，神州乍陷，海水群飞，伪官遍布大江北，而假窃名字称戈跃马者，郡邑复比肩鳞鳞起。以本朝师武臣力，天戈所指，自无不终归版图。然而疑畏方深，智勇各竞，使百战之后，暴骨于莽也而后投兵，二东跗注之君子，其孑遗能几何矣。公仁声先路，建节而东，尺檄朝驰，群垒夕靖。兵不血刃，而海岱间已奉正朔。在国家，固收不战之功，而二东百万生灵，易土崩为安堵，若不知改玉之事者，伊谁力也耶？至青州之变，议者或讶公之疏于防，此又有说焉。不佞尝逖稽往牒，参观已事，往往翕张同道，成败诡趣，非尽关人谋也。以疏而败，宜也，或亦以疏而成，倘因前之成而袭之，又以致败。以密而成，宜也，或反以密而败，倘惩前之败而矫之，反以无成者比比矣。执北平之坛，上以律汾阳，则免胄于药师，宁非虎口？泥费祎之车，中而绳光武，则握手之新息，或有鱼肠。予师尽法，而李郭之犯顺，固病批根；三思反噬，而桓敬之陨身，又缘解网。功之立也盖不必有成谋，变之生亦不必有定范。然则人非管郭，将何道而可？以公之明智，岂能烛房、竹之变，而独留于营丘哉？

吾意公当有微权，或欲俟其入吾絛彀而徐图之，未可知也。而蜂虿之毒，遽发怀袖，岂非数乎，岂非数乎？后之人当有论世而慨然于此者也。

公生于万历戊子年五月十一日，卒于顺治元年十月初三日，享年五十有七。原配刘夫人早世，继室范夫人结褵时年方少，而事姑以孝，抚遗女以慈。时公为诸生，常修业外舍。井臼络绩，夫人力任之，不以为苦，至甘旨滫瀡，又罔不情文俱尽也。及公游宦中外二十余年，每相勖以廉，故虽屡任华膴，而囊箧无长物，盖实有赞勷之力焉。公李氏姊，早失所天，旋归宗，夫人饮食必与共，终其身无间言。族姻有贫病患难者，称力助之，虽再三不厌。生平不喜华饰，常衣者大布檿丝而已。屡蒙貤封，而常亲操作，虽晚年未尝废纺绩。诸女有言过劳者，则曰：男耕女织，居家恒理，汝曹亦欲效世俗耑事粉泽妆束耶？太常君壬寅归省，夫人方康胜。迨春假满，将北上，适夫人下床伤胁，欲迟迟子舍。夫人勖之曰：吾病不足为深患，汝予告期且竣矣，急趋舍人装，勿稽也。太常君雪涕而行，至都门，方拟陈情乞终养，而以中秋后八日遽尔委顺已。夫人生于万历二十五年正月二十九日，卒于康熙二年八月二十三日，享年六十有七。二子，长欀，弱冠早逝；次樛，副室刘夫人出，邑诸生，荫銮仪卫指挥佥事，复改镶蓝旗，拜塔喇布勒哈番，奉诏言钞法，世祖皇帝异之，诏入内院，授太常寺少卿兼中书舍人。十八年改内秘书院侍读，至秋裁缺，复候补少卿。娶毕氏，明户部尚书毕公讳自严女。女六，长适庠生张济亨；次适戊午举人梁公讳试子庠生梁维繇；次适巡抚辽东右佥都御史韩公讳取善孙指挥韩淦子庠生韩茂棆；次适明户部广东司主事毕公讳自寅子庠生毕际培；次适明兵部尚书张公讳晓孙河南伊阳县知县张联翼子举人张之翰；次适江南庐州兵备道布政使司右参议赵公讳振业子庠生赵元美。兹太常君奉范夫人之柩祔于公圹，则康熙三年四月十七日也。乃系之铭以示来许。铭曰：

> 猗欤淮清，世有英人。赫然仗钺，云社稷臣。填楚而身不少留楚，则卒瘴谟预陈也。抚齐而志未全酬齐，则已安枪不闻也。英英河岳之气，殁为神也。光大而重光焉，相尔后人也。

诰封中宪大夫范宸王公神道碑铭

皇帝御极之六年，妙选庶常读中秘书，吾山左五士与焉。予是时始识学士君素修，茂龄隽才，望而钦为国器，而恂恂端雅，稔知义方之有素也。久之，而唐君济武以建言归，安君复旦亦旋外补。蓬池侪偶，落落晨星，同郡同官朝夕相过从者，惟素修独也。燕语之次，因得以闻太翁范宸先生行谊，私响慕之。无何，而先生来都下，交揖于畴人中，仪观伟然。因而私念：蓝玉不诬如是夫，醴泉无源非笃论矣。丁酉，素修以读礼归，窀穸有期，乃以尺书来，曰：清不天，先君子遽弃藐诸孤，鲜民之恨何极，维是丽牲之石，敢邀不朽于下执事。不佞笔砚久生尘矣，然素习先生，其何敢以不文辞也。

按状，先生讳所师，字范宸，海丰坊廓里人。曾祖讳诏，祖讳简，世以隐德闻。父有时，娉修式于邑，殁后，邑人私谥曰恭义，配李氏，子四人，先生其季也。垂髫补邑庠弟子员，餍饫经术，而尤笃于躬行，瀡瀡承欢无间言。诸兄皆早逝，侄湛复不禄，遗弟若子茕茕，靡所卵翼。先生抚育若己出，黾勉教诲，竟忘何怙之歌，根本大节，庭帏婴臼，不止薛包、卜式，班赀煜燿已也。惟恤三党中，树德无斁，若冲斗长茂李君等，皆为匡其生纪，康食缓带乃即安，视君卿吕公，犹一吷耳。同邑司马二瞻将改葬其先人，偕娴青乌者行营高敞地，得先生祖兆之南，嗫嚅未遽言，先生慨然推赠，无几微难色。二瞻逡巡不敢承，归而庀仪，踵门长跪以请，先生力却之，曰：佳城郁郁，向已心许君矣，庭实焜煌，是奚为者？固请固却之，其为德姻娅有如此者。邑中荒度土功，率闻风为里人倡。若新学宫建文昌阁，置关帝、城隍各庙香火地，捐金鸠僝，不恤倒囊，咸秩无文，式襄兰鞠。其伉爽好义有如此者。早年有四方之志，雅慕子长远游，轻装邺下，凭吊冰井、金凤间。既而驱马秦川，荐渡大江，一苇所纵，三吴三竺间，靡不蜡屐及之。所至山川险易、户口阸塞，咸若握火，于天下大计，灼灼指掌间。壬午，邑中戒严，郭令君以中权相属，自冬徂夏，登陴不懈，得以免渠邱之溃者，先生力也。会备兵使者雷君按部阅武，试诸生骑射，先生四矢如树，妙几承蜩，使者奇之，欲辟为从事，辞不就也。戊亥之间，小腆复狡焉思逞，数百里内，鲁无鸠矣。先生复为杜侯画战守事宜，增长堑，制木炮，蔺石渠答，叱嗟毕备，萃跗注之君子而节制董之，三齐技击，屹然河阳壁垒然。剧寇数来犯，辄出奇大创之。蚁附者披猖咋指遁，邑以安堵，其壮略敉封疆，又有如此者。至于膝下传经，慈而有则，饮食坐拜之间，必教以礼，是以诸嗣君皆泽于大雅，圭璋为度，庭以内雍雍如也。戊子，长君食饩；次君素修荐于乡，明年成进士，旋改史馆。先生闲就邸舍，则绳绳以清慎俭约训之。旋即返车东归，曰：长安数米而炊，曼倩诚难一饱。然汝勿恤甑中尘，我家故有田东海上，力耕荦确，足佐汝燕台饘粥，小子勉之！其惟淑身稽古，无忝圣明恩哉！岁时媵腊，学士君偶寄襜褕为寿，则谓“严坩鲊者，何人乎？”，亟止之，盖天性清淳而且以身教云。念先世传家淳素，与族人约，不得直役铃阁及作簿塞意钱诸不类事。是以族姓循循尺度，无敢即于匪彝，此尤为方幅族姓所难企者。辛卯覃恩，膺封文林，丁酉庆典，晋封中宪。命服斯煌，彼其之子或有车上儛者，而先生抑然有以自下。邑大夫以学宫惇史之典，愿洗爵进焉，先生再三逊谢不往也。于舍后诛茅辟地，作小小辋川，案上花史、种树书以课平头，朝夕招一二故旧，拍浮谈笑，三雅无算，陶陶丙夜鲜倦容。亲知咸啧啧，谓洧盘辽邈，福未艾也。忽得疾，越日遽卒，邑人大小雨泣，相杵无声。寿不配德，此诸嗣君之所以拊心欲绝者乎！

予惟士人鲤庭授业，纷纶六术，所以出而图吾君，且以霖雨有众也。然而奉檄愉愉，亦正欲邀恩五鼎，以奉高堂一笑耳。予碌碌荣名之日，二亲已违养有年，惟诵皋鱼之言，陨涕涝涝耳。向者羡学士君之斑衣子舍，而跃然以喜，谓为子如此，又复何憾？转自顾而悄然以悲也，今学士君仍以猝猝弃养为终天恨。夫人子之心，何其有既？而人子之事，则可以无憾矣。且先生行谊荐闻，冠仁鞶义，古之所云祀于社者良是。至其功在封域若覆盂，其视鲁连子之风烈，亦何多让也者。此固不以国宠而荣，而况赫赫丝纶，贲于防罣，荣哀有加者乎？彼舆情似犹觖望者，独以年未坐进耆颐耳。然而“死而不亡者寿”，柱下之言，固在此不在彼，明矣。况嗣子竞爽，伯若叔矫翼天衢，浸浸方未可量。而学士君浸假履台衡，光施上下，以补先生所未足，其为孝方有大焉者。不亡之寿，尤在不匮之锡哉！

先生生于万历壬寅二月廿二日，卒于顺治丁酉十二月初三日，享年五十有六。以己亥十月廿二日葬于西南隅之新阡，诸子孙婚嫁，详志中，不具载。乃系之铭，铭曰：

惠于宗以逮里，斯兰茝之被也。殚厥猷以绥封，斯龙渊之器也。与善者天，亢宗以为嗣也。昭德者史，贞珉以为识也。

江南无为州知州在公李公神道碑铭

不佞杜门养疴久矣，友人王子允瑞过予曰：故无为州守李君，葬有期矣，将以丽牲之石属君也。予应之曰：夫人，非令名之难也，而令德实难。基之不竞，而貌其荣焉，则所摭者，皆古人宿美耳。兰台令史之书，尚不足君所乎，而又烦子墨揩揩为也？然吾故闻州守有能吏声，南纪之分符也，子维朝夕焉。治状若何，果可以班诸炎汉间乎？王子乃娓娓言之，予曰：是足承惟良之选，称民牧矣。乃按状而撮其大者笔之。

君讳祐之，字在公，号庆馀，於陵望族赠宫保芳洲公讳迓春之曾孙，见山公讳梦凤之孙也，两公俱以刑部尚书五弦公讳化熙贵。见山公六子，其三讳世熙，即君之父，以尹雩受封者也。君以恩选，授虔南雩阳令，嗣以上考，擢无为州知州，以征解之误，解组归。

君之筮仕雩阳也，邑有海寇余党李玉庭者，都御史发兵屡剿之不能得，君单骑率一吏一卒诣其巢谕之，即俯首受命。己亥秋，玉庭闻海氛腾溢，复决槛跳梁出。君亲历行间，先捕间谍，次计散其党，于是贼之骁将先后投诚，乃迹玉庭所窟，以健卒二十余人，获之于九山田舍。后抚臣荐剡中，有“单骑著御侮之功”，盖实录也。时岭海多故，甲士往来如织，日旁午雩阳道上矣。会有兵索食民舍中，发其笥衍者，君捕至笞之，且将具申大吏，其长请罪良久，乃释之。后之荷戈至者，询知为李令治境，辄咋舌相戒勿犯也。境内多虎，噬及童稚，君悬赏捕之。旧例：赏殊微而与杖十。咸谓：不杖则捕者必病，厚予之恐后难继也。君曰：民命与金钱，孰重轻？何事乃为伥复仇耶？赏十倍旧，而免其杖。嗣是，不三月而获七虎，赏悉如初。历三年，嫠妇之夜哭者不闻矣。士人吴宏文，邑素封也，突有四人哄其室，自谓灌绛籍也，当还我所寄金珠累累，不则督捕之牒旦夕至矣。君严勘，知其诈也，琅珰絷之，解太府，半途而遁，仆区之氛，自此一靖矣。尚鬼，故楚俗，而巫觋簧鼓其间，桃茢戈棓如侲子之驱疫然。比邻畏其移祟，搏击叱咤声相接也。询之父老，则咸云：兵燹积岁，暴骨如泽蕉然。君乃悬厉禁，罪不葬者，其力有不给，则捐槥助之，俗顿移而祟亦顿息焉。雩境出佳茗，皆植之兰若间，僧之饷守有岁额，若令甲也。合邑八十余刹，茗之以斤计者千有奇，君悉捐之，且永除此例，耻以卢仝茗椀，令诸苾蒭诉厉也。至于毙温子退而猰貐不血，助屠中杰而釜鱼获苏，祷龙潭而甘霖立应，肥蟘不灾。设义学而蒙士采芹，朴棫有造，啧啧荣问，未可更仆尽也。若夫已闻迁官之命，而抚臣以瑞金疑狱，檄君与龙南、石城二令鞫之，君立起七人于白骨中。时二令以后患相恫，君身自任之，毅然不阻。此不尤为仁者之勇，昔人所难乎？

迨君之迁无为州也，其荒度土功，则百废具举。锁钥之寄、祈报之司、前贤之遗迹，鼛鼓弗胜焉。故关厢以立，鼓楼以新，元章墨沼、晏公神祠，焕然轮奂也。石丈之袍笏如新，芝山之堪舆增盛矣。而不惮鸠功，以永利兹土者，则尤以四坝屹然为诸圩门户。每于春阳辄课督畚锸，绸缪茭楗，而阳侯息虐，穑人履丰，四载如一日也。其酌剂徭赋也，马价则裁，火耗则禁，使司颜料者不得上下其手，司漕务者不得苛派，现年汔可小康矣。而苏民之困，急且大者为二事，盖州之常赋四万有奇，金生粟死，民告痛焉。君催科有法，裁阔狭、酌缓急而布之。猾吏不敢舞也，必以额；豪宗不能逋也，必以期。大刑酷法，不以加也。即间有未竣者，以火签亲催之，赋竣签销，此外无问焉。康熙三年，奉部文清丈，虽长吏履亩而吏缘为奸，众惴惴焉，君单骑竣事，鸡犬不惊也。一时邑士民之言曰：敝邑虽介在江滨，亦王土也。任土之贡，吾侪小人，敢有婾志焉？以水旱之不时，鲁人之皋间有之，而冠如箕者，督过实甚。迨其租已幸输矣，而复加以完粮之扑，罚以纳迟之赎，若之何？量地之檄甫下也，大江南北咸鳃鳃然聚族而谋之，曰：官或苛求乎？吏或舞法乎？丈尺或意增意减，顷亩或诡荒诡熟乎？不则舆马之扰也，供帐之糜也，甚而暮夜有金，飞集之蚨薨薨也，若之何？而吾侯涤以清飔，温以旭日，式歌且舞，实以之矣。盖舆人之颂如此。

往者予在燕都，诸门人有分符出者，率自云外吏也，有怏怏之色。予告之曰：误矣。夫得百里之地而君之，数十万人喁喁待命于此，此庸非古之圣贤所谓得志时乎？吾辈自童子受书，即时时以致君泽民在口颊间。夫释褐，故小臣也，致君诚未敢易言，泽民则其职无疑矣。且天子之分职也重甚，夫宁不畏简书乎？此即图吾君之实政也。苟弦歌不匮，众实慈母以之，誉命蒸蒸起焉，其何域之有？报祖祢而裕子姓，数世燕翼无已时，奈何小视民社？且古来贤士大夫，其不以民社发轫者亦鲜矣。患不能尽心利民耳，岂患公卿不坐致哉？我思古人，不止刘忠宣以辞馆而求为方岳，黄次公相国之后，功名减于治郡时也。唐之贤辅如房杜，无可书之绩，何以故哉？夫北斗帝车，枢绾三垣，斟酌元气，大矣隆矣。而待命群伦，咸归功风雨，风雨与物近者也。守若令与民近者也，去民也近，故泽民也易，泽民也易，故施功亦易焜煌也。雩阳、无为之政，其有闻于时者，斑斑可考。视昔人之以区区一种树、一治渠垂青史者，不亦过之乎？所惜者，以簿书微文挂吏议，方将昭雪，一奋渑池之翼，而奄焉朝露，遽谢宾客焉。腰裹之足，未遂籥云，斯为余憾耳。然亦可以侪诸能吏无愿矣。

君兄弟八人，举文武贤科者，花萼辉映。君皆友于蔼蔼，人无间言，事父母及大母以孝闻，定省之仪，风雨不辍也。急人之急，好施不倦，恤耆髦之无倚者，生于我乎食，死于我乎窆，则有某甲若而人。甲申鼎沸，师旅尚未入关之时，蛾贼数百许，方焚掠凤凰山下。君纠闾左子弟赴之，狐鼠立窜，枌榆安堵歌也，其为德于乡有如此。至遗事之传于雩阳者，君尝过招提，有牛跪伏垂涕，询之，知庖丁所市也，恻然赎之，以付寺僧，曰善视之。后君之归也，牛跪道左送焉。数年后，傔人适粤，过其寺询之，牛无恙也。僧人语之曰：此李令君使者也。牛复跪谢如初，他人虽强之跪，不能得也，一时传为异事焉。仁民而爱物，此亦可以风矣。

君生于天启五年乙丑十二月初十日酉时，卒于康熙十一年十月三十日午时，享年四十八岁。娶邑庠生许公曰都女，封孺人。子三人：长斯观，仲斯有，季斯咸。女二人，婚嫁云云。将以甲寅年十二月十三日厝于古城南之新阡。乃系之铭，铭曰：

陇西世望，王谢之遗风也。南纪花封，卓郑之康功也。佳城郁郁，维先德是从也。贞珉之表旧履，如桐乡之祀无穷也。丰庇尔子孙兮，宅此百代之幽宫也。

兵部尚书庸足仇公墓表

我大清世祖章皇帝诞膺天命，薄海归心，众贤捧檄。故明兵部尚书益都仇公奉诏诣阙下，以年老乞身，蒙恩赐貂裘，以原官致仕。越九年，以疾终于正寝，迄今三十二年矣，公嗣君彭年、彭祀以墓表来请，礼也。不佞砚田久涸，且海曙徐公之状、海客房公之志，煌煌名章不朽矣，予安敢续貂？然予自为诸生时，以葭莩之末，久叨孙阳之顾矣。忆弱冠时，先君子命予以试草质之公，公谬加激赏，即转以正之王补之先生，赏亦如之。补之为带如先生弟，自诸生时誉满海内，拟之二苏。乃先生数奇，究未一登贤科。而制艺之工说理如话，尽态极妍，识者以为出元方之右。犹忆公评予文数百言，而居要则曰：行文之道，虚运则易于见长，而摭实正难于应节，此作以虚御实，未易才也。予至今犹愧此言。而公之暮得一士、朝以告人者，陶铸后学、汲引人才之至意如此。迄今每忆之不置，安敢以荒髦辞授简乎？

公生而颖异，长益肆力于学。方应童子试，而前辈名士咸推让之。年二十五始以告考五义入泮，三十五举于乡。三上公车，已未捷南宫。未筮仕，丁外艰，哀毁逾礼。盖前此家贫，虽力致甘旨，终以为歉。及是风木之感切于中，故其哀过于恒情也。服阕，授中书舍人，时魏忠贤方用事，躁进者多附之，公视之若将浼焉，遂给假回籍避之。时近秋闱，公资深，应得分考。公去即继公者当得之，公不为少止。继公者方自庆且笑公，未几而珰之私人以关节入，笑公者不敢逆。及珰败而是人以珰被锢，人始服公之卓识定力焉。方公之归也，时同邑有以卿寺居长安者，寓书劝公赴都，云一入都门，即台省可得，奈何坐失事机？公以笑应之，曰：君误矣，君误矣！吾方欲劝君褰裳以避，而顾使我濡足以从耶？公之审于出处多类此。庄烈帝即位，授谏垣，其有初附逆珰而巧于自脱者，公击之不遗余力，大奸无得漏网者。当其时直声震天下，天子心嘉其义，凡有章奏，朝上辄夕报可焉。公每以人材为己任，所荐引一时不下三十人，无不分别录用者。未几，由户科刑科而兵垣矣。旧例，兵垣得以殿最边帅，边帅率多投函致馈，公概不之启，辄还之。所黜陟一秉至公，边帅惮其严，亦乐其无私也。时天子方厌苞苴之行，每旁寄耳目以察外庭事，公之清介，盖彻九阍焉。上尝对左右叹曰：禁绝交际久矣，举朝谁为奉行者？能绝之者惟兵科耳。其受知如此。庚午副试八闽，一时称至公焉。故事，阁臣初拜，台省例当进谒。时宜兴周延儒当国，将结纳诸正人，于公特加异礼。公义形于色，长揖之外，不交一言，辄辞退，盖秉正嫉邪，公之天性然也。自是忌公甚，所以中伤者，无弗至矣，乃乘顺天武闱陷之。盖彼日夕交通近习，使于上前称一人为将帅才，天子固已神驰颇牧矣。及榜发竟无是人名，上为之惊，彼复从旁嗾之，其人实目不识一丁者也。而终以迁谪，授两浙鹾司知事，浃岁事愈白，迁滁州太仆。时有以酗酒忤之者，有司欲置于法，公谓醉饱之失，不足以责人，力为解免。滁人德之，为立祠，至今俎豆云。癸酉进行人，甲戌丞尚宝，未几而玺卿京兆。一期再迁，惩前谪，亦以受知于上故也。岁丙子，京师戒严，通州特设重镇，上难其人，铨部屡以名上，卒无当意者。乃以公名上，疏入即允。爱公者或为公危，公毅然不惧也。得旨之明日，即以单骑就道，时服其勇决焉。及抵通，严壁垒，谨斥堠，时卫门新设，事事草创，公日不暇给，皆躬亲之，屹然为神京保障。方公之初莅也，时内臣有典兵驻通者，以公至，议欲移驻他所。公疏留之，因为台臣所劾。公不辨，引咎辞位而已。疏入，天子震怒，集廷臣议，欲杖言者，且历举封疆重臣，赴任稽缓者多矣，汝等曾未之言。今某命下之日，仓卒就道，反弹之耶？且封疆事重，岂能独任，即留一人共事，何得以交通内臣目之乎？当公镇通时，军士以缺饷鼓噪，严装列队，哗于城下，已有劫掠行路者，一时内臣道臣及总兵官，咸闭门不敢出。公闻报不暇冠服，辄披衣曳带而出。左右欲以兵从，公却不用，肩舆旗导，一如无事时，竟出城。诸军不意公猝至，相顾错愕，不知所为，不觉下马罗拜。公叱之，因令随入教场，既升将台，诸军叩谒。公问所以，以缺饷告，公谕以催疏已上，不久当至，尔等奈何为族灭之计？且吾平日得无有剋减粮赐，招若曹怨尤者乎？皆对曰：无有。公曰：既如此，无负国也。因择其倡乱者杖之，顷刻而定。非公平日有以大服众心，必不能也。秩满，升南京户部尚书，是时太夫人年逾八旬，公志图终养，疏再上，终不允。既抵任，经理井然。庚辰转大司马，将力辞，太夫人固止之，曰：襄阳不守，襄藩遘祸，国步维艰，正臣子陈力之日，安得顾其私乎？乃洒泪而南，无何竟以忧归。未几而明社墟矣，此公立朝之概也。

公内行淳挚，人无间言。当诸生贫穷时，母许太夫人病暑，公衣不解带，治汤药而侍之者六十余日不懈，太夫人赖以起，远近识与不识，皆以为纯孝。登第后，赠公病，大渐，嘱公曰：吾以目疾，所业未就，幸尔成名，当努力报天子，且吾家世未尝有只字入公庭者，其识之。公后病重，亦嘱五孤曰：我忆尔祖遗言，居官以廉，居乡以厚。我死，囊无余金，家有藏书，尔兄弟奋志诵读，慎勿阋墙，以贻我九原忧哉。至仁心为质，庚辰入都，时岁大祲，遗骸蔽野，公尽出橐金掩之，至佐以称贷。或诡言他处遗骸众，实绐其金，公与之亦不较。抵里，出积粟以赈饥者，所费不下二千石，所全活亦不啻数千人。有弃婴儿于道者，辄收育之，岁熟，其父母在者还之。乙酉，岁又大祲，公于新店别业，当东西六郡九道，掩骸、煮粥、舍粟、育婴，如前庚辰时，且或倍之，所全活又不下数千人。蒙士杨生际泰以应童子试旅郡城，学使者录之矣，顾窭不能具冠服，公咄嗟为备，不少靳，东蒙之士颂德无斁焉，其博施济众复如此。改革之际，公募乡兵千馀人，保障地方，一时依公而居者盖数千家，虽寇盗充斥，卒赖以无患焉。迹公终身，正色朝宁，孺慕庭闱，履义而行仁，人所知也。而有人之所未易知者，夫士人之立身，莫重乎其始进也。才智卓荦之人，世不乏矣，而特以不能抑其速化之心，濡迹权门，乐因人热，翱翔天路，旦夕端揆，洋洋车上舞矣。而邯郸已醒，味如咀蜡；素丝已垢，无路回车，遂奄然齿冷千秋矣。如唐之刘柳，诸人皆异才也，特以伊周自许，借荫叔文，千秋诟厉，悔何及也。人知公之大蒐狐鼠，尽扫氛祲，朝署为之一快，而亦知其晦迹邱园之日，萧斧已发于硎乎？至于人子之道多方，而大孝之量无尽。仁者之粟、白华之歌，君子之所殚心也，亦知进而疏荣国爵、贻赉龙章，焜煌奕世之有进焉者乎？亦知覃怀明发，夙夜绍庭，弥留遗命，宝若球图，德逮云礽，祚垂百代之尤为丹臒乎？则公之以天经地义而砥节于匪躬，以正色义慨而博周乎道济。犯而不校，德媲前贤，公于是乎不可及矣。独惜周历诸垣，谏草累累，兵戈之后不存，独礼垣数疏犹在，其涤荡群邪，推毂众正，伟矣。而“筹时”一疏云：有罪流徙诸人，往往私逃，莫若酌其轻重，定为纳赎，此济匮之良剂也。其“枚卜”一疏云：先分邪正，再衡才识，此定国之讦谟也。则吉光片羽，倍可珍耳。

公于顺治九年十二月十二日戌时以疾终于正寝，距生先朝万历五年闰八月二十一日卯时，得寿七十有六。原配王氏，淄川馆陶训导王公业女，封夫人，先卒。男六人：长慰祖，早卒；次兆昌，奉太夫人命，以功服族子承嗣；次彭龄；次彭寿；次彭年；次彭祀。女五人。孙男十人：彭龄出者二，曰昱曰晋；彭寿出者二，曰昇曰昉；彭年出者二，曰晟曰昶；彭祀出者四，曰智曰晓曰暲曰曮。孙女十六人。曾孙七人：保愚保德，晋出；保慤，晟出；保惠，昇出；保慈保恂，昶出；保恒，昉出。曾孙女七人。诜诜盛乎哉！其婚嫁，详志中。

砥世氛则嶙峋岳立，起道殣则丘壑春回。士君子之所以自尽当如此，非有所期而然也。然而左掖赐玦，终致台衡。壮哉！泣珠究蕃，兰玉降祥，不亦彰彰乎！有德司契，天道于是乎不爽矣。是以揭之贞珉以为楷式，百世而下，过墓者式之。忾然有动于中焉，其陶冶斯世为无尽哉。

山西承宣布政使司左布政使在川李公墓表

公讳逢时，字化甫，号在川，世为江西赣县人。洪武十九年，选壮士实畿辅，有讳牛仔者自宁都卫调戍德州卫，遂为德州人。数传至清，清有子二人：长珍次琳。琳生芥，即公父也，赠文林郎、湖广道监察御史。母董氏，封孺人。公生而端恪，不习儿曹嬉戏。嘉靖庚子举于乡，甲辰成进士，授行人，选湖南道，试监察御史。奉命巡青，遍历马坊，稽盈耗不避权要。越岁按宣大，适逆帅仇鸾主互市。鸾偃蹇畏懦，不敢御敌，又恃通市，忽边备。而大同总兵徐仁复骄纵，声言既与敌平，无庸戍守，恣意朘削为囊橐计。巡抚何思，亦以通市故，禁边军杀敌者抵死。俺荅之众以故出入关隘，动称贡市。有司廪饩惟谨，其狡黠者变服入城，奸辱妇女，莫敢谁何。公具疏极陈其害，曰：数日之内，俺荅三入寇，似与通市，情实相左。乞敕边臣多方备御，仍遣使宣示恩威，令其约束部落，勿启边衅。每岁六月九月通市外，不许频复求请，及零骑侵犯。倘彼服从，则与通市如故，若面从心违，据实奏报，一意战守可也。次岁正月，俺荅寇大同，公又上言：诸部落于岁初入犯，俺荅之约束全虚，马市之羁縻难恃。今日之计，惟一意讨伐，乃帝王恩威并施之道。宜行各边，臣合兵征剿，仍敕京营大将仇鸾训练甲兵，勿得隐忍顾忌，酿成大患。其后败盟，悉如公言。先是，俺荅以万骑入塞，抵怀仁县大掠，总兵官徐仁、副总兵王怀邦等各拥兵观望，惟指挥王恭帅所部力战死之。公疏劾仁等，而请赠恤恭，以作忠义之气。乃械系仁等，赠恭都督佥事，为立祠塞下。自后，边备始修矣，事详"国史"及"典汇"诸书中。

再按徐淮，时大盗李之强，聚众流劫，蔓延丰沛。巡抚督漕诸大吏匿不以闻，公上奏，且驰檄剿捕，不逾月盗平，公以保御功受上赏。既以资深差南畿刷卷，例应内转。浙人赵文华者，公房师也，方居显位，与阁臣严嵩相结，势张甚。谓公曰：稍自圆通，即卿寺可得。公拂然曰：去留惟公所命，品行吾自主耳。赵衔之，遂出而为湖广按察司副使。比之任，值汉水数溢，公殚力修筑，阳侯不为虐也。进布政司参政，仍守荆南。寻擢广东按察使，丁内艰，服阕，补山西，历左右布政使。时宗室蕃衍，禄米日增，诸藩府又多预支，常赋所入，往往不足。公剂量画一，出纳两平，人情翕然。入觐，却筦库羡余不纳，及大计日，与吏部堂上议属官去留，忤时宰意，遂以年老致仕。中外方惜之，公怡然自若也。

归田，谢绝人事，尺牍不入公门，日以课子明农为务。公庭训严切，诸嗣君绳绳奉以周旋。勤刺六术，如奉三尺，务期得当，于贤书以代膻芗之荐。次子庚午举于乡，长子不敢复见公，即潜身别墅，服箧淬心，直至癸酉登科，始入拜膝下焉。门以内肃若朝典，家人望而肃然。常端坐中庭，三岁儿子不敢逾阶，乃伏于檐石之下，匍匐而过。其门内端严，可概见矣。

生平廉以持己，服官日，冰烈自矢。巡方两地以及历任中外，官至左方伯，而田不过数顷，仅供饘粥。家无余赀，若寒士然。予不佞八载长林，复趋阙下，则□□□[①]左顾。被服儒素，彬彬大雅君子也。心窃念英年巍科，乃能恂恂如是，名德固当有渊源。及询家世，知为公孙，昆冈之玉，洵不虚矣。古来贤士大夫之立朝，崇替非所计也，必以名节为立身之本。昔人有言：不事孙刘，不过不为三公耳。钩曲封侯，丧吾鼎者，不既多乎？先生冰霜栗栗，不屑以权贵取要官，可谓齐国男子矣。而谋国之忠，先于薪火，瞻言百里，维其有之。立

---

① 按，此处为人名，本文以下两处皆同。应是李逢时的后人，李逢时后人在京为官者如李泱（李逢时次子汝栋曾孙李允祯子），字孔皆，一字霖瞻；李涛（允祯子），字紫澜，号述斋。

身之大节，筹国之远略，既以度越时贤。而世业以约，庭训以严，里门内之淑德复有如此者。柳氏家法于是乎在，不上俪古人乎？先生之嗣君，复能世守不替，丹雘重光，宜哉！□□□克光前烈也。《诗》有之，无念尔祖，聿修厥德。此固□□君之服念维则者也，陇西之祚，其未艾乎？

祭通政王子下先生文

呜呼！万古惊沧，三生噩梦，公竟至于斯耶？龙媒汗血，辕折半途，公仅止于是耶？公境似亨矣，而半生皆茹荼之味；猷稍试矣，而长才竟赍志以终！人亦知之否耶？公以乌衣俊才，青箱世业，岐嶷绮岁，江海奇葩，宏词之科，延英之对，绰绰故物矣，是非淮清琳琅之彦耶？既而籍改沛丰，世延带砺，出车太行，殪彼封豕，凯归饮至，介马无惊，是非终军长缨之请耶？始投笔以从军，旋息戈而讲业。析白山之六书，穷肃慎之三苍。尺疏匡时，至尊动色；拔登词馆，妙译封章，是非洛阳前席之遇耶？既而叠泣杯棬，三归桑梓，麻衣如雪，鸡骨支床。方重吾某之哀，转切安仁之悼，又何遇之不淑耶？轩车北上，就秩银台，地埒夔龙，座参卿月，节钺方将荐被，鼎衡伫其荣施，而天不憖遗，岁在蛇而箕已乘矣。岂非与李将军之数，又千载同奇耶？

哀哉！讣音乍至，行恻途嗟，人奋百身，食添三叹。或则昌言于途曰“公属纩三日而回生矣”，谓公不宜死而幸其生也。或则又曰“公虽已盖棺，而旋又悬弧矣”，痛公之不禄，而祝公之有子也。此虽讹言，足征舆志矣。盖公之在国也，士大夫咸有缟纻之欢，其归里也，郡邑事更切缨冠之谊。清霜皎日，信若丹青，而不知此止公之绪馀耳。同人三四所期许者，羊杜绪风；督抚上选异日者，提封千里。指顾百城，必能驱使岱云飞腾；郇雨辉辉，照太常旗名臣纪中，而今已矣。哀哉！天既不许其利济苍生，炳麟史籍，则当令之平平无奇，容容多福，为一醉饱阘茸之公卿可耳。而复畀以长才大器，灏灏恢恢，厦若千间、舟可万斛者，何耶？此造物之不可问者一也。年来善良往往多厄，其豺狼狐鼠，于民生休戚了不置念之人，率皆履荣暾腴、眉寿期颐而未艾，遂使天下款启之夫，以豺狼狐鼠、隔膜民生为富贵寿考，永命祈天之道。而公若以利济殷殷，得罪于司命者，然众人遂援为大戒，而同人感愤，亦无能旁置一词，此造物之不可问者二也。夫李广不侯，尚抵白首；贾谊早世，幸有闻孙。公何如哉？此造物之不可问者三也。然而，此亦尘世浮生，蜉蝣细故也。公以未冠登朝，世家膴仕，人咸致羡，谓骋骐骥于修途，纵艨艟于下濑，致足乐也。而不知其危城险道，疾病忧虞，固已无之不尝矣。年来祓志，方祈佽修，有意于性命大事，而世故因循，流光不待，一息千古，遂至于斯，而又仅止于斯。令公而早知日近夜台，年短强仕，弃一官如敝屣，蹑七真于云阿，洗髓伐毛，凌佺轹石，未可知也。

惜哉惜哉！何嗟及矣！此日兰摧，当属夙业；后身霞举，幸勖来生。公其以斯言为有当也耶，为无当也耶？死者而尽无知也，悠悠吾辈，固当同腐，千古圣贤，千古豪俊，并当同腐无疑。迟疾之间，一弹指耳，疾趋先休，亦复何恨？不然者，在昔成言，久有息壤矣，尚能聪听而无忘否耶？生平怀抱，快论施庄，恢谲万有之先，淋漓八表之外，狂言如昔，謦咳非遥。晋麈生尘，楚招侑醑，尚能陟降，而釂此一觞否耶？

游赋

怀居客问于汗漫主人曰：子好游乎？我思古人，好古而愚，乃步其尘。名岳驰怀于禽尚，子长放迹于龙门；卢敖抗词于若士，寥冥纪放于纬真。数子畸踪，子将安放？抑在筮而希高，或恋栈而诩广。彼宿舂之几何？羌役役于块莽。

主人欣然而笑曰：唯唯，否否，客何言之固也。轇葛寓内，崖约可知；刺促尘蠓，彼哲而愚。足束瞳瞢，有如蚕茧；朝离夕反，何异鸡栖。望银阙而回棹，陟昆圃而靡梯。斯诚望绝天外，事阻人区矣。若夫匝岁未遥，千里非远，胜地萦怀，娱游纵眼。迤逦铜鞮之街，巀嵲玉垒之阪。停骑溪山，带兰泽以何豪？载酒江湖，叹鬓丝之已晚。别有神皋，兴复不浅。绁马鸑鷟[①]之台，晞发偓佺之馆。或赤松之可寻，庶青童之来返。久菀结兮我思，将飙驰而蓬转矣。独以幼事严亲，鲤庭局步；长丁厄[②]运，鲸海惊流。请[③]急而南，薄言归休。佥曰愉哉，慎尔优游。乃高枕而杜门，竟绝轨于方州。欲脂车而载途，恐吏议之我尤。谓沈疴之伊何，而撰辔于阻修。柅玉轪而不前，秣我马于道周。望关梁而太息，悼宿尚之难酬。矧夫莘莘虓虎，寝维我郊；一载乘城，是用告劳。昼四出而侦燧，夜十起而惊铙。翩彼櫜鞬，森此唐寝，萧然幞被，栖于丽谯。终宵登而莒溃，嗟郁攸之方骄。憾七尺之犹赘，何十洲之可遨？聿奉檄而来庭，又荛言之嘈嘈。念塞马之倚伏，曾区区而余要。是安知非造物者，将以解吾之天帙而释吾之天韬哉？

有赵有熊，有李有柳。以罪而逐，仍糊其口。况此猗猗，爰书则否。开厥罣者，朝许投簪，巾我车哉，邑无掣肘。轩乎舞之，曷不鼓缶。比闻新条，桎梏是守。峭涧湿蓊，颦眉俯首。驱马先辰，旋辙后酉。身等劳薪，餔惟冷糗。八砖曳履，几于庄贾之刑；三馆失期，或戟五白之手。日之夕矣，反致羑于羊来；夜未央

---

① 国图抄本“鸑鷟”作“鷟鸑”。

② 国图抄本“厄”作“危。”

③ 国图抄本“请”作“清”。

兮，真无辞于马走。我歌劬劳，人谁燕誉。家徒四壁，马卿赋亦何为；国则五穷，韩子遣而不去。赁庑之直不继，双寓一楹；割肉之仁安施，八口两处。凤池来去，状如鹫岭之僧；芸阁晨昏，人领榆关之戍。拒宾筵而屡辞，闻醵金而早怖。涎垂乎水衡之司，神驰乎山公之幕。将视学而郎署多争，欲巡方则虚名久误。望已淡乎视草，计复穷于誉墓。惟携手兮黔娄，抑比德兮涸鲋。脱巾词馆，曹刘起而扬旌；掷[①]命史局，班马闻之却步。必毙之而何辜，或逃焉其可恕。曷容裔兮遐征，复邅回兮奚慕。

客曰：我瞻四方，实繁荷戈。驾子之舆，马首则那。岁且晏而，云如之何？主人曰：甚矣！客之念我殷也。不佞之游也，以快其心。岂能憗置阽危，而崄巇是滨哉？周道迟迟，行迈多端。先近后远，弃危取安。警彼畿南，铜马相先。苻萑狐鼠，海岱之间。南望雪涕，载西其辕。实沈故墟，曰小康焉。绮縠泽汾之地，仙灵姑射之天。过绛都而追三驾，登蒲台而拊五弦。彼故人之延伫，盖挛结于昔年。乍登堂而长揖，燕语笑以蝉联。披琳书而穷羽化，援琴心而证胎仙。岂玉晨之遽命，或金液之可还。东望沮洳，有泌百泉。桧楫松舟，苏台邵庵。伯氏载游，薄采其兰。一苇万顷，酒注鱼竿。苏门彼姝，可与盘桓。西南命驾，策杖抵关。菡萏双矗，是曰华山。铁絙千尺，玉[②]巘千盘。麈拂罡风，鹤语晴烟。地高而空，人淡而闲。醒[③]则清露，暍则寒泉。热士涤肠，兰雪洒然。一椽之庐，十亩之田。避世来归，此则桃源。事岂或欺，我友所言。若夫上谷云中，掇兰茝而须再驾；淮扬吴越，留名胜以俟他年。

睠彼先民，亦各有行。斯焉方斯，异梦同床。芳躅别步，逸翮分翔。儿女缠绵，盖未完乎婚嫁；才名尘土，亦何有于文章。青蛇四海，难其飞越，黄冠一衲，恨其苍凉。事维自适，道亦奚常。或则登峤，或则浮湘。或曼胡而锦鞴，或鹤氅而霓裳。禅板茶烟，或侧迹畸人之座；明珠翠羽，或掉臂侠士[④]之场。或托钵于华门，或载酒于横塘。或幅巾载还，则琴在宗文之壁；或柴车偕逝，则春余伯曜[⑤]之粮。或白鹤归而吊夫高丘，或青牛去而入于穷荒。车兮谁谓其无箱，川兮谁谓其无梁。鸿何为兮雕樊，剑何为兮鞶囊。水何环兮蓬丘，云何飞兮帝乡。同乘化以翱游，任蜩蝉兮蜣螂。

---

① 国图抄本“掷”作“拚”。

② 国图抄本“玉”作“土”，字作“圡”。

③ 国图抄本“醒”作“酲”。

④ 国图抄本“士”作“少”。

⑤ 国图抄本“曜”作“耀”。

栖云阁文集跋

淄川高君贻荣，刊其先侍郎念东先生《栖云阁文集》十五卷，以昂尝与校雠，属为跋尾。近代古文家高自标置，依附左国，揣摩史汉，薄韩柳以下不为。然形骸土木生气不存，非鲁之赝鼎乎？或者困于矩矱，铢量丝度，而中所欲言，反多格格，非辕下之驽马乎？先生纯任天游，故其为文自然超逸，无摹拟之迹，无束缚之苦，意不求工而旨无弗畅。洎探其中之所蕴，又渊然以深也。必欲以绳尺律之形似求之，固不受尔。曩读先生诗，窃拟之白太傅，今以读诗者读此文，先生其许我乎？乾隆己亥二月历城后学方昂跋。

乾隆丁丑，昂执经宋蒙泉先生之门，与淄川高君木欣相友善，因得读念东先生栖云阁诗，想见其为人。木欣语昂曰，先司寇有文若干卷，家藏钞本，讹舛颇多，敢以校雠之事累吾子，昂曰唯唯。未几木欣归，昂亦奔走于四方，或数岁不相见，见则必以先生文集为言。戊子，木欣招昂读书其家，得登所谓栖云阁者，旋以事去，未克卒业。后三年，昂官京师，相见日益稀。又六年，昂以忧且病，屏居城南山僧舍中，然后取先生文集，毕为校正而归之。今年春，木欣以刊本见寄。回忆始读先生诗时，忽忽已二十馀年矣，故既论次之，更述其缘起如此。昂又识。

载酒堂诗钞

载酒堂诗序

大父少师公喜诵高念东先生诗。尝云：先生非有意为诗。兴会所到，或止一联一句，不尽成篇；日尝所记录者仅三十馀首，后于唐济武太史《南游日记》内复钞得数十首。大都率意而成，不拘声律。略为改易，并记录者汇为一编，藏之箧笥。

自大父捐宾客后，原编散失。幸而记录之诗与“日记”犹存，改易之迹可以寻考。因重加校订，付诸剞劂。庶先生之诗不致于湮没，亦所以终大父之志也夫。商丘后学宋华金识。

载酒堂诗钞卷之一　此卷纪①录本

淄川高念东先生著 商丘宋漫堂先生辑 后学宋华金校

赠唐济武太史

主人逸兴忽为山，一拳五岳惊巑岏。缥缈危峰不可上，笙鹤仿佛游其巅。逸兴未已重栽竹，五日以来已百束。长夏萧槭绿玉寒，小院毰毸青凤簇。桐梢有月更森森，蘋末无风已簌簌。譬如高士立重岩，又若佳人在空谷。肩舆径造莫相嗔，丰豆大嚼何堪辱。金茎泻来应百觞，玉钗敲罢或一曲。扁舟我昔下南荒，洞庭之浦衡山阳。琅玕倚天天亦绿，檀栾覆水水能苍。七载南云空目送，沣草沅花香欲动。二十五弦湘瑟哀，九歌山鬼悲屈宋。何可一日无此君，潇湘满眼连云梦。小圃新开东郭东，银塘潋滟散芙蓉。乞取新栽绕曲浦，十年满地争虬龙。市门野色忽萧爽，六逸策杖常相访。避世请回俗士车，此中天地属吾党。

七夕

闭门疏雨暗空床，坐久帘帏袅断香。蟋蟀西堂秋有梦，芙蓉南浦夜初霜。金微过雁怀人远，银甲调筝咽夜长。白帝黄姑期有数，也应天上怨清商。

新秋②

芭蕉酣绿雨初收，翦翦风来小院幽。山色乍迎新序爽，砧声全似故园秋。关心锦字催鸿雁，欹枕天街待女牛。今古年光原逝水，阴虫切切莫深愁。

琼花观

锦帆千里赴雷塘，小杜风流事亦荒。何处琼花归劫火，萧萧鸭脚满长廊。

---

① 按，“纪”，原文如此。前“序言”作“记”。

② 按，此诗选入查羲、查岐昌辑《国朝诗因》，清稿本。

戏赠梁尚书玉立新婚二首

鱼轩掌上不惊尘，雉袆珠翘稳称身。呖呖雏莺应觋觇，堂前嗔唤太夫人。
又见仙坛驾采鸾，织缣工素竟谁贤。西池一笑浑忘却，迟到人间三十年。

题王阮亭小影

玉妃砚染青莲笔，天女花飘金粟床。弹指三生石畔梦，辋川月影到渔洋。

袁松篱藏有秦镜因赠

河山历历看来空，万古销沉向此中。便是秦时明月在，可能还照栎阳宫？
兴亡转毂见何频，照胆咸阳迹已陈。多少人间惆怅事，金人辞汉镜辞秦。
炯如秋水了无尘，曾照阿房宫里人。唯有玉姜今不死，莲花掌上五云新。

经筵应制限排律八韵

珠璧三辰正，共球万国康。云低环紫禁，风叶应青阳。帝德天涵育，宸修日就将，盛仪宗伯注，讲幄吉辰张。稽古齐尧舜，陈谟越宋唐。启炉香晻霭，委佩玉琳琅。访落闻周颂，谈经迈汉皇。垂衣臻至理，千载贺时昌。

悟二首

向外随成病，知归始作家。随他一向去，漂泊似杨花。
海阔云无际，天高风岂微。如何终日舞，只傍矮檐飞。

化二首

远浦盈盈绿，层波渺渺秋。到来吾丧我，身已化东流。
出岫从容态，行天自在心。看来吾丧我，身已化云阴。

忆张华东先生语慨赋

翘车北指五云边，绪论追陪岂偶然。晚节功名如嚼蜡，少年科第似登仙二句即公语。旷怀久已推先辈，微语还应悟后贤。毕竟山中煨芋好，十年宰相亦堪怜。

寄李宫詹吉津

雪窖冰天浩荡春，特恩万死到孤臣。玉堂学士如前梦，金粟如来是后身。老笔纷披海曲健，禅关透漏岭南真。龙髯怅望知何处？再拜桥山涕泪新。

奉命祭告南岳湖湘杂诗九首

行人到武昌，已作半途喜。那识武昌南，烟水五千里。
未入衡州郭，先看衡州城。城门垂薜荔，大抵似巴陵。
绿净不可唾，此语足千古。天水淡相涵，中有数声橹。
花放不知名，稻秀犹能长。芳草隐清流，但听清流响。
两岸层层嶂，孤城面面山。横襟凭一叶，睥睨洞庭间。
几月舟行倦，今朝倦眼开，千峰翔舞处，一片大江来。
南岳云中尽，东流海上忙。他年图画里，著我在潇湘。
芋火夜经声，悲喜寒岩寺。宰相世间人，何与山僧事？
磨砖既不成，磨铜何不可。寄语马大师，努力庵前坐。

寄龚孝升总宪

贞元供奉曲如何，应有嘉荣与唱歌。南海乍回诗格老，西台重总谏书多。匡时大任将谁让，鳄梦惊涛已数过。私喜元崇三事近，余生安稳卧渔蓑。

故园

故园小圃又东风，杏子樱桃次第红。明日春明门外路，清明消遣马蹄中。

冯易斋相国过松筠庵见访

广倚双藤禅宇开，无人知是相公来。相看一笑忘朝市，风味依然两秀才。

将归留别同人二首

不尽开笼喜，离怀亦黯然。便将辇道柳，折向潞河船。鼓枻东风外，怀人北斗边。名章何日上，督亢有闲田。

登舟风日好，便觉是闲身。朱绂如前梦，白鸥自故人。斜阳芳草渡，寒食杏花辰。南浦离怀剧，邮书莫厌频。

寄宋牧仲中丞①

慧业须明来去因，皋夔只是暂时身。狂夫一语宁辞笑，每劝文人作道人。

① 按，此诗是高珩写给宋荦的。今北京故宫博物院藏有此诗扇面，上有高珩笔迹，“狂夫一语宁辞笑”作“狂夫呓语无辞笑”。另外在此诗前还有一首:“学诗从政昔贤多，游刃恢恢三辅和。铃阁锦囊知又潘，戴星岂庆渭城歌。”后有署款 :“奉赠牧翁年丈并正，高珩。”

载酒堂诗钞卷之二① 此卷南游记

淄川高念东先生著 商丘宋漫堂先生辑 后学宋华金校

赠李吉津宫詹

二十年来事，相逢两老翁。已疑千岁别，复此一尊同。得失隙中幻，忧欢梦里空。百城瓢笠在，不失道人风。

叠前韵

天地芒鞋阔，遨游署放翁。江湖瞥尔去，支许偶然同。但喜杯常把，何嫌囊屡空。鲈鱼吴会美，不是为秋风。

赠唐济武太史用唐人一年两度锦江游韵

七年两度共君游，前送残春后暮秋。旧事难驱花径马，旅怀常觅酒家楼。莼羹秋老宜吴会，杜若香寒泛楚流。五夜云栖清梵好，虎丘小驻问杭州。

过临朐县同济武石桥小饮

攒眉青社酒家垆，骈邑城南尚可沽。能近清真惟淡远，茆柴还胜大官厨。苦矜前辈风情少，大逐时趋恶道深。此日青州从事败，糟丘狼藉似官箴。

过沂水宿苏村

驿路飞尘遮莫侵，据鞍不废短长吟。薄求蔬酌征人意，奢取溪山游客心。塞雁已来催急景，寒蝉犹未敛残音。灯前奕罢忻然笑，屡舞倾攲又不禁。

---

① 按，本卷诗即清人唐梦赉《志壑堂集·吴越同游日记》（《续修四库全书》本）里面所记录的诗，以下以此作校勘本，简称《吴越同游日记》。

大岘关歌

炎精沦歇遂典午，昌明二帝何足数。下邳英雄起草泽，铁骑南来如虓虎。重关不守卷甲趋，才过大岘人歌舞。五龙口塞广固危，慕容旧社为焦土。振旅继俘归建康，寄奴咤叱僇降王。再战秦函慰父老，宋台九锡何辉煌。骑虎之势不能止，六十老翁夺天子。玉玺掌中时几何，宫车晏驾匆匆死。蹀血寝门枭獍凶，元嘉大业遂如此。荆州犯阙孺子亡，司马家儿原尔尔。往还天道最分明，请君细看南朝史。

宿红花埠和济武

残年脓冻百无能，但说寻师喜不胜。金斗山川邻楚甸，水晶宫阙望吴兴。凭陵霄汉穿云鹤，解脱纠缠过海鹰。南去善财同此意，招提到处问传灯。

劳人不寐听晨钟[①]，肃肃沙头起塞鸿。一夜晴愁三日雨，数杯暖敌五更风。红霞覆海金轮出，翠幕垂绡玉镜空。安置楸枰将有地，前行千树绿阴中。

摇落从渠宋玉愁，闲心我正爱闲游。日衔群岫皆回照，风涌诸溪尽倒流。南去绿杨吴地暖，北来白雁楚云秋。僧伽塔影犹存否，十载重来问泗州。

楚鸿南去路悠悠，似伴闲人汗漫游。已怯密云终作雨，可堪长路更逢秋。樽前掩卷枰先列，旅次成诗仆惯收。野鹤性情云水路，羽人相待过丹丘。

三尺高坟出草莱，巍峨翁仲带莓苔。九泉知爱松风否，且与游人歇马来。

解鞍呼酒太匆匆，秋色萧疏客意同。棋罢嗒然人隐几，闲看芋叶动秋风。

泰山北望郁嵯峨，瑟瑟秋风沂泗波。齐鲁提封行欲尽，明朝此际见黄河。

吊孙柳下

君骤兰摧天可疑，曾邀[②]痛饮竟渝期。一官悮尔分生死，万里将谁奉挽诗[③]。便葬西湖原自好，若回北道莫嫌迟。葛洪川畔空留石，身后身前岂易知。

题清扬店壁

蹋沙溪畔渐无泥，息辔林间每有诗。正永夜分能起蚤，无多路径转行迟。

---

① 《吴越同游日记》“听晨钟”作“屡看星”。

② 《吴越同游日记》“邀”作“要”。

③ 《吴越同游日记》“挽诗”作“简书”。

甜愁江表沽来酒，倦怯灯前败后棋。驱马淮南秋已暮，西风催雁欲霜时。

叠前韵

马迹[①]东西偶印泥，吟成旅壁日留诗。寒催蓟北鸿来蚤，秋缓淮南叶落迟。市上妪求囊底药，酒家傭看树阴棋。村南风物观尤胜，又为湖光驻许时。

旧馆道中

拜绕凌霄窣堵波，片帆信宿过淮河。泰蒙已远山重见，江海相邻水自多。游子餐加缘少酒，舆夫行倦反成歌。夕阳犹可前村去，仆马虺隤懒进何[②]。

入天长县界

山头塘水不愁枯，收稻辛勤妇与姑。莫道三吴多荡子，吴儿皆是[③]上农夫。

宿浦口望金陵

吴头楚尾浩烟波，不负江山一钓蓑。斜日去沽京口酒，残钟来听广陵歌。寄奴巷里苔碑断，佛狸祠前社鼓多。方悟古人今尽死，乾坤浩劫竟如何。

北客南来定改观，墙头篱外尽檀栾。绿沈万顷琅玕动，值得征人立马看。

髡却垂杨更作丛，万条旖旎困东风。乌衣子弟森森立，笑倒柴桑五老翁。

三叠前韵

丹灶难封六乙泥，焚香且读紫阳诗。红尘落劫天酬懒，白发寻师客笑迟。舌底醍醐三昧酒，橘中世界四仙棋。他年若剪巴山烛，须话金陵道上时。

---

① 《吴越同游日记》“马迹”作“鸿爪”，

② 《吴越同游日记》此句作“童仆偏慵莫听他”。

③ 《吴越同游日记》“皆是”作“多半”。

赠济武

君曾捩柁[①]游彭蠡，我亦张帆过洞庭。二十年来无限事，临流回首尚[②]多情。

金轮高峙水云乡，坐对南山清泗长。十载扁舟楚泽[③]梦，如今又似到潇湘。

四叠前韵

奇[④]缘何用觅青泥，且检嫏嬛洞里诗。《景福赋》传身退早，仙翁羽化我来迟。三山烟月骚人酒，六代君臣低手棋。欲向华阳询大劫，茫茫龙汉此何时。

江干小饮

云霄江海各浮沉，花月长干尚可寻。淮蔡欲平谁有相，轻肥自许我无心。褰裳五岳追禽庆，挥麈三支叩道林。离却家缘人自在，骅骝顿辔已骎骎。

由毗陵抵姑苏

才见明星已解携，孤舟停处月升时[⑤]。多年问旧逢人少，长路违村得米迟。抛卷且尝新买酒，呼灯重理半残棋。闲词吟就无人唱，留作真娘墓上诗[⑥]。

舟过兰陵风物清，琉璃波嫩绿层层。轻装驰过邮符使，孤棹归来盏饭僧。霜浦河明惊蟹簖，风林叶动见渔灯。香炉茗椀幽人事，陶岘三舟愧未能。

晴日微风旅兴舒，由来轻舫胜安车。既经客路休苛酒，欲畅闲情并废书。过站卒传催檄马，乞钱僧诧放生鱼。翦灯新话虞初志，搜访陈农恐未如。

京口才过水觉平[⑦]，扬帆况近阖庐城。灯笼浓写官衔字，估肆矜张海错名。老衲市门多傲兀，少年衣饰自[⑧]轻盈。虎丘东去名花列，画舫珠帘尽有情。

---

① 《吴越同游日记》"柁"作"棹"。

② 《吴越同游日记》"尚"作"还"。

③ 《吴越同游日记》"泽"作"水"。

④ 《吴越同游日记》"奇"作"仙"。

⑤ 《吴越同游日记》"月升时"作"又鸡栖"。

⑥ 《吴越同游日记》"诗"作"题"。

⑦ 《吴越同游日记》"水觉平"作"已不同"。

⑧ 《吴越同游日记》"自"作"尽"。

发苏州，宿平望

十里横塘路不遥，平湖[①]弥望叶萧萧。马行堤背桥如榭，鹭泛波心荇结巢。千叠云留将坠日，一帆风送欲归潮。廊空响屧人何处，环佩无声恨寂寥[②]。

迢迢千里厌车尘，布袜芒鞋越水滨。善宦故人偏遇病，闲行长路自宜贫。携来出世烟霞侣，偿却多生云水身。安道剡溪无恙否，雪中把臂兴尤真。

走马看山恐未宜，游人选胜去如驰。生公石畔休辜负，数息松阴坐许时。

花宫此日律筵开，云水游僧问讲台。毕竟吴儿真解事，酒徒不许寺门[③]来。

虎丘山畔酒船来，徙倚生公说法台。当日侬痴今自笑，欲移霜竹过江栽。辛卯过此，移大竹数竿于舟中，过江已枯矣。

顺风收缆莫嫌迟，蓬底飞觞蓬上棋。宝带桥头书乍展，吴江过去已多时。

笑语篙师去若驰，来人惆怅亦应宜。不须妬我乘风快，几日停舟尔[④]未知。

柏叶

国色朝酣喜乍逢，胭脂掩映绿杨丛。不应唤作丹枫醉，真是芙蓉十丈红。

美人重浣越溪纱，倾国红妆立水涯。又似仙人殷七七，江南十月放桃花。

嘉兴石堤为先祖抚浙时所建碑记现在三塔寺

百载金堤利尚宏，横遮衣带浪崩腾。迟舟看竹穿荒寺，下马寻碑问老僧。载酒须经[⑤]霜后叶，放生谁续塔中灯。先公赐履遗谟在，再拜摩娑百感兴。

三塔堤边一系船，残碑读罢意凄然。水犀百战春秋地，花甲重周壬子年。芒屩行沾吴岫雨，布帆远挂越溪烟。羊公岘首思前事，自愧江湖雪满巅。

支许追随喜此行，沧桑过眼意还惊。新来风物或同异，旧日交游半死生。烟水双舟枫下宿，霜天两度越中行。故人湖上应翘首，为祝长风促去程。至虎丘，吉津先生已行。

暖应小春十日晴，浓云泼雨怒潮生。孤舟短烛薰香卧，斜汉残星破晓行。

---

① 《吴越同游日记》“湖”作“波”。

② 《吴越同游日记》此句作“千载魂归恨寂寥”。

③ 《吴越同游日记》“寺门”作“梵宫”。

④ 《吴越同游日记》“尔”作“君”。若是“君”字，则不合律，此即“不拘声律，略为改易”者。

⑤ 《吴越同游日记》“经”作“穿”。

人望青帘商酒价，马嘶红叶带溪声。妙高峰顶知谁在，童子南询忆福城。

落照荒陂急桨行，才惊滴沥绿波盈。寒霜催柝人无寐，聚[①]雨连溪夜有声。云峤青鞋追旧约，蓬窗红日待新晴。茫茫震泽天无际，又喜飞云贴水平。

过石门县，宿双桥

缓棹微风过石门，柔桑万顷傍城繁。萧萧红叶林间寺，泛泛青鸥水上村。一局残棋餔[②]后着，三杯淡[③]酒夜来存。江乡地暖时时雨，新涨苔矶没旧痕。

临溪红树晚萧萧，山半[④]虹梁送目遥。九野潆洄银汉迴，五云隐见梵幢飘[⑤]。分营犀甲传霜柝，驻楫凫舟傍野桥。欲倒一樽沧[⑥]海去，白蘋风起趁归潮。

过北新关，宿得胜坝，戴京兆岵瞻来晤

千亩休夸胜渭川[⑦]，青瑶碧玉露华鲜。北归定向阳丘去，尝酒兼看竹似椽。谓邓元昭太史也。

白鸥泛泛绕溪轻，风顺真堪惬[⑧]客情。缰也不收桅不卧，高桥能放小舟行。

赠绥山

登堂长揖喜还惊，乍徙仙峰[⑨]跨五城。曲沼潆洄[⑩]波有态，暗香浮动[⑪]桂多情。樽前北海英雄气，户内东山丝竹声。将相偶然无足道，烦君一出为苍生。

---

① 《吴越同游日记》“聚”作“急”。

② 《吴越同游日记》“餔”作“饱”。

③ 《吴越同游日记》“淡”作“残”。

④ 《吴越同游日记》“山半”作“树杪”。

⑤ 《吴越同游日记》“梵幢飘”作“玉龙高”。

⑥ 《吴越同游日记》“沧”作“云”。

⑦ 《吴越同游日记》此句作“高密休夸万竹园”。

⑧ 《吴越同游日记》“堪惬”作“能怡”。

⑨ 《吴越同游日记》“仙峰”作“蓬山”。

⑩ 《吴越同游日记》“曲沼潆洄”作“窄涧何缘”。

⑪ 《吴越同游日记》“暗香浮动”作“小山真讶”。

二峨不用问仙桃，此日元龙正自豪。馀子何堪当一鹗，胜情恰喜[①]对双螯。骢牵油壁衔环过，鹤去孤山振羽高。[②]蜡屐快游拚共醉，红牙禅板任相操。[③]

题岵瞻水轩

乍展屏风枕水滨，长廊西折更宜人。便牵碧杜沅湘梦，欲现玄真蓑笠身。华子岗头天寂历，戴公山下影涟沦。吴绡写取丹青去，归向般阳一效颦。

游灵隐天竺

此行真足畅幽情，历尽岩峣杖履轻。佳客庄言皆带谑，山游奇福况逢晴。峰如屏列丹青画，竹与松争晋楚盟。归去圣湖双桨缓，西施笑靥正盈盈。

冷泉亭

浮图霞外望亭亭，袖拂天风醉眼醒。木落更添千涧碧，云低不掩众山青。亭边鹤去穿银浦，洞里猿归下玉屏。十载沧桑多少事，重来疑是未曾经。

赠许竹隐和济武韵

远游原胜掩柴关，纵不登临意已闲。白发天容婚宦外，青山人在向禽间。残霞低覆千溪水，斜日高衔万点山。一任使君归骑促，城南有客坐忘还。

三朝晴日敞云关，似纵人间[④]此日闲。岩壑尚存典午后，风流不坠永和间。壮观已渡钱塘水，佳事犹牵邓尉山。响屧廊空香未尽，梅花开至客方还。

芒鞋犹未蹋禅关，输却云门衲子闲。藜杖长松斜日外，蒲团修竹绪风间。客游[⑤]正好旁寻墅，小倦何妨不上山。无雪轻舟兼有月，酡颜应胜剡溪还。

归去扁舟暂掩关，浮生肯负暮年闲。家储名士酒千斛，屋借老僧云半间。沧海遥通秦帝水，方壶近似谢公山。蹒跚龙尾成何事，鹤背安期待往还。

---

① 《吴越同游日记》“恰喜”作“正欲”。

② 《吴越同游日记》本联作“骢牵油壁能无梦，鹤去孤山尚可招”。

③ 《吴越同游日记》本联作“蜡屐空山拚共醉，红牙禅板凤凰箫”。

④ 《吴越同游日记》“人间”作“闲人”。

⑤ 《吴越同游日记》“客游”作“闲行”。

寓望仙桥东楼新寓杂咏二十四[①]首

烟中万瓦望鳞鳞，左右江湖入眼新。此日登临应尽兴，吴山久已待归人。
列岫排空[②]点点苍，重楼特喜对初阳。江声振耳非吾土，云影惊心[③]似故乡。
渔艇时因寻寺远，马蹄屡为听歌忙。东游入箧奇书在，罢酒挑灯兴正长。
清流如带绕城行，城上青山低压城。依度未来景寂寞，好山年少尚无名。
茫茫元气浩难收，一水能浮万斛舟。若欲争名桑苎谱，属君切莫入城流。
一府歌伶竟百班，朝朝歌舞到更阑。僬侥鹄国俳场笑，更爱合欢图好看。
双文诠释意何如，若此虫鱼事更殊。莫道余姚灯欲烬，薪传喜得念台书。
京兆林塘新样开，季方亦是火攻才。名山好水如全锦，付与良工金翦裁。
藿食谁能佐一筹，司农仰屋万民愁。共云凋敝年来甚，不独滇闽烽火稠。
城隍庙枕越[④]山巅，览尽江湖镜里妍。别馆幽轩一一好，游人误到郁罗天。
预计归途岁已遒，朔风掠面雪盈头。到家红日三竿睡，少解关山五夜愁。
城郭依稀霸业空，白云犹绕越王宫。投簪少伯知何处，正在俳场歌舞中。
青溪东趁蚤潮回，南去分流水阁开。六月火云炎地[⑤]剧，何人携酒此中来。
溪山正笑有情痴，未看图经处处疑。已识浣纱溪上影，夷[⑥]光名字也应知。
吴越人居半是楼，地忧窄处占天优。少离卑湿差堪喜，不见溪山亦足愁。
溪水汤汤野望遥，扁舟远趁未归潮。晓寒宜酒抛书卷，坐听邻舟紫玉箫。
步入浓阴万绿丛，如椽修竹万竿风。纵饶花露迟迟饮，绿醉红酣正不同。
沿岸穿村一杖扶，山行小倦便跏趺。蒲团[⑦]三尺千竿下，似与禅天乐不殊。
堤旁处处是柔桑，嫩叶纤柯二尺强。采葛歌声千载怨，东南原是绮罗乡。
翩翩一棹越江东，往[⑧]固忻然归亦同。西去关乡已眼底，东来丘壑满胸中。
小山人去已难招，支许千秋更寂寥。十载初来仙分浅，餐霞未遇汉阳箫。
千秋元白驿书闲，杭越盈盈一水间。依度精灵呼可应，船头几度问萧山。

---

① 按，“四”应作“六”，唐梦赉《吴越同游日记》原有注：“二十四日，念东先生作六十绝句，今录其半。”因此，这里的“二十四”可能是日期。

② 《吴越同游日记》“空”作“云”。

③ 《吴越同游日记》“惊心”作“犹疑”。

④ 《吴越同游日记》“越”作“吴”。

⑤ 《吴越同游日记》“炎地”作“南国”。

⑥ 《吴越同游日记》“夷”作“宜”。

⑦ 《吴越同游日记》“团”作“圃”。

⑧ 《吴越同游日记》“往”作“来”。

到处勾留似贾胡，南行日记看全殊[①]。知君晓起蓬窗底，细与溪山作画图。
夜行虚度子猷舟，投刺萧山又滞留。斜日渡江也自好，不过今日入杭州。
漫向长风怯孟婆，家家篱外挂鱼蓑。奴惊异域难沽酒，马惯扁舟易渡河。
倦雁似投荷[②]浦懒，归人偏向夕阳多。如何岁晚秾华歇，未听莲娃一曲歌。

登吴山

通佐宝殿地高寒，青凤梢遮碧玉阑[③]。已许寻君成胜赏，纵饶风雨也来看。

山茶

山茶妖艳擅倾城，客里初逢喜复惊。绛节疑随轻霭下，紫绡偏向夕阳明。莫嫌栀子为前辈，已笑梅花似后生。青琐窗前修竹倚，天寒翠袖倍多情。

赠邻舍孙生

山灵也复赖经营，酷似丹青触手成。启户便疑穿洞入，卧床已胜跨山行。沙头鸥鸟樽前过，廊外兰桡镜里明。不用笙歌喧醉耳，天风日日送潮声。

游吴山东南诸庵

门外青山傍屋难，山家也只是柴关。那能画阁参差处，直在奇峰杳霭间。松顶偶看猿定去，云心时唤鹤飞还。翠微蹋破千峰上，天眼方知世界闲。

别馆初开叠嶂旁，名花庭下试新妆。江湖绮错潮声远，风竹萧森客梦凉。桦烛穿篱来远榭，楸枰落子振长廊。城中亦有孤山在，尽可支分旅兴狂。

王绥山以珍羞见饷

右丞乘愿又来乎？弹指三生朝与晡。物外采真投佛座，客中兼味压天厨。喜君落落元龙气，赠我盈盈明月珠。莫怪干将犹小试，人间终自有风胡。

---

① 《吴越同游日记》“看全殊”作“未应疏”。

② 《吴越同游日记》“荷”作“远”。

③ 《吴越同游日记》此句作“青凤尾遮碧玉天”。

题顾季蔚园

蓐食还嫌去[①]郭迟，闲游晴日最相宜。君能乘愿王侯腊，我欲拈香调御师。拂碣已惊唐岁月，上堂初见汉威仪。济公犹在人间否，枯木寒灰游戏奇。

再游云栖

江帆千叠带斜阳，东去江流万里长。径[②]转山腰心已喜，行行前路入松篁。

小小匡庐圣水西，五云十里绿天奇[③]。不须更说莲花社，只为修篁[④]来已宜。

大将合抱绿如棼，十载重来见此君。欲借百竿小阁下，云栖飞去到栖云。

残冬已分在天涯，寓舍三迁地[⑤]渐嘉。百步随看山寺竹，十钱便买水仙花。客携丝管歌能和，术即星平历已差。西去云栖境大好，不须重过辟疆家。

吴山歌

朝亦上吴山，暮亦上吴山。吴山何所见，但见渡江船。南去西兴道，东坡骨已槁。几度又斜晖，五字千秋了。北来省会何阗阗，车马直接北新关。去[⑥]关一棹[⑦]千万里，西通蜀楚北幽燕。咫尺盈盈过秀水，画楼烟雨苏台起。金阊门压太湖头，虎丘寺踞横塘尾。九州名酒惠山泉，过客馋垂一尺涎。东林自古名贤地，高顾流风尚未坠。咽喉南北称京口，鹤林啧啧精蓝久。东顾凭栏望海门，长江万里蛟龙走。单椒浮玉立江天，障尽山光如市廛。高人正爱荒寒地，更欲东行访孝然。举头冉冉维扬步，零落琼花来已暮。何人载酒平山堂，有客长歌雷塘墓。秦邮湖涨浪粘天，莫遇淮阴恶少年。儿女高谊良足忆，英雄末路亦堪怜。鸭卵皮酒分可数，片帆直至青江浦。齐鲁归人喜近家，马蹄得得真吾土。李家庄上酒初佳，仿佛青州从事来。倦客解衣聊一醉，篮舆才驻觅金钗。岱宗云接龟蒙麓，雪花掌大丰年福。入门完却官家粮，醉乡为我菟裘足。

---

① 《吴越同游日记》“嫌去”作“惊出”。

② 《吴越同游日记》“径”作“路”。

③ 《吴越同游日记》“奇”作“迷”。

④ 《吴越同游日记》“修篁”作“此君”。

⑤ 《吴越同游日记》“地”作“境”。

⑥ 《吴越同游日记》“去”作“出”。

⑦ “棹”原作“掉”，《吴越同游日记》作“棹”。

岁暮感怀

一月山茶尚艳妆，胆瓶又喜蜡梅黄[①]。岁行尽矣寒方剧，人正萧然夜更长。选药初尝壶[②]内酒，薰笼复[③]试帐中香。新闻不厌看稗史，残烛荧荧一寸光。

三吴腊雪旧来稀，预怯春寒上旅衣。了已无情堪惹梦，不知何事又怀归。客中少病天能念，老去寻师愿久违。一壑千峰卒岁好，鹤笙长傍五云飞。

顾园诗

乍到萧然廛市空，行行转步忘西东。二分丛桂三分竹，十亩方塘一亩宫。画阁流云湿不去，金沟细浪暗相通。游人杖履常难遇，疑在迷楼曲折中。

子猷竟造兴如何，解事园丁幸不呵。冷翠全收山色尽，丹青真恐画图讹。长廊地觉高低险，幽径人惊曲折多。遥忆平泉只似此，可能[④]花月数来过。

闻道名园隔一坊，匆匆驱马缓携[⑤]觞。似呼蓬岛移闲馆，无尽壶天入曲廊。竹瘦能凭石作态，亭危偏与水分疆。偶来徙倚忘归去，不许游人兴不长。

戊午元日

宴起何劳问曙钟，瑶华微衬日曈昽。禁持栢酒轻寒后，妆点梅花小雪中。棋似谢安常苦劣，馔如羊曼雅能丰。明朝东郭扁舟去，借取春风满钓蓬。

往年凤阙忆朝正，殿上传宣玉椀轻。自是雪鸿踪迹幻，题诗今在武康城。

过武康乌回寺看竹

又下扁舟到武康，贪程殊觉夜茫茫。邑如村落溪山好，座尽亲知笑语香。作客对梅缘不偶，临行看竹兴尤长。此间游赏宜春夏，呼起休文仔细商。

浪蹙鱼鳞皱绿漪，顺流不厌去迟迟。微风晴日轻帆挂，自在闲心点鼓时。

---

① 《吴越同游日记》“黄”作“香”。

② 《吴越同游日记》“壶”作“瓶”。

③ 《吴越同游日记》“复”作“更”。

④ 《吴越同游日记》“可能”作“何人”。

⑤ 《吴越同游日记》“携”作“行”。

归舟

归舫何当阻石尤，咿哑穷日竟迟留。天微阴后春寒剧，酒遍尝来名地优。佳景倘逢须跨马，前途难宿蚤停舟。危桥曳履从容去，为与田更话净修。

溪山到此倍多情，况复千岩万壑争。舟缓未如棋局快，帆高偏挂夕阳明。云添寒日沈山势，风带惊潮过海声。莫问今宵何处宿，已将新酒贳乌程。

新月如钩已有情，黄昏箫鼓大堤行。衡山湘水扁舟惯，才住钲声便柝声。

龙尾猩豪奚以为？黄庭逸少始相宜。莫嫌瓦研鸡毛笔，雅称江湖漫兴诗。

平望阻风

陡觉春寒来水面[①]，重裘抖擞赋蒙戎。故乡犹恨如天外，好月何烦到客中。酒只伴书难得醉，歌原陶兴不求工。五更预识醒来蚤，细审蓬窗顺逆风。

每忆河桥酒慢[②]青，孤村丝竹正堪听。歌台度曲凭高下，游客开樽半醉醒。已觉春秋人老大，转惊湖海迹飘零。何时夜合浓香里，微雨萧疏话未停。

泊阊门

官塘小住复行行，舟泊金阊喜月生。棋局才收知夜久，酒杯初把又诗成。鹊枝摇月犹无梦，鼍鼓临江倍有情。唤客东风催蜡屐，梅花香蕚照铜坑。

客中偏觉换年华，两越三齐路最赊。未至先成烟雨赋，将归或看洞庭花。杯才入口先怀土，火已烘衾似到家。只是五更残梦醒，曙窗便觉是天涯。

晚宿丹阳

张帆顿觉意萧然，又喜闲身远市廛。一百日灾红酒地，三千里画绿杨天。志和高致存蓑笠，陶岘多情寄管弦。游尽[③]江湖无不可，但能淡荡是神仙。

舟停预作放舟诗，不意天涯如许时。来日正逢鸿作客，前途行看柳为丝。江湖放浪诗千首，村墅迟留酒一卮。归去花朝好风日，东池鸭绿已差差。

处处疏篱挂网罗，买鱼沽酒夜长歌。黄昏鼓吹喧阗起，知有官船泊里河。

北斗阑干带绛河，轻风远送榜人歌。不知僮仆怀归否，船尾残灯絮语多。

---

① 《吴越同游日记》“来水面”作“游子惊”。

② 《吴越同游日记》“慢”作“幔”。按，字同，参下面《舟中杂题》中“酒幔青依扬子桥”。

③ 《吴越同游日记》“游尽”作“适意”。

阻舟京口商船贿戍卒驱漕艘始得行

灯火烧天夜未休，千桅惆怅滞江头。要津先据君休倦，捷足相蹂我亦愁。辣手不妨先击汰，庸奴犹自惮移舟。云同糠粃何相辱？榜首居然第一流。

从来庸论沮英才，智勇穷时舟懒开。韩白争途前阵勇，鼓钲动地后车来。过江蚤[①]计先群彦，击楫中流酹百杯。笑向妙高台上望，几人隔岸尚徘徊。

北固江光晚始奇，酒杯掷却尚嫌迟。也知歌舞华筵好，悮了[②]看山夕照时。

万口欢呼潮已生，翩翩乍觉片帆轻。阳侯已借停桡力，舟子休辞击汰行。明日高登浮玉顶，几人悮住吕蒙城。犹惭漏下铜龙后，辛苦江干候吏迎。

孟婆何事妒归桡，如线江流望已消。官舫久输鱼舫快，簰军能制运军骄。干掫巡岸鸣宵柝，朔望应期候晚潮。再拜阳侯须努力，一帆为我送金焦。

拟游平山堂不果

已转长江棹，维扬又小留。琼花空吊古，琳宇更寻幽。下榻依前哲，开樽得胜流。红桥还怅望，未上竹西楼。

妄揣阴晴晴似迟，雨声向晓易行期。欠他僧舍三杯酒，添我奚[③]囊几首诗。

泊扬州

归心久在塞鸿先，自笑邗江帆又延。向蔓草中询将相，于繁华处觅神仙。隋陈劫换残阳外，吴楚天空钓艇前。拨尽闲愁输荡子，奇章书记兴翩翩。

粥鱼梵呗共朝昏，客邸萧然且快论。酒尽自应寻李靓，诗成端要畏桓温。溪山似许人携杖，风雨如催客闭门。莫向吴山[④]台下去，笙歌重到亦消魂。

浮云冉冉六朝过，唤醒还凭春梦婆。悮作咽喉南北重，遂令战伐古今多。

---

① 《吴越同游日记》“蚤”作“早”。按，《吴越同游日记》里“蚤”皆作“早”，而宋华金刻本中皆作“蚤”，其他的诗皆同，大概只是用字习惯问题。下面《宿蒙阴》中的“太山”，《吴越同游日记》也作“太山”，也是用字习惯问题。再如前面提到的“慢”与“幔”，在当时哪一个都可以写，当然可能有时间前后的问题。这些在此一并作些说明。

② 《吴越同游日记》“了”作“却”。

③ 《吴越同游日记》“奚”作“行”。

④ 《吴越同游日记》“山”作“公”。

流萤万点销残夜，磷火千秋逐[①]逝波。天下更无可意事，借将禅版送狂歌。

舟中杂题

云水南询道路纡，逍遥瓢笠转江湖。临行更向君平问，可许重来访道无？

汴水东游事已非，锦帆残日看霏微。柳丝又作春来絮，枯骨雷塘何日归。

潇潇风雨战长廊，后土祠存迹已荒。漫向蕃厘重吊古，琼花零落久无香。

青城仙子酒人欢，花月维扬复大观。闻道真人[②]多市隐，药庐酒舍试寻看。

一望扁舟路不遥，却愁沙浅住兰桡。长堤乍醒篮舆梦，酒幔青依扬子桥。

丝竹华堂事已空，犹留姓字向禅宫。蔷薇洞古花香尽，潋滟重湖又借公。

花朝对酒

渐近花朝暖渐深，清江浦口驻征轮。登楼忽忆前来伴，对酒方知见在身。旅舍春联吾土似，江津歌社客怀新。山阳笛里思今古，无恙同行尚几人。

黄河

黄河何事一时干，十步平流鹢首前。眼看桑田已到汝，莫夸往日势吞天。

宿蒙阴

荣途岂不胜沈沦，正恐荣途多苦辛。但少忧虞真是福，粗能温饱莫嫌贫。平生不作飞扬梦，骨相原非富贵人。我欲笺天天肯否，太平烟月稳垂纶。

那有王家锦障泥？骅骝雅意主人知。徘徊不饮临流久，似爱清溪住许时。

最难适口是江乡，匕箸时时弃案旁。才近乡园堪一饱，饽饦味胜大官羊。

泥途长日倦骖騑，矫翼长空羡鸟飞。只怪太山壅地络，未能千里画船归。

汶水汤汤津渡迷，官途今在穆陵西。不须更忆扁舟好，如笑春山待马蹄。

重裘得计耐晨风，远梦才停意已空[③]。残雪未销峰顶白，初霞已上海东红。天垂广漠穹窿外，人在苍茫灏气中。蚤遣苍头前觅酒，冲寒一杯暖如烘[④]。

---

① 《吴越同游日记》“逐”作“送”。

② 《吴越同游日记》“真人”作“仙真”。

③ 《吴越同游日记》“已空”作“尚慵”。

④ 《吴越同游日记》此句作“吟鞭尽可暂从容”。

般水高念东先生载酒堂稿

般水念东先生载酒堂稿[①]

寄人官秦中

几载军储隔朔方，我思远道在华阳。彩毫应续西都赋，华盖遥连东壁光。子弟三秦新俎豆，谈经两汉旧文章。虔刀无恙芙蓉色，知尔天衢揽辔长。

送人作令浙东

海色西风鬓影疏，抱琴仙令意何如？试凭鸿雁云间字，为觅琅嬛洞里书。短刺折腰应有憾，大官索米赋无余。棠阴好去飞凫地，绝胜长安作蠹鱼。

赠张总制存仁

功成挥手谢元戎，诏起留侯一日中。直节共推先代旧，天威新借太行东。行间仆射如慈父，海内安危属令公。祖帐西郊停小队，一樽延伫望飞鸿。

送人出关

京洛风尘忆薜萝，侯巴奇字喜相过。客从碣石宫前去，山向居庸关外多。远塞寒风增白苎，长亭晚照醉青螺。佩刀已兆他年业，行见扶摇负绛河。

元宵前二日雪集韫退所赋赠

征兵百道尚雕戈，又送春风到薜萝。布帽江湖游客兴，中原雨雪故人过。分灯罗袖闻吴语，入夜银筝听楚歌。襆被萧然行紫塞，清樽不醉欲如何？

---

① 出自《樵夫湖偶钞》，今国家图书馆藏清抄本，共三本，每本封面篆书皆有朱印：“江干幼客。”第一本内有《般水高念东先生载酒堂稿》。江干幼客，即颜懋侨。原题作《禹登山人钞》，“禹登山人”不知是不是颜懋侨。禹登山，在济南，参张养浩《龙洞山记》。

答孔博并解嘲

间门寂历似斋居，蜩甲蛇肤渐解除。梦后彩云香久散，水中璧月影还虚。空思谢傅登山屐，不问麻姑洞口书。任作人间惆怅事，瑶台将近风台疏。

送人归里

送客斜阳更忆家，麻衣远道趁霜华。空囊惟剩屠龙剑，小艇偏胜广柳车。南去黄花逢鲁酒，北来红袖泣芦笳。遄飞久有刀头梦，未恨西风驿路赊。

送淮上某公子

华阳初日照双櫜，朝请初辞宿卫劳。湖海士知淮浦胜，鱼龙潮蹴浪花高。羽毛五色巢阿阁，家世三公有佩刀。漂母荒祠为借问，王孙今日几蓬蒿。

送刘司李

钧天拜手忆云和，班马青门戛玉珂。过里飞花迎盖转，渡江芳草隔年多。于公折狱原豪饮，谢客寻山自浩歌。行矣玺书应计日，锋车早晚下漳河。

送人官楚中

十年樽酒隔风尘，握手俄惊使节新。赐履岁星知在楚，传经法印尚留秦。三湘远宦酬功日，六月飞帆去国身。早晚云中思魏尚，那能久恋洞庭春。

送楚中别驾

新纶匝岁赋归与，返照河梁映客裾。斜日犹倾燕市酒，秋风应钓武昌鱼。旧游讲业留青琐，远道怀人有素书。佐郡风流名自重，楚云湘水待征车。

赠枚先吏部

逐队槐花藉草眠，童心双鹘竞摩天。中原多故方吾辈，寒雨清秋复此年。龟卜休开京氏易，耦耕空负汶阳田。穷途痛哭登高啸，启事千秋羡尔贤。

赠韫退

涉江长剑快幽寻，回首华阳岁月深。游子方舟消远道，使臣侵腊引归心。燕台社酒同樗散，金马祠官易陆沉。楚客愁多思九辩，青枫白帝夜初临。

寄子下，时方西征姜逆

三月麾幢怅远离，云中烽火近何如？久看行路难如此，翻羡从军乐不支。塞外青萍班定远，马头红泪蔡文姬。别时饮至期朱夏，屈指归来音信迟。

子下西征将归

好音千里忆长征，道是封侯计已成。荡子流连油幕博，闺人盼断曼胡缨。从军书记才人例，献俘蛾眉君子营。解甲笑看尊酒绿，故人高卧话平生。

寄西江友人

南北风尘忆盍簪，清枫白雁梦沉沉。已同渔父江干住，不断书生洛下吟。彭蠡云深连北海，匡庐香结续东林。芝函行促锋车快，莫对鸲鹆叹滞淫。

步坦园年兄韵

绕岸鹅黄柳渐舒，走从瞻尹卜何居。幽栖旧谱心偏忆，漫士新衔手自除。芸阁岂容嵇叔懒，兰台未就孟坚书。丁丁宫漏黄云暮，怅望昏鸦下直庐。

送孙五粒

离樽良夜傍箜篌，分手华阳羡去驺。鹭影双潭津树晚，歌声画舫蓟门秋。休文久病空衣带，孙楚遄归更酒楼。相思依依桥下水，随君无尽向东流。

使星

使星春暮古邢州，天语临轩惧未酬。尘世百年真似电，故人双鬓已惊秋。枕中欲醒邯郸梦，天外相期汗漫游。济世未忘期小谢，闲心吾已付沧州。

简书

简书促促赴王程，此日惊闻笑语声。陆潭孤云含夕照，尧山空翠淡初晴。敢从叔夜称封事，喜就君平问耦耕。明日占天烦太史，聚星知傍使星明。

秋兴

秋风客梦送将归，千里萧条木叶飞。远舍几移新燕垒，夕阳不改旧鱼矶。向平婚嫁寻山晚，广武英雄屈指稀。怅望江干鸿去尽，芙蓉白露上人衣。

送友

好友相看赋遂初，长竿归钓孟诸鱼。红香尘里休回首，黄叶村中欲卜居。苏晋逃禅桑落酒，维摩抱病贝多书。知君自是瑶台客，一卷琴心梦寐虚。

忆友

江北江南叹所居，故人消息近何如。滑稽曼倩聊耽酒，憔悴虞卿但著书。般水松窗离后梦，禹陵鸿信到来疏。赤城南望瑶台近，采药何年共荷锄。

謁来

握手惊看意惘然，謁来轻骑越江边。从戎书记三千里，去国萍踪八九年。客路风花羁旅酒，长衢歌管禁城烟。前游回首皆陈迹，此后新期雪夜船。

赠友

枚公数奇天所放，白发浩荡吴楚秋。或如道州诗退贼，更有郁林石载舟。相从唐举定蔡泽，酒贯新丰思马周。上书早晚见天子，免使风尘笑蒯缑。

送人罢官归

舟覆安流意自如，缁尘拂袖赋归与。果缘执政方持法，何用天门更上书。牛背斜阳摇汉史，鸱夷浊酒挂紫车。濯缨沁水宜长啸，苍狗浮云梦觉余。

寄孙五粒

萧斋新葺静无哗，棐几筠床事事嘉。招隐淮王歌桂树，避人秦水种桃花。空囊久困登陴吏，好客常停载酒车。京洛故人相问讯，几时晓骑望京华。

次孔博韵

云璈天畔忆扬州，灯火交衢十二楼。侠少轻衫裁紫凤，美人画帐卧青牛。炉烟入夜香飘陌，冰雪融春玉满沟。拾翠目成斜月散，携归清梦为君愁。

王念石入都，时予将归

拔剑王郎歌莫哀，玄都重到已莓苔。无噫笑我离秦去，九辩知君自楚来。载酒江湖能赋客，分符方岳济时才。岁寒更有寻真约，十二楼台贝阙开。

赠梁玉立

燕赵悲歌赖子存，相逢斗酒更留髡。高吟应发吴侬笑，鲍肆重开方自喜，滈池山鬼亦何言。只今龙战千场数，谁解东游访羡门。

感旧八音体

金谷寒烟锁废丘，石家窈窕竟谁留。丝成吴茧春将老，竹染湘烟泪未休。匏叶青裳霜后碎，土花碧藓夜来愁。革囊久识瞿昙语，木落萧萧蟋蟀秋。

送孙枚先奉使祭告禹陵南镇南海

征帆万里怅离居，北斗回看傍玉除。草树千岩游子赋，山川百粤使臣书。何年金简留名镇，此日神羊护客车。属国隶君重铎远，枚先时以太常奉使越裳消息问何如。

送桓台王子侧表弟归里

杏子微黄蝶乱飞，苎衣初试玉骢肥。陆机入洛年方少，贺监抽簪志久违。

已耐垂杨飘絮老，何堪痛饮送君归。锦秋湖上花如锦，莫惜扁舟傍钓矶。

送门人陆处实司教宁国

世人作吏易为豪，疏乞青毡意已高。要使诸生服雅颂，莫耽名士醉离骚。佳山水处京尘尽，多簿书时郡邑劳。绛帐谈经良自喜，广文今日是仙曹。

即事呈苍岩

报单窃喜鸿胪却，又借长安十日闲。客梦缘黏金线柳，僧窗翠荡玉泉山。九衢迹溷屠沽内，一炷香空天地间。帝里散人吾不负，名章空约笑君悭。

寒食同子下子濂竹浦小集

一

细马燕姬寒食天，故人一笑阅华年。吟怀迟日莺花际，琴思长松水石边。已破海棠三月梦，莫惊宫蜡五侯烟。城南载酒当时路，回首天涯意惘然。

二

天涯那复忆清明，好友相招并马行。风雨夜寒沽酒路，秋千朝聚卖花声。略存节物千年似，不驻流光百感轻。已识三生弹指尽，葛洪川畔漫相惊。

三

再到元都事事新，东华依旧软红尘。夕阳又过清明节，残局堪消幻影身。客倦笙歌聊引梦，天寒花鸟尚忧贫。偷闲莫负西山约，藜杖芒鞋问道民。

复华来望驹儿下第

清明过后尚飞绵，扫径偏宜载酒天。败士正嫌人慰藉，雨朝雅爱客酣眠。海棠飘渺真如梦，杨柳风姿半在烟。极目高城空翠湿，千家楼阁落花前。

过敬哉斋头有赠

一

莫作灵均漫问天，年来得力是随缘。若科乞酒真无赖，才说寻花便放颠。坐卧自尊闲岁月，朝参不絷散神仙。偶寻子晋吹笙语，沧海红尘剧可怜。

二

潇闲庭馆似清都，才到君家病已无。买地乍宽花世界，送春持破酒工夫。笑同小陆司空第，身入逃秦渔父图。杜曲城南新有约，黄鹂不用更招呼。

赠枚先调大司农

汉廷计相重咸京，盛世移官借夏卿。出塞金钱劳北顾，临江组練赋南征。杞忧岁俭仍加税，蒿目民疲幸息兵。早慰薰风明主意，九流人物待持衡。

送秦归愚宰晋

垂衣天子赋薰风，良牧明珂出汉宫。驿路酒帘芳草外，吟鞭古戍乱花中。传家共说中丞笏，奏绩应先使者骢。父老云中歌旧德，甘棠春接昔时丛。

送黄鸥湄赴楚辖

春风千里散河梁，上客青骊拂绿杨。旧例词人多岳牧，新恩行省兆平章。青萍北渚怀人远，明月南楼引兴长。共识昔时香案吏，重来指顾待虚皇。

北上次唐济武韵

馀生自分老渔蓑，又问春明意若何？小草已无千里志，至尊方切五弦歌。看山盟约连年负，出世因缘让尔多。愿乞天恩宽倦鸟，归来禅板和东坡。

嘲青箱

灯前巧笑露华清，切切秦筝入夜鸣。酒政飞觞犹击鼓，花关弃甲但闻钲。衮横蜀道奔云栈，衔挂巫阳号客卿。粲诱可怜成粲笑，不如薄幸尚多情。

署中与福兄谈志

藤阴小立话心期，穷相樗材自可知。多病已嫌医药妄，言归空重友朋疑。堕身婚宦真前业，入社渔樵定几时？才念抽簪殊自喜，祈君先作送行诗。

送徐宁庵治河

京洛新乘使者车，金堤蒿目念其鱼。临流自拟琴高驾，发箧人惊宛委书。天上客星占博望，古来太史志河渠。黄流绿水通如带，莫惜元圭奏玉除。

赠督学施尚白公祖

才名独步白云司，久识西曹绝妙辞。掌故重惊施氏学，殊方应织宛陵诗。汉廷阙里陈书后，稷下诸生问道时。漫向孙阳矜相马，斯文珍重拜人师。

赠程玉仲

宪府高临大海旁，微垣执法豸冠光。公余缓带桄榔影，赋罢开樽荔子香。三接邢州交已定，双鱼淄水意何长。向平早晚名山去，彩幔亭边拜魏王。

送赵韫退黄门观察江西

故人何事厌承明，谏草犹传台阁清。旧例省臣多岳牧，新恩循吏践台衡。回看泰岳千峰尽，远溯鄱湖五两轻。燕寝政成应有赋，瑶华好为寄平生。

送九弟归

此来草草意何如？几日天涯伴索居。小砌修花新雨后，残棋争劫短檠余。闲中仍负寻山约，归去惟携种树书。屈指槐黄秋试后，好从羯末上公车。

送二兄归

梅雨厌厌接麦秋，青门一骑去难留。连朝聚首忽如梦，此日临歧始欲愁。惟有抄书销寂寞，烦为种树待归休。南村楼下新波涨，谁共渔樵棹小舟。

饮孙五粒所

鸣鸠屋角唤晴劳，细柳轻风燕子高。饮剧先思醒酒脍，棋低远赌络丝桃。征哥欲引怀人梦，作客愁闻归兴豪。瘦马冲泥聊小住，好将风雨对檀槽。

赠丁野鹤

郑鬓萧萧暮已疏，阑干苜蓿意何如？借将燕市当歌酒，浇尽名山未痊书。白眼云霄裘马贱，黄粱天地鼎彝虚。云风习习吹华表，知有新声试起余。

谢起东至

襆被萧然到蓟台，榻悬重喜故人来。离怀南浦经年别，爽气西山对酒开。险过始知天可恃，才高莫怅仕无媒。小窗短烛连宵语，相与缠绵话劫灰。

送篁庵年丈致仕南归

悬车何似入纶扉，拂袖从知战胜肥。身向碧山含笑去，心如黄鹄刺天飞。沧桑过眼无荣辱，湖海关情有是非。步屧河梁空自笑，西风惆怅未同归。

之神乐观途中成

玄都走马又残春，回首青山冷笑人。圣世虽然无弃物，微躯何事尚劳薪。根尘已隔虚空面，婚宦时侵老病身。不道抽簪能度世，闲居或可渐归真。

闻起东在孔博寓

一笑经年握手时，长安萍迹话心期。逢时不作敬通赋，搔首应成谢朓诗。社日浮觞倾白堕，客中拨闷问红儿。怜余留滞玄都久，何日从君望柳丝。

子下移居

其一

骑马直穿兵部洼，清斋遥近太常衙。五桥旧讯将军竹，独树新知子美家。野客登堂催作黍，竖童疏溜误煎茶。西邻老圃知谁氏，恐有青门五色瓜。

其二

方看东野移居后，忽讶平阳赐第来。祭灶杯盘犹在御，插签图画未曾开。骑惊都尉匆匆过，花靳园丁缓缓栽。传舍到头谁是主，梁间燕子亦徘徊。

其三

前朝宦邸禁城西，冠盖如云呵殿齐。阁已多时为马厩，巷今何幸蹋铜鞮。宫莺百啭披帘过，御柳千条拂幙低。夕照孤稜连紫陌，不妨下直到鸡栖。

其四

衣桁蜻蜓绿影双，青丝碧井响淙淙。凭栏柳织千家雨，临圃花吹四面窗。休沐乍知酣睡美，谈谐已觉旅愁降。贝多翻罢跏趺坐。自竖闲居精进幢。

其六

青箱世业冠淄隅，丹诏分旗隶大都。入洛久传名下士，翻清新赋府中趋。莫惊赐第骠姚幕，还贺充阁海月珠。自此琅邪添北望，三槐影里凤将雏。

移居

划却南荣天亦宽，赊风饶月共盘桓。不妨直任蓬三径，那得全无竹数竿。宦到善贫应近市，书占相宅幸宜官。登坛大胜承明苦，几日旌旄夹道看。

又

新居喜与官衙近，退食高朋日日来。书卷尚留宜午梦，楸枰已送伴深杯。花如许大移能活，径未全幽毁更开。从此西华香土近，火城将彻尚徘徊。

又

酒气茶烟次第生，怀新群动各经营。社公雨过苔阴长，少女风回菜甲鸣。稍约帘旌通燕影，已闻刀尺应砧声。主人据榻欣然笑，不待凉飔体已轻。

送起东返里

袅袅垂杨万绿浓，紫骝归去恨难从。赠言颇切惟嫌戆，乡信旋添再启封。欲访名山盟可践，才思膴仕意先慵。青门东去天涯路，芳草春岩翠几重。

送顾文选归吴

扁舟归去若乘风，到日茱萸泛几丛。震泽渟泓悬水鉴，竹林潇洒候山公。地营高敞千家列，道访希夷三泖东。回日奇书应共赏，论衡久閟笑王充。

送锺一士

连墙晨夕忆前欢，再踏京尘岁月阑。方朔已知能玩世，曼容何事苦辞官？

聊将皂盖千家雨，化作玄都九转丹。磨蝎守宫君莫问，邯郸旧梦试寻看。

步子下九日韵

落帽龙山对老兵，何如幽圃自多情。数家吠犬村流断，百步疏花返照明。谐谑几招园侩骂，是非总到野人轻。城中歌舞欢方剧，争肯萧条杜曲行。

赠朱圣符

送尽飞花病眼开，披襟一笑故人来。名场久识屠龙技，伯乐初登相马台。千里风尘犹握椠，十年怀抱此衔杯。囊中新语成书否？天子临朝正爱才。

过子下

病起蓝舆偶造衙，公余看竹到君家。拓垣榆柳清风远，上架葡萄绿蔓斜。灼灼荷舒翻水叶，飞飞燕掠落窗花。银床荡漾新泉影，待试江南谷雨茶。

寄王砚存

柴桑风味意何如？长忆南宫握手余。白下琴尊分一雁，吴门烟水盼双鱼。深居知閟潜夫论，世业能传韦相书。玉树介眉将进酒，蓬蒿莫厌满阶除。

义王孙可望入朝

无须长矢射天狼，日月光华隔八荒。万里趋朝归圣主，九宾陪列见降王。海隅久已通重译，漠大何烦较夜郎。拱极无边文教远，太平今日正垂裳。

寄维扬郭令

海门晴日照吴篝，制锦新传郭细侯。百战烽烟清楚甸，六朝明月落刊沟。竹西歌吹谁吟眺，书记风流客醉游。倾倒买春君莫惜，海棠柳絮异时愁。

杂咏步王敬哉秋怀韵十首

其一

白袷从容趁晚凉，沉潔天与意茫茫。西风曀日崦嵫黯，南国惊秋菰叶黄。晏坐行看千劫尽，息心翻怪两丸忙。卢敖汗漫君良苦，不识樽前有醉乡。

其二

弹指浮生似化生，伯舆何事苦多情。牛山笑倒无从涕，岘水痴儿尚问名。应听俳场喧鼓吹，从来除日有公卿。点衣个个看萤火，腐草中宵正竞明。

其三

宝衣烬后暗尘凝，玉碗人间有茂陵。骚楚问天愁莫对，荒唐说鬼恕无征。穹碑磨剑披蜗藓，磷火穿林射漆灯。恨血千年斜照里，寒烟霜叶自层层。

其四

九辨哀歌赋欲成，黄云白雁夜还惊。登床何用评馀子，呼酒惟宜对老兵。天护勾陈留汉月，世疑台笠梦周京。挥鞭大道鸣笳晚，侠少探丸日益横。

其五

醒自能狂忆次公，歌呼飒爽得无同。十年客梦星河下，千里秋声砧杵中。鸟匝疏枝空傍月，人依病叶乍惊风。未知造物成何事，晓漏昏钟竟不穷。

其六

切切秋蛩何太频，蜀丝灯下唱迎神。黄金歌舞医愁药，青史英雄佐酒人。纵步茫茫皆暗海，回头念念已成尘。香烟未断风中穗，辛苦前身与后身。

其七

暝色长楸意黯然，轻云不散鹊炉烟。现因忘却非今世，旧梦寻来似往年。短剑化凫飞雪练，长镵倚月种芝田。尘缘看足懒开目，赖尔龟兹一枕眠。

其八

罘罳惊雨上苔痕，蟋蟀西堂应客言。华鬘自应溲仄注，绣丝且与奠平原。醉锄兰畹长春圃，瞑解缁尘独乐园。斜照登台时送目，数家灯火忆渔村。

其九

欲寻石壁驻丰乾，瀚海惊风戢翼难。采木未能游物外，伐檀谁许羡河干。堕身婚宦原偿孽，托命冰霜岂畏寒。歌板禅床聊复尔，雄心休累唾壶残。

其十

却扇西风满目尘，夜行犹自望三辰。已凭天地矜新制，莫倚诗书议古人。偃蹇赤狸褰楚桂，摧颓紫凤抱湘筠。狂谈碣石非无意，裨海茫茫俟问津。

答冯殿公年兄

莎香疏磬柳阴阴，麈尾风摇衹树林。百战馀生真再世，三车觉路乍同心。维摩室外缁尘染，博望槎头净海深。应笑攒眉居士去，远公今许数招寻，

七夕

闭门疏雨暗空床，坐久帘帏袅断香。蟋蟀西堂秋有梦，芙蕖南浦夜来霜。金徽过雁怀人远，银甲调筝咽漏长。白帝黄姑期有素，也应天上怨清商。

轻寒白苎夜沉沉，短烛长歌代越吟。桂树风高清露冷，豆花雨细绿芜深。河梁岁岁天孙驾，砧杵声声故国心。一自楚臣传九辨，兰芳惆怅到于今。

秋夜

寒蝉拥树渐无情，机畔停梭络纬惊。尘世几番黄叶落，庭阴又见绿苔生。捣衣风急情难尽，团扇恩疏意未平。欲赋秋声童子睡，疏灯斜汉两盈盈。

新秋

其一

车马红尘晚不收，掩关小筑自然幽。蓟门玉塞黄云暮，汉阙金盘白露秋。三径怀乡思越鸟，一官望署怯吴牛。凌风欲挽银河水，聊为张衡洗四愁。

其三

山翠空蒙傍晚收，疏钟良夜转清幽。穿云玉管星河近，照梦银屏灯火秋。白露帘栊辞去燕，碧花篱落上牵牛。箧中团扇乘鸾影，应为西风岁岁愁。

送蒋维章监扬州税

画省鸣珂乞暂闲，持筹秋色照严关。淮南树影芜城月，瓜步潮声建业山。已喜越裳通累译，行看蒟酱下诸蛮。不知谁作狂书记，廿四桥头共往还。

送冯殿公赍诏入闽

阊阖秋风玉露催，五云宫阙傍蓬莱。幔亭箫鼓龙笙下，闽海风烟凤诏开。

陆贾应推汉廷吏，使星还照越王台。荔枝为付丹青手，写向齐纨荐酒杯。

即事

寥廓谈天碣石宫，市中击筑更谁同？梦来燕子东风外，春在丁香细雨中。对酒歌宜金错落，褰帏佩忆玉玲珑。云间尺素谁相寄？翘首迢迢问社鸿。

有感

帝里深春户自扃，惊闻阊阖下雷霆。金银气掩文昌座，贯索城填宦者星。垂涕唐衢何自笑，沉酣曼倩厌人醒。卖浆屠狗皆吾偶，何事玄亭业一经？

送张水部

司关榷使古荆州，三峡东来万里流。画鹢春深初过里，牙筹昼静一登楼。鹿门自可褰裳入，岘首谁同载酒游。水部何郎矜彩笔，应输平子赋新愁。

读龚芝麓诗

杜鹃啼血遍林皋，劫火秦余见我曹。入史巢由原有命，伤心徐庾敢辞嘲。歌谁屠狗狂燕市，醉向持螯读楚骚。顾俊衣冠君莫问，五陵王气已蓬蒿。

忆登报国寺阁

灵风绛节近天阊，心眼凭高世界凉。宫殿千门仍细柳，旌旗百道乍长扬。海云左袂回澜紫，山色西窗返照黄。再入红尘回步懒，悬铃仙籁正琅琅。

预拟家居

画我端宜置一丘，游仙好梦傍箜篌。何人有酒还无事，尽日看山不下楼。过雁影仍秦塞月，捣衣声是汉宫秋。人间又有玄真子，偷向南溪荡小舟。

己亥元旦二兄园中

茶烟苔影罢将迎，远眺微吟称野情。此地闲人宜痛饮，何年芳草不丛生。横塘半亩添春雨，斜照千家傍古城。直待芙蕖香绕屋，移床来听水禽鸣。

己亥春送张孔绣之山右沁水荆石署中

春寒犹靳柳成阴，西去征鞍雪满林。上党地当天下脊，太行云系客中心。玄成世业余经笥，单父流风对雅琴。到日清明官舍酒，绵田烟火寄微吟。

题二兄南定村予童时习业地

春衣走马夕阳低，负笈当年忆旧题。花竹渐繁人欲老，楼台乍入梦还迷。烟横朱阁双峰外，水转清溪万柳西。扫尽尘缘新作课，妙香清磬伴禅栖。

张家湾登舟，得韫退诗扇，倦游招隐，喜而有寄

岭微梅花倚成楼，新诗知又遍南州。乍开怀袖三年字，相对江湖万里流。迁客犹憎溢浦月，归人已上潞河舟。东蒙黛色清樽满，莫负西风支许游。

寒日

寒日阴阴懒出城，一杯策蹇沂风行。横途野水经春涸，截渡坚冰射浦明。谷日占星周太史，丁年负笈鲁诸生。当前旧事依稀似，可奈吴霜鬓欲成。

赠王贻上理刑维扬

维摩卧病意萧萧，喜听鸣珂出汉朝。分得一麾歌吹地，借来七发广陵潮。祥刑贯索星将静，淑问鲸鲵浪不骄。我亦寻师南纪去，春江烟月木兰桡。

送茶马御史

蓬莱双阙听鸣珂，六传凉州使者过。柱后惠文惊紫塞，春前玉节照黄河。南来雀舌云腴净，西极龙媒天马多。归日秦风陈太史，好将新咏入弦歌。

谑梁玉立司马

其一

圣主垂衣十七春，乍惊横海舞修麟。征南幕府宁无策？下濑将军自有人。庙算睍消蛟蜃静，海门星列鹳鹅新。须公借箸天吴灭，何事鲸鲵尚未驯。

其二拗体

维摩卧病已经岁，齐赘绝缨犹故吾。久不调笑苍司马，颇为梦想黄公垆。中山醽醁谁许卧，雕园菡萏空满湖。何事策蹇闲过汝，便看姑射度飞狐。

又谑玉立

莫缘朝吝封侯赏，岂是君忘麟阁名。海上长鲸今僇否？军前露布太迟生。洗兵春满田横岛，饮马风清徐福城。须畅天威环海外，越裳重译正相迎。

戏赋之一

锦瑟年华燕子身，卜居先欲问东邻。影回洛浦词中雪，香蹙石家帐底尘。见惯司空犹自恼，近前丞相或应嗔。留冠挂玉吾何敢，一赋闲情愿颇真。

京中赠起东

走马章台第几坊，倚门白苎纳宵凉。开帘乍堕云中月，理曲初闻陌上桑。隔岁清闲怀远道，明朝青幔怨河梁。任从丞相嗔无惧，且醉君家锦瑟傍。

归途中作

晓日疏林上素烟，饥乌残雪下平田。山开大野孤城出，水绕空村急涧悬。荒市金姑惊节物，归人玉露饯华年。叩门问有梅花否？欲卜姑苏邓尉天。

送李有文按粤西

玉节金台破腊行，条风送客赋南征。桄榔影里尧山出，翡翠烟中漓水清。欲致太平惟察吏，尚烦硕画是屯兵。桂堂莫怅长安远，封事时时到汉京。

寄张洎沚年兄

赐履三秦仗钺行，圣朝特简旧清卿。公能持法先群吏，官不求金自太平。菡萏云开华岳色，龙鱼春浴大河声。遥知铃阁风清后，平子新篇又两京。

送人之维扬

几年血战叹金戈，风物芜城近若何？北客过江休问酒，南人绝技莫如歌。漫因衰柳伤前代，始信寒潮少驻波。不审吴公台下路，笙歌深夜几回过。

谒周公庙作

其一

三里虬松曳翠旗，神光陟降望金支。共思洛水西京业，未信酆宫北帝师。雨后紫苔侵赑负，云中赤舄映罘罳。荒祠再拜公如觌，白日尼山入梦时。

其二

残碣斜阳野殿虚，龙旂想见閟宫初。弟兄王业岐丰后，父子文章河洛余。百里幸瞻双圣貌，六经亦是一家书。西京日远空怀古，怅望千秋蘋藻疏。

赠周元公后裔东野博士

登阶长揖典型存，东野今传有耳孙。已识麟经成鲁史，还期弓冶念文人。图书三古遗编旧，风雨千年古庙尊。圣代右文多异数，紫阳苗裔傥同论。

嘉禾赠王倅，予成均旧属也

疏钟凉月满前除，白雁声中话索居。十载校文经术客，五年捧诏使臣车。各言旧事皆如梦，客有新图欲上书。明日河桥青幔路，故人不醉意何如？

过梁王城

樵风薄暮便南征，凭眺梁王有故城。遗殿久随原烧灭，寒花犹上女墙生。神弦送酒灵狐啸，渔火摇樯鹳鸟鸣。栾布吞声千载怨，汉陵耕牧已将平。

南行杂诗六首

其一

青女霜前罢晚砧，维舟断岸柏林深。守更风柝依残苇，沽酒寒灯起夜禽。楚水声中游子梦，岳云影里故园心。此时通德魂应断，瘦影单衾意不禁。

其二

回首犹看岱岳青，大河浩浩正扬舲。刺天鸿鹄秋阴暗，出海鱼龙水气腥。多病远游随药物，寡营泛宅亦岩扃。三山濡足安期在，莫笑秦皇事不经。

其三

水国轻裘耐晚霜，神乌犹送去来樯。小山赋就淮王老，大泽风来海气凉。月向波心光更远，山连夜色望尤苍。冯夷起舞湘妃笑，倒泻银河劝羽觞。

梁王城

容与关河意不惊，孤舟薄暮唱歌行。星前楚语人千里，泽畔梁城夜二更。枳弹犹为打鸭秘，兰灯自照射鱼明。平生雅爱玄真子，白首江湖计已成。

赠迁客朱君

握手吴山问谪居，若庐封事叩阍余。不知汉吏方持法，更为陈汤漫上书。浙水潮声通客梦，幔亭云气护精庐。从来圣主怜才切，计日追锋下诏车。

春游

游人半已换单衣，望眼天空入翠微。塘满乍看飞鹭到，风高已恨落花稀。踏将南陌开樽去，携得东风满袖归。棋罢晴窗高枕卧，翩翩蛱蝶梦争飞。

敝庐

敝庐有分向林皋，掩骭新裁越布袍。君好献书投主父，我将把酒对离骚。何人妙曲听秦瑟，有兴歌儿唱董逃。如此长宵天已暮，卷帘莫问曙星高。

归田杂兴

其一

春明自笑往来频，此日归人归竟真。疏傅昔原无白发，维摩今欲谢缁尘。但看落叶知天意，已悟空花付病身。惭愧临歧青帝厚，出门一步入阳春。

其二

玉关生入是君恩，步出青门亦返魂。来处康庄皆险道，归途冰雪亦春温。

人争红蓼湾头艇，马识青帘陌上村。何物公卿犹在眼，残年樵牧道方尊。

其三

故人相赠有琼琚，载酒青门白板车。旧署勇能辞贯索，新衔稳许老樵渔。山中酒政闲人课，海上军储计部书。赐复十年公辈事，九州歌舞莫踌躇。

其四

业海埋头不自由，金笼刷羽便休休。青山客就柴门奕，绿水帆低花屿舟。有客凤池惊拜相，何人猿背梦封侯。蜉蝣笑向籛铿语，我亦逍遥汝莫愁。

其五

疏懒何堪近市喧，幽人汤沐正宜村。青猿嶂俯蘼芜径，白鸟溪环薜荔门。东墅日晴鸠唤妇，南窗雨过竹添孙。跏趺定起余香在，案上楞伽仔细温。

其六

童稚连肩笑满腮，几年此地见歌台。树皆枕郭溪还绕，云已浮山雨欲来。砧急风高村舍近，鸿飞烟破楚天开。萧晨摇落宜弦管，呼取城头酒一杯。

其七

拾翠偏宜绿水前，新妆明镜影娟娟。微烟不碍寻花社，细雨方成寒食天。杨柳大堤围蹴鞠，桃花小巷竞秋千。田家月令新年隔，鸭嘴锄开种芋田。

其八

归田新课约三章，遮眼闲书日数行。帘怕风侵垂北牖，花愁霜近靠东厢。盈樽名酒莲花露，扑案薰炉柏子香。梦破欠身残照在，不知黄叶满绳床。

其九

非雨非晴秋后景，就中得意是秋蝉。寒来归雁皆争树，远处垂杨尚带烟。高枕无如临水阁，闲行酷爱夕阳天。前贤未必全难似，嵇阮疏狂性所便。

其十

草根络纬自寒温，楚客何缘又断魂。青女未来犹碧树，红灯才上已黄昏。抛书自可重寻奕，呼酒无妨屡叩门。明日若晴东郭去，野塘新绿涨苔痕。

送韫退北上

其一

意气轩飞出谷莺，吟鞭斜袅凤城行。中原七子追前辈，大手三篇绪帝京。除目且迟犹漫士，高怀无讳是狂名。燕姬剩有珍珠在，舞袖香盈散杜蘅。

其二

洛水新青换野磷，长城谁障大河滨。狂言不惜干时讳，至计从来出小臣。太息时兮天下事，加餐我辈圣朝人。紫宸延对无消息，应是夷犹过早春。

遣兴

此日疑同蒿里魂，当前无事亦昏昏。深春未许花摇砌，晴日惟宜客叩门。有恋须知皆梦幻，无愁别自觅乾坤。太虚原自天人共，何事幢幢累道源。

舟行

烟柳多情却耐霜，树阴合处听鸣榔。闲游每忆舆图考，行笈常携陆氏方。水驿将临闻戍鼓，船窗忽启见鱼庄。西山灭没都门远，重对青山已故乡。

归休

麇鹿天馗未可留，直拚衡泌始归休。秋田芜后糜无策，米价低时税转愁。执戟旧怀狂曼倩，挂冠新署病黔娄。谁能种秫倾家酿，又向云山让醉侯。

次韵枚先太宰寄赠

书来香露浣蔷薇，鲍叔知深喜我归。自是休文惊革带，非关弘景厌朝衣。闲思行脚千峰老，病感浮生万事微。君健自当酬圣主，莫将云壑换纶扉。

李家庄道中

披榛随意过山丘，每到图穷径转幽。四野斜阳飞鸟动，千林秋色大河流。奔泉争涧交琴筑，浊酒悬车伴蒯缑。双眼乍醒疑世外，此身那不在瀛洲。

重九日前一日同张箓文登东山

西风莫负酒盈瓯，出郭新成汗漫游。马近清溪因缓步，人登绝巘更宜秋。千林红叶霜青眼，万里沧溟天尽头。我欲便乘黄鹄去，蠛蠓尘世莫深愁。

戏赋

买欢重压少年场，人笑维摩病转狂。心顾化弦依锦瑟，座将掷果代明珰。司空见惯还应恼，丞相微嗔亦不妨。谢傅中年知此意，陶情丝竹正相当。

步兄韵

枝头红萼暖来增，拚醉�春病未能。雀啅莺啼三语掾，周妻何肉一分僧。临流风送本泉骥，静坐天空脱臂鹰。文字小乘难尽去，犹嫌永夜读书灯。

艳情

才按红牙敛翠蛾，几年重听绕梁歌。徐娘老去情犹在，刺史狂来恼若何。似有闲情关远道，顾将密意托微波。海棠欲睡桃花笑，占取春风谁最多？

窭甚自嘲之二

自嫌守职槛中猴，人笑谋生台上鸠。倚树惟须桃坠齿，种田尚爱黍垂头。颇嗤对客因儿愧，正复辞官与妇谋。随分闲居无足赋，良田美宅大堪愁。

忆旧游

维摩高卧近相宜，年少飞扬亦未痴。那许客行棋胜后，不禁戒破好花时。金丸晓陌窥莺早，腊屐春山入郭迟。韶景几时轻负却，误人多是凤凰池。

起东同游长白山，回宿李家庄，夜与家兄畅饮，予枕上赋此

醉后淋漓渍锦袍，残灯络纬绛河高。谈锋诡谲乌三足，酒态狂歌蟹二螯。高适推敲才已钝，谢鲲丘壑兴云豪。莫将捉鼻歌招饮，期尔鹏翰激海涛。

都门赠起东

白苎新衫著体轻，客来连日问间行。明窗攲枕谈初剧，倦手抛书梦已成。风静庭花娇有态，日长乳燕寂无声。新蒲一寸清波意，满眼潇湘万顷生。

戏赠仲美

青眼相逢麈尾新，世仪满腹是精神。贡书起处愁娄掾，恩诏抄来慰细君。

室少小星偏抱病，饮非大户莫忧贫。试将禄命询唐举，跃马横金岂异人。

同五弟三弟西游道开庄穷水源

淡荡幽情鹤不如，晚晴载酒历郊墟。穷源小试张骞手，注水亲添郦子书。有树随村堪驻马，无溪注壑不藏鱼。鸣泉百道穷难遍，异日重来更荷蒢。

赠星士某

宋贾曾闻联骑过，甘生象纬又如何？何星入命宜诗酒，无疏回天黜计罗。说唱已知人电梦，谈天不若尔狂歌。洛生小草堪倾倒，且让般涓有钓篗。

寄某制府

云霄戢翼更翩翩，汉阙皆推博陆贤。方物北来金翠贡，铙歌南去藕花天。楼船静海追杨仆，丹灶留山访稚川。早晚锋车闽峤去，丹青麟阁待君传。

闻有冒雨至三里沟看荷花者

冒雨遥来问草庐，定知逸兴满江湖。浮波荷叶如钱小，隔岸鸭雏认母呼。驴背风吹灞桥笠，渔蓑影入辋川图。主人叫酒能开否？阁上凭栏倒玉壶。

夜舟

渔歌袅袅近黄昏，霜后寒潮落旧痕。极浦星河依短棹，平原鸡犬辨来村。风微菰蒋帆犹卦，地近淮徐酒易浑。信宿楚舟高着眼，市中或恐有王孙。

泊舟

轻裘略备晚来凉，南国寒迟未见霜。舟次吴商潮信诞，草毓鲁甸隔年荒。旅中题壁时遭骂，客里科头略似狂。尽日舟横三老懒，挥鞭转羡马蹄忙。

梁王城

把酒长歌一扣舷，白鸥没处入昊天。浮云吊古芜城赋，得意看人下水船。龙旆衹今余蔓草，唇楼大半是秋烟。定知自在输渔父，笺乞天公署水仙。

赠朱掌科左迁闽中

上书似未合时宜，去国行吟君自知。狱吏折腰了不怪，当途侧目已多时。汉廷故有梁王傅，闽郡新逢柳士师。饱吃荔枝应努力，绛襦仙子要佳诗。

赠王瞻明

长宵守尽博山烟，透幙明河望已偏。握臂自怜金钏冷，卸头久怅烛花圆。乡书北道霜飞后，春事南枝瘦影前。更怕茂陵迷画舫，淮扬何地不婵娟。

归城

晴日肃然静掩关，始知风物到村间。人当上马更呼酒，路已临城更看山。霁雪天开白玉界，酡颜春散紫霞班。重来好赴梅花约，淡月横参翠羽间。

和谢起东韵

风尘久已厌宫袍，一曲双鬟调自高。茶向东蒙分雪乳，家因北海餍霜螯。丹台自可通三岛，白眼何能识二豪。此日东山谁伴汝，枇杷花下旧名涛。

栖云阁诗余

栖云阁诗余[1]

千秋岁 祝周封公云石

绿波如縠，松下逸人屋。风谡谡，幽梦足。闲行或曳杖，得句时题竹。客谁欸，邻翁相约新醪熟。

鹤发颜胜玉，含笑梅花馥。灵寿赐，华封祝。云中芝检诰，天上琳琅曲。是神仙，何须更问琼台箓。

凤凰台上忆吹箫 为五弦李司马歌姬题，有跋附后

题鴂断肠，风雨匆匆，葬却春红。便萧条金粉，梨梦朝空。人世伤心何事，任朱颜、黄土青枫。谁信道，羽车天外，鱼岭重逢。

蒙蒙，良宵记取，有清歌纨扇，香影帘栊。枉盈盈烛畔，袅袅图中。莫问离合旧事，都付烟雨东风。消除尽，闲情孽债，平步珠宫。

玳筵才罢，琼树遂摧，春风断肠之句几于谶矣。诗馀之乱，盖道人本分语，曲终奏雅之遗也。即令姜家青衣再世，南康公无乃重添一公案乎？慧剑高悬，将洞花幽草良缘，合下一时斩却。更不许道明年仍有新条在搅乱春风，卒未休也。

南乡子 读友人写怀诗

烟雨暗神州，渔唱三更燕子愁。披发天阍天亦泣，啾啾。妖血冬青晕未收。

梦破数春秋，江海常催日月流。一枕凉飔千古恨，悠悠。直化无情恨始休。

唐多令 雨中候同社未到

浥浥散空斋，萧萧到客怀。云痴迷、似梦难开。惆怅十年多少事，浑傍却，

① 原书名《栖云阁诗余》（紫霞道人高珩著，都四十一阕），南京图书馆藏。本书以此为底本，参考《全清词·顺康卷》（南京大学中国语言文学系全清词编纂委员会编，中华书局1994年版）。

雨声来。

百感欲成灰，双丸莫浪催。猛惊、白骨青苔。灯影鸡声人世换，忍辜负，掌中杯。

南乡子送客

送客怅溪头，忽忆当年辞故丘。到得临岐刚雪涕，难留。洗马临江始欲愁。只是莫回头，便把天涯当故丘。喜得文通才早尽，倘留。又赋人间多少愁。

行香子为子下苦雨怀乡赋

风儿骚骚，雨儿潇潇。窗儿外、剪却芭蕉。香儿漫炷，灯儿高烧。将路儿数，话儿想，信儿瞧。

帐儿轻挑，眼儿才交。被儿薄、梦儿无聊。声儿谁唤，门儿谁敲。是莺儿语，花儿影，树儿梢。

蝶恋花

东风约勒余寒浅。柳困将醒，憔悴风光转。自在晴沙鸥睡懒，花朝行近兰芽短。

消尽薄冰水拍岸。欸乃长歌，孤屿春流乱。日日轻舟君不厌，风和云暖天相唤。

满江红

今日英雄，只仗着、破书两束。况良玉须磨，芳兰已树。瑞凤拜伏茅鸱笑，桓□鞭打尼山哭。看里中、儿辈尽公卿，丹朱毂。

士有志，方信福。笏满床，吾家足。呼宁戚车□，分窗佐读。又恐闭门疏雁影，要与君、棋酒还歌曲。大嚼后，看修竹。

更漏子睡香花

东风轻，南枝好，醉索梅花一笑。昏黄月，照雪肤，风流少绿襦。

先春云，睡香树，嫩白参差碧玉。水沉薰，梦氤氲，巫山仙女闻。

满庭芳

急景如驰，前欢似水，潘郎惆怅华颠。芝田拾翠，婀娜总堪怜。回首狂歌何似，春如海、人似飞仙。无双士，蕊珠榜挂，跃马桂花前。

迷香携手处，有香随钿果，花簇吟鞭。奈匆匆锦瑟，失却华年。故苑土花秋老，红棠败、凉月娟娟。人老矣，三生一笑，梦破广陵天。

浣溪沙 十里铺闲游

石净沙明断岸苍，柳丝婀娜驻秋凉，窥潭人影看鱼忙。
曲水分流穿渚静，野花高下缀衣香，又拖藜杖过前岗。

南乡子 秋兴

香袅梦来时，红药栏边客到稀。秋入园林寒雨细，凄凄。新涨葡萄绿满池。
风起散涟漪，已被西湖白鹭知。雪羽飞来惊又去，敲棋。一曲新香送酒迟。

小重山 遣愁

何尝快，独无忧。便有忧时亦不愁。愁除愁死休。
苦愁死，自家愁，便死谁人作对头。死也不消愁。

点绛唇

不尽秋容，西风来往遂今古。铜山垂泪，换取枫人语。
白帝无声，黄叶婆娑舞。闲凝伫，长天极目，消尽云成缕。

前调

谁报秋来，晓看帘幙皆秋色。青枫袅袅，远梦江南北。
凉思银屏，玉麈如何得？凌云翼，罡风鹤背，天上询消息。

踏莎行

小篆香微，薄窗寒透，今年惆怅人依旧。候虫酒醒苦多情，声声细雨黄昏后。

蹙损青娥，抛残红豆，凉生翠幔湘纹绉。西风不是要愁人，幽怀自向西风瘦。

前调

城下清溪，沙头空翠，好山偏与长桥对。笔床茶社一编书，白鸥同领闲滋味。

水泻鸣弦，风消微醉，春波南浦人憔悴。平流幸不到江湖，省将多少别离泪。

沁园春冬晚即事

小立重楼，轻寒料峭，拂面沾裳。看阁雪浓云，天街寂历，催宵寒柝，人影苍凉。杨柳笛中，梅花角里，莺语琵琶字字霜。一声罢，便花飞春老，水远山长。

朱门瓦甃鸳鸯，望螭纽、金铺夜有光。忆楼上红窗，谁家絮语，灯前翠袖，何处新妆。沈水初烧，博山未烬，便解珠襦宝月珰。我无分，且飞觞把笔，锦字琳琅。

水调歌头每自熟肉衕衙赴署，必过厂门。门侧有大槐，南有大泽

大泽龙蛇死，秋色散孤蒲。一夜雷惊天漏，极目讶江湖。那管阴晴如戏，且趁乾坤相借，科斗诧天吴。吾亦随缘住，小艇代茅庐。

绿天开，槐安近，果皇都。沉酣高卧，紫衣朱盖便长躯，醒说蚁穴非真，梦道人间是幻，生死总模糊。谁竟开双眼，乃笑淳于乎。

贺新郎伤别

离恨何年歇。算人生、燕拆钗分，争如死别。铁石心肠冰雪冷，陡向明河呜咽。忆湖上、重来绿叶。陌路萧郎肠欲断，凭罗襟、泪尽空流血。青青柳，伤攀折。

桃花池阁堆香雪。怕城南、照影惊鸿，销魂啼鴂。青冢月笛环佩在，瘦影珊珊玉阙。伤碧玉、新诗带结。入座双鬟人再世，喜南康、花叶重重接。环在指，捐予玦。

丑奴儿令

青霜怅望蘅芜老，楚尾吴头。暝色如愁。砧杵风连故国秋。
东山寒色孤城晚，远水含秋。十里平畴。谁为斜阳上戍楼。

卜算子

鸟语寂不闻，石濑清如许。只影寒衾夜永时，蟋蟀相尔汝。
回头宇宙速，今古存何所。青史茫茫消立谈，且听混沌语。

蝶恋花

北窗悄悄重门掩。良夜如何，红烛殷勤剪。校量桑麻幽兴缓，话长展转愁更短。

烟水茫茫尘事淡。下榻天空，星斗光零乱。千里蘅芳幽梦转，亭亭凉月留人远。

阮郎归 守岁京邸

天涯薄宦又蹉跎，灯前且放歌。两丸自古快如梭，守他做甚么。
便齐肩，彭大哥，还嫌岁不多。即令守住又如何，看看鬓欲皤。

踏莎行

才宿人家，便多佳致，意思清旷如遗世。不知一向甚情怀，抵死只在家中住。
语久星低，梦乘风细，蘧蘧欲向溪山去。细想家祟是家神，移心那须移田地。

浪淘沙

灯火透篱光。隔陌闻尨。黄昏三叉路微茫。惆怅问津何处是，野水孤航。
烟霭夜苍凉。一榻寒蛩。幽人清梦到羲皇。客路栖迟缘底事，斜月残霜。

行香子

浅浅茅屋，隐隐城隅。乍阴阴、嫩柳扶疏。枝堪系马，叶可藏乌。对一樽酒，一轴画，一床书。

露洗新梧，燕引新雏。卧南窗、好梦谁乎。登堞紫翠，平楚靡芜。望几重山，几重树，几重湖。

前调

小小幽窗，短短匡床。更萧萧、弄影新篁。谁家燕子，掠絮飞飏。正梨花谢，桃花淡，菜花黄。

抛卷斜阳，闲步何妨。对平池、一抹天光。蒲团小坐，沈水微香。似世鸿蒙，人嵇阮，梦羲皇。

点绛唇 侄辈城下旧书舍

曲径幽斋，晚春犹觉春风骤。落红铺绣，杏子青如豆。

院静无人，瘦竹穿虚牖。泉声溜，细草平池，点点波纹绉。

蝶恋花 初秋雨

天淡云繁秋乍酿。络纬黄昏，虚阁从风敞。树杪飞萤来又往，寒灯急雨庭莎长。

秋意纷来无处挡。为语芭蕉，索性通宵响。滴滴萧萧天外想，潇湘一夜烟波广。

临江仙①

子瞻诗云：劝尔一杯聊复醉，人间贫富海茫茫。酒酣击剑，广之以歌，泣下沾襟，亦复绝缨大笑，无以冰炭置我肠也。

其一

亭长归来屯万乘，大风云起飞扬。数行泣下美人裳。楚歌为若舞，何似在

① 按，《临江仙》七阕之第一，被《全清词钞》（叶恭绰编）所选录。

乌江。

铜雀双鸾春宛转，挂钗便到分香。西陵歌吹为谁长。一杯聊复醉，啼笑海茫茫。

其二

送客白衣看短剑，羽声击筑相将。雪园寒月倦游梁。夷门虚左地，春暮绿芜长。

香水吴宫多少恨，鱼肠酒后如霜。姑苏麋鹿亦荒凉。一杯聊复醉，恩怨海茫茫。

其三

长信宫中那须月，照人歌唱昭阳。蘅芜好梦有遗香。哀蝉新曲咽，罗袂夜来霜。

鞋卜合欢钗折燕，乌丝醉墨淋浪。蒲东一纸怨萧娘。一杯聊复醉，欢戚海茫茫。

其四

杨柳春风何婀娜，幽兰瑟瑟秋霜。江潭憔悴子兰狂。世情双燕子，随处得雕梁。

惊道碧纱新姓字，大槐争铸金章。木棉庵近半闲堂。一杯聊复醉，荣悴海茫茫。

其五

野外秋蓬风外絮，一生萍海中央。青衫红泪吊浔阳。江云晴淡淡，枫树梦苍苍。

汉月秦关秋雁断，短歌对酒河梁。西风班马玉鞭长。一杯聊复醉，离合海茫茫。

其六

不尽江湖铁绰板，商歌玉树秋江。莓苔因雨上宫墙。金仙留剩泪，百度续沾裳。

汾水年年秋雁去，雷塘杨柳含霜。渔歌樵唱下斜阳。一杯聊复醉，兴废海茫茫。

其七

竹虱乳田真戏剧，抟泥狡猾娲皇。偃师啼笑眩当场。彭乔祝蟪蛄，拜奉万年觞。

虫臂鼠肝毂乍转，三生未了残香。葛洪川畔唱歌长。一杯聊复醉，生死海茫茫。

醒梦戏曲

醒梦戏曲序

大地众生，一念妄缘，搏取四大，错认色身以为实有，便为轮回所管摄。头出头没，长夜漫漫，生死迁讹，惘然一梦，此为何等事而可以戏论乎？夫死生通乎昼夜，则因觉知生、因梦知死固已。然世人执颠倒见，堕贪爱坑，正不知以何者为生，何者为死，何者为觉，何者为梦也。将以死为梦耶，则生是觉矣，将以死为觉也，则生又是梦，未必然也。将以觉是生耶，则梦为死矣，将以觉是死也，则梦反为生，亦未必然也。嗟乎！生死事大，只是昔人一句见成语耳。而抑知本原无生，人亦无死耶。

本原无生，非不生也。千生万生，无一生者，何也？生是妄生，妄生非生也。今亦无死，非不死也。千死万死，无一死者，何也？死是妄死，妄死非死也。孔子曰，未知生，焉知死，言死生一贯也。又曰，朝闻道，夕死可矣，言生不徒生，死不徒死也。此念东先生《醒梦戏曲》[①]之所由作也。

先生专精净业垂四十年，日课佛数千，风雨寒暑不少辍。既已自度，又欲度人。生死根因，不惜苦口劝导矣。兹乃翻苦为乐，诸入声歌，更诙谐滑稽，玩弄三途，而旁若无人焉。悯世愈深，而哭世转剧也。且夫流俗之难，与庄语也久矣。必正襟危坐，问道谭禅，非垂头而睡则掠臂而走耳。试与之奏清商之调，赓下里之篇，鲜不倾耳而听，抚掌而嘻者矣。而况街谈巷谑，班班写照，微言如论，拍拍传奇。即世间相而说实相，不舍有为法而证无为，岂非游戏神通，随方解缚，坐微尘里，转大法轮之榜样耶？吾愿读是编者，始而喜，继而思，终而悔；久之而恐惧，又久之而痛哭流涕，至于痛哭流涕，而大梦忽醒矣。尔时黄面瞿昙拈花微笑，琰摩天子冠缨索绝。枕上蝴蝶，蜗角蛮触，都不知销归何处。但见花前月下、市廛街头，矇叟在前、俳优在后，狂呼长啸，而音彻莲座，韵绕森罗，堪忍阎浮，顿化作清凉国土。求醒不可得，来梦不可得，求生死不可得，求戏曲亦不可得，先生度世婆心于是乎不可思议矣。非然者，丈二将军铜琵琶铁掉版，唱苏学士大江东去，讵不庄严，且过一边？康熙乙丑岁小春之吉，同邑后学戒弟子韩冲拜题。

---

① 此为高珩所作散曲集之一。有康熙年间刊本，一卷，收小令三十一首，《全清散曲》（谢伯阳、凌景埏编，齐鲁书社 2006 年版）据以收入，但无“序言”，所收为《一笔勾》至《耍孩儿》《小曲》与《满江红》未收。本书据国图抄本收入，国图抄本为民国抄本。

醒梦戏曲题词

棹郎以其二岁之儿系壶于臂，骤投诸不测之江，而听其游焉。燕赵之人见之，大骇，以为棹郎之虐其子也，而不知未有如其爱子之甚者也。王制，古来登极者一岁即制椑，其义亦有取尔也。知其说者可与授紫霞先生《醒梦戏曲》一卷，俾之卒业矣。夫棹郎举家善泅，而不能必其呱呱而泣者之不溺也。非襁褓而习之，一旦中流失楫，殆矣。此为万一不必然之虑且如此，而况与流浪生死，滔滔者古今皆是乎？先生之词，反覆以生死事大为谆谆，意欲天下之童而习之，而惧其溺也。所谓善戏谑兮，不为虐兮者也。夫南山北海之词，取之而不尽，然一岁不髹椑，骤而举之为不祥，猝而用之为不备矣，此古人之忠爱之周以挚也，亦何碍于千秋万年哉？

虽然，习则习矣，至于入水不溺者亦自有说焉。夫三老伍伯，日事官署，可不谓习乎？而吃官棒独多者，何也？世有其父善盗者，其子就而求其术，其父不之告也。率其子穴一富人之室，既人矣，鐍其子于富人之匮而逸。其子大窘于匮中，唧唧作鼠声不已。富室寤，不及求火，遽启匮而索之。盗子夺门而出，方悔方恨，已而大悟曰：此其事，固父不能传之于子者也。此昔人喻道之深谈，不知者或妄云不足为调矣。古有良将对敌，被困于山薮之间者，敌人四面纵火，将过矣，良将举火，先自焚其近垒之榛莽而敌火斩焉不能至。所谓死后重生，欺君不得也，此又入火不焚之一说也。先生著述之富可以充栋，不肯以之问世。而独以其出世之学无可告语，于热闹世情中作此清凉之曲，若嬉笑、若怒骂而出之，一以为子夜钟，一以为涂毒鼓。知其音者，即信为通昼夜、一生死之真诠，便家置一通，俾矇瞽弦诵于几帷厨偪之侧，正使南极老人赐长寿铁券有分耳。同邑般阳后学豹岩居士敬题。

一笔勾

七尺何仇，百遍相倾未肯休。变脸才分手，痛楚千般陡。嗏，一息也难留，跟他便走。供给多年，留恋何曾有，因此上把轮转身躯一笔勾。

七尺难留，盖世公卿一土丘。未得欢娱彀，速帖来何骤。嗏，彭祖也应愁，愁听残漏。八百年终，八百何曾有，因此上把寿考身躯一笔勾。

七尺赳赳，当代英雄第一流。叱叱风云走，妙算移星斗。嗏，老病一时休，呻吟伏首。往日英雄，一点何曾有，因此上把智勇身躯一笔勾。

七尺风流，花样风姿柳样柔。香粉粘罗袖，斗帐黄昏候。嗏，妖娆转头休，冰肌消瘦。饱尽蝼蚁，不道些生受，因此上把袅娜身躯一笔勾。

七尺浮游，齿豁腰弯白了头。年少场中走，憔悴般般丑。嗏，人世似江流，迭催前后。桃李休夸，几日花如绣。因此上把少俊身躯一笔勾。

七尺何仇，添他欢娱添俺愁。疾病教谁受，苦楚教谁救？嗏，百苦任相求，眉儿频皱。血肉冤家，拖累何时彀，因此上把烦恼身躯一笔勾。

跋语

万历年间，杭州云栖寺莲池大师作《驻云飞·一笔勾》七曲，皆断头抛心之语。遂弃秀才为僧，而中兴极乐世界之教，念佛法门，等诸日月，可谓大慈大悲矣。余偶把笔，复广六曲，或忧愁难堪正无聊时，或歌舞久厌已无趣时，曼声歌之，当下翻然掉臂五浊苦海中，未必无英灵汉也。人知雪山大士倔强自喜，亦知其愁眉泪眼，久作[①]伤心之痛乎？倘不回光，那能超劫，此须知法者惧，自寻出路可耳，莫止向阎罗册子上希图宽限可也。

山坡羊

多事的天工，向半虚空里，全无来由。强派我一条性命，生生的带累煞我了。一会家乐里，一会家苦里，一会家痒痒痛痛，这么样作践多端，亦么样搓揉多方，尚兀自昏昏不醒。只夸张肥肥的肉儿，红红的血儿，白白的骨头，千般受用。才说个神仙佛祖，脱离生死，别有点神通。你便大瞪着两眼，骂他是异端胡说，百样的相争。全不想夕死可矣，孔老夫子也有这等没搭撒闲言怪语，只问你那道是甚么稀罕东西，说得这般珍重。若果是人一死了便无知觉，与那石块水头一样顽冥罢了。你就费尽辛勤，做了圣人，要他何用？诌星信口轻谈，但掉他舌头，那管瞎了人的眼睛。要通，你须是知俗知道，知生知死，知形知神，知人知天，方有个转身的[②]后程，免了你世世的火坑。

彭祖号啕，只哭的千人下泪，这老头糊糊涂涂，枉活了这把子年纪。我只说尽着人断气，尽着人挺尸，再轮不到我了。那知道促瞎的阎王，到底无情。还把这有意思老头处治处治，我那七百岁的风光似水滔滔，驷马难追，谁知道

---

① “跋语”自此以下几句，在《山坡羊》两页之后，错页了。

② 底本以下被前面“跋语”打断。

合那落草的孩子，满月了儿郎一样的伤悲。早知道有限的快活，到头来还寻这条路跑跑，悔不趁旺相时节再风流风流。更寻上四十九妻，再扎挣扎挣，再生上五十四子多快活。一会伤悲才发恨去寻寻那洞宾，访访那钟离，他全然不理。快嘴空回吃亏，空着那尖嘴的囚牢，夸他眼睛，说彭家这孩子促寿无疑。

再休听自古胡诌，人命无常都要断气。跳钻钻的身子，阎王难制。彭祖八百，我正嫌这孩子命短。任你山塌江枯，你看我还熬犯了天地。你看那日头月明，不病不老，西了又东东又西。我合他一齐无休，我心里才略略肯依。就死遍人寰，绝了人种，那里轮着到我，骂犯了判官，打杀了急脚，咱偏有这一股子粗气。听知：再体夸八洞神仙，他有什么本领，他有什么跷蹊。听知：盘古氏是我的哥哥，孙行者只好做小小的兄弟。

朴喇的一会，格支的一声，可罢了我了，人都说这是断气。极好听的昆腔，一时间锣鼓停了，坛场拆了，唱完了一台好戏。阎罗王老子他有什么正经，风火票不过是一张稀烂故纸。急脚子哥哥不过是一条油滑光捉，你待理他怎么，却姐何狗颠呀似的跟着就走。你到那里，他未必就给你一个西施，也未必就加你一个阁老。你现看着可意的美妾娇妻，随心的朱楼翠阁，怎下的紧闭着两眼佯佯不觑。况还有正谐着买的田园，刚待要挣的银钱，方才报升的美宜，一煞时全不挂口。就是那脱了钩的鳌鱼，离了网的神鹰，不似你这般得意假哭佯啼。我的天！我的爷！那孝眷八等哀哀乱嚷，南寺里和尚、北院里道士，才听见你送了浆水，挂起门纸，抖抖袈裟，敲敲钟磬，满脸喜气。休迟，你该受用的东西，等待你时节久了，金漆的棺材，斩新的架衣。非欺，从此后便宜煞你了，再不烦恼，再不痛楚，也不怕人了不怕鬼了，稳稳万载高眠，寿与天齐。

糊涂虫老哥，我这里深深作揖，劝你搽泊。百年的筵席，就再添上一百年，也不过是这般滋味。凭着你伶俐乘滑，踢天弄井，也算一双好手，只是那崔判官促瞎，暗暗的怪你。你如何全无一点主意！红馥馥的脸儿，黑森森的头发，我看着都是那白骨一堆。满街上肥鬼成群打闹，险些儿不馋煞了那钟馗。呜呼哀哉的刀，把在急脚子手里，再休勉强，饶你是秦始皇的架子楚霸王的拳头，只割支的一声，忽然断气。明日的鞋袜双双穿上，才敢说声重逢恭喜。南斗星昏晦，地藏王软善，也须防显道神诈威。大杯，叫花子提瓶去，阁老尚书的坟前，说老先生起来，咱滑上三杯。皮贼，只舍上一副骷髅，做蒿里山前骨董，头信是头信，阎罗王殿上也撑棍一回。

跋语

太极多事，流为二五纷轮，故由气而形，由形而情焉。喜怒万端，终无尽日，视彼象帝之先，大有径庭矣。始而观窍知妙，进而随流得性，何如？不然者，八百岁老翁死时，却反为蜉蝣所笑；三千岁灵椿寿矣，未免与蕣槿同归。彼调御何以谈无生，盖无生者，乃可不为死媒耳。秦失二号，非长寿星之所能免也。

清江引

见在英雄莫要喜，终有那一日。既然难上天，不免同钻地。好汉子到那时自家做主。

血肉一堆将我守，恶孽将谁咎。千疮并百疼，尽着你消瘦。任你有神通无处撇下走。

这个死尸合了伙，不死分不破。千般作践凶，只得随他过。负义的冤家千生累煞了我。

背着个死尸不消讲，死倒完了帐。不死又不活，疼的无人样。方法全无才把弥陀想。

人世百年谁做主，受不尽的天公气。昨宵拉客游，今但扶人立，万金的尊体原来由不的你。

洞宾先生拄着拐，狗咬腿一块。苍蝇寻毛厕，宰相额胪盖。小毛团晓甚么好共歹。

人生祸福天职掌，谁算天的帐。五行怎么排，二德何方旺，老天爷把尊造也说来讲上一讲。

海浪千层那是底，六道随他去。打破面糊盆，不受阎王气。才给这干骨头做得个主。

有儿无儿总是好，不必枉焦躁。无儿赔上愁，惹得神仙笑，钟大官吕二官那里去找！

亏煞登伽好厚脸儿，只别人家验。忙煞妙吉祥，恸煞阿罗汉，百劫的夫妻才吃这一闪。

轿马前行满地下跑，比似马蚁闹。走的是竖立途，睡的是横里觉。一些人换着班打发尽了。

模样妖娆仔细审，都是虚帮寸。揭了脸上皮，再看俊不俊，粪布袋画西施美的紧。

走马灯儿南北转，都有些事儿干。只问这傀儡，谁提你的线，好死尸任跳跶只少一对眼。

牛蹄窠里尽日炒，惹得神仙笑。汉唐辽宋元，一家闹一闹。少华山一个盹熬他尽了。

大海东流何岁止，风雨何方至。百年何故生，终日思何事，提起来的闷了一个死！

俺本是朽木难雕粪土胎，糠了心的老秀才。隔一层嵩里墙，欠几度婆娑债。尚兀自抱石头沉业海。

踏莎行

哭倒铁人，笑倒弥勒，几生饱足些儿味。这喜欢业任君，欢要容易，死谈何易。万痛多奇，百骸难避。千生原是千生累，愁人气断鬼仍愁，三途那有清凉地。父子千生不是耍，何日将轮回罢。结果了罗睺罗，优免了瞎子下，快活莲台具庆也。

折桂令

赚煞人两字无常，闪电飞腾，幻梦荒唐。说甚富矣陶朱，美哉郑旦，贵也侯王。槿花荣几朝开放，柳花飘何处家乡。漏尽灯荒，锣散俳场。这傀儡紧着提提，那筵席早已光光。

好姻缘其乐如何，儿女成群，鱼水相和。并头莲理不宜疏，同心结情不堪淡，急三枪欢不嫌多，造人丁重添几个，拚残生大战千合。劝您憨哥，少要风恋，总让你平飞上鹳巍巍三岛云霄，终不如紧守着香喷并枕衾窝。

耍孩儿

指斜阳归去来，听晨钟醒觉时。恍然大悟人皆死，消完今古惟蝶梦，缚死英雄只藕丝。廿一史成何事，任擎天妙手，总入地痴儿。

小曲

阎王说你无窍，我稍信好几遭，如何推了个不知道。眼花牙掉还装俏，这么样小伙好不害嚣。只怕你，不劳我出票，你先投到。

那阎王呵呵笑，这皮缠怎得开交，无批无票白来闹，崔判官也禁不你闲罗皂。劝你回去，你说不消，望乡台特把牌来燥一燥。

阎王说饶了你罢，你怎么不恋着你的家。你那些娇妻美妾多牵挂，怎舍得摆摆手儿蹬开罢。下狠的拘拿，也算我的差，尽着你长生不老，费了我的嘎。

崔判官发焦燥，这衙门难做了。眼花标不得牌合票，刁鬼头又把承行告，他只破着十八层地狱走一遭。不求情，那里诈他钱合钞。

阎王说你来嘎，多住住也不差。甚慌忙，急急早把批投下。再不肯从容告个宽宽假，守守你的妻孥管管你的家，省得你到了这里还牵挂。

地藏王发下誓，我再不絮聒。你这几年枉费了许多气，奈何桥走惯了还游戏。才到了人间，便就跷蹊，旧气性发了难医治。

拜上老阎王，速报司欠主张，崔判官总算的是胡突账。长脚的轩昂，长舌的猖狂，忠孝侯结果在刀头上。笑阎王舍不得三文小，好把业镜打磨光。

报应总荒唐，那是祥，那是殃？阎罗王也要你看得上。伏皇后凶亡，孔文举杀场，皇帝爷神仙官却是那曹丞相。细参详，人间天上，通吃的是迷魂汤。

台照乞原情，不早来说一声。贱冗未结难从命，小儿尚幼童，小妾尚妙龄，几家交易还无定。去不成，多年旧欠，本利未分明。

崔判不留情，我看你原欠通。不在行，专使那爆仗[①]性。我花园未成，国手未嬴，一坛新酒还无动。更门情，梨园小妓，歌好未曾听。

老判翁绝交罢，稍个信也不差。匆匆速帖随心下。谁无个营生，谁无个家？谁无件事儿，等不得一霎。小鬼你且等等，只怕你火票差。劝回去，查查号簿再来罢。

老判性多乔，我看你嚣不嚣。颠倒颠错，出了风雷票。老的老昏耄，饿的饿呼号。现放着你，偏不肯将他叫，挫英豪。壮年显宦得意，正难抛。

拜上老阎王，你也有事几桩，出出小揭轮轮状。柳二官寿长，颜秀才早亡。铸私钱，单谄媚张丞相，枉法赃。咱就到凌霄宝殿嚷嚷，又何妨？

便就要相迎，也遣人通一通。匆匆见屈非恭敬。某缺出要升，某差出要行，某人买妾还无送。稍从容，一时量小，暂免这飞钟。

绝妙逢场作戏，欢场便胜愁场。望乡台上易恓惶，全仗歌呼抵当。傀儡提来破闷，望乡，他当还乡。号咷痴鬼痛肝肠，枉死在望乡台上。

怨不的天，恨不的人，是自己业障。千样疼百样苦，怕你不担当。低着头尽着捱，好一个模样。刀把在人手，提起来都不气长。一万件该愁，也知不道该先从那件讲。

得意疯瘫，搔不得痒。这棍支的扛，胸脯朝着天，鼻子抉眉毛上。新发户的大哥，且听下回讲。

---

① 原字作“煒”。

满江红

读罢《金茎》，又惹起，幽怀万缕。方信道，我辈钟情，藕丝牵系。万物肖形萤不定，廿年看猎，心还喜。问何时，一叶不沾身，偷心死。铁石肠，能有几。《梅花赋》，君休拟。似飞絮蒙蒙，沾风又起。死后重活容易事，怕寒岩枯本难轻许。且休谈过分，老婆禅庵烧矣。

火宅毒乍开，雪窦苦海深陡，上仙舟。千佛队里来，七宝场中走。这人豪，算的风流。男呼妻唤肯回头，万劫来才开笑口。

夕漏才终，晨钟又起，忙忙便是天明矣。休负明明头上天，须寻了了心中你。

洗尽尘心裂世网，烧却牵缠帐。心与江月同，身似莲花样。一拱西归，真是爽。

且漫夸身强运又强，稳倚着官旺还财旺。打墙板，上下翻，无舵船，东西撞。呀，才桃李三月香，又芙容九月霜。莽后浪，催前浪，陡朝阳，换夕阳，兴亡刘与项。巡环帐下场，土馒头，宴北邙。

栖云阁诗集外

栖云阁诗集外

入都[①]

玉皇案侧昔曾侍，金水桥头今又来。阅尽升沉惟此地，世人犹羡是蓬莱。

早朝

熟睡堪将措大骄，从来自在是渔樵。五更雪案书灯苦，博得官人又早朝。

南台闸畔见鱼跃瀑流中

曲折红桥小艇通，波声依梦宦情空。此身欲化东潭鲤，随意银涛雪浪中。

便门西

沧溟万里纵枯鱼，回首红云护帝居。分手飞沉皆自得，三杯长揖上蓝舆。

自笑

七尺山林无地容，陆沉金马与谁同？那知碧璋啼猿意，正在黄图走马中。

感兴

酒垆星列管弦调，玉勒斜阳驷马骄。犹有朱门垂落日，已无白发话前朝。

---

① 诗抄本有“丁亥冬”三字小注。下面《早朝》《嘲小松》《偶感二绝句》皆见于诗抄本。按，自《入都》以下十七题皆《栖云阁文》之《栖云阁诗集》中诗不见于刻本者。

江上感古

潮断浔阳海欲枯，试将书信问麻姑。万年枝老阴如盖，犹忆前朝玉辇无？

鹭斗

雪羽清流照影时，无端龙战欲何为？尘中刘项寻常事，才到烟波便不宜。
团扇西风渐欲收，长生殿下望牵牛，不知娇卧时多少，检点红裳已到秋。

嘲小松

阁雨摇风翠盖凉，孤撑一尺映阶旁。幽人自爱清寒色，不为他年养栋梁。

巢居

楼居巢父意清新，孤影深藏远世尘。捡遍高枝迷万绿，不知是鸟是幽人。

山楼四首

三面青山一径通，危楼结构俯晴空。行人车马蓑人笠，尽在巡阑望眼中。
捣素清砧万里秋，星河无那望牵牛。床头络纬机中妇，同对西风各自愁。
万丈银桥玉宇宽，霓裳舞罢更骖鸾。九天月色凉如水，不问宫名是广寒。
朱门歌吹兴偏饶，画阁雕檐切紫霄。便是他年凭吊处，何劳燕子话前朝？

食桃二首

清甘新汲玉台浆，蜜煮桃糜瓦釜香。但与良常许道士，人间长史岂能尝。
六千年熟莫嫌迟，沧海行乾炊黍时。朱鸟窗前金母笑，岁星才得做偷儿。

偶感二绝句

清狂自古是危途，终恐天高未易呼。不识汉家青史内，床头窦灌果来无？
当年优孟强关人，啼笑场中学负薪。那识叔敖元自黠，后来赢得子孙贫。

读史四首[①]

如瓠陈平别有方，任他昭略自清狂。留侯辟谷犹堪活，食少何须笑武乡。
首鼠君休笑汉臣，谁从廷议见嶙峋。除将长孺天然戆，触忤田蚡复几人？
更衣主第沐恩波，珍重登车笑语和。贫贱炎凉何足道，炎凉偏是贵人多。
南风如醉北风繁，三日无潮万马屯。一种荒城千古恨，金明池望玉津园。

有赠

草泽英雄说使君，千金一掷不愁贫。南燕西蜀浑闲事，马柳刁达可畏人？

寄白东谷太常

上帝琳宫驻玉鸾，天风吹下凤笙寒。仙曹自是吾曹事，莫向三台兢热官。

康熙十年应制

阊阖风动万方春，此日披云拜玉宸。太乙勾辰天有象，上清宫阙地无尘。学探河洛渊源接，身傍璇霄笑语亲。千载昌期还自愧，治安有策尚逡巡。

题古君子和公墓[②]

康熙七年三月，奉敕祭湖广各陵，经过内丘，为含淳先生赋，事实详墓志。

世间异事原尔尔，无惭绰禊古君子。白璧瑕惟香泽闻，纫安晏起还如此。千载金堤一刻惊，洋洋丹旐浮空行。冢产奇花名八佛，芬如薝蔔紫云英。明童绛节金阊路，撤瑟风舆含笑去。八百余年一进阶，为君细检丹台录。

---

① 此四首之前三首见于诗抄本。

② 参见康熙《内丘县志》卷之四。又，道光《续修内丘县志》卷之四亦有此诗。

致祭炎陵寓罗祠因赠[①]

三湘不尽到天涯，夙德祠旁系汉槎。乱后井墟无古木，春来俎豆有神鸦。一门宗法关王政，百代书香见故家。圣世显扬努力在，齐驱江右旧声华。

宿王氏虚堂[②]

不信苍梧画，蓝舆到始真。水穷三楚便，山入九疑新。文献征前代，箕裘起后人。高堂秋乍爽，初月倍相亲。

零陵舟中二首[③]

沙鸟幽篁尽日鸣，惊滩几旦厌江行。何人袖手蓬窗底，遥羡长桥立晚晴。

别浦穿江百折流，鹧鸪声里杜蘅秋。何人缓步长桥上，目送微风下濑舟。

寄语马大师[④]

磨砖竟不成，磨镜何不可。寄语马大师，努力庵前坐。

清秋使还，泊麓江，与王怀人陶五徽诸子舟中宴集[⑤]

三湘一笑见名流，觞咏相将晚未休。措大惯为文字饮，轻舟便是化人游。千年兴替苍茫事，万里江湖浩荡秋。南望岳云如送客，采芝他日更相求。

---

① 见康熙《酃县志》卷之四。同治《酃县志》卷之十八作《祭告炎陵赠馆人罗氏》："三湘行尽到天涯，舍馆清除驻使车。乱后井墟无古木，享余俎豆有神鸦。一门宗法关王政，百代书香见故家。圣世显扬须努力，琳琅好与继声华。"

② 见吴绳祖编：《九疑山志》卷之四，清光绪九年刻本。

③ 见前面《栖云阁文集》卷第十《道州桥记》注。此二首七绝见于国图抄本，题目为笔者所拟。

④ 见《池北偶谈》卷十四。王士祯《渔洋山人感旧集》引《池北偶谈》，亦有此诗。

⑤ 见欧阳厚均编：《岳麓诗文钞》，岳麓书社 2009 年版，第 126 页。

庚戌仲冬送曰缉年丈还里①

来去如君岂易能，未来早已办行縢。萧然襆被燕山送，一个嵩丘行脚僧。

题黄孺人传②

巾帼往往得英流，风义居然国士俦。愤懑终歼鼠辈尽，霾开日照白虹收。

贤媛梦寐今古一，烈气薄天天为泣。是夫是妇千秋人，大笑黄泉吾事毕。

黄叶村庄赠行诗③

冰畔金沟燕子飞，白蘋香忆钓鱼矶。千秋侨肹重相见，季子新从上国归。

莫云删后便诗亡，百代词人各擅场。烁破四天临济眼，尘沙无尽夜珠光。

奉送拙庵老年丈东归④

长揖为何尔，低头愧野人。白鸥波浩荡，青岳意嶙峋。卿相儿曹事，狂狷物外身。一从识字后，束缚耐华簪。

耳厌归山语，如君语始真。□原无尽日，歌岂有归人。大海青门路，浮云紫禁身。倦飞今古意，疏傅便为邻。

郑公通旧德，归去整遗经。君自轻荣藉，人皆惜典型。掉头左史职，染指少微星。一笑东□上，从渠竞尹邢。

三湘秋末近，君亦到三吴。羽客欲同觅，金坛夜共沽。行吟朱雀桁，放棹石城湖。更约劳山去，云寓对结庐。

归舟杂兴⑤

逐岸移舟屡转篷，乘流自可任西东。人生末路佳方稳，何用登舟祝顺风？

---

① 见梁熙：《晳次斋稿》附《晳次斋名家赠什》，清康熙刻本。

② 见康熙《临朐县志》卷之四。

③ 见吴之振：《黄叶村庄诗集》附《赠行诗》，清康熙刻本。

④ 见陈介锡编：《桑梓之遗录文》卷一，清抄本。

⑤ 《国朝诗别裁集》卷二。沈德潜按，“骤得志者读之，如炎月中服清凉散”。

题仙岩居①

春深芳草唤闲游，出郭寻幽过远丘。门对溪山皆画谱，村饶花竹即高流。听歌宜就黄鹂树，命酒先分白鹭洲。随地兰亭成胜赏，不应王谢独千秋。

吊谢宾王②

其一

翘首端阳驾，来书信复疑。敢云吾后死，竟尔失前期。逝水从人叹，朝华岂自知。伤心转一笑，浮世本如斯。

其二

鹏鸟来何遽，惊闻转自伤。病花甘早殒，飞兔乃先亡。埋玉天如梦，采珠事竟荒。申池呜咽水，一赋忆山阳。

其三

东山今不起，捉鼻竟何言。封禅应留草，醍醐尚满樽。哀歌渑水曲，芳草谢公墩。马策西州泪，千秋复稷门。

其四

襆被黄花节，迢迢烟水时。琼花同吊古，檇李共寻师。梅鹤征君墓，蘋蘩漂母祠。江南断肠路，一一系人思。

和寒山子③

诋佛耽空处，空于世何益。此言影响耳，原未究实际。空者空情想，空者空欲嗜。空者空烦恼，空者空荣利。未发之谓中，试想归何处。真空乃妙有，此中生天地。空有即中和，岂得妄同异。鸱鼠笑鸿鹄，下士多苛议。学术本上乘，反訾无利济。试看王阳明，勋业名当世。吹毛诋良知，又谓学乖刺。旨哉古人言，蜉蝣撼大树。

---

① 见乾隆《淄川县志·般阳二十四景图》。

② 见民国《临淄县志》卷二十四《人物志·谢宾王》。

③ 见王渔洋：《古夫于亭杂录》卷五，《啸园丛书》本。诗后云："高侍郎念东（珩）和寒山子诗云……前一首破却顽空，后一首说尽三教末流之弊。"诗抄本《栖云阁诗》卷二有第二首，无第一首，且"师子"皆作"狮子"。

又

世儒诋仙佛，此亦不足怪。弟子不如师，门风坐颓败。两家之儿孙，其行同乞丐。都是师子虫，反把师子坏。即如所谓儒，科第事冠盖。岂徒周孔羞，那是程朱派。所以秦始皇，辣手亦痛快。

量田行①

今年楚饷催何早，一月征输三月了。方伯飞符长吏愁，鼓吹两部心如捣。司农檄下竞量田，父老争谈万历年。心计江陵原了事，吏胥鼠辈胆为寒。今日文来止挂壁，不能按里增十一。一路啼号我未闻，止闻主爵将加级。仙令王乔故不同，铃阁似听缑山笙。履亩细询父老苦，鲁之旧贯务相仍。作法于凉百世则，树德雷封如稼穑。细咏舂陵太守行，不有君子能其国。

家绳东兄是亦园

茶烟苔影罢将迎，远眺微吟称野情。此地闲人宜痛饮，何年芳草不丛生。横塘半亩添春雨，斜照千家傍古城。直待芙蕖香绕屋，移床来听水禽鸣。

春日过明山

结茅欲署小云栖，长日山腰明水西。老去砚焚休梦凤，病来舞懒怕闻鸡。久疏谭垒濠梁友，新结禅关法喜妻。竿木随场无不可，又歌子夜舞前溪。

西过道开庄穷水源

淡荡闲情鹤不如，晚晴载酒历郊墟。寻源小试张骞手，注水新添郦子书。有树随村堪驻马，无溪注壑不藏鱼。鸣泉百道穷难遍，改日重来更杖履。

探般水源归玩月官坝

轻裘霁日暖来更，到处闲身兴易生。泉吐大川流浩荡，峡开古郡势峥嵘。遮亭竹去云林好，对酒涛来雪月清。忽忆临皋重放棹，古今天地奈多情。

---

① 自此诗以下至《万绿园歌赠孙荆玉》皆见乾隆《淄川县志》卷七下。

携酒苏相坟

拓弹惊飞宿鹭团，酒枪斜缀浣溪笺。人能放步皆禽尚，地可怡心即辋川。洛下家声今莫问，冢中相印亦堪怜。有师鬼谷成仙去，何用阴符锢九泉。

城上望张相国旧圃

秾华回首梦空劳，独立西风薄醉消。绿野荒烟藏酒旆，虹桥沙碛障霜涛。雁回斜照平田远，山拥孤城画角飘。旧事白鸥浑不解，寒流奔海自迢迢。

笠云阁下新拓芙蓉渚，一名小锦秋二首阁在家弟振东居

金谷兰亭岂有胎，名园亦是偶成来。波浮旧岸今春涨，树拓新阴昨岁栽。十亩竹花须错落，百层岛屿要潆回。主人好事储佳酿，风雨桥头待客开。

藜杖缘堤看物华，芒鞋缓步踏晴沙。果能引水宁无月，但肯穿池自有花。小笠饶风穿菜圃，凉浆叩户过田家。春归更觉村居好，况是清流一曲斜。

笠云阁前桥头夜饮

斜阳低掩绿杨湾，展簟平桥晚渡闲。月影贴天天贴水，风纹摇浪浪摇山。秦娘旧曲如前世，沈约清流照旧颜。吹彻洞箫风露冷，清寒了不似人间。

子下新买竹园①

渭川千亩富如何，一道鸣泉价几多？更有地灵应入券，门西北去是泷河。

青涧偶成二首旧名白泥河

闲行须胜友，缓步已东皋。石峡泉流远，秋潭鸟影摇。行当添水榭，坐似据山椒。飞瀑悬崖下，霏微百尺绡。

又

数步山村近，青溪散客怀。便堪终日坐，能有几人来。远水分青冢，秋潭

① 诗抄本《栖云阁诗》有“即龙门园”四字小注。

长绿苔。观心宜此地，不碍酒盈杯。

唐济武邀西桥看月

南来活活双龙走，长桥横锁清溪口。蜿蜒十丈跨飞虹，洞箫销尽兰陵酒。一夕沧桑状不同，冯彝挟雨翻鼍宫。铁键寸断华表碎，神鞭驱石沧海东。遗址茫茫存几尺，河洲沙烈妖蛟泣。但馀素绠荡漪澜，无复朱轩走霹雳。露冷天高河汉低，孤城背望月来迟。金鳌醉卧歌达旦，悔负昔年年少时。

载酒堂和韵二首

重阴最好是斜阳，潇洒同人云水乡。掠浦凫雏栖岸稳，衔呢燕子构巢忙。悬帘酒政初成社，贴水渔舟未置樯。局上鸿沟凭百战，楸枰能耐日方长。

不负闲身日日游，惊看山郭见渔舟。林间自有眠花簟，浦外还添卖酒楼。为问清溪飞画舫，何如紫陌倦华辀。长房缩地符堪借，不待柴车望锦秋。

放生矶

天开胜事一何奇，名地随人待杖藜。始识放生池不偶，北村新立小云栖。

和张石年明府

景星喜照古般阳，屡接琴堂荀令香。彩笔拟将分谢客，兰台知又纪桐乡。观成不待三年报，履亩应苏十载荒。召杜西京浑细事，东秦列郡此周行。

万绿园歌赠孙荆玉

般阳名郡冠东秦，岱宗之麓海之滨。东去沧溟通帝沼，南翘岞崿望天门。当日城中万户聚，名蓝华庑纷无数。嫩绿池塘鸟影连，娇红罗绮歌声度。三百年来郛莒伦，斗城瘵弊全非故。山头榛蔽郑公祠，桥畔溪穿苏相墓。万室或畹百室存，鸳鸯瓦殒藏狐兔。画栋雕甍商贾集，轧轧邪许柴车去。太原君子磊落人，灵光不尽是华林。十大葡萄张绣幄，一池菡萏锁轻云。亭台位置非草草，风亭月榭能深窕。开樽置驿召同人，酒徒歌客常倾倒。时时稽阮叩门来，一笑知君怀抱好。主人更欲远开疆，北抵芹宫一里长。夹路垂杨喧燕雀，清流曲砌绕池塘。

君不见，兰亭金谷时时变，千度沧桑浑似电。相国廊倾石丈欹，中丞阁没园丁佃。浮生轮转亦何奇，劫火争光旦暮时。天地犹然一转瞬，小年蟪蛄将无痴。甲子上元元气复，风徽不止多华屋。溪上乌衣十丈台，庭中太史千竿竹。容华已足张吾军，闲人瑶瑟时相逐。兰池沚沼亦寻常，我意迢迢在沅湘。指顾神龙走海若，凭陵百雉乍苍茫时有官坝支水开，导入城之议。奇观千秋今日始，城腰高泻银河水。稻浦莲溪指顾成，市门官署红香起。分来一区太明湖，锦秋缩地微染指。逢伯爽鸠安在哉？螺杯锦瑟莫徘徊。拂衣更向阆风过，华表千秋应一来。

观演琼花梦赠雷岸太史①

梦长梦短总堪疑，玉貌金章能几时？醒后蘧蘧方一笑，神仙未免有情痴。
新声又见江花梦，旧曲还恋玉茗堂。此外骚坛馀子在，天魔小队夜郎王。
莫道蕃釐观已荒，听歌如宴九天堂。琼花夜入江郎梦，彩笔风来字字香。
屏风仙骨自仙仙，笔亦倾城我亦怜。莫信客儿轻薄语，由来慧业早升天。

题柳村渔乐图②

展卷移我情，注目恍惚久。世界为绿天，尚有红尘否？万顷漾苍茫，十里合杨柳。翡翠染人衣，空青拂人首。苕剡与湘沅，淼淼落吾手。舴艋过门前，茅茨锁溪口。濯足乍行歌，荡桨或饮酒。遥看车马劳，岂知为某某。白发方鹰扬，却误蟠溪叟。沙劫电梦空，何者为不朽？万物无畛畦，庄惠鱼皆友。垂纶不设钩，毁簖而开笱。悠悠大化中，同乐奚相揉。翻身跳入步兵图，玄真鲁望真吾徒。隋堤岁岁东风在，尚有龙船锦缆无？

过水村访怀高士诗③

清溪百折柳阴斜，来访城西处士家。和靖比来翻旧本，梅花不种种荷花。见怀氏双亲行实。

---

① 见龙燮撰，陆林校点：《皖人戏曲丛刊·龙燮卷》，黄山书社2009年版，第233页。

② 见樊圻：《柳村渔乐图》，现藏北京故宫博物院。此图署款作“己酉蒲月钟陵樊圻画。”

③ 见乾隆《历城县志》卷四十九，清乾隆三十六年刻本。

奉赠牧翁

学诗从政昔贤多，游刃恢恢三辅和，铃阁锦囊知又潘，戴星岂庆渭城歌。

来青轩联句[①]

来青雨过晚霞生敬哉，搔首峰巅对月明体舜。北望松楸龙驭杳青坛，东临宫阙玉绳平念东。疏钟万壑收群籁吉津，绝浦孤烟放远晴敬哉。不意长安留滞客体舜，相携天际听泉声青坛。

初冬夜集联句[②] 同高念东先生曹实庵王阮亭谢方山

羁栖欲何为，不如行荷锸念翁。笻倦招提游先是有胜果寺之约，饮爱文字洽牧仲。晚照横苍山，凉风吹白帢实庵。稻芒蟹初擘，松床酒新压阮亭。残菊映深杯，狂言递相狎方山。人皆白社侣，诗竞黄池歃阮亭。妙画鉴东丹是日观东丹王射鹿图，归人忆巫峡阮亭坐中吟不得荔裳妻孥下峡消息诗，牧仲。西曹最喜斋，北陆巧当祫念翁。霜威逼檐牙，星芒动帘押牧仲。不妨乘兴哦，未中考功法念翁。暖思汉庙酎，冷畏尧厨萐阮亭。卮漏川灌河，气壮兕出柙牧仲。暂尔贤圣中，讵必金貂插实庵。采隐梦庐霍，泛宅羡苕霅阮亭。斗室即江湖，拍浮类凫鸭牧仲。旅怀欢已忘，险韵句偏恰念翁。天马行驳娑，海鲸动呀呷。声殷雷破壁，势急帆出夹阮亭。纵横字屡乙，跌荡颜能甲实庵。铭镵磬叟樽，书留老妪箑牧仲。久企松子游，无事宣公劄方山。稍闻动鼍鼓，曾否热羊胛实庵。勿惮金吾呵，重沽钱未乏念翁。

圣安寺联句 同高念东先生施愚山王阮亭谢方山钱介维袁士旦

暮云如断山，返照林下寺阮亭。萧散乃良觌，断续幽人至。入门盼寒柯，揖让争行次念翁。墙剥古时红，柏剩经冬翠士旦。肃肃僧寮清，穆穆禅宫閟方山。

---

① 见王崇简：《青箱堂诗集》卷之七。

② 见宋荦：《西陂类稿》卷二十二，清康熙刊本。以下联句皆出自此。最后的《即席奉送念东先生还山联句二首》又见于《渔洋山人诗集》卷十三，题目以及字句稍有不同。宋荦《联句集小引》云："康熙庚申冬，偶读韩孟联句诗，遂与诸君子效之。矜新斗险，尝刻烛至丙夜。无何，高念东先生、曹实庵舍人去，此兴索然矣。今检箧中，得若干首，盖旬日间豪况若此。梓而传之，知十丈尘中尚有闲情如我辈也。荦识。"

草创缅金元，烝尝借初地寺内旧有金世宗、章宗像，元初奉太祖以下神主于寺之瑞像殿，牧仲。金貂会三族，绛节来群帝。爰溯大定年，下洎至元世。刹那人代变，弹指河山异阮亭。茅社闭天阳，仍归瞿昙氏念翁。法象穷雕镂，郑重先皇畀寺有佛像，出大内，牧仲。鹫岭旧飞锡，龙驭屡回辔栴檀佛尝飞至寺中，元学士程钜夫有记。百灵走苍茫，三车赫鼓吹愚山。妙相初无言，宛若拈花示。维摩不二门，灼然第一义念翁。画壁商喜留，吴装何诡丽牧仲。绝笔追顾陆，缨络杂珮璲方山。天女静窈窕，云旗俨容裔牧仲。势伏龙虎驯，气摄魑魅悸方山。栴檀邈古迹，金粟烂名绘介维。竹房穿碧烟，苔碣扪绿字。昨闻捷奏宣，黔阳走吴濞。从此罢鼓鼙，花龛得高会牧仲，殿阁明佛灯，斋厨出香豉方山。生菜荐春盘，巨匕削羊胾介维。难穷祖帐情时念翁将还山，略遣文字戏愚山。拥鼻发长吟，谈天奋高视。酒气彻须眉，墨痕涴指臂士旦。雅调纷凤鸾，险语掣鹰鸷。笑驱山可移，怒号星欲坠。韩杜竞倔强，皮陆闲流易。错杂成宫商，一滴大海味愚山。既足张楚军，亦已拔赵帜念翁。舒啸和哀猿，振藻惭上驷牧仲。共拟寒山诗，聊述净名意阮亭。鼠须争葳蕤，鹆眼交睥睨。挥毫诧脱兔，敌人不及避介维。河岳旷遥情，海岱罗奇思。欣感共颠倒，主客谢拘忌愚山。綦舄错群贤，旗鼓当大帅士旦。斗场号禅窟，东安妙谈议。未能离尘垢，稍欲藉钳锤阮亭。精蓝梅吐苞，老树乌垂翅。蒲牢时一鸣，牟尼静如睡士旦。飞甍落罘罳，空垣凋薜荔牧仲。篆烟萦狻猊，香台蹲赑屃方山。野马静诸天，苍隼侧双眥士旦。醉乡战已疲，重围或可溃。天寒仆御愁，促别喧车骑念翁。回听金琅珰，星河宿檐际阮亭。

读高念东先生琼花观诗因怀广陵旧游即席联句同念东先生施愚山王阮亭谢方山

琼花何意也愁人念翁，且遣当杯酒入唇。万事扬州成旧梦愚山，三生杜牧失前身念翁。雷塘萤火犹侵夜牧仲，官阁寒梅又放春愚山。吟罢新诗转惆怅阮亭，二分明月竹西尘方山。

即席奉送念东先生还山联句二首

莫教严漏促行觞阮亭，好月迟来纵我狂念翁。九老几人归洛社牧仲，五言今日赋河梁阮亭。还山白首身犹健，爱客清尊夜未央愚山。他日登临重相忆方山，平泉风物辋川庄阮亭。

潇洒由来属乐天，旷怀今复见淄川方山。香山旧隐人归去，长庆新诗世久传阮亭。才罢朝参翻独笑愚山，频耽野饮纵高眠牧仲。劳君三叠殷勤唱，我已风尘四十年念翁。

题温泉句①

涓涓金掌露，决决玉龙涎。
清白廉无似，冲和让亦兼。

凤衔杯②无题

蜗角蝇头非吾愿。昨年别、欲留难劝。任易水燕云，千重万叠迢迢远。不禁我，情缱绻。

拨炉烟，摊书翰。听咿唔、转加愁怨。叹人寄天南，雁迷横北忧思溷。到春日，还加倦。

沁园春杂感

忽忽一年，怀抱如何，思吾所为。似君平弃世，徒深潦倒，赵卿嫉邪，不识委蛇。喜见闲人，怕闻俗事，不合须多一肚皮。最愁是，书频索欠，瓶罄谋炊。

依稀月冷庭帏。叹昨夕、登朝如梦痴。忆沙晨风夕，老佣寒导，车填薪积，羸马驱饥。已矣命穷，嗟哉缘薄，博得蜗名调转迟。成何济，有半生感慨，午夜凄其。

一斛珠

梦魂春绕。更南更北身缥缈。役车送水惊人晓。白昼黄昏，叹息知多少。

望断乡关音信杳。金鱼池畔铢衣儴。等闲何处堪凭眺。只见酒旗，偏逐东风绕。

沁园春杂感

堪叹吾生，自愿未酬，末如之何。任人前人后，我非我是，或疏或密，时

① 以下两句见《吴越同游日记》上卷。按，这各是两句，不是一首诗，平水韵：涎，一先韵；兼，十四盐韵。

② 按，以下为词，附于此处。

笑时歌。山鬼伎穷，老僧坐定，尺水凭兴百丈波。灯残甚，觉许多夜分，不尽吟哦。

严威穷蜡靡他。只搔背、抓头怨夙疴。思一官冰冷，无心嚼蜡，百忧火炽，有泪成河。姜不胜寒，酒岂消渴，意气于今尽折磨。嗟何及，任功名偃蹇，岁月蹉跎。①

临江仙② 题徐电发枫江渔父图

将相何如渔父乐，云台终让扁舟。秋风万里大江流。湘灵为若舞，瑟瑟杜蘅秋。

孝穆金门游戏在，彩豪兰畹风流。老夫乘兴欲东游。与君呼赤鲤，携手问蓬丘。

秋日为电发年兄题并正　东蒙高珩

① 按，以上四首见傅燮詷辑：《词觏》卷一，清道光二十四年钞本。

② 见陆心源编：《穰梨馆过眼续录》卷十五，《续修四库全书》（上海古籍出版社 2002 年版）影印光绪十七年刻本。徐釚，字电发，晚号枫江鱼父。

栖云阁文集外

栖云阁文集外·序第一

笼鹅馆叙[1]

《笼鹅馆集》者，桓台王文玉之遗草也。文玉以名家子，生负俊才，发覆额，声即噪起词坛上。又性善谐谑，微言中人，辄令平子绝倒。余十二三时即耳中籍籍，知为乌衣翘楚矣。癸酉，余从师历下，方构艺而客来，剥啄甚急，乃避之芙蕖丛中。既去，始知为文玉，悔未倾倒也。壬午，晤于毕孟议邸中，妙绪纷来，麈尾几顿。时去钻闱二日许，诸君子方下键揣摩，状如季子发箧时。而以入其玄中，辄客主忘疲，不复忆是槐花黄也。自是，意中时时有文玉。

余性憎人恶谑，常期借建勋玉磬驱之。而于曼倩滑稽，则每欲俎豆之于虐圣庑下。不则，或借稷下一席地，罗俊九泉。令笑陆哭唐，绝缨齐赘，抵掌一室，歌泣鼎沸，参差相长，亦足千秋，不下孙韩提师百万相当也。舅此中足领一队，意后此谈笑之欢当无涯矣。乃是冬辄赋玉楼绝弦，一何速耶！

或谓文玉多冶游，故不克臻胡耇，竟其才之所至。是殆不然，士自大节当勿勿耳。至于逸情妍致，先贤不废，青莲紫薇诸君子枕藉声歌，风流照耀，未闻薤露早唱；红颜子渊兰折，非有十二金钗、青楼好梦为祟也。文玉之命自啬也，才自丰也，情致自翩翩。盖分路而驰，不相谋也亦久矣。或又谓夜台寂寞，草玄人故自可耳，文玉则何以堪此？予笑应之曰：君所谓未知生，焉知死者，非耶？夫阴阳殊地，犹燕楚分疆。人鬼同情，是秦齐一嗜。沽酒难纪叟，新诗怕冥官，李太白一何痴，沈少君一何怯耶？

夫酒魂无恙，仍当貂解泉台；词客有知，亦复须撚幽府。伊川元晦，地下断不滑稽突梯；贡父子瞻，冥中宁肯深衣高帽？性情自造化，游戏亦神通，处处都足逍遥游耳。极其变者言之，彼伯伦荷锸，常恐至于猝死，至于黄泉沉醉，又须防其回生。杜丽娘人间感梦以还魂，地下为情种，倘使地下怀春，又当以摄魄人间为奇事。回轮六道，何者为真；荡漾一灵，无之不适，想当如是无疑也。豪吟逸兴，谑语清谈，其有进于昔日几许？九原可问，文玉当为启齿；把笔至此，渭阳之涕亦复粲然。至其诗之清丽芊绵，读者自晓。平生绮语尚多，随手散逸辄尽，十一之存。又经兵燹，兹之吉光片羽，不堕长吉溷劫者，则令弟陟公贤

[1] 见王与玫：《笼鹅馆集》，清抄本。

舅氏裒辑之。孔怀之谊，可念也哉！崇祯甲申仲夏，淄川甥高珩念东题于济旅灯下。

清止放吟序[①]

上元后一日，韫退先生北行。停轩郊外，走长须报予，予急觅马出，日下春矣。执手逆旅中，一室斗大，曰：佳辰作客，良苦！揖勇起则冠为宇格，煤烬苏苏落，与眉颊争地。因强之入城，不可，曰：予履及千里，骁骁征夫也。“落梅”一阕，“青玉”七枝，予何有哉？此来须子一谈，松枝麈无恙乎？旋呼酒，道间阔状。屈指海内人士：某某江左夷吾，可无忧左衽豫州。陶士行何等人，何寥廓千载！累累多灶下养也。北地开疆接历下，公安竟陵诸子，左右袒久矣。谁正始，今有江东独步者乎？比者登坛名手，卧子密之惊艳雅宗，信然而广大教主谁归也？无胶可粘日轮六龙，啖人脂膏，孰为金泥焉？玉槛九井，孰假羽焉？论列纵横，侑以笑谑叹息，不须取诸鬼伯故迹。

行觞矣已，乃掷一编示予。予引满读竟，辄惊曰：是有异，添休长吟吟。灵均夜啸，果何祥也？大雨露，雷霆砰輷，零濡有专族。若夫发土囊而动蘋末，卒至焚轮。如戏如幻无伦，蓬蓬无舍于于，无宫室，吾不知其何端也。梦之所寓，天地杵分焉。想也感也，因也变也，变感子母，如金水环。绵窅迷冥，金轮他化之间，随之失尾。都非白日双瞳，揖拱有伍，瓶瓯有楚，可例也。一神两化，造化之文，文复为造化戚愉，合阴阳而百感生乎？梦随风轩舞，其卷蛤之人与夫不感不变，块然偶耳。金碧甚都，可以拜礼，不可以语。自古忠节文章之士，心如椰子，大而百感杂煎，中有所主，二也？一也？将无同归？至安乐滑泽，则决非其灵府所贮。浸假贮焉，为鸱夷而已。彼离离者，如击剑狂歌神仙儿女，梦中杂进，岂可以断序章次求之乎？感系变列，情结文飞，阴阳之化如是已。或曰，韫退弱冠登朝，家世雍贵，是宜愉怿有恺而已，奚其慨慷悱恻之交至也？是不然，感近乎伤，情生乎感。忠节，文章之祖气也，庄周傲睨尘垢宇中，可断以为此其不合于时、不可一世者之以恕鸣。森然鹏翼，岂必三闾大夫哉？

今即返武关之辙，髡左徒而钳上官。金石令尹而顿使兰茝化为茅靡，凤鸾化为鸡鹜，丰隆列缺之属化为狎宾酒伴，帝高阳之苗裔不幸坠俗士劫矣。绛宫有神，岂不排九关虎豹而控之于帝者乎？般水社盟甥高珩走笔旅次。

---

① 见赵进美：《清止阁集》，《山东文献集成》第2辑第29册，山东大学出版社2009年版，第773～774页。文中极少字有划去的痕迹，未录。

表余落笺合选序①

王子子底、贻上编其诗选成示余，余三复之，不觉作而叹曰：洋洋盈耳哉！此风雅之苗裔，而圣人之所与也。三百篇之亡，历几千载，屈原一变而为骚，宋玉、景差再变而为赋，其忠爱之谊，婉娈之音，哀怨悱恻之极致，不可谓无当于风雅之旨，然而有间矣。汉兴，经学称盛，一时为诗学者，申公作训故，江公、徐公、韦氏、褚氏之徒传之，于是有鲁诗；辕固作诗传，翼、匡、申、伏之徒传之，于是有齐诗；韩婴作外传，王、食、长孙之徒传之，于是有韩诗；孝平始立毛氏学，郑众、马融、贾逵、郑玄之流，或为笺，或为传，于是有毛诗。然诸子者，人自为说，成一家之言，而篇什不少概见。既降而《河梁》录别，以逮建安、黄初而下，言人人殊，而谓汉魏以还之诗，即无以异于商周之诗，则议者难之。盖三百之亡久矣，原其流弊，大抵大不能辨风、雅、颂之义，而细不能晰赋、比、兴之殊。古人感物造端，草虫芣苢雉飞鹤鸣之属率书，即日而被之篇章，后人之寄托兴会不及也。《小戎》一篇，详车马之制，游环、阴靷、鋈续，鋈錞，颐过《考工》，险夺《周礼》，后人钩奇抉奥之功不及也。由斯以谈，立乎挽近之间而指三代以上，不亦难哉！不亦难哉！二子生风雅衰熄之后，顾能发明古诗之遗，以求合于四始六义之大旨。今观诸制，义兼正变，体被文质，乐而不淫，怨而不激，极发越震荡之气，而一归于敦厚和平，即弦而歌之以合雅颂，而俪韶武，是亦孔氏之所与也。二子家辕固故里，乃其为诗直兼四家之说，以视后苍、景鸾、匡衡诸子之学，不又多乎哉！丙申上元日。

椒丘诗叙②

释氏云，毗卢法身中，一华一世界。予尝详观万法，一事一字中皆有一天地存焉，诗其一也。六义中法界廓然，凡星纬岳渎，仙释将相之巨丽，下至夭乔飞鸣，无不备具，随人力之所至而分现焉。乃蠡测之士，偶涉一径，遂自谓

① 中国国家图书馆·中国国家数字图书馆的中华古籍资源库收录有清人王士禄（字子底，号西樵）、王士禛（字贻上，号阮亭）撰《瑯琊二子诗选》（清顺治刻本），但该书目录作《琅琊二子诗选》，又作《琅琊二子近诗合选》，封面及版心题作《表余落笺合选》。该书有周果圣穰甫氏跋，题作《跋表余落笺合选诗后》。但《王士禛全集》（齐鲁书社2007年版）本文题作《落笺堂集序》。按，此文实为王士禄（表馀堂）、王士禛（落笺堂）二人诗集合编，因此，叫《表余落笺合选序》比较合适。

② 见丁耀亢：《椒丘诗》清顺治刻本。

创古人所未有，而欲尽废诸家之所各得。不知我所矜持者，正皆古人之所涉焉而化，不欲以专家自域者也。其步趋前矩者，则又奉一先生为不祧之祖而欲尽抑冠裳，奉其牛耳。不知古人虽褎然大家，就其才分之所饶，各有所至。则亦各有所偏，自不能兼所不逮以为美，而非谓投足之外，余遂无地可翱翔也。故毁则方隅，誉亦姝媛，求能自廓其才路而仍兼剂乎众有，以备乎巨丽之观者，吾见亦鲜矣。

予不能诗，而雅喜野鹤之诗。野鹤英分踔厉，学涉渊通。能兼古人之所长而去其累，卓然自名于时趋之表，良为未易材也。夫声律之道，不过情文二者而已，而偏则各病。以姝子闺阁之致，或达官呵殿之容，遂云可高步骚坛、轩翥艺圃，其然，岂其然乎？今野鹤操觚应节，独能声与情属，情与文纬。所云自廓其才路而仍兼剂乎众有以全乎巨丽之观者，非欤？独念士人负非常之才，故当出牧方州，入登禁闼，以功施见于天下。而野鹤才具如此，乃仅仅以咏犹之音侈其鞶帨，惜矣！即以诗等差古今，又未能与赋清平、连昌、寒食、东风诸君子，上结明主之知。而仅仅于椒丘斋中攒眉叉手、高揖桑民，怿欧桢伯，而以苜蓿抗衡海内，其邑邑为何如耶？然人生虎鼠无常，何可以目前遽定？今上方雅意文学，下明诏厉学宫，将求天下才学渊通之士，而不次庸之。今野鹤文词满天下，见知当代，必无浩然、飞卿之嫌矣。且野鹤服古多大略，劘切时机，粲如指掌。严乐诸子去人何必有间也，野鹤固以词人终乎哉！顺治丙申仲春，东蒙高珩书于燕市。

复庵全集序[①]

驱车远道，迢迢使轩，既识大川名岳之容，亦求道德文章之彦，异人异书，恒交勤焉。敕命衡山之封，此一役也，盖已万有三四千里余矣。

楚山，宋玉所望不赀。而一时乐晨夕于黄鹄者，王涓来原在门墙，沈时霈又属道契。过此惟卞图南一人，蔚然国士，然故汎水产也。江陵则王君豹庵，华容则严君平子，长沙则陶君汝鼐伯仲、广文王怀人父子。诗皆奕奕英多，被服宝璐。此外屈指，殊为寥寥。期以圣学相印正者，荆州则有喻君国人，黄冈则有李君郱仙。至所搜珍册，则有瞿茂川《六经以俟录》，金正希“文集”，熊鱼山《嵩愚和尚语录》，陆贾之装富矣。虽然，所期于三湘之秀，犹有奢愿未酬。或者鼎革以来，缥缃毁诸兵火，人则晦迹于浮屠黄冠而不复可得见与？抑或捧檄四方而楚才在晋，尚有人也？云汉之章，得之孔迩，果于复庵诸部之集大成，

① 见孙锡蕃:《复庵删诗旧集》卷一，清康熙刻本。文后有印章:“高珩之印”“官詹少宰宗伯”。

将以尽三楚，洋洋大观不爽矣。卒业古文辞，翩然起舞，既总持孔孟之真宗，复旗鼓古今之大业。殆颜子其陋巷，而禹稷其平世者乎？诗本四始六义，而以骚，汉晋魏为风气之倡，固可流漂四唐矣。岂独楚学本宁明乡，诸君子代兴有属哉？

《公安志》以一代董狐而遐搜博采，汇成拱璧。以视敝邑乘，久十年不修。辄不自揣，尝有志未遑，取为《洪范》十袭宝之，而未敢佛螺着粪也。方今国家开纂修之馆，不废征召。倘得如复庵其人者珥笔，成当代之书，人生亦何必卿贰乎？至制义一道，每见艾千子、陈百史之高誉八股也，私心珊笑之。以为学者不能出世持世济世，而欲区区以鹦鹉言语，优孟衣冠，跻之圣贤之庑，真可为绝缨者也。

暨灯下读复庵说书，则又自觉前言之未确。何者？盖说书中字缫句珠，会文切理。而行以博大浑融之气，不独归胡贯道之章，亦补程朱疏义所未及。所谓有程朱之人，自能吐程朱之语，非学程朱之语，即可云程朱之学故也。若乃吏治班班，衮衣震耳，可以登召杜之堂，使其虚乌台青琐一席，以待琳琅之笔，敷陈民瘼，启迪宸聪，必有以尧舜其君民者。而今以世有驹騜，淹于短驭，此执辔者之羞也。展诵诸集，竟过黄河。偶拈错行，“代明”二句难于体会，取《大全》注疏诸书解之，亦未能发挥也，更订。复庵于鸣琴之暇，或为今文，或撰讲义，搦管一则，豁我蓬心，则万有三四千里观之矣。爰随笔以为之序。

康熙戊申嘉平月，宗人府府丞恭遇亲政，奉诏敕祀衡山。前吏、礼二部侍郎，兼内翰林国史院学士，詹事府詹事，纂修实录副总裁，江南典试秘书院侍讲学士，国子监祭酒，年家邻治生高珩顿首拜撰于长白山房。

述祖德诗序[①]

予读历友“先德诗”，而忾然三叹也。汪侯一序，名章爚煜，亦既详哉！其言之矣：夫古人述祖德者，何哉？将以绍祖烈也。故或章之诗歌，或被之弦管。岂其以家世之焜煌为荣籍？其谓高曾矩矱，垂范云仍，陟降绍庭，公侯可复，是为菑畲故也。

吾邑往代钧衡宪松先生，洁轨姚宋矣。而仪部松石先生，先以清节鸿文，浚发丰芑，今仪部遗集与李沧溟方驾。海内诸大夫以文笔鸣者，犹将摄齐前哲之堂，抑首容台之座；而况前武可步，丹雘为矩，高曾之贻谟，煌煌有素者乎！先生弼亮功施，此犹历友他年事也。若先生之掌录发悬，其修业也笃矣；事亲之孝，因心之友，其持身也醇矣；求人师于泰岱，游泳圣涯，其志道也深矣。

---

① 见张笃庆：《张氏述祖德诗》，淄川图书馆藏民国铅印本（临沂华东铅石印刷局代印）。

历友高曾之茂德如此，而大父仲开先生、尊君孔绣，又皆以行谊文章为般阳弁冕久矣。历友制艺卓冠时髦，邑称孝友，孚众口焉。进贤之冠，直需时耳。

虽然，学人进德修业，从无过量之虞。益动而巽，日进无疆，《易》不云乎？逊志时敏，厥修乃来，《书》不云乎？日就月将，缉熙于光明，《诗》不云乎？进之而由义，居仁以尚志，存心养性以事天，此亦儒者之庄逵。而先生所服勤于还朴李先生者，尤有进焉。还朴先生《讲余录》，吾四十年前已读之。今岁再读之，而见其所得渊通，不谈二氏而已交摄，知圣人之无二道而不泥其迹者如此。圣鹄先生之早年北面而远侍函丈者，其以此欤？

而立志为尤要焉。孔门言志，孟子尚志。夫志者，学之所由成，而业之所由广也。幼学壮行，此为垣墉明矣。故士人之有志者，虽蓬蒿累世，犹将奋迹天逵，上光祖考，不以让为恭也。矧世德可接，前徽伊迩，而不轩翥钧衡之绪、绍闻彝鼎之班乎？然则历友三不朽之业，求之祖武而已足。知非止崔卢王谢之以弈世簪笏为豪、以公卿宰相为荣可知也。夫为学而志于圣道，立身而登乎甲科，此大孝养志之鹄，而凡为人子者之所宜孜孜也。吾读“先德诗”而重有望焉，历友其勉之矣！ 时康熙二十二年岁次癸亥，眷生高珩题。

双江倡和集序①

日在京洛淄尘中，恨无纯灰十斛濯之。忽而排神御气郁孤台畔，吐纳清流，泠然善也，则牧仲以《双江集》示我云。甫一展卷，即见一绝云：“钩辀鸟语去仍还，云树双江起暮寒。自笑游踪逐坡老，十年前亦宦齐安。”因忆十年前，与牧仲夜泛楚江，酾酒赤壁之下，俯仰千秋，江山如故。顾谓牧仲曰：子瞻慨慕乐天，故亦自署东坡。君复半刺于此，将无为介甫安石之争乎？相与大笑而起。

顷览诸君子之序斯集也，或云得江山之助，或云为江山生色，言故不诬。适有客在座，笑谓予曰：子无昔人之文藻风流，而亦怡然扁舟，无乃唐突西子乎？予解之曰：否否，子瞻赋中“江山风月”之语固有余义可引伸也。夫江山风月与苏子诸客皆先儒所谓“太极多却一动，留此纷纭”耳。然既在大化之中，游衍今古，茫茫传舍，迭为主宾。则江黄未分茅土以前，渔父樵人私为汤沐固已久矣。渔樵能不自私，数千年后，公之孟德公瑾。又数百年，而公之元之子瞻及牧仲与余。余固渔樵之伦也，江山风月又忘情而体道者也。是以英雄鹊起，文章辉映，而未尝见多；渔唱樵歌，寂历荒寒，而未尝见少。则牧仲与予皆有欲炙之色，又奚不可？

① 见宋荦：《绵津山人诗集·序》，清康熙刻本。又见宋荦：《西陂类稿·序》，民国六年刻本。

至牧仲与山水殆有宿缘，甫解齐安之绶，旋榷章贡之关。夫造物者无乃瓜分渔樵之汤沐而供其彩笔乎？今长吟诸什，如姑射仙人绰约冰雪，此真得助于江山而又能为江山生色者也。虽然，予将更有问焉。古来山水情深者多矣，而慧业文人可以升天作佛则有谢灵运；在宰相之子再至台铉、能以奇功报国则有李卫公，在牧仲将何从乎？恐衡山芋火未能便淡紫金也。

滴翠园雅集图序①

古今大传舍，其惟长安一席地乎？去来不尽，聚散难常，祖帐东门，骊歌南浦，盖时时有之矣。此又灯下俳场，雪中鸿迹，士大夫宁得据为世业，长子孙于其中乎？即今枫林楚水，灵听紫禁之钟；燕麦春风，再看玄都之树。而河山不改，故旧无多。昔之人寄感怆于嘉荣，忆供奉于开宝，惓怀故事，良有以也。

夫汉唐以来，辇毂之地，盛事良多。惟《西园雅集》一图，高流名彦，千载如生。茶灶酒铛，炉烟歌管，并足照耀艺林。易代而下，令披览者惝恍不自持，如晤其人，如闻其语，如拱揖诸君子于兰茗石濑间。浮丘把袂，致足乐也。自此二千年来，王都帝邑何处无台池、何日无丝管？一时缙绅，岂皆走马兰台，案牍竟夜漏。不则造请权贵，槐柳森森。抑太常清斋，闭门却扫乎？秉烛良游，飞觞盛会，风流嘉赏，知复何限。而寥廓黄图，求与西园姓字流传不尽者几何人！盖居诸已过，散若云烟，不复可睹记矣。前贤念此，率托缣缃，所以志一时之兴会，垂百代之逸踪，俯仰兴怀，不能已已。

吾东李望石先生，需次京卿，诛茅帝里。樊川杜曲，近依日月之光；雀阁凫舟，远备江湘之致。同乡诸君子，每于休沐之余，造门索饮。留髡卜夜，或闻绛树清歌；设醴攒眉，自具青州从事。朝参迫以仍延，驺欲喧而不去，可谓飞千里之鹤觞，借一日之菟裘矣。夫吾山左，亦士大夫之薮也。二十年来，自三事九列以及文学侍从之彦，盖彬彬起矣。然而，长安弈棋，流光逝水，旅鸿南北，沟水东西。除目仕籍，隔时阅之，几如汉唐年表。每于酒阑歌罢，茗香麝尽之馀，屈指先民姓名，或不复记忆，所谓后之视今亦犹今之视昔者，岂欺我哉！孙怍庭奉常因言：幼时曾于东阿于文定公家见所藏画卷，为吾乡先正十八人写真。内海丰杨太宰、益都冯文敏诸公及乃祖侍御公遗像咸在焉。易世而后，以为美谈。踵而仿之，其则不远。爰寻顾陆，命以丹青。小注邑里，以备他年佳话，亦犹行古之道也。

予惟陵谷之易迁也久矣。故逸少之序兰亭也，错综欢戚，归于感怆，百端

① 见宣统《聊城县志》卷十二，清宣统二年刻本。

交集，殊有洗马临江之意。夫江左诸君多作达者，右军风致于此得无少颓乎？彼散而靡定者，人也；往而不复者，世也。沤萍之聚，其与能几何？爽鸠之乐，不逮有逢久矣，而欲长绳系之，其可乎？是以达人挥斥八极，瞬息千载。乘云气而游太清，渺九点之寒烟，笑三禅之劫火，不足动其一念也，殆如蠛蠓过耳已尔。次之，游戏丹青，神明所寓，千载之后，或与《西园》流传略等。虽知交游宴之常，然较之麟阁云台霍张褒鄂之炳耀当年，使后世好古之士，欲求其须眉剑履于故缣败褚之间而不可得者，自谓过之。则吾辈今日此地此身，固千载而下，忾然凭吊之人所欲揖欲语，而呼之或出者也，诸君子勉之哉！国香出幕，张磁之宴常仙；画帏藏身，阮籍之唇若啸。景中之人，人中之景，孰为淄渑？影殇可齐，悲欢不累，无然河汉矣。康熙十年辛亥春。

是图为任尚书公家藏。昔公官通政时，于李氏滴翠园，同人雅集，竞绘为图。滴翠园，相传在都门琉璃厂之东，已不可考。图内绘像者凡十五人，郝公敏公惟讷，山东籍，直隶霸州人，时为户部尚书；冯公易斋溥，临朐人，时为文华殿大学士；王公冰壶清，海丰人，时为吏部左侍郎；曹公澹余申吉，安丘人，时为吏部右侍郎；任公海眉克溥，聊城人，时为通政司右通政；黄公屺云敬玑，济宁人，时为云南道御史；艾长人元徵，济阳人，时为都察院左都御史；杨公岱植维乔，宁阳人，时为江西道御史；高公念东珩，蒙阴人，时为都察院左副都御史；高公在衡玶，蒙阴人，时为掌河南道御史；王公北山曰高，茌平人，时为兵科给事中；李公郯园之芳，武定人，时为掌河南道御史，内升京堂；张公复我应桂，胶州人，时为光禄寺寺丞；孙公怍庭光祀，历城人，时为翰林院提督四译馆太常寺少卿；末园主人李公望石赞元，大嵩卫人，时为掌河南道御史，内升京堂。是图向见有二轴，一为吾邑任氏所藏，一为平阴孙氏所藏。孙氏一轴款有画工姓氏图章，为任氏一轴所无。二轴孙书前序，其书法亦似有区别。孙氏所藏当是初本，任氏由孙氏摹出者也，附识于此。

聊斋志异序[①]

志而曰异，明其不同于常也。然而圣人曰“君子以同而异”，何耶？其义广矣大矣。夫圣人之言，虽多主于人事，而吾谓三才之理，六经之文，诸圣之义，

① 本文以《聊斋志异》二十四卷抄本为底本（齐鲁书社1981年版），以铸雪斋抄本（上海人民出版社1974年版）为校本。

可一以贯之。则谓异之为义，即《易》之冒道，无不可也。夫人但知居仁由义，克己复礼，足为善人君子矣。而陟降而在帝左右，祷祝而感召风雷，乃近于巫祝之说者，何耶？神禹创铸九鼎，而《山海》一经，复垂万世，岂上古圣人而喜语怪乎？抑争子虚乌有之赋，以预为分道扬镳者地乎？后世拘墟之士，双瞳如豆，一叶迷山，目所不见，率以“仲尼不语”为辞。不知鹢飞石陨，是何人载笔尔尔也？倘概以左氏之诬蔽之，无异掩耳者高语无雷矣。引而伸之，即“阊阖九天，衣冠万国”之句，深山穷谷中人，亦以为欺我无疑也。

余谓欲读天下之奇书，须明天下之大道。盖以人伦大道淑世者，圣人之所以为木铎也。然而天下有解人，则虽言孔子之所不语者，皆足补[1]功令教化之所不及，而《诺皋》《夷坚》，亦可与六经同功。苟非其人，则虽日述孔子之所常言，而皆足以佐慝，如读南子之见，则以为淫辟皆可周旋；泥佛肸之往，则以为叛逆不妨共事；不止《诗》《书》发冢，《周官》资篡已也。彼拘墟之士多疑者，其言则未尝不近于正也。

一则疑曰：政教自堪治世，因果无乃渺茫乎？曰：是也。然而阴骘上帝，幽有鬼神，亦圣人之言否乎？彼彭生觌面，申生语巫，武曌宫中，田蚡枕畔，九幽斧钺，严于王章多矣。而世人往往多疑者，以报应之或爽，诚有可疑。即如圣门之士，贤隽无多，德行四人，二者夭亡；一厄继母，几乎同于伯奇。天道憯憯，一至此乎！是非远洞三世，不足消释群憾。释迦马麦，袁盎人疮，世亦安能知之？故非天道愦愦，人自愦愦故也。

或再疑曰：报应示戒可矣，妖邪不宜黜乎？曰：是也。然而天地大矣，无所不有；古今变矣，未可舟胶。人世不皆君子，阴曹反皆正人乎？岂夏姬谢世，便侪共姜；荣公撤瑟，可参孤竹乎？有以知其必不然矣。且江河日下，人鬼颇同，不则幽冥之中，反是圣贤道场，日日唐虞三代，有是理乎？

或又疑而且规之曰：异事[2]，世固间有之矣，或亦不妨抵掌，而竟驰想天外，幻迹人区，无乃为《齐谐》滥觞乎？曰：是也。然子长列传，不厌滑稽；卮言寓意[3]，蒙庄嚆矢。且二十一史，果皆实录乎？仙人之议李郭也，固有遗憾久矣。而况勃窣文心，笔补造化，不止生花，且同炼石。佳狐佳鬼之奇俊也，降福既以孔皆，敦伦更复无斁，人中大贤，犹有愧焉。是在解人不为法缚，不死句下可也。

夫中郎帐底，应饶子家之异味；邺侯架上，何须鬼册之常诠。余愿为婆娑

---

① 校本“补”作“辅”。

② 底本“异事”二字为“世”旁小字，似为注，校本无。有此二字，更好理解。

③ 校本“意”作“言”。

艺林者，职调人之役焉。古人著书，其正也则以天常民彝为则，使天下之人，听一事如闻雷霆，奉一言如亲日月。外此而书或奇也，则新鬼故鬼，鲁庙依稀；内蛇外蛇，郑门踯躅，非尽矫诬也。倘尽以不语二字奉为金科，则萍实、商羊、羵羊、枯[1]矢，但当摇首闭目而谢之足矣。然乎？否耶？吾愿读书之士，览此奇文，须深慧业，眼光如电，墙壁皆通，能知作者之意，并能知圣人或雅言或罕言或不语之故，则六经之义，三才之统，诸圣之衡，一以[2]贯之。异而同者，忘其异焉可矣。不然，痴人每苦情深，入耳便多濡首。一字魂飞，心月之精灵冉冉；三生梦渺，牡丹之亭下依依。檀板动而忽来，桃茢遣而不去，君将为魑魅曹丘生，仆何辞《齐谐》鲁仲连乎？

康熙己未春日穀旦，紫霞道人高珩题。

了庵全集序[3]

予以己卯乡荐于齐，而山长王先生亦于是年荐于楚。闱牍一出，纸贵洛阳矣。既而，偶见其古文词诗赋，洒然异之。今岁入都，乃得把袂。岳骨霜姿卓然，不愧前贤名士二字，非屑屑与槐柳齐列者也。惠余所著等身书，余日抽一编下酒如二陆之集，恐其易尽矣。久之，问序于余，余未敢草草应。乃发箧尽读之，既卒业焉，欣然自喜曰：吾已得山长矣。盖其文浩博奥衍而能自得者也；其立身行事，盖嵚崎历落不能俯仰侪俗而与前贤上下者也；盖入三教之堂奥而得其髓者也。然余不能诗歌、古文词，敢恣轻置一喙乎？因思子长之作《史记》也，历采诸家之胜，而其自序也又眉目较然，余不佞亦窃取而撮其要焉可乎？

诸君子之为皇甫者亦既彬彬矣，余一人之言固不若诸君子之言之尽也。且诸君子之言，又不若先生自序之言之真也。且先生之自序，又不若合先生之为人序之者之无非自序之妙也。盖先生之古文词赋，浩浩沧溟，风雨惊飞，蛟龙出没，不寄前人篱壁，又不袭时贤，蜀洛自今自古，固非刻舟者之所知也。善乎螺川赵国子之言溢也！予以为，宇宙一气耳。岂止大江之溢为汉为沱，天地溢而为沧溟，元气溢而为天地，先儒之所谓太极多却一动是也。然一动而万物以昌，溢于才人之笔则上蒸云汉，奎璧焜煌矣。善乎东海陈则梁之言悲也！为客箜，为山书。屈汨贾沙，汉朝泪眼。唐衢一恸，平子四愁。青阳之帝，不复能春矣。善乎新安黄仲霖之曰命与曰未必不然！伤哉其言之也！如所称曳白取

① 校本“枯”作“楛”。

② 校本“以”是重文符号，即“一”。

③ 见王岱：《了庵全集》，清康熙刻本。

上第，掘土得黄金。游屐所至，程郑奉为上客。而倩人作赋，软美庸熟，为巨商大橐称寿，取百镒直也！士岂不愿哉！此既不可以智才衡命而取之，即今偶合乎当世，可谓幸矣！必又如晋中武石庵之言，使之历金门，上玉堂，剖石渠天禄之秘，视草鸾坡，未必克摅其怀抱。道与时宜，而不以迂疏见诎。不则使之冠柱后，惠文执法殿庭之侧，争论天下是非得失如列眉，未必不如立仗马一鸣辄斥去。又不则使之亲民社，绾铜符，殚其利害，兴除教养规画之能，未必不以毁言日至，催科政拙，注下考则固时时有之，不能却也。予谓即令拾级荣途，直跻卿相。亦如春风万卉，开落有期，一番过眼止耳！所谓同学少年，登崇秩，陟显枢，久已告老悬车。即后生辈出，蹑青华踞高位者，亦已功成身退。则山长亦既言之了了矣。山长四十年来，蕣槿之荣见之亦更了了矣，浮世事尚足为乎！为山长惜者曰：文笔不让屈宋，而遇不侔焉。望之以柏梁兰台之盛，斯言也，自千古怜才之盛心，而屈黄壤久矣。一时荣遇，至今果在否？此皆论世间事，庸人之所沾沾耳！

若夫出世大事，此乃山长立命之学，非世人所能知万一者，请得而一一申之。山长不曰“投胎种子便是业识之根，业识不净，何由见性；业牵识往，便是种种相”乎？不曰“不立能所，故云无住；佛有常性，故云常住。惟不为流转而常住，乃能不立能所而无住。抑惟能不立能所而无住，乃始能不为流转而常住”乎？不曰“二氏之中，释氏尤与吾儒切近，而高僧向上或反过焉，以其律严习精，心性之理易入，非学士家理欲交战者比也。且也明澈了当，直下承当，尤为独捷”乎？即合三圣之教论之，不曰“守中者止妄心留照心，至乾坤坎离之配则《大易》原有之理。即脱胎神化，吾儒所指为异端，孰知吾儒神而明之，至诚前知，大而化圣而不可知，亦犹是乎？佛氏定慧，至豁然无圣，一切皆空。吾儒所指为异端，孰知吾有知乎哉？无知也。空空如也，亦犹是乎？”不曰“世或谓佛理精于吾儒，非也。特吾儒原有之理，孔子以人伦为重，未畅言耳。若能认定吾儒做去，自造其极”乎？此尤山长之言也。

盖人必知生死，方能自己主张生死，此即“朝闻夕可”之旨。不伪作死，不足畏之，高谈者也。夫愚人、恶人之不畏死者多矣。以利死，以名死，此果谓之“夕可”乎？若但以不畏死者为过人，不止暴虎冯河者过人也，固有强寇临刑，高歌不慑者矣。此不亦过人远矣乎？可不可也，山长之于道也明矣。至于评骘馀言，皆堪不朽。如曰“诗至于余，而诗日下。亦至极妙而诗复存，是薄之气者余也，救诗之腐者亦余也。唐以后之诗，芜蔓酸涩不可读，反不如词之清新俊伟，使人移情适性，快口荡胸，不惟不欲留元气，若以不留元气而妙者”。其论诗也曰“汉魏之不三百，三唐之不汉魏，正古人独到之处。《大风》一歌将何所本？曹氏父子不相肖，李杜齐名不同调。郊寒岛瘦，元轻白俗，长吉鬼语，犹恐一语相似。古人各不相学，宁止不学，今且不袭古，岂区区历下竟陵之徒互相攻击为名高哉？历下竟陵当时皆有独到之见，其可议之处即可传之处。初亦救弊，后遂矫枉过甚耳。使当生同时，而握手必能商略长益。为弦常之调，不为水火之克也。无论三唐晋魏，即学三百，莫如自学，何也？惟识自己性情之真所作，历古今之变而斟酌损益之，以自成一家言”。可谓名论矣！陈则梁之言曰“山长盘胸多郁，不喜家居。吾见其所为《客簦》，方天跳地，裂逃于山。吾见其《山书》，齐谐志怪，五行志灾，举兴亡治乱，若龟卜而计数。吾见其《灾异纪》，杜甫江头，屈原泽畔，悲天悯人，吞声饮恨。吾见其逸诗，前身曼倩，冲口滑稽；海外子瞻，盈肠绣锦。吾见其三昧，至于应世五艺，词赋辩记诸杂著，无不海立石突。而《客问》诸篇，恢奇激宕，波谲云诡，于《过秦》《天问》外，崭新乎自命一位置，尤秦汉以后不恒有也！”诸君子之论其文也如此。“拟诸古人，则陆敬舆、韩昌黎，唐之名士也；苏子瞻、杨诚斋，宋之名士也”，则李龙孙之论其品也如此。而余以为以文人而兼介节，若遇许敬宗诸人，使为曼卿捧砚，犹觉位置太优，直为青莲洗足可矣。至其默契本末，指不可以多屈。今海内蜀有刘非眼先生，越有戴岵瞻先生，吴有蒋虎臣先生，皆文坛大手而洞明宗要，亦皆吾世外友也。得山长而四之，亦足以豪。此余之不能序山长，而未免饶舌者。何敢抗言皇甫？正漆园所谓卮言云耳。然而，玉版归之剡藤，龙尾归之歙县，点画音义归诸三苍字海。建安无晦庵，象山无子静，能所立尽矣，或谓余实濡笔则谤余二人多矣。时康熙庚申十一月，般阳年弟高珩拜撰。

仅存草序[①]

春夏之交，长人、如水两表弟招余饮于马家庄。庄之去城也，四五里止耳。而自出重闉，背负廓，以历诸村，杏花断续，灼灼红霞，披拂马蹄间。入门而庭宇幽旷，梨花已吐，粉壁荧荧。松风谡谡，城市红尘为之顿尽。

酒半，出《仅存草》一编相示。笔致清绮，累累贯珠，则皞迪王君诗也。君与余累世中表亲，时已谢世数年所矣。予忆吾邑有成语云“韩氏多福，王氏多慧”。夫琅琊之擅文坛也，自典午以逮梁陈，人各有集，姑不具述。即以吾邑诸先生论之，若《畅然园》《游晋草》。以吾所及目睹者，如月芦、子下，亦复分道扬镳，今久谢宾客矣。幸而睹接踵起者，如水、淑子，方斐然铮铮未艾，皆握灵蛇之珠，而剖陵阳之玉者也。独惜皞迪，怀瑾不偶，修文遽招，为可惜耳！卒业遗编，为之三叹。然皞迪有志禅那，留心内典，有蝉脱阎浮之志而未

① 见《王氏一家言》卷十九，民国七年顺和堂石印局石印本。

竟，则尤可惜也。然吾闻，慧业文人尚以生天为诟厉，岂复萦怀一第哉？作佛一语，灵运虽非其人，而此语则灼然授记，不止绕朝之策耳。地下修文，毋乃钝置；香光刹海，携手同归。是所祝与灵运以上人耳。高珩题。

南行日记序①

山水文章，古人譬诸眷属，我辈于此兴复不浅。况于奉九重之嘉命，陟万里之修途，星轺初巾，食指欲动者乎？吾读澹余先生《南行纪》，穆然移我情也。

不佞幼而好游，每嗜前人游记，汇置枕函。如雅琴当前，众山皆响，批吟来梦，不殊伏轼执绥，从之载驰矣。然而永叔、石湖诸纪，稍叙旅怀，殊少风物，烟云既俭，讽咏无闻。至若子美侨居蜀楚殆遍，可谓诗中有画矣。第其以穷愁老病之身，萍迹无欢，酸辛杯炙，霜天猿啸，半是商音。展卷未终，慨然三叹。以语壮游，固未当也。近惟沚亭孙相国《南行纪略》取裁道元，以事为经，而诗纬之。虽篇章亦止十一，然而结体芳韶，无非风人之致，但不尽五七为句耳。此固独有千古，难与争锋也。私念他日远游，当仿惠之改塑法，以诗为经，以事为纬，详注其下，或可分道扬镳，异曲同工乎？乃予一叶三湘，竟无只字。恍惚自讶，竟尔食言，心且惑之。

迨入都解骖，得先生一编。乃莞尔笑曰：是矣是矣，为不佞解嘲者，赖有此耳。昔叶净能摄神书碑，今古诧为怪事，此犹术士戏剧也。先生则以虎仆精灵，招呼屈宋于坛坫下。夫左徒师弟子之魂，几向楚些声中散尽矣。盖几百年而乃复魄献琛，有此一日也。江山络绎，奔会空濛，七泽三湘，遂无遗照，咄咄怪事哉！先生向者建节西楚，德威扬奕，已夺羊杜之螯弧。兹以迢递星槎，又抽屈宋之簟。如此，不亦泰乎！

或献疑曰："屈宋魂冥漠，江山思寂寥"，马戴何以云尔也？夫马戴之诗，则亦言马戴之屈宋江山可耳。岂知千秋文士，譬若多宝分身，而五岳名区亦属文人汤沐、河阳之旌旗，非有殊也。而临淮一入，则有殊观矣。春秋之法："能左右之曰以"，岂不视乎其人哉？或又以骚诗异体为疑，此亦拘墟之见也。夫文章体撰，通变何常？譬若歌哭总入宫商，龙鸟更为篆籀，不过一音一笔，狡猾殊姿耳。前人谓卢次楩之拟骚，仍即其所论者而韵之耳，此似深求，然亦笃论也。彼蒲荷菡萏可入骚经，薜荔女萝亦云词料。圆折方流，遇物成形，何定之有？推而言之，飞龙封羊，《易》亦可参弦管；宥密思成，《诗》亦可列典谟。吾安知三百篇之不出一手，六经之非一书乎？但分途则吴楚殊疆，汇流则江淮

① 见曹申吉：《南行日记》，《清代诗文集汇编》第137册，上海古籍出版社2010年版。

胥海。故或则分陕周召，或则改帜赵汉。假令屈宋降灵，生于今日，俯为近体，正应尔尔，亦何疑于径庭乎？所妒者先生先我着鞭，几于竭泽之渔，遂使继此于役湘衡者摇笔久之，宛如张奭即欲夜郎，奋臂捶碎黄鹤楼，其可得乎？此则不能不有憾于先生，而无如之何者也。

虽然，东门之役，岂其甘心？无以，则有一焉。闭户垂帏，焚香就枕，一编静对，屈指疆途，某溁某峰，风景如对，旅人怀抱，岸略不殊。则楮墨有无同异，亦化矣。一一鹤声，孰谓王氏青毡也？文通之毫，其或借去；许田之璧，不妨假来。楚弓蕉鹿，倘为虞芮之质也者。皋陶虽聪，安得不听荧乎？且不止不佞一人作赵佗自娱已也。先生自此将拾级鼎衡，不复广轮命驾。嗣后有事于楚者，吾知山川亦如耆旧。久已龙钟，无复新裁供娱。轺使各手此编以往，竟作家珍，何止帐秘！不妨轩轩而舞，飏言于众曰，此湘楚之宿册，亦星轺之公什也。滥觞有阶，则自渤海之得弓分鹿始矣。先生虽复有憾于不佞乎，又将如不佞何哉！唐突苎萝，自昔有征，仿佛皇甫，则吾岂敢！年家眷弟高珩题。

栖云阁文集外·序第二

佳山堂诗集序[1]

天下文明，国家之上瑞也。而天官之学，类占之于奎壁，末矣。予以为圣主而擅风雅之宗，元臣而绍赓飏之烈，咏歌所被，烂于卿云，五纬之垣，交光未逮，此予读易斋先生之诗，而深为景运致庆者也。先生为青社名阀，三百年来，代有闻人，以文章世其家。至文敏公为海内大师，式士诸策，以古笔筹时，尺幅渊涵，董、贾辐辏，确然前代第一手。子瞻、元美犹将左辟，余者郐以下无讥矣。

先生早绍家学，蜚英翰苑，时一发为诗歌，脍炙同人，然未见有成集也。今岁，予至都门，乃得奉一册卒业焉，如乍聆钧天九奏，为之惊喜，不能已已。又数月，门下士再三请授梓人，则盈耳洋洋，与表东海者同称矣。予回环竟月，手不忍释。五七言律则声光沉丽，义蕴嵚崎。五七言古则五章陆离，九霞翕霍，渊渊金石之音，煌煌训典之制。乐府则音节顿挫，俯仰动人，太冲停骖，西崑却步。至其中《从军行》《定武功》《咏史》以及《杂咏》《杂诗》并《杂兴》《慈乌行》《示行善人》，则又苞络宏深，寄托绵邈，经国讦谟，出尘逸响，无不一一引人入胜地，观止矣！昔人以"大海回风、峨眉天半"形容王、李，可谓工于写照。然而峨眉高秀，呼吸雯章，丽矣，而抑知有嶙峋五岳、作镇神州者，视峨眉之为撮土乎？紫澜回薄，鱼龙飞舞，奇矣，而抑知有归墟万里、荡摇两曜者，视回澜之为尺澮乎？至于一言之义可以弼庸《天保》，一字之功可以扶毂《采薇》。可以参《访落》宥密之箴，可以代劳止《出车》之奏。盖元气郁隆、菁华粲发所自裕也，斯岂与裁云镂月者校工拙耶？

予尝有言，周孔方是文人，昙瞿亦属才子。周什琴歌，固千秋乐府之嶓岷；梵呗伽陀，亦三途聋聩之镎铎。先生于此，妙叶圆通，陶镕庶类，固余事也。

予以衰残，腼颜京洛，戚戚寡欢，而中心慰藉者幸有二端。上之则天章宸翰、云汉昭回，婆挲六艺之林，翱翔四始之圃。圣学日益，圣政日新，中天尧舜，不意竟于吾身见之，允矣千载一时！而侧席幽人，风云蔚起，四海人才一时罗之金门玉堂中。视彼前代人君以"寒食东风、殿阁微凉"寥寥数语之激赏，遂艳羡千秋者，为何如耶？而更喜诸君子得先生为之大冶，咸在函丈之列。一觞一咏，郁郁云章，视汉人后堂丝竹则又过之远矣。今集中略见一斑，固东阁盛

① 见冯溥：《佳山堂诗集》，清康熙十九年刻本。

事，岂平津所敢望耶？滇云捷书，旦夕且至，韩碑淮雅，自当待燕许大手。而铙歌、朱鹭，上继《江汉》《常武》之什，以彰天子之丰功于万世者，翘足可俟也。虎仆生花，固佑辟宅，师之余事乎？而奎壁之光，散自薇垣，君相一德，化成天下，盛矣哉！则文明之征，固在此不在彼，明矣。盖先生年日劭而神日王，学日勤道日进，而诗歌亦日多。睿圣抑抑之篇，去人何必有间哉？诸君子之为玄晏者，固已彬彬，美无度矣。

先生特以予乡曲之谊，周旋有年，习先生也久，知先生也深。昔人所谓初见成赋、后列扫门者，庶几近之，而忘其不堪糠秕也。予悬车届期，奉职无状，行即归里。矶上青蓑，陇头绿酒，手琬琰之新篇，忆云霄之旧梦，其乐宁有既哉！是为序。时康熙庚申菊月东蒙高珩拜手撰。

鹤山堂诗序[①]

予既读全斯郑子之诗矣，复询其家世出处，想见其为人而不禁愀然于昔人之言也。昔人之言曰：诗能穷人，一以危之，一以戒之，其诅楚之文乎？其送穷之文乎？是将以一丸泥塞风雅之关，悯黔娄而大餔之也。

而或曰：推□环而解之，曰非诗能穷人，乃诗以穷而后工，此又为釜生鱼者曹丘生矣，予不能无疑焉。夫谓诗必能穷，卿云不累虞帝，流火不祟姬公欤？谓诗必待穷乃益工，则蒙袂者皆掉鞅词坛，而翳桑之人皆可叶韵宫悬矣。是二说者果可以为笃论欤？或又谓诗能穷人而亦能富贵人，有唐公卿率出声律中，然而李杜王孟其首选也。王第新声，姑所不论。而三子拈须竟口，未尝一与月灯牡丹之席，非必皆以南山北阙之句忤人主也。青莲飘逸，草堂悲感，夫飘逸非秾肥之士，悲感自憔悴之音，此中岂有猗顿乎？故残杯冷炙，非不欲辞也，虽欲辞之而不能五花马千金裘。非不欲留也，虽欲留之而不可颦笑纷然，皆词伯也。将无诗之功罪，两有所不受欤？无已，吾妄以平衡为调人，谓必先定其人以为鹄，而后穷之，与诗可折衷定也。其人为穷士之命也，益之以诗而穷不可瘳也。其人为诗人之材也，益之以穷而诗不可量也。而穷亦何可量也？夫以穷士之命而益之以诗则必率多好山水好轻装远游，好声气酬唱，好睨傲当途，而有不可一世之意，其所不屑若将浼焉，好忧时悯俗而多有不快于中。夫好山水则弃本业，好声气则似浮薄，好睨傲则所达易穷，好忧时悯俗则人多笑骂，其穷固无怪也。今功令既不以诗取士，则与富贵之途已远而又不能与世之既都

① 按，此文见民国《续修博山县志》卷十四《艺文志·序》，但内容与前面《栖云阁文集》卷第四《术子石发诗序》几乎一样。

通显醉饱无事。而染指词翰，令伯龙揶揄之鬼望而却避者衡福命斗室，萧然而吟詠，方侈令应刘沈谢而陟降及之也，桃荮其不勇矣。郑子清修自好，意若蜕蝉于尘埃之外者，而脱口泠泠，又多冰雪之句；磊块之音，与青莲草堂若臭味然，此可弔也。

然虽有骚人之才，贫士之命，而万一能致力于逐贫之绝学，必将击鼓其镗以与大司命交绥而争，则贺战胜者，十亦四五佹得之焉，则人定胜天之说矣。盖人能狡诈毒悍，视他人室中之藏，无不为我外府者，逐贫之学也。人能沉冥货利，毕智竭力视生命若毫毛者，逐贫之学也。能视仁心义概古来贤者之名若寇仇者，逐贫之学也。郑子恂恂儒雅，其于绝学惭谢不能久矣。夫郑子之所长者，即不足与温饱为缘；而其所短者，则深足以资贫所虐使而不能谢，是且奈之何哉？今将为郑子忠告之益祷祠而求之，使其碎砚焚毫，执贽而乞陶朱之策。苟欲退穷必先使其诗退，此殆不殊夺中散之琴步兵之卮，而束之牛医屠儿负贩之中。吾知郑子必颦蹙而退，以为大戚，逆耳药石正不能受也。如是者，将操夸父之杖追郊岛于广莫之野，正无涯际，则诗日进而穷之不可量者，恐亦信而有征矣。郑子慎之哉！

兰雪堂诗集序①

起东谢君，予同科兄弟也。岁次乙卯，予暨兄绳东同举于乡。迨丙戌，复与予兄同捷南宫，金兰臭味，盖同年中指数之而不一二屈者。居虽各邑，而不百里而遥。复与予兄结朱陈之好，时时过从，挥策携樽，徜徉山水之间，相与著蜡屐，买一叶舟，以为常也。

君负倜傥之材，盘盘大手，济世筹时，固当不让前贤。而数奇不偶，动逢枳棘，经济之洋溢胸中者未得展其一二，是青丘人士所共惋惜者也。至于下笔千言，名章丽句，累累若贯珠，同人共惊赏不置。与予兄弟赠答尤多，予瞠乎后矣。又尝扁舟吴越之间，共访缁衣黄冠之英，相与蹁跹精舍，累日而后返云。比来偶检予旧册，得诗云“快游湖海似前因，且趁闲身作旅人。不废啸歌齿尚在，自宜丘壑画原真。新诗共许芙蓉好，痛饮偏寻骀驭亲。此去西州应大笑，东山丝竹一时新”，则予于金陵道中用诸谢事赠年兄者。因讽咏数过，为之怃然。屈指旧游，不堪回首。而君玉楼之召已十有九年，忽忽如梦久矣。

顷者，显斯侄婿过予，索糠秕之言，予益怅然，不能自已。转而思之，阎浮世界，万古逆旅，羲农而降，滔滔无尽，殆若沧海。虽二十一史百国宝书中，

① 见民国《临淄县志》卷三十四《艺文志》。

王侯将相，宁有一人尚在者乎？若果如宋儒所言，死者而尽无知也。则圣贤辈出，今皆与木石无异矣，亦复何憾？若或死而有知，不减生人，则亲知把袂，永以为欢。时时竹林飞觞，日日兰亭修禊，劫波不尽，乐事无涯，黄泉之乐，不远胜人间万倍乎？

今年兄与余兄并驾鹤骑箕化去，则幽明同此乾坤，阴阳同此朋友。向来乐聚之已睽者，今复共朝夕。自应修文地下，新篇灿灿，岂必人间乃诧王孟乎？予数数日后即七十有九岁，九幽咫尺，旦夕无多，与君握手谈笑，伊迩可卜也。向来之怅然者，亦复怡然矣。幽明无异，兄以为然否？年眷弟高珩撰，时康熙己巳十二月也。

渠亭山人半部稿序[①]

丁卯之秋，杞园张君过予，负郭开樽，谭谐甚适。已而，以《渠亭文稿》示予，盖数年前偶得杞园古文一二首，即以大家许之，今知予言不谬也。夫东国之以文名天下者，首推沧溟。然而颛以排辑古句为法门，驱策左、国如堂下虞侯，无不如意。然往往以人不易解者为胜场。譬若文中绍述，诗中长吉，可谓奇兵。谓为堂堂之阵，正正之旂，或不能无遗议也。

予尝纵观宇宙，有会于心。如日月经天，江河行地，五岳森森，峙于九州。天下文章，孰大于是！而天地无私，公诸才士，故兔颖松沉，亦自能陶冶阴阳，参伍造化。非好学深思者，未足以语此也。彼古文大手，唐首韩柳，宋首欧苏。而退之、永叔、子瞻，尤号卓绝，盖其所得于玄化者良多。而山水之精，分区入妙，各独有至也。夫天下之以骨胜者无如山，而以气胜者无如水，而又复交通，巧为变化。故山额分流，下为浩淼，波中孤峙，上列嶙峋，则更为不测。文人之笔，故无多让耳。

乃顷读杞园诸篇而知文之來也有自，曰大宗也。及再读诸君子之评骘，而又悟文心映发，如宝镜之交光无尽也。杞园于海内贤士大夫多缟纻之交，而诸君子每评骘一言，辄晔晔如颊上三毛，予虽欲更益一语，竟不复能。如云“叙事简洁有史汉风”，此王敷彝之语也；如云“笔直而思曲，以欧苏之跌荡为长句，以韩柳之沉郁为炼句”，此汪蛟门之语也；如云“行文如罗浮二山，因风雨为合离”，此王阮亭之语也。因以知相马者固不必饲骝騄耳，皆与目谋，但聆伯乐之言，而神骏飞腾，千里之足已昭昭秦镜之中矣。则又悟文之印也无殊，曰

① 见张贞：《渠亭山人半部稿》，清康熙刻本。该书版心作“渠亭文稿·高序”。又见张贞：《杞田集·杞田集序·半部稿》，清康熙四十九年刻本。

一揆也，而余意犹有进焉者。

夫三不朽之业，如三光之在天，而世人皆谓立言居其末，余又以为不然。盖功非权藉，无由被于生民；而德非逊敏，亦无由底于广大。而立言则异于是，故古之人有闻其一语而可卜为大猷之左券、大道之宗盟者；亦有一编垂世而百世之下恢恢大业若取诸囊中，陶淑群才，棐弼彝教，天壤俱无尽者。则三不朽之业，立言尤其众著者矣。此尤言之所归宿，曰当用其极者也。今杞园之言既若是矣，而高才博学进之，何所不至，岂仅仅与文人大家争鸣者乎？盖予顷与款语移晷，乃益知杞园寔负道济之才，民生休戚，政教阐扬，洞如观火。乃意已倦游，不能磬折时趋。虽飞跃皇途，虚左相待，而仲长统《乐志论》中已将翩翩掉臂其间，此则非予所望于杞园者也。古人云：苟有志于斯世，虽一命必有所济。况今圣主乘乾，求贤若渴，严乐宾主，诸君子特达之遭，旦夕可以重遘。又况夫世荣既淡，道腴方来哉！杞园勉之，予有厚望矣。

金陵集序[①]

顷吾读乃孚之诗，忻然赏心，曰：是可登作者之林无疑也。夫风雅之宗，其来远矣。后世操觚之士，率以苏李曹刘、李杜王孟为祖祢。余以为八水三川诚浰浰矣，其亦知星宿之海，来源尚有银汉乎？八阕之赓歌，肇自古皇；八风之宣扬，应乎天地。大块噫气，于喁无方，百昌以遂矣，此固玄工之啸咏，无字之宫商也。故三百雅颂，首冠以风，而人主御宇，亦首端风教。盖以披拂郁陶，宣抒情愫，非此不为功。则骚人一字一联，正与蓬蓬然起沧溟而拂嵩华者同也。

乃孚之能诗，余向来未之见也。偶于后崖村东谷高台壁上读之，了不作尘土中语。顷乃以《南游》一册见示，英华灿发，而情致绸缪，睥睨时贤，夺蠡弧而舞之，裕如矣。盖长途行役，佳绪纷来，壮彩鸿音，击钵立就也固宜。况夫六朝花月，千里溪山，皆骚人胸中故物，耽耽龙宾虎仆间，络绎奔走者久矣。幸已对面，能恝然无香火情耶？俯仰情深，唏嘘及之。追魂往代，如见故人，间发商音，如闻叹息。碧树春华，青霜落叶，雍门之曲，后庭之歌，悽惋欣赏，诚有不能已者。则金陵之役，仗马箠而南也，不亦抡宝珠于合浦，采璞玉于荆山乎？陆贾之囊虽萧然，王孙锦囊，傲之固有馀耳。余邑冠盖蝉连者，以琅琊为翘楚。而百年中，人挹灵蛇，又复祭酒词坛。乃孚大父兰皋先生素工乐府，

① 见王居正(字乃孚):《金陵集》,《王氏一家言》卷二十一,民国七年顺和堂石印局石印本。《国朝山左诗续钞》“王居正”下称《南游诗草》,且提到高珩序《南游》,则此诗集本名《南游诗草》,后更名《金陵集》。

久谢宾客矣，而津津歌板间，犹未置也。乃孚伯兄早年以渊云之手，奋迹皇馗之上，玉楼倏赋，天下惜之，不止埙篪雪涕子敬琴矣。而仲兄与季弟，复称二难。台壁诸作皆飘飘有凌云之气，不肯寄人篱下者。李唐三珠树，千载而后，知将竞爽焉，又复添青箱佳语矣。

夫诗者，文之一端；文者，又慧业之一端。乃孚如思，极慧业之至，而以诗达之，不止告往知来已也。以之淑世，则五经可贯；以之出世，则二氏可兼。彼诏自尼山者，"兴观群怨、事父事君"以定情也，不即可以尽性乎？此彝伦之鼓吹也。而洞章云和，亦可以上揖紫皇；偈颂伽陀，更可以远参调御。八水海中，七宝林下，高置一座，又何疑乎？此固非漫语也。

向者余在都门，偶以洪阳先生之言告一诗伯曰：以子妙才，何不学道？其人曰：我心未寂，倏而九天，倏而九渊，其若之何？余笑曰：此诗心即禅心也。夫先儒之训至诚，不曰"万有皆含，一尘不立"乎？敛之而圣道不远矣。含元殿下，莫问长安也。乃孚豁达朗隽，将来济世之才也。而出世之学，尤为千秋大事，其以余言为何如耶？时康熙乙丑岁阳月之吉，高珩念东氏题。

楞严贯摄序①

《楞严贯摄》者，非眼先生津梁后学而作也。此经之解多矣，何复烦此？曰：经者，西方圣人谈道之书也。然圣人之书，原是圣人之言，圣人之所言者，诚与世人不同。而其言之有伦有脊，为呼为应；一字一句，定有销归；几段几章，自相钩锁。则必与世人之言同，而尤详尽者也。如是，则后世之读经者，必尽晓圣人之言而后能得圣人之意；尤必如面聆圣人之语而后能会圣人之言。故文人之技，去道远矣。而有时妙用其长，震于钟鼓而朗于日月，当亦大觉所为，破颜微笑者也。然则古德时贤纷纶诸解，岂犹有所未足欤？曰其用不同也。

夫车舟岐于燕吴，而裘葛分于寒燠，非有优劣存焉，而适宜则固径庭矣。诸师之解，抉微剖密，各有专长。而或申其义，或未体乎词；求其呼应分明，脉络通彻，盖未易数数然矣。先生此编，顾盼生情，宛转会义，盖有出于诸师之外，而补其所不及，通其所未了者。夫修多罗，盖亦多矣，而佛顶独为尊胜。不止破显尽致，堂室穷幽，半满邪正之历历分明。良由房相运笔文字入妙，遂令乾竺奥义，白日中天。则先生此编固调御所嘱累，而清河之功臣也。

夫文之载道也，固矣。而道未明，亦有二端焉。义学龙象，非曰乏人，而外典之博涉未深，故下笔时有龃龉。求其一一文从字顺，虚实咸宜，即古德往

① 见刘道开：《楞严贯摄》，民国十一年上海中华书局排印本。

往有遗议。至于宗门直指、自诧，不落言诠，恐一傍语言，便成教相。不屑为《青龙疏钞》而翻留心李杜韩欧之业，区区与文士争长，是可怪也。苟谓笔墨在真如之外，彼地水火风且已兼收者何故？苟谓般若在语言之外，"此方真教体，清净在音闻"，调御于斯，不话堕乎？夫千里之流，一曲偶阙则不贯；一阕之奏，抑扬不尽其致则曲不成。而况圣人精微之语，宁可卤莽遇之而托于卓荦，观大意以免玩物丧志之讥乎？彼诸君子之论，夫固有为言之也。盖古人间出之资与忘言之教，固有断章取意而有会者矣，固有一字一句而磕着筑着者矣，固有郢书燕说而获大益者矣。不止是也，即以本经言之，固有知见立知，句读错断而证入者矣。更以禅宗言之，固有闻挽歌艳诗而桶底脱然者矣。不止是也，以他方世界言之，固有以饮食香台而作佛事者矣。即棒喝犹为钝置，而况语言乎？然以言乎一人之悟，殊方之法则可，而欲以投娑婆之机，演大雄之法，举先圣人耳提面命之言，一一令千百年之后之人顺乎耳而浃乎心，饱性海之玄波，睹义天之朗曜，当在此不在彼也明矣。

不佞卒业斯编，不觉忻然合掌曰：佛顶光明复烁四天下矣。盖修多罗之义，震旦译云契经。上则契诸佛之理，而下亦必契众生之机故也。经之为义，曰贯曰摄。贯穿所说至道，摄持所化众生故也。先生此编，仿儒者经书讲章之例为之，以必肖必透为则。其理契先佛者，既已择取诸师之妙解而用之。至于语言如生，允贯允摄，以俯契群机者，向来得未曾有。视紫柴讲录，尤为尽善，当与大圆张尚书《金刚义趣广演》并有千秋无疑矣。交光之后，复策奇勋，是可喜也。不佞每讶井络之墟，宗风不坠。昭觉大师以比丘身现，内江相国以宰官身现，今先生又以净名庞老鼎足其间，皆可云优昙华、迦陵音矣。此编行世，六宇同风，人共知金色头陀方在鸡足山中护持佛衣，俟面授补处菩萨。岂知庆喜尊者亦方于狮子座上，现在结集佛语，不惜更下注脚，慈悲末法众生乎？康熙丁未一阳月长至日，宗人府丞前吏部左侍郎兼国史院学士东蒙高珩拜撰。

石堂集序[①]

太空可以瓜分乎？曰：可。星缠历历，万劫不同矣。曰：唯唯，否否。此人之以地而分天耳，分矣而与太空无涉也。二十八宿之所分野三十七万余里，震旦所称中国得二万里。彼九州之外，又不知作如何分派也。唯道亦然，妙性真空，一致百虑，本无可合亦无可分，而儒释道则分而为三。匪直三也，即以儒论之，仲尼之门，子夏子张亦已不同；降而朱陆，无足异矣；至参同道德，

① 见释元玉：《石堂集》，《清人诗文集汇编》第114册，上海古籍出版社2010年版。

扬镳歧路，未尝水乳合也。而乾竹法门，尤为日新不一。世尊四十九年中，始《华严》而终《法华》，因时因人，了不同轨，亦如因疾授药耳。学者执一而贼道，不亦甚乎？达磨西来，扫空文字；曹溪唱教，陡辟宗门。青原南岳而降，枝叶益繁，而歧路亦复滋出矣。夫大道定应以见性为宗，降心为本。棒喝抑扬，提撕照用，无非因人唤醒。此事用之，合拍则嬉笑怒骂总是晨钟；袭其末流，则拜跪唱演无非戏剧。若□□惟拈花笑面，语语皆柏树狗子，恐法王镛鼓口堕俳场矣，可谓尽人天导师之妙用乎？宗风之衰，此则不能辞其咎。

吾读《石堂集》，而知狂澜之砥柱固有人也。向上宗乘，予不慧，未能臆测。而此录中语，弼翼人伦，彰明物则，既奉瞿昙，仍宗洙泗，当前金地，不隔祇园。二十五圣，处处圆通，无不可分，无不可合。长安有路，芒鞋底亦已昭昭矣。予识师多年，因予殷殷叩请，乃手书惠予一纸，独发明父母未生前消息，予旦夕珍之。每一展诵，即黄蘗法要、语语破的者，不复能有加也。

昔我世祖先皇帝鹫岭再来、金轮降迹，潜心三藐三菩提，盖几千年中优昙花一现也。今我皇上密绍圣谛，福被群生。至禅师圣遇录中、御帐坪前，命高学士问答数语，已明本地风光。又豁淆讹流弊，不数言而一代纲宗昭如日月焉。若皇上与师问答两语，尤为和盘托出，天下衲子于此着眼足矣。而尽索语录诗文，得经睿览，即谓凤池御座之前，时时麈麈竖拂可也。法轮再旦，龙华三会，不必定俟之累劫后耳。淄川高珩念东父题。

梦吟集序[①]

予与鲁源先生同举于乡，盖三十余年矣。其后隐见南北，若春鸿秋燕，往往相违。今岁聚首京邸，而后喜可知也。

宇栋相邻，琴樽数接。予造谒疏慵，宾朋阒寂。每咏“出门无所诣，动即到君家”之什，莞然自笑。素心晨夕，虽浩浩车骑之地，固不减靖节南村也。偶于爇香罢弈之暇，慨然而语曰：我辈释褐登朝亦已二十余年矣，不佞碌碌，一无所成；先生二十年中，扬历中外，出处崖略，可得闻乎？先生娓娓述之，兼以诗一帙见示。予卒业焉，乃知始而乘轺、继而持斧，建节大藩，纳言卿寺。牒甫参乎仙李，诗旋赋乎陔兰。南极五岭翡翠之乡，北抵三关句注之塞，莫不有车辙马迹焉。而长鲸封狐之毒，内外险易之变，流行坎止，噩梦空花，惝恍回眸，蘧蘧欲觉。举少年时横金跃马、蔡泽飞扬之意，亦复味同爵蜡。且云长卿今倦游，将从化人游矣。予乃听然而笑曰：先生虽有是言，不佞未之

① 见乾隆《济宁直隶州志》卷三十一《艺文》。

许也。向与先生定交时，年皆未逾壮。先生恂恂而恭，言喏喏不出诸口，望而知为厚德君子也。夫厚者地德，而可以承天庥，此德之舆福之墉而风人之所宗也。今读先生之诗，其风肆好，其采绮绣，五色错而成章，七宝严而为饰，洋洋乎大国风矣。而忠孝之怀、性命之旨，犁然有当于人心。此何可止以两制八座二十四考中书尽之耶？然而，槃槃之器如万斛舟所载，尚未及半，鼎衡大受将焉避之而可乎？此固不俟端策命卦而知之矣。但不知投大遗艰之后，戴星问夜，日不暇给，尚能复唱阳关否？即令退食之暇，不废啸咏，把笔晴窗，偶招油素，其将为《车攻》《天保》“元和淮雅”之篇乎？抑仍为步虚之词、大洞之咏，摛八会灵女而叶八琅神璈乎？先生定能自审矣。予行将挂冠矣，如风烛可延，尚可俟先生于功成致政之后，共作支许游。追理此语，或不减巴山夜雨也。相与一笑而起，因笔之。康熙壬子中秋既望，东蒙高某题。

栖云阁文集外·序第三[①]

京都育婴堂募置田序

婴育一会，盖体上帝好生、圣人怀幼之心，而实王政恤孤之所寄焉者也。夫勾践，小国耳，而生子有赐；南宋，偏安耳，而恤幼有局。矧圣人在御，襁褓万国而忍视此呱呱者已。生尧舜之世，乃不能实沾尧舜一日之恩以立毙乎？首善之地，赖有仁人襄明。柴居士首倡之，而二三君子左右佽之，盖已数年于兹矣。

然而同人远虑，不能不忧其继。何者？凡善缘之可久也，如菑而畬，如堂而构，惟须绍绪有人耳。居士今诚矍铄乎，然而织乌不停，耆颐固所可必矣。夫虎侨踵而郑以宁，鹊缓接则疴能起。今有其可嗣之人否乎？此当预计者一也。诸君子痌瘝念切，风雨必集，非区区诗坛酒社之所敢望，甚盛事也。第长安一席地，固士大夫邮传也，浮云聚散，沟水东西，时时有之。倘后来人士或过于自好，或有持大体而薄小惠者，未可知也。此其当预计者二也。夫吉祥善事，既有成劳矣，不可不以百世为量，安得不鳃鳃计之乎？间尝以此语居士，居士则莞尔而笑曰：是二者，吾筹之亦已久矣。不佞即耄，余勇尚可贾也。即不然，愚公不欲移山乎？吾二儿幸列贤书矣，其少者当令弃举子业而肩此。子弟苟为善人亦足矣，不必一一科第也。月月以金钱来，固善；苟一不继，则泉之竭矣，若之何？倘欲食于不贷之圃，而挹于不涸之仓，其惟醵金买常住田乎？予曰：可哉！然买地非数百金不可。今之交臂长安者，多半士人也。昔之岢峨大贾，无其人乎？封君世辟，无其人乎？拥旄建节而开阃登坛者，无其人乎？非尽数米而炊也，特未有举无当之说不齐之人，切切豁之以移其情耳。何言乎？说之无当也。

夫自求多福，必有余庆，圣人之教也。豆瓜不爽，形影相随，出世圣人之教也。而世儒无知，敢为谬论。或曰“花絮飘泊，偶然厕幕”，或曰“安仁忘报，耻有市心者”，何耶？果其席荣履瘁，萍海之偶值无常则。夫赏善祸淫，上帝之大权何在？且加膝坠渊，世主或间有欺于奸邪、行以喜怒者，至于高高在上，衡平鉴朗，断乎无是也。若夫中心安仁，天下一人而已。是圣人亦且难之矣。

---

① 本集所有“序”见于《栖云阁文》之《栖云阁文集》，清抄本。

彼其之子，行不免于鄙夫，而论每过于圣人者，又何耶？且以降祥降殃之天为无知，是欺天也。以诗书、孔孟之言为不足信，是侮圣也。如以释氏言福田利益，而遂欲尽反其说以为高，是因所憎之人不废匕箸杯觞而遂谓饮食尽为鸩毒也，有是理乎？夫良农深耕，何嫌望报。惟豚蹄满篝，斯为达人笑耳。市心足耻，谓士大夫而有商贾之行者也。然近世宰官，夺卖儿贴妇之钱为衣冠膰跖之首，此实盗竽未减而曰市心，几于不虞之誉矣，何可得与？

夫后获，自修士之心而先难，实仁人之事。若假口后获，并废先难，吾未敢以为然也。何言乎人之不齐也？夫人固有不名一钱以贫自阻者矣。固有累累金穴，五欲自乐，劝施而怒者矣。亦有不惜挥金，沾被已多转，因乞求无厌，从而悔靳者矣。固有孜孜檀布营塔，建醮急于敬田、缓于悲田者矣。是皆未之深思也。夫回雪多慵，托于袖短则小让，陶朱者必且自视欿然。谦逊未遑，无一毛可拔之日矣。宿生悭吝，现业穷愁；怠农不悛，九秋何望？苟不济世利物，即果清贞如巢许，贤则贤矣，何能津渡一人？瞿昙所谓修慧无福，虽果证应真，不免病馁，理由固然，非不幸也。则贫者难施，而不可不施也。万钟之受，子舆以三事科之，其实穷乏得我，谈何容易？大约为宫室妻妾计耳。今若使其力损豪华，移苏颠沛，此诚不近人情。至于厌饫之馀，别开笑口，减清琐之片绮；白屋十楹，损紫燕之一钗。黄粱万斛，稍那长物，便种福田，则富者宜施而不必不施也。其有功德已多，愿息自废者可以少己于此乎？曰：否。夫嗜欲无厌，积之必至于狂；功德无厌，积之必至于圣。调御大圣，不废穿针小善，正如猗顿居室，不恨溢箧多金。则为德已多者，更宜施也。其有三宝庄严，二梵浩穰者，可以不事于此乎？曰：否否。夫缓急异道，遂虚实殊功。借何曾之馔以宴客，不如起蒙袂之黔娄；修伊蒲之供以营斋，何如活翳桑之灵辄。况夫护菩提之根柢，惟有护生；供病废之乞儿，不殊供佛者乎？则修福多端者尤宜施也。而吾尤有进焉。弘道者其能不穷，利生者其归无量。布指知尺，其流益远，一善非万善之端乎？

夫婴者，生之始也；婴育者，养之始也。由稚而壮，而老死继之矣。由养生至厚生，而送死继之矣。孰非仁人之所有事，而王道之所必备者？张子厚欲买地而试井田，虞伯生议开荒而兴京畿水利。古人遗恨，不妨雪之，居士之望于仁人者如此。吾知欲善之有同心，而教养之政可复古三代之治，行将见于今也。

当官功过格序

予抱疴都下，以门人中有分符州县者，欲辑先贤临民格言以勉之。偶向杨贤甫父母道及，贤甫曰：是书吾已有成刻矣。予闻之如获拱璧，欢喜得未曾有也。

贤甫岂止先得我心，盖真善与人同哉！

今天下之望治平急矣。夫治平，无坐待天运自转之理，是在君与相之图之。而能布君相之德，意以及下，返能易君相之所难、速君相之所迟、周密而补君相之所不足者，则司民社诸君子也。诸君子苟以字民为心，朝而有所令，民夕得岁焉；夕而有所令，民朝得岁焉。

先贤有力辞清华、愿补州县者，非以其功德可立见。故与我皇上视民如伤，百计求所以衽席四海者，至辍侍从部院之臣于外，旋进方岳藩臬之司于庭，岂乐创非常之原哉！辍之于外者，所以重民瘼也。晋之于内者，所以劝吏治亦以重民瘼也。

吾辈仰惭明圣、俯畏简书，能无瞿瞿乎？功令幸或宽我，鬼神实式临之，能无瞿瞿乎？畏天畏君，先自畏其心。始知畏，然后能思义。知畏然后能思仁，知畏然后能改过而迁善。夫修容者必以鉴，此固莅众之宝鉴也。诚置是编案头，朝而既盥，昼而退食，夕而宴息，时庄诵一过，是日临民出政，必有悚然日监者龚黄在焉。呼之或出，此真理人圣谱也。尚以未能广布为憾，苟居督抚方面之地者，镂板而广布之，训迪益无涯际矣，是所望于同志者。

淄乘补遗序①

予清狂不慧，旷邈多怀。登泰岱之巅，缈然引领，则恒沙世界如掌果然。所谓大瀛海者，宇下勺水耳，一叶可浮也。盻层霄之上，则黄曾乎，余若拾级然。即彼大梵天者，檐头尺地耳，一跃可登也。而此横竖两域之中，故当有“万国舆图志”“万劫人物表”。当后历劫，披览不尽。夫不思饱食而遨游，身若不系之舟，乃斤斤奉此酒肉簿帐、点鬼册籍而便弁以哦，不亦痴人痼疾乎？客有笑于侧者曰：子言远矣，大矣。虽然，子未能霓旌天外、晞发昆仑，犹然宙内之中人耳。羲轩以降，元会多更，今何时也，子知之乎？阆风以乐，爰有震旦。今何地也，子忆之乎？子如未知，而妄为河汉无极之言，不可方物。殆无殊古强抵掌张果侍中，旁者冠缨尽脱矣。予乃谢之曰：子言亦大有理，千八百国固是篱落券书，廿一史固是酒肉簿帐。南柯虽小，不有疆域乎？某山某水，名郡神京，舆图考当亦班班矣。淳于枕上虽片时，不有日晷乎？几年几世，鼎革委丧，其为左史倚相者，褒然博物君子方多也。大小长短，亦何定之与？有蓬之心，余则固矣。

予友载绩毕君，以所辑《淄乘补遗》来，予卒业而喜可知也。予向者往往

① 按，此文通作《淄乘征序》，本书题目及文字从国图抄本。

笑载笔诸公自矜作者，简古艰则相尚“札闼洪休”，难则楮颖喑哑。他不具论，即如相如一传，但书曰“司马窃卓女以逃”，提纲尽矣。而司马何人，窃女之前后何为，亦可屈指而历历乎？即如灌夫一传，但书曰“骂武安之座”，提纲尽矣。而灌夫何人，膝席之笑语何似，亦可抵掌而娓娓否乎？吾有以知其不能也。今《淄乘补遗》具在，皆前书之所有而犁然新得矣。每见以三长自擅者，率诋宋元之史并上及晋史，而以删之为快，固矣。夫岁月则年而复年，旧闻则少而益少，此理之不可易者也。不然，则历劫以前之书当满六合矣。今屈指可尽如此，或天上修文及琅嬛洞府，藏为秘笈亦不可知，而学士家止此耳。一番小小劫火，足助祖龙之焰有余矣。与其力而删之，何若力而存之，犹有饩羊乎？则吾友之功大矣！载积解组归日，闭门读赐书不倦，未能参金匮石室作者之林，而止为区区一月，小试其技。班马诸君子如无蛾眉入宫之妒，当为之太息不置可矣。

重修关帝殿序

普照寺之为淄川名刹也久矣，年来圮者渐复，而伽蓝、护法殿独湫隘。伽蓝者，关圣帝君也。舆情不安，以鸠工问序于予。

予谓神中之有帝，犹释之有圆通大士、玄之有纯阳真人。赫赫三界中，无地而不归依灵爽，则亦无人而不崇修庙貌也者，尚俟予言哉？舆人之请不已也。予因诘之曰：诸君之归命于帝也，信矣，然帝何施而致此与？则曰：御灾捍患，昭列载籍，帝之功为之也，谥不曰伏魔乎？再诘之曰：帝之功施于世也信矣，抑何道而致此与？则曰：爽气英姿，超佚类萃，帝之勇为之也，号不曰武安乎？予曰：帝之以勇而仁万世也，是固然矣。而其德之所以始、果之所以终，抑有昭晰其微者乎？一言蔽之，亦曰正而已矣。今天下之隆诸祀典与夫学士大夫之赞颂，下至贩夫走卒妇孺，遐荒之凛凛，若或睹闻也者，不咸曰“乾坤正气”乎？惟正也，阳德纯矣，斯为大勇。惟正而勇也，阳德普矣，斯为大仁。夫不正而勇者有之矣，不正之勇止于下为厉鬼、上跻天魔。极禹鼎之不若而正，则赫奕明神，磅礴万古。不正而仁者有之矣，不正之仁止于应尸祝之乞答、佥邪媪姁之媚。而大正之仁则必加于忠臣孝子与夫仁人义士之颠连不辜。而沦于阽危者，以知正而勇也。是亦雷霆正而仁也，殆与天地合德矣。

然而更有进焉者，帝不尝曰：人之有心犹天之有日乎？此不昧之心，其名曰觉，是血肉中炯炯二曜，作圣之前茅，而仙佛之大宗也。循是而出之，断无不正而大勇大仁被于世而莫之或遏，犹决溜于大川而走丸于千仞之坂矣。帝以盖代英雄，爽然回首，万古丹心敛归正法、陟降三界之中，铁马金戈无非佛事。盖自玉泉三归后，业已始觉昭然矣。其勇之震万物也，非世尊大雄之始乎？其仁之济万物也，非世尊大慈之始乎？三大劫完成正觉，是帝君究竟之极果，而津梁阎浮，功德不可思议者将咸被之矣。是役也，盖有报有祈焉，揆之祀典则有征，俟之慈航则可大祠。允不可以不修而福，岂唐捐已哉！于是乎书以助之。

贺邑侯韩父母调繁历城序

韩侯莅淄三年，政成民乃诚会。当时者以邑僻不任长材，迁历下。诸人士重违岂弟谣，统鼓，而缙绅先生之以讲德代骊驹者，趾相错也。

夫侯大有造于吾淄，盖亦今六百石中所希觏者哉！淄蕞尔越石莽壑，其又不吊。丁食犬组羊之后，匪怙以和脂夷尔邦者，褰裤特数数然矣。侯至而云天成阴，玄驹之步缘令丘习习而舒。时毛鸷岂无断甲操者，公固念蛾蛾之斧氓，则奚罪，且俨然伏而翼之。而令吟维干脯，尤非陛下丰庇螽营意也，承流者其谓我何？而众乃大和，至束矢入而方山为鉴，佐之玉衡，梧丘寝。五丈夫吁语请于孟涂之所，见血执之，否则蒲伏退已矣。不见牍尾朱蚓，横吞朱提也，可不谓仁人茂宰乎？然而公之天行也，信盛德在木，亦复律中夷则，书丹籍者搔以王铁。且谓兹见十置一，桓东藉藉，狸为威耳，何政之能为也？皙族之方书日弧月矢，首被诸犷悍，龁入郡邑，莫敢名者。自是，不逞无敢窥左足而至。九畹兰滋，推分芹宫，无二绣纹，所献评骘，妙逾公明射覆焉。迄于狙如在原，以救时为百世之利泽。我淄积土为墉，谓解带有余矣。而坎可蚁附，率野何殊焉。且以间于疢疢，辄云谋乐，彼茭陶岁厉，将为闾左蚤尾也。捐俸金、庇赎锾为倡，而士民缙绅赴义，竟麇趋，尤重以敏手冲怀，善择人，纠土功，不两其月而千雉然，为山左岩邑首。揽辔过者咸讶，驱石两台以状闻，俟圣天子不次旌擢，为茂绩之劝、所尤足弁冕班史者。诸吏胥以寸牍糜民，齿牙澜竭，卉萎逾于蜚也。公正色御下，谓藉内皆吾赤子，若曹何敢假铜艾为角距，雄离如刀视肉尔乎？抱牍前嗫嚅一语出卖重，立磔汝矣。自公至，而救朴且不给，里闬不知而道茀不夷之呻为顿息云。悯诸罢者之不任役也，力奏记上台，行条鞭法。苏积困，诸俵马、解马、守柜、解粮等疫不以重累里甲。自是，而望阀阅为大厦、致陨涕桃僵者，旨酒玉蕊无谣而福手福足，岂复以东野之织文坐视无鸠哉。以此对安人诏第一胪长葛马昌，当无殊轨云。

若夫五兵发车府之岫，而炮药豫建；百堵勤鼛鼓之铺，而铃阁鼎新。敏则转丸，颖有忆珠，龙文俪芥，桓葱吹发。盖尤更仆难尽者，不止华胄名贤、文坛雄帅焜耀海内而已也。诸如元康、神爵间以高第徵入，拜之公、万户者不起其语。国朝茂治有声，率无不荐席，独座勋名，书日月无已时。如陆庄简、王襄敏诸君子，始裁里升、苏积瘼、布械寝，啸聚谋而上高安堵。综其所为，侯之善政可谓揆其他时，持衡九品。为国家金城万里，偃灵旗坫坛，上者已与百里券其不爽已。矧方今圣明首出，宵旰图非常之业，破格求當世贤者，将拔起散僚为服，宣鸿庥之辅，如侯之丰猷，兼列左膺右翼，文全苞瑞，猗与备矣。则指顾入侍阊阖，寅亮无疆之治，非侯其谁哉。不佞雅辱苎缟，而东郡权舆之绩，日有闻焉。以二三子之授简也，为盖区之言。且由此弓义弘施，合寸肤而及四海当无爽，公之秉德已侈大哉！

易闻序

《大易》一书，盖三才合符、五经管籥，而内圣外王之奥府也。世人泥漆园“道阴阳”一语，漫一术数小之，至以秦火之不烬为证，可谓蠡测者矣。亦知一阴一阳之谓道，且曰阴阳不测之谓神，尼山亦已言之乎而未也。夫言阴阳而不切于人事，是灵台之职，而子韦甘石之学也。言内圣而于外王无稗焉，则致虚守静与柱下、乾竺无殊矣。伏羲文周，固治世之圣人也，孜孜不置，亦何为乎？夫亦知万世之远、万国之大，无非此屈伸变动、阴阳包举无疑乎。故自伏羲三圣以至愚夫愚妇皆《易》中之人，自治世君相以至鱼佃卜筮，皆《易》中之事，求一无《易》之地而不可得也。

“广大配天地”四语，圣人之赞《易》者尽矣。乃知《易》也者，顾陆大手，万化丹青，为三才写照耳。然学人须于圣人之四语得其实际，乃于四圣可以亲承。然“学易”二字未可以流览当之也明矣。今不必具举全经，即以“履、谦”九卦言之，人皆知为忧患之学矣。而亦知考祥可以事天也，平施可以交人也，不行旅、不省方，所以养仁也；立不易方，所以由易也；惩忿窒欲，所以尊生也；迁善改过，所以进德也；致命遂志，所以成仁取义也。士人进修之学，不已有馀乎？引而广之，治平之学亦复寓焉。夫“履”而辨之定之，三重不可以寡民过而九仪不可以肃官常乎？“损”而惩之窒之，秦皇不可以企久安、汉武不可以杜后悔乎？“井”而劳民劝相，康食率典，不可以济数宁申命行事，《盘庚》《洛诰》不可以广风喻、寡民过乎？至于劳谦而服万民，朱绂而利享祀，不又励臣节而康王路乎？至于体元而万国咸宁，含弘而厚德载物，固矣。即继以“屯”之经纶而辅相裁成以佑民，遏恶扬善以顺天。“泰”与“大有”二卦，此清宁之实际，乾坤之全量，万世圣帝明王之治谱也。故体天地之撰而圣学为先，通神明之德而圣治为大。盖已以天下通于一身矣，不必居圣人之所言而有以大圣人之所用，此孰非《易》之不为典要者乎？盖《易》之道无尽，而圣人之测《易》用《易》亦无尽。故伏羲之所未言而文、周言之，文、周之所未言而孔子言之，或相反而实皆相成。盖千圣一揆而千圣异用，此即所谓《易》也。令文、周之言必袭伏羲，孔子之言务拘文、周，后世更有圣贤出焉，必规规乎前人，则《易》之朽也久矣，非生生之谓也。

不曰“殊途而同归，一致而百虑”，先、后天之各为图而文周、孔子各有说乎？即再以卜筮言之。卜筮中亦有全《易》，是亦待其人而后知之，《左氏》之占足见一班矣。揖让征诛，未必不皆用《易》玩，定业、决疑之言而可以小术目之乎？如卜筮可以小《易》，则今之四子五经不过士人羔雉已耳，亦可以此而小经子否乎？夫卜筮之断也，不外五行。谓道当在五行之外，而亦知仁义即已落于五行乎？卜筮之中，人知用五行矣。而亦知两仪、太极皆在焉，而糟粃瓦砾，太极皆寓焉。此水银泻地，微渺之喻，为甚明也。故卜筮即全《易》，益见《易》道之大耳。

冒天下之道犹祖父也，天下之事则皆子孙也。溯而上之，则皆一本也。万物皆归于太极，故天下无非《易》也。求无《易》之地，不可得矣。而惟知道者，乃能知《易》。不然则曲技亦惟知《易》者乃能知道，不然则虚器也。盖冒天下之道而广大配天地，此《易》之全体也。妙从心之矩，而中和位天地，此《易》之大用也。内圣而《易》之学始精，外王而《易》之学始大，而其究皆返于帝载。故曰尽性至命，故曰正位凝命。其归一也，然则《易》之为书，岂博士弟子之业已哉。

顷读先生《易闻》之序，而怦怦有动也。盖先生甫释褐而际变革，杜迹长林不复出。予虽叨附同籍，而未得于皋比之下，一叩四圣未发之微言，是可为太息者也。而先生之学，亦得以兼善天下。今尧舜之主首出庶物、万国咸宁之业，谟明弼谐者殚力时也。孝仪传世业而广上理，能无意乎？而曰《易闻》者何？夫得道者以心通也。而文王曰见，孔子曰闻，异矣。颜子苦于卓尔之见，而端木亦苦性天之闻，犹龙亦云不闻则又异矣。然而，无异也，见而归于闻，岂非耳顺者固与返闻之学相通，而六根互用之旨亦相通，而于不闻之戒惧尤相成乎？盖坎离者，乾坤之日月而人身之聪明。且也六尘亦复与性通，用返其体，究无异道也。先生取义未必在此，而总持三教渊通久矣，当不讶其支也。

陶庵诗序

以予盱衡千秋，横襟四海，盖风尘中多有异人，不可猝识云。异人者，抱璞深藏，落落穆穆，与世之庸人了无畛域，故世之矜奇自负者往往交臂失之。至偶露其奇，则千人辟易，适适然惊诧，以为不可及之谓也。令淮南王门下诸公雪鬓卒岁，淮阴侯没没于连敖之中，张柬之终身一长史，世岂信有仙人并将相才哉。而文士亦有然者，然九鼎一脔，则又未为定衡。故失之于枫落吴江，则全帙付诸阳侯；失之于清亭发端，则一握为笑。雪月蓬瀛，击节无由矣。

吾识霖瞻先生数年矣，相对未常一及诗也。客岁北上，间一投赠，已洒然异之。今岁相遇于京师，乃得古诗一编。卒业焉，不减徐洪客见太原公子时矣。清真高秀，奇骨嵚崟，左揖韦陶，右挹储柳，京洛之尘，一息顿洗，予始惭数年之知先生未尽。如此，宁止子瞻之于元章一赋然哉？而先生之不可测者，又非止一事也。

先生甫弱冠即牵丝百里，旋归林下。济世槃槃之器，百未试一，所谓井泄行恻者也。今圣天子辟门罗俊，严、终接踵而至。先生虽云将艾乎，以絜齿于平津，则犹英英韶令耳。出而图吾君，此固脱颖时也，先生其有意否？且可异者，年将艾矣，而于鬆如漆，见者意为四十许人，盖于犹龙之道深矣。朝披一品衣，夜抱九仙骨，将来方驾邺侯，不佞何足以知之，则韦陶储柳又戴晋人前之一吷矣。

吴安士时文序

江左名士，首推淑宝。神清无论，须如反蝟，面如紫石，稜者不堪作奴。即目如点漆，望之神仙中人，终是皮毛时似耳。以此持衡艺苑，多买胭脂画牡丹，将直涤笔冰瓯者，三舍走矣。

舟过丹阳，吴子安士以制义相质。奕奕令音，叩之清越，知其胸中无宿物，不须纯灰三斗也。过访其尊君美城侍御，与谈性命事。美城告予以少而多病，日取《金司宝录》读焉，了了见紫阳大意。收视返听，秋之月余，而宿恙良已。予跃然曰：静中消息，至何境界？且已洞见此心否？曰：大暗区宇中，初会茅靡絮乱，了无所谓心也。浸假而进焉，悬崖之下，古镜乍出；浸假而进焉，拂拭之微有文采进之，而照天照地矣。予亟问：此后如何？莫似秋潭明月否？美城笑曰：尚存明月在，又添尘垢矣。

予因忆楞严云：真觉妙明，妄为明觉，一念灼然，遂有三界。美城此言，固与“明镜非台”旨暗合矣。寔寔亲证，至此病愈，而遂住手。纠缠尘中，可惜也！不佞将挂神武冠，与君为采真之游，了此大事，何如？

夫观心，岂惟释氏。儒者作圣，罔不透过此关，不透此而漫言持敬致知，终是凑泊不得也。士子修业，固以文字为事，而为文字主者何物？一尘不染之境，但从八股受之，不亦买椟还珠乎？冰瓯涤笔，固是秋潭洗心圣兆矣。趋庭之际，其进而求之。

栖云阁文集外·序 跋 题词第四

淄川高氏创修族谱序①

睦族一言，始见于尧典，盖将诏万世以孝行，广万世以淳风也。嗣是而族谱有书，相仍无尽。凡百世之名字官爵一入目，而皎然如指诸掌矣。予家自东蒙北迁，业已数世，未有成书，惟单幅一纸已耳。偶命犹子之骣、之驯为之，遂殚力告成，可喜也。而后叙又复谆谆致戒饬焉，则尤可喜也。复欲予为之序。

夫族谱之刻，不过欲百世勿忘一本耳。本立而道生，是所望也。道亦无多，不过仁义二字已。自亲亲而及人及物则仁矣，不愧不怍则仁矣。持之以敬、永之以诚，此人人所当勉，而千年勿斁者也。予家受褒封之荣者，自诰赠中丞公曾祖始，懿行详于本传及邑人所立祠堂碑文中。而撮其大要，则所谓不詈人一语、不扑人一掌，乃吾子孙者，仁可知矣。又谆谆畏天尔，复举存养为事天之实者，义可知矣。予向于族谱单幅之后，有所宜所戒数语统此意也。故以其条目，仍附于左，俾后之览者铭诸心焉，则族德庶可不替乎？

凡我族人，勿忘祖训。所宜所戒，略陈大端：宜畏天命，宜奉王章，宜敦孝友，宜济人物，宜勉谦和，宜安懦拙，宜守耕读，世业宜遵。淳朴家风：宜待人人大度，宜持事事小心；戒杀生戒邪淫，戒傲戒贪，戒赌戒斗，戒懒戒奢，戒无信无礼，戒不孝不仁。

时康熙三十二年岁在癸酉谷雨前一日，十世孙珩薰沐谨撰。

同善会规约序②

天降下民而作之君师，盖以教养付之也。夫君师本一人，则教与养似分也而终为一事。其谓三代而后，师道在下，而教止训告之文者，末世之言也。夫教与养分则二者交病矣。养之当在教先也，人知之也。而养之法，非教不明，非教不广，非教不可以行久而不废。教之时义大矣哉！吾尝谓圣人之道，教也。即治世圣人之法，垂于万世者亦教也。儒者六经，《周官》六典，教也。养民者，

① 见淄川《高氏家模》，清道光甲午夏重刊本。

② 见康熙《新修莱芜县志》卷之十。

"六典"中之一事耳。

予去秋谒大中丞张公，方锐意行乡约，予急赞公之能以三代教化自任也。而教化之行首在择人，次之在奖劝，终之在考成。夫欲挽淳风，而不择其人，是使市侩司木铎也。得其人矣，而一切人命盗贼下檄者，动责约地而等之于伍百，复浚之以贿赂，是执王彦方陈太丘而加之桎梏，诛其贷贝而责之以慎溃沈犹氏之革心，可乎？不综核其寔效，是戏剧歌场耳。其谓足以砥狂澜而化罢民，必不然矣。中丞首肯。不佞因进而言曰：民不冻馁而后有其真，不忧冻馁而后保其心者，理固然也。今水旱频闻，司农仰屋，常赋可屡蠲乎？纸赎有禁，仓额子虚，常平仓可乍裕乎？孰若酌食时用礼之节，为耕九馀三之计，会天下人人自备其荒者为可大可久耶？敢采前贤之所已行，辑书以佐康功，可乎？公又首肯焉。

无何，而言官及各省大僚多有以此义入告者。奉□□当有嘉谟，予遂辍笔俟之。而莱芜叶侯忽以所刻诸编见示，如治河治田诸说皆救时之讦猷，扁卢之良药也。而其"训迪讲话"则耸之以天监，示之以民彝，凛之以王章，劝之以福报，如话农桑，如写家信。此之谓真文章，韩柳欧苏集中所未有。此之谓大经济，龚黄召杜循治所未及也。经国大业，不朽盛事，非此编将何属乎？至《同善会》一书，则采高忠宪、陈几亭两先生所著而刊定之。法详而施普，人人可行也，处处可行也，岁岁可行也，而"跋语"尤为尽致。允矣万物一体之学，三代可登之道乎！蠲租之恩不可屡邀，而此为可久；即常平之仓犹有待，而此则无待。夫两先生皆理学名臣也，又皆未尝身司民社。然而，念念以己饥己溺为怀，夫天下未有不康济民生而可为理学名臣也。读侯"训迪""同善"二刻，两先生之薪传，其在兹乎？

今尧舜在上，念切痌瘝，蠲租之诏屡下矣，教化之条日闻矣。而奉行不力，上理未登，令百世而后，有有君无臣之叹，此士大夫之耻也，吾于侯有厚望矣。侯之治莱也，与古循吏伍行，将为天子台谏之臣，得以慷慨言天下事。教养之道一以贯之，登隆上理可立俟也，利济一邑云乎哉？

严氏家谱序[1]

往往谱牒亡而能知其世者，鲜也。此非古今升降之林哉！先生之遑遑铅椠，方轨前贤者，意固深远矣。昔范文正之创义田也，冠婚丧祭赍予有常典，今五百岁有余矣。自高平而下，子孙世守之。海内名贤，闻风而相师者比比，养

① 见严正矩纂修：《（湖北孝感）严氏家谱》，清抄本。又见上海图书馆编，陈建华，王鹤鸣主编，丁凤麟整理：《中国家谱资料选编·序跋卷》（上），上海古籍出版社 2013 年版，第 374 页。

之之道不亦笃乎！苏明允《族谱亭》一序，痛心不义而寓意望人，指六行以为惭，而著其赫奕之荡惑闾阎、官爵货力之摇动府县者以为大盗，其义严，其词痛而不杀。所以教戒乎同姓者，又何深挚耶！夫富而受之以教，家与国义有同归，兼是二者以承先德而裕后昆，并以上弼圣天子协和之治理，政之所被，宁有垠欤？由是观之，则范宣子之历叙受姓以来千年名胄，以诩不朽，未为失言也。

先生之为此谱也，因其康济之余，而即谓为康济之本，亦可也。然而，躬行树德，又有其本焉。先生向来扬历中外，所至咸留殊绩厚德以覃方州。其在两浙也，尝有鹖冠挟怨，以州邑大变上闻者，督抚赫然，已将出车下甲矣，公力止之。急单车履其地，谈笑而靖乱，民以安堵，所全活无算。古人云，活万人者，子孙必大。臧孙有后，此殆权舆矣。吾以卜严氏之裔。百世其昌无疑也。

康熙辛亥夏吉旦，通奉大夫，刑部右侍郎加一级，前都察院左副都御史，宗人府府丞，大理寺少卿，太常寺少卿，吏部左右侍郎，内翰林，国史院学士，詹事府詹事，纂修实录副总裁，侍讲学士，江南典试正主考，国子监祭酒，秘书院检讨，庶吉士，年弟高珩顿首拜撰。

韩氏邑乘序[①]

彰前徽而悬百世之鹄者，载笔之功大矣哉！元公《周礼》，治世之书也。而太史、内史之外小史、外史，不厌其烦也如此，何以故？盖将以补璧经之所未备，导其滥觞，肇兰台之所，方将为之粉本故也。嗣是而有国史焉，则纪之以天经也；嗣是而有舆图焉，则别之以地纬也。此皆紬书虎观，掌故石室，承明著作之庐所有事也。若夫绵绵宗牒，煌煌家乘，千秋犹称夫王谢，一代共指乎崔卢。此则士大夫之贤者各自为之，亦复古今竞爽焉。不止康乐述祖，公权垂训然也。太冲先生之摘邑志为《家乘》，固得古人之意而创其所未有矣。先生为吾般阳望族，冕轩蝉联，二百年来所仅见者。昆从中若大参、若两中丞、若银台，四先生勋名煌爚，接踵两朝，盛矣！至先生晚出，以弱冠登上第，以邑符迁郡佐，乃以不能曲合时宜，蚤返初服，视四先生荣途少逊矣。然而绌于遇而伸于道，为善于乡，以亢其宗。葛藟森森，咸禀成宪，匡其不逮而训之正谊，此固九两之系佐，惟王之隆理者也。其以补四先生之所未足，不亦后起者有光前烈乎！

矧夫先生年来又洗心奉古，先生之教摄斋净名，予不佞亦谬附宗雷之未契。虎溪盛迹，殆同风焉。自愧寿陵之步，漫陈瓦砾之词，又多乎哉！然而先生猥

① 见淄川《韩氏邑乘》，民国刊本。序后有二印章："净念居士高念东珩""左司寇少宰学士之章"。

授简焉，实又足以发先德之光，其念祖也；垂后昆之范，其锡类也。为剞劂之权舆，播桑梓之荣籍。存文献而供班范之求，荐球琳而广册府之业，《周礼》遗轨于是乎在焉。何敢以砚田久荒谢不敏乎！年家晚生高珩顿首拜题。

奉祝大柱国少司马玉翁张老先生夫人偕寿序①

今上龙飞之乙未，少司马玉调先生与夫人六秩偕寿，时在朝在野各以其言为寿。先是，次君给谏以乙丑举于宗伯，其同谱诸君子之仕于朝者佥谋进春酒为介，而欲得予言以侑觞。予考诸伊洛先生地，历周迄宋为都会，其山川则嵩少龙门、瀍涧洛汭，盖多名胜云。至广成，憩息嶕峣，子晋驭鹤于缑岭，仙迹炳然。而文潞公有耆英之会，白香山建九老之社，于今以为美谈。大抵风土高广敦厚、清迥秀出，以故产于其间者，美秀而文，神明而寿，名贤世业蝉联不绝。然未有兼王谢之阀阅、荀陈之子弟如公家全盛者。稽公之先世，自秦徙豫，代有闻人。惟中丞公以大行起家，绣衣节钺，俱在锦江玉垒之间，一再定西南之乱，威德在人，垂于信史。我公抱经世之才，亦以大行发轫。而振彩黄扉，櫜簪履用焜耀于前人，继持玉尺，抑扬庶品，启事澄清。历冏寺棘卿而晋秩少司寇，掌邦刑以弼治化，又佐大司马申明九伐之法，烽燧晏然。既而，辞荣归老，当世多之，以比汉二疏云。是公之成劳在王而内助之益，盖夫人寔多焉。淑人天性淑懿，钟郝有传，相夫子为名卿，教诸子皆有名。当世奕奕，为海内母仪，宜其南极双星，相为掩映无方也。然上下数千年间，夫妇齐德者，冀缺、梁鸿、庞公之外，指不多屈。而三人者，史皆不著其年。即皆得大年，未必其百岁偕臧、琴瑟静好也。公与夫人鲐文鹤发、鱼轩鸿案，既偕寿矣，且偕荣。抑何受于天者丰，而隆遇方将也。况青箱绍业，二难继美，长君冰蘖，李署入佐，度支称最南宫；次君藜烛木天，蜚声琐闼，玄素前徽，庶几并驾而绍衣于公之谏议，一如公之绍衣于中丞公之大行也。孰不羡鲤训之趋庭、鲑封之贞教哉！值兹揽揆之辰，斑斓错绣，恺悌昌炽，允可以为公进一觞矣。虽然，天之畀人也以才，必并以年畀之。盖以年老其才，而亦必以年竟其用。故士君子列高位、建殊勋而播名海宇，非大年不能竟之也。天寿平格，公将以寿一身者寿一世。圣人在上，行当特隆简命，三事虚席以待公。父子宣猷忠贞，世笃用允，升于大猷可预卜矣。

或曰：昔司马温公悠游独乐园，富郑公谢政归，燕息几二十年，逸志高风，超然尘壒之外，非公卿故事乎？予以为是皆公二十年以后事也。试问缑山少室之傍，尚有耆英会上笙鹤泠泠，登绿野而进丹砂者乎？为予寄语曰：为公称觞时，

① 见河南洛宁《张氏家乘》卷四《赠言》，清顺治十四年抄本。

幸为公劝焉。

顺治乙未秋吉，嘉议大夫吏部左侍郎兼内翰林国史院学士，前礼部左侍郎詹事府詹事纂修实录副总裁国子监祭酒秘书院检讨，通家弟高珩顿首拜撰。

恭祝诰封一品太夫人李老伯母九袠序[①]

皇上以大孝立人，极敛万国之欢，承颜长乐，盖十七年于兹矣。一时士大夫沐锡类之化者，退咏兰陔比比也。而以文昌重寄，不易斑衣。至尊为之动色，特赐温纶遣归者，则吾乡大司寇五弦李公始。先是，上赐燕西苑瀛台，三品以上大僚及文学侍从之臣皆环列焉。遍询诸臣父母，至司寇公，具以太夫人在堂对。旋再拜而请曰：臣待罪都门，不遑蔬水之养者逾十年所矣。臣母景逼桑榆，日切依闾之望。然邦宪殷繁，简书悚息，臣未敢以乌鸟私情乞恩休沐也。言已，泣数行下，皇上为恻然者久之。退而拜疏，乃得请，当是时，百僚啧啧。司寇公之孝也，太夫人之福也，圣天子之仁也，盖千载罕觏云。今岁庚子七夕，复值太夫人设帨之晨，祥开九袠矣。郡邑士大夫恪庀不腆之仪，拜祝堂下者踵相错也。乃授简于予，以侑一觞。予不佞敬谢不获，则穆然有疑于天人之际也。夫人子之敛诸福以事其亲也，其无所靳也明矣。捧檄胡为而喜也？有不徼其亲之命服斯焕者乎？介寿胡为而祝也？有不欲其亲之黄发儿齿者乎？曰是固然矣。而膝前百顺，亦复何域之有？二惠既竞爽于营丘，八龙不争鸣于朗陵乎？西极之龙媒，既并驾于五花；峄阳之桐孙，不接干于九云乎？冠宝璐而崇阶者，既掞荣其陆离，树蕙亩而淑修者，不敦誉于馥苾乎？是虽美云无度，吾知人有同心也。然而冠员履句之阙文莫非有所逊谢于其心，而往往引义以自抑其奢望。即贵而公卿、贤而曾闵，于是数端者，亦不敢期于必觏。而夙愿之未副，亦不敢有所私憾。于大冶者，以为人必兼是数者而后愉快，则必举司命之籍为吾如意之幢而后可。而建言，自古昊天无私，此苍苍而高居者虽仁覆万方、肸蚃司契，亦不能循吾一姓一人之私而骈集百福以从之也。故君子之心有所止，而天下颂祷之辞有所降而节取之，得其一，亦足以豪矣。故得之于贵也，欲兼之于寿也，则难得之于一世也。欲兼之于再世也，则难即子若孙兼之贵矣。而兼之贤也，则又难即兼贵兼贤，而又难乎若是，其累累也夫！适馆授餐之什，美司寇之能其官也，然而颂止其身已耳。有以郑公缁衣之爱合之鲁侯寿母之喜者乎？至于张齐贤、贾黄中之母，至使人主延见，荣洵至矣！而亦未闻其含饴绕膝下逮曾玄也。

今太夫人所履则有古今独殊者，大司寇公之教戒，而太夫人之慈命，统于

① 见长山《李氏家谱·寿文·诰封一品夫人》，民国二十四年刻本。

上非偶然也。至于内行淳备，虽一二细行，尤足表率天常。司寇公王父芳洲先生之病也，一日夜痰数百吐，太夫人乃预裁方寸楮，置几牖间，旋承其咳去之，晨昏鹄立，废栉沐者数月。芳洲公弥留之际，至有吾当再生以报孝妇之语，其纯孝感翁有若此者。事姑王太君则力勤操作，未尝不事事当太君意。尝剪一彩胜缀壁间，未拂晓，辄视之为盥栉之候，稍迟，辄自责不遑。并迎太君母吕氏养之，时吕母既耄，性复少下，衣食衾帱稍不称意，辄呵责及之。太夫人一一先太君意曲承焉，吕母忘其为女家，而太君喜可知也。则太夫人之孝也，其视养志也何殊也！吾又闻太夫人之仁也，好善乐施，中外之莫雁悬釜者，脱簪倒橐所不惜。常蓄一病犬，朝夕亲饲之。一夕风雨大寒，乃自起移之燠宇下，家人进而请曰：此尨者微也，太夫人即欲生之，何不以命诸婢子辈，而亲冒风雨为？母曰：吾固不忍其毙，而又不忍以风雨中烦婢子，宁自劳也。则太夫人之仁也，其与昔人谓明道先生得志，当令万物得所者何殊！是笄袆之行而天地之德也。

夫孝以立本，仁以博施，圣贤仙释之道有外于是者乎？今太夫人春秋高矣，而犹不以歠之家而自逸也。机杼轧轧，不释于手，甚者，宣发复玄，齿乃更出，聪明步履不减壮年时，奇矣！岂易迁龙月间，人信有寄迹阎浮界内者乎？不宁唯是，吾闻司寇之降灵也，盖太翁仿佛见老衲入室云。而侍御君之在都门，应真现形于红炉上，是时文场大狱方兴，卒不能以片语稍点冰蘖，义方不辱，天下贤之，而先感奇征如此。则不佞岂止有疑于造物，且致疑太夫人母子兄弟间贤明，聚会或有自来前因，后禧未可量也。以兹备德，膺彼繁祉，庆于此为大成之集而天于斯为多福之纵，至私所以成其无私也乎？诸君子之称此觞也，以奉天休以旌人瑞，以广圣天子之孝治，其为休明之应多矣。予小子虽未敢附于风人善颂之遗，而矢蛩音以祝升恒。他年，彤管之纪或足备采择焉，亦云永休无斁也哉！

顺治十七年岁在庚子七夕之吉，宗人府府丞、前大理太常少卿、吏部礼部侍郎、国史院学士、詹事府正詹事、实录副总裁、江南正主考、国子监祭酒、秘书院检讨庶吉士，年家眷晚生高珩顿首拜撰。

琴瑟乐跋[①]

文字论神理，不论皮毛。即如此卷《琴瑟乐》曲，固皆家人儿女常谈。若论其结构之法，有步骤有起伏，有照应关锁。慧思绮语，时时点注；渲染补衬，处处勾连。时而冷间传神，时而妍极含态。波委云屡，穿经度纬，一气宕折，中章

① 见蒲松龄著，马振方辑校：《聊斋遗文七种》，北京大学出版社 1998 年版，第 211 ~ 215 页。此跋另见日本庆应义塾大学图书馆藏《琴瑟乐》抄本。

法精，色浓味永，骨秀韵圆。此是松龄作赋之才，小试于香奁一脉，必传何疑！

文字要有主宰。主宰一定，任有千头万绪，都不能乱。如曲中凡父母、哥嫂、梅香、夫婿，无数说话，都似女郎贯去，不可断续，打成一片。若悟得此法，真可以挥洒万言。文字灵活，需用机括，方掂得转。如曲中一梅香，一嫂子，从旁冷敲斜插，生出无数妙文，此即机括所生也。若无此二人，通篇便板煞，更无转动处矣。然机括有从题外架起者，又有靠题拾得者。若嫂子之日与女郎相习，梅香之日与女郎周旋，岂有不知其心性，岂有不密语调笑者？一经括动，恰是切身分，此即靠题机括也。作者之才非不能题外生机括。但深闺处女，除相爱之嫂子与相知之青衣，更有何人可以深谈也者？其必用靠题机括，是其心细密、相题有识处也。

文字最要有体。无论庄语，即亵狎语亦然。即如此曲，须要处处看他女儿身分。其既急于嫁也，以为此琴瑟乐中定即殊味。嫂嫂之言若不甚分明，及至亲尝受创，至于浃洽；定情之后，虽恣意沉酣，而娇态自见。写情窦日开之女郎，都有分寸。若是下手为之，早已是娼妓想嫖客伎俩，其丑岂可复耐？金粪之别，于此立判。作者可谓有体。如或不信吾言，请试举一书以证之。且如《金瓶梅》一书，凡男女之私类皆极力描写，独书至吴月娘，胡僧药、淫器包曾未沾身，非为冷落月娘，实要高抬月娘。彼众妇皆淫媪贱婢，而月娘则贞良淑女；后众妇皆鹑奔相就，而月娘则结发齐眉。一概溷浊，岂辨贤愚？作者特用泥污莲之笔，写得月娘竟是一部书中出色第一人物。盖作者胸中横着“正经夫妻”四字，故其下笔，自尔大雅绝伦。凡此皆所谓体也。乐府有俚质一派，后世渐变而成此种体质。不知俚质最难处：成语难得恰合，一也；驱遣不见痕，二也；就中人情得窍，趣味横溢，三也。篇中不及举，如“呸！笑着把他吐一口”，娇态如见；“这么几年，你还没看够？”冷处传神。又有蕴藉极深之句，如“婆婆的模样倒不丑”，“蛇钻的窟窿蛇知道”是也。娇态横溢、如画如活之句，如“几乎错失就答应”，“摆着头儿搂一搂”等句，皆呕心吐血而后得之，不得以寻常口头语草草读下，浪抛作者之苦心也。夫读书而负人苦心，罪至不小。

通篇只有两大段，前是望嫁之急，后乃琴瑟和调之深。非其望之急，必不知其乐之深，譬如打鼓，边上敲得多，心内点的少。其实，敲边时皆为震动鼓心而设，此古人妙诀也。写到交欢之际，难得如此饱满，又难得如此雅训。最古人词曲之妙，莫至于董解元《西厢记》，其天真烂漫，纯以俚质行文，较实甫更为真切，此圣叹所以欣赏不置也。此篇中鄙俚处见大雅，琐屑处具精神，真与董解元而神似者。世无圣叹，其人乌知余言之不谬乎！

今人不善读书，每将奇文忽略看过。如此篇，必有以小词忽之者，不知文无大小，看其结构如何耳。片中起伏顿挫、呼应关锁，绝似《水浒传》；摹景写情、杂用方言，绝似《金瓶梅》；至其镂心刻骨、秀雅绝伦，则兼《西厢》《牡丹亭》之长。而能自出机杼，不肯抄袭一笔。食古而化，乃有斯文。

文字有丑处须避之。如《孔雀东南飞》一篇，写至兰芝陨命处，便轻轻提过，诚不忍细写其状也。词中如女郎出室、母亲悲啼一节，轻轻点过，不惟省却笔墨，且回作一色吉祥文字，亦避丑之法也。又有安顿法，如女子之爹妈、哥嫂与夫婿、梅香、媒人，皆宾也。爹妈只于埋怨时用之，办嫁妆时用之；媒人则于定亲时用之；嫂子、梅香则于行聘、归宁时时点缀用之；至于哥哥，则于陪新郎时一用而已。其详略疏密，一一有法，非同浪设。问：新郎在何时用？曰：此主也，彼非所谓不可须臾离者也。

此词有正笔，有反笔，有偷笔，有补笔，有暗渡笔，有欲擒故纵笔，有似断实连笔，有轻逗笔，有极冷笔，有略点笔，有大落笔，有对照笔，有及形笔，有浓脚笔即藏针，真乃无法不具。

有怪此词剥尽女儿面皮者，此弗思之甚也。天下上样事只见人说，不见人做。天下极下等事，人都肯做，坚不许说。伊虽不说，谁其不知？肯做肯说之人，还是天真烂漫。况女儿须嫁，夫妻之间人之大欲，纵复急于结缡，亦自无伤风化，非终不可告人者也。请问词中情事，那个女子能尽摆脱？第不许人说耳。女不许说，而忽一男子代吐其肝膈，正如犀炬一燃，水怪必现。正恐天下红妆心爱此郎君解事，亦恨其饶舌伤人，将有群起而以香唾唾何郎之面，可奈何？我知阿蒙善学古人，必能令其自干也，一笑，一笑。

《牡丹亭》传奇出，娄江俞二娘读之，伤心而没。在读者为情痴，在作者为慧业文人，未必能生天耳。

时康熙岁次乙亥清明中浣，般阳高念东署题于栖云阁。

禁籴说跋语[①]

此真酌时济世之文，韩柳何足复言哉！而纵笔所如，无坚不破，则又文人之乐事也。闲窗读之，斗酒顿尽。紫霞道人题。

泺函题词[②]

奕绳年丈抽于鳞篚扇者已廿年所，典册高文，众推燕许有韵之文，其一斑耳。

① 见唐梦赉：《志壑堂集·志壑堂文后集》卷之下，《四库全书存目丛书》本。

② 见叶承宗：《泺函》，清顺治十七年刻本。

然而排颜轹谢，已足领袖群英矣。奕绳高情霞举，雅不欲以簿书民社点冰雪胸中，疏请改秩不获。命客有代为虑者，曰一行作吏，案牍攒眉，老吏抱尺一纸鱼贯而前，顿令文通梦里歌毫秃。如苾蒭敲朴，蜩螗自足，成清商一部以鼓吹诗肠，难矣难矣。

吾意，奕绳之以政废诗也。不然，岂其以诗废政，左曹刘而右龚黄乎？予曰：唯唯，否否。画戟清香，韦苏州胜情。伊迩香山，玉局妙墨，遍西子湖头，都从六条三刺之间□；为艺林琰琬，不必待凤池纶阁后，乃诧九天珠玉也。譬之山水，栖怀者鸣琴通其佳赏，画壁侈于冥游；岂玄香纳须弥之胎，峄桐含星宿之位乎？盖夙契永怀，无适不遇故耳。且岂惟无废政是虞也？夫温柔敦厚者诗之质，而其用则贵于博达而经务，起予知来之诏。尼山风雅，夫宁粉题为妍，妙解连环，周通五际，孙游而风成，所云剬钟之断非欤？

奕绳良□裘躬，既有其质矣，而经术湛深，庶几达艺。吾知江汉南服，裒然称大雅之才，而以诗治最者必首屈指无疑矣。《甘棠》云，邈姑不具论，闵劳颂德，弘翼貉丘，禁火跂于来軿，统鼓依于去鹢。知必与《于芀》之工，清歌竞节舂陵之什，仁响分毫矣。他日采风荐庙，当有珥笔而纪其盛者。丁亥孟春，淄水年眷弟东蒙逸叟高珩撰。

痴说题词[1]

讷庵老人以《痴说》示余，以余之痴倍于君故也。□□□□□□□人有言，痴人自相惜，古今将无同欤？余因更有“痴说”于此。

夫痴固与智为矛盾，而与愚谓埙篪者也。五德四德三德，皆不能遗智亦明矣。而乃孑孑然以痴自命，无乃清狂不慧欤？既复粲然而笑曰：是未可以一言尽也。夫仁义礼信勇，非智不行固矣。然而笃于仁智而守死善道，济世淑人而或忘其身者，则聪明智巧自命为英雄者之所不屑为不能为，而必以痴为归也无疑矣。故古今之铮铮人表，以忠孝节义见，□□必其不达时变，而又不安于不达时变无悔者也。以慷慨利济及人□□□□不解杨氏为我之学而自慧眼深心，竟是前人所未发，乃作而叹曰：美矣备矣！因以转思余耳目之所及，凡比来亡身倾家辍如承蜩之人，未有非自命为雄才奇略，大智大勇，远笼一世，独立千秋者也。若语之以圣人之三畏则彼智勇所及，揶揄固不已矣。曰天何言哉，苍苍梦梦亦已久矣，谆谆然命之乎？王法虽曰凛然，止以悚庸人可耳，是亦安能加之我乎？圣人之言，固蠹鱼故纸耳，此老生常谈不足道也。余敢总题之曰下愚，非轻之

① 见毕际竑：《痴语》，清抄本。《痴语》又名《痴说》。

也，盖悯之也。彼自矜过当，偏以大火聚为八尺匡床，而偃仰自得，又如见游鱼而灭顶者比比矣。而复帖然揭厉，或劝之曰：公无渡河，不见某人入鱼腹乎？则笑曰：彼技未精，我固胜之百倍矣。乃无何而灭顶犹夫人也，将谓□懑乎？□□盖虽其受之不乐，必其自命为豪杰，安之不惊，必自力于圣。

讷庵老人，余儿女好，而复以德谊相砥砺者也。少而中丞公见背，外侮之角距方雄，虽贲育辟易矣。老人毅然谈笑应之，不为慑，卒不能有所加焉。虽天祐吉人，而力距虎狼，旁滋河润，洋洋风烈，二东人咸推为义烈豪侠之士矣。迨余有三楚之行，同舟半载，方知为忠心质行，圣贤之徒也，固已心折其天分之高矣。及去岁以此编示余，余乃茫然自失曰：此真心学问之人，可以入诚正之室，可以垂孙曾之范，而木铎海内者。向者余徒蠡测，何其无具眼也！因更取此编循循卒业焉，方知其宛转精详，自是文坛骁将，将以欧苏之笔阐程朱之宗。循之可以应世，广之可以济世，进而求之可以度□。勉于博施济众，劳绩而不惮者也。是何若攫取公卿，哑聋顽钝，显荣奕世，令千载而下皆羡为聪明才智，可尸祝于圣人之间者之为愉快也乎？吾知天下之人，口訾之而心羡之，十常八九也又明矣。小慧固不足言，小痴亦不足道。古今之大痴，原不多人。彼辙环七十二国之间者，曾令滔滔者波澜一回否？徒令晨门、荷蒉、沮溺诸贤齿冷云尔。则东家某，固万载痴人，师表俎豆，所首崇矣。不止济世之圣人然也，即以出世言之，雪山王子，唾弃金轮麻菽，历年几若枯木，谓非西竺之尤痴者不可也。是知痴者福之机，慧之橐籥。痴于忠者，圣王之所欲得以为臣；痴于孝者，贤父之所欲得以为子；痴于道德者，大圣人之所欲得以为弟子者也。□□□□□子万事了然，而一身之生死，茫然不解，此正盆成括门下士耳。吾故以为此愚人无疑。岂非矜为慧者固大痴，而安于痴者，慧固不可量乎？然则士君子之淑身与训后也，固不在乎才气之骏发，而在乎德器之宽宏。虽贵乎天分之恢恢，而究贵乎日就月将，深心力学之缉熙乎。

吾于此编尤得文坛二则焉：一曰尽变，一曰得宗。其尽者何也？字字珠玉也。引伸汪洋，缘境得妙，如五花陈图，如六十四卦，如江淮河汉，各极其胜，而归于朝宗。则曰拙曰耐曰和曰谦曰溷曰宽者等是也，皆痴之异名而同归者也。其得宗者何也？百宝母也。一语之中，琼玖森然，群玉之峰，奔赴虎仆，如发明德怨读书人孝弟者是也。是二者交尽于此，道亦尽于此矣。然则今之英雄所大笑以为痴者，上之可以通神明之德，次之可以类万物之情，固无疑乎。回也不愚而如愚，此所以为复圣；智可及也而愚不可及，此武子所以为武子。而圣人深责之者固有说，此即谓之“痴说”亦无不可。老人著说，盖将以“痴说”为箕裘乎？毕万之后必大，信矣哉！吾不徵诸卜偃之言，而券诸讷庵之书也。康熙二十四年四月二十日，年家眷弟七十四岁老痴高珩手题。

痴说跋①

忆予曾祖赠公垂训曰：后世子孙，有能不打一人一掌、骂人一语者，真吾好子孙也。每念此虽数言耳，后人果能守而行之，不殊天球河图矣。此编则尤义蕴宏深，亦复情辞详密。壳上之加圈者十五六则，似当入之县志中，与青州冀公之作，垂之千古可也。乃知学问不倦，韩柳何不可至！德行不倦，袁颜何不可至！吾愿痴公子孙，亦视为天球河图，而宝持之，而丹雘之也。百世之昌，不卜而知之矣。珩再跋。

怀古词评②

高念东先生曰：吾读诸词，想见实庵搦管时，必连浮大白，踏足起舞，高唱梁伯龙“问天涯何事，恰才归”曲数过。然后用叶法善摄魂碑法，令荆卿舞剑、渐离击筑、红线捧砚、隐娘濡笔；阮步兵太息之声、庾子山涕洟之赋，一时并集，乃克有此耳。转而思之，存亡崇替，此是人间常事，断不可免者。其不实则乾达婆城，不久则邯郸道枕耳。诸公泉下回首，或能莞尔发愿，一出头来，必了因缘大事，另作生活，方是英灵男子。如尚悲思不已，生既狰狞，死复沉滞，再来依然故吾耳。万劫黑海，尚有分在，可忧也。仆学空门，而亦为之怦怦心动。方知俗心难尽，习气难空，如此大须忏悔祓除，庶几不复堕情想浊劫乎！

叶承宗奕绳《泺函》评语③

挽王百斯三烈（卷一）

高念东曰：可泣鬼神，大类少陵夔府诸什。

金线泉二首（卷一）

高念东曰：倩月二语（倩月留松影，披襟受竹烟）幻缈清逸，故当压卷。

明湖竹枝词八阕之三（卷三）

高念东曰：借物寓意，竹枝本色。

---

① 见毕际竑：《痴说》，清抄本。

② 见曹贞吉：《珂雪词·珂雪词评》，清康熙刻本。

③ 见叶承宗：《泺函》，郑振铎藏本。按，此《泺函》与前面《泺函题词》所出的《泺函》为同一本书，但版本不同。

栖云阁文集外·文 说 戒第五[①]

救荒文

余经荒岁之苦多矣。故每遇饥寒者而恻然；而四壁萧然，无以济众也。见民风之日恶，亦为愀然；而百行未修，无以移俗也。而蒙瞽思视，实有饕心；黔娄分甘，亦资捧腹。故予往岁轺车远游，捆载累累。人或意陆贾之装，而不知皆医书及救荒之书，用以备不时之需者也。

戊申入楚，闻吴越方饥，归途载米二百余石，即立刻“救荒之策”可行者数纸并以赠中丞韩公。每思之，作数日喜。后又得陈几亭先生“救荒书”，颇详备，以叶学亭先生“筹时”诸刻皆佳，因之详定。今先生谢世，不可复问矣。每思之，又作数日邑邑也。自是而每思搜古今救荒之书，而并集济世之人而商榷之。盖往事得失，非书无可考；而虽有其书，非仁智之士不能折衷而得其宜。何者？古人之效，皆可立致诸今，而又非可漫行于今，故当思可商者略有数端。如庄山之不可食也，何以救无馇卖子者？九府之法何以裕民？敬仲之策何以裕国？不加于田亩，尧舜之所难能也，何以致此九年之水旱不复为灾矣。今百姓，旦夕尚苦无食，何以储历岁常平和籴社仓、义仓良法美意也？然欲敛之民则重困民，是欲求明日之饱而今日夺之食也。欲出之公家，则方苦当年之税屡催尚不能完，而重困之以他年之计乎？故以言乎法，法不可拘也。钱流地上，金与土同，古人非妄言，岂阜财固有才乎？

带下老人之医各国易业，或以地乎；灵台浑天之学，至郭守敬而始秘，或以时乎。融铁聚敛，诚为蠹贼；介甫执拗，乃至害民。至于刘晏、赵有裨大计，洪阳孔廑，并是奇才。温公识之，不亦固于为诗乎？夫桑孔，何可易得？但须有利于民而兼以利国，即周孔之道耳。而予不佞尚有姑妄言之，以备一吷者。以救荒而不费公储，方是可行之策，则出粟而拜官已行矣。或免罪，或免差徭，此所当酌者也。谕大家，各赈其佃户，为印券，迨岁熟而官为追之，如大粮然，此所当酌者也。大吏以官银籴于丰收之处，运归发粜，此所当酌者也。而尤有本计焉，夫丰年上瑞，非人所能以折简致也。然而天地之变，惟帝王之治可以回之，故非恭俭爱民而知农夫之艰难不可。而又非止一人恭俭爱民知农夫之艰

① 本集均见于《栖云阁文》之《栖云阁文集》，清抄本。

难，遂可仰召天和也。盖米盐之琐计，即饱暖之良图；老生之常谈，即经国之石画。则易田薄敛，食时用礼是也。庶几九年之蓄，可几乎进之而实行教化。力正人心，民淳俗厚，上天降祥，此万化之懿原，三登之本计乎？

夫垂世之书多矣，必以《通鉴》《性理》为极则。倘救荒之书得集大成，自当后来者居上。何者？凡考得失，博而寡要，深究元奥，高而鲜功。若夫一壶随浪，胜于万斛艨艟；一匕返魂，胜于万金良药。盖拯溺救焚之道，与考古而研几者缓急径庭故也。故救急者，免一人饿俘亦佳，远则宣子翳桑之报德，近则文敏冯之入梦是也。为德以诚，且可以感天心矣。感人者，或一夫改行亦佳，陈太丘、王彦方是也。格心以德，且可以训后世矣。君子虽不役心，于福于名，而实足以自乐。则子瞻空觞，而与沉醉者同趣是也。

余不揣，亦素以教化为心，向已于周元亮先生序中言之。亦曾辑六谕诸家为一编，而同邑孝廉鳌山卫广文先生袁君新加删定，时为其族人讲之，亦一佳事也，附识于此。盖救时不可拘故常，故圣人之训，欲足国当先富民，今欲救民，正当先富国耳。既富而后，可教者，逸居之人也。既教而后，可富者，感鉴观之天也，济世之大人先生幸赐教焉。

畏天说

人有行事悍然者，不论理之可否，而但曰：我意欲如此。大过也，或有人以理止之，辄又愤然曰：奈何逆我意也？而加之怒焉，则过尤大矣。此但知有我意，而不知尚有上帝神明之意；但知我欲行我意，而不知上帝神明之意，尤欲必行而莫能抗也。论语曰“毋我”，大学曰“诚意”，其对症切药哉！

然“毋我”，必先克己，才知当克而我之垒即不坚矣。而“诚意”又必先“致知”，盖世有既知所行之非，而遂之讳之、文之护之者，亦有心中实实自误以为是者。若能设身揣情，究终穷弊，知之障一启，而我之垒将不攻立破矣。

然而，总以“敬”字为入门。如市井撒泼之人，悍不可制矣；酗酒号呶之夫，昏不可开矣。一到严明官府之前，而悍者忽然自失，迷者忽然自醒，有所畏焉故也。故吾家自曾祖以来，以“畏天”为家学真传。恐古来圣贤，正复相同耳。

义利说五则①

盖古今之异宜也久矣。古之仕者，禄厚而未有居其上而虐取之者。今皆异是，

① 按，“五则”指此处的以下三则以及《仁孝题赠邓元昭》《平心录跋语》，后两则前文已有。

则为商贾以自食其利者。是固大君子之所为也，若更能不营利则圣人矣，若不察其所处之时而但以不与小民争锥刀之利为贤。夫昔之盗跖、今之响马皆不屑与小民争商贾之利者也，或亦可以为大贤乎？泛言思义以止好利，非今时对症之药也。盖义者，宜也。今人未见利已思取，才见利即取耳。谓一思便非宜矣，盖以必取为宜为义也。以取为义，自幼而即知之，自父母师保之教而益明，必至做官而乃大畅。宜多要火耗，宜峻法苛敛，方为不负幼学耳。

夫为君子言，愧则利之。对曰：义为小人言，惧则利之。对曰：害，年来县令有甫到任即取库银数千，向家中商贾者矣。或曰：官久可富也。此犹知有利害者也。而又有惢不畏死但以现前充囊为乐，而日后身家了不计者，是则无如之何也。惟听自爱者见之，而有动于中耳。

世人又似淡然于利，而其品更不可言者。曾一大老甚诋仕人而商贾与民争利为非者，予曰：此古人之语也，乃妄以不肖之心度之。或者彼诋人而身则私为之，与及察之则毫末未有焉。予更服曰：此真古人之德也。但细观其所享用，不能无疑焉，盖其宫室、妻妾、梨园之盛，有若王侯者然，乃大疑焉。夫彼上之不能点化也，下之不肯为鸣镝截路之雄也。禄亦与人同，而又不为商贾也。吾疑之羡之，久而恍然大悟曰：彼盖苞苴耳，唬诈耳，把持耳，为人包揽打点耳。去与民争利者天渊矣，宜其高谈前贤之盛节而痛诋为商贾之行者断断也。

左疑说

夫动乎四体，此理之有征者也。而遂以执玉之高下瞻视之，高下定其吉凶之先后轻重不爽，此可疑也。夫手目高下，仪观之小者也，而其应也如响。彼春秋二百余年中，篡弑之人接踵，或终老其身，或数传至孙子，何以解焉？岂篡弑之过小，而手目高下之过大与？且以此律令之人或当不验，盖天下之人斁于礼也久矣。一日之间，其过无算，百人之聚，其过无算，天不胜其降罚，人岂复有平福乎？抑或人如素练，偶点则以为垢，黑漆屏风上，醉草月蚀诗，皂白不复可问乎？岂昔之人官骸皆灵，而后世皆蠢？遂祸至无征乎？此不能无疑也。

夫作恶降殃，此理之不爽者也。而乃云：厚其凶恶而降之罚，此可疑也。若以天如宋儒所云理也，理无知也，何以厚之罚之？如知上帝赫赫，当罚则罚矣，苟当可恕则宽之，以冀其改矣。若夫故纵其恶而毙之，故骄之饵之而毙之，此或力之不足则有之，或勾践于夫差则可耳。君之于臣，父之于子，仁人之于物，断不出此，而况赫赫上帝乎？此不能无疑也。

世人名论，动以水旱儆人主，此可疑也。夫人主之当儆者，以其不德虐民故也。今不能使殃及其身与其子孙，而乃为水旱。夫水旱之灾必致冻馁，不知人主先受之乎？百姓先受之乎？是助桀为虐，又为虐主分谤也。是民之不幸，既死于虐君而又以天欲儆虐君之故，重得二死也，有是理否？如此警戒，返令虐主发笑矣，果有益于民否？此不能无疑也。

居乡戒

公祖父母，寔为政缙绅，挪可分权卿、士大夫。既居乡分义，惟宜寡过。况素不萦心利窦，又何宜取厌当途，此其不可者一也。

人之恩仇，各有缘由，我之见闻，未必的确，原不能管其终始。甚且或受彼蒙欺义，不妨于为人。至代人受怨，非理也。仁首重乎成己，竟舍己从物，何舛乎？况从来讼狱必系两家，苟少有低昂，遂招一恨，此其不可者二也。

至尤为不可者，本朝功令极严格，官事关说有罪，向来邸报已载覆辙。故白冤排难，仁人之心而远怨，怀刑则君子所重，念此不更凛凛乎？雪但扫于门前，他霜莫问。人乃从之，井底已溺，何堪窃用？铭心断不宜为冯妇，幸无启口，永自附于金人，亲知高明，当能恕谅。

栖云阁文集外·传记第六

钟学台传[①]

余癸未举于南宫，幸随先生之后。无何鼎革，先生驾返燕山，而余亦南归矣。迨予捧檄春明，先生视草含香之署，时时步屧过从。荆高把袂，乃复无何而先生又以文衡莅二东矣。齐鲁幸得经师，复幸得人师，一时讲席，国士彬彬错起。不止以制义庆逢年，而得歌古文词，上摩唐宋之垒者至今焜煌海内，皆扶风门下弟子也。报最之后，复周回方岳，迢递南服，楚蜀天末皆有车辙马迹焉，所至辄以贤能著绩。久之，致政而还历下。贫不能归故国，寄数椽于泺水、华椒间，遂为寓公没世矣。

夫世之周历方岳者，位既高矣，金亦多矣。即世所谓豪杰，亦或鸣豫沾沾，不免自喻适志，吾见其比比矣。乃先生贵而能贫，宦久而家徒四壁如此，令前贤九原而可作也，不知当伯仲何人，千秋而下，故当不乏月旦耳。虽然，贵而能贫，人以为异矣，而于先生则又无足异者。盖先生之不能作家，先生之立身为之也。先生冰心鹤骨，热不因人，亭亭独立，若百尺孤松、千岩积雪，皭然尘氛之外，囊中羞涩，固其宜矣。不然者，旨酒一盛，褐父之睆之也有同情矣。况衡文一席，其为郿坞，亦已久矣，而竟以阮宣之囊寄伯通之庑，一至此乎！且埏埴所及，门下诸弟贤，不止以风雅之业牛耳词坛也。如中州汤太史，盖已踵武阳明、龙溪诸先生矣。夫先生虽贫乎，以原、颜之室接洙泗之宗，邹鲁猗顿，孰大于是！

予不佞，齐鲁之人也，故深知其有造于齐鲁者如此。若夫宦辙所至，煜煜口碑，此自他日载笔兰台之事耳，不待予言也。独昔予自同籍以来，小草辇下，与休沐里门，往往与先生相左。独先生侨寓历下时，偶于金线泉头，杯酒舒啸，为不负兰滋宿契，耿耿寤寐，顿有此耳。今春，停车省会，始得晤次君圣舆，玉树风前，为之伸眉一笑，而山阳一赋，俯仰喟然。昔者，吾友求范、张之永夕，陶陶不可复追矣。灯下得读新诗，乃复辴然，知绍庭而扬前烈，旦夕可期也。而所刻《洗心》一纸，字字金石，则予尤服膺不能已已。夫君子之学，莫切于寡过，而圣人之过寡，以学《易》为宗，用《易》以洗心为密，则寡过之针砭

① 见《栖云阁文》之《栖云阁文集》，清抄本。以下《来鹤记》至《雪中奇遇》同。

而《易》学之仪矩，此刻数语已备，先生家学渊源，不问可知矣。吾所厚望于圣舆者，区区文学政事已哉？

孙孝廉象明先生传[①]

予每读太史公《伯夷列传》而黯然者久之。夫荣怀坎壈，虽达人所不介介，而慆德鸣豫，媠节骚忧，呵壁无酬，大均为梦，涕洟染翰，勃然五岳填胸矣。兹手太常公所草“象明先生家乘”，光亨已跻，凄偾缠绵，犹之龙门之意也。然而太常以绾绶丁年，益笃皋鱼之慕，故虽翔步皇牏，显扬已备，言之尤有余痛，盖其孝也。第罪人斯得，宠纶洊至，则既定之天迪吉而贞胜，史公之致疑者亦可辍笔起矣。予既卒业，黯然以悲，旋释然以怿，不能不托之副墨也。

先生姓孙，讳振图，字龙友，鲁之平阴人，以慕父侍御公湛明，故号象明。少颖伟迈常童，侍御公义方有素，日以大儒名臣之学望之。故先生趋庭受业，制艺之外，博综古今，兼撷舒浣之长，而尤以圣贤为归。辑先贤语录而手订之，衷为椝矱焉。

天性至孝，笃于承欢。侍御公之谢世也，苫块之间，几于灭性，三年语，不见齿，论者方之二连云。事母郑夫人雍雍肃肃，诸务必先请诺而后行。即与亲识居常过从，距门数武，必出告反面惟谨。母夫人或病，先生侍汤药，未尝息外室。病大渐，扁卢缩手矣，先生焫香，为文祷于天，愿减算十年益之母夫人，乃霍然起，盖又三年而始殁也。祥琴在御，废业，泫然曰：向者发箧简练，期一当有司以奉高堂色笑耳。兹无为□檄喜矣，仍揖揖博士弟子业何为耶？会邑令李君润民、学使者梅君之焕奇先生，服阕补试卷，徽赏不置，乃复操觚云。时平邑二十年来无一荐鹗书者，而甲第则历代不复能绍前绪。咸信青乌氏之言，谓地灵有所靳，先生不以足沮也。且念文风由于士气，不有砥柱，孰返波靡？乃辟萧斋，立匡社，以树之鹄，集邑中群彦而镞励焉。韦弦兰茝，彬彬秩秩，赫然张楚矣。久之，先生乃荐于乡，是为庚午；又一纪而壬午，太常君继之。凤毛济美，三世蝉联，实为平邑优昙华。而计部掖垣张公先于辛未成进士，张公赤城、宣达诸君子继先生而联翩以起。今少宰大司空嵩若朱公及彰德司理赵君紫垣，皆曩时笔砚同人，肩背相望也。先生甲戌南宫已售矣，后移之副车，主者比之“李广不侯”，盖甚惜之，而无如数奇何也。

甲申之变南渡，寓遂昌山中，执经问学者，屦常满户外，若包生蒙吉、李生日滋等著弟子籍者，殆将百人。比归省坟墓，卜菟裘于陶山，日手一编自适，

---

① 见顺治《平阴县志》卷八，清康熙十三年刻本。

无何而变起矣。时邑令王国柱，贪暴狂易非常，而故明季不肖赀郎某者凶狠冠一邑。往以辛巳年间曾为巨寇，划策就抚，阴借之以为利，往来诡秘，行且贻患。复隍先生与掖垣张公，密发其事，邑以获全。某惧，且衔恨入骨矣。迨国柱至，某啗以利，继即入为幕宾，籍校素封，将竭泽而渔焉。会先生长君，与人以小故讼，某媒之羁絷，久乃获释。长君将控之抚军，令惧甚，某乃造膝曰：是无足忧，且奇货可居也。今山寇方张，去彼别业甚迩，以主名报之当事，覆其宗有余矣，且其累累者将焉往？令颔之，遂行其计。旋以数百人猝至，大掠归。先生诣当事者辨不屈，无如梗杨已入，挫辱备至，数日，以愤懑卒，伤哉！太常公拟入都控疏，行次德水，几堕逻卒手中，乃脱身匿他所。而国柱益横，旋于是月计杀掖垣张公，私磔庠生，炮格平民。给谏魏公环溪劾之，下督按臣逮问得实，乃同某等首恶七人弃市，神人之愤，获一泄云。

先生仁孝性成，自宗族及井里无不被德者。生无胞兄弟，仅两女兄，乃前母牛恭人所出，先生事之如严兄，老而愈笃。庚辰、辛巳，岁大祲，裒族人食贫者六十人，月给一金，凡四月许始罢。复遣使赍钱米遗诸生郭可学、许维新等四十余人，又出粟五百石输官赈一邑。先是，乙卯之饥，以母命输粟百石，即又煮粥哺无告者，持斧之使旌之曰“一门孝义”。而是举也，所施益博矣。东平郑太学日升先生，母犹子也，悯其失业，授田三顷，赡其终身。赵恭人犹子日采，时方成童，势宦欲吞其宅，借端搆之邑令，先生倡言斥之而事解，卒卵翼以玉于成，今为中州考城令。总理万承恩之负其阖户租也，代付百金以释之。悯库吏许承宗之冒坐匿库中金，将致重辟，为立白长吏而免之。后两家客长跪搏颡，或致赀币，先生挥手却去之，无德色也。悯孟别驾之殁也，还其二百金之地券，遗孤获世业焉。侍御公尝捐宅为义塾，署曰“兴文馆”，先生继之，葺宇择师，四十年如一日也。又侍御公欲捐学田，未成，先生恒念之，且曰：荦确石田，安能糊寒士口也？乃择负郭田一顷有奇为之，其能广先人之德意如此。

先生幼负异才，故相国縠峰于先生一见奇之，期以大受。而侍御公一代伟人，早魁南宫，分符浙邑，举卓异第一，为名御史，侃侃言天下事，忤时相而出。参藩山右，力抗税使，实沉以安，岿然系海内重望。故其式縠之诲，期乎先生者甚大，则惕之愈危，而先生用能承志淑躬，力绍先哲。其教太常君兄弟也以朴以厚，引古证今，兢兢以名行为先。即宗族中最疏远及困约不振者，命以加敬如严宾。太常君乡荐时，勉之曰：向吾得隽时，汝大父母不及见也。今汝可云孝矣。然当益思造物福善之意，勿自恃自弃哉！世谓祖父培植之泽至子孙贵显则渐薄，不知利济之事乘时益溥，则得天益厚，燕翼之无疆也，岂其有限之者乎？旨哉斯言！千载贻谟龟鉴矣。故太常公孜孜敦德业，方张□望门之日，犹雪涕发箧，比于薪胆而志竟用酬。迨立朝则白简风生，言人所不敢言、不能言者，允云绳武矣，而亦以补先生所未足也。夫使天假先生以荣□其为名臣无疑。即不然，而假先生以年，睹膝下谔谔于朝上，绳祖武也，其为愉快，岂仅与科名弈世同哉？先生虽目未睹，然而古今旦暮幽显，故无间然，犹之日睹也。未且将世世为天下骨鲠之臣，此岂青乌氏地灵之说所能限之者？人英卓越，足范来修，其祀于学宫，苾芬千世也，不亦宜乎！先生享年六十有八，子二人：长敬祀，邑学生；次光祀，即太常君也，登乙未科进士，擢选庶吉士，改官给谏，以覃恩赠先生文林郎礼科左给事中加一级。或谓先生义形于色，日亲真人君子而疏于防小人。仁心为质，其为德于乡也则详，而谋殊略略，德之所及，故人颂祝不衰，而自□□疏，蜂虿乘之，竟复危机，亦可戒也。太丘彦方□□□然乎？谓否否。夫太丘道广，以全善类可也。其□□□家而坐视邑为沼乎？必不然矣。且二公幸□□□欲耳浸□□□□□□□□□□□□□□。夫盗贼之名，平人以为诟厉矣。然有□□□□□□知世间有善恶事。故修士之里每戒左足□暴客哉！而时有人心故也。若夫衣冠而滥鬼蜮铜墨□□豺狼此辈人理已尽。虽周孔匡坐而提其耳，不履虎尾者几希矣。且也吉凶之來，风雨无乡，上下古今，殆非择地而蹈所能主者。韦处士以致恭而凶，秦牛缺以不戚而祸，夫翼翼岂弋凶之矢；而坦世宁掇祸之罗哉？数之偶逢，圣人不能为计故也。太常君追维宿创，涕泗汍澜，至以不得下比于苏不韦、缑氏女，为恨然而手剑甘心，委身司败，此诚义夫烈媛哉！然亦计无复之耳。孰与夫暴穷奇之状，拟与禹鼎王铁，烈烈肆诸市朝，俾先人之债偕通国之愤一舒，且令爰书所传，四海额手，咸服□□□□□□□□□□□□□□子之剪巨憝而恤民瘼，风一警百，并使天下恶吏□□，人人若刃在其颈者之为尤大乎，斯可为人子□□而且□天宠龙章，焜煌堂斧。其来也方将而未□□□□□竟何如哉！竟何如哉！□□□□□□□征九原而可作也，龙门殆无遗憾矣。不佞先大父中丞公与参藩公为同籍友，而从弟璥复同太常公举于乡，故不佞癸未之役得以通家子拜先生于燕邸。典型在望，目击而识为当代君宗矣。迫过之不淑，每厪铜鞮伯华之恸，兹获与太常君比肩禁近，追序宿谊，又未尝不时时以无忝先人交相励也。载笔崖略，聊志向往，虽言之不文，或于林宗无愧云尔。

来鹤记

予仲春过敬哉年丈斋头，敬哉方揖予坐，予曰：未暇也。急出而翱翔庭除间，曲栏危砌，竹树萧然，意思开爽，如在幽人涧壑中，京洛尘土顿尽矣。时方撤垣广圃，予因赠以诗云：买地骤宽花世界，送春特破酒工夫。又云：杖藜频访笙鹤语，才到君家病已无。迨再过之，则前之缭垣既已加垩，而阳春聿暮，丁香之蓓蕾者，既霏微如雪矣。忽睹缟衣墨裳者，戛然于侧。予惊曰：此客亹亹，何来逼人？敬哉笑曰：畴昔之晨，重门载启，而惠然来宾者，青田君至也。予忆前语，辴然而笑曰：昔遇浮丘伯，予言岂妄哉？青田君至，择主一何明也！

夫以云霄寥廓之姿，误以懿公一盼睐，遂沉沦仕途，为士大夫分负乘之谤。而后世文人掺笔批根，至以亡国之罪坐之，谓与三百乘轩之士等，青田君在昔又何不孝耶？夫三百之士，皆有欲于轩者也。至轩之得失荣辱，于青田君何有哉！且懿公亡国之事，固多端矣。令其政明刑简，士附民和，虽百乘轩，何损于治？依依灵囿，且将与西伯分圣瑞焉，乃卒以不德而社稷丘墟。亡国一案，反得此风流罪过解，懿公虽失国哉，亦可粲然自笑，抗颜于炮烙、焚坑诸君之上矣。青田君何负于卫，卫直为青田君累耳。独是率尔依人，不可不慎。羽毛微细，偶与不令之主作缘，亦为千古诟厉，则青田君于此或应自悔可耳。今之翩然来集，得依贤主人庑下。唳风警露，顾影翛然，庄惠濠梁，舌本木强，但以予来游之适推之，而知青田君之甚乐也。

古来名胜之迹，夫亦何定之与？有当其兴会相属，风流斯在，斋头数武区耳。乃若白雪初零，绿萼乍吐，人如和靖，地即孤山。又或爽飚忽起，素月徐升，人则子瞻，地遂赤壁。迨夫沧海生尘，城郭如故，归来累累，便似千秋，何殊令威华表之怀。究之浮生，如幻仙骨，谁知鹅馆瑶笙。泠泠天末，仍同子晋缑山之胜。而主人于此，亦自兴复不浅。三雅既罢，五弦欲稀，绕砌凭轩，莞尔玄对，当如武皇读长卿赋罢，有凌云气而游天地之间意，鹤之酬于主人者不既多乎？夫择地依人，相得不偶，虽为耳目近玩，何损云霄之姿？支公之论，故在皮肤间，此曼卿之所窃笑者，又无足为青田君知己也。或曰：九皋之鸣闻于天，在阴之和及其子，灼然是青箱瑞应。则得气之先，予又为吾友喜也。

游记

方丈三韩外，昆仑万国西，则飞行沙界，犹咫尺也。然而吾辈凡夫也，云軿鹤驾，未易丐诸重霄，则剩水残山、一丘一壑，亦可以援琴对酒，竟夕流连，庶几胜地遨游可耳。彼桃源一境，非有宿期，正缘渔父多情，遂为桃花所诱，崎岖不惮，洞府为开，黄道真遂有千古矣。则偶尔乘兴者，是处山水皆占为汤沐邑也明甚，此予乙丑秋仲长峪之游所由述而识之也。余揆初之辰为廿九日，予恐宾客之辱临，兼子侄之仆仆拜阶前也，将远出避之。未卜所适，仇修期亲丈曰：二三子能从我游乎？予曰：未敢以鸡黍相累也。修期曰：东道主人，我饶为之。余曰：唯唯，敬诺焉。

初至窎桥庄表叔王勒石处，三杯而北，饭修期处。闻新泉涌出，乃呼马，单衣脱帽从之，而庄之东北，夕阳犹浓，乃复加冠。不里许，已至其地，盖在豆亩之中，不数步而汪汪喷薄，西去成溪矣。坐玩少时，亦呼马循流而西，每百余步，流辄下坠，飞雪惊瀑，有声振耳。曰：此殆小匡庐瀑布乎？汩汩滔滔，阳侯骀宕，西走数里，将近一村，乃入石溪而南。其宽二三尺耳，南去则数丈，仰覆高岸，下走长溪。巫巴、夹辅，疑近啼猿；白帝、黄牛，将抵玉垒。曰：此殆小三峡乎？出溪口，水乃西折奔流，荡然江海，益宽益放，两岸礁石丈许，乃同诸君登南岸，欹枕倾觞，忘其夕照。曰：此殆小荆襄乎？黄昏，再登南岸，策杖归村，灯火茅庐，近远如尽下榻。而哀弦历历，秋鸿塞笳犹绕枕畔不绝也。

二十八日，南行所历诸村，翩翩驰度，如飞鸟然。未能周历巷陌、细阅茅庐，或老树停鞭，村场索人三两处。同行人指一村曰：此高成故居也。盖五十年前，高居于此，其家以女伶数十人为业，贵游公子洞口迷香者，翩翩奔至若渴也。夫明妃村里，万壑长春，松柏西陵，同心有地。油壁青骢，骎骎可续矣。此日驱车过之，荒草寒烟中，坠珥、遗簪，不复可问。画图澌灭，环佩声宁可复闻乎？此固一遗憾事也。又指一村曰：此为王君挂锡之地也。王君，世家子，壮年袭缁衣，远参归里，予未得细叩其瓢笠奇踪、云水新得，此又一抱憾事也。晚宿修期南村，解装之后，乃东出庄而南行，大河则洪涛北下。欹枕长吟，壶觞屡进，凫鸥远近可招，为同社友矣。

二十九日，晨起，拜天地。饭后出门，循长河而南行。东西凡屡渡一水，沿岸择途，远近村墟若丝丝迎送相争。迨曜灵既西，乃望见茅屋高下错落。山腰息驾，窥门则华构新洁，阶庭清旷，偃息怡然矣。而骤雨忽来，游兴顿沮。已而雨晴，兴复勃勃也。乃出而顿陟山巅，下望渺然，浩浩长流南去，疑通吴楚。北行直入沧溟，一望潆洄，乍曲乍溜，群山高下拱者、背者、竞者、伏者、揖者、蹲者、近而相倚者、远而相望者，暮色苍然，山风剪剪，遂归宿焉。

九月初一日，出门南行里许，至西冶头庄，穿庄而西，自此俱西北赴归途矣。至一庄南，予骑在众人百余步前，误走入人家巷陌，穷途阮籍，大笑。复南，乃至白衣庙前，诸君已息驾矣。乃分地偃仰氍毹上，见庙旁酒肆，时有游人往来，然未闻酣呼歌板声，山中黄公之炉，故应寂寞如此。起而再行，入淄川界。孙氏甥觞客于北堂，堂北开户，小楼矗矗危立焉。似五十年前故人把袂矣，盖此地旧为先祖中丞公别业，余少时屡以襆被宿焉，今已屡易主人矣。而柴车重到，华表无殊也。此地去城不三十里，而已入山中。地已肥饶，宜稼穑，独取水须涉数里之外，一酌清泉重于醍醐，是亦山灵之一恨也。岂诸君之卜筑此地者皆宿生江湖溪沚间人，轻亵阳侯，不加珍惜，乃有此望梅之奇罚乎？为之一笑。饭后，南入山二三里，将至峰头，则石洞豁然，久待尚禽杖履矣。趺坐无何，呼灯北入数百步而返，盖将再蜡游屐故也，此须先于村中定下榻地方可。登山即不侔令威千年华表，亦可竟日盘桓。盖此洞开朗，可容百许人，觉向来百里内诸岩壑俱夜郎王，远拜下风矣。独惜予出村时，贾勇策骑为诸君前驱，及至洞门，诸君皆续至，而修期不至。问之，乃知出庄时即北归，未及作别，不获同作洞府中人耳。出洞，下山数里，乃抵孙甥舍，一望叔娣，年已八旬，数语而别。望城疾驱，凡家城外者陆续分路各归去。迨予三两人入城，梅花三弄已将呜呜断续出鹿谯矣。

是游也，日则四朝，程将二百七。弟已代予草《长峪道游记》，历历祥明。目忆予意指所寄，未可忘者，再缀数语，亦曲终奏雅之意，庶几蒙庄之所谓逍遥游者乎。夫游之道亦多端矣，而以山水为归，以乐为绩。而山水之乐固万物所同也，而圣人珍重选择，归之仁智，此岂氓之嗤嗤与沉冥利达之人所可滥竽者乎？且也心以境易，亦复境逐心生。心之神固妙万物而为言者，周流六虚，瞬息万古不可以时地拘也。于是乎星宿之海，可使西流，于是乎蜀道之水可使南下，于是乎潇湘辰沅之沙溆可徙之营丘，于是乎天柱芙蓉之危峰可置乎长峪。送滔滔之长流，东奔海峤，即谓之已抵三韩可也。历翘翘之群巘，西指山城，即谓之已登樊圃可也。彼古人胜事遨游，千秋可数者，乐游原上，青莲子极目清秋；曲江池头，杜陵翁点衣迟日。草堂三宿，白莲池畔枕藜香；断岸独登，赤壁矶头鹤入梦。千秋而下，谈之津津。而吾辈此行，登临入画，追逐翩翩，即谓太白、子美握手行吟，和仲偕香山并辔舒啸可也。拟将以寸素绘之，异日或一披阅，便如栩栩梦里，亦复历历眼前。夏口村中宛取次律书之萧斋壁上，当不减步兵之啸云耳。

雪中奇遇

雪虐风铦，狐裘立透，人遂缩蝟，鸟欲僵巢。假令我辈浪迹云水之间，寄身瓢笠之下，未有不心驰暖阁，胆破冰天者也。绅裔骨脆，学道为难，蓬头之言，非欺新建明矣。憨山大士掉臂软暖之乡，致命冰霜之地，真器之铁弹哉！其能超出三界宜也。因念子卿海上，不减清凉，不以证大菩提而仅作典属国，明珠弹鹊，不亦可惜乎？

或问雪天之乐何如？曰：积阴昏眊，淅沥声来，童子报六出初飞，岭下南枝欲放矣。适有馈佳醸，侑以异蔬，而好友两三见过，此居家之乐也。发去尘事，风雪修途，二里之外，忽睹村落。驻鞍拂霰，酒帘摇曳，抠衣入门，而堂宇修洁，初红炉火，连进数觞，大非市廛间味。邻房隐约有妙姬丝竹声，主人曰：此呼之即至矣，此空途之乐也。而门庭之内，兴会不高，路途之间，栖止不快，若之何？曰：瑶华满地，载酒呼朋，水际山椒，望梅至止，飘飘逸兴，忽抵远郊。烟霭迷离，疑非人境。忽见梅花数百树，绵绵相引，花花未尽，楼阁隐然，方欲叩门，而主人鹤氅仙姿，怡然肃客。入门而精舍暖序，旷幽交错，水仙山茶，蹂躏庭轩，酒洌茗香，得未曾有。主人高怀快论，玄著超超，客欲告归。主人大笑曰：诸君何遽言归乎？不佞世之闲散人，一椽寓此，愿以溪山朝朝供酒食之具，欢天下快士，必千日为乐已。然后与之商救世之奇方，度世之大道，诸君既至，自是宿缘，何得遽言归乎？且诸君之欲归者，不过俗情未尽耳。或以生计不充，或以家口有恙，或以构斗相轧，均未可知。不佞货贝如山，奴隶石季奴，乞光五元宝，每恨无所用之，徒饱莓苔。扁鹊仓公三寸符，灼火魂魄，立至奔走恐后矣。平头数十人，皆聂隐娘、红线之属，专刺人间不义，篆香烟绕而头落矣。诸君恨无地驱策之耳，何家累须君归耶？是日草岂足为诸君子欢哉？吾有海内名酒，如古则汉武之兰膏、隋炀之玉薤；今则河津之桑落，皆清若雪霜、味等芝兰，纲纪分督，某日将至，君宁可不饮而归乎？吾有易牙调味，芍药之和，麟脯之馔，一脔入口，宿疢皆消，君宁可不尝而归乎？吾有家姬，妙若非仙，稚齿蝉鬟，绰约数十，笑可倾城，见疑胡帝，清歌天上、绛树云中，君可不闻而归乎？吾有犁干之术、都卢之伎，吞刀吐火、缩地移山，君可不阅而归乎？吾有名园胜圃，高岫别峰，奇树佳花，上林左次，白鹤波委，苍鹿云连，穷日携筇，曲廊不尽，君可不游而归乎？吾有平湖浩淼，纷峙潆洄，桂楫兰舟，新妆妍曲，临浦琼楼，枕洲危榭，君可不泛而归乎？诸君乃爽然自失，怡然忘归。笑彼琼台五城间人，溅泪桃花、惊心鸟叹者之为伧父也。雪中之乐无以逾于此矣。

敢问济世、度世之道若何？幸卒言之。主人曰：古人乐而不忘天下之忧，不有小则扫径启扉、分炭遗粟；大则叩阍发廪、起殣粥饿者乎？如是而雪，为天下之瑞乐，乃天下之乐矣。道人乐而先极人间之苦，不有枯坐寒岩，身无暖气，雪覆十里，畚锸乃出者乎？如是而雪，则身心皆雪，乐并苦乐俱尽矣，更何以人不负雪、雪不负人乎？

赵公生祠记[①]

古来名臣之垂烈千秋者，盖枌榆为社，丹碧留祠，丽牲摛文，乐章垂后，所以昭功德、志遗爱、垂典型、示师表者也。夫明备诏禄，义主酧功，是以有景风之典、太常之纪、斧钺弓矢之宠锡；贞珉荣怀，谊切报德，是以有须昌之碑、栾公之社，岘首安丘之俎豆。迹似殊矣。而其载渴，仪光邈杳勿替者，意则同焉。故上之而晋接有仪、麟阁有貌，下之而金石欲语、剑履如临，均此物此志无爽也。

① 见乾隆《赵城县志》卷之二十二。

予以采薪之役，杜门却扫久矣。南荣霁日，维摩一床，栩栩也。客有剥啄柴扉者，乃赵城父老，介其邑令吕侯之尺一而请大中丞赵公生祠之记。予瞿然曰：诸君误矣！三晋名笔，予不佞安敢越国而夺贤士大夫名也？客曰：非敢率尔授简也。公今覆露三齐，羊杜之治，先生之所目睹也，然不腆敝邑盖始基之，实沈之畏垒，益可征信于东海焉。余莞尔而笑曰：善矣，客之善于致词而言有物也。予虽不敏，安敢窾启谢乎？

在昔名贤所至，便足千秋。不止尼父临河回车诸地也，即如仲宣有楼，长沙有井，此非功在民社、利泽民生也。而犹衣裾偶辍，风华奕世如此。矧于芃芃之膏雨，而宇下传颂者乎？公之赐履，玺书甫临，滇云告警，士大夫父老皇皇焉，以预征加派为忧，时进谒铃阁，率尔询焉。公愀然曰：皇上视民如伤，大司徒复称名贤者，必不至是，且岁比不登，东诸侯之国三鬴为忧者久矣。夫民，国之本也，厚下安宅，军民尤翼翼焉，本固邦宁之谊，谓何而以竭泽反裘从事为也？万一下尺檄及此，不佞当怀恤补牍，为万民请命。予亟拜手，而喜可知也。出亟告士大夫父老曰：吾东得岁矣，可无忧也。嗣是百城安堵，姑尤以西、聊摄以东，大河之北、卫水而南，提封万里，熙若春台，盖三年于兹矣。秦关楚甸，带甲传烽方未息。而不逞之徒不知朝廷万年之祚，三十年来天覆之恩，而蠢蠢思动者间有之。乃二东千里独俪华胥，非公之明赐而谁赐也？公乃于察吏安民之馀，乃简虓虎、庀组练，进距踊三百之士，而椎牛洒酒大犒之，誓以同仇同泽之义。其有不率教而丽于法者，则司马之法不少贷焉，砣然程不识之刁斗、临淮之壁垒矣。盖公之抚我二东也，仁心为质而义以辅之，粮莠必除，猰貐必翦，飞章告密、诪张其人者必惩之勿贷，孜孜以殿天子之邦为务，如田之有畔也。而尤能知所先务，以康食率典，导民息事丰庇之。此非旦夕之积，盖自山右以来，既以抗迹卓鲁矣。旋而直指使则六条以肃，旋而大京兆则三辅以安，旋而大廷尉则三刺以明。虽为齐鲁之民，食赵城之余而大惬焉，亦无不可也。

夫泰山之云，触石而出，不崇朝而润四方，此其气之所积者厚矣。而沾濡所及则嬴博奉符之地，拜赐独先。顾枯槁怒生，颖栗自喜，其孰不以为泰山之雨独私我者？而究之，溥被九嬴之远如一同焉。则嬴博奉符之沾沾以为私我者，不亦浅乎？况我皇上睠怀郅理，侧席名贤，将进魁磊博大之臣如往代韩范其人者，出视熊罴，入综枢要，以登三代之崇竑者，非公其孰足当此？则文若之畔，宥密之府，公将坐而有之，并非齐鲁之所得私也明矣。区区赵城，乃以秋菊春兰比于亢仓之社，其必为公之所不居也，又明甚矣。然而先河后海，厥有明徵；百谷朝宗，源自星宿，姑以慰赵城秋菊春兰之望，不亦古人之义与？异日者，二东之百世祀，将比于尚父平阳而无斁，则赵城之祀亦曰权舆可尔。我知赵城之人洋洋矜于齐鲁曰：公之博施，吾侪实先被之；我有田里则公经画之所余也；

我有子弟则公教诲之所濡也。公之大受自非尹铎沾沾百里者之所敢望，然而膏雨百城，敉宁四海，宁一思发轫之地而一日遗我哉？是则庙貌之不可少也，盖日日端冕而临之矣。君子谓是役也有三善焉。公之甫分符而即民和，留遗爱也；如此，赵城之人能永去思而不忘旧德也；如此，吕侯之奉典型、范驰驱而能自得师也；如此，甘棠蔽芾，藋竹弓裘，赑屃千秋之为烈，可以风矣，又岂蒲坂之光施哉？公名祥星，字松石，辽东义州人。

万斯成先生懿行记[①]

天下士大夫，皆知以六经为正业矣。而六经之要义所在，可一言而蔽之者，不可不深思其义也。夫六经以《易经》为冠，而《易经》四德又以元为冠。仲尼不曰“元者，善之长”乎？不又曰“君子体仁，足以长人”乎？而体仁者，尤兼以义为辅。盖兼之以义，而仁乃圆通无碍，且广大无疆矣。此余所以读万斯成先生《家乘纪略》而欣慕不能已也。

先生以敬摄心，以慈济物。其致敬于神明也，则力葺康成祠，再修兴福院。而先儒之俎豆有光，法王之香火不废矣。至轸恤于疾病也，则效方广布于里廛，良药远施于羸稚矣。其排难井里也，则金矢无忧于两造。而且五十年泮宫老宿，无一呈词于有司矣。至笃于亲而介于守也，则二十载迎养孀姑，而复二十金完璧归期族众矣。至于谢迁陷淄城之后，恶少汹汹，争谋投寇，而先生能力禁之。既弥惑于桑梓，复有功于国家，其视善与人同之圣人，不亦一揆乎？此尤利世之大节也。爰系铭词，聊志景慕云尔。铭曰：

尼山垂训，首重以仁。仁以义辅，博济方纯。以德淑身，以善同人，不怍不愧，霁日阳春。数虽云奇，未列朝绅。馀庆方将，垂裕子孙。

刑部左侍郎前翰林院检讨癸未进士，眷晚生高珩顿首拜撰。

崔公仁政记[②]

隆古盛治，惟重安民，历代登庸，首先循吏。盖以能为圣天子奏九州安民之烈者，非循吏不为功焉故也。彼万代名臣，首推稷契，此固人人所共知者也。而稷契之所以首出万代之上者，非有神异功，能使四海九州之众坐进雍熙上理

① 见《成氏世谱》，报本堂本。

② 见康熙《新城县志》卷十二。“崔公”即崔懋，字黍谷，奉天（今辽宁）人，文中所提“张公、徐公”分别指张鹏、徐旭龄。

也。不过饥者使之食，寒者使之衣，匪彝者使之不罹于辟而已。夫号寒者乍得絮襦，不啻九章之荣也；啼饥者乍得粗粝，不啻八珍之膳也；匪彝者乍免于刑，不啻脱洪波而立登康庄也。盖利民之道，惟先去其害民者而已。民之安危，其系名公卿相之崇勋也若此，而临民之职可易视之乎？然而古今异道，仕路日新。唐宋以来，则临民之职首重制科矣，而拔其尤者宠以清华，上则词臣次亦台谏，非复两汉首重民社之司，如召杜龚黄，焜耀国史也。然而其中迟速虚实，正非一揆可竟者。彼木天诸彦，固有终跻公孤保傅者矣，而非飞翔坐进可期也。盖必迟回岁月而始至焉，且真能为当代广郅隆之治者，亦非尽人皆有成绩也。台谏以疏奏名天下者，固不乏人；而言之丹陛之前者，又未必能身自一一奏成效于寰海也。则民社之司，正当以名世自期耳。

予向年典试江南，取士一百余人。改岁捷南宫者半之，列木天台谏者十许人，其余鞅鞅不自得。予进而谓之曰：诸子何自待之薄也！寒窗累岁，幸已为百里之君。朝出一善言，洋洋满郊野矣；夕行一善政，啧啧达通都矣。上光祖考，下荫孙曾，所及者无尽，亦各一熟思之否耶？前代贤臣盖有力辞词臣台谏而请司民社者，亦曾闻之否耶？故予虽乏安民之才而切安民之志，区区素心如此。是以每逢一循良之贤，而渴慕不能自禁焉。

今何意竟密迩桓台崔侯乎？予邑与桓台接壤，而侯之善政振耳多年。兹复得邑之父老人士，笔之成书者累牍不尽，兹撮其大略之彰彰者一二言之。以除民之害，则有若里长里甲之繁费也，门兵工食之累民也，逃亡诸里审丁新故之诡赔也，一切立省之矣。至于洪水旱魃之为灾，逃东邻保之连坐苦矣，侯则筑堤建桥而鲸浪无惊，逃人速解而株连立豁矣。拨夫内役行户供应，一切止之，而且原告自拘到县，即结质成者，尽省钱力矣。以故，往年诸邑令上谒中丞张公，同询治民之道，公曰："当以崔令为法。"不既信於抚军乎！即圣驾东巡，询中丞徐公以东省良史，公以邑令三人对。而侯为冠冕，不又达于天听乎！此不独一时模范已，足昭昭百世，是继起之师保也；广之海岱，以逮朔南，是垓埏之钟镛也。则侯坐陟公孤师保，不又有余裕乎！我皇上以尧舜抚临万国，仁政日新，殆虽缕数。即以今岁言之，二东额赋亦已全蠲，是累代谊辟所未易能也。近阅邸报，而凡罹大辟之人，率多减等。此即大□任，千秋再见者也。稷契之出而辅政，固其宜矣。予不佞尤愿百城良牧，闻侯之风，而竟为步趋，则四海之福不尤无尽藏乎？稷契之绩，固人人可立奏无疑矣。

文学文麓公记[①]

张公应黄，字文麓，曾大父希召行太仆寺卿，大父燧鸿胪寺序班，父居蒙邑增生。公为新城大司马王公霁宇外孙，少学于外祖家，气宇轩昂，读书敏捷，黉序有声。工楷书草书，霁宇公甚器重之。崇祯壬午，邑被兵，公呼二岁子与诀曰：人无固志，城谁与守？我死后，汝善事祖母，如吾在日，勿贻我地下忧。城破，竟遇害。

志墓逸事[②]

忆珩弱冠时正月朔，昧爽起，拜天于庭。比至，则先府君及予兄已爇香立矣。先君呵予曰：元旦尚晏起，此岂事天之礼乎？人不畏天威，不蒙天佑，何所恃以生耶？迄今念之，汗浸浸透背也。又五六岁时，以元旦衣新衣，至人日未易也，府君谕令易之。次日偶忘焉，府君令跪而责之曰：孺子乃志华靡，不听长者教耶？欲与杖，久之得免。予自是后，未尝敢以华靡为念矣。后与元旦偶衣故衣，府君则又以致美黼冕之义严训之。盖无事不兢兢于明旦云。

先曾祖赠中丞柳溪公墓志云：季子侍侧，有感于报应事，曰天可畏乎？柳溪公曰：天之乘除不爽，如之何不畏？俄而曰：存心，所以事天也。先祖中丞公宦浙时，仲冬廿五日手书云：家中新旧杂粮几累千石，此莫非天地所赐，第恐无德承之耳。又七月廿二日手书云：我三十年来，不受非义之财，家世清白，荷天之眷，致有今日，岂有至今日而受此等馈遗者！两书，予宝持之。凛凛天鉴，揭示后人。府君之畏天，实家学也。

往年，予官于燕京，与长山大司寇李五弦先生数朝夕晤也。一日，谈及乡曲前辈事，先生谓予曰：令先君树德厚矣。予茫然不解。先生曰：万历癸丑年，吾东省大饥，人相食也。予窗友陈浣初偶过予，一若有忧者。予询何故，曰：淄川高中丞公子宏室折简相邀，予自审稍有所负，或以勤专使耶？翌日过予，则有喜色。予又亟询何故，曰：往岁予有试事，曾贷数金为道地费，后止完其六。昨抵其里，具酒款语，移时乃出前金曰：二鬴不登，得无苦炊烟断耶？前物幸完璧以归。托人恐有侵渔，故烦枉驾耳。予谢不知。后予请告归，以语予兄，兄亦不知也。盖阴行其德类如此。

又府君自甲子葬先大父后，即弃家习静于磨庄。庄在万山之中，去淄城将

---

① 见楼村披阳《张氏宗谱》，清嘉庆二十四年刻本。

② 见淄川《高氏家模》，清道光甲午夏重刊本。

百里。日与方外之士参叩玄诠，累月始一归，归不数日辄返矣。意有所会，笔之为《随得录》《续录》二集，皆深入二氏之室，与子微坐忘、文元法藏相出入也。至于《长生诀》《无生诠》二书，则蝇头朱字，细注精详。后予得之箧衍，朝夕不释手。癸未上公车，仍奉之而北。及甲申，李寇陷都城，遂失之，怅惋累日也。盖府君生平，以畏天为心，以济人为事，以孝弟为躬行，以性命为向往。行几大端，已详于兄志中。再以珩所闻见者识之于后，此终身所未敢忘者。并将录出以垂训子侄，庶几府君志事如存，我后之人或有能绍述而光大之者，予日望之矣。子珩题志。

大司寇五弦李公感恩祠碑记[①]

昔人有言，生当封侯，死当庙食。此将相之所共期，而亦贤士大夫之所宜方驾者也。盖崇德报功之典，酬前修而励后贤者，千秋有同轨矣。或则多士从龙，或则群贤砥节，名昭彝鼎，气作山河。或敕赐专祠，或从享宗庙，其报功也则有然矣。此皆命颁朝宁者也。至若俎豆之垂，不必诏自明廷；而兰菊之荐，仍垂馨于奕世。若庚桑居而年丰，彦方知而俗易，淳风扇物，至德咸师。又或砥柱贪婪，革心雀鼠，则炎熇之烈烈，于我乎清商；霜雪之凄凄，于我乎狐貉也。其崇德也，又有然矣，是所谓乡先生没而祀之于社者也。古道煌煌，于今为烈，则於陵故大司寇五弦李公之有祠也，可以风矣。

公之谢世也，盖二十年于兹矣。向岁甲子，公弟御侍君之葬，予执绋焉。则数人造幄而请曰：余辈周村镇之商人也，食公之德者久矣，今已建祠崇祀，贞珉之勒，幸先生赐之一言。予应之曰：诸君之为此也，公墓木已拱矣，而旧德不忘，亦古人之盛事也，义不可辞。然而公之为德于诸君也，其事若何，愿闻其略也。则群应曰：於陵一同，地虽蕞尔，而周村一镇，若都会然，则百货走集之地也，自当殚力以完公租。而胥蠹实繁，蜂起择肉，不复遗余力。朝持一纸来，曰大农之牒也；暮持一纸来，曰少府之檄也。白望旁午，惴惴闭户；又或狡谋代税，而蚕食益多，苍头庐儿，交持长短，饕餮砺齿，蔬果靡遗。嘻，甚矣！余辈多东南西北之人耳。千里蹩躠，不殚迢递以及此也。庶几修业而息之，略权子母以哺予口。而旨酒一盛，褐父交睨而瓜分之也，恐后其不折阅而啜其泣者鲜矣。乃幸咫尺公里，公之垂恤也，若痌瘝而拯之力也。倾囊而代足税额，不名一钱。复偕公叔弟淦秋君设义学，建义仓，且奏记当途，垂之厉禁，谆谆用意，靡已时也。自是而向之垂涎者束手矣，向之磨牙者裹足矣。诸商人之得

---

① 见长山《李氏家谱·祠碑记·大司寇》，民国二十四年刻本。

康食而高枕无意外之惊者，维公丰庇以有此也。公骑箕以来，佹更旧观矣。何幸公嗣孙松客刺史君缵戎祖考，力振前徽，劳怨不遑恤，而请命方伯勒石，永禁其扰市肆者。则公之明德益永，而予等诸商人衔恩亦益重，敢以数椽之荐馨为报焉，先生其许之乎？予忻然而应之曰：诸君之意良厚矣，然譬之颂岱岳之德者，区区以嬴博之沾润为词，不亦微乎？公之功在四海者，如革班军之尺籍，去大布之边衣，则嘉谟效于九重矣。复朝审之例，矜疑得缓一岁之延，何异千龄！广恤刑之使，省直咸周，梧丘之泣，获苏化日，则仁泽翔于百世矣。予已详载于公隧道之贞珉中。然而岱岳之云，肤寸而周四海者，非地限于嬴博，而嬴博之早被者，势之所先及也。嬴博之人欢呼拜祝者，亦情之所必至也。古人好行其德，不厌其多，大觉法王犹复穿针不惮，而前贤之致政而归者每为乡曲兴一二大利，往籍昭然，古今同此意也，而公则何意于此哉？盖公济世之功复深以度世之学，其降灵也有自，而反真也有乡，如墓志中灵异诸事，人亦共知之矣。次之则当如隋之韩柱国、宋之韩魏公，统莅九幽，摄辖六道，所不待言。上之则兜率天中，安养池上一席，绰绰有余矣。筑之登登，炙之芬芬，不亦可以已乎？然而箕裘有人，克扬前烈，不可不告诸四封也。

盖予与公未识面时，则已先晤公之子岱源刺史矣。甲申国变后，予于五月南归，寓于青城县二唐于公庑下者累月。岱源固二唐婿也，亦复宰居久矣。朝夕过从，恂恂雅饬，知为国器。既而改岁，予复至都门，司寇公一见如故，嗣是遂订稽阮之游，结刘范之姻。以是益悉岱源之绍庭克家，翩翩当世之佳公子也。孝友笃于庭帏，德义孚于桑梓，仰缵箕裘，俯垂鲤训，邑人啧啧，皆能道之。余固知司马公之孙曾，馀庆方将，此固左券无爽，亦可预卜者也。

公已泽覃四海，而其被于井里者，懿行班班，与人为善，皆可为当代师表。如予一日，偶尔登堂与公畅饮，适有以墓地来谢者。予问其故，公曰：比年来闻里人谋堂斧之封，而地主皆坐勒重价，予厌之也久矣。故凡以墓地来请者，予于原直之外，不增一钱也。予忻然称善者久之，遂复亦以为师也。至市租一事，则予邑太史唐君济武、孝廉张君吉宸已行之西郭，孙封翁礼寰已行之磁窑坞，孟议、仲友、载绩三毕君与唐太史又先行之王村镇，而太史复行之齐东县也久矣。山左固冠带之国也，吾以知诸邑之继公而起，为利济于桑梓者，将不胜屈指。而此祠若示之标准也。则陇西世德之洋洋也，又宁可量乎哉？通奉大夫刑部左侍郎，年家眷弟淄川高珩顿首拜撰。

重修金佛像碑记[①]

聚沙抟土，皆成佛道，《法华》有偈，胡不闻焉？而世人缄其悭囊，托于高论，以折芦大士对同泰主之语为千载干橹，将举江南寺四百八十、阿育王八万四千塔寺之乾达婆城，此亦耳食之过也。夫实际理地，不落有作因缘，而佛事门中，不昧庄严净土。著于有作，是未能几于无漏因也。而神天胜果，求三途中，亦谈何容易乎？谓菩提般若，若谓金碧土木，非也；谓金碧土木定累菩提般若，可乎？故二梵之舟车，即三德之旌旄也，野狐禅与狮子吼，直一翻覆乎尔。夫西方圣人之法，予夺有机，权实各当，担板之士尚有蓬心，岂知廓然无圣？而圣谛第一义，直下了然，全无功德之功德，不住行施者，檀度波罗蜜之为般若波罗蜜，即俗即真乎？

弘慈广济寺，帝城古刹也。兵燹以来，丹青漶漫，绀宇白毫，风雨剥落，亦已极矣。工部尚书、巡抚畿辅捷轩王公太夫人刘氏，故七品官加一级王公尚智之配也，慨然捐资，鼎新之下，至法筵供器，一切灿然。然则散花天人与布金长者，固一合相乎？盛世落成，后之花香呗赞其中者，顶礼生虔，随喜生悦，旋绕感奋，生阿耨多罗三花三菩提心，谓是即太夫人之以庄严净土度生说法可也。十方虚空无尽，而此举功德如之。泚笔戋戋，聊识崖略，亦正如弹指画虚空耳。观者倘以笔墨文字相索，急流而去，不既远乎？至太夫人男则候补三品官王登元、七品官加一级王登云、监生王登龙，孙男则候补三品京堂王盛唐，皆殚心襄事者也。家人焦万里督工，例得并书。康熙九年岁次庚戌夷则月望日立，都察院副都御史加一级高珩顿首拜撰并书。

中丞周公建宝庆义学碑记[②]

稽古四代之学，既考之诸经，而可见其实，党庠术序，无地非学，先王教养之法，抑无人而不出于学也。后世诸大名儒，讲学明道，功在人心。书院肇兴，典型攸著，至里社家塾，亦皆于乡校国学之外，多所建置，猗欤盛哉！

大清御宇，同文之治，丕冒海宇，且出戴斗，罔不率俾州邑之学，起弊图新，规制焕然，而楚湖上游，宝庆奥区，人文蒸变，未之或先。昔濂溪阐太极之微旨，曾以永倅摄邵事，兴怀乐育，用振颓风，故邵人向学最深。

中丞周公，体国树人，爰建义学于星沙，别下州邑，令各建义学一区，如

---

① 见释湛祐：《敕建弘慈广济寺新志》卷上，清康熙刻本。

② 见道光《宝庆府志》卷九十三，民国二十三年重印本。

所以教养星沙者，将以观政焉。宝庆邵伯傅君又最先奉德意，肇于东郭外，建周濂溪祠，配以朱晦庵张子韶陆子寿三先生者，恢祠址，而创建号舍三十余间。诸子衿弦诵其间，旦夕不辍，朋来者众，不足以容讲席。子衿复协议，以前义王故馆轩敞，而邻于郡庠，肄业尤便，群请于邵伯，邵伯为请于中丞，报可。符下邵阳，明府蒋君，循吏也，便葺其门庑堂奥，制作大备，既落成，蒋君推本于中丞，以及邵伯倡率乐只之功，谓当勒贞珉、立讲堂，垂示不朽。专币达缄，问记于余，余适奉命祭告入楚，见星沙义学，俊乂所集，鼓舞式序，盖观感于中丞者深矣。中丞学崇濂溪，阐无极太极之理，深得其精蕴，而悉见诸行事，洵当代伟人也！今又为邵建义学，夫邵士无不愿学濂溪者。愿学濂溪，曷即中丞抚楚以来身体而力行者深思之，盖莫显于公之政事矣。

当邵之苦粤盐也，甚于衡永。公屡疏邀特恩，改行淮盐，而邵无征呼逃亡之累，西山派夫、湖南所用夫，一千四百七十三丁，特疏请蠲，以苏赔累成丁者并减其身之半。丈粮田地，以清豪猾，而无累穷苦，一切浩费请停止。仁言恺切，遵恩赦开释之外，疏宽十五大案，而民得免株连。他如楚南不产楠木，则疏止搜取；开铸实不便民，反亏钱本，则咨访停铸；劝垦则谕各属不得伪增；邮传则输蠲；惜以杜烦累。是皆中丞之以仁心为实政，而政事之无非学道者然。此特以邵所同沾溉者，约略及之，而他口碑途谣，固难更仆数也。故余谓邵士学公即以学濂溪，学公之文章兼学其政事。异日学优而仕，即可以无愧于公，以无愧于濂溪。

史称文翁兴化，而蜀知有经术。言偃游鲁，而吴得其菁英。惟中丞文武忠孝，求士为国，不私于家，晓然于惠吉逆凶之理，故义学之教、天人知行之说，相辅而行，亦惟邵伯明府，承流宣化，识其远大，知邵为濂溪过化之地、俎豆之所，必得适中之地，而埏埴自广，虽仍旧，而有作新之基，为足尚也。余是役也，望衡而见湖以上诸郡，咸在露覆中矣。邵人士游于学，而从事于陶冶者，其亦思勉为报称乎？

中丞周公，讳召南，字晋侯，三韩人，其所为义学文例、缘起，备列碑阴。诸若邵伯傅君，讳鸾祥，河南人。郡司马金君，讳星贲，江南人。别驾白君，讳美玉，关东人。邑令蒋君，讳其昌，江南人。学博黄君，讳师宪；吴子，讳虞廷，俱楚人。凡襄兹盛举者，例得并书，时康熙八年仲春吉旦。

关圣帝君庙碑①

宇宙之枢纽，纲常而已；伦教之维持，忠孝而已。故天清地宁，得之而为元气；臣忠子孝，得之而为正气。夫壤之有此气也，浩浩然，落落然，如水在地中，极大瀛海之汪洋灏淼，遍九州，环四渎，莫非此流行□止与为运行也。天地丕敞，故忠臣义士接迹于古今，以为名教之栋隆，三纲之关捩。而人心之所以不死，元化之所以常周，胥赖此耳。自古忠义之士，表表于往昔者，自龙比而下，代不乏人，要皆有功伦教。视死如归，断脰捐躯，剖肝沥血，如苌弘、弘演、稽侍中、颜常山、文信国之属，莫不名勒钟彝，气流光岳。然要之，盱衡历代，求其英风壮节，冠古烁今，盛烈闳功，弥天盖地，断未有如关圣帝君之赫赫者。诸葛武乡侯以绝伦轶群推之，犹未足以扬其万一也。

夫自蜀汉以至今，兹历一千五百余年。而帝君之灵爽，无一时不在人心；帝君之威神，无一处不征□盛，此非特其威灵气焰有以□之□夫！亦德齐高厚，忠盖尘寰，实有以维持乎气数之终始。而世之仰其功德者，如瞻两曜，如履四维。故上自神□畿辅以至于列郡，遐荒蛮烟，瘴雨之地，凡属此人类有知觉者，鲜不威神服□，且俎豆千秋。呜呼，盛矣！韩文公云：自王都以至下邑通得祀者，惟社稷与孔子为然。余以关帝之祀与此为之□，而帝君之英灵，莫不通都大邑，崇宫瑶殿，不以为侈；即在枌榆里社，茅龛土苴，亦不以为亵，何也？人之敬神，维有丰啬焉。神之监人，惟其诚为而已。夫昭祀历代，累膺宝封，易侯而王，自王而帝，以功以德，固不为过。而郭青螺之论曰：寿亭一侯，乃孟德所表。公受之孟德，不甘。□前将军之称，乃蜀汉之所颁，为得其正。若壮缪一谥，又或以为出于黄皓等小人所为，凡此皆不足以为帝君重。然而以德以功，则固可以南面而帝矣。庙食无穷，万劫不废，固其宜耳。

古於陵城北周村镇，旧有帝君大殿一所，乃山右信士范永观等之所创建也。尚未告成，其人相继观化。三十年之后，有泽州信士丘尚德等，好义士也。因其基而弘敞之，建三义殿于寝堂。虽亦纠众力，而多探私囊。临河筑墉，蜿蜒峻崇，轮奂弘廠，庙貌式彰。故于其既成，而刻石以志之，乃系以颂曰：

维汉之季，逮我皇清。千五百岁，载炳其灵。赤蛇之裔，共奋义兵。汉运不造，烈烈南荆。气烁日月，威兼雷霆。与天地寿，与金石贞。血食乾坤，福我愚氓。金文翠旗，飒然明风。长白之麓，有灿新宫。天马来下，出入窅冥。魍魉潜遁，年谷屡丰。岁时伏腊，白叟黄童。

赐进士出身通奉大夫刑部左侍郎般阳高珩撰，般阳丘□书，康熙

① 此碑现存周村千佛寺药师殿前廊东侧。有不易辨识者，则以缺字框“□”标识，待方家确定。

三十四年岁次乙亥二月癸巳朔越十五日丁未建。

铁佛寺水陆道场记[①]

粤自能仁氏，教统人天，道通终始。瑞梦聿开于东汉，宝珠普照于萧梁。芦渡来廿祖之宗风，化雨洒亿万年之浩劫。经翻贝叶，偕白马以来归；僧腊灯传，渺赤乌而多历。嗣是法轮广驭，铎遍河沙，教译宏宣，宗分南北。青州二百问，究莫罄厥玄微；苦县五千言，亦难窥其涯涘。于是瑶宫贝宇，榱题广被乎阎浮；梵呗琼筵，香火永隆于震旦。亘古今而特盛，揭日月以为昭。尔乃开士乐闻夫广大，上根心契夫精微。参宗提倡之风，既实资乎后进；利益福田之说，亦有裨益于中材。亦既辉腾川岳，惠普埏垓矣。

惟寿光之有兹铁佛寺也，当乾方之奥衍，奠此神皋；面离照之光华，辟兹宝刹。丹罗郁嵯峨之丽，遥岑带金碧之辉。洵焚岱之灵区，得皈依之福地。乃有慧霤上人者，律恪而精诚，遂能动欲从世法，普作人缘。自顺治积有岁年迄今兹，时修水陆，砌草绿盈庭，岁岁映蒲伊。彩色香花霏法座，泠泠扬磬管灵音。自彼天龙人鬼，共此大事因缘；及乎草木山川，鉴此无遮功德。实惟奏大众明馨，用以昭两斟敬信。允矣佛门之龙象，卓哉渡世之津梁。丰功大而弥著，众力成乎有倡。沐法雨而戴佛恩，景彼十方檀越；勒贞珉以垂奕祀，倬兹一片韩陵。后有继者，视此刻石。

放生池碑记[②]

有一语而可以知天地之化育者，其上帝好生乎？亦有一语而可以赞天地之化育者，其仁者以天地万物为一体乎？物觳为万，其贵贱灵蠢，数固不能不异。然仁民而因以爱物，则仁者之心固同也。

夫网罗之虐，无间飞潜，而举手千头，鲲鲕弥惨。走陆飞空，解网即生，而煦沫难苏，命托流水为尤蹙矣。乃蚩蚩者，动谓微命何足惜，小慈何足为。不知慈忍之事有大小，至心则不可以大小域也。小慈不为，大忍将日益矣。东陵之脯不过为肥甘所迷，迨手滑之后，长平四十万亦视之与蚊蚋等，仁者固如是乎？或又曰：亲亲而仁民，仁民而爱物，物在三累之下，抑末也。曰：道之不可以一端尽也明矣，有等有杀始见秩序之详，并育并生方成天地之大。夫爱

① 见嘉庆《寿光县志》卷七。

② 见嘉庆《寿光县志》卷七。

物而反忘仁民者固非也，然亦未有侈然自负曰：吾已仁民矣而物非一体，见其生亦爱见其死，即目睹将死而引手可生者亦漠然置之无伤也。苟如是，则吾亲亲矣而仁民，不亦为多事乎？以释氏之戒杀也，遂必求异于彼而杀之，方谓为儒者之教乎？是私也、惑也，又明矣。或又曰：放生之说，止可以因果动夫妇之愚、福报动穷窘之士耳。予乃正告之曰：命有巨细而贪生之情则一，事有大小而护生之念则一，盖上帝好生之德原一故也。既理一而分殊，亦殊途而同归。故一念之小慈推之即天地之大德，匹夫之节欲合之即古帝之好生。引之当道以至于仁，是臣节之忠也。故易竿避蚁，激扬恐后，方长不折而昌其生，是子道之孝也。故一木一兽，《孝经》不忽。盖好生则必恶杀，所以杜其失也；恶杀必兼护生，所以畅其事也。杜其欲杀之萌，可谓克己为仁矣；畅其欲生之事，可谓同人以善矣。饥溺既拯而不伐，太空一点浮云也；肖翘得生而共快，当下全体造化也。滋哲王不忍之心，川至可以祝圣；广上帝大生之化，海涵可以同天。不亦休欤？

寿光县西城之下，一泓数亩，可觞可舟，固胜地也。俭庵魏君创为放生之池，而郭令君复同心护持，为之厉禁以杜贪残、以垂永世。令君良牧，固以仁民之绪馀而暨之者也。向之胜地，一变而为净土，此真贤司牧及贤士大夫事哉！余往年祭告神农虞舜陵时，薄游苍梧之野，凡见水国督抚守令，往往以此劝之。维扬则巡鹾侯侍御莲岳广之，盖同益都相国冯公托之者；宝应则今给谏孙树百创之；而今岁则房柱史亢庵创之于津门；兹则营丘复继起焉。人之欲善，谁不如我，何地非菩提道场，何人非流水长者。普洪泽于纤鳞，鼓祥和于庶类，是可为百城之好生者倡矣。

栖云阁文集外·墓志铭 哀词第七

清故太学生坤图李公暨元配毕孺人合葬墓志铭[①]

在昔两汉之隆，延登国彦，斐然以经明行修为首科，周官三物，此其遗欤？夫纷纶六术，湛服彝典，门以内良无间言，亦云协于天秩矣。而为德于乡，复有以蹑钟离业阳而抗轶之，此固足以上应诏册，彬彬公卿之选也。即命之，不犹蔬蹻自爱，然其人固已煌煌贤豪间矣。乡先生没而社祀之，建言允可据也。坤图李君，殆其人哉！

君讳重熙，字坤图，姓李氏，於陵世族也。曾祖槐轩公讳光先，先大父芳洲公讳迓春，父见山公讳梦凤。俱以司寇公贵，累赠光禄大夫、太子太保、都察院右都御史，母封一品太夫人。见山公举子六，公最长。幼嗜学，弱冠补博士弟子员，试辄列前茅，顾数奇不偶。庚寅，以乡贡入成均，卒业，旋请假归养。日依子舍，承太夫人欢。公天性纯孝，先意承颜，无不适太夫人志者。太翁逝后，太夫人春秋寖高，公左右服养欢然。迨公年逾古稀，孺慕益笃，太夫人子姓绕膝，森森玉立，而尤乐居公舍云。两妹皆孀居，一适高氏，一适孙氏。高一子孙一女，皆遗腹也。公或为之延良师，或为之丰妆奁，咸玉之成。太夫人姪宋庆伯，巨族中微，几不自存，公数周给之，不令太夫人或觉其贫，其养志无方类如此。至与诸弟友也，自以太公见背，家督攸属，教养维兼，具翕勿替。初议析爨，公辄推美田宅与诸弟。方仲弟司寇公之登贤书也，公每减产资之。及视司寇公于湖州，惟以清白相勖，司寇公奉以周旋，令名至今传苕霅间。季弟侍御公官京师，萧然食贫，而不至有索米之叹者，亦公之力为多。其他兄弟或子侄辈婚娶丧祭，不时之需，无不佽助而笃训，殷隆教成，门内由甲乙诸科通仕籍者绳绳未艾，则公之贻谋有本云。

与人尤敦古处，乐施无间，有求则应，不复计其偿否。尝焚子钱券千金，不须冯驩市义也。邑侯赵公王公郭公罢官后，不能归，公曰：邑侯莅兹弹丸，釜有尘矣。而归无橐，廉吏信不可为哉？何以劝来者？且谓我谊在子弟者，何也？资之数百金，乃克驱车去淄邑。博士刘，贫不能归，鬻女以行，公喟然太息曰：广文毡寒，一至此乎？急为赎还之，闻者咸为泣下。蒙阴宋伊伯、同邑

① 见长山《李氏家谱·墓志铭·太学生》，民国二十四年刻本。

赵继明、聂晖吉、李长如、李免孩诸人，皆荷公解推，而公未尝有德色，亦不以告人也。尝值岁祲，有兄妹二人皆以稚齿鬻公家，后其他兄至，对泣甚悲。公召问之，曰：平原人也，母思子女，日泣且盲，今来图一见，冀归报，聊相慰耳。公立命从之归，且赠之费，后其母惊喜出望外，目得复明。邹平院吏刘某随征得一孕妇，公市之，将以为乳媪。既而，此妇产男，自言其夫无子，公恻然悯之。遽令干仆访其夫，其夫并妇与子还，使完聚。其施于不报之地，尤为厚德云。

自奉淡泊，每一持盈为戒。尝指一绫袍，示诸孙曰：吾蓄此衣廿余年，未忍轻弃，慎乃俭德，小子识之哉！晚年笃嗜内典，手录《金刚经》一卷，日夕持诵之。素健胜良食，捐馆之日，犹对楸枰，落子丁丁。日暮，索酒濡唇，冥然坐逝，不一言及家事。前五日晨起，支颐指阶前树上，若有云气往来。甲辰元旦，忽谓人曰：人在阎浮蘧庐也旅泊，无不大归，但无疾病缠绵为佳耳。今果怛化若此，异哉！

公生于明万历己丑五月二十一日申时，卒于康熙甲辰三月初八日酉时，享年七十有六。元配毕孺人，诰赠光禄大夫太子太保户部尚书淄川毕公忠臣曾孙庠生元瑃女。孺人生于华族，婉顺性成，举案后，井臼澼纩，不惮操作，以勤俭克家课子成名，母德妇道，两足风矣。孺人生于明万历辛卯三月二十日巳时，卒于明崇祯己卯十一月十一日辰时，享年四十有九。先公二十六年卒，今合葬于米山之新阡。先是，屡卜地不协，形家者过山南麓望林中，曰气佳哉！即之，果得善地。盖公嗣孝廉君，曾环植松柏于此，廿年来，成嘉树焉。公未没时，复种树数十，南接凤山，前临米水，高敞而深秀若有待者。滕公石室，沈氏漆灯，冥合盖有数云。继室阎氏。子二人，长笃之，丙子科经魁，娶同邑庠生赵公维翰女，先公卒，毕孺人出。次坦之，聘同邑晋阶光禄大夫、礼部尚书兼东阁大学士刘公鸿训男、庠生孔武女，侧室薛氏出。女一人，适历城董公瑛，先卒，毕孺人出。孙男三人，斯升，邑庠生，早卒；斯恒，邑庠生，娶同邑广东大埔县知县赵公觐光女；斯孚，邑庠生，娶同邑诰封兵科给事中王公重明男武举楹女。孙女一人，适新城浙江右布政使王公象晋曾孙庠生启溥，早卒。俱笃之出。曾孙男一人，□，幼，未聘，斯孚出。曾孙女二人，一斯恒出，一斯孚出，俱幼，未字。

予读司寇公述公门人王太常状公，事核而泽于雅，详哉其言之，不复能赞一词矣！然于天人之际，不能不有所疑也。夫古人绩学树德，相于神明，犹力田之逢年也。即偶不于其身乎，而象贤肯获镜于廷槐，蓝玉箕裘，粲然枹鼓，求诸往籍，不彰彰欤？以公之读等身书，而白首未登，淡墨人固行恻矣。凤毛蔚起，庶广前徽，乃千里霜蹄，出门遽蹶，天道一何梦梦耶？然而，金昆玉季，公实陶成。床笏里珂，而元方缓带其上，司马涑水之友爱，隆于华颠，亦人世之瑞事也。顷吾见公之子若孙矣，恂恂秀颖，昌黎所谓兰茁其芽者非欤？前畴旧德之有征，天其或者将迟而大报之也。三生之事，儒者蓬心，易为阮生一论所锢。公既深天竺之学，视劫浊如乾达婆城，其蝉蜕而上征，睹史清泰，超越久矣。五浊蕣华一映耳，宁足复言哉！至于人生，才一堕地，便受七尺桎梏，生老病死，数犹旦暮，不可逃也。独是属纩弥留，风刀解体，二竖之虐，撤瑟犹有余苦焉。古之大师，仁心为质，有视拥旄仗钺如鸿毛，而祈捐馆无痛楚者，虽老宿古德，观化有素，往往难之。园观之游，谈何容易，而公之言也如谶，其脱然去也，如解垢衣，得力仿佛果位人，吾见亦鲜矣。三禅栖神，此当于尘外信之耳。乃系之铭，铭曰：

未偶于人，而伸于天，其祚绵绵，吾俟之于奕世之蝉联。不跳于儒，而兼于禅，其化仙仙，吾信之于二梵之福田。其佳城也芊芊，其贞珉也班班，如可作也，九原其永安此陇西之阡。

皇清诰封一品夫人谢母于氏墓志铭[①]

诰封一品夫人于氏，陵县人，少傅大学士吏部尚书谥清义谢公之配，父莪，母张氏。夫人幼慧异甚，所见书立诵。十岁学会计，代母裁其室中，事有理，父母抚之曰：若男也，必大吾门。年十六，归清义公，宜其家。暇取架上书读之，日用动静，取为证据。于人之邪正，鉴别无失，遇事吉凶，能豫□其然。制书所谓“诗书博综，事能援古以证今；才识通明，时或惜家知齐国”是也。至时祭俎豆，必致其诚，事姑曾太夫人以孝闻，待诸妹亲睦，御童仆庄而能慈。崇祯辛巳岁大祲，捐□珥，施粥郭外，活数千人，曰：吾力虽不能周而于此见吾之意。盖急人之难如此。以顺治十□年三月初八日卒于内寝，享年六十有四。子一，重辉，刑部主事，初娶夏氏，再娶张氏，俱□令娶张氏。女一，适太学生卢孝余。重辉将以康熙十八年十月初二日祔于德州九龙清义公之赐。□以书来乞铭高子曰：予在京师刑部，君数相过从。每谈及清义公莅官廉介，屡罢家居，不至困乏者，皆夫人之力。此犹其小也，至识远而见定，有丈夫所不及者。

初，清义公万历末为党人所摈，天启初以文选郎起用。至京，见时政日非，勉留五日，以书规执政，即挂冠归。而山东巡抚都御史某建奄人魏忠贤祠于州之西浒，亲诣上梁。郡县吏罗拜于后，清义公责而唾之。人皆凶惧，夫人独韪其言。甲申，李自成破京师，贼党吴徵文、阎杰考略绅士及诸命妇。夫人坐楼

① 该墓志铭现存淄博拿云美术博物馆。

中取冰片服之，死逾时矣，会公弟丹枫君起义兵诛贼首，家人以通关散饮之，复生。及清义公殁日，夜诵佛书，临终，了了不乱，一切后事皆手自擘画如平时。未属纩前四日，遍呼室中人与决，并述释氏来接，引状自说。其当往之日，及期，令刑部君称观音大士号，禁使勿哭，言此事人人不免，我无挂碍无痛苦，欣然往矣。又时时寝右向，溘然而逝。呜呼异哉！予闻释氏言，人终右胁卧，神不乱则往生西方，夫人岂其是与？是宜铭，铭曰：

平原之野，厥风孔淳。笃生巨公，为世名臣。其配如何，智慧如神。诗书洛诵，故训是循。秉家惟严，课子谆谆。见义必为，节操屡伸。晚奉释氏，杜绝贪嗔。一夕解脱，得清净因。崇封何地？在河之漘。既坚且固，以利后人。

大清康熙十八年十月初二日，不孝男重辉泣血勒石。

工部虞衡司郎中李仲卿墓志铭[①]

丙午之秋，工部郎中李公以尽瘁殁于职所。司以上闻，诏驰驿归葬。长君滋以含殓之未亲也，痛不欲生。停柩北堂，衣履书器，环列左右，晨昏上食如生。长君素能饮，以大事未襄，屏绝荤酒，茕茕苫次，越十四年如一日。今岁己未将谋窀穸，持所为状踵门，属余志之。余自告归以来，笔砚久生尘矣，何能为役？既而念余与长君，姻托潘杨，而公与余又雅相欢也，何敢以不文辞？乃按状次之。

公讳缙明，字康侯，别号仲卿。先世为直隶之枣强人，自远祖四公迁于章丘，遂占籍焉。四公生彦芳，彦芳生思木，思木生谦，谦生崇，崇生君侍，孝弟力田，世有隐德。六传而生月川公，始以诗书启后裔，兼谙青乌家言，城隅寿藏，其手自兆。月川生愧我公，是为公父。幼负奇质，丰仪耸秀。弱冠，首选入邑庠。后以子贵，前封承德郎户部四川清吏司主事，后封奉直大夫工部都水清吏司主事加一级。配崔氏，前封安人，后封宜人。封公举丈夫子三：长讳缙徵，以戊辰进士，历任保定守；三讳缙益，戊子孝廉；公其次也。

公幼即嗜书，稍长岐嶷，已度越其曹耦矣。庚申游庠，每试多冠军，食饩最早。乙亥诏试明经，糊名易书者两场，制与大比等，殆特典云。公翩然前列，可谓上第若承蜩矣。亡何，封公病，稍忤意，辄怫然，臧获辈皆避去。公独偕伯兄季弟，委蛇侍侧，承颜不倦也已。封公卒，太安人及伯兄相继谢世。公次第襄事，戚易交无憾焉。嗣是，明季土寇蜂起，邑几濒于危。当事者知公宿裕伟略，造膝而受策焉。公遂入筹帷幄，出总组练。阳丘孤城，历风雨震荡之冲，

① 见康熙《章丘县志》卷九。

卒保无虞者，则公之大有造于里门也。

暨皇清奠鼎，礼部按贡次定职，公得州守。然志不苟就，且恐负封公遗训。丙戌，值世祖诏直省再行乡试，公褎然贤书矣。是故吏部行铨选，例已补公辽州。公急赴阙陈情□奉，有一体会试之旨。丁亥联捷南宫，己丑赐二甲进士，壬辰补大理寺左评事。夫大理，固古廷尉职，出入稍弗当，即生死分矣，且往时止为西曹录成案耳。公以明慎处之，凡大辟覆奏，悉心详核。供职五载，以明允称焉。甲午分校北闱，所拔名士一十八人。如太史沈韩倬，铨曹刘坦公，府丞张东岩，刑部王人岳，太守黄长茀，全椒令王一如，如今皆表表朝绅中。丁酉陟冬曹，旋督理中河。中河之职久堕矣，凡冗役之为蠹也，滥例之滋害也，船之回空桅有封也，钞之□食羡有耗也。役夫之直往，听属员给散，再经吏胥竣削，十不及二三也。厂料出内，素无稽查，寄折干没多羽化，故屡积屡匮，屡征不休也。沛民近夏镇而反役于徐，徐民濒河而乃役于夏镇。每一夫里费八十金而客役艰苦，畏之如遣戍也。公则一一曲画，弊例则严革之，役粮则面散之，厂料则详较之。申请畚锸之劳，使各效力于本土，财力省半，逍遥于河干者若游乐土，若释重负矣。又复免行户供应，除地方差徭，立廛市，集商旅，劝栽种，凡所以惠民通商者不遗余力也。然此犹当前之计也。吕梁一城，旧委土耳河溢辄圮，百堵溃黄流之内，而商舶、官册、国庾，皆荡然矣。公相地建城，捐俸倡先，多方劝输，不劳民力。金汤屹然，则百世之谟也。然此犹官司之职也。已亥，徐邳告饥，道殣相望，公为文募赈，复捐俸籴粮。核其极贫者，给粟斗五升，必抵室查验，照户面给，所全活者以万计之。民饥多盗，复严保甲、练丁壮以备窃。发其应练者，月给粟一升。至钞额之缺，则移书于家，变产补之。此则兼守土者之利济者也。他若重修徐州之桥以除病涉，严督生童之课以培士风，复孔观之社而明圣道，梓文昌之训而阐忠孝，悉有切国计有关世教。其绅士有颂云：随山酬主眷，似水见臣心，盖非虚谀云。辛丑回部，例应管理街道，乃未几而查芦之命下矣。同事满官以芦场欺隐，欲治以严，公曰：不闻子产水火之喻乎？士绅非鹭鹜者比，与其为火，无宁为水也。于是温文劝道，宿弊顿清。奏最之日，计得芦课一万五千有奇，而大江以南卒不闻有夏楚之扰，盖公私两利故也。事竣，积劳成瘵，笥中归去来辞久矣脱稿，乃疏未上，而二竖旋据膏肓也。维时长君以应里试，未几旋踵，公且溘焉长逝矣。

呜呼！公为诸生时即有博洽之誉，渔畋百家，胸贮鸿辞千箱，一时髦俊咸执经问字，奉提命惟谨。梭村东接黉山郑康成先生注书处，般阳王新宇、同邑韩莪兴、高含章、高玉井诸名宿约黉山大社，独推公执牛耳。公之与人也，乐易善下，坦衷相示，不事表暴，人皆乐亲炙之。论议所及，亦不为奇僻惊人，惟于天人感应、殃庆类至之说，反复开陈，每使人从善环转。惟其得力于稽古者深，故能以圣贤之教教人也。即至服官，不动念于升沉，不汲汲于迁转。稍暇，必纵览群书，与为诸生时无异。尤喜手自抄录，不借能于人，纂辑《蓄德录》百余卷：天官地理以及治国教家，纤悉之事，无不备具。所著有《彭门腐草》《字学蠡测》《通俗字学》《破啼集》诸书行世。盖簪绂之日，犹然章缝之旧，非真能好学者不及此。江南察芦时，犹购求遗书，倾囊不惜。昔人云，白日不闲缘积学，黄金散尽为收书。移以赠公，亶其然矣。

家有啸园一区，溪壑天成，亭榭皆出匠心。公尝图其胜概，携入长安，诸名公诗歌成帙，不减平凉金谷。每遇天气开涤，或宦游过里，公辄坐万卷中，与亲旧呼卢、浮白达曙，乃缀花朝月夕，殆无虚度，门客歌妓，常盈□上，然不必皆冯驩秦青者流。凡有就饮于公者，即与为平原十日之欢。人或疑其包荒，公曰：吾借以寄兴耳，袒裼裸裎，焉能浼我？故知公之深者，一以为书簏，一以为酒仙也。公自处谦退，然与谋民生利弊，则又爇脂而照。邑令有不便于民者，恒得公一言而止。丁亥成进士后，家居数载。遇章人利害所关，公必盛服往，高言回听，卒以有济。后万姓有颂德辞，至今犹乐道不休。若夫周急好施，尤出天性。当卯辰间，旱蝗洊至，骨肉蚕食，公捐糜以赈之。有以妻孥售者，辄与价，多至百余口而听其去留，乃卒无忍去者。又暇修园圃为名，饲饥民之未业者，环村而免于死徙近千家。庠生赵抒白以逋赋被系，公代为输焉；凶年购刘银柏树数株，价已付矣，而始知为营中物，遂置之弗问焉。赵、刘以价来偿，公曰：吾恤汝之饥、济汝之歉耳。弗受也。族人李信民售其舍而就食他乡，后其子归，仍以原券付之，值价终未计也。从弟孝廉李黄中、参议窦朴庵，皆公之为延师以底于成；庠生张熙载六旬乏嗣，则公为之置妾以延其后。他如伯兄遗孤，则为之抚育，宗族贫则为之婚葬，以及神祠之创建、桥梁之修葺，又更仆难数矣。封公殁后，公自秉家政，凡亲知向所称贷，悉焚其券，曰：吾以广先人惠也。其为德于乡，孜孜不倦复如是。闻公归里之日，通国之人遮道号泣，无论亲疏，皆废一餐。则公之取重于人，而人之佩服乎公者，概可知矣。

公丰颐修干，望而知为伟人。向在都门，贤豪长者之造门履相踵也。声施奕奕士大夫间，咸钦为济世之材。然以学之淹综《三仓》、博涉《七略》，而未得珥笔于石渠金马之庭，掞藻飞光，黼黻帝制，以鸣不朽之事，抑独何哉？久之，官制更新，诸尚书子部郎皆簉羽乌台青琐中，为天子耳目侍从之臣。此固公所拾级而固有之者，而公则已谢世。箕尾匆匆，实命不犹，是又呵壁莫可致诘者矣　。夫轩翥上第，雍容粉闱，此士人所诩为荣遇者也，而以公当此则万斛之舟方容与潢潦已耳，天下惜才者，安能无遗憾乎？然而李杜之遇蹇南宫，北平之瞠乎李蔡，古今之恨事多矣，公又将如时命何？达人固不以此介介矣。古之贤俊，其生也有自来，其化也有所归，安得通幽明之故者而与之语此乎？

元配刘氏，敕赠宜人，先公二十九年而殁。宜人婉嫕淑慎，素娴内则。当公治举子业时，宜人从太安人拮据桑蚕，星阑弗怠，扎轧机声，与公咿唔响答，两两操作，交相箴勉。公之得肆志于学，而卒致身通显者，宜人内助之力，弗可诬也。继配王氏，敕封宜人。男一，即长君滋，恩岁贡生。女三。孙男三：钟瑞，邑廪生；钟琦，邑庠生；钟璹，未聘。孙女三，俱长君滋出。曾孙男一，曰垲，钟琦出。曾孙女二，钟瑞出。

今以康熙十八年十月初九日，长君将奉公柩葬于梭村东祖茔之左，宜人刘氏祔焉。念琴瑟之静好，媲孅当年；慨宠命之同膺，相从地下。有其志之，是不可以无铭也，铭曰：

山蜿蜒兮水清，人秀杰兮地灵。钟扶舆之间气，承世德之峥嵘。陟学峰之嵂崒，泛笔海之渊宏。时著述而明道，或折冲以谈兵。廷尉羡咎繇之淑问，水部惊何逊之才名。三凤接踵，颉颃鹏程。一夔继志，陟降芝庭。欣桂兰之并茂，偕伉俪以长征。有福既集，有目斯瞑。千秋万世，虽死犹生。人其弗信，视我斯铭。

皇清湖广常德府粮捕通判翔明李公墓志铭①

公讳振熙，字翔明，原籍直隶枣强人，自故明永乐中迁长山。代有名德，以气节著闻，至槐轩公讳光先，芳洲公讳迓春，见山公讳梦凤，俱以公仲兄宫保司寇公贵，诰赠三世，如其官。见山公有丈夫子六人，长为太学生重熙，次为司寇公化熙，次为敕封文林郎世熙，次为文学公景熙，公又其次也，季为侍御公文熙。先是，世居城中，颇号素封，迨槐轩公，仗义任侠，家计渐落。再传至芳洲公，遂徙居于古城，即邑志所载於陵旧址陈仲子之所居也。万历四十三年，饥馑相望，以食指日繁，因谋析爨，择诸子年长者授以田产，令自为生计。其幼者即分隶于诸兄之家，相依糊口，公年甫十馀岁，随仲氏而居，至性过人，即能躬任耕作，茹苦服劳，不以饥寒累兄嫂。又备历诸艰，多方樵采，间辄易甘旨以奉父母，顾而乐之，居然忘其为寒士家也。谋生之馀，从伯氏学为文章，即能出新裁，尤以小题见长，奇思云涌，引人入胜。奈艰于所遇，三旬外始得补邑博士弟子员。会我朝乙酉沛特恩，以茂才拔入国学监，满考职得授府佐。尔时仕路澄清，迁转甚易，执簿呼名，除书已在旦夕矣。公顾念兄弟驰驱黄路，母太夫人春秋高，决意不仕，依依膝下者十六七年，□□□将终身焉。北堂定省而外，日以课子为事。邹、长、新、淄之间一时名士，皆在师友

① 见长山《李氏家谱·墓志铭·湖广常德通判》，民国二十四年刻本。

之席。丁未春，奉有严查在籍候选之旨，虑以规避干功令，而太母亦委曲劝谕。不得已谒选，授常德府通判，抵任未数月，望云心切，即以病乞休。抚军周公方伯于公以手书，谕太守胡君，亲往代留。而公实以母氏年高为对，情词酸楚，不可转移。时予正代祭湖南二陵，目睹其事，不能挽驾也。得旨允归，而部议驳，查钱粮盗案，往复数月。次年始得旋里，拜舞堂下，欢若再生，盖是年太母已九十九岁矣。逾年，太母奉旨建百岁坊，无何违养。公以望七之年，日寝处苫块中，经营大事，心力俱竭。至合葬甫毕，吐血数合，殒而复苏者移时。时季君已登上第，公亦遂无复人间意，乃移居于古城西北之别墅，长林丰草，古寺清流，日与二三故人行歌徜徉其间。胶东张天石先生于此信宿，予亦杖履周旋者移日。其兴寄潇散，真有超然物外者。长春斑锦，方偶松乔，而霜露偶侵，二竖为虐。奄奄数载，遂忽歌薤露矣，哀哉！

公天性孝友，明末侍父，避兵山中。时剑戟林立，公两手掖太公于石谷崎岖中，以身作障，左膝右胁各中一矢，血流被体，尤忍痛翼卫，一息不肯暂离。后月余，太公竟不起。公哀毁崩摧，几于灭性。追忆山头烽火危急时，一恸伤心，掩面不肯西顾。遇岁时佳节，或有相邀登临，必托故谢绝。终其身不再入长白，比于前贤不登嵩岳者同矣。旋值兄文学公暨配胡孺人相继卒，遗孤方在成童，即抱沉疴，女四人，皆稚齿，或系遗腹，俯仰无依。公哀死恤生，调护备至，为之延师延医，以婚以嫁。卒得成科名，完室家，天显之谊，笃何如耶？

其在常德也，不以五日京兆稍怠匪躬。先是，转运粮饷，旧例各属州县汇解至署，然后拨给运丁。三营两省，日呼庚癸，其间交收支发，以陋规以为外府，席草铺垫，鼠耗脚价，诸项分肥，相沿久矣。公洞悉此弊，躬以清节临之，凡收放速不逾时，而又至诚待人，设法劝谕。郡属辽阔，素称盗薮，公慈祥所感，邑中探丸者皆革心，一年之内，囹圄虚无人焉。同时有郡守，素以溪壑闻，目睹冰孽状，暮夜之金顿减，岂但如里中儿畏王彦方知己哉？且志趣闲旷，不屑与时追逐。里门自守，几及二十年，足迹不入公府，亦未尝以一字干邑令。即乡党间事，非分内所应为者，断不肯越俎及之。至于天性激烈，见义必为，如急手足之难，则风雪千里而不辞辩。友朋之冤则轻拚百口以相保，以及舍己从人，解囊焚券，姻戚族党赖以转祸为福、由困而亨者，实繁有人，人咸能道之。而其庭训嗣君也则曰：吾平生于人，即有微劳小惠，从未敢有德色，亦不乐以语人，汝辈甚勿称述以违吾素心，且因取怨也。予欲详其姓名事实以补兰台之所未备，嗣君恪遵遗命，予亦未忍强之也。呜呼，大恩不报，谁创此不刊之言以诏末世界者？夫杨雀隋蛇，物类蠢然，固宜有此，人则慧矣，区区为德，此亦何足念者？扩而充之，遂至以下石为报者，亦有之矣。公之言岂庭训琅琅，并可为急人之难、好行其德者万世师矣。

公生于万历三十二年九月十二日酉时，卒于康熙十六年十二月二十二日巳时，享年七十四岁。配孟氏，邑庠生孟公权女。子四人：绥之，廪贡，候选州同知，卒娶淄川庠生毕公盛岦女；献之，癸卯科武举，卒娶淄川己卯科举人毕公柱女，继娶监察御史淄川王公昌胤女；予之，己酉庚戌联捷进士，内阁撰文中书舍人，娶江南淮安府推官、裁补江南凤阳府灵璧县知县邹平马公骕女；荣之，庠生，娶江西布政使司邹平张公敏泰女，继娶武进士新城王公山立女。女二人：一适庠生淄川韩公茂行男、癸卯科武举允宽；一适同邑庠生史公概男克信。孙男七人：绥之出者三，斯遴，庠生，娶淄川庠生韩公茂桱女；斯选，庠生，娶予姪监生之骈女；斯迟，未聘。献之出者一，斯建，娶同邑贡监生史公克咸女。萦之出者三：斯和、斯惠，俱未聘；斯祐，聘邹平贡生协居张公女。孙女八人：绥之出者三，一适予姪之骈男肇勣；一字予侄之骥男肇贤；一未字。献之出者一，适巴东县知县新城王公士良男启□。予之出者二，俱未字。萦之出者二：一字邹平庠生马公瓌男廷镳；一未字。曾孙六人：斯遴出者四，可杜，聘贡监生同邑庠生史公肇修女；可楷可栻可彬，俱未聘。斯选出者二，可东可枚，俱未聘。曾孙女三人：斯选出者二，未字；斯建出者一，未字。今将以康熙十八年十一月初三日葬于古城东北之新阡。乃为之铭，铭曰：

滫瀡之供不以居约，怠于亲矣。盘错之区不以告归，负于君矣。厚德之温温，洽于乡邻矣。凤毛之奕奕，裕于后昆矣。芝函行丽于三辰，龙章永耀于九原矣。

皇清前诰封恭人毕母王太君墓志铭①

恭人王氏，淄邑望族也。父济江公，衣冠济美，以财雄于邑，遗腹女是为恭人。会母亦遽卒，抚养于叔父满城令陟三公家。幼即庄慧，年七八龄，俨若成人。间佐理家务，每出语，暗合闺范，大母每尝指而目之曰：若为男子，当大乃宗矣。甫及笄，归于中丞。时家室新造，而恭人总理周详，中丞公无内顾忧，联翩上第矣。嗣从宦辙，裨益尤多。偶谈及古人懿迹，即能洞悉大意，期以则效，盖天分素优如此。迨中丞公捐馆，扶榇归里。提携诸藐孤于豺狼荆棘中，毅然有以自立，而侧目者渐辑，家声亦渐振。其训诸嗣君也，严切提命，血泪荧荧，常满襟袖间。季子际端，侧室张出也，张旋弃世，恭人抚之，爱有加焉。迨入泮授室，指示两嗣君曰：是可无愧汝先人矣。季复早世，遗孤呱呱，恭人之抚之也一如季子，鸣鸠之爱，奕世无替也。恭人赋性仁惠，泽及闾井。时明季兵燹，荒歉踵至，即出廪倒笥，纠工筑堡，饥民得借延残喘。而于恤灾御患，

① 2017年10月出土于“毕自肃墓”，现存淄博市周村区王村镇万家村毕道远纪念馆。

尤有长策焉。后丁亥，谢迁陷淄城，盘距者阅月。邑士大夫及姻亲族人望堡如归，不佞亦与焉。恭人授餐丰洁，始终无惰容。其于古贤媛鬻发延宾，过之远矣。确守先时世业，转倍增于中丞在时，而待以举火者亦益众。又出资完人婚嫁，施棺助葬，泽及泉壤。焚券而代偿贷赎，诸如此类者，不可更数。或身家艰苦，久役未归，或子妇悖逆，父母不慈，必多方护惜，婉言劝勉，俾各得其所始已，其优乐相关、纾祸解纷之谊复如此。而箧衍光明，从无私蓄，锁钥咸有所司，不自启闭。诸嗣君析爨时，田园器具、一草一粒，籍策阄分，皎皎青天白日矣。丁酉，孙盛青登贤书，恭人乃为诸子一开颜曰：此汝父生平质直，为国忠勤，未食其报，天其以此相贶也。然可畏不可恃，汝辈当益敬慎，以承天庥哉！兹后卑牧淡泊，尤逾畴昔，器量洪远又如此。

恭人志气清明，即当弥留之际，未尝昏乱，居尝能作达观。屡以后事相嘱，训俭戒夸。违养之次年戊午，曾孙世持举山东第一人，遗泽不亦远欤。明泰昌元年，以中丞公北直隶保定府定兴县知县敕封孺人；于天启三年，任礼部主客清吏司主事，敕封安人；于天启六年，任山东布政司宁前道右参议兼按察司佥事，诰封恭人；于天启七年，整饬宁前道，太仆寺少卿，诰封恭人。迨中丞公以都察院右佥都御史巡抚辽东，旋即遇变，未得诰封云。生于万历二十六年四月初三日丑时，卒于皇清康熙十六年四月二十二日戌时，享年八十二岁。

盖予读恭人行实，恻然者久之。而乃怡然以喜，作而叹曰：甚矣，人事之不可测，而天道之不爽也。夫愿为良臣，不愿为忠臣，此郑公之志，而亦万世人臣之志也。然而时与志忤，则良臣之遇难矣。至忠臣之履，觥觵而卒，臻康豫也，其事之难又百倍于良臣矣。笄袆之英，亦有然者。方中丞公开府三韩时，兄白阳先生正计相之席，花萼相辉映，棨戟交于海内，一何盛也！无何而中丞公谢宾客矣，恭人已称未亡人，拥二三茕茕孤子，形影相吊矣。然尚书公曳履星辰之际也，不数年所，尚书公亦归田，无何而复骑箕尾矣。又未几，而胜国之社已墟，陵谷顿改矣。当是时也，猰貐睥睨于上，虓虎跳掷于侧，磨牙饮血，曾不崇朝矣。而恭人屹如山岳，不震不悚。内修其穑事，而外御其侮。诸嗣君或则仁心为质，曲致券韝鞠跽之欢，或则义形于色。排惊涛骇浪，而双手砥之，卒不能有所加于我，而陨中丞公之绪者，此孰非恭人之仁育义正以有此也！是不止丸熊剪发，有以玉膝下于成。乃复以耕耨之余，絜业阳钟离而过之。翳桑之士颂义不休，猗欤美矣。是又须眉丈夫所未易也。孙中书君联翩上第，出入承明，以锦衣拜舞膝下，捧觞上寿者十七年。视昔人仅以含饴为乐事者，方此何如耶？及曾孙复冠贤书，恭人素帏犹在堂也，焫香而告，盖俨若其临之矣。故一门之内，肃肃雍雍，太和洋溢，亦复严若朝典，孝友之仪，列邑承流焉。瑱环大师，不必宣文缥缃也，几履虎尾，而彼卒折角，谓非天之相之不可。而恭人之能承天以受福者，良不易易矣。此以忠臣而良臣也，不亦兼至矣乎。异日者，太史采风，中垒缉传，知其焜煌百世无疑耳。

子三人：长际竑，岁贡生，娶江南常州府武进县主簿、同邑韩公讳溥女，卒，继娶明陕西临洮府同知、辽东佟公讳守任女，副室李孺人出。次际竩，拔贡生，敕封文林郎中书舍人，娶都察院贵州道监察御史、章丘宁公讳光先女，赠孺人，恭人出。次际端，庠生，卒，娶明浙江宁波府同邑王公讳崇义男、封文林郎山西汾州府儒学教授讳睹男、庠生讳历永女，卒，继娶江南卢州府兵备道、益都赵公讳振业男、廪生讳继美女，卒，继娶北直隶固安县贡生刘公讳我东女，副室张孺人出。女二：一适北直隶通州兵备道、长山徐公讳日升男、庠生之大；一适淮扬兵备道、新城王公讳之猷男、分守济宁兖东临清参将讳象丰男、拔贡生与阶，俱恭人出。孙男八人：际竑出者二：盛育，郡庠生，娶明壬子经魁、新城王公讳与夔女；盛骨，庠生，娶兵部尚书、同邑孙公讳之獬男、拔贡生候选州同知讳琰龄女。际竩出者四：盛胄，庠生，娶新城庠生王公讳与斌女，卒；盛青，辛丑进士，内阁中书舍人，娶太仆寺卿通政使司右通政、同邑韩公讳源男、山西潞安府同知讳茂柯女，赠孺人，卒，继娶明陕西庆阳府宁州州同知、同邑韩公讳淘男、庠生讳士楚女，封儒人；盛肩，庠生，娶明浙江布政使司右布政使、新城王公讳象晋男、敕封礼部仪制清吏司员外郎讳与勅女，俱卒；盛膂，庠生，娶福建彰州府海澄县知县、同邑王公讳钟玫女。际端出者二：盛肤，庠生，娶明吏部清吏司郎中、新城王公讳象春男、武进士讳山立女；盛前，娶封翰林院秘书检讨、同邑唐公讳曰俞女。孙女十一人：际竑出者四：一适余男，戊戌科进士、贵州威宁府平越县知县之驹；一适刑科给事中、同邑孙公讳珀龄男兰笃；一适章丘庠生、宁公讳持韩男天选；一适武进士、新城王公山立男、庠生士楚。际竩出者五：一适明山西应州知州、赠贵州道监察御史、同邑王公讳所须男、丙戌进士、勅授文林郎河南宜阳县知县讳鼎荫男、廪生广钺；一适诰封光禄大夫、吏部尚书加一级、益都孙公讳元昌男、岁贡生、讳廷钟男宝僖；一适明丁未进士、工部营膳司员外郎、长山安公讳檥男、增生讳麟趾男赉；一适江西布政使司右布政使、邹平张公讳毓泰男、拔贡生讳景燊男、廪生竣；一适诰封浙江按察使司佥事、同邑沈公讳三变男澍。际端出者二：一适福建漳州府海澄县知县、同邑王公讳钟玫男、庠生元楫；一适章丘庠生、郭公讳国珍男琰。曾孙八人：盛育出者一，世持，戊午解元，娶诰封翰林院编修、益都翟公讳元会男、监生廷秸女。世胄出者一，世淑，庠生，娶累赠奉直大夫、同邑丘公讳广芳男、庠生讳瑗女。盛青出者三：世淮，聘奉直大夫、广西思恩府同知、同邑孙公讳宗元男、增生讳宿璧女；世浩，聘兵部右侍郎、章丘焦公讳毓瑞男、廪生讳舜同女；世瀚，聘少保兼太子太保、吏部尚书、内秘书院大学士、益都孙公讳廷铨男、内府光禄寺署丞讳宝仍女。盛肩出者一，世泌，娶廪生、王公讳广钺女。盛骨出者二：世扩、世抡，俱未聘。曾孙女十四人：盛育出者三：一适直隶河间府推官、余兄讳玮男、监生之骈男、庠生肇嗣；一适吏部进士、候补中行平博、新城王公讳士祜男、庠生启涫；一适明礼部尚书、文渊阁大学士、同邑张公讳至发男、贡生讳泰象男、贡生讳绂男、余庆。盛胄出者三：一适贡生、新城王公讳士禧男、庠生启溶；一字邹平张公讳墀男秉钺；一未字。盛青出者二：一适章丘廪生、焦公讳舜年男、庠生宏祚；一字戊午经魁、邹平张公讳埙男、秉瑛。盛肩出者一，适明淮安府同知、新城王公讳之城男、太学生讳象孚男、庠生与纬男、廪生讳士铎男、启运。盛骨出者三：一字工部屯田清吏司主事、新城荣公讳开男、慈；一字明文华殿中书、同邑韩公讳溉男、庠生讳茂柽男、庠生讳永康男、维宝；一未字。盛膂出者一，未字。盛前出者一，未字。玄孙三人：海印，聘江南扬州府江防同知、同邑丘公讳璐男、监生讳辅圣女；海邸，聘吏部考功清吏司员外郎、新城王公讳士禄男、庠生讳启演女；海泌，未聘，具世持出。玄孙女三人：世持出者二：一字己酉举人、邹平张公讳玺男、庠生讳秉铎男，冲，一未字。世淑出者一，未字。此于康熙十八年十一月二十九日，启中丞公之兆而合厝焉。爰为之铭，铭曰：

郁郁佳城，逾彼怀清。千秋彤管，猗欤女踪。训者严父，光振家声。宜簪笏之衮庆，永蝉联于孙曾。祔中丞而含笑，是笄袆之杵婴。方翱翔于易迁，饬骖骒骓之云軿。贞珉不泐，示此仪型。

文林郎湖广道监察御史王公墓志并铭①

公之殉国也，三十五年于兹矣。公犹子殿读君，历年来索海内名流为表、为传、为赞、为祠记者已备，乃复以志铭委予。予发种种，且砚田之涸也久，安能为役？然念三十年前从外祖方伯公已有是命，乃甫一搦管，泣下沾裳，旋复罢去。今诸贤琬琰如林矣，渭阳之思，其何能已！虽言之无文，不可辞也。

明崇祯十七年甲申，贼李自成陷京师，明社墟矣。时则诸臣殉国者，自大学士吴桥范公景文、户部尚书山阴倪公元璐而下凡二十三人。我世祖章皇帝亲政之十年，乃采舆论，表忠贞，赐谥有差。复设位于宣武门之东，命礼部堂上官致祭，时余适承乏左侍郎，躬摄其事。圣天子褒异代之忠，以厉万世风节，甚盛典也！然二十三人者，皆甲申服官阙下，闻变殒身于数日之内者耳。嗣所睹闻海内忠臣义士一瞑千秋、同光日月者，尚多其人。而事尤惨、义尤烈，为

① 见新城《王氏族谱·侍御公墓志铭》。

鼎革之代所仅见者，则予舅新城侍御王公是已！

公讳与胤，字百斯。曾祖太仆公讳重光，祖大司徒公讳之垣。司徒公有子三人：长为予外祖太师大司马公讳象乾；次讳象贲，户部员外郎；次讳象晋，浙江右布政使，即公本生父也，方伯公奉司徒公命以公嗣户部公。公生而端方淳厚，望而知为仁人。天启丁卯，山东乡试魁其经，戊辰成进士，选庶吉士，庚午改湖广道监察御史，视河东鹾政。稽伪引，核积逋，奸猾屏迹。运司库有羡金，前使者例归私橐，公将复命，主者以告，公叱却之。再视川陕茶马，复遣提督应天学政。行有日矣，公念辛壬间叛兵躏二东时，大帅皆受赂，无讨贼意，独直指王道纯力主剿，且督诸帅计日出师，诸帅不能堪，以计去之，久无白其冤者。又川帅邓玘剿流贼豫楚间，依奥援，肆朘削，致军士闯门大噪。因具疏理直，指劾贪帅，逢当轴之怒，拟旨调外，遂移疾归。会方伯公亦自浙藩引年归，朝夕承欢，融融如也。

甲申三月，公闻国变，北向痛哭，易缟素，将迎于海，行至三岔河，闻海多盗，不可前，公绝粒长号，求死者益力。先是，公阅方书，见冰片多服能死人，置怀中，日夕服之，不知真者已为仆人易去久矣，竟不死。夜起，投水者二，为诸仆防卫，又不死。诸仆知意不可挽也，乃婉词谏曰：死忠，大义也，第太公年高，盍一归诀，死犹未晚。公乃命回舟抵里，时四月十九日也。二十四日夜，偕于孺人同缢于室，绳绝，又不死。二十六日之朝，言笑晏晏，指撝臧获如平时，已而偕于孺人及子士和登楼，意甚舒徐，久之不出，推户扃鐍，不可启，户发则皆雉经死矣！于几案得《自志》一篇，叙家世爵里，遗命速葬。呜呼痛哉！公自闻贼陷京师，故君殉社稷，时时言世受国恩，恨不身驱蝼蚁，盖百折而卒践其言云。当公求死时，诸仆浼士和譬解，士和曰：父死忠，母死义，子死孝，世间好事，何用喋喋为？遂作绝命词以见志，噫，可哀也！公配于孺人，青城侍御公永清女，孺人循循阃范，孝舅姑，和妯娌，而自奉淡素，曲体婢仆。其教士和，则凛凛一秉义方，不为姑息。士和学务博综，为文有大家风度，书学李北海，窥其堂奥，其于忠孝大节断断如此，盖得之天性然也。

予按，典午而后，清淮乌衣之盛，海内无双，由琅琊而江左，至新城益盛。祖孙父子兄弟咸以文章勋业鹤奕九州，至公而更以忠烈大节上继文山。曲士戋戋，谬谓春秋讥世卿，非通论也。君子论其世，谓君较文山为尤难。盖文山既秉国成，且开幕府有日矣；公则左迁，复久林下，即黄冠息影，以自附于遗山水云之列，无不可者。而洒血鼎湖，攀龙髯若将不及，百计捐身，耻同天地，一何烈欤！至阖门就义，痛彻九原，取义成仁，妻孥同志，求之青史，未数数见也。

公为学造次儒者，而复刳心于天竺之宗，世儒或以为疑，然吾考《文山自记》云：冬于狱中遇灵阳子，指示大光明藏法于生死之际，脱然若遗，因赠之五言二章云云，殆了了透性宗矣。从容就义，谈笑视之，复何怪乎？公学窥其宗，故能尽性而得所归。昔人谓无欲然后可以为王佐，予亦谓忘情然后可以立人极，于文山而益证其同然也。昔尼父之论三仁也，事故不同也。而子舆之评三圣也，事不同而同归于仁也。盖事之不回曰义，而义之能安曰仁，故义之尽亦归于仁，而仁之至可以兼义，心同而事可不论也。然即事论之，而光明慷慨，立万代之楷模，则确然谓公难于文山。而欧阳尚存道生前夭，则又文山之所未有，此固教授太仆司徒公之陟降在天，所黯然而悲、跃然而慰志者也。琅邪焜燿以来，千余年而得公也，足矣足矣！予故上参孔孟之言，旁及瞿昙之教，类于支离而不避者，知公在天，心许不以为非也。予每读历代史传，于仁人义士之记，一言一事，激赏流连，惟恐其尽。公虽往矣，流风余韵，幸未湮没。

谨按，封礼部公钦文舅氏所为状次之如此。公生于万历己丑，距其卒得年五十有六，孺人生于万历庚寅，距其卒得年五十有五。子一即士和，生于万历丁巳，距其卒得年二十有八，娶张氏，邑庠生张公炳然女，为户部郎张公羽凤孙女，壬午城陷，自缢殉节，别有传，继娶韩氏。女三人，长适邑诸生徐元祺，亦壬午投井死；次适益都官监生高梓；次适邑诸生耿弘文。孙一，启沆，邑庠生，娶予女。孙女一，适邑庠生耿元培。曾孙一，兆篆。以甲申年□月葬于新城城东郑黄河之东阡，葬之日，远近会者数千人，皆白衣冠，哭声动天地。伪县令贾三俊者亦至，众争投瓦石击之，三俊急窜去乃免。系之铭曰：

中主席庥，钟簴熙怡。庸人厚福，黄发维祺。贤主而竟亡国，仁人而竟杀身。平陂之无定者天，愧怍之不涴者心。碧化九原，光耿天地。河岳星辰，煌煌万世。

远峰康公墓志铭[①]

余自解组归里，杜门扫轨，判尘坌若割鸿沟。时惟偃息栖云，探犹龙之奥义，发昙鸾之微言，期引而归诸尼山宗旨，皇皇未逮也。

一夕，据梧趺坐，忽闻户外剥啄声，因命长须启葳蕤钥，延客入。至则远峰康公第四子也，手一编，长跪请曰：此先君生平行实也，今卜日襄事，祈借如椽，以光泉壤。余竦然应曰：余山中癯叟也，行将焚龙尾、束虎仆，游心无何有之乡，宁复竞雕虫末技，为人世谀墓耶？既而窃念，余与康公有世谊，忆昔绁马厌次，登堂把臂，欢然道故，至今犹每饭不忘钜鹿也。是知公者莫如余，余不志公，谁为志之？

---

① 见道光《陵县志》卷十六《艺文志》。

按康氏出北平之玉田，徙安陵者数世，皆有隐德。至侍御骧汉先生而始大，绾符花甸，晋秩乌台，不愧绣豸黄骢之誉，继至今犹赫赫在人耳目云。公乃侍御先生幼子，讳湛，字完虚，号远峰。生而魁梧丰伟，至孝，性有孝绪之风。而笃于友于，伯仲师友又不啻埙篪之和矣。且颖慧多奇，等身书授诸推枣之年，故垂髫即补博士弟子员，益奋志董帷，蜚声黉序间。人意班玉笋而陟金门，应如掇也。讵怀玉屡刖，未得扶摇直上，乃以母命谒天官，授司客卿属，亦毛生捧檄意也。未几而玉步忽移，遂挂宏景冠，中车归里，方之伯鸾，去国千载同揆矣。

嗣我皇清定鼎，虽两应辟召，鞅掌稷下秦陇间，终不以朱绂易陔兰之养。菟裘一辟，板舆娱亲，莱舞依依，有荣于轩冕者已。至遭父母大故，擗踊馔奠，一秉戴经，即丁颜之合礼，又何加焉！他如鹤风载警，履虎尾而弗临于踬；谗言高张，远贝锦而终集于菀。岂非艨艟之舟，坐泛惊涛，而滟滪之险不能摧其锦缆牙樯者乎？且秉心慈恤，荫庇后人，使诸阮奋飞，克绳祖武，公真加于人数等矣！嗟嗟！公槃槃大器，厦容千间，用翔步天衢，必能福泽生民、翼赞帝室，乃终老衡泌，种豆南山，抑又何哉？然懿行卓卓，譬丰城宝剑，光烛斗牛，终有不可没灭者。大约为人倜傥不羁，而又义以自绳兢兢，不渝尺幅，怀方岳岳。见一善如芝兰之滋于畹也，思同芳焉；见一不善如萘茨之生于路也，惟恐去之不远也。然亦未尝为阮公青白眼，故特立而不蘲于时。与人交不设城府，遇人有缓急，借箸而筹无遗策，意气直薄青霞，即解骖脱厄无难也。柰狼心反噬，或肆临父之疑，稍拂意辄思挤而甘心焉，公知亦弗校，终不以是非相鳌也。外邑旧姻又有眈眈涎公橐者，复乘间兴戎，思借以攫箧中金，而若党复揶揄相嬲，侜张为幻，公静气以待，不吐不茹，无铢两费，事竟以寝。黄度汪汪，又不啻千顷波矣。处事有成竹而弗以臆，如大黄之弩，一发无留行。又精计然之术，综理家政，条理井如，而产愈益饶，一邑称乌倮焉。

公器岸过人，善教诱，里闬遐迩仰之，有彦方之目。其守侍御先生庭训，克勤克俭，殆终身以之矣。晚年尤种福德，一切蠕动戒勿杀，其有契于万物一体之旨与？时尚浮靡，士多鲜衣怒马，公则时时进诸子而训诲之。诸子咸禀成规，彬彬无败乃度者。而养鬐修鬣，行且乘风破浪，登瀛而啖红绫，盖弹指事耳。公年登古稀，方期履醇蹈和；坐致遐龄，如禺中而望崦嵫。何意溘焉薤露，遽骑黄鹄耶！

公元配继配皆以名媛于归，德门婉嫕，娴内则，均有樛木逮下之仁。其相夫子，尸壸政，简静宽和，门以内雍如也。至若辛氏于青犊肆劫之夜，登楼急难，卒以身殉，烈哉！光于彤史矣，公刑于之化岂微哉！

公生于万历庚戌四月十九日戌时，卒于康熙己未八月十九日戌时，享年七十，元配同里陕西右布政石公维屏女，继配临邑陕西醴泉县知县邢公伉女，再娶直隶宁津考中主簿辛公华轩女。子十人，玥，庠生，辛氏出，娶德平庠生田公文蔚女；璘，邢氏出，娶同邑陕西陇西知县许公上通女，早亡无嗣，公命瑜长子继焉；琗，廪生，辛氏出，娶同邑直隶龙门卫通判郭公凤翔女；瑞，庠生，史氏出，娶德州处士刘公启源女；瑜，廪生，辛氏出，娶同邑廪生张公启亨女；琬，庠生，史氏出，娶德州官监生李公淳女；玠，业儒，辛氏出，娶同邑庠生于公文英女；玑，业儒，张氏出，娶临邑贡生刘公炘女；玹，业儒，史氏出，娶德州监生陈公佩女;玮，业儒，张氏出，聘德州江南长洲知县孙公继女。他若室人之无嗣者，命琗嗣冯氏，瑞嗣李氏，付托终身，皆公以恩及也。女八人，长适德平浙江於潜知县王公曰为次男昌祚；次适同邑庠生于公文英长男德中庠生；次适吴桥庠生周公鹤龄长男嶷，举人；次适德州举人刘公维禧长男，广生例监，候选州同；次适德州庠生孙公可久四男云鹏，业儒；又二女，尚幼，俱未字。孙八人，柞，聘原直隶武清县庠生许公延芳女，柽，未聘，俱玥出；棣，瑜出，见为璘继嗣，未聘;栴，未聘，棻，聘同邑庠生宋公维新女，俱琗出;棐，瑞出，未聘；樇、模，俱瑜出，未聘。孙女六人，一许聘德州太学李公枢长男熹，业儒，一许聘原直隶文安县庠生邢公朋三长男昰，业儒，俱玥出；一许聘同邑廪生张公继祖长男家传，业儒，璘出；一琬出，二玠出，俱未字。今于康熙二十年十二月朔六日未时卜葬于厌次西河阳之新阡。感故人之凋谢，伤岁序之不淹，不胜山阳之恸焉。载勒贞珉，乌可无铭，铭曰：

维涧有兰，维湘有芷。公之德馨，维其似矣。循彼南陔，伊其养止。仲氏之篪，伊载和只。孝友于家，令名广被。彼橘而橙，椒变而枳。维公素行，贞而不毁。天不慭遗，俾余是诔。抑维坤元，克荒葛藟。螽斯之仁，用广麟趾。爰启佳城，在河之涘。谁其卜之，緊青乌子。于万斯年，绥厥繁祉。

皇清敕授承德郎掌河南道事山西道监察御史加二级野臣李公墓志铭[①]

予邑般阳与公邑於陵壤相接也，予之与公仲兄大司寇游也，则自乙酉入都始矣。司寇公豪爽豁达、霁月光风之意，士大夫中褎然第一人。予朝夕过从，

① 此以1993年周村南郊出土墓志铭为准录入，现藏于淄博市周村区王村镇万家村毕道远纪念馆。另外此文又收入长山《李氏家谱·墓志铭·敕授承德郎》(民国二十四年刻本)，但作了大量删节，如其中关于三世三圣的议论，收入时全部删除了。

良无间也。后数年，公与予弟同籍举南宫，则第五之名不减骠骑，翩翩雁影，为予都门二仲。每过司寇公，丝竹袅袅，时出屏间。转而过公，则青州从事往复无算矣。司寇公早归子舍，长白之麓，绿野相羊。公则赋皇华而出，回车时亦数数息门里。而予亦数数请休沐耳，摄齐珂里，樽罍笑言，犹之王城内也。公素精悍，掩映数十人，而又娴于熊经鸟伸之术，视百岁犹朝夕耳。松乔小子，不足为伍矣。何意两丸如毂，数年中数洒涕寝门畔乎？每忆旧事，不禁沾衣，安能复执笔哉？勉缀成文，聊代山阳之赋云尔。

公生而颖秀不凡，登第后分考顺天乡闱，所得多知名士子。时持衡之家苞苴缛市，辟门大典，膻若金穴，公独矢慎，冰蘖自持。以故文场狱兴，同事者或被极典，而公门下士亦有以贿闻者，追廷询之日，士子自言盖为他房所欺，而公皭然了不染也。清慎之操，简在帝心矣。改岁考授御史，凡有关军国利病、民生休戚者，侃侃言之。如裁汰屯田都司，禁革漕米囤头，皆奉俞旨允行。巡按广西，入境严劾贪墨吏，有理刑官庇其属员，公其疏褫之，郡邑肃然。严饬暴兵，发还难民子女数千人。雪沉冤，释轻系，广九重天覆之仁溥矣。会停按差，即日单车就道，地方官为具陆贾装，公峻却之，不受也。脂膏不润，其介于服官有如此。

公于诸兄弟中齿最幼，太夫人之少子也，而于孺慕尤笃。太夫人寿开九秩时，南望长白之云，莱衣入梦，乃拜疏归省。偕诸兄定省之暇，筹觥交错，花朝月夕，融融如也。再出考满，膺文绮之赐，手自箴为太夫人制一衣，荣君恩也。巡视河东鹾政归，复以假请还里。宦情弥淡，晨昏依恋北堂，不忍一日违也。庚戌秋诣部，复转假而还。是岁太夫人登百岁，东抚袁公为特疏，题请奉旨建一品百龄贞寿之坊，巍然华表，海内无双矣。斑斓豸绣，甚笃于事亲有如此。辛亥丁艰服阕，值有滇黔之警，公毅然曰：此非臣子偃息时也。乃入都补官。乙卯掌京畿道事，升掌河南道事。公历仕久，资最深，后起者或骤贵，公不以置诸怀也。一日起奏，皇上垂问：尔作御史几年？伏地对曰：臣在衙门十九年也矣。至尊为之动容。其淡于荣籍有如此。前贤有言，我能俯首请托要人，则卿相亦已久矣，有以哉！及冬再以疾乞归，足迹不入公府。卜筑古城之隅，消作平泉莳花。时招一二友人解组里居者，胜日相从，呼卢飞斝，殊觉莲舍耆英，去古人未远也。公谦和乐易，终身不见愠怒之容，清谈雅谑，对之者如坐春风，其孚于友生有如此。至若慷慨仗义，好施无吝色。南郑令高君世豪，那移官库，将没入其孥，公助五十金，与同事共赎之，一门十三口得完聚矣。吾邑广文刘芳勋罢官之后，鬻其女，公闻之，捐十二金为之赎还焉。西山李姓售其产矣，公闻其贫无栖止，恻然以原券付之，前值弗问也。过洞庭时，见覆舟方危，急悬金示舟子曰，若救一人者赏一金。顷刻活百余人，如数畀之。甚好行其德复如此。公里居清肃，耳不闻户外事，戒饬臧获，恂恂奉法，人不知有柱史也。而立朝则侃侃正色，尝疏劾权贵，人皆危之，公怡然自若。忆昔时予将赴都门，司寇公语予曰：秋蝉诚非言路所宜，然仗下之鸣，古人亦复审顾而出之，纵当以身报国，而堂上老亲可不一念乎？幸为密语予季云。其兄弟之间，刚柔相济如此，此非他人之所知也。而尤不可测者则生平不佞佛，而妙有夙缘。丁酉秋，将入锁院之夜，梦人投一刺，上书摩河拜三字，延入则朱衣老僧。公命设素食，僧云，相别未久，何忘我不戒荤酒耶？叙语久之。次日火炉焰起，腾腾有声，中现佛像，广颡深目趺坐，宛然即梦中僧也。尽室之人皆见之，历三时乃灭，公绘其像虔事之。及巡按广西，抵全州湘山，入光孝寺，乃无量寿佛示寂之所，肉身完好，即前梦中与火光中见者无毫发异。惝恍有悟，为修醮三昼夜而行。公殁后六日，现象室中，衣居士服，坐大石之侧焉，异哉！

状中有云，公之忠孝大节琅琅矣。此非所急，故不详论。予谓斯言也，固醇儒之正鹄，而臣子之十经，不朽之名论也。然窃谓犹有所未尽焉，盖以《大易》原始要终之义，尼山朝闻夕可之训参之，而三圣人同异之道，三世来生之缘，正有不可不详者。夫三圣而止知有儒者，三生而止知有现生，盖正为人死即无知一语所锢耳。夫谓死即无知，是将劝天下以为恶也，是谓尧舜周礼之为下愚，而桀纣盗跖之为上智也。何者？诸圣人兢兢业业，慎独克己，虑无不及其量，犹之诸人之恣情病物无不极其量者，理也，势也。兢业之极其量，岂敢自快，其苦可知矣。荒淫之极其量，其有不快，其乐亦可知矣。生前之苦乐，人地悬矣。而一冥之后同为木石，岂非诸圣愚而诸人智乎？人将效其乐而智者乎？抑将效其苦而愚者乎？此不问而可知也。或疑之曰：天下无二道，圣人无两心。儒之外二氏，异端也，自当避之不遗余力已，似也。抑知道固无二，而道之奉天先天，正复不同。心之尽量与不尽量，亦复不同。仲尼七十从心至矣，倘再至百龄，当无复进步乎？圣之上又有神矣，圣有等差，神亦更有等差否乎？所谓天中之天、圣中之圣者，亦稍会其意焉否乎？所谓死而有知，则以为安矣。周公祷祝，载之《金縢》，文王陟降，在帝左右，岂二圣人之愚而信怪，抑伪为之以欺世乎？必不然矣！三世之事勿论，房次律、苏子瞻、真西山之生有自来，即明之宋文宪、郑端简，其来有自，不彰彰乎？此犹闻而知之者也。以予所目睹而详闻之者，如张樵明给谏、李玄佩柱史，记忆前生，举世共晓，非梦语，非呓语耶？夫三世之事，信而有征；三圣之道，上之益远。故宋相吕文穆公，朝夕焚香，必祝曰：子孙有不信三宝者，勿生我家。文穆贤相，其亦有所见乎？公家母子弟皆从般若中来，太母百龄一品，海内无双，此岂偶然得者？司寇公尝面谓予曰：吾将生时，太母盖见一老僧荷橐至庭云。而公灵异之征复若此，又其偶然乎？是知忠孝可以立身，空觉可以度世，非忠孝仁义而安思仙佛？犹高垣无基，万无有济。而谓道正于儒者，人伦之外，无复立命达天，孔子恐亦未之许也！且仙佛慈悲，现身接引，古来不胜书。亦姑以近事言之，如成相国青坛素不信仙佛，顷年病将危，昏愦中忽起曰：观音大士至矣！沉疴立愈。江南乔公，先朝柱史也，亦素不信仙佛，晚年髦耋，每五更必至西园，以为常。后其嗣君石林太史问之，乃曰：宋钱淡成先生来相诲也。化时亦复灵异神秘。儒者闻之，必以为诞或怪矣，以为诞且怪者，必其自命曰儒，是夏虫而章甫者也，何儒之为？夫儒固不同，有真儒有大儒。真儒履仁蹈义，千古师表。而大儒必通天地人，必明去来今。世人率以尼山不语为铁案矣，抑知列圣因时，难为典要。九金铸鼎，皆列魍魉；麟史鹢石，足掠听睹。至黄帝神禹，有灵陪列，又何以称焉？夫尼山亦有所罕言矣，利诚非所以导世，岂命与仁亦恐导人于匪彝乎？且“雅言”不及《周易》，《论语》不及“中庸”，乃韦编至于三绝，而家庭独有授受，岂其以异闻矜欤？亦知其意之尤深，而欲言之意尤切乎！故观圣人之言者当如观化工之序，寒暑屡迁，生成各当。有时蕴藉不少，如答南宫适之问；有时进退成宜，如答二子之问“闻斯行之”是也。苟能于圣人之言，知其变而通、同而异、圆而神，而不可语上者将有所待，则三世可知，三教可知。而公家之一门来去示现，当了了矣。予不佞窾启自惭，然以窥之天道人事，掇之经书以及周孔大圣之言，而觉其有可信而非诞者如此。

公姓李氏，讳文熙，字有文，一字野臣。先世枣强人，明初徙长山县，遂家焉，世有隐德。传至槐轩公，讳光先，是为公曾祖。槐轩生芳洲公，讳迓春，是为公大父。芳洲生见山公，讳梦凤，则公父也。自槐轩公以下，皆赠光禄大夫太子太保都察院右都御史。见山公有子六人：长为太学公讳重熙；次为宫保公讳化熙，历任刑部尚书，赠三代如其官者也；三为敕封公讳世熙；四为文学公讳景熙；五为别驾公讳振熙；次则公，戊子举于乡，壬辰成进士。生于万历四十三年三月初二日子时，卒于康熙二十一年七月初七日亥时，年六十有八。以顺治十四年三月覃恩，授文林郎，再以康熙十四年十二月覃恩，授承德郎。配王氏，敕封安人，太仆寺少卿、累赠少师兼太子太师、兵部尚书新城王公讳重光男、浙江按察使司巳猷男、安远将军分守济兖东临清参将象丰女。育子六人：长荣之，聘己卯举人淄川公柱女，殇，王安人出；锡之，贡监生，娶壬午科举人、湖广长沙府攸县知县新城于公灏然女，副室孟氏出；柞之，贡监生，娶壬辰科进士、整饬直隶天津道青城韩公庭芑女；修之，贡监生，娶太子太保、工部尚书、都察院掌院事、左都御史邹平张公延登男、拔贡生万斛女；保之，庠生，娶诰赠奉大夫、工部虞衡司郎中邹平梁公峨然男、总理两浙江南盐法道运使知先女，副室王氏出；慎之，聘己未科进士、广西思府同知、淄川孙公宗元女，殇，董氏出。女二：适直隶真定府武邑县知县、同邑孙公登云男、增广生士淳男庠生德溪；一适晋阶光禄大夫、礼部尚书兼东阁大学士同邑刘公鸿训男、江南颍州兵备道布政司右参议孔中男、监生导，副室王氏出。孙五人：锡之出者二，斯来，聘江南庐州府、兵备道副使益都赵公振业男、贡监生凯美女；斯株，未聘。柞之出者一，斯登，聘乙未科进士、山西道监察御史、新城傅公原男、庠生汝霖女。修之出者二，斯博、斯瑞，俱未聘。孙女十一人：锡之出者四，一字河南道监察御史、益都公班婪男泽壮；一字乙未科进士、通议大夫、巡抚云南、都察院右副都御史、新城伊公辟男、岁贡生作霖男应举；一字丙辰科进士、同邑赵公之随男士超；一未字。柞之出者二，俱未字。修之出者四，一字已未科进士、新城耿公克仁男若鲁；一字太子太保、户部尚书赠少保淄川毕公自严男、江南扬州府通州知州毕公际有男、廪生盛矩男世渡；余未字。保之出者二，俱未字。于甲子年五月初七日辰时安厝于南山北麓祖茔之次，爰系之铭：

陇西华胄何崇隆，煌煌仙李山之东。圣朝台曜司寇公，龙门顾俊继君宗。焜煌季子肩相从，昌言正色微凤鸣。泊然冰雪浣其胸，密迩卿月神愈冲。遂初赋就三迳成，薜萝梦适淡春明。柱史游戏归释宗，五浊一掷乾城空。笑彼蚊蛸方营营，吁嗟下士其倮虫。

皇清诰授光禄大夫保和殿大学士兼兵部尚书苍岩梁公墓志铭[①]

圣主当阳，元臣佐命，此九州之所共庆者也；惊闻箕尾，殄瘁兴嗟，此又九州之所共悼者也。九州远矣，但以畿辅屈指，若青坛成公、纯一杜公，数月之中，俱赴玉楼之召矣。然二公皆归林下，栖迟里门久矣，且也寿皆逾八十有余。至若苍岩梁公，方在政府辅弼，崇勋蒸蒸未艾，年止七十有余，而亦奄然谢世。则尤天道之不可测，而万姓百辟涕洟同悼者矣。予素忝公嘤鸣之好，四十余年无少异，安能不北望潸潸涟洏未艾乎！但以久病卧床，勉攥虎仆，自愧不文，或可附大贤以不朽云耳。

公讳清标，字玉立，号苍岩。先世山西蔚州人，始祖讳聚，始迁真定，遂家焉。六传至高祖，讳梦龙，登嘉靖癸丑进士，历官光禄大夫、太子太保赠少保、吏兵两部尚书。曾祖讳思官，荫生。祖讳维基，历官广东南雄府知府，祖妣王氏。本生祖讳维本，官礼科都给事中加一级。祖妣王氏以公贵，三代皆诰赠光禄大夫、户部尚书加一级，妣赠一品夫人。

公生而颖异，识者知为公辅之器。八岁随任至南雄，江船夜泊，雷雨猝至，

① 见《正定梁氏续修宗谱》，清抄本。1979年河北正定梁氏墓中亦出土有此墓志铭。

舟几覆矣。踉跄登岸，独与一老仆偕行泥淖中十余里，遥望一灯荧然，趋抵一舍，灯火忽没，因就宿焉。黎明乃近江浒，封翁惊喜，知有神明默相助也。读书目数行俱下，搦管成文，飙发泉涌。年十四补博士弟子，壬午录科，三试皆冠军，秋领乡荐。癸未成进士，授翰林院庶吉士。顺治元年甲申五月，皇朝定鼎，补原官。秋八月，丁父艰还里，旋丁母艰，服阕趋朝。顺治六年授内翰林宏文院编修，七年四月遇本生都谏公殁，给假治丧，复旋里。本朝之为本生治丧者自公始，遂为定例，锡类无疆矣。回都，以覃恩受封。九年六月升国史院侍讲学士，充武闱会试主考。十年五月升詹事府詹事兼秘书院侍读学士，闰六月升秘书院学士，十二月升礼部右侍郎。旋以畿辅告饥，世祖章皇帝分遣重臣往赈。公同少司农祝公巡历保阳诸州县，殚心察核，规画周详，人沾实惠焉。十一年九月调吏部右侍郎，十二年六月转左。本生母在籍病故，具疏给假治丧。奉旨准假三月，依限回部供职，不必作缺。抵里后，念丧礼虽粗备，而兄少宰公疏请恤典，业蒙隆恩，光被泉壤，义当匍匐丘垅，同举行大典，疏请展假期年。又奉温纶：着遵前旨，速来供职。乃复命。值大司马员缺，特旨拜兵部尚书。公惊闻宠命，具书控辞，其略：臣于部院诸臣中才品最下，年亦最少，尚书崇阶，中枢重地，况疆圉用兵，非老成练达，鲜克胜任。臣何人斯，当兹重任。伏乞收回成命，别简贤能。奉旨：中枢重任，卿以才望简卑，着遵旨受事，不必逊辞。遂入部办事，宿吏黠滑，咸惴惴敛手矣。八月京察，具疏自陈。奉旨：卿才品素著，特简中枢，着益殚心供职，不必求退。时蒙古诸部长朝阙下，公适以启奏至，先帝目之，谓蒙古曰：此朕新用兵部尚书也。知遇之隆类如此。数召至南苑赐食，命骑御前马，随猎竟日。江南提督马逢知素桀傲，所在多不法。世祖皇帝谕令陛见，逢知念旧例，当赴兵部行跪拜礼。乃托所知，浼公乞免。公面叱，不少假借，卒令拜跪，以折其气。世祖章皇帝闻之，谓侍臣曰：梁尚书不愧大臣矩度。人咸谓公持大体云。十四年三月，恭逢恩诏，公疏请移封本生父母如其官。时有武林斥生诬首逆案，叩阍，意在娄诈，株连甚众。公确讯，尽得其情，据实奏闻，立置之法，保全者数十家云。十六年夏，海寇郑成功猖獗，直犯江镇。世祖下诏亲征，遴择随征大臣十一人。以公多方略，俾提调各处兵马。旋有总兵梁化凤捷至，遂不果行。迨九月，言事者以海寇故劾本兵，遂镌三级。十七年甄别京官，自陈，奉旨留任。

十八年正月，今上登极，覃恩荫一子入监读书，是年充殿试读卷官。康熙元年，遵例考满。奉旨：梁清标在任有年，练达事务，着复职，照例赐羊酒表里。三年，再充殿试读卷官，辅臣以选人壅滞，下九卿议，停罢科目。公力持不可，曰：科目一停，不能即复。条例虽严，他时可改。且选法壅滞，当另议疏通，若停科，则失海内才俊心矣。独为一议，卒得不罢，科目之有永，盖公力也。五年调补礼部尚书，六年充会试主考。时用策论试士，公穷膏极晷，崇实学，黜浮议，得一百五十人，多知名士。三月京察，解任革职，公即翩然归里。手葺蕉林书屋，赋诗饮酒，优游泉石间，有终焉之志。八年，今上亲政，谂知公贤，特旨以尚书起用。将就道，会有刁弁诬构，将起大狱。公即赴保阳就质，事得白。其始也，人多为公危惧，公殊坦然。九年补刑部尚书。圣天子好生如天，矜疑详慎，狱无大小，并出睿裁。公仰承圣意，矜期平允，天下无冤狱。十一年二月，调补户部尚书。公既领度支，悉心会计，樽节备至，宿弊一清。是年挂误，应降罚者四案，俱奉旨宽免。十二年京察，自陈。奉旨：卿才品优长，特简司农，正资科理，着照旧供职。是秋，分遣大臣奉书掣南国诸藩，公之广东，移尚可喜家口。嘉平二十六日，达广州，可喜迎旨于江滨。次年正月，公偕督抚促可喜会议起行日期，而尚之信称疾不至矣。又数日乃议，之信携家属于二月度岭。四月中可喜继之，而兵众汹涌，尽出其什物以鬻于市，民多惊悸，思窜匿。公镇静，以安群心。迨吴逆以反闻，公多方慰谕，兵民始安，盖安危所系在顷刻间。而朝命适至，止可喜之行，谕公还朝。是役也，行万馀里，履危而安。路由南雄，公拜先人祠堂于东郊外。士人追思遗爱，俎豆勿替，而又喜公绣衮之至也，扶老挈幼，迎于道左。四十年前白头老吏犹有存者，咸厚遇之。太守孝山陆公邀公至署，遍观少时游历之所，抚今思昔，喜与感并矣。十三年四月，自粤东回复命。是日，上在便殿，召入，详奏往还始末，并粤东事宜，且尽却可喜馈送仪物，天颜为一笑焉。十四年，恭逢册立皇太子，覃恩加一级，给新衔诰命。十七年奉上谕，举博学鸿词，公荐徐釚等四人，皆名士也。十八年七月地震，三品以上各官自陈，公引咎求罢，奉旨留任。十九年冬，有星见于西方，上命阁臣传集九卿詹事科道至太和殿前，问应兴应革事宜。公言，秦中数年用兵，疲于转饷。前者运粮入川，一人约费二十金，今又责之水运。闻蜀人云：川中有粮，何必重累秦民，宜加轸恤。或云，恐川中无粮奈何，公云，副都御史刘如汉、李仙根皆蜀人，可问也。二公对，云如之，奏上，遂免秦运。二十一年正月十四日，上以海宇升平，赐宴乾清宫，张灯乐作以赐觞，群臣尽欢。上首倡柏梁体诗，群臣皆和。宴罢，命内侍扶掖，出东华门，赐厩马一匹。是年充文武殿试读卷官，得修撰蔡升元为首。夏苦旱，上传问诸臣弭灾之方，公言莫如省刑，今承问，衙门或有迟延不结者，责累无辜，请敕刑部督捕，有案速结。上纳其言。二十三年，改命以户部尚书管兵部尚书事，盖前此为本兵者十三年，比再任则恭遇升平，烽燧偃息。公余晏坐斗室，秉烛丙夜不辍也。二十七年二月，奉特旨升补保和殿大学士兼兵部尚书。奉命往山陵为太皇太后陵庙神主填青，又奉敕监修《三朝国史》《政治典训》《平定三逆方略》《大清会典》《一统志》《明史》总裁官。三十年，上见公步履矍跞，精力壮盛，命满州大学士传问公年齿及调摄之法。公生平不服药，以脾气之强，饮啖恒倍人。迨六月杪，竟患脾泻，医药罔效矣。伤哉！

公之平生与人交，和易而久敬之。不立异于人，亦不诡随以阿世。历官四十余年，绝无党援，而进退自如。著作有《蕉林诗集》《蕉林文稿》《棠村词》《棠村随笔》《棠村乐府》《蕉林奏草》。间以一二种行世，余未授梓，藏于家。凡诗文赠答及书函往复，并不假手他人。好观古人书画，能评其真赝。又酷嗜书，比先贤诗文集有未刊刻传布者，或于其子孙家缮写副本，乃愉快焉。族大丁繁，公视同一体。或婚不能聘、丧不能葬、日用不能自给者，公闻之，辄加赒恤，不待其人之来告也。复设义学一区，俾族人子弟肄业于其中。午未两榜同年在林下者，近不过数人，公时修馈问。或子孙服官及以他事入都者，莫不周全备至，盖年谊之笃未有如公者。尤笃师门之谊，其后人有失意者，蹴居及薪水月给焉，始终无倦。待门下士，以文章德业相砥励。至穷故人，欢然握手，如布衣昆弟。凡可以济人之急，拯人于危，隐为之地，不令人知者甚众。眷念故乡累岁荒歉，时加周恤。疾革时，犹殷殷念及云。盖公公而忘私，中分泾渭，而外无圭角。休休之度，昔贤无以加矣。

公生于前朝庚申年十二月十六日寅时，卒于康熙三十年八月初一日寅时，寿七十有二。历官光禄大夫、保和殿大学士兼兵部尚书。原配王夫人，诰赠一品夫人，内宏文院典籍加太常寺正卿通政使司通政使王公讳钟庞女。继吴夫人，诰赠一品夫人。再继配待赠吴夫人，俱邑庠生吴公讳原荫女。再继配诰封一品夫人杨夫人，邑庠生杨公讳似檀女。子七：长允嘉，荫生，诰赠奉置大夫工部营缮清吏司员外郎。娶贾氏，诰赠宜人，前御史贾公讳名儒曾孙女、庠生讳忭女。俱先殁。次允劼，早殇。俱王夫人出。次允坚，庠生，娶两江督标中营中军守备王公讳原升女，先殁。次允叡，聘福州府知府王公讳原直女。俱张孺人出。次允叙，吴夫人出，早殇。次允受允最，俱张孺人出，早殇。女八：长适太子太保工部尚书傅公讳维鳞子监生燮邕，先殁，次早殁。次适工科左给事中升四川参议何公讳澄子，原任上林苑监蕃育署署丞中柱。俱王夫人出。次适福州府知府王公讳原直子、岁贡生荣登。次许聘福州府知府王公讳原直子、监生荣命，次尚幼。俱张孺人出。余二尚幼，俱杨夫人出。孙[①]男二：长雍，荫生，刑部湖广清吏司郎中，娶王氏，光禄大夫太子少保礼部尚书谥文贞王公讳崇简孙女，湖广桃源县知县讳櫄女；次穆，拔贡士，娶郝氏，光禄大夫巡抚广西都察院右副都御史郝公讳浴女。孙女二：长适都察院右佥都御史刘公讳元慧子、监生蔼，先殁。次适郝公讳浴子、岁贡生椿。俱允嘉出。曾孙男五：坊埏圻，雍出。坤垍，

---

① 原字作“孺”，据句意改。

穆出。曾孙女三人，一雍出，二穆出。

不佞之于公，同捷南宫，同官木天，固似有宿因矣。而公之两兄官吏部侍郎者，复与家兄玮同捷南宫。公之先公，官二东开府。不佞大父以御史司北畿学政。孔李通家，盖累世矣。予卧病林下已久，而太皇太后之升遐也，予北诣阙下哭奠，乃一晤公。自此后，不复得一握手矣。公乃每岁远寄尺书、香茗、佳篚，不一而足。何故人之念，殷隆至此耶！寝门洒涕，宜老耄之不能自禁也。然三世茫茫，四洲寥淼，六如一偈，今古同焉。予蜉蝣之命，旦夕几何，九泉握手，故知伊迩矣。蒿里之乐，当倍阎浮，岂以幽明有殊途哉？乃收泪而铭之，铭曰：

圣朝元老，畿辅名贤。光昭祖烈，三凤翩翩。启沃元后，道济颠连。仁寿何爽，遽跻星躔。煜煜贞珉，亿万斯年。江宁尤永福天锡摹镌。

资政大夫内阁侍读学士敷政王公墓志铭①

天之生才，果何为哉？般般之足，喈喈之音，连城之璧，不巢于阿阁，不游于帝苑，不登于清朝，天下咸为叹惋也久矣。然而，山泽戢影，虽未贲为王国之光，而幽潜自湄，未为损也。若夫腾踔国华，旋惊殒刈，金石相砺，致惜圭璋，斯则左徒之呵璧，司命亦扪舌者已。玉树土中，陨涕何能已已耶？

按状，公王姓，讳敷政，字代工。先世为直隶枣强人。始祖讳贵，明初迁山左之淄川，六传而至公高祖方田公讳崇义，举明嘉靖戊戌进士，授刑部主事，历员外郎中，出守宁波，家始滋大。子小田公讳晓，举明隆庆辛未进士，历官至大理寺寺丞。弟又田公讳晛，明恩贡生，赠通议大夫。生子三，长九我公讳龄永，庠生；仲涧遡公讳鳌永，举明天启乙丑进士，历官至少司农，世祖定鼎以原官招抚山东河南，殉难，赠大司农。公祖兰皋公讳篆永，太学生，以公贵赠资政大夫侍读学士。生子四，长榄朋公讳楮，县学生，以公贵封通议大夫，再遇覃恩，赠资政大夫内阁侍读学士，公父也。公幼而卓越，动止无佻容，稍长出就外傅，诵习勤敏，人皆器之。每过庭，赠公辄为色喜，决其必能克家也。十八补博士弟子员，乙未冬赴京省视从叔银台公。银台公讳樛，大司农子也，以父荫赐世袭爵，拜他喇布勒哈番，隶籍丰沛。公至都，银台公留共晨夕，谊不容辞，遂附籍焉。癸卯登顺天乡荐，寻奉特旨，不俟会试，即以举人录用，公应除授县令。乙已银台公即世，承嗣乏人，遂弃本职而袭世爵。适值下诏求言，乃草疏条陈四款，剖晰详明，切中时弊，其经济已在圣鉴中矣。丁未今上

① 见《王氏一家言》卷二十，民国七年顺和堂石印局石印本。

光崇前烈，诏修世祖章皇帝实录，公选充纂修官。己酉赠公卒，越明年庚戌春，乞假回籍营葬，面目黧黑，形容枯槁，见者未尝不为之黯然心伤也。及至窀穸，事无大小，靡不中礼，道路同声，咸称孝焉。事竣北上，旋入史馆。辛亥，实录告成，除授吏部考功正郎。从事铨曹，矢公矢慎，陟降得平，未尝闻退有后言者。壬子孟夏，迎大母及母夫人就养京邸，承颜顺志，朝夕靡怠，得二母欢心。及二母旋里，而孝思益切。凡遇诞辰，必拮据精美衣帛，以代称觞，即偶得食用一佳物，亦必专役驰献，不以千里间隔，历十数年如一日也。尤笃爱诸弟，昔年析爨时，辄辞田产不受，尽畀诸弟，更以自置别业分给之。值年岁饥馑，一切饔飧之费，皆取给公也。众兄弟子侄辈婚娶丧祭，亦取给公也。公族姓繁衍，贫窭者多，屡遭荒歉，饘粥不继者比比皆是，而公竭力周济，不至弃沟壑，皆取给公也。至于族兄渭清，身役蒙古军中者二十载，家有老母，昼夜悲思。公恻然怜念，罄囊为之赎归。又族兄河清稚子士从，为人盗卖旗下，公多方委曲，不遗余力，代为赎回。闻族中有鬻儿卖女，如为珂女孙辈者，不惮倾赀代赎，俟岁稔，归还其家。其敦宗睦族有如此。至于事关桑梓，靡不用情周挚。如往岁飞差解运车木等项，每县动糜数百金有奇，公遣人检视，代为输纳，俾猾役蠹胥不得上下其手，省里甲无算金钱，迄今人人颂述不衰。凡本县有苦累徭役，虽鞭长不能遍援，然有求未始不应焉。间有邑里愚氓，或因官事罣误入京，辄为悯其无辜，留意区画，务使脱于患而后乃安。其加惠戚里者又如此。癸丑由铨曹转升内阁侍读学士，日侍禁闼，夙夜匪懈。至于清字文义，刻刻研究，凡内外章疏，悉以得公译正为无憾。不惟征信于友，抑且深获乎上。丙辰奉使代祭西岳及诸陵寝，皇华就道，王事靡盬，竣事归来，行李萧然。己未七月遇地震之变，公时在署中，头颅被伤，荏苒经年，倏愈倏犯。庚申四月又值夫人弃世，事猝出不意，旧疾复增，于七月初八日突病，遂至不起。诸弟方扶夫人榇归里，易箦时左右无人，而在京当路诸公、至戚、执友襄其含敛。古道照人，亦公之素谊有以孚之也。

公服官十五年，虽未得绩勒旂常，然国史郑重，笔削精严，章奏纷纭，译正详慎，亦足见政事文学之大端矣。若夫显亲扬名，孝养备至，友于同气，泽被宗支，其于名教伦常，洵称无少负哉！公家世有隐德，迄赠公而积行尤纯，里中目为长者，咸谓天之报施善人，不于其身，必于其子。及公洊历显荣，益复砥砺名节，树德务滋，固宜其膺天禄而享遐龄也。乃始而艰于举子，既有子矣，又靳之年，将天道果不可问耶？

公生于明崇祯丙子三月十八日辰时，卒于皇清康熙庚申七月初九日卯时，享年四十五岁。元配刘氏，贤淑性成，无忝内则。事翁姑以孝，处妯娌以和，勤俭足风，宽严有体，以故一门之内，少长咸无间言。以公艰于嗣，为置副室，中年举二子。屡被覃恩，诰封夫人。生于明崇祯丙子三月十八日申时，卒于皇清康熙庚申四月二十九日未时，享年四十五岁。计其生也，先于公十日，及其殁也，先于公七十日，异哉！长子勔早殇，次子劢方七岁，蒙题请，得袭世爵，聘巡抚广东等处地方、提督军务兼理粮饷盐法、兵部右侍郎兼都察院右副都御史、奉天金公讳儁女。奉旨归葬，择于十二月二十四日将窆先茔之侧。

予与公俱家于淄，而方田先生之父，予曾祖之外祖也，以故世有潘杨之好。而予初列庶常时，则涧朔公适入佐大司农，朝夕同朝，获侍杖履。甲申三月十九，闯贼陷神京，予微服过先生所，先生曰：适占《易》，得豫卦，卦辞曰“建侯行师”，何耶？予对曰：国家不幸至此，先生素负海内人望，复仇之事，先生勉之矣。既而奉世祖命，出招抚，予心喜其言之验，既为吾二东之丰庇，而通侯可立致也。不意遽骑箕尾，隧道之石，银台公授简于予。银台公少年隽才，英特博综，幼有江夏黄童之目，少余数载，而特与余兰臭叶焉。故其在里也，野夕过从无间，出必联骑，坐每更仆，溪艇山屐，时时共之。其入都也，朝署之暇，屣履造门。公第多花竹扶疏，一觞一咏，不减里闬，故人聚首，忘其为京洛也。后捐馆，予复铭之。

至公则齿益少矣，清姿玉映，语笑宜人。予小草都门，所恃以代支许之游者，实有厚望焉。而公忽于往年前罹地震之厄矣，当是时朝绅之立殒者实多，公虽伤而无恙。予以天佑吉人，历时自当霍然复故吾耳，岂意鳌足之折，犹淹床褥，鱼腹之溃，遽掩蓬蒿至此哉！予崦嵫迫矣，每拟他日者当以哀词累君，而乃倒行逆施耶！昔韩退之志马少监也，云四十年中俯仰三世，凄怆欲绝。予屈指鼎革初年，亦止三十有八年耳，而人琴之恸，殆难更仆尽。古今一丘貉也，信有之乎？予不于身目睹，此不知退之词之哀，而悼长年之无术，悟浮生之俄顷者之非诬也。昔予壬子之归田也，公移樽旅邸，谈叙移时不忍别。迨予林下累年，尺书时相劳苦。予闻公腾踔荣途，浸浸大用矣，则益大喜，视银台公迨将超乘而上矣。盖公不止以文学闻于时也，禔躬以义，教家以法，凡亲知中有不范身于矩矱者，毅然斥之。虽服官千里之外，而纲纪凛凛奉法，里闬颂德焉，此予八年林下所目睹者。虽以士绅之朝夕家园，训饬庐儿者，未之或先也，予兼以是服公之才。若出而提封千里，节钺一方，自当福绥百万人。褎然节钺上选，而千里飞黄之足，康庄骤蹶。干将太阿，未劓虎犀而骤缺，此亦咄咄怪事也！予再入京造门时，公虽已伏枕矣，犹起而执手。予谓公：渐健矣，然浮生幻泡耳，人命靡常，入息难保。此后虽病起无他，亦当戒杀利物，养气冥心，勉作渡世津梁，可乎？夫疾病忧患，此入道之机，亦作圣之门也。公首肯之。既而鲁戈无验，息壤遂沉，遽闻《薤露》之歌矣。

迹公始末，大约与银台公相同。银台公亦以上书内院，其译正国书，妙叶驿骑，此当朝所推为兼长，而满汉士大夫所共知者，公复继之。彼江右青箱，李唐二贾之丝纶，世掌未足为多也。银台公之才，亦上絜羊社，地又近矣，而亦未获一见所长，朝士惜之！予二十年前至京时，银台公亦已伏枕而旋殂。殂之后，人或梦之车骑，骎骎有行色，云将薄游海上。公岂追踪大阮、接轸于芙蓉灵芝之间耶？世外茫茫，予固不足以知之矣。爰系之铭，铭曰：

典午之瑞肇淮清，即丘继者冶城公。蝉连奕奕多人英，公之孝友存先型。绮龄珥笔簉西清，家之鸑鷟国之桢。方将翔步陟公卿，修文遽召白玉京。一丘郁郁掩佳城，嶙峋石马般水东，千秋万岁视此铭。

唐豹岩太史生圹志[①]

予与豹岩太史居同邑，仕同官，晨夕过从，讲业又谬称同志，则习太史者莫余若也。数年前即以生圹志授简于予，予笑而未之应也。越岁将为小草行，太史复申前说，予曰“姑俟后命”。迨予戢影长林，请不已。余曰：见卵时夜，未闻士君子如此其急也。彼靖节之文，王官之志，亦崦嵫已近，桑榆无多，偶然乘兴为之耳。君壮年，何汲汲如此？夫世人之溺于生而畏死者，彼未尝无说以处此，亦颇悉其情状乎。昔人之于谢世也，易其名曰不讳，则知自堕地以来，其讳之也深矣久矣。故斋畔白杨，席前薤露，古人传为异事，良有以耳。而士大夫之视其死也，其珍重又万倍于编氓焉。意固曰生之有死，其说诚共闻矣。然或如眇者之于星躔，止天官论理之词已耳，何得信以为真也？且人生五欲无涯，譬之绣岭阿房，正可千年游宴。悠悠天地，岂有黄壤青磷，我辈亦复俯首托足者乎？即命大归不免，而日月方长。某虽不敏，出其绪余，亦当方驾萧曹、挈衡卫霍，而麟阁未图，鼎铉未掌，午桥梓泽，尚逊前贤，蛾眉凤毛，尚多缺事，正小彭篯、小竖子耳。把袂分麾，良非难事，何匆匆遽为黄肠早计也？呜呼，此亦浮生大共之情，而今古一丘之貉矣。顷读君《云间日录》诸诗，偶抱微疴，便期观化，不减琴张桑户之歌，可谓达人高致矣。予亦何妨戏命管城，共作一剧乎！乃为之志曰：

君姓唐，讳梦赉，字济武，豹岩其别号也，盖世居豹山之麓云。幼即歧嶷，下笔能为古文词，邑人不知也。往年予有事西郊，绁马古祠下，摩挲贞珉，读而异之。已乃知为君笔，时方未舞象云。甫逾弱冠，登第，选读中秘书，即岳岳以前贤自淬励。时章皇帝初亲大政，中涓捧二册书至政事堂，命词臣之通国语者翻译以进，乃《玉匣记》《玄帝化书》也。君勃然曰：此非圣之书，何由

---

① 见唐梦赉：《志壑堂后集》卷之一，《四库全书存目丛书》本。

得彻御览，吾当争之。诘旦草疏，陈说孔孟之道不在六经之科者不当并进。时辅臣范、洪两先生止之，不可，疏留中，不下。会请假葬母，业得旨，行有日矣。又攻言官之甄别，而反噬及依违反复毁誉者，遂罢归。归而学益进，古文诗歌日益富，以新颖自得为宗，不寄人篱下也。而兼殚心经济大业，以民日瘠而国用未充也，非采刘巴、昭烈遗事，以铜作钞救之不可。盖人物贵贱，何常之有？惟人主能变化而操其权，故韦布而登之朝则公辅矣，卿相而斥之野则舆台矣。泉府之川亦然，苟可以充正贡、市恒产，能立徙木之信，岂忧左藏之贫哉？由是而增百官之俸可以育廉臣，蠲三年之租可以广仁政。此救时宰相之识，惜无能闻之九重者，今已授梓行海内，所谓《志壑堂集》是也。而复鞭心于性命之学，亦日新，予顷者细叩所自得，则告予曰：

不佞甫受书，先君子即以“止至善”一语时时提命，而茫无所入也。予罢官时，先生赠以诗，有“志能自见复何撼，士所当为尚自多”乎。此句时时在目，未能忘也。先生补官北首，东郊折柳时不曰“但能求放心，其胜馈赆固多”乎。此语时时在耳，未能忘也。乃求之宋儒性理诸书，汗漫而不入。因念孔门求仁为第一义，茫无会心处，为一礼字颠扑不破者数年。一日岁暮，见群儿击木之戏，画卯画河，争论不一，恍若有所悟。盖力大者欲远于河，力小者欲近于河，遂使先圣制礼之意，昭然如在目前。已而阅《宋史》至曹武惠引车小巷，避匿朝臣，不觉失笑曰：礼在是矣。愿以是为仁，依前扞格，不能自信。迨庚子改葬先慈，乃屏居村中，遂一意静坐，依天台教旨，由系念以至无念可系，觉此身忽升九天，忽堕九渊，已而忘世忘身，兀兀然无我矣。一日，忽见念发，如香烟一缕，起自脐轮，始复知有身世。古人云“未发气象”，又云“一念未生前”，宁有异旨哉？儒释之合其在是矣。过此，读古人书始觉了然。而朱文公诸书，往往有所抵牾。乃细阅其全集，有云：向来《集注》只作一篇文字看了。未免头上安头，不待王阳明诸公更为之解也。又其易箦之前一夕，尚改《大学·诚意章》注，其学亦日进矣。而后儒乃守其未定之书，比于尔雅不熟，岂□善述者乎？予倘荷天假之年，得搜集先儒之说，折衷以补注之所未备，诚为愉快矣。

君之语我如此。其从事于先圣之传也，不亦深乎？余因语太史曰：学人以宗圣为指南。夫三圣人之道远矣。伯阳曰长生，迦文曰无生，而仲尼曰知生，乃儒者于知生则训诂置之耳。精气游魂，幽明之故，《大易》所言者，亦曾一深思否乎？至长生则诋以为诞，无生则訾以为狂，一笑挥之有余矣。亦知三圣人婆心切切于此深乎？夫儒以人道庸行为主，故有所罕言，以可以语上者难其人故也。柱下者，养生之学也。令生而可不养也，慎疾者何以等于斋、战之瞿瞿？而于子渊则哭之恸，于伯牛则悼之深乎？彼专气致柔也，谷神玄牝之为天地根也固也。而又曰“死而不亡者寿”，仁者之寿，孰大于是乎？至于印度无生之说，义更深，而错会者更多矣。或以其生之所冰快而欲偿之于夜台也。是将据阎浮主者之座而摄遮须国王之玺也，不亦贪婪乎？或撤瑟而即齐质于木石也，是黄头外道之宗也，不且断灭乎？又或不达漆园针砭之旨，而信南面王之乐为大据也，是才歌薤露，便陟阆风九幽之地，反同黄曾紫霞、珠宫琳阙乎？误更甚矣。夫能知生者，乃能知死，而夕可以死者，乃正可以生。夫生何以知，死何以可，此各人切己事，非关三圣人事也。太史当更有以振我矣。

太史性好游，亦与予同。近则邑百里内外山水之间，时时杖履及之，远则南游吴楚，尝同予问道于夏侍御敬孚。先是，已访无可方大师于青原，遇于泰和之萧寺，听其说法者七日；后听施愚山先生讲学于白鹭洲。历匡庐归宗开先，将结茅于玉帘泉，未果而归。已而，庚申复南游，登钓台，过吴兴，止云间。存诸故旧，广揽名贤，搜异书，累累如陆贾装也。时或布袍草履，易姓名，与市儿屠沽，油油然人不识也。桐城方楼冈学士偶至广陵，一大僚问之曰：公同年生有方吉者乎？方愕然，大僚曰：旦有怀是刺见顾者，问何事，曰自山东来，将访道于豫章，微闻其从者曰：己丑进士也。故以问公。方曰：此必予友唐济武也，拆其唐字为姓名耳。追之不及。而所至，辄以良药济人。至武林时，适七闽林铁崖观察藁葬湖上者多年所矣。妻孥流落不能归，君慨然为之备礼，卜地葬焉，复为其子毕婚。林虽己丑同籍，而生时曾未一谋面也。其克敦古人高义如此。

又尝语我曰：少时好奇，习为书符役鬼之术。适一同学习其术，已有验矣。一日握拳怒目立而死，乃罢其事。至通籍后，复以慷慨尚义为豪举。见不平事，辄愤然义形于色，而不知人之切齿者深也。予见君自遂初以来，德日进，气日平，犯而不校，旧恶不念，殆庶几焉。此真可谓克己之学矣，所谓载道之器无疑矣。尝对酒快谈，久之，予忽睨君笑曰：君下笔伸纸，已足纵横当代矣，然使锢君于承明制作之廷，即令攀韩欧、凌王轹孟，于当世饥溺无济耳。此文人之事，非志士所期也。假如授君一节，分麾千里，当使数十城歌舞衽席矣。君能俯首就之乎？君笑谢不敏焉。然而古人履綦得当，肤功可决，固不待奏凯而知之也。夫以陶公之机鉴，幼度之英敏，假令当年老于牖下以终其身，识者固应惜之。至交戟之下，侃侃正论，已见一斑矣。而终未得剖当世之贤奸，补国家之水镜，此非为我心恻尤甚者乎？而太史怡然。然则土苴世事久矣，盖知吾生之大与天地同量，学者之生生有道，固在此不在彼也。乃铭之曰：

生趣沉冥，搏空为碍。圹亦何辜，闻者惊怪。十二万年，无一人在。岂悟佳城，遍恒沙界。鸿钧偃师，倏忽成坏。达人大观，无所不可。水乍成冰，影岂真我。我生有涯，造物不仁。鼠虫电泡，何去何存。肝胆楚越，孰疏孰亲。彼夜台宫，如日涉园。粲然一笑，休乎天钧。乃息乎无极之野，而入乎无穷之门。康熙壬戊季夏下浣，紫霞居士高珩题于六如轩中。

宋季子哀词[1]

余读宋季子圹志，而心恻者久之。是又子安、文考之故事，而司命之方醉者也。季子，名著，字锦含，为商丘文康相国之孙而刑部郎牧仲子也。生而歧嶷淳厚，至性通识，兹未能具述。数岁时，与诸兄以小过触牧仲怒，将杖之。祖母赵宜人为之言，季子怂恿诸兄长跪请杖。曰：杖则心安；否，是不受教也。

其后，牧仲权赣州关，欲革船税，每年可省商人数千金。吏胥咸中阻之，季子从傍曰：吏不过八人，商则千万人；与其八人悦，何若千万人悦耶？牧仲感其言，毅然行之。又尝和牧仲诗云：骀荡轻风日欲斜，云烟缥缈接平沙。舟人指点江天外，朵朵芙蓉是九华。今刻之《双江唱和集》中，轻盈欲舞，是何减子京回风半面诗耶？秀而不实，可慨矣。叔向、林宗以一言而识然明、赏孟敏，君平以《寒食》一诗见遇人主，煜煜千秋，岂在多乎？季子何辜，兰摧玉折，遂已忽忽九泉下，盖二十一岁亡耳。余无宿命通，何能达其故，徒伤天道无知耳。聊仿《楚招》以寄吾意，牧仲未尝来请也，曰：

有炜国华，是宜光昌。宜造于家，宜妆于邦。何展如之人兮，甫发轫而蹶飞黄。彼驽骀之永年兮，服玉辂而腾骧。天球碎而如雪兮，珷玞荐于明堂。盖大钧之梦梦兮，谁能叩阊阖而诉九阳。念鉏商之殁瑞兮，徒泣下而沾裳。盖古今之同恨兮，抱侘傺以无疆。命琬琰以摛词兮，拭贞珉而有光。

淄川高珩撰。

---

① 见商丘《宋氏家乘》卷十二，国家图书馆藏本。

栖云阁文集外·尺牍 启第八

与周栎园①

旌节已西，不知熊轼下，尚有离离三寸麦苗否？晤抚军藩伯，想已代绘监门图矣。此断不敢复有所望，但希诸公祖大慈大悲，知今岁之苦，已胜往年。恐秋稼之枯再如春稼，不可不早为沟瘠计耳。昔人所云，老年有疾，后愈减于前愈，后症重于前症，良可念也。

又

人人日望天下太平，不知畅则平，郁则不平。雨露固令人畅，不知郁塞之久，雷霆尤令人畅。亢旱固当停讼以恤民，古人决滞狱而甘霖立降，尤所以恤民。然则阳春脚，固即霹雳手哉！

与周减斋②

二李之集，架上未有。向来亦爱积书，李寇陷京，而燕中者失；谢寇陷淄，而家中者失。始知茂先三十乘亦复癖类，和峤嘉则数万卷止益昆明池底灰，不复作缥缃猗顿痴想矣。淄城陷时，薪楚并是诗书，泥淖则以为履，战斗则以为甲。前二日闲居，偶忆此事。因忆及京中书，因忆及初晤公时满地书。转忆及保障会城之功，乃得句云“诗书劫到真成胄，钟鼎缘差亦类竿”，为之三叹不已。而良书适至，不减慈恩梁州诗矣。

又

忆公初拜乌台，弟亦甫入词林，抠衣龙门，公方买书满地，回首犹昨日事也。后于京邸，过承会存，然未得清酒三升，娓娓松枝麈为惜耳。敏公年兄南还，急攫新诗数册，后以无别本来索，还之，至今以为恨事。弟虽素不知诗，而于

① 见周亮工辑:《重刻赖古堂尺牍新钞三选结邻集》卷一，清道光重刻本。第一封天头云:“如此牍能如此简，至难得难得。”按，周栎园，即周亮工，号减斋。

② 见周亮工辑:《赖古堂尺牍新钞二选藏弆集》卷之十三，清康熙刻本。第一封天头云:“一切杀风景事，经文人之笔，无不可传。”第二封天头云:“念东先生家居般阳，每风日清和，自跨一驴而出，遇嘉石浓阴，即系驴而卧，见者不知其为先生也。”

时贤中心仪者三人：公与芝麓、梅村也。龚如金雕劈海，奇健无前，公与吴则真长仲祖。一代宗雅，卓然正始之音。数年来，每忆不仙不佛不封侯之句，辄为莞然。公侯且置李北平自为解嘲，若出世是吾辈屋里事，何得向散花天女受记莂耶？笑笑。老公祖久宦南服，异人接踵，想已发明向上事矣。弟亦孜孜向黄冠，无大效。参究未得手，当策蹇问道熊轼下，或不惜发覆示之乎？

诸公论乐府书①

高少宰念东名珩，淄川人，此书与郁东堂

大序佳甚，峰回路转，波涌云叠。尺幅中已有山阴之胜，不与境近，不为情役，逼出真正学道人消息，不可复以文人目之。定峰兄诸作，稍一披览，沛然若决江河。至三节一记，尤于朱泗之渊探龙得珠，此孔门正鹄也。敬服！敬服！才人而兼学人，一时顿得两佳士矣。尚容扫榻，先此报章。

又题诗文卷首

诸书琅琅，掉臂昌黎、永叔之间。而志力之纯粹真挚，又欲过古人上。“史序”“楼铭”，论世之识，修身之学，足为斯世模楷。乐府如法，言如“易林”，非复近时赝鼎，幸黾勉大成，为吾道光耳。高珩敬题。

与姚文然书②

回首春明并马时，便似三生石上矣。弟蓬心窾启，本非仕宦之才，年来贫病交侵，遂令支离。黔娄合传，一丘自命，固其所也。老年丈以槃槃之器，精悍犹在眉宇间，正当为苍生一出耳！奈何墨守谢公雅志耶？比来添凤雏几人，消遣居诸，作何等事？弟愿一一闻之。年兄素跻玄关，兼又近邻佛窟，出世大事，想已得手矣。龙沙不远，五陵之内八百人，焉知非仆乎？幸以所得教弟，弟愿北面著弟子籍也。又年兄比所闻见性命导师有几人，何姓名何居？止希为一一提命焉。

弟自揣不如年兄者略有三端：年兄精神奕奕，上掩钱郎，而弟山泽之臞，望风欲仆，一也；年兄强仕无何，尚有劲翮摩天之势，而弟半百有二，蒲柳惊霜，

① 见沙张白：《定峰乐府》卷首，清康熙刊本。郁植，字大本，号东堂，太仓人。

② 见姚文然：《姚端恪公文集》卷之十一，清康熙刊本。答书在该书卷之十三。

二也；吴下阿蒙，使舟如马，一篙绿水，便是新丰枕簟之间九州五岳矣，而老伧策蹇几如枯株，三月聚粮，须典衣物。有此三不如，故善财百城，望如神足，虽欲问道天台，抠衣金涧，势所不能，安得不卒为庸人以老乎？然弟亦正患未得真师耳。倘年兄不吝金玉，弟将鬻产南游，追踪支许，胜汉人破家仕宦多矣。贵门人唐舍亲往，先此布闻。舍亲真有志性命者，弟之畏友想能述弟近状，并企向之私也。左侍御向曾相闻，今精进如何，刘潜柱年兄参禅有得否？密之证悟何似？令弟年兄昨承都门存注附谢。南望神驰，不尽欲吐。

附姚文然答书

复高念东书

济武来，捧得手教。十余年阔别，兄弟数千里修阻道路，忽到眼前，忽聆面语，此种忭慰，岂复人生所有？况如读司马《上林》，令人飘飘有凌云气耶？济武道，老年翁先生解悟行履，勇猛精进，玄关佛学，深入堂奥。弟闻之，愧不能效应汝南北称弟子也。至弟近状，晤济武可悉之。年仅逾强仕身，又林居已十载矣，未尝有遗大投艰之事，劳其筋骸，疲其神思，而鬚鬓且皓然矣。稍知玄学者固如是乎？至于佛学，总是揣摩影似，止如昔人所谓三家村里闲论中书政事堂“今日作何事”，不堪喷饭。初略读《维摩》《楞严》诸经，后垂涎宗家语句，爱其平地风波、山摧海立、当机圆妙、月朗云行。稍一涉猎藩篱，含咀菁藻，其所口谈心会者，正是彼带水托泥、葛藤窠臼。若其正令全提正，复茫如漆桶。谚云，真佛前不烧假香。弟未敢自欺，敢欺善知识乎？十年以来，病骨支离，偃息山墅，兼以老亲在堂，远游狼顾，足不入郡城者数载于兹。况能海陵三山，陆登五岳，遍参法席，问道崆峒乎？十年回首，只是一忙，只是一俗。初到家即为先母经营丧事葬事，中间为三儿娶三媳，又嫁二女。今又有先大夫之变，牛眠片地尚未知税驾何时，两小儿复以次将成婚礼矣。弟虽云不忙不俗，其可得耶？若待向平愿毕，未免妄冀河清，若云不背不触，亦即亦离，日往月来，草青叶落，觌面纷扰，我国晏然。诸与实相不相违戾，吾闻其语矣。画饼望梅，终腾口说。当机返照，自觉支离，舒卷不得。同时理事，判成两截。既往未来，两项尚可勉强消遣，见在一著，硬锁咽喉，牢把关隘，不许丢开，不容放下过，弟到此却理屈词穷、弓断矢折也。老年翁先生何以折芦渡我乎？导师在望，企予为劳。济武从长者游，所学大进可慰。左侍御已成逝者，密之年伯行脚江右，精修苦行，勤于读书，此亦迦叶闻筝，积习自在。然其意只图遮眼，何异吹毛？大约聪明轶人，虽入祖师堂中，不肯受一法束缚耳，亦久未知闻问也。潜柱长斋绣佛，居然有室，头陀参学勤猛，颇苦太贫，时时有在陈之厄。然神气安缓，无惘惘之态，亦可念也。以故人远询，便闻奉慰。济武本留为旬日住，以其太公相念，确不可挽。五舍弟适往乡，省早未回，故未禀候，弟为代布歉悚，临楮驰注。

高念东先生答启[①]

缁尘竟岁，兰台之走马何功；青帝回春，柳陌之听莺得序。十载华芝之梦，师忆嵩阳；千金郭隗之台，友来吴会。楚臣多弟子，宋玉无双；燕市有屠沽，渐离其一。欢然把袂，顿尔开樽。聚三千里外之萍踪，数二十年来之怪事。试青琐而起草，晁贾代有床头；卜紫阁以调元，锒铛谗来鼎耳。至于牢修上变，谁怜孟博之冤；梁狱陈书，重洒邹阳之泪。伯通庑下，人识春音；少伯船中，波摇钿影。赐环北阙，久闻姑布之言；投牒西曹，行奋渑池之翼。怅刘郎之前度，兔葵自笑春风；召宣室以重来，灌绛皆随逝水。烧荧荧之高烛，语深万叠风涛；拟切切之哀弦，欲下千行涕泗。重期舒写，庶散郁陶。上国少闲人，燕处故宜数聚；寓公有盛馔，倒行未免多惭。阁下长卿文采，久冠诸公；小杜风流，原无余子。《金茎》盈笥，赋成岂止梅花；石鲸临池，诗近还惊明月。狂真我辈，隽是人豪。况夫东海垂纶，西秦秉钺。菡萏绮铺叶底，应随太乙之舟；海棠霞散庵中，或佩重阳之箓。敢乘人日，敬叩仙踪。余事朵颐，闲情寓目。莱鸡味旨，豳厨魁玉馔之班；庄蝶梦迷，锦瑟忆金钱之会。天明起坐，日昳涓乘。

附宋琬书启

人日请冯易斋司寇艾长人总宪高念东副宪启

楚水枫林，卧沧江而将老；燕台霜月，叹华发之重来。暂谢山中麋鹿之群，重瞻天上鹓雏之侣。杨子云之寂寞，掩藜阁而送残年；刘宾客之飘零，抚桃花其如隔世。兹逢人日，正自公休沐之期；敬剪春蔬，邀上客从容之燕。笑贱子寒酸斯极，宁堪吹甑上之尘；恃将军礼数之宽，愿少驻花边之马。洒扫以迎剑履，岂因今雨而回车；上山而采蘼芜，或为故人而命驾。敢曰蓬蒿三径，追南皮清夜之欢；庶几棨戟双藤，占太史星辰之聚。

---

① 见宋琬：《安雅堂未刻稿》卷七，清乾隆刻本。

与蒲松龄书[①]

别来数日，想进修益复骎骎也。

往年看《志异》书未细心，今方细阅，卓然新出《艳异编》也，而尤胜之加倍者，则结构有法，点染多姿，四六、诗词无不佳妙，至跋语动人之劝惩，乐己之崇修，方知序中前身菩提，非漫语耳。

来书收讫，即悉刷送也。而净土一门，尤出生死捷径。初八日，王公睿来，亦已与之粗言大意。公睿向来只知练气口诀，而未知换身妙道故也。他日与亲家相晤，当畅言之耳。

《志异》四册，在敝斋方摘抄其有益于世者，数日内亦即送还也。

与某书[②]

捧台翰，极荷关念。秋水蒹葭，因时增感，伊人之慕，何能一日忘耶？舟次率复，临风神往。弟珩顿首。

① 原件藏中山大学图书馆。转引自袁世硕：《蒲松龄事迹著述新考》，齐鲁书社1988年版，第110～111页。

② 见吴修辑：《昭代名人尺牍》卷二，清道光刻本。

栖云阁文集外·司寇紫霞公录[①]第九

司寇公四勉堂说略

予弱冠多病，且感于了凡先生立命之说，黾勉于“学道、进德、养生、修业”，因以四勉名堂，期自淑也。后欲详陈其目，而因循未果。顷在都门，因干霄方年兄求言，乃稍稍条其义。非敢附于仁人，庶几临歧赠言，以代缟纻，或可以辅仁焉耳。干霄有志于学，其为何如耶？

一，学道。儒者之道，在乎仁义，可以厚伦常，康人物。仙人之道，在乎积练，可以却病苦，固形气。释氏之道，在乎空觉，可以免轮回，出生死。

二，养生。清心寡欲，节劳节口，慎寒慎暑，儒之养生也可以颐生。调息养心，化气化虚，道之养生也可以长生。止观寂照，洞见本末，释之养生也极乎无生。

三，进德。儒者当克己复礼，道人当持戒积功。

四，修业。应世之业，则当清心以课经书；济世之业，则当尽职以康民物。

详说十四则。道未可虚凭而致，至德所以凝道也，故详之。

一则：德以敬。而入敬者，德之门户也。一敬而百善生焉。畏天地神明，钦王法父训，可类推也。

二则：德以诚。而贯诚者，德之血脉也。一诚而百善真焉。心勿欺，义勿袭，念兹在兹，释兹在兹，参前倚衡，可类推也。

三则：德以仁。而大仁者，天地之大生。以不忍为端，以推己为准。慈悲宽和，始于孝亲，博于济物是也。

四则：德以义。而正义者，天地之正气。以不愧为端，以不为而宽。刚方直烈，无所屈挠，无所点染是也。

五则：攻德之瑕曰克己。惩忿窒欲，戒自是，戒自护，戒自恕。所谓破除我相也。

六则：广德之润曰取人。事贤友直，当纳谏，当取法，当思齐。所谓必有我师也。

七则：勉强，德之足也。所以能行，忍人所不能忍，为人所不能为。人一己百，人十己千是也。

八则：谦虚，德之舆也。所以能载，若无若虚，不矜不伐。内则望道未见，外则允恭克让是也。

---

① 见《高氏家模》中的《司寇紫霞公录》。以《高氏家模汇编》清康熙刊本为底本并参考清光绪甲午孟夏重刊本。

九则：慎独于初，则可以杜失德。必诚意，必谨几，必内省，必勿自谓小失无妨。

十则：改过于既，则可以赎惭德。必自讼，必自愿，必如探汤，必闻人告有过则喜。

十一则：德以有恒为成章，则无辍前功，而致半途之废。

十二则：德以日新为进步，则无狃旧得，而以小就自安。

十三则：德以正心为基，其所主也。盖心正而后德不摇于物，所谓先立其大，无为无欲之实学也。

十四则：德以见性为家，其所归也。盖性见而后可仍合乎天，所谓明德至善，不为不欲之本体也。

惟道可以合天，惟德可以感天。惟养生以留学道进德之身，惟修业以为学道进德之助，庶乎命之可立矣。

冠之以道者，何也？千圣惟此一事，万劫惟此一事。生即有时或夭，而道不可不学故也。次即当在德，而继以养生者，何也？生本不足养，而借此幻躯以为学道之基故也。进德，固学道之根，而德至于罔觉，则进乎道矣。修业所以应世，合内外之道也。虽有次序，而融乎次序，四端一贯者也。

司寇公以四勉名堂，而自疏者如此。骙晨昏趋侍，见为躬行实践，老年不逾，非比世人之口头禅也。

司寇公世训记略①

司寇公族谱宜戒题词

凡我族人，勿忘祖训，所宜所戒，略陈大端。宜畏天命，宜奉王章。宜敦孝友，宜济人物。宜勉谦和，宜安懦拙。宜守耕读，世业宜遵。淳朴家风，宜待人人。大度宜持事事小心。戒杀生，戒邪淫，戒傲戒贪，戒赌戒斗，戒懒戒奢，戒无信无礼，戒不孝不仁。

司寇公八秩后预书遗命诸说五则，又长歌一

习俗说

奢之宁俭也，丧之宁戚也，圣人之垂训昭昭矣。而流俗日下，尤奢于丧。此岂谓有益于死者乎？不能也。有益于生者乎？不能也。不过于众口啧啧称为

① 见《栖云阁文集》卷第十《记》，此从略。下一则又见《淄川高氏创修族谱序》。

好殡，观者愉快如歌舞乐事耳。俗不可医，一至于此。夫与生死之毫无益，人知之矣。而误以为孝者，或有之。此盖不知大小轻重之分也。夫人子之孝，以官爵封赠为大典，十人而九矣。然而，此亦常情，不足怪也。至人子能孝之大经，必以圣贤为师，修己以敬，待人以恕，慎独克己，居仁由义为本则，封赠尚属末务矣，况厚葬乎？然亦更有说焉。其先人而以厚葬为荣光也，尚可无讥。苟其先人之所不欲也，而强之以所不欲，自谓此曾闵之行也，是乎，否乎？况欲以求俗人好看，说好丧者乎？误矣。

荐芰说

芰非饮食之常经也，屈子尝之与曾皙之尝羊枣同。乃屈子以此代五鼎之烹，亦奇矣。倘使其子弟不听，必以鸡豚强之，可乎？然使屈子以芰而强其父母，则不可也。即以此垂百代之则，责其孙曾世守，亦不必也。而实为其口之所尝，其非毒鸩，亦明矣，后人何不可遵之？

有吾之遗命，亦复如此。盖吾素以宁俭宁戚为心，而又深恶世风之日下也。以无益之奢为不经之礼，乃相矜为孝，误矣。予非好名，亦非矫世，盖深恶之耳。或曰，行意可矣，如孝子之礼何？曰，孝子欲守乎常礼，自不妨守哭泣、衣食、斋素之常经，非令之必忘其亲之死，而学晋人之猖狂也。

与人同异说

与昔人偶异者，何也？并棺不用者：杨王孙，载之汉史；张杏墙，载之王阮亭集中。我尚从俗，未能与之同也。

与昔人偶同者，何也？《香山集》有云：

> 启手足之夕，语其妻与侄曰：吾之幸也，寿过七十，官至二品。有名于世，无益于人。褒优之礼，宜自贬损。我殁，当殓以衣一袭，送以车一乘，无用卤簿葬，无以血食祭，无请太常谥，无建神道碑，但于墓前立一石，刻吾《醉吟先生传》一本可矣。语讫，命笔自铭其墓云：乐天乐天，生天地中七十有五年。其生也浮云然，其死也委蜕然。来何因，去何缘？吾性不动，吾形屡迁。已焉已焉，吾安往而不可，又何足厌恋乎其间？

香山之自志如此。吾仕途与先生不远，而寿已过之。其铭中之语亦复与吾意略同，但少醉吟一传耳。掷笔自笑，不能已矣云。

解疑说

或谓棺木价贱不堪用者，此误也。我非无贵棺也，我自不欲用之耳。楚中买来二板，价皆百五十金以外，我必不用矣。定当他日卖之，作以利济人事，方可谓之养志也。

或谓既曾为官，葬事不可同于庶人者，此误也。如《王制》中，尊官仪从有定式，其僭而过分者有罪，其减者无罪也。如陵县显官科道多矣，其葬也俭甚，尚不如吾邑之数人。数百年来，人无讥也。

或谓人将讥汝后人之不孝，奈何？且孟子云“不以天下俭其亲”，宁非乎？曰：孟子之母，原未尝遗言令之薄葬。既遗言谆谆，则非后人之薄也明矣。

生死说

大约我之死，自视如未死然。盖未死之前，世上未觉多此一人；既死之后，世上亦未觉少此一人故也。又我死如未死者，以我之生如未生故也。我虽学未至无生之地，心欲证之也久矣。

长歌

何妨死，何妨死，自古圣贤不免死。即刻死，即刻死，望外寿高今才死。已无遗恨在我心，尚有遗嘱提汝耳。世人宜思先圣言，礼丧宁俭宁戚耳。衣冠布素送终宜，还要华美多事耳。便送浆水也可笑，多却一竿门头纸。各家报讣欲何为，不过往来费事耳。湖广买来百金棺，久已嘱咐不用此。何用金棺盛死人，金棺亦似土坑耳。人死棺自不可无，不过十金便足耳。门彩大棚欲何为，不过教人好看耳。纸札仆马不用多，四五六七便足耳。不受吊不受祭，但贴遗嘱宜早耳。僧道诵经不必用，真实僧道原少耳。果有真修戒律僧，三日道场便足耳。超度千百诸鬼魂，佛法普济人天耳。行状墓志并不用，不过赠人糊墙耳。人死便厌久在家，数日出丧为快耳。葬日旗幡并鼓吹，喧喧闹闹徒烦耳。乔装体面多费钱，难道这是真孝子？不如留点赈饥荒，留点阴德给孙子。家祭堂祭杀猪羊，杀生惨忍尤当止。但遵遗训为善人，戒杀戒淫贪暴止。仁义诚敬四字经，便是善人兼孝子。遗训正与庭训同，便如父在何曾死。

题遗命词

昔子桑户闻子贡之言而曰：是乌知礼意？晋王文度答谢傅书则又云：天下之宝，固为天下所惜。此二说者，向尝耿耿于中，数岁不能委决。一日读《宋史》，至曹武惠引车小巷，避匿朝官。因洒然二疑交释焉。今再读紫霞先生“预制遗命”而益有合于中也。夫以曹武惠之出总六师，入兼枢密，其卤簿所经，百僚辟易者，其常也。若是者，岂非天下之宝当与天下共惜之者哉？顾乃高车不驰天馗，八驺不逢朝士，岂故弃其宝欤？毋亦谓其所宝者确乎在此而不在彼，而兢兢乎不敢失坠，是乃所以为宝也。夫舆卫品级之设，所以彰有德也，而屑屑焉与之争，其舆于不德之甚者几何矣。向者，紫霞先生之奉命祭告而过里门也，不愿以前导之烦勤诸父老。所为予旌之物，俾二役捆负以从其舆后。当是时,大命已煌煌桑梓矣。即今之致政东山也,宾至五簋,围坐率六七人,磁漆枣栗,居然涑水之会焉。小出则一蹇一仆,又一苍头肩二山篚,凡几褥笔札皆具。然笔不厌鸡毛,墨不厌松煤,举朴樕如老衲,不取华泽也。如此者,朝而游,夕而归。是以木铎狥道路,不啻过矣。宁俟遗训再示敦切哉?先生之为此命也,毋亦谓向者风敝俗靡,士夫不能自立,乃至为商贾奢滥所惑,一丧礼彩棚之费曾至累千金,无财者坐是久淹亲柩,积岁不克襄事。迩来,业率同志易之以布幕,亦既熙熙然成风矣。独是俑人楮马之属,累累冥器之外,又增以百十事,侈于地下而涂饰地上之耳目,何当焉?先生之为此命也,所以训世也。而先生曰,否否,吾视安养金城之外,一切皆青山黄土耳,何事敝敝焉勤求为耶?盖不止冥器数十事云尔矣,先生之意如此。此子桑户琴张依门而发啸歌之礼意,非是者乌足以知之!余既遵先生之命为言以书于六说七诫之后,或谓余是且将为杨王孙之友乎?余应之曰:未也。先生业得长生久视之术,作地仙不老,即一日缑岭吹笙,霓旌绛节,别有幡幢,下视尘情。盖既不以无为意,亦自不以有为意者也。唐梦赉题。

庭训识言

尝忆骙弱冠时,晨起趋庭,司寇公呼而谕之曰:人家教子弟修身读书,实使之有以自立。至显扬之端,荣被父母,原不可必。纵或得之,而父母未必及见之,何益哉?汝祖父庭训数语,犹历历在吾意中也,今付汝识之。

谓世家不肖子孙,消散产业不过两途:一曰软消。小则诱以奢靡,酒炙烹庖、衣服车马之费皆可荡其资产;大则诱以嫖赌,胭花缺陷之坑堑,未易填平;一掷千金之危机,难保胜负。因之,宅地飘零,妻子冻馁者,固比比矣。一曰硬消。或窥其浪荡之不检也,则假以债负,权其子母而逼折之;或窥其白屋之可欺也,则嫁以讼狱,谋合奸吏而威诈之。膏腴一日不尽,祸端一日不停,世传物业,何可有耶?到此落寞之时,方悔不读书立品。噫,已晚矣!汝辈其念之哉!

呜呼,骙今年近花甲,须发种种,幸无坠荡子之诮。然历睹败亡之家,果不越此两途焉。后之子孙能兢兢于此,早思自立,庶不愧见先人尔。更有间付庭训几则,条列于后,子之骙敬识。

司寇公庭训摘要

人患不读书,不患读书而君相不知;人患不学道,不患学道而仙佛不渡;

人患不积德，不患积德而天地鬼神不敬。人之修身寡过有三等，生而知戒慎恐惧者上人也，遇患难后而知戒慎恐惧者中人也，遭患难而不知戒慎恐惧，且资其豪横者下人也。更有取祸之道矣。如何是将有祸之人？曰不知有可畏之天，不知有可怕之人，不知有可听之言，不知有可悔之过，不知有当忍的豪气，不知有当戒的女色，不知有当却的财利，是即有祸矣。反是，则福将至矣。待人必当谦下，居心必当宽仁，处事必当详慎，事天无逾小心。庶几可以寡过，庶几可以保身。走笔为此口号，嘱汝兄弟书。绅书于燕台松筠庵之僧窗下。

连日方会审重囚，重囚之当决者约二百人，而总之止四端：杀人，奸淫，做贼并不遵法度，匿逃人耳。逃人或有以慢疏玩法而致者，至上之三端不过贪淫嗔之一念不能自止，随至杀身倾家耳。圣人曰，先诚其意，岂非治病于方萌无双神药哉！至王法之日日在心，此又君子怀刑之实际也。此意当告之凡有身家者。燕邸家字。

作文要精熟，思用篇法，股法，句法，字法。积学如积胎，当自涵养融会中得来。

克己复礼，济人利物，清心寡欲，静坐念佛，此终身之学，终身之福也。亦累世之学，累世之福也。若能始以立志，继以有恒日新，鸡鸣而起即思之，解衣服而卧再省之，足矣。

贤圣教人为善，不外仁义二字而已。仁者利人利物是也，义者不愧不怍是也。始之以敬字，仲尼之修己是矣；贯之以诚字，《中庸》之无息是矣。详言之则为三畏，为九思，为仁守，为时习，皆敬诚之所致也。大抵我之所不乐者，勿以加之于人；天之所不喜者，勿以行之于身，足矣。念必正心诚意，事必居仁由义；三畏所以存心，九思所以应世。

一日过庭，偶言触某事，因谕騤曰：吾生平自期，不以私怨记恨一人，昨偶拣阅李五老墓志，其素志亦与我同。前贤量大，不可不勉。

养生：第一寡欲，其次节口。苟恣所快，杀身无救。脾肾不伤，庶几长寿。

修身：天地神明，时时在念。勿为小恶，勿忽小善。孝弟为根，仁义为干。

勤业：才不足言，学则有成。日熟一文，其用不穷。有志有福，惟读与恒。

接物：一亲匪人，终身祸作。此外群偶，敬恭有恪。亲贤思齐，遵彼先觉。

生计：我见豸嗣，居然饿死。鄙夷稼穑，自然至此。少积多靡，败家荡子。

阃教：重门高垣，内外严绝。尼媪必斥，阃外无涉。即为至亲，不妨疏节。

心学：敬则德进，万善所存。慈则德弘，好生同仁。正则德立，神祇所钦。空则德玄，乃返于真。

人不教儿孙，自己寻苦恼。明知当教儿，只是儿年小。已是要教儿，又怕儿烦恼。一年更一年，把性惯坏了。起头佯不听，后来和你吵。渐渐骂他娘，还要打他老。之骙录识。

留耕堂遗诗

留耕堂遗诗卷一 五七言古诗二十一首

淄川高玮绳东著①

陇西行有感

陇西多鹦鹉，丹嘴羽毛奇。语言一为通，指爪何能为。破巢强执之，母行雏亦随。携将出潼关，相顾无还期。少妇多柔肠，不忍乡泪垂。偷开金合锁，放尔自在飞。振羽各西去，鸱鸢攫且追。羽族无凤凰，衔荼当告谁？

舜井

照骨泠然清，一泓规为二。白日涌飞涛，人传帝妃至。历山故乡里，浚井传闻事。出前孝子心，格后双亲泪。白杨啸晚风，摇曳苍梧珮。

望夫石

青山无限路，望望心独苦。岁月几经春，昼夜多风雨。影分石镜明，泪滴岩花乳。远戍行不归，伫立成千古。

正平故里

正平千古士，海岳出奇才。惜哉不遇时，竟为蝼蚁摧。挝鼓雷阗阗，满座如烟灰。世人皆欲杀，黄祖况驽骀。惟我亦淄人，吊古生余哀。

樵客吟

入山逢采樵，乍听山中语。不复类方言，或传自太古。欸乃饱风涛，层颠亦辛苦。倚石坐白云，探泉磨缺斧。日夕群行吟，林深叫乳虎。爨熟掩柴扉，夜静闻山雨。

① 每卷皆有此署名，以下三卷省去。

戒杀

藿食清我心，香饭亦清福。世人饫烹宰，口腹集怨族。物命与人争，生死或反复。大德实好生，太平丰五谷。葵叶绿离离，椿芽红簇簇。漱齿亦芳馨，釜香黄粱熟。

纪梦

四月廿二日，及君四七期。夜卧东窗下，恍惚梦见之。自楼下层阶，转步向西墀。入门衾纵横，旁坐巫者谁？君卧衾覆首，似是疾未衰。展臂凭诊视，语笑尚迷离。忽尔遂惊觉，但闻儿女悲。梦醒分存没，能不肝肠摧。

初秋

微凉宿阴林，顿觉烦暑退。登台对清池，流萤停鹤背。静夜发啸歌，逌然无人对。

水气抱柴扉，林阴夜凛冽。风至如有人，芭蕉鸣激切。暗暗梅花间，月照如凝雪。

朝耕

荷锄出茅屋，月色白凝素。过林滴雨声，一天好雾露。灿灿动霞光，东方亦渐曙。不觉叱牛声，惊起双白鹭。

带月来原田，月落天将晓。溪流涓涓声，今年雨水好。前种已生苗，万事无如早。解轭唤大儿，牵牛食露草。

秋夕行

起坐看明月，忽忽下我床。不辞前期近，翻怜此夜长。空阶行寂寞，缟带纷飘扬。炉烟飞欲尽，瑶瑟静处堂。落叶将何之，萧萧井梧黄。塞雁知我愁，嘹呖遥相望。过去留余响，感涕欲沾裳。人事多乖误，何能问彼苍。

述怀

簇衣质已尽，驱日竟无策。暮入惭妻儿，朝出惭宾客。忍耻告时人，人乃翻见责。早知逼迫难，何用随手掷。自不重黄金，锱铢肯相索。默默不能言，仰面看山碧。

秋夜

不闻机杼鸣，但听捣衣急。万户同一声，谁能当风立。明月罢悬灯，响尽搴帏入。何来太息声，应有泪痕湿。

有感

沙上忘机鸟，悠悠自翔集。流水竞无心，影照前山立。容与下寒塘，波迅回流急。飞鸣而驯狎，乃被渔人执。

疑冢歌

漳水东来波光涌，行人沿流见疑冢。老瞒狡计一何多，当时则得后来讹。逼君戕后丛众怒，千秋难保奸雄墓。遗秽虽多怨已歇，後来谁复仇枯骨。累累徒留荆与棘，冢既多兮詈亦亟。何必尽掘疑冢七十二，莫疑老瞒之骨真与伪。但愿此冢千古存，五丁护之时与唾詈。如此报之是亦足，呜呼，老瞒之计徒为辱。

过汤阴

金牌已下将军死，秦桧犹愁高宗喜。从此循王御幸频，从此蕲王归湖址。二圣中原不复回，宋室江山竟尔尔。国家兴亡有定数，宋家八叶天心去。将军焉能回宋天，不死会有摧威处。天爱公忠全公名，故令秦桧毁长城。云兮宪兮虎翼尽，三字狱成谁能问？全之敌手死之奸，激成万古诵其贤。将军死桧名乃全，所以天意若不怜。我过故里一怆然，秦桧乌能奋老拳，呜呼何铸与施全。

落叶

悲落叶，落叶不须悲。已见花开落，又见子实垂。落叶随风飞上天，却难吹到玉阶前。飘飘万里无寻处，雨打风吹亦可怜。落叶笑主人，所见何不广。位高恒自殆，功多故不赏。春秋代谢有归根，终当吹息归元壤。流水青山无尽时，年年落叶向高枝。

陌上瓜

种瓜上陵上，四野无环垣。老人勤抱瓮，折柳自为藩。瓜瓞行未熟，累累大如拳。军马连山来，逍遥拄马鞭。执缚老人手，苦索卖瓜钱。茅土分无主，尔胡作吝悭。殷勤息武怒，愿退为闲田。

归舟

大暑不出门，古语诚良药。我行何所为，扁舟被炮烙。足蚊复多蝇，往复如疾疟。所慰在良朋，旦夕恣谈谑。大言破鸿冥，野意杂丘壑。砥躬矢圣谟，溯难及蛟鳄。说鬼姑妄言，妄听亦相诺。赠答间庄嬉，大噱倾凿落。以此敌日长，日长苦不恶。生意各有神，望泽须杯勺。老圃勤桔槔，喜鸠偏恼鹊。肤寸起层阴，雄雷声咯咯。凉雨掠孤村，不惜为少泊。风伯有何仇，来往偏相虐。自顾一身穷，劳汝反生怍。过耳姑置之，无乃兴消索。百里辞燕山，千里见橦愕。故山如故人，望之殊绰约。久住有深谊，岂必衡与霍。白云覆我庐，荫午敞高阁。欹枕抱青奴，桃笙安体弱。果瓜列阶除，童稚争来攫。啼笑各成趣，翁坐为斟酌。体气欲飞扬，胸怀更寥阔。我欲续昔言，在家贫亦乐。

通玄歌有记

咄咄绝命篇，清节一何苦。达者高其怀，辽然寄万古。病中枕上撚吟髭，解脱非同偪侧词。行年五十不自力，志广才疏世所嗤。百巧百穷无一可，心强命若随颠播。可憎面目自嫌身，俯仰天地岂私我。一朝气感忽玄通，良友招邀来窈冥。谓我素心堪共托，东方千骑属专城。我谓我友勿相迫，忠孝阴阳同一则。违丧从仕礼所呵，爱人如此岂以德。友谓我语正且强，愧君终是敬君良。余年益力休潦倒，珍重后期聊自将。别去飒然如梦觉，生固何佳死不恶。往来消息等闲看，换世何须棋罢著。积德休为时命牵，失足回头亦甚难。莫将后事援前事，心田自种为福田。万事腾腾一杯酒，虽贫尚有五株柳。从今不系类方僧，期至悬崖行撒手。

辛丑遯月十日昧爽，乍醒，睹一长须，持同门友大行吴君瑄刺，跪曰：府主近荷新除，欲荐公自代，屈一面叙。余辞以内艰，长须去。有顷，复来道吴君郑重意，且言移住不远，深冀暂面，车徒已具，请无复辞。余正色曰：致意府君，甚荷相念。然幽明虽殊，情理则一。世岂有停丧未葬，而遽出从事者乎？长须唯唯去。问答时，心中了了，无昏沉相，然体中则萎然惫也。迨夕，梦吴君扬旌旄拥驺从而至，寒暄如平时。余叩其故，曰：仆受帝命，作燕冀方岳，近以任职迁除，念兄悫诚乐善，久而不渝，冥中最重此格，欲荐自代，此固不恶。余理前语谢之。輾然曰：相重正以此意，行当荐郭兄耳。此行欲以话畴昔，道初意，人世百年，止如顷刻，幸好自爱，以俟后期，终恐捉鼻不免也。遂别去，抵明而惫渐瘳矣。方余之睹长须口命，手指拏役，共见梦中，事涉恍惚，未敢语人。

然此事之不可不示人者三。迂腐者流，误执魂升魄降，举从来谒帝赋楼之事例，归之新鬼故鬼之诬。此殆狷夫道雅，介徒指墨，其言虽正而不自知其固也。一旦稍稍疾病，即又忏祷交驰，史巫纷若，若惟恐鬼神灵爽不赫赫如人意者，何自背也！夫精气游魂，圣人以情状言鬼神，则的然有可据，亦彰彰矣。天下事，以目睹者为真耳。向之翘翘车乘、昭昭名刺，何为者耶？古道交游，今弃如土；握手倾肠，信誓旦旦不难，转面背之，翟公之门朝满夕虚，宁必交徒零落而后鸟雀可罗哉？吴君，中州名流。榜下相见，恂恂醇笃，及杯酒谈心则皎日秋云，比高洁烈，数年以来亦止意其为冷风野雾矣。不谓笃念故人，悯其落拓，丹诚耿耿，不以拱木隔也。夫冥者，鬼之归也，千古贤愚共聚，岂乏束脩自好之贤足膺眷顾而必及尘埃下士，吴君雅意可知。夫岂生者尽猥薄而死者故敦厚耶？则世之俟青蝇而作吊、持白璧以要刑者，亦要之冥漠之中而已。世无百岁人，常作千年调，饕餮所极，牛马为多。倘必俟其兴尽，岂真有系日长绳足供牵挽？大雄氏有言：无常迅速，泡影电光，辞别鞋袜，已决于上床一刻，而踌躇于明朝，犹贪想也。假令向者赤虬玉版，闯户临轩，一语相诺，便已挥手而驾长风。宁容有一事未了，一行未修，姑待安排而后从容就道耶？所以，昔贤打点死时，将得去者，一息尚存，视景汲汲。彼夫惟日不足之怀，秉烛夜游者其情同，急急则惧惧，则为之必益力以求终其行。然则夙昔之役，安知非久远良朋，惧我悠忽而始借促驾之举以惕其终耶？夫事苟足以醒重惛，昭劝戒，虽宠闻隅说，不妨引为风厉之资。况事属躬历，例而置之，更有何可信之事？故聊为标示，令见之者苟得其意，各自为谋，是亦可广我陟善而不负吴君惓惓尔。

留耕堂遗诗卷二　五律二十八首

骕儿生日示之五首

汝辈催人老，前贤叹逝流。忽焉增岁月，何以任箕裘。纸笔全无好，琴书可解留。不才宁自已，积善衍贻谋。

世禄鲜由礼，汝习今未深。莫因添岁月，转更益侵寻。画虎防人快，累棋宜自箴。贤愚从造物，且可戒童心。

汝性朴而舒，习贫迥自如。聊能分菽麦，何以了诗书。平世耕鉏好，余生岁月虚。已焉彭泽叹，且慎保其初。

马上轻扬子，多云世禄家。营营涂众目，仆仆弃年华。汝质行逾壮，吾衰生有涯。勉旃好自爱，莫效世人夸。

世情已可见，何策免遗羞。增岁行惊老，无成应责头。家虽惭北阮，品欲足千秋。莫待追思日，无人作马牛。

病中

终古何人在，泡光定不坚。长贫天有意，众杀鬼能怜。匆遽争朝暮，销归无岁年。凌空鹤翮健，吾兴已悠然。

造化通元气，阴晴与病争。依僧老自得，念故鬼多情。拗性嫌儿女，贻谋托弟兄。人心千转态，垂死得分明。

抚枕悲尘劫，茫然昧所终。老来身是累，病后酒无功。处世皆孤注，谋生类短蓬。吾衰行已矣，再住亦匆匆。

和仲孺

微凉收宿雨，野饮羡无何。欹岸人行少，荒村鸟占多。乡心添远梦，曙色动明河。振策风尘际，悠然发浩歌。

有感

浩荡燕山路，几人劳永叹。黄金意气尽，白发故交难。世路为儒拙，心期仗理宽。陶公真达者，归去乐盘桓。

途中

水落余腥在，村疏草树荒。居人惊过骑，游子便轻装。寒日高犹白，朝烟远正苍。危桥喧语急，刚喜渡横塘。

赋别兼伤逝

忧来不下泪，笑里更伤神。霜叶犹寄客，秋天如去人。休心凭宦拙，省事任家贫。柳浪湖边水，排愁看逝鳞。

韫退招饮先农坛次原韵

院旷疑无暑，耽延足野情。远峰攒岫小，斜照到林明。径曲花香细，松凉簟气清。披襟时一啸，不独为逃名。

京洛缁尘少，苍凉古殿深。人间同鹤立，草蔓助松阴。对弈争残劫，分题得快吟。把杯看日影，归意恐相侵。

地僻经行少，当门绿作畦。蟠枝回殿角，离黍隐坛西。敧枕孤怀健，临阶饮兴齐。归鞭遥背指，飞鹭未全栖。

游金山寺

带甲满郊畿，迦维亦劫危。中流全胜迹，佛国见威仪。帆远天疑尽，江空月欲垂。老僧更世事，无语但低眉。

美人临镜

凤背轻罗裹，晨来试晓妆。笑颦私爱惜，肥瘦暗平章。发岂因膏滑，眉宁待画长。有时呼小玉，皓齿耀清光。

薤叶依稀印，香绳取次松。睡眸犹少力，酒晕不消浓。髻就山争出，眉成月又重。若非形与影，未必肯相容。

端详不厌频，一见一回新。命薄还愁我，魂消岂待人。对擎窥后影，远立视通身。忽向台边看，泫然念太真。

柳浪馆

匝地芙蓉国，遮天杨柳城。僧雏为弟子，农老作先生。历尾传占法，书头写稻名。池堤全得月，露坐二三更。

夜梦故人

入梦来何晚，含愁得许同。思深惟有泪，带缓不禁风。春晚愁荒翠，秋前怯断蓬。迟明频怅望，只忆此宵中。

题人壁

隐居迷世代，樵牧隔层巅。石室含香气，岩花落暗泉。看云来谷口，随鹿过春田。颜色常鲜好，青精可驻年？

壬寅人日

小楼斜照里，常此往来频。白发思前事，青山似故人。开窗延野色，放眼息愁身。春意今如此，流年几度新。

寒食

寒食东村路，郊原一径斜。曲溪多映树，野寺亦垂花。白发经春满，清樽尽日哗。归宁缓步女，含笑入谁家。

病中

感愤悲生事，萧然意似秋。文章销福命，岁月昵穷愁。脉候凭医说，丹材任仆留。微躬俄起灭，真是一浮沤。

调古谁能听？桐焦敢待怜。纵然寻往计，已自剩残年。病亟知儿女，徭繁畏土田。有生皆足累，吾欲学金仙。

和人

停桡登古砌，回合野人栖。隶事输杯酒，开签辨手题。腥风鱼近市，斜日水明堤。期伴洳河宿，微茫烟树迷。

送四弟北上

乱后从王事，斯人赋远征。羸装高骨马，寒夜短灯檠。得句频留款，逢人莫道名。岁残相望处，千里暮云生。

留耕堂遗诗卷三　七律六十一首

过河间有感

城郭依然事已非，沧桑回首省危机。滹沱北绕涛声变，碣石西临蜃气微。不尽勋名留蚁穴，旋消光景类花飞。此身大似辽东鹤，未及千年聊一归。

元宵忆弟

烟火喧阗夜漏微，翛然念远返荆扉。书从昨岁签封日，病入新年典絮衣。灯满凤城纷结客，月高茅屋静垂帏。望云曾否遥相忆，深怪于今梦亦稀。

王村道中

瀌瀌溪流起晚凉，油油禾黍静年芳。浮云晻霭青山远，老树弯环绣陌长。短笛一声存野调，宝鞯三闹见游装。此中来往成今古，欲赋愁怀正渺茫。

悼亡

泉路凭谁说断肠，人间浪诧返魂香。云軿北渚原如梦，桂树东堂又被霜。谩道婺星回驭早，可怜孤凤少凰将。结姻心绪龙钟泪，潘鬓萧萧为悼亡。

啼泪浪浪恨不收，他生纵遇此生休。空堂梦破三更雨，孤枕虫号八月秋。宝镊帐寒云已散，金泥群簇箧仍留。于今肠断他人语，不信卢家有莫愁。

七夕值亡室百日作斋荐之

纤纤月色印庭莎，此夕双星欲渡河。尘梦那能留宝舄，泉台应不理金梭。天孙别惯啼全断，人世离新恨正多。营奠营斋循旧事，不知享受果如何？

明水次壁间韵

远树扶疏隔水东，旧游如梦夕阳中。萍生藻隙弥新绿，杯到莲房忆旧红。古寺寒流仍涣漫，荒楼断井久虚空。相逢仿佛如相识，负杖悬壶陌上翁。

中秋渔阳道上

悔别丹溪与碧莎，黄沙拂面鬓先皤。惯随猎马穿荒碛，怕见寒鸦缀瘦柯。明月总圆无赏处，边风乍起奈秋何。篔筜谷里分幽夜，清露团团湛碧波。

寿大兄

吾生四十君加一，兄弟行中意最亲。不惜殷勤数杯酒，共应惆怅百年身。峰浮翠色当歌串，雨洗尘容垫角巾。能倒玉山即度世，何须懊恼叹家贫。

和贻上壁间韵

荒村驿路几经年，败笔重涂也可怜。桑海楼台传日月，疃畦杨柳各风烟。掷鞭便昵胡姬饮，说剑还惊俗客眠。梦里鸡声窗外月，单衾反侧怯霜天。

又和普济壁间韵

漫游聊复命巾车，宿处先寻旧主家。羸骑长途怯落日，远村小渚印明霞。仙人玉薤三酘酒，倦客金茎七碗茶。助我一宵清梦稳，挑灯细与数檐花。

乱后过泰山

日观峰头海气微，惊传劫火赤龙飞。松寒久被封官误，石老重镇小篆肥。七十二峰空在眼，千八百国今何依。那堪下看荒城圮，蒿里云开淡夕晖。

约内

归来须教指纤纤，朝捧茶瓯暮卷帘。闲拔玉簪调印色，勤舒翠袖展牙签。榴花剪得枝枝艳，莲子分投颗颗尖。借与金针还有用，湖山情癖一时砭。

即席送四弟北上用济武韵

雪风吹壁动悬蓑，去住其如岁暮何？盛世功名谁白首，离筵琴瑟漫长歌。弟兄渐老别惊易，山水忽辞思定多。愿得乞身归及早，箨冠相对午庄坡。

偶感

落魄文园病渴频，萧然吾道固长贫。侧身天地悲豺虎，袖手风尘任喜嗔。微雨深更来枕上，寒花晚照漱溪滨。阑珊欲溅清秋泪，日饮无何羡野人。

高楼风信晓生寒，隐几萧条竹箨冠。老树病蝉吟半懒，矮床斜日梦初阑。腹虽负我舌仍在，少不如人老更难。一事无成君莫笑，古来谁解劝加餐。

重九同邱长孺过卓吾精舍

每逢佳节思乡国，今日登临兴惘然。浪迹乾坤余鬓发，西风日夜换山川。三时作客花前笑，万事灰心醉里禅。独喜穷交多意气，天涯兄弟倍相怜。

送长孺南还

文人情性武人装，闹带花衫大羽囊。典宅鬻田重出塞，臂鹰牵犬复还乡。身穿通邑千人看，马度秋原百鸟藏。莫向前途犹久滞，吴姬酿酒待君尝。

新亭

量来八笏已周遭，左置庄周右置骚。宽筑垣墙围瘦竹，虚张弓矢护含桃。深林得月偏多影，小水经风也作涛。掷下万缘书癖在，强如嵇锻与刘豪。

过沂水

蔓草飞蓬散作堆，千山风雨歇还来。独留老树盘崖下，顿隔柴门无路开。买犊坐消新战地，卧鱼重忆旧河隈。洪流倒卷淮黄水，浪打严城暮角哀。

读史有感

如此愁中未易降，云旗龙辅恨茫茫。烹羊療旱真长策，持斧行诛乱大匡。兴役群然歌子皙，呼名无复痛王章。愿将金玉歌明主，醉饱心情最可伤。

和四弟说鬼韵

抱拙于人百不如，三杯软饱一床书。杞天不坠空多惧，黠鬼偏灵未易除。忉利界中五欲尽，众香国里化人居。迟回天地行将老，且缉白云护敝庐。

和五弟韵

旋覆花开绕砌黄，披衣滴露砚生凉。谓天是理儒终腐，与世为徒韵似狂。敢以今人行古道，聊将钝解作奇方。翛然抛卷吾忘我，长日如年梦亦长。

哭瞻明四首

平声漫自志悬弧，不分遂如过隙驹。糊口瓶看少斗粟，荷锄家并借长须。遗书此日悲完阙，挂剑他年定有无。廿载相依今已矣，哭君老眼泪全枯。

与君结伴息尘迹，栗里南村对敞扉。十载无家惟痛饮，一身如寄苦重违。遂令稚子凭床哭，不管杨花绕路飞。应是孽缘烦恼尽，悬崖撒手只空归。

也知夭寿有前缘，未免牵帏一泫然。病鬼偏能魔下士，愁心无那怨啼鹃。蜉蝣亦自经全劫，木槿何由结大年。富贵贫穷皆是梦，君今已破梦中天。

此途行即后先均，未死偏悲现在身。莲社攒眉非爱酒，皋桥然灶不因人。身输旧历销磨耐，家似新春绛缪贫。正使三生存一笑，不知隔断几由旬。

丙午除夕

寒春犹自响邻区，椒柏樽香绕敝襦。子夜余欢迟蚁梦，丁年盛事负鹏图。劳生一息闲仍剧，纵博千场胜亦输。明日行将开六袠，春风淡荡白髭须。

重九

野旷天长秋气清，空林簌簌动樵声。恋头破帽风凌乱，绕径黄花酒送迎。

斜照上衣明远岫，小童沽酒背寒城。归来笑把茱萸看，岁岁登高是弟兄。

阙题

锦埒楼西桂圃东，匝天鼓吹走儿童。禁烟庭院家家雨，斗草池塘面面风。玉粟金罂歌窈窕，金枝翠节影玲珑。秋千索挂人初散，影落闲阶映烛红。

芍药沿阶绿欲平，银床洛洛有浮罂。鸣鸠声急争呼妇，倡女妆成坐理筝。眼眴喜占连夜雨，身闲难买一春晴。西楼灯火阑珊后，艳思闲愁浛浛生。

楼中闲坐

凉风终日在楼西，袒跣挥巾卧起迟。雨滴禾香连岸湿，风翻树影见村低。一丘松菊年光满，万里云霄羽翮齐。大笑出门无不可，牵人不耐是蒸藜。

送月二律有引

从来与月周旋，止元宵中秋已耳，未有于岁终一送之者。如人匝岁游处，于其临别，殊无恋恋之意，何恝然耶？腊月望夕，偶兄弟小集，是夕去立春仅二日，积雪盈阶，月光皎然，仰视离离，如有欲别之色。念节数时，情不能寐，辄成二律，以补从来所不及。

雪积裘寒罢送钩，中天月色照吟眸。清光此夜元无尽，圆魄今年又到头。再见便成新岁事，暂停且作故人留。关心只恐浮云蔽，把酒下楼还上楼。

窥人无赖又当筵，况是峥嵘雪后天。未立春前犹旧月，到元宵夜便分年。修完宝体功成岁，借得琼光影愈鲜。晚景关情别益惜，期君终夕共流连。

秋感

身世真如偶聚萍，无劳急景更营营。高天鸟过暮峰远，疏树蝉移凉叶惊。时一中之狂士乐，聊为尔耳达人情。凭栏禾黍悬秋望，细听林中风雨声。

拟过娲石，恐病不果，再诗订之

草色遥遥展绿苔，清风时复忆于思。簟流方玉思前梦，茶印灵旗辨早胎。雨既能牵两地梦，樽何妨为鯑人开。纵令暑较山阴雪，访戴还应见戴回。

和四弟寄龙膺韵

兴尽其如返棹何？牵衣暂乞罢耕蓑。一瓢春酒孤怀壮，万里青山放眼多。岸帻且吟豪士赋，隔墙初奏雪儿歌。风光如此不成醉，辜负新条挂薜萝。

清明

雨飞石路净无尘，暖入平畴绿未匀。老可招携惟故友，贫能落拓即诗人。秋千哄送童争笑，凿落频斟令角新。遮莫眼前成一醉，何须苦认幻中身？

和壁间韵

高拓襟怀俯大荒，任教世路尽羊肠。事同春雪飞眠柳，人拟秋花等拒霜。共诧黄獐新格调，谁怜贫女静梳妆。此心安处须堪住，莫信天涯各异乡。

和五弟韵

茹蓼如虫性所宜，挥杯劝影罢骚时。世皆欲杀有何恨，我亦言愁原自痴。一代焦桐爨下了，百年野马坐中移。居眉深羡犹龙好，紫气茫茫未可期。

斋居遣兴

门巷风来卷落花，庭槐影静有啼鸦。敲棋得句先书壁，扪腹徐行恰听蛙。飘尽野棠春贯酒，烧残红烛夜煎茶。那知迷后桃源路，却在寻常处士家。

过淮安和韵

月华星彩坐来昏，袍上香飞旧酒痕。欸乃棹歌杂商语，微茫耕火出渔村。人参淮海音初变，波近黄河水乍浑。一饭自成千古事，那堪市上觅王孙。

隋堤

隋堤景物已凄凉，况复新经作战场。菀菀断藤迷废井，荒荒寒水乱回塘。千群虎豹沉江锁，万里烟花淡客觞。往事风流那可说，野田斜日稻苗香。

和海陵秋社

家在江南黄叶村，素心相与数晨昏。山闲人易穷今古，地僻天教长子孙。半坞云封猿挂树，一溪秋老竹藏门。遥怜烟雾寒湖侧，薜荔无声月照樽。

由芜湖入新安道

春水平田鹭一群，菜花陌上野香薰。若为雨霁犹成雾，总以松多易染云。洞拂古莎来鹿女，原留新迹过山君。马蹄闲踏萧森影，夜月朝曦两不分。

江上

水国新寒集早霜，风轻不碍往来樯。鱼龙曼衍青萍湿，茗剑萧疏白苎凉。柳覆蘋花寒更笑，山添霞色晚尤苍。何人江上酬交甫，乞得明珠对羽觞。

拜方正学先生祠

悽悽遗庙古江浔，秋菊寒泉聊可斟。一代文章开大雅，千年俎豆见人心。空城风雨消王气，故国山河费苦吟。拜罢不须重雪涕，长陵今已没寒林。

金陵忆弟

世路于今苦未平，仰天难哭绝冠缨。游惟问酒犹中策，梦即还乡如践更。杨柳堤疏啼下雁，鹡鸰滩冷乱鸣莺。连床风雨遥相忆，羡煞苏家好弟兄。

又和南社

短短芹芽曲曲溪，每穿小径过桥西。衾中诵赋知群虱，窗下名谈有曙鸡。秋水马蹄各自隐，海鹏枋鷃岂能齐。长杨高列遮门巷，一任幽禽恰恰啼。

送起东归里

金尽谁怜季子贫，端然驴背促归身。青门乍可骄羁客，绿酒终应迟故人。长剑短歌俱是恨，风花泥絮果何因。如今莫依王阳辈，屠狗沽浆好卜邻。

南定阁上

曈曈杲日万山低，再押新诗仍旧题。眠柳才苏丝已乱，哀筝入夜听犹迷。海山有使人疑幻，弥勒同龛我欲西。高敞茅檐无画栋，闲看乳燕解双栖。

闻南信忆起东

故人别久赋劳劳，鲤素何由寄远舠。淮海烟云连鼓角，齐山花木隐蓬蒿。黄金世路千秋泪，白马西风八月涛。薇蕨可羹鱼可脍，庄生那用羡卢敖。

赠孕瑞

一道清流抱野居，长镵小圃事耕鉏。看山几榻留墙短，策蹇溪桥趁涨馀。说鬼灵奇添稗史，品花次第类贤书。出门得雨倘多验，悯旱还期过敝庐。

闷闷

嗒然夜壑恨藏舟，梦里输赢付散沤。如此声名应自笑，便多恩怨欲谁修。求田已了生前业，养子孰分身后忧。四十九年成底事，于今撒手即蓬丘。

媠媒

空嗟依玉似蒹葭，每恨孤眠压落花。宝镜乍开羞舞燕，玉钗初断有啼鸦。浮云怕见鸳鸯浦，旧垒堪同燕子家。千古琴心儿女事，谩将轻薄赋夭斜。

羞说当年倚玉葭，合欢难护并头花。云波懒漫填河鹊，杨柳东西绕树鸦。梦短梦长俱是妄，魂来魂去竟谁家。坠簪应续孜中凤，肠断窗棂月易斜。

此身自分是秋葭，靠损床头步障花。漫道箫声曾引凤，应怜柳色可藏鸦。沈郎梦亦为秦赘，余女缘终属赵家。不惜与君通一顾，虚名信否是狭斜。

八月一日秋分即夕闻雁

水绕高楼近短墙，野云覆地柳微茫。炎寒八月分中气，砧杵千家动早霜。欹枕取书闲引梦，挑灯听雁复行觞。物情也喜人情好，蟋蟀于今已在床。

新正

新正小院试闲行，群从愔愔此日情。近市聊闻屦渐贵，占年学辨草初生。已征往事成前岁，乍睹寒云对古城。池水满时多种柳，听莺切莫混蛙鸣。

过村居和五弟韵

平桥斜绕小亭西，久不来游路欲迷。泛水落花随石转，冲人燕子到帘低。酒嫌市酿开邻瓮，壁拂尘封觅旧题。暝色催归留不得，莫嗔枝外子规啼。

戊子初度

药栏长昼手亲锄，得谢官曹便野居。迹类古人憎有托，心惭知己愿无书。将身较病差云乐，忤俗缘狂不拟除。证取热忙微胜处，黑甜茶熟晚凉余。

留耕堂遗诗卷四　七绝四十一首

邀客赏重阳

菊花风起雨潇潇，蘸甲旋沽绿一瓢。好是来游须乘兴，微闻屐笠过溪桥。

重阳杂咏

风雨重阳雁字天，烟光暗淡野容闲。幸然门外催租少，且共相携上小山。
门外泥深没马蹄，花冠啼破午时鸡。倾杯即了黄花事，不用登临到埠西。

寄温甫

朝谱十眉夜掷卢，泖峰风味未全孤。莼鲈美处舍乡思，可忆般阳豆粥无？

拟题瞻明壁

曲曲溪流处处花，绿杨影里有人家。谁能载酒听春雨，共踏石桥一道斜。

过贾村有感集唐

远渚蒹葭覆绿苔，一弹瑶瑟自坐哀。柳门竹巷依依在，风静寒塘花自开。

铜雀妓从来赋者多悲咽凄怆，老瞒得此为幸多矣，反之

望陵歌舞意婆娑，卖履分香竟若何？伏魄过来将欲尽，只应台上已无多。

五月十二日夜灯下偶成

一樽浊酒对灯前，风雨丝丝麦后天。仕既不成隐不可，酬神箫鼓听年年。

寒食漫笔

闭户深居怕见春，他乡岁岁未归身。等闲一日清明近，客里新愁与火新。
燕市风寒昼掩关，阿咸相伴过春闲。天涯草草酬佳节，赖汝能吟一破颜。

村居

高槐阴细影离离，草阁微凉睡起迟。偶检短笺闲把笔，一瓯新茗和陶诗。

看雨

屋角鸣鸠雨欲飞，炊烟间树影微微。农人戴笠东郊去，共指残云带笑归。

瞻明归去拟寄

黄昏微雨洒檐牙，想得君归已到家。灯火未来欹枕卧，笔床诗卷任横斜。

录壁间题句

一雁凌空破晚霞，山村恋饮未还家。月明最喜清如水，坐看坡前荞麦花。

村居

叩角高歌乐有余，消磨闲日借残书。兴来更把一樽酒，藉草沿溪数戏鱼。

有感

熊罴较技列千班，辞赋谁供破御颜。寂寞相如秋色里，却将华发对青山。

鬼怨歌

玉颜红颊映白雪，罗袖回风度明月。年年芳草怨东风，石镜无人暗消歇。

赋得香水溪

藕花泻露水痕香，溪上无人趁晚凉。偷解罗襦扶浅棹，西村曾惯拍银塘。

登第一楼

点点烟消古渡头，白鸥箫鼓起中流。满天明月春如海，第一人登第一楼。

江上竹枝

一夜潮声两岸平，竹枝袅袅片帆轻。君情妾意长江水，来往风涛破浪行。
半江枫叶半江云，荡桨朝来湿练裙。额角轻黄新贴桂，暗香满颊过船闻。

村居杂咏

檐前扫雪试茶铛，卧听邻家爆竹声。流响欲盘山谷动，无人解此似浮名。
一番新火到山庄，门外槐根坐当床。乞得历书粘壁上，农人计日数长行。

金陵返棹，便称般阳归客，戏题留恼起东

人生纵迹类浮槎，小小风帆便足夸。我已先归君作客，多应啼杀后栖鸦。

群蝶

绕院黄花解傲霜，一般颜色一般香。不知蜂蝶缘何事，坠粉飘须竞过墙。

渚雁

江湖满地稻粱宽，捡尽闲湄不肯安。回首旧磐犹未冷，已随鸥鹭过别滩。

都门送龙膺还里杂题

小窗新卷护寒纱，风勒轻红未放花。客思不禁归思恼，隔墙沽酒听琵琶。
黯黯归途君自怜，今宵痛饮话从前。平明下榻惊排马，纵未相离已俨然。

清明节近草萋萋，归客难禁杜宇啼。今夜别君应有梦，寻君不向凤城西。
送归车马去骈骈，久客经春不当春。试上黄金台上望，绿杨芳草属何人。
驿路垂杨曲岸东，桃花几树未全红。行人过去休回首，多少离愁在此中。
疏风细雨王孙草，短策轻衫荡子装。归去请看吾舌在，纵横筵上试飞扬。
诗草投囊剑在腰，沙窝门外柳条条。一声歌断碧云合，离思空嫌嘶马骄。
远天疏鸟下闲汀，柳色才黄未变青。来日不如归日好。依然烟雨短长亭。

雨中

浮云未放海门红，梁燕呢喃怯受风。旅邸支颐和梦懒，可怜心在雨声中。

早起感事

姬婢喁喁语不分，背灯攲枕睡中闻。晓来面上啼痕湿，应是中宵梦见君。

深秋篱菊犹茂

采采黄花酒自斟，西风斜日到寒林。羲皇人远千秋恨，锦幄疏篱一样心。
看即芳容置即摧，主人珍重费培栽。如何得构千间厦，大庇寒香细细开。

梦起东

别来应恋锦氍毹，醉后猖狂若个扶？昨梦与君庭畔语，不知君梦到家无？

花影

纷纷漠漠认来真，不识当前梦里身。几度回头争得似，仙坛初见李夫人。

懊侬曲

扬州梦觉到于今，洛浦萧萧旧锦衾。流水高山难再遇，况缘同调倍伤心。

留耕堂遗诗序

《留耕堂诗》，绳东高先生之遗集也。先生以名解元登甲第，授官司李，未久辄罢。其文章经济，无所可试，侘傺不得志，则自放于酒。酒酣耳热，间吐其抑郁无聊之气以为诗。或游屐所至，拂石题壁，交游赠答，大抵如昌黎所云物不得其平则鸣者。其遇甚穷，其所为诗，亦如欧阳永叔言穷者而后工也。

初，先生与弟司寇同举于乡，有玉毂同升之目。司寇践清华，陟卿贰，风流文采，照耀天下。而先生独穷于遇，壈坎终身。顾其所为诗，未尝不与司寇并轨齐驱，如元方之于季方，先生虽难为兄，司寇亦难为弟矣。

然两先生皆性情潇洒，兴至挥毫，不复存省，积纸盈簏，久辄散佚。其后人裒辑成帙，司寇篇帙较多，饴山宫赞定为《栖云阁集》。先生诗所收独少，予得而读之，因为编次以传。使天下之读先生诗者论其世，悲其遇，有以想见其人与其兄弟之盛，而又幸其遗文之得以并传也。

嗟夫，山左诗人其穷于遇者多矣。穷于遇而工于诗而又不能必传于后，则尤可惜焉。淄有诗人王玉琴，为季木考功高弟，诗笔惊奇，横绝一世。其手订《水弦楼集》二十余册，今犹见其七，其传不传则未可知也。先生为玉琴婿，盖尝手录其诗，故收辑颇有相出入者，虽别择不尽，亦无嫌尔。乾隆己卯秋七月，同郡后学宋弼序。

附　录

附录一　高珩传记相关资料

司寇公行实纪略[①]

高之騱

呜呼，府君真弃不孝辈而长往耶？终天之痛，抱恨何穷！忆不孝自壬子之秋得侍府君，承色笑，拜庭训，未尝以一事一语之不合遽被呵责，依依膝下者越二十六年如一日也。丙辰岁，吾母见背弃，惟恃吾父。今怙恃两失，其尚何所依耶？痛思府君立朝居乡，懿德芳踪，虽更仆数之难尽，洵当代伟人。国史采风，应多取焉。但遗命叮咛，谓人之有德，阳有人知，幽有神知，无取于虚誉洋洋，不虚为行状墓志。总之，敦实行，薄浮名，素性然也。何敢不遵？然不孝以生也晚，府君淑行已挂一漏万矣。倘更数十年，则子姓孙枝尽昧家世芳型，恐亦非先人之意。谨就不孝闻见所及，略陈梗概，以训后人，或可备观风君子之采择焉。

府君讳珩，字葱佩，号念东，别号紫霞居士。先世青州蒙阴县人，九世祖讳全，于明初徙家，占籍于淄川，居城北二十里之月庄，世有隐德。传五世讳杰，以文学入黉宫，补增广弟子员。公生旸，再传柳溪公，讳汝登，是为不孝高大父。生而聪颖嗜学，敦仁好施，积德益大。事亲以孝闻，赡宗族亲党惟恐不及。禾稔，或就田间取之，无靳色。有田四千亩，尽佐施予。持身忍让，子孙有不弹人一指、不啐人一语者，抚其顶曰：得此善根足矣。殁数年，乡人思慕不已，立祠祀之。懿行之详，载郡邑志“义厚传”及乡人所立“祠堂碑”。以子中丞公贵，封河南道监察御史，赠中宪大夫、都察院右佥都御史。中丞公讳举，万历庚辰进士，历任浙江巡抚、都察院右佥都御史，授中宪大夫。嗣以府君贵，累赠通奉大夫、宗人府丞加一级。初居西台，能言人所不敢言。视北直学政，不受请托，巡抚浙江，惠政种种，详载郡邑志“名臣传”中。王父宏室公，讳所蕴，万历壬子副榜，中丞公第四子也。生而孝友，仁让温恭，以畏天为心，以济人为事，以至诚为躬行，以性命为向往。参叩玄诠，有所会，辄笔之，有《随得录》《续长生诀》《无生诠》等书，与子微《坐忘》、文元《法藏》相出入也。以府君贵遇覃恩，赠中宪大夫、侍讲学士，再赠中大夫、太常寺少卿加一级，累赠通奉大夫、宗人府府丞加一级，载郡邑志。元配王夫人，新城少师兵部尚书王公讳

---

① 以下七篇皆见《高氏家模》。又，王士禛、唐梦赉文又见刻本《栖云阁集》附录。

象乾女；继袁夫人，同邑处士袁公讳幼御女。皆以府君贵，累赠夫人。

府君，王夫人出，赠中丞公仲子也。生而至性过人，读书具宿慧。十二岁时，业师郝先生书上中丞公，评骘及门之士，首以大器许。公十四岁，以蒙邑祖籍应童子试于青郡，复见赏于太守徐公讳九章，覆试后堂，待以殊礼。十五岁，补青州博士弟子员。二十四岁，丙子闱中，文已入彀，以经艺之一语稍长，遂置副榜。归过市廛，里父老目而惜之曰：高氏子弟可以书香广先业者，此君兄弟耳，今一中副车矣。淄邑比年中副车者率不得科第，深可惜也！府君闻之，私心自期曰：天运可以力挽，命数亦由自造，了凡袁先生独不可法乎？吾必为挽回气运之人！遂取功过格，极力行之，益奋志诗书。己卯科领乡荐，榜首即本生府君司理公也。兄弟联芳，乡里以为荣。此后，淄邑以副榜登第者累累矣。癸未捷南宫，旋试，入词林，授庶吉士。

甲申岁，闯逆破京师，府君潜身逊归。国朝定鼎，应召起，授检讨，越明年假归。丁亥六月，谢贼陷淄城，府君夜缒城得出，手指皆穿。身入官军营中，赞画破贼方略。复城后，其赖府君调护得安，全者甚众。地方云扰，不获里居。复起补官都门，寻升祭酒。时国学宪典未备，春秋两祀，经费不充，仕者苦之。入其署，恒祀一丁，即求迁去。府君延至四丁不调，知交以为淹滞。府君笑应曰：吾未必不六丁六甲，四丁何足怪耶？其于仕路，不畏艰难，不营迁擢，类皆如斯。继转秘书院侍讲学士，遇覃恩授中宪大夫。辛卯科，典试江南，奉命之下，即向阁部大臣言于朝曰：南省秋闱，闻多弊窦，今科倘有风闻不法，当即严行参处。学士此行，期无负朝廷耳。旋寓后，无敢以私言相干者，及束装祖道，或多以《通鉴》古文等书相赠。途次启函，乃请托累累，计不下数万金，府君聚而焚之，不受其请，亦终身不言其姓名。榜发，多海内知名之士，一时咸称得人云。未几，历升少詹事正詹事、国史院学士、礼部侍郎、吏部左右侍郎。顺德府饥，奉命赈济，洽远迩，严冒滥，饥民颂之。府君于仕路通显之时，益身自砥砺，不受馈遗。甫任少宰，即千里取家中麦粮，运赴京城，为家人糊口计，未敢一意营私也。后以衙门旧例，有情理不甚允协处，府君另为一议奏上，不当世祖皇帝圣意，遂左迁，补太常寺少卿。顺治十四年，以覃恩加一级，授中大夫，得封三代。转大理寺少卿，到任之时，有世宦免官、应发三法司予杖者，旁有下石之人，意欲毙之。府君叱刑人勿杖非受刑处，向同坐诸公力争之曰：罪人止应予杖，其不应死明矣。倘杖而毙之，何为奉法？某公遂赖以不死。府君继转宗人府府丞，仍加一级。康熙六年，以覃恩诰授通奉大夫，封三代。戊申春，钦命祭神农虞舜二陵，竭诚简从，地方不扰，供应旧例，概为峻却。父老感佩，立碑颂之。归过湖广，陋俗多自溺其女，府君捐金立育婴堂。救淮安岁荒，粜米数百石以赈。每于沿途劝立放生池及施济等事，不可殚述。时青州诸里居先生有降吕祖仙乩者，偶询府君归期，乩语判云：高公途次多作利济事，行即归矣。其善格人天如此。复命后，转左副都御史，奏疏辄削其草。上闻才名，召赴殿廷，赋诗讲书，陈《乾卦》大意，推奖人才甚悉，渥蒙圣眷。顷转刑部左侍郎，有落职士大夫负官银无偿者，例应没入家口，然朝廷宽大，旧有胥吏产尽豁免一案，府君察知此例，欲为比引，而西曹诸公虑以胥吏之例援入士大夫案中为不合。府君毅然曰：如此浩荡皇恩，吏胥犹被，况臣子乎？令援引入奏得请，遂为定例，后所全活者无算。常闻府君与当道群公论列济世语云：即事之救人有限，立法之救人无穷。此固可以类推也。壬子岁，以迁葬予告，复以病请，不作出山想。时长兄将出仕贵州，以膝下无奉事之人，议过继一子。为阄卜，请于本生府君司理公之灵，得不孝，遂嗣为子。锡之训语有云：子之嗣也，于所嗣之亲加厚，非于所生之亲加薄也，其称于所生之亲加以“本生”二字为允。不孝原名之騆，今更名之騄，以代兄司定省焉。己未，总宪魏环极先生以清操荐起，府君奉命入朝，以“年近古稀，心血告枯”疏辞，不准。庚申春，遂以刑部左侍郎管右侍郎事。益励冰操，不受货贿。司官佟君，偶拟罪失出，事觉后，同堂诸公皆谓题参司官，可免堂官处分。府君莞然曰：佟君年甫强仕，且闻有老亲在堂，吾不忍以削官伤子母心，此过予任之。因兹削去前加一级。佟君感泣拜谢，谓：如斯厚德，今人中不多遘也。复与司官宋公罼[①]平反盐徒，活数人之命。与房公廷正，申孀妪为豪强霸女、霸产之冤。其奉法而广朝廷之恩，执法不狥势要之面类如此。是岁冬，复以衰老起休，奉旨以原官致仕。将束归装，囊金无几，仆马裹粮之费计不能充。曹郎诸君闻之，赆以百金，府君固却以行，舆夫辕马之资率多及家偿之。

呜呼，府君通籍五十余年，半恬退田里，不乐仕进，不亲家务，坐卧手不释卷，自奉常如素士。同邑唐太史先生题府君遗命词云：先生之致政东山也，宾至五簋，磁漆枣栗，不殊涑水之会焉。小出则一蹇一仆，又一苍头肩二山篚，凡几褥笔札皆具。然笔不厌鸡毛，墨不厌松煤，朴樕如老衲，不取华泽如此者。朝而游，夕而归。是以木铎狥道路，不啻过矣。皆实录也。府君每遇山水会心处，辄系驴高卧，吟咏自如，自忘其为贵人，人亦无从辨其为贵人。居恒乐道人善，兄弟知交，时时宴集，笑谈之会，率以过失相规，德行相勉。此外则饮酒赋诗，援笔立就，顷刻可数十章。诗文等集，厚盈一二尺余，秘之不以问世。向年，辛卯门人吴伍崖先生视中州学政时，屡以尺牍请府君集付梓，终不与。不孝亦为之请，乃笑谕之曰：此何益于世，而为之灾木耶？有如此资，宁梓济世之书。其笺刻劝善等编如《迂儒话》《救荒略》《宦海慈航》《窒欲编》《孝顺父母讲》《存

---

① 原字如此，疑作“芈”。另外，此处“宋芈”与“房廷正”应该互换才是。即与高珩一起平反盐徒的是房廷正，一起为民伸冤的是宋芈。高之騄所记似乎有误。

心二十三则》《为善最易说》《戒杀广义》《畏天》等歌，不下数十百种，皆捐薪水之资，不遗余力，为之不倦。家庭素训，恒以柳溪封公“畏天”一语为家学，忠孝仁义为经，辅以进德、修业。耳提面命，不厌频繁。忆一日，呼不孝语之曰：吾平生自期不以私怨忌恨一人，昨检长山李大司寇志中与我意同，前贤量大，不可不勉。又谕以“圣贤教人为善，不外仁义二字而已。仁者，利人利物是也；义者，不愧不怍是也。始之以一敬字，宣圣之修己是矣；贯之以诚字，《中庸》之无息是矣。详言之则为三畏、为九思、为仁守、为时习，皆敬诚之所至也。大抵我之所不乐者，勿以加之于人；天之所不喜者，勿以行之于身，足矣”。又曰“人患不读书，不患读书而君相不知；人患不学道，不患学道而仙佛不渡；人患不积德，不患积德而鬼神不敬”，其教家也如此。处事则光风霁月、动静自如，圣贤规模自具措施之中。理学经籍之书，究心殆尽。至内经、净土等篇，亦极力研究。谓流转生死，滔滔者古今皆是，轮转婆娑不离苦恼，勤求出生死之途。斋居小阁，额曰“栖云”，盖宗法武林莲池大师寓意“云栖”，遂以之名居庐云。虽久历宦途，清白自守，却四知之金钱，归无稽之赠贷，受之者多为惊奇感泣，在府君惟期无负君亲，愧衾影耳。

初大父赠公弃养时，积他人借券可三四千金，府君兄弟捡而焚之，云不敢逆先人意也。家储囊橐肃然，仓廪仅堪自给，一遇荒年即以追呼鬻负郭田。及白镪入手，亲知故交中有以缓急相告者，辄如数贷之，不索券，不入计簿。他日窘迫，复转鬻他产，未尝以前负，问之贷取之家。至于排人难，周人急，施衣食棺椁药饵之类。及戒杀放生，劝诱多人，自是天性纯善，无违食顷者也。且每慨人心不古，世风日下，贱则狡诈相矜，贵则凌人以势，视报复为快心，乡里为鱼肉，此皆名教罪人，圣贤之所深恶者。府君立心行己，以此为戒，故居邑首宦者数十载，位愈高而谦谨愈敦，年益增而德行益励。淄邑士君子风，恒为临县所钦仰，府君虽不自以为功，然有识者咸知非品望楷模潜移默化，不克臻此。是以易箦以来，闻知者或追颂于途，或哀泣于巷，德义入人之深，其足以证乎！

呜呼！府君庚申致政时，年固悬车，康健如故。自戊辰以太皇太后升遐，入都哭临，往还二千里，顿增衰颜，步履需人矣。此后，时时书遗命付不孝辈，以白香山先生自况。戒勿华美葬事，申宁戚宁俭之说，复有《习俗》《荐芰》《解疑》《生死》《与人同异》等说，条目种种，叮咛恪遵。顾谓不孝等曰：今日之予制此命者，恐吾将来疾病不测，不暇为，或不能为耳。倘不遵守，不汝宽也。迨丁丑年捐宾客时，身无痛楚，神不愦乱，但以三五日饮食减少，竟尔告终，遂无一语及家事焉。古人有为德于世，求以无疾而终者，府君其近之乎？此皆府君实行，不孝所及知、所及见者，断不敢出一溢词自欺以欺先人，且以之欺世也。

府君生于万历壬子年八月二十九日，卒于康熙丁丑年十一月十一日，享年八十六岁。元配夫人岳氏，益都县岳孝廉公讳储珍，后更名岱支女。三遇覃恩，封恭人淑人，累封夫人。毓于名门，婉顺性成，其仁孝乐施，堪为闺范者多端，兹不具述。前府君二十一年而殁，生于万历辛亥年十二月十三日，卒于康熙丙辰年二月二十二日，享年六十六岁。子二人，长之駒，辛丑进士，贵州平越县知县；次即不孝之骙，以增生例监，候选州同知。女三人，具适望族。孙男八人，駒出者三：肇恒肇鼎肇丰，俱业儒；骙出者五：肇恪，邑廪生；肇怡，邑庠生；肇恕肇忬肇悛，俱业儒。孙女七人，駒出者五，骙出者二。

痛哉，痛哉！不孝奉老亲者二十余年，长兄远宦黔中，时双亲在堂，日承菽水之欢。及庚申岁，兄甫归来，母已去世五年。曾几何时，府君更见背弃，今不孝兄弟两人相依为命，屺岵行悲，何以为情耶？后之子孙，倘有黾勉为善，刻意读书，能续先人之业，不失家世善根者，庶不负不孝血泪之余，为此笔记苦心耳。兹卜吉将奉府君之灵，启吾母岳夫人之圹，合葬于南郭外祖墓之次，时康熙戊寅年四月二十六日也。男之骙谨识。

愚子婿张笃庆稽首百拜填讳。

诰受通奉大夫刑部左侍郎念东高公神道碑铭

新城表弟王士禛撰

康熙三十六年丁丑十一月十一日，致仕刑部左侍郎高公，薨于里第。遗命：勿请恤谥，勿讣闻，勿受吊，勿作佛事，勿求碑志之文，子孙违者，是谓不孝。二子奉治命，弗敢违。越二载，公仲子骙来京师请间曰：先君治命弗敢违，隧道之石、丽牲之碑，文悉阙如，异时国史家乘，亡所考据，不孝将焉辟罪？先生与先君外兄弟也，而相契合最深且久，敢以碑铭累下执事。余曰：然，碑志昉于西汉，古贤达不废。微子请，余亦不能无言，其敢例辞。

按状，公讳珩，字葱佩，别字念东。其先自蒙阴徙淄川，为淄川人。数传至柳溪先生汝登，积德累仁，乡里慕义，殁有专祠。是生东溟公，举万历庚辰进士，历官巡抚浙江、都察院右佥都御史，事具国史。是生宏室先生所蕴，湛于经术，旁通二氏，著《无生诠》等书。娶于王，为先太师大司马府君女，有二丈夫子，长绳东先生玮，次公也。兄弟皆具异秉，读书一目辄不忘。太师公奇之曰：二孙虽童稚，天下才也。崇祯己卯，绳东先生以第一人领山东解，公亦同举，才名籍甚，人拟之机云、轼辙。癸未举礼部，赐同进士出身，改翰林院庶吉士。明年丁甲申之变，世祖章皇帝定鼎，起家授检讨，明年假归。丁亥六月谢贼陷淄城，公日在库将军幕中，督助兵士宿饱。复城后，赖公调护得安，全者甚众。

地方云扰，不获里居。复起补旧职，寻升祭酒，道德尊严，而科条宽简，士皆宜之。先是，祭酒苦春秋两祀经费不充，恒祀一丁即求迁去，公延至四丁不调。一日洪文襄公承畴摄祭太学，戏谓公曰：先生可谓五丁开山矣。公笑答曰：何妨六丁六甲。果逾三年，始迁秘书院侍讲学士。辛卯典江南试，故旧有遗公文籍者，不虞其诈也，发之，则皆关节契剳，货贿且不訾。公大骇，亟焚之，终不告人以姓名，其厚德如此。是科，南榜多名士。寻迁少詹事，进詹事、国史院学士、礼部侍郎、吏部左右侍郎。奉命赈畿辅，久之以议奏部例，独为一议，左迁太常寺少卿，稍进大理寺少卿。会有朝官得罪，应法司杖遣者，或下石将以毙之。公力持之曰：罪人法不应死，故从宽典予杖，脱重杖而毙，岂法之平哉？卒得免。寻迁宗人府府丞，奉命祭告神农虞帝二陵，往来潇湘洞庭衡岳九疑间，皆山水清绝处，有诗数百篇，益隽永超诣，得江山之助。峻却供帐陋例，湖南人立碑颂德。楚俗多溺女不举，公语当事者严为科禁，又倡立放生池。淮安岁饥，捐私钱籴米数百石赈之。进都察院左副都御史，疏请复中行评博考选之例。先是，台省缺，以郎中改授，停考选旧例，至是言官复请知县考选而不及中行，公谓同一例也，仅复其半，乌乎可？于是部议皆复其故，论者韪之。一日召见便殿，命讲《易•乾卦》，赋诗称旨。从容问群臣才品孰可大用者？公逊谢至再，敬对曰：以臣所知，王伯勉可任吏部尚书，姚文然可任户部尚书，魏象枢可任左都御史。上颔之。厥后，姚魏二公皆至尚书，王公前没，未及大用。盖上夙知公廉慎不欺，故见信如此。寻进刑部左侍郎，定例官员负官钱，而家产尽绝，其家口没为官奴。公察知胥吏负官钱而家产尽绝，有豁免之例，欲比例引之，同官持不可。公曰：胥吏作奸犯科，尚得邀恩捐豁，况职官乎？此定例时漏略，非法之平也。竟毅然引之，得俞旨，遂著为令。自时厥后，全活亡算。公居恒谓，即事之活人有限，立法之活人无穷。其持论公正宽平，类如是也。寻请急归乡里，城东门外有菜圃，林木翳然，筑载酒堂三楹，破茅不补，椽桷不斫，素木为几，棕皮为屩，束书行灶，翛然独往。置小舟池中，与客觞咏，溯洄上下，自以为濠濮之趣，不减江湖。棘篱无门，苦竹蔽亏，人望之如方壶员峤。时行吟于野，或跨驴入市，舍者不避席，炀者不避灶，夷然自适，乡人化之，亦忘机如海鸥焉。常访道东浙，喜会稽山水，慨然思王谢支许之风，归上云栖而后返。己未，魏公象枢为御史大夫，荐清节者八人，公居首。召起刑部左侍郎，管右侍郎事，疏辞不允。司属佟某以谳狱失出当罢，公恻然曰：佟有老母在，吾不忍其以罢官伤母心，吾代任之耳。遂镌一级，佟泣曰：高公，古人也。下直，辄与予辈饮酒赋诗，邸舍湫隘，庭不旋马，出入不识圉卒之背。居一年，以老病乞骸骨，既得请，移居宣武门西松筠庵。相国冯文毅公过之，禅喜竟日，公赋诗曰："户倚双藤禅宇开，无人知是相公来。相看一笑忘朝市，风味依然两秀才。"予继和云"二老前身二大士，相逢半日画炉灰。他年古寺经行地，记取寒山拾得来。”迄今松筠传为故事。公将东归，唯一羊裘，无御寒具，姚仪郎中者，慕公清德，为制重裘，追送数十里外，以裘衣公而后返。姚，督臣某子，以侠闻，其后改总兵官云。

公天怀坦荡，与人交，不为编篱插棘，入其室，机心械事令人自消。方门户之说兴，各有部党，公坦怀游其间，视蛮触蜗角不足当一瞬，而南北部举无疑之者。夫以白乐天之贤，而犹不免魏公之忌，必其犹有町畦者存也，公于是贤于乐天远矣。公归田，坐卧一小阁，不接宾客，几上唯梵夹旁行，《金刚》《净名》数卷外，不复观他书，常和寒山子诗以见意。预作生圹，春秋佳日，时携亲故觞饮其中。大抵公齐物似庄生，平等似调御，三乐似荣启期，坐人春风中似程明道，乐道人善似邵康节，耽禅悦似晁文元、苏文忠。予常谓公非图作佛，正借此打破利名圈缋耳。公笑而不答。盖公天性纯粹，又涵养于道德仁义者最深，为仙为佛无所不可，而其要归则吾儒“修己以敬，反身而诚”二语而已。公为诗如麻姑掷米，粒粒皆成丹砂，然不自爱惜，缘手辄散去，结集之责，微大迦叶其孰任之。余如《和寒山诗文稿》《迂儒话》《救荒略》等书，尚数十种藏于家。公素无疾，丁丑十一月，忽饮食稍减，呼诸子孙前，语之曰：吾将逝矣。己所不欲者，勿以施诸人；天之所恶者，勿以行诸己，尔辈勉之矣。洒然而瞑。

公生以万历壬子八月二十九日，距其卒，得年八十有六。元配岳氏，累封夫人，前公二十一年卒。子男子二人：之驹，顺治己亥辛丑进士，平越县知县；之骙，太学生，候铨州同知。子女子三人：适余侄启沆、宋士僩、张笃庆。孙八人：肇恒、肇恪、肇怡、肇恕、肇鼎、肇忬、肇丰、肇悛。以戊寅年四月二十六日，大葬于淄川城南之祖阡，公治命也。铭曰：

谓公为慧业文人，而遗其糟粕。谓公为经济名臣，而志存丘壑。谓公为道学真儒，而不名濂洛。谓公为人天导师，而已解禅缚。世出世间，天游廖廓。八十六年，不愧不怍。众香国中，游戏去来。空山无人，水流花开。

资政大夫、刑部尚书，愚表弟王士禛拜撰。

紫霞先生传 司寇公别号紫霞居士

同邑后学唐梦赉撰

紫霞先生，不知何许人也。赋性简远，幼不饰衣履。从先祠中得释典残板，即反复究绎，得其大旨。既官于长安，不问迁除，累年不调。出典文试，既放榜，或具黄金数笏来相馈，先生讶曰：此胡为者？立付友人反之。其友即笃信，反其人，不以为怪也。入佐铨衡，贫不能完租税。时国法正严，逋赋者戍，先生曰：吾惟待戍耳。会是岁，山左遂全蠲田租焉。已奉命祭告，穷潇湘山水之胜，至紫霞洞而反，故自号紫霞道人云。

今上闻其才名，召询国家大计，先生娓娓对，推奖人才甚悉。命赋诗立就，讲书陈《乾卦》大意。归即具疏谢病，与黄冠老衲游。虽宾从杂沓，蒲团跏趺，若不闻也。然嗜读书，凡海内名山所藏及文人所著、人间未经见者，购求务得之。居恒手不释卷，暇即命驾山陬水曲，屐履殆遍。周栎园云：遇浓阴茂树即系驴而卧。其实事也。顾耽于吟咏，每意有所会，洋洒成数十首，不命题，亦不脱稿。间命小胥抄录，即错误亦不订正，曰千秋后亦未必有知其说者。时词伯司选事者来征诗，往往笑不应。然其所为理学训世之书，虽先正未之过也。常鬻一别业，花木池亭甚盛，既得值，戚友知其疏于财，往往称贷略尽。其复某友札云：通财，朋友之高义，而亦不可以过通，向者贫儿暴富，今已暴贫矣。其生平大略如此。

司寇公致祭湖广酃县戴德碑

今上登极之六年，亲理庶政，大诏天下。遣官致祭历代帝王陵寝为首务，示钦崇大典，道法同也。越明年戊申春，宗人府高公衔命，梯山航水三越月，得抵我酃，以祭于炎帝之陵。先是，酃属丸邑，屡经兵燹，遗民可指而数，乡落一望坵墟尔，咸惧以为是天子之大臣，不知其几番络绎，几许供奉，渺兹穷瘠，未敢安枕而寝也。及至，惟图书数箧，肩舆数乘，斋居茹蔬，一切供帐之具屏置不用。所历州县，肃然若未曾有。草野之人无不以手加额曰：吾侪小民，不图今日得见太平宰相，宽和乐易有如是，真社稷之望，苍生之福也！届期，只命有司备牲仪虔洁，颙若有孚。祭毕陛辞，则又顿首致祝曰，愿祚我国家，皇图巩固，时和年丰，物无夭扎，民无疵疠，眷兹一方，为古帝汤沐。且目击凋残，凄然动念，屡进民而问疾苦。民稽首陈情形，大师相恻然曰，尔酃之困于赋役，视他邑为甚。赋苦于八亩成石，役苦于计人授丁。当今圣朝，恩德翔洽，无一夫不被其泽，独忍兹一隅之阽危乎！此如人之久病尪羸，欲复元气，非一匕之药所能起也。岂弟肫挚，溢于言表，真如慈母视赤子之颠连，抚摩痛惜，惟恐其不及耳。民环跪百拜，且感且泣。思惟宋富郑公、明刘忠宣公，足以匹之。稽古名臣录，有以丰采著，有以节操显，有以开诚布公，为生民请命；有以荐幽疏滞，为朝廷得人；有以食用不饰，自奉恒簿为官箴立体；有以鞠躬尽瘁不避艰险为庶僚树则。仰观大师相，何前后如出一辙也！虽立纲陈纪，为天地立心，为生民立命，为千古植道统，为百世翊景运。在宸衷自有睿鉴，非偏鄙愚贱所能窥其万一。惟是过化存神，风被草偃，其爱民之深，忧民之切，沦洽于人心者不能一日忘。爰寿诸坚珉以识恩德，一以纪斯民之公悃，一以见奉天子之休命，代天行祝诚敬仁爱，足为万世法，庶与鹿原云秋，并垂不朽云。

鸣呼，此先公奉命祭古帝二陵时，湖广鄢县所立载德碑也。公钦差大臣，无抚土之责，以目稽鄢邑地瘠人贫，赋役尤重，曾为特题一疏以达民隐，乞苏其困。后虽格于部议不行，而公作福鄢邑之心固已尽矣。鄢之感，岂只以轻骑简从，峻却供帐陋例而已哉。子之骙识。

阖县乡绅唐梦赉等祭司寇公文

昔贤称，墨胎柳下惠之风，能感奋于百世。故信陵之墓，世主过而拜之。而况于凡周旋郑公之乡，揖让通德之里乎？於惟先生，笃生阀阅，领袖词苑，洊历公卿。方家修也，早岁契乾竺之旨；迨登庸也，洁身远蜀洛之门。不干荣进，故岩栖之日常多；不问迁除，故瓯卜之期尚稽。此故朝野所共知，而亦非寻常桑梓所揄扬者也。独是先生之表率乡党，移风易俗也，当吾邑之同于胶莱三大地之时为何时乎？自先生倡之以绝学，于是士夫知检束而武断者化；率之以礼让，于是戚友敦睦而凌兢者消。不第一邑之化也，临境向以为恶地者，今闻风以为仁里；不止一事之消也，匪人向惟恐人不知者，今敛缩惟恐人知。此故先生纶扉未竟之康济，而小用之于乡曲者也。然先生以少宰请归里，鬻膏产以输租税，海内无不仰先生之清者。典试江南，一洗觅举通榜之陋，海内无不推先生之公者。予告归里，一蹇一苍，出游遇浓阴茂树，则系驴而卧，见者不知先生为卿贰也。周栎园侍郎载之于尺牍，王丹麓文学笔之于世说。千百世而下，无不传先生之高致者。彼西山柳下之风，诚不知其何以至；于陈仲弓王彦方之为人，诚亲见之矣。惟是先生迹乔芝之法以驻世，兹以享年大耋而不自以为寿；矢安养之愿以度生，每于蒲团坐隐而不自信为仙。至尊召对，名卿荐剡，而不自以为荣。等身词赋，压架著述，俱俟之后人而若忘之。至于遗命，煌煌之诏夫嗣君也，直欲返云黼柳翣之繁，一归瓦塈衣薪之旧。乡之人愕眙彷徨，渺不知所谓。而怅惘于存殁之津者，焉能起先生与九原而语之以其故耶？鸣呼，先生今归道山矣。不知摩诃般若之岸，噬肯回流，升跻神明之语，噬肯来告。只履飞凫，渺渺安去？两楹双树，悠悠何归？乡之人岂敢谓先生往矣，将弃其熏习，仍其宿染？复肯以凌兢为能，乃至不顾其同气？复肯以武断相尚，乃至不识其姻亲？华胄遥遥，比匪已甚，重为先生所阴鉴而永弃之耶？鸣呼，宰木阴合，漆室斯启，牲醴既设，宾客攸集。华表翁仲，白泽赑屃，衰绖绳绳，簪绂甲第。绛节赤虬，翱翔云际，先生来格，尚其飨之。

阖县生员王世仪等祭司寇公文

呜呼哀哉！公以硕德伟行，系朝野之望者六十余年。四海之内，知与不知靡不仰公之风，而颂公之贤。矧我诸生爨烟相连，匪亲则友，素同里闬，所以佩公之德，而服公之教者，初非有道里之阻艰。窃尝以蠡测海，以管窥天。以为人之于道，或得其一节，而公之于道，独悟其大全。富贵寿考，人所垂涎。公独齐彭殇为一致，等富贵若云烟。中无所向，处之淡然。设与白傅，并驾而齐驱，尚不知其谁后而谁先。至其身之所履，口之所宣。君子闻之，以辅其德，小人闻之，以免于愆。浸润灌溉，相与改行而迁善者，尚不知其几百与几千。譬之深山大泽，不见运动，而云行雨施，莫不沾渥而汗漫。今其乘箕尾而谒帝座，游太清而厌尘寰。士失所助，民失所瞻。为善将莫之劝，为恶将莫之悛。君子何所恃而无恐，小人何所惮而不为奸。譬之山崩川竭，龙移而凤游，乌得不号鸱枭而舞鳅鳣。缅怀芳躅，后世必传。然传与不传，皆不必为公虑，而独计世道人心，则于公有余慨焉。呜呼，后来谁能不呜咽而悲酸。椒酒芳芬，肴核洁蠲。公其鉴之，来格翩翩。呜呼哀哉，尚飨。

司寇公四勉堂书目

救荒略　仕鉴　劝孝汇编　窒欲编　畏天等歌　存心二十三则
劝善等说　迂儒话　戒杀广义　放生汇编　醒梦戏曲　四勉堂说略
栖云阁诗集十六卷

《文献征存录》卷十

高珩，字念东，一字葱佩，晚号紫霞道人，淄川人。崇祯癸未进士，官刑部侍郎。下笔妙天下，留意二氏之学。生平撰著不减万篇，尝广东坡“劝尔一杯聊复醉，人间贫富海茫茫”之句作小词云：

亭长归来屯万乘，大风云起飞扬。数行泣下美人裳。楚歌为若舞，何似在乌江。铜雀双鸾春宛转，挂钗便到分香。西陵歌吹为谁长。一杯聊复醉，啼笑海茫茫。

送客白衣看短剑，羽声击筑相将。雪园寒月倦游梁。夷门虚左地，春暮绿芜长。香水吴宫多少恨，鱼肠酒后如霜。姑苏麋鹿亦荒凉。一杯聊复醉，恩怨海茫茫。

杨柳春风何婀娜，幽兰瑟瑟秋霜。江潭憔悴子兰狂。世情双燕子，随处得雕梁。惊道碧纱新姓字，大槐争铸金章。木棉庵近半闲堂。一杯聊复醉，荣悴海茫茫。

野外秋蓬风外絮，一生萍海中央。青衫红泪吊浔阳。江云天漠漠，枫树梦苍苍。汉月秦关秋雁断，短歌对酒河梁。西风班马玉鞭长。一杯聊复醉，离合海茫茫。

不尽江潮铁绰板，商歌玉树秋江。莓苔因雨上宫墙。金仙留剩泪，百度续沾裳。汾水年年秋雁去，雷塘杨柳含霜。渔歌樵唱下斜阳。一杯聊复醉，兴废海茫茫。

虽游戏，亦绝调也。官祭酒，旧不过一二年辄迁去，春秋两祭无再过者。珩为祭酒，久不迁内院。洪承畴摄祭太学，戏曰：高先生可谓五丁开山矣。对曰：何妨六丁六甲？果三年始迁。每宴赋诗，必择座客一人代书，歌行近体冲口而出，执笔者不得休。自阅一遍，此稿遂不复问，王士禛谓其咳唾珠玑而用之如泥沙也。游山阴道上有句云：筇杖古松流水外，蒲团修竹绪风间。士禛爱之，命画师写为二图。作少宰日，忽赋诗题曰：愿作杭严道。或讶之，答曰：吾生平慕西湖、严滩山水之胜，聊以寄兴耳，官资高卑不计也。其率尔漫兴如此。祭告南岳诗多佳，录其绝句如：行人到武昌，已作半途喜；那识武昌南，烟水五千里。两岸层层嶂，孤城面面山；横襟凭一叶，睥睨洞庭间。未入衡州郭，先见衡州城；城门垂薜荔，大抵似巴陵。绿净不可唾，此语足千古；天水澹相涵，中有数声橹。花放不知名，稻秀犹能长；芳草隐青流，但听清流响。几月舟行久，今朝倦眼开；万峰飞舞处，一片大江来。南岳云中尽，东流海上忙；他年图画里，著我在潇湘。康熙庚申致仕归，移居松筠庵。益都冯相国过之，高赠诗云：户依双藤禅宇开，无人知是相公来；相看一笑忘朝市；风味依然两秀才。归后，自作生圹，时与唐翰林济武饮酒赋诗其中。丁丑卒，年八十六。有《栖云阁集》十六卷，赵执信秋谷选刻，不及十分之一。又《拾遗》三卷，录其《清明感兴》云：翻嫌寒食到匆匆，老去情怀渐不同。春事顿抛乡梦外，雨声全在客心中。相争燕蹩东西水，欲放梅商断续风。最苦冲泥朝凤阙，禁钟才定火城红。《偶成》云：才展灵枢意自惊，久宜百死偶然生。已知蒿里无多假，日向刀头剑脊行。

珩以癸未入词馆，国变微服遁归，后起家授检讨。久之，典江南试，故旧有遗公文籍者，发之，贿且不訾，大骇，亟焚之，终不告人以姓名。会议奏部例，独为一议，因左迁。有朝官得罪，应杖遣者，或下石将以毙之。珩曰：罪人法不应死，故从宽予杖，杖而毙，岂法之平哉？卒得免。令甲：官员负官钱而家产尽绝者，其家口没为官奴。珩察知胥吏有豁免例，欲比例引之，同官不可。曰：胥吏作奸犯科，尚得邀恩蠲豁，况职官乎？此定例时漏略，非法之平也。竟毅然引之，遂著为令。珩曰：即事之活人有限，立法之活人无穷也。司属佟某以谳狱失出，当免。珩恻然曰：佟有老母在，不忍其罢官伤母心。遂代任之，镌一级。将东归，惟一羊裘，郎中姚仪慕其清德，制一裘追送数十里外，衣之而后返。归里后，坐卧一小阁，不接宾客，几上惟梵夹旁行，金刚、净名数卷外，不复观书。尝和寒山子诗以见意，有文稿及《迂儒救荒略》。

附录二　相关诗文选录

送少司寇高念东先生东还[①]

冯　溥

宇宙有至理，末学泥言诠。人心一故神，天机虚则圆。触石而石开，置火火不然。唯诚与之合，智识匪所先。我闻金刚经，传注多前贤。斐然各有述，西来意茫然。公也号得髓，寝食三十年。加以止观力，动静依真传。神清气自健，宿疴永弃蠲。浮云等富贵，麋鹿伙林泉。朅来魏公荐，驱车复来燕。西曹繁重地，雅非性所便。诏下烦诘责，恐惧理弥虔。自陈衰多误，和蔼动上怜。已甘罢斥去，乃蒙温旨宣。公子自黔归，几年豺虎边。坚贞拒逆命，苦节终得全。万里重趼至，恰逢杖履旋。此事真难遘，我闻涕泪涟。天道自与善，鬼神呵护专。妙在不思议，谁操冥穆权。般水旧烟霞，天伦即神仙。我亦从此去，归卧云山田。鸡鸣风雨夜，相思老友偏。会能访我游，冶湖水澄鲜。村市酒易沽，兼有擫头船。

题高念东先生见示文徵仲雪景图

冯　溥

谁能画雪穷殊想，令我开卷神清爽。前朝待诏最称优，灞桥风味如同赏。古来画工各有人，每逢一物必写真。韩干画肉不画骨，空令满壁生壒尘。天地苍茫骨何在？万汇萧疏逗真宰。五岳之形亦有图，春华秋叶总浮采。千峰万峰白玉成，深岩茅屋不闻声。幽人高卧应无事，舞罢胎仙朝玉京。此时或有真消息，琉璃一片人不识。骑驴戴笠惬素心，苍梧虞舜多荆棘。我友昔登岳麓门，思骑赤龙叩天阍。偶得此卷叹奇绝，寒光如摄水晶魂。昆仑之上阆风起，乾坤谁知几万里。秦碑汉碣尽劫灰，鼠肝虫臂何泥滓。携归来示座上客，笔精墨妙绢素窄。潇洒共题冰雪句，琼瑶直探仙灵宅。即今东华软尘里，清嚼梅花芬颊齿。安得赤脚踏层巅，养我谷神终不死。

---

① 本部分前十首作者均为冯溥。前四首见冯溥《佳山堂诗集·一集》，余六首见《佳山堂诗集·二集》，清康熙刊本。

念东先生东还，卧病不能出饯，夜半呻吟不寐，索烛题归去来兮八章，情见乎辞，因寄唐济武

冯 溥

归去来兮冬日黄，老友相别泪沾裳。床边置砚手腕僵，长歌短调不成行，晴云塞户风正狂。

归去来兮雁影孤，篝灯不寐夜色徂。魂去随君月满途，起视屋梁影模糊，金壶漏尽听啼乌。

归去来兮尚盘桓，卢沟东望路漫漫。北风吼雪气转寒，村酪莫厌且强欢，霜压河梁衣裳单。

归去来兮酒不陈，骊歌欲发床褥亲。与子结交五十春，辗转反侧湿我巾，索烛题诗动鬼神。

归去来兮夙所计，君今驱马先我逝。霜空夜静正二更，抬头强起茫无际，寻鞋摸袜还如呓。

归去来兮冻云飞，风起月晕星宿稀。偎衾瘦骨不能肥，因思丝竹东山事，谢傅原无并马归。

归去来兮说情话，东邻旧友唐子介。含毫濡墨烟云届，与君应结山中戒，待我同来依梵呗。

寄怀高念东先生

冯 溥

坛坫当年插饮齐，独惭龙尾叹羁栖。西州每下羊昙泪，东郡难邀逸少携。九畹湘兰应有路，一丸函谷欲封泥。好将二老风流话，留共先生醉后题。

东望蓬莱结紫云，仙人勾漏奏奇勋。应知需次弹冠客，定逊当年誓墓文。药采名山几两屐，诗成横笔扫千军。归来丹灶封初启，好看黄芽出鼎芬。

简高念东

冯 溥

我过古稀君欠一，频年苦忆话通宵。论诗止许谙情性，作客何堪溷市朝。禾黍故乡今岁好，鸡豚旧社里朋邀。卜期携手同归去，皓发商山未寂寥。

长歌赠高念东

冯　溥

与君结交岁已久，当年意气何飞扬。书卷满床随意读，落笔千人万人咨嗟而彷徨。美人佐觞城南庄，一饮百杯诗千章。春风策蹇长安道，君乃先我入玉堂。天地惨变鬼神泣，易形跰足归故乡。扫除凶逆赖先皇，咨询旧德无遁藏。金匮石室前朝秘，喜得鸿儒发辉光。佐铨明刑旧典彰，脱屣意仍属沧浪。挥手东门谢簪绂，了达生死资法王。金刚一注何周详，千年释子开津梁：积善不言，含弘多方；譬说奖劝，俾明故常。醉柳吟花精力强，昂藏不闻升斗粮。入世出世意诚臧。日月昭旷人天翔。朱虚咫尺隔般阳，衰老徒寄字八行。忆昔三人夙愿长，文定箕尾帝之傍。大药君曾炼就否？白云空谷遥相望。

春日漫兴和高念东先生喜归原韵十首选五首

冯　溥

世上浮名那是真，道人金屑眼中尘。窗前花鸟三生梦，画里虫鱼百变身。立定脚跟方有路，解空识界始知人。随宜茶话从吾懒，不向如来问果因。

触眼年光日日新，休教人唤作陈人。梅花落尽方辞蜡，柳絮飞来又是春。成纪不候疑有命，华山高卧已忘身。纷纷认取形骸隔，谁解窗前辨六尘。

功名争说古人期，得失难忘世所疑。入手只缘随物转，到头不破总情痴。且抛蝴蝶三更梦，记取寒山百首诗念老最喜寒山子诗。自得智多殊自懈，一生迷处是无师。

三十年来住帝畿，风尘荏苒看人归。鉴湖有约难移宅，春酒常沽且典衣。边塞时怀留宝剑，驽骀终自怯金鞿。未能补过焚香坐，笑问留侯事总非。

宦况闲情万柳堂，莺声巧唤日初长。僧包我学穿云裹，仙箓谁抽餐玉囊。佳帖开来多乞米，故人辞去动思乡。春风驴背狂吟客，不作双双燕子翔。

高念东先生曾约致仕后过冶水相访，念东抵里已久，予以事羁迟未得归，缅怀情况慨焉，有作二首

冯　溥

留滞京华三十年，鉴湖一曲主恩偏。酒徒尽讶知章老，讲席争传疏傅贤。好语吴音乡去久，亡弓楚得客怀蠲。青鞋布袜君能共，风雨携尊上钓船。

嵇康正懒怯逢迎，载酒人传阮步兵。粗庖肴樽留上客，快谈晨夕见交情。蛟龙戏浴来新雨，鸥鹭闲眠是旧盟。为问霜芽丹灶火，仙翁应否许长生。

冬日甚寒，高念东书来，极言处五浊世界之苦，寄此答之

冯　溥

避寒小阁试焚香，勇发羊裘纳手凉。老去心闲情自少，故人书到忆偏长。共知浊劫残仙界，谁叩医王指病方。抛却众缘拼一醉，久藏斗酒待君尝。

和高念东松�庵诗四首

冯　溥

隐几僧寮户不开，天亲无著忆从来。而今相对浑忘却，只识维摩是辨才。
得归便作笑颜开，且向招提礼佛来。静悟浮生都幻梦，消磨不尽是诗才。
丰干饶舌道眸开，却引寒山拾得来。煨芋夜深真误听，邺侯谁信具仙才。
载酒堂封昼不开，东山丝竹待君来。生天作佛休闲计，出水芙蓉羡异才。

复高念东①

周亮工

两过珂里，俱以急行不得作竟夕之饮，俗吏纷纭，自觉可憎。然酒清且旨，欲饮便饮；谈野而旷，欲吐便吐。虽半晌乎，犹胜彼低头深揖、作乡饮酒礼者千日万日也。别去，为敝门士所留，出柏瘿醉我，遂而达旦。醉中为作歌，字如虬，句如呓，醒后取观，不识为何人作。哑然一笑，即复掷去，然稿即存，亦不堪使先生见也。文坛秽杂，弟鉴于千子文妖文剿之说，思以一选正之。去取无当，所见又不广，以患难后，此兴遂阑。目亦未编，序亦未成，有首无尾，弟之著述，大抵如是，幸先生教之，不宣。

《痴语》三则②

毕际竑

昔人有言，所不知者寿耳，余年七十矣，所谓古稀也。

时当季夏，淫雨浃旬，足不出外，意甚慽恻。睹别案积书数寸许，取读之，

① 见周亮工：《赖古堂集》卷之二十，清康熙刻本。

② 见毕际竑：《痴语》，清抄本。参《栖云阁文集外·序　跋　题词第四·痴说题词》。

皆名家墓志也。出于念东高太史之手者十之五，称道人之善，从其状也，人所同也。而太史之文必取其一节以表彰大义，若不止为此人立论者，而其人亦因以传，则其用意独深远矣。因游思曰：余死，焉得太史而志之，必先太史而后可，岂余愿哉！恍恍者久之。（《痴语自序》）

《论语》曰：因不失其亲，亦可宗也。余幼与高念东先生结男女之缘，长而相善也。先生既贵余殊等，先生不骄；余亦不以儒生故绌也。仗先生之力，老年同怡山水间，中怀旷达，旬日不相聚，则若有不乐者，知我最深。脱去形迹，而性情落拓，又与余大相似。至于德行、文章，则余之所矜式，而不能望其津涯者。后之人当志之，世好勿替焉。（《痴语》）

余《痴语》之作，始于甲子之季夏，不敢以示人。念东高太史取而评之，意甚挚，或有感于余序中"焉得太史而志之"之言，谓评之犹志之也。兹序也则成于乙丑之季春，欲绝笔于此也。绝笔者何？一言以蔽之，不过欲子孙做好人而已。好人自何处做起？其道莫备于书，读书非求仕宦，原期闻道。《大学》曰："自天子以至于庶人，壹是皆以修身为本"，修身者，修道也。治国平天下，不外上老老、上长长，舍孝弟无道。孝弟，性也；读书闻道，复此性也。（《痴语后序》）

放生问答[①]

王崇简

予同年高念东在告将归，予过之。语次及放生事，予因述：日于买蔬菽钱中留三十钱为放生钱。或积至二三月，或至经月，遇市中山禽水族，即买纵之。率以为常，业十数年矣。先生称善久之，且曰：此最可推行，尚有可类举者，幸以教我。

予曰：家旧戒杀，惟于宾祭，不能尽戒。一日，张相国文端公顾予，曰：何难，腒鱐易之。自后，虽宾祭，亦复不杀一生。岁时，亲戚往还，有以生物相馈者，即以斗粟寄养愍忠寺。寺养放生物，至众不能容，则转养之山寺。或诮其类子产之畜鱼，予曰：吾尽吾心焉尔。

先生复问：子举此念时，何因而始？予曰：见其生不忍见其死，闻其声不忍食其肉。诵法斯言，惟不忽过，更有何因？虽然，先曾王父母王父母两世蔬食，暨先母淑人于先大父亡后，亦蔬食终其年。予每念之，即未克遵先轨而不杀生，岂所不能行哉？是亦因也。

先生复称善，曰：吾将推广之，以告同心。尚有可商者，日留三十钱，计

① 见王崇简：《箱堂文集》卷六，清康熙十五年刻本。

一年仅十千余。若日留百钱，计一年可得三十六千钱，三十六千钱于银十二两耳。长安偶一宴饮，奚止此数！少节口腹之欲以广好生，不亦可乎？

予拜手曰：此先生之所以进我也。

答高念东先生书[①]

魏象枢

某每承教言，奉为药石久矣。惟先生以一“真”字为生平，故待人真切，而论事真实，此海内士大夫所共信者。某碌碌，且谬信于先生，不惜爱之深而言之尽。即某反己，自信亦可仰体先生“真”字之二三，独未得躬侍左右，抵掌谈天下事耳。

天下之事有真事，须天下之人有真心。无真心而做真事，必不得之数也。前读先生“迂阔”一说，尽乎天下之人矣，而总归于大法小廉之一语。又读先生“妄谈”五款，尽乎天下之事矣，而总归于治人治法之两端。今日正坐此弊耳。寇贼纵横，粮饷浩繁，兵骄民困，主忧臣辱，此何等时耶！因循者曰力不能也，贪昧者曰时若此也，岂无贤豪？亦曰掣吾肘矣，行不得也！大事不敢任，小事不屑为。尚安得复有真心做真事者哉！某窃自愧欲死矣，欲以信朋友者信君父。而先不自信，求所以居仁由义、不愧不怍如先生首篇教我者，盖戛戛难之，所谓真人面前不说假话也。若止循分尽职，岂今日之所急哉！即以职分言，持筹裕国，克济军需，非异人任也。然生无可生，节难再节，禁旅百万，关系匪轻。先生忧国忧民，素心忠朴，虽未肯一出而慰苍生，当有真学问中之真经济。于司农仰屋时，指南而诲之，使将来不至有百姓之累，仍于先生厚望焉。

再拜华函，首询雪海，今奉特旨，以原官用矣。贻上才品卓然，不止诗文冠绝，因有白云亲舍之思，未补而去。仅以拙稿相订，俟其补缺后，期与共济天下事，先生即以教某者教贻上，可矣。附言为报，署务多冗，又奉查库之命，日无暇晷。灯底率笔，兼候起居。唐济武学当精进，近况如何，烦一致声，不另及。

与少司寇高念东先生书[②]

张能麟

东齐固多名公钜卿，抒经纬之业，垂不朽之声。而老先生抱雄世之鸿略，

① 见魏象枢：《寒松堂全集》卷之九《书简》，清康熙刻本。

② 见张能麟：《西山集》卷之五，清康熙十六年刻本。

望重东山，诚所称前无古人，后无作者。海内之士获一赫蹄，莫不藏弆以为荣。顾某接壤咫尺间，而未得吋勤亲炙，其为汗背，何似待罪青社，几三载矣。幸藉国家之福，境内得以稍宁。然自分碌碌，罕所建立，唯是一二簿书之具文，所堪与吏民相告语，以昭兹衷曲者累为《政略》，不自知其言之不文也。谨以呈教哲匠，幸赐大序，以享敝帚，则拜百朋之锡者逾深矣。

《筠廊二笔》卷上选录[①]

宋　荦

淄川高念东先生珩官刑侍时，余为郎，受知于公，倡和恒至丙夜。公冲口而出，皆香山、放翁高致。其《琼花观诗》云：锦帆千里赴雷塘，小杜风流事亦荒；何处琼花归劫火，萧萧鸭脚满长廊。又《京师清明》云：故园小圃又东风，杏子樱桃次第红；明日春明门外路，清明消遣马蹄中。又《冯易斋相国溥过松云庵见访》云：户倚双藤禅宇开，无人知是相公来；相看一笑忘朝市，风味依然两秀才。

记冬夜于德州谢方山重辉寓斋，见公为五禽之戏。先脱去重裘，须臾赤身引颈，汗霡霂如雨下，坐客为之惊叹。

当其致政归，一时祖饯如云。汤潜庵斌适使竣还朝，追送国门外，语余曰：仆生平以未识高公为恨，今亲其言论风采，令人尘心都尽。抑何幸耶！

王尚书阮亭常述公三事：

一，公少宰家居时，夏月独行郊外，于堤边柳阴中乘凉。一人车载瓦器抵堤下，屡拥不得上，招公挽其车，公欣然从之。适县尉张盖至，惊曰：此高公，何乃尔？公笑而去。

一，达官遣役来候公，公方与群儿浴河内。役亦就浴，呼公为洗背，问高侍郎家何在。一儿笑指公曰：此即是。役于水中跪谢，公亦于水中答之。

一，公赋诗，兀坐斋中。一无赖子与公族人相角，走诉公，且以头撞公，家人奔赴劝之去。公徐问曰：此为谁，所言何事？盖公方酣吟，毫不挂念，其胸次为何等耶！

湘潭王山长岱送公还山诗甚佳。附山长诗：

> 晴郊风雨蔚然新，端为临歧啸咏人。亭畔柳枝先带绿，陇头梅信已含春。有根慧业多生种上声，无系轻装五岳身。不比堕驴犹恋世，逍遥真觉远埃尘。

---

① 见宋荦：《西陂类稿》卷四十五，清康熙刻本。

聚散如萍浑不期，行藏有道更何疑。宦情自是怀来少，公事非因欲了痴。撒手悬岩皆坦步，冲肠嬉笑总新诗。辩才无碍圆通在，岂仅犹龙柱下师。

千古冠裳旧帝畿，几人谈笑咏歌归。抽簪便戴鹖冠子，解绶旋更大布衣公行时著布袍。入蛰神蛟藏爪鬣，行空天马卸衔鞿。等闲俟命能居易，不待行年始悟非。

相依不厌话频频，为喜天机烂漫真。道广岂能无泛爱，机忘自可历风尘。文人结习由多识，上座机锋欲现身。笑指寒岩枯木语，三冬暖气又回春。

奉送高念东先生予告还山六首[①]

宋 荦

香山今日咏归与，真見高风汉二疏。回首东华尘十丈，此中岂是赋闲居？
独向丘中弄玉琴，满园修竹旧清阴。松巢結就闻竽籁，静掩双扉戏五禽。
自昔登临说侍郎，黉山萌水足相羊。捞虾浅水花明渚，提榼空山雪满冈。
几载崂山入梦赊，荷衣今访赤松家。春风自唱游仙曲，采采溪头巨胜花。
秋官读律心常苦，冬夜联吟兴转豪。最是旧游忘不得，一樽赤壁月明高。
京国淹留衣化缁，烟霞骨相辱公知。青鞋布袜追随去，不待恒河照鬓丝。

送高念东先生还山[②]

王 岱

破愁思共客持觞，为爱诗人老更狂。健笔直须追甫白，卮言仍耻效齐梁。偶来星贯云生署，归去霜葭水在央。自有汪洋临海若，无劳再赐镜湖庄。

道大机忘烂漫天，逢场谐谑总堪传。行藏不碍鸿飞雪，来去无心月映川。鸡足拈花皆入定，华山开眼亦成眠。唯余颇解公消息，岂效人间附谱年。

---

① 见宋荦：《西陂类稿》卷三，清康熙刻本。按，高珩致仕，写送别诗者甚多，本书只选几首以见一斑。

② 见王岱：《了庵诗集》卷十五，清乾隆十二年刻本。自《题雪景为念东先生画》以下见《了庵诗集》卷十八，其中缺字为原藏本残损。《和高念东少司寇还山韵》共十首，中间四首与《筠廊二笔》卷上所记同，此处删去。

和高念东少司寇还山韵

王 岱

飘然来去任天真，消尽驹光野马尘。蝶梦初回宁有影，花丛一叶不粘身。时称接淅鲁司寇，我爱清谈高坐人。乳水自投非世味，此中端合即前因。

悠游去国仍怀恩，宠辱何曾扰梦魂。敝屣弃来安步稳，轻裘卸却布袍温。沿途耆旧争相迓，归路柴车自认村。怡老岂须金赐典，山家鸡黍亦开樽。

欲登金地陟经堂，拄杖过头数尺长。自可钢针餐满钵，无劳玉屑饭充囊。如来大意因空悟，弥勒非斋即醉乡。寒暑刹那都不计，但看燕北雁南翔。

粉碎虚空颇自由，寒灰古庙话休休。丰干已觉多饶舌，船子徒撑一叶舟。满眼鹤归迷紫陌，几逢燕颔便通侯。乘除久已知消息，不为人愁我亦愁。

歌声樵牧漫争喧，鸡犬相闻远近村。且喜家风如栗里，何妨世业号东门。芝田种石时生玉，鸠杖含饴日弄孙。懒学武陵深避世，比邻野老共寒暄。

山课依然率旧章，新花更种两三行。青精饭色过云子，石鼎茶声胜桂厢。清梵乍惊檐鹊起，旃檀偏送逆风香逆风反闻。世缘才罢寻方外，万石勿夸笏满床。

题雪景为念东先生画

王 岱

雪拥茅堂篱半开，寒泉袅袅漫山隈。幽人无事千人出，应探梅花消息来。

生平喜冰雪，常于烈暑中用作观想。庚申夏，晤念东先生，谈画云：最喜六法，多半皆寒林积雪。异哉！作者阅者，意思适同，庄惠无言而笑非雷同也。更为说偈，敬求转语。

一贞法界原清净，水火都无□□生。纵历严寒与执热，此中一切自然平。

念东先生深佛法，故有此赠

王 岱

白云本自恋岩扉，舒卷飘然意不违。偶现宰官为度世，祖庭依旧欲传衣。

一着能将大事明，岂容说法为无情。吹来无孔笛中听，不必缑山浪鼓笙。

山色溪声一路宜，无劳煞直勘阿师。得来三昧真游戏，坦道羊肠总不疑。

坐破蒲团原不是，踏穿草履亦何关。山中事业还多在，吃饭穿衣未得闲。

只履凭将西复东，逢人未许说真空。三家门户差些子，只为时中与守中。

高念东[①]

王晫

高念东家般阳，每风日晴和，自跨一驴出，遇嘉石浓阴，即系驴而卧。见者不知其为贵人也。

高名珩，字葱佩，山东蒙阴人。性方严，骨清神佚，气静情疏。少年登第，筮仕馆阁，历任大僚，屡奉简命，出入中外三十余年，所在声名赫奕。然不以富贵贫贱动其心，士大夫高之。

送高念东少司寇予告归里和司农公韵四首[②]

汪懋麟

身依魏阙志江湖，共讶先生意态殊。老眼昏花看热客，白头零落著潜夫。众中谐笑同心少，醉里狂饮和者孤。似此畸人何处著，为君聊写赤松图。

已知禁网圣朝疏，牍背闲题得自如。岂少皋陶称法吏，不须子产著刑书。圄空但得常罗雀，身退何妨竟毁车。七十乞归归正好，白驹场藿独愁余。

不畏西风更障尘，青门回首得闲身。山中自有三间屋，膝下初归万里人。时公子自黔归。乡里却看须鬓旧，行藏转觉去来新。果然父子躬耕好，稳醉田家麹米春。

方袍竹杖渡洋河，消遣残年可若何。萧寺闲行煨芋少，虚坛夜礼降真多。天台有梦招猿鹤，吴苑何心吊绮罗。若使巾车申后约，扬州山色有摩诃。公旧游吴越仍有扬州之约。

送高少司寇念东予假归[③]

颜光敏

画师昔貌柴桑翁，千人传羡声雷同。先生箕踞振长啸，鸴鸠岂识南海风。自言身是烟霞质，魂梦何曾暂相失。郁郁天台松，莽莽苍梧云枕中。洞天三十六，纵横路向华胥分。清禁迢迢屡召见，题诗日满披香殿。飘萧素发随风扬，侍卫惊看至尊羡。西坛八月方虔祷，三日清斋迹如扫。紫陌俄闻叹息声，

① 见王晫：《今世说》卷四《雅量》，清康熙二十二年刻本。

② 见汪懋麟：《百尺梧桐阁遗稿》卷二，清康熙五十四年刻本。

③ 见颜光敏：《乐圃集》卷二，《清代诗文集汇编》第154册，上海古籍出版社2010年版。

骊驹已首淄川道。海门日出生红潮，鼋鼍出没沙燕骄。独上蓬莱吹紫箫，青天忽断虹霓桥。昨日满前列杻械，朝来惟见青山霭。扫除法律披丹经，松间洗耳听竽籁。野人初过黄金台，荆高凭吊吟且哀。当时伯乐未一顾，胡为扬眉抵掌许我腾骧材。秖今烧剔羁靽就衔辔，凤臆龙鬐安在哉。眼看神龙纵超越，转愁皂枥终尘埃。离筵欲撤休徘徊，与君促膝俱引满，携手同歌归去来。

题高氏家训后[①]庚申

归允肃

高氏家训曰：煌煌烈祖，聿惟柳溪。佑启宗祊，粤维肇基。忠厚传家，庭训严止。不扑一掌，不弹一指。如此善根，乃我孙子。翼翼小心，曰惟畏天。如网有纲，百目括焉。孰替孰隆，有因有果。寒则抱冰，明如握火。毋曰高高，汝右汝左。自我同姓，以暨邑人，百年之内，善败可陈。谫予小子，谬测高深。畏天之威，其惟修身。修身靡他，曰义与仁。勿险勿虐，勿汰勿淫。勿诡而衷，勿滑而淳。一动一言，上帝是临。守此宗盟，裕我后昆。紬绎再拜，敬用书绅。

传家者必有所以教家之则，然后源远流长。是故，欲知垂世之有本，观前人之所诒而已矣；欲知克绍之有绪，视后嗣之所守而已矣。古者，教家以身，而垂后必以言。自颜之推、嵇中散辈，各有训诫垂后，极著详慎之意。

今观渤海家训，述祖德，示后昆，以畏天修身，谆谆勉励。其言约而尽，子孙世守，罔敢失坠，凛乎有羹墙陟降之思焉。虽宝玉相仍，无以过也。君子谓高氏之长世，宜矣。庚申夏六月中浣，属书于册，余乐诵懿训，遂不辞而并识之如此。

西州吟[②]哭外父高司寇公作有序

张笃庆

司寇公累叶尊型，百年遗老。青齐物望，泱泱大国雄风；沧海宗门，岳岳清流胜概。早岁登坛艺苑，驰燕许之休声；暮年雅志清修，习瞿昙之净业。补苴乡邑，食德者万家；表率士林，维风者千里。秩登九列，清畏人知，心似孤云，高搴物表。跨溪山之蹇卫，谁识公卿；安

① 见归允肃：《归宫詹集》卷二，《清代诗文集汇编》第158册，上海古籍出版社2010年版。

② 见张笃庆：《昆仑山房集》，清抄本。以下张笃庆诗同此。

丘壑之素衣，身同韦布。百城坐拥，不自秘其琅函；三箧亡书，讵能穷奇腹笥。固已富等身之著述，任其充栋汗牛；竟亡情寿之鸥编，不自劂梨剞枣。良由㧑抑，出于天性；亦缘生平，淡尽名根。屡仕屡归，非为朝中三黜；一瓢一笠，难忘海畔群山。综贯百家，信潞公之强健；声高盖代，俨白傅之芳躅。片字走鸡林，琬琰群归郑驿；名流奉鱼素，顾厨咸跂龙门。洎乎坚卧东山，埋名南陌，侣胜友而佚老；请课趺跏，托避地以寻幽。解尘成愒，结好生之莲社；志慕萧云，栖镌训世之瑶笺。心仪吴玠，三楹草阁；冬夏一毡，百尺桐阴。门庭半亩，齐彭殇于生死；脱手西归，媲庄列之流风。懒栖东土，乃者夺我耆宿，天不憖遗；停彼相舂，人皆浩叹。虽上寿已登乎大耋，而衔哀同切乎沦亡；悼哲人之已萎，实邦国之云瘁。庆也情属甥馆，谊比师门；夙沾脂泽于床东，每奉德音于砚北。蔡中郎之倒屣，举邺架以畀仲宣；王大令之燕闲，书练裙以贻羊子。撰秋山之杖屦，时继微吟；逮薤露之凄凉，情深陨涕。礼魂托九歌之咏，怀贤续八哀之音。感旧兴悲，亦何知其词费；曼声饮痛，不自意其联翩。或焚之隧道之前，见太荒之披发；抑付之末婢之手，泪洒于麻衣。

其一

公所居之阁前有门曰“海山门”。

四勉堂前累物非，空庭惨淡吊斜晖。千章树老凉云度，九曲池荒病叶飞。石几当楼寒悄悄，银床流水镇依依。海山门下如相问，知与青童驾鹤归。

其二

栖云阁，公所居也，外有高桐最古。

忆昔吹箫向碧空，丈人峰下盼雄风。司空博物惊龙剑，大雅扶轮赋桂丛。火枣未归丹鼎侧，安期只在海天东。栖云阁畔伤心处，肠断龙门百尺桐。

其三

公自罢少宰后未久即归田，而复以荐补秋官侍郎，旋复乞骸。

启事明光意已阑，栖迟海峤卧云峦。人从绿野思裴度，帝为苍生起谢安。神武挂冠新祖帐，鉴湖投老旧渔竿。乞恩讵作千秋计，不为龙骧葬玉棺。

其四

华阳逸客意悠悠，怊怅金笼自掉头。老去闭关参白足，平生宦迹半沧洲。云涛时驾三千顷，鹤梦春归十二楼。长恨羊昙情未切，只从醉后哭西州。

其五

公平生为人及行文，大类眉山长公。而晚年作堂于东郭，颜曰“载酒堂”，仿东坡堂名也。公著作甚富，皆未付梓。

万斛珠源翰墨场，眉山嬉笑尽文章。前身应侍端明殿，旷代同传载酒堂。落笔自携沧海气，遗文犹觉姓名香。即今多少云亭草，后死殷勤问缥缃。

其六

阎浮每笑久迷津，常向人天辨假真。毕世逃名犹避敌，平居济物不谋身。宰官现相真如寄，居世维摩净少尘。长啸数声云海碧，三层楼上一归人。

其七

城阴结屋似蓝田，高柳千行刺碧天。池上弹琴耽习静，溪边命酒爱逃禅。士林辍业青编下，父老吞声白雀前。此日方知羊太傅，岘山有泪古今传。

等闲沧海即桑田，悟彻浮生不系船。摩诘有时栖辋水，赞皇久已瓕平泉。青莲宝筏三千偈，公晚年多作偈语。黄雀松风八十年。为谢尘中诸眷属，先生挥手赤城巅。

常侍雄篇日月悬，挥毫电掣拟飞仙。人来洛下思君实，客到香山哭乐天。诗格有时矜独运，文章老去畏人传。可怜卫玠萧条甚，乐令遗风忆昔年。

其十

公当壬戌岁于孝水仿东坡前、后赤壁，邀客泛舟，赋诗饮酒作两胜会。其诗题一曰“壬戌之秋七月既望”，一曰“是岁十月之望”。盖适逢其会，真千秋佳话也。其地在放生矶下。

放生矶在孝河湄，叶叶轻舟逐岸移。万顷沧波浮桂楫，八功德水配莲池。鱼龙潮落屯青屿，菰蒲风廻漾绿漪。犹记雪堂游迹在，风流云散总成悲。

由来心迹本双清，水鉴澄澄玉一泓。书授仲宣悲掩卷，舆停靖节哭门生。东皋游侣浮云散，北阁灵帷落照明。海月一天人万里，萧萧已返芙蓉城。

侍燕清斋计已违，天门骀荡驻骖騑。尘中一炁回眸远，海上三峰撒手归。浮世不还双玉佩，道山久具七条衣。赤虬仍下人间否，缑岭明霞夜夜飞。

年来高卧似袁安，窗外梅花阅岁寒。幽壑唯闻探胜迹，清时早谢进贤冠。向禽名岳游方倦，瀛海波涛兴未阑。此际浮丘应把袂，五城明月梦中看。

英州酤酒每同游，二老人传第一流。是处溪山容啸傲，异时风雨吊松楸。青萝洞口云花冷，翠濑亭边草已秋。执绋灵虹桥畔路，凄凄丹旐使人愁。

其十五

先是公已归隐，为魏寒松推毂。勉为出山，旋即引退。

悬车当日已投闲，却为寒松罢掩关。拜疏朝端趋紫禁，驱驴海上恋青山。辞荣双阙排云出，退引三茅计日还。太息骑鲸天外去，应知盛代有仙班。

其十六

公金石之文，名重海内。为御史大夫时，应诏赋诗，最蒙特眷，当世荣之。

北海雄文冠一时，坐令碑版照天涯。珊瑚早架徐陵笔，翡翠春生庾信诗。紫殿挥毫惊玉陛，黄门鼓吹粲金芝。老来避世甘云壑，净洗浮名问具茨。

其十七

公别号紫霞道人。

蓬岛云车绚紫霞，只今归去列仙家。切云长剑崆峒子，跨海灵璈萼绿华。笑指十洲水清浅，笔摇五岳气横斜。可怜尘世歌蒿里，紫府谁知作押衙。

问天不语自夷犹，千丈松崩结暗愁。海内衣冠悲硕果，盛朝耆旧失风流。禅仪北阙无遗草，丝竹东山罢宴游。万树桃花敲马策，有人长痛哭山丘。

胜因宿世住香台，九十年中历劫灰。净土化成人似玉，双林狮子吼如雷。莲花界里声闻寂，金粟光中宝相开。便是阿难初唱义，一时万众哭如来。

其二十

东坡自作墓志，乐天自为《醉吟先生传》。

人道东坡似乐天，我公异世总三贤。攒眉不著尚书履，乘兴时登野客船。志墓自为独行传，醉吟聊作咏怀篇。千秋文采依然在，羽化谁知是地仙。

生平潇洒佩兰董，鹤骨清冷迥出群。孝伯由来无长物，陶公不自汇遗文。衣冠角里尊前辈，风物桃源脱世氛。大雅沦亡今日事，万家巷哭接榆枌。

紫霞道人外父高司寇公念东先生珩

张笃庆

崔嵬丈人峰，万仞峨眉月。我怀紫霞公，俯首视一切。中丞有文孙，海岱表阀阅。宅相启桓台，太归毓丹穴公为王大司马外孙。早登蕊珠宫，二难森成列。联翩入紫房，东观应绅笏。是时国步艰，太乙藜遂撤。乾坤几震荡，神器亦杌陧。洎乎奠鼎初，弹冠归魏阙。强仕佐天官，亚相非忝窃。顾独淡荣禄，夙昔秉孤孑。既昧逢世术，康庄时一蹶。左秩亦偶然，一笑安蹇拙。碑服照遐方，雄篇郁溟渤。文如万斛珠，笔似澄江澈。佳句弃空囊，漫不授剞劂。九列三浣衣，千偈广长舌。门无纨绮奴，宅远金穴窟。一饭饱烝瓠，志不在饕餮。羊曼因真率，礼非为我设。君平亦弃世，还山卧林樾。依依入岫云，长与尘世绝。有时阅金经，逃禅谢请谒。陶公三层楼，松声自清冽。白驴凌柴烟，溪山封漻泬。垂垂青萝洞，孤踪邈幽洁。亦粤海山门，高桐虬枝折。草阁久栖云，了了自怡悦。青萝洞、海山门、高桐虬枝、栖云阁，皆公所著。翻嫌魏寒松环溪，荐贤班夔契。譬如华阳逸，金笼遭羁绁。闻公懋勤殿，应制纷彩缬。落笔御座惊，主知自兹结。一岁乃再迁，天颜眷黄发。兰台与秋宪，崇阶亦稠叠。无那远世荣，宦情坐消歇。归来载酒堂，海天莽超忽。清游亦何在？或在吴于越。西湖盛文藻，探梅对冰雪。长啸归齐州，百手杖头竭。乡衮人所望,桑梓肝膈热。居恒无长物,清贫逮耄耋。生平骀宕定,堪为达人说。前身谪方壶,萧萧见霍骨。乐天与眉山,千古成三杰。遗文赖后死,甥馆余悲咽。安得皇甫公，三都永不灭。

本朝人物·高念东[①]

李光地

皇上怒高念东,有波及益都之意。向益都言:“若非汝荐乎？”益都直抢曰:“呀！此非臣所荐，如何坐在臣身上？”上曰：“非魏象枢所荐乎？”曰：“臣所荐者魏象枢，臣能保魏象枢而已，焉能复保魏象枢所荐之人？且皇上亦曾问高珩于臣，臣对以为高珩若教他作诗、讲修养好，做官恐非所长。皇上岂忘之耶？”上默然。

读高念东《劝世言》即寄[②]

蒲松龄

至语缠绵道自真，三千世界破微尘。拟从珠串消前孽，敢乞莲花作后身。薄骨原无食肉相，病躯合是入山人。不知净土程多少，欲向菩提一问津。

挽高念东先生

蒲松龄

先生观化气数，陵迟愈甚矣。栋梁摧折，风流顿尽，此吾党所共哀也。闻讣泫然，因成长句。所冀风雅词人，有同声而共涕者。

文章口泽满乾坤，老卧东山誉望尊。千里几无文献在，十年赖有典型存。魂归关塞枫林黑，星陨台垣日色昏。灭度元求无病死，九原乐否更何论。仆尝问先生何修？答云：我非祈福，但求无病死耳。

鹤驾乘风去不回，两楹奠罢古今哀。坡公老后犹书卷，疏广年来断酒杯。春梦婆能传哨遍，澧阳月已见云开。当年邀我从杖履，日日蹉跎愧不才。

痛想当年慧业人，俚歌亦足破微尘。文无易稿从容就，口不择言表里真。

---

① 见李光地：《榕村续语录》卷九，中华书局 1995 年版。

② 见蒲松龄著，路大荒整理：《蒲松龄集》，上海古籍出版社 1986 年版。又见盛伟编：《蒲松龄全集》第 2 册，学林出版社 1998 年版。以下皆同。

绿野堂中蕉鹿梦，碧莲花上宰官身。瞻乌爰止于谁屋，俯仰黄垆涕满巾。

岁十一月冬夜长，清斋闻笛暗神伤。醉策涕零西州路，绣鱼恨寄午桥庄。岂止山城全黯淡，还愁猘子益猖狂。明知百岁终黄土，谁悲眼看折栋梁。

韩樾老祭念东先生

蒲松龄代

呜呼！先生海岳钟气，梓桐化身；文章道德，夐绝群伦。惟兰芳而蕙茂，遂连镳而逸尘。

公乃摛藻玉堂，蜚英殿陛。历仕清华，屡典要职。户施行马，门横棨戟。一朝麟凤，当代柱石。荒服诵其牍章，长安传其佳什。身登台阁之尊，志在江湖之侧。

委笏而去，拂袖遂东。乐烟霞之啸傲，睹剑舄之从容。已忘龙尾之道，不怀长乐之钟。乃一旦征书交迫，不听其眠熙世之高舂。东山再起，补秩司农。不修幅于衫履，寄大隐于朝中。

迨夫圣朝赐休，角巾还第。绿野携觞，东山载妓。书卷怡情，笔床兴寄。名山系马，清流转鹢。遍腊屐之芳踪，树文坛之赤帜。慧业文心，尤阐宗义。降摩尼于兜率之天，散空花于琉璃之地。且欲使苦海澄波，慈灯照世。寓劝惩于俚谣，皆慈悲之妙谛。

迩来年登期颐之大寿，倦篮舆之清游。因闭关而颐养，遂绝客而潜修。虽则门外事置不入耳，而百里之雅俗坐镇乎喧啾。此中大有人在兮，猖猖者亦顾忌而少休。胡为乎玉符东下，东壁星流。曾旻天之不吊，遽华屋而山丘！

呜呼！某以锦川之鄙人，附婚姻于公子。日受謦欬之惠，何止广厦之庇。讣音忽来，沾衣何已！匏系一官，悲瞻梓里。絮酒盈卮，将此泪耳。祖奠松门，侑以蒿里。

上高念东先生论地方利弊书[①] 癸亥

张　贞

顷叩云亭，过承厚款，托之以肺腑，永之以晨夕。且谓兹会不为无益，若深幸贞之一来者，在老先生为汲引后进之常，然而当之者愧矣。于其将别，详询吾乡利弊，欲即告之抚军，为民请命，又恐语不及悉，令退而削牍以进。此

① 见张贞:《渠亭山人半部稿》，清康熙刊本。

见老先生惓惓忧国忧民，固无间于在朝在野，贞虽愚昧，敢不竭其一得。

伏闻抚军入境，清节峻犹，一洗中外苞苴之旧，羡金之禁凛若霜，严部下守令，人思自奋，洗手奉公，岂非盛事！贞独以为羡金可减而不可除，其禁宜徐而不宜骤，何也？今之守令，谁无家室，谁无使令，谁无交游？服食器用、月俸所入，实不足以办此所资者。止此羡金耳，今欲尽革而去之，则必屏妻子、去童仆，闭门塞兑，鹑衣鷇食而后可。如其不能，必将取给于词讼，必且变易曲直、颠倒是非，闾左之祸尚忍言哉！盖羡金，其利散而人不觉，鬻狱其害大而民不堪，以此方彼，孰重孰轻，必有能辨之者。是莫若风之以俭朴，其有甘羔羊素丝之节者，自能励留瓜抵璧之操，盖用者无多而取者自少也。诚得若人即亟登荐剡，予以不次之擢，吏治翕然其一变矣。区区羡金，肯自污乎？此欲其减而即除，禁之徐而实骤者也。

言狱讼于今日变态，可谓极矣。蚩蚩之民即覆盆向隅，多若屠羊在肆，噤不能发一声，其得自达于上台者十才一二。彼纷纷赴控，大约皆如鬼如蜮之奸人耳。睚眦小怨，辄兴风波；萑苻窃发，即诬为间谍之人。仆区法严，强名以逋逃之主。近缘东土赋役缺额，讦告者又多在隐占矣，少则数百亩，多则数十顷。村落方隅，言之凿凿，听断之下，了无情实。彼奸人岂漫为尝试哉！盖以吾东土田旷邈，下中之户亦可千亩。夫田至千亩，凡有丈量，必不能先后一辙。盖尺之长短，步之斜正，皆足致讹，非必真有隐匿于其间也。苟有数弓之赢余，告者已得借口，讯者即不敢绳以诬告之律。一谳再谳，虽无可得之罪，而一家之产罄矣。是投牒之时，告者已立不败之地；下檄之日，被告已无自全之策。况彼奸人原无家业，一息尚存，又何所失。但使上台肯受其讼牒，已志满意得，爰书之曲直，久已置之度外矣。惟当审慎于受牒之初，见其确有足据，始下其牒，于郡县务令详核阅实其罪者，即置重典。苟其不然，告者亦抵以应得之辜，上不存姑息之心，下自获和宁之福矣。又何鬼蜮之足虑也！

国家用盐策以佐大农，其所从来已非一日，历代殊制，南北异，宜无容悉数。以吾省言之，召商行盐为前代成法。我朝开创之初，间有计口纳税，而听民间自相贸易者，寔良法也。后恐迹涉私派，遂令永停。仍复召商之例。如敝县在官，止有一商课金额，仅六百。彼乃呼朋引类，动数十人，分地列肆，亦数十处，彼将射利，民则何堪？诚获私贩，即荡产毙命，固其宜也。间有东村买盐，西村获之，已为盗贩；南店售盐，北店见之，亦称私商。拷掠索取，备极惨毒。一岁所网地方之利不下三四千金，而国课仍多逋欠者，以此辈原属市井无赖，一旦既得重资，即轻裘肥马，选妓征歌，不旋踵而荡然无馀。非如南中巨商，家本素封，量入为出，子孙可世守其业也。敝县户口四万有馀，每丁敛银二分，其额已足。且与徭银并征，不觉为烦，国税以办而民间所省者，不可赀算矣。一邑如是，一郡可知；一郡如是，通省可知。此当亟为题请者也。

至于懋迁有无，为天下之通义，况水旱凶丰，实四方不齐之数。颛赖转粟以救之，是以有凶岁而无饥民。今之有司，往往禁粜于其境中。昔秦饥，乞粜于晋，晋人弗与，庆郑尚讥以四失。乃今天下一家，谁非朝廷之赤子而斥言遏粜？是诚何心？说者谓天灾流行，彼地已不能支，今复听其移粟，我地亦将为之续矣。不知上为民谋，不如民之自为谋。彼其出而与人相贸易者，皆其蓄积之有余者也。且荐饥之方，谁肯坐而待死？粜亦必不能禁。其令一下，奸吏蠹胥即劫制商贩，恣其啗食。溪壑已盈，仍听之去，是禁制之令徒为若辈贾利之地耳。何如定为厉禁，有乘凶荒而闭粜者罪之，即为常平之善政，商贾永无吏胥之扰矣。

生民利病，固难指数，目前所急，莫此为甚，故觍缕言之。若夫利害之仅在一家一邑者，则属私情，何足以酬殷殷下问之意乎？贞之所言，倘有可采，幸即告之抚军。因人情之患苦，更一方之弊法，其为二东造福，不可穷极矣。

留心地方疾苦，具见经济之学。汪蛟门。

《乡园忆旧录》卷一选录

王培荀

高念东先生

邑高念东先生珩才大如海，渔洋称为“咳唾珠玑，用如泥沙”者也。作诗唾口而成，小史代书，随手散弃；古文空蒙浩瀚，超绝町畦。尝以诗讽渔洋云“明珠弹雀知何似，天下文人与贵人”。先生精释典，脱弃名利，惜才士与逐逐宦途者耗神明于无益也。

主试江南，有人送书一部，翻视皆关节重贿，急焚之，不与人言。

好骑驴游村落，遇浓阴茂树，辄系驴高卧。途逢一推小车者，阻于崖，呼公助力，公欣然为挽车。

性好浴。夏日与群儿浴于溪，有大吏遣隶持书相候，隶至，解衣入溪，公令洗背，洗毕，隶亦使公代洗，公手为去垢。隶徐问“高侍郎家在何处”，群儿笑指公曰“此即是也”。隶惶恐跪水中，公不之罪。其空诸所有，无富贵贫贱，无人我相，皆类此。

在都时，与同乡诸友谈燕，问“何事最乐”。公曰：乞归可得，即日出彰义门，南面受风，缁尘渐远，望见家山，斯最乐矣。亦热恼城中清凉散也。

家银台公

家银台公，邑诸生，以世荫在都……公与同邑高念东、唐豹岩、张昆仑唱酬，契分最深。偶偕诸公迟月于船溪之圃，念东先生约以联句七律十首。公有句云“蜀笺已尽题莲叶”，豹岩先生续之云“斑管生寒怯蓼汀”。听丽谯之鼓已丁丁三下，一时逸兴如此。

诸公旅馆驿舍，所至留题。公于广川中见念东庚辰题壁有云“酒痕游子袖，芗泽美人家”。乙未又见题壁云“云仍瞻北阙，尘已厌东华”。感而作长句云：

豆荚离离荞花白，丝雨和烟生广陌。路旁古堠阅人多，又向风尘迎倦客。野店投床如抵舍，饱后闲行拂坏壁。见君计偕所题诗，二十余年如过隙。东华剑佩已浮云，美人芗泽成陈迹。少年意气下韝鹰，老至惟思对水石。浮生最忌更多事，悲欢历尽无真适。纵使辅轩遍九州，毕竟能穿几两屐。何时更出广宁门，细和君诗遍古驿。

念东先生过之，抄诗粘栖云阁壁，啧啧称赏不置……

家松侣公

家松侣公为清白吏子孙，工书喜诗，以植花种竹自乐。偶遨游京师，观皇居之庄，念东先生赠诗云：

布袍芒屩踏京尘，紫陌东风浩荡春。海峤几年容浪迹，帝城今日见闲人。书如姜桂偏宜老，囊有珠玑不受贫。投绂东归知有伴，十洲随地可垂纶。

归卧林丘，不接世事。忽得疾，枕上吟云“一天新雨露，四海旧文章”，瞑目而逝。

张嗣宗

张嗣宗谱，昆仑山人诸父行，念东先生从妹婿也。念东子之驹官平越，嗣宗同往，吴逆之变，与之驹改装为道人，辗转兵火山谷之间，险阻备尝，数年始归，有漂泊诗云：

漂泊黔南叹数穷，十年鼓棹破长风。思将姓字留天地，肯使须眉负镜中。四海无家悲断梗，一身如寄羡归鸿。魂惊夜月鹃啼血，掷却儒冠学远公。

弟询，字可绩。拔贡，年少以神童称，学诗于念东，诗集皆念东手评。与同邑唐豹岩太史、孙树百给谏、毕载绩刺史、袁松篱孝廉唱和。

吾邑著作如林

国初，吾邑哲人蔚起，著作如林。《四库书总目》评高念东珩，大略谓“诗学皮陆”；评张历友笃庆有云“下笔洋洋洒洒”；评珩子之骙云“学西昆香奁之体，姿致有余”，又引昔人评秦少游诗“如时女步春，终伤婉弱”；评孙给谏蕙诗云“极清丽，无尘俗气，而篇幅微狭”；评张榆村元云“元为昆仑山人从子，诗本王士祯之论，以神韵为宗，晚乃渐归朴老”。

当时搜采遗集，直隶总督，山东巡抚各进念东司寇诗集，余或后裔赍送。家四山公诗，榆村先生为作序，不复记，盛秦川百二序谓“雅淡如海丰杨太宰巍”，惜未付梓。银台公诗刻三次，各自为集，念东先生谓“出入沧溟渭南”，唐豹岩先生谓“近体刻厉沉郁，七古跌宕自豪”，昆仑山人谓“匠心独造，包摄众有”。公持论以自然为宗，养性为本，不事钩棘，不袭陈言，惜无人呈进，不列四库之目，盖有幸有不幸焉。唐豹岩先生诗雄深雅健，亦未盛行。

附录三　相关著录

栖云阁诗十六卷拾遗三卷山东巡抚采进本

国朝高珩撰，珩，字葱佩，号念东，晚号紫霞道人。前明崇祯癸未进士，入国朝，官至刑部侍郎。王士禛《居易录》称，其生平撰著不减万篇，是集为赵执信所编。又《拾遗》三卷，则宋弼所辑。其诗多率意而成，故往往近元白长庆集体。[①]

栖云阁诗略无卷数，编修励守谦家藏本

国朝高珩撰，此集犹抄写之本。以各体编次，不分卷数，题曰“男之骃、之驹同校阅”，盖未刻全集之前，其家录存之稿也。[②]

栖云阁诗十六卷拾遗三卷乾隆四十二年刻本

高珩撰。珩字念东，号葱佩，山东淄川人。明崇祯十六年进士。入清，官国史学士，礼部侍郎，改吏部。顺治十三年归，不复出。卒于康熙三十五年，年八十六。是集凡诗十六卷，赵执信编并序。《拾遗》三卷，宋弼编，乾隆间陆燿、盛百二序。又文集为陆燿、盛百二选订。均由珩曾孙絅绪刊版，周永年校。《四库》列入《存目》。珩为清初山左名家，声望仅次冯溥。诗逾万首，体近元白，今所存十不及一。为官称直介。《正阳门》《长安道》《看象行》《廉吏行》《燕京雪中行》《都门寒食》《戏作升官图四首》《青萝歌作》多含隐讽刺，又时作倦勤语，与康熙以后贵臣必为颂扬者不同。《后长恨歌》纪明末南京事，诗史之亚也。《襄阳行》《青州怀古》《清江浦》《明湖行》《朝岱》《山居即事》《游崂山》，恬淡雅洁，生气涌出。康熙七年，祭告南岳，在湖湘间有诗近百篇。与王崇简，丁耀亢，施闰章，王士禄、士禛兄弟唱和犹存。渔洋《居易录》多摘佳句，称其诗“咳唾珠玑，用如泥沙”，晚年泊如，筑室名书带馆，自号紫霞道人。好骑驴游村落，遇浓阴茂树，辄系驴高卧。常出入齐东名园胜迹间，题咏甚多。道光间王培荀《乡园忆旧录》载其家世遗闻颇详，亦有佚诗，多为此集所未备。子之骙有《强恕堂集》。[③]

---

① 见《四库全书总目》卷一百八十一，清乾隆五十四年武英殿刻本。

② 见《四库全书总目》卷一百八十一，清乾隆五十四年武英殿刻本。

③ 见袁行云:《清人诗集叙录》卷四，文化艺术出版社 1994 年版，第 98 ~ 99 页。又见袁行云:《清人诗集叙录》，人民文学出版社 2016 年版，第 99 ~ 100 页。

栖云阁集三十四卷

高珩撰。珩生于万历三十九年(1611),卒于康熙三十五年(1696)。字葱佩,一字念东,晚号紫霞道人,山东淄川人。崇祯十六年进士,选庶吉士。入清授检讨,历官刑部侍郎。所撰《栖云阁诗集》十六卷,雍正九年赵执信定,且为之序。高肇丰跋云,乾隆三年始剞劂成集。卢见曾《国朝山左诗钞》引张元云,所选不及十之一。已载《四库存目》。《诗拾遗》三卷,乾隆二十一年宋弼所录。此《栖云阁诗集》十六卷、《诗拾遗》三卷,乾隆四十一年畏天斋刻,山东省博物馆藏。自订文集十五卷,乾隆四十一年陆燿选刻,盛百二于四十二年为作后序,陆燿序称凡文百三十八篇,实为一百四十七篇,盖陆作序后又有所增益。集藏中国国家图书馆,该馆又藏手钞文集八卷本,仅八十篇。陆序谓珩"虽以词翰起家,而所怀常在民物,局外持筹,发言流涕,见于救荒序与当事书,一篇之中三致意焉"。其为文轻松幽默,时称"药石之言"。①

① 见柯愈春:《清人诗文集总目提要》(上)卷五,北京古籍出版社2001年版,第78页。

附录四　高珩年谱简编

万历四十年壬子（1612年）　一岁

八月二十九日，公生于浙江。父高所蕴，母尚书王象乾之女。时祖父中丞公高举（字鹏程，号东溟）正巡抚浙江，父母随侍，公生于浙署。

兄高玮，字握之，号绳东，是年四岁。

是年，公之父乡试，中副榜。

万历四十一年癸丑（1613年）　二岁

七月，中丞公致仕。公随祖、父回淄川。

万历四十二年甲寅（1614年）　三岁

生母王氏殁。

万历四十三年乙卯（1615年）　四岁

万历四十四年丙辰（1616年）　五岁

公小时偶学骂人，受到父亲严训，又元旦后仍穿华丽服装，受到父亲严训。

万历四十五年丁巳（1617年）　六岁

万历四十六年戊午（1618年）　七岁

万历四十七年己未（1619年）　八岁

约此时得“西湖志”，心向往之。

此时，公与锺谔有文字交。

万历四十八年庚申（1620年）　泰昌元年九岁

天启元年辛酉（1621年）　十岁

二月，堂弟高琭生。高琭，字介如，号亦叟，又字石君，号振东。

与父、兄在章丘明水镇学习。

天启二年壬戌（1622年）　十一岁

天启三年癸亥（1623年）　十二岁

塾师高度评价公。

祖父中丞公病重。

天启四年甲子（1624年）　十三岁

公祖父中丞公去世，祀乡贤。父所蕴葬祖父中丞公，即弃家习静，深入二氏之门。

天启五年乙丑（1625 年） 十四岁

是年，公习业南定庄，在孙之獬懒水园读书。

三月，应童子试，见赏于青州知府徐九章。

天启六年丙寅（1626 年） 十五岁

公补青州博士弟子员。

天启七年丁卯（1627 年） 十六岁

十一月二十六日，王樛生。王樛，字子下。

崇祯元年戊辰（1628 年） 十七岁

元旦时起床晚些，受到父亲严训，认为不知敬天。

公戒食牛，并劝人不食。

崇祯二年己巳（1629 年） 十八岁

常听大人讲乡贤故事。

公常常向仇庸足请教。

崇祯三年庚午（1630 年） 十九岁

崇祯四年辛未（1631 年） 二十岁

崇祯五年壬申（1632 年） 二十一岁

崇祯六年癸酉（1633 年） 二十二岁

春赴省城，准备参加秋闱，在济南读书学习。

父所蕴殁。

崇祯七年甲戌（1634 年） 二十三岁

崇祯八年乙亥（1635 年） 二十四岁

公生病，出外旅游，至句曲署中，晤赵进美，赵为公道及孙廷铨（介黄）。

一月后，公与赵坐船回家乡，一路吟咏而归。

本年与王樛认识。

崇祯九年丙子（1636 年） 二十五岁

公在青州参加府试，认识孙廷铨，与之结交。

公府试之余，到冯溥家“冶源”观光。

与冯溥、孙廷铨、赵进美同赴济南，参加院试，赵进美中举，公仅中副榜。

崇祯十年丁丑（1637 年） 二十六岁

公之子高之騊与毕际竑之女订婚，行纳征之礼，得侍毕自严。

崇祯十一年戊寅（1638 年） 二十七岁

公参加乡试预试，得第三名。

崇祯十二年己卯（1639 年） 二十八岁

兄高玮中山东解元，公亦中式。是年冯溥、孙廷铨同年参加乡试，皆中式。

公到新城，与兄高玮见徐夜，徐夜有诗记之。

同至邹平，谒张华东。

王启叡与公之兄高玮及公泛舟郭外。

崇祯十三年庚辰（1640 年）　二十九岁

公与孙廷铨、冯溥、赵进美同入京参加会试。途中，宿广川道邸，题诗于壁上。

三月，榜发，赵、孙二人中进士，公落榜。

在京，受到表弟葛氏款待。

夏，公病疟疾，请桓台一能治此病的兵来治疗，治愈但留有余痕。

崇祯十四年辛巳（1641 年）　三十岁

卧病里门。

约本年接触李汝桂著作，并阅读其《讲余录》。并且关注张位（号洪阳）的著作。

崇祯十五年壬午（1642 年）　三十一岁

卧病里门。常与毕际竑来往，与王与玫（字文玉）接触。

公有七律《壬午元宵》《元夕次吉津韵》《次韫退元宵韵》。

夏，公东游崂山，至安丘闻警而还。

公曾到冯溥家城南别墅住了两三天。

张笃庆生。

崇祯十六年癸未（1643 年）　三十二岁

七月，公至济南，寓居赵孝廉书舍。

八月，与兄高玮在北京参加会试。公中式，兄落榜。

九月，参加礼部廷试。登进士第，第三甲第八十五名。考官是山阴周凤翔，房师郭一章。

九月，赵进美寓居京城青州公馆，与公比邻而居，二人朝夕过从。

十月，选庶吉士。在馆期间，公为王鳌永代作诗。

十一月，赵进美赍诏南行，公移居青州公馆。

公在京，时时以通家子拜访孙振图。

崇祯十七年甲申（1644 年）顺治元年　三十三岁

三月十九日，李自成攻占北京，崇祯帝自缢身亡。

三月二十三日，公与九十二名明朝官员被大顺政权抓捕。

在京，公与王樛相互安慰。

五月四日，公与杨士聪、李呈祥商议逃出京城，但被旗人劫持，被剪发、夺走所带资囊，非常窘迫。

五月，到济南，在寓所写《笼鹅馆叙》。

六月初，公至青城县，住于重华家。

七月，公辗转回到淄川老家。

顺治二年乙酉（1645 年） 三十四岁

四月，公被授予内翰林秘书院检讨，但赴任不久即请假归里。

五月初一日，公被选为《明史》纂修官。

闰六月初六，以检讨身份随多尔衮记录其处理政务。

秋，公至青州。冯溥有《和高念东秋日游城南见怀韵》。

冬，赵韫退赴京任太常寺博士，公作《送韫退北上》五首送之。

本年，因公蒙恩，送子弟一人入监读书。公寄信六弟高玶曰："弟才锋勃窣，事北闱可见所长，其勉为之。"

顺治三年丙戌（1646 年） 三十五岁

春，公再次赴京任职，又再次请告归里。

清明节后，请告归里，赵韫退有诗送公《送高葱珮归里》。王崇简有诗送公《送高葱珮假归》。

在京城任职期间，公与魏崃庵天赏同馆，相处甚欢。

本年作《翕社申约题辞》。

兄高玮本年中进士。

顺治四年丁亥（1647 年） 三十六岁

春，公与刘正宗定交。

公请假归里。

六月十三日，谢迁陷淄川城，杀孙之獬。当夜，公冒着生命危险出淄川城，与王樛一起帮助策划方略。谢迁起义被镇压后，公又多方协调，减轻了破城之后的烧杀抢掠损失。此次事件之平定经过以及公之所作所为，公在《赠大中丞张公灭寇保民序》《赠守宪张公灭寇救民序》中有详细记载。又有《丁亥淄邑三烈行》记此次事件，又有文《一门三义传》。

十二月，公再次入京师，起补旧职：内翰林秘书院检讨。

公进京，寓居赵韫退处。此时，冯溥正是庶吉士，孙廷铨、赵韫退均在京，四人凑齐，经常聚会。复偕同里诸君子结社。公有《三君子序》一文以记盛事。

公与蒋超订交于是年，为其父蒋鸣玉的《易经圭约》写序，成《易解序》一文。公与蒋虎臣为莫逆交，不仅为其父世间书作序，还为其《为善最易说》作序。

顺治五年戊子（1648 年） 三十七岁

正月，公有《早朝》一诗，赵韫退和之，作《和葱珮用前韵》。

人日，公与赵韫退游后湖，小憩僧寺，晚集周宁章斋中，赵韫退有诗二首记之。

穀日，公与孙廷铨雅集于冯溥斋中，分韵赋诗。

十三日，同社诸子宴集，冯溥作诗《元宵前二日雪，过赵韫退》三首。

十五日，公作诗《次韫退元宵韵》。

六月底，刘正宗邀请公等水亭小集。

七月，陈名夏擢吏部尚书，公作《陈百史进秩太宰序》。

立秋日，公与王崇简、成青坛邀请吉倩东谷薛行坞刘宪石姚文然在汪园小酌。

秋，与王子下饮酒。《息轩草初集》“甲辰”有诗《初夏坐寓园独酌成醉纵笔题壁上》之二云：

蓬蒿旧径公徘徊，彩笔凋残剩绿苔。回首廿年成底事，大槐安国又重来。戊子之秋同念东饮古槐下，题壁句有“大槐安国旅人来”，故及之。

又《息轩草二集》卷上有《秋夜小集念东斋头即事》，这首诗就是上面所说“饮古槐下”，时间大约是此年六月底七月初，在七月十二日之前。之后王有《秋怀兼呈念东》一首，有句云“行看木落西山爽，与尔相将汗漫游”。

本年作《重修万历丙子齿录序》《陈侍御名宦乡贤录序》。

顺治六年己丑（1649 年）三十八岁

正月戊寅，公升国子监祭酒。

三月，有诗问候西征的王樛，王时在太原。

夏，公为张幼量作《张幼量古剑篇》。

夏，公与赵进美、孙廷铨、冯溥、李呈祥、王樛、王稚昆、高玮等同社诸子游先农坛，对弈、分韵赋诗。冯溥作《夏日同孙枚先、高念东、李吉祥、王稚昆、赵韫退、王子下集先农坛分赋》三首。

九月，以诗贺王樛凯旋。

十一月，为唐焕（蕴华，号右文）夫人贾氏写墓志铭。

唐梦赉中进士，公与王清（冰壶）相识。

本年，王象晋命公作《王与胤墓志铭》，但“甫一搦管，泣下沾裳，旋复罢去”。本年作《贺笼水通判齐君序》。

顺治七年庚寅（1650 年）　三十九岁

公与王崇简等在来青轩联句。

秋，高玮返里，王子下诗以送之。

顺治八年辛卯（1651 年）　四十岁

闰二月二十日，升内翰林秘书院侍讲学士。

夏日，公与王崇简、成青坛、李吉津、姚文然偶遇，相聚。

七月，任江南乡试正主考。去前，王崇简送公，有诗二首《送高璁珮学士典试江南》。刘正宗有诗送公典试《送高璁珮典试江南》。王启叡有诗志喜，《高太史念东典试江南风还大雅喜生吾邑之色》。

公阅卷之时，痁疾病发。试毕，曾到苏州。

公回途经扬州，纳一新宠，并拜访住扬州的刘应宾，刘应宾有《赠秘书院学士高念东二首》。王启叡（《念东维扬新宠》）、李炌（《高太史念东年丈买得侍姬走笔谑之》）皆有诗谈及公之新宠。

顺治九年壬辰（1652 年） 四十一岁

六月，公迁詹事府少詹事。

九月，公充《太宗实录》副总裁，同任命者有魏崃庵、李呈祥。

秋，作《京邸秋日杂咏四首》，王子下和之。

秋，宫伟镠游京师，南还时公有诗送之。

此年与梁清标相处甚欢，梁清标有诗记之。

本年，公初接触吕坤著作。

本年作《会墨序》。

顺治十年癸巳（1653 年） 四十二岁

正月初九，与王崇简、成青坛、李呈祥、梁玉立、刘潜柱宴集。

二月，李呈祥因上疏而流放盛京。

公任礼部汉左侍郎。

四月，升詹事府詹事，内翰林国史院学士。

四月二日，顺治帝面试诸翰林官“君子怀德文一首”，公在内。

夏日，王子下与公在公寓所饮酒谈天。

夏日，公独往水关泛舟，以十首七绝寄王子下，属其和之。

闰六月，升礼部右侍郎。本月作《成青坛大拜序》。

七月，立秋前一日，与梁清标、吕见斋泛舟水关。

八月，公上疏请“慎重详审，以全始终”。

秋，访王崇简，不遇，留诗而去。

十月二十六日，奉命谕祭明末殉难诸臣。

十二月，升任吏部右侍郎兼内翰林国史院学士。

此年，有翰林院官外转，公欲外转杭严道。

本年作《孙孝廉象明先生传》《朱翠华乡贤录序》。

顺治十一年甲午（1654 年） 四十三岁

四月，公转吏部左侍郎。

六月初二，参与议刘正宗所提海防、海寇事并有题本。

秋，公与王子下游天宁寺。

公送王子下二石盆，王有诗《念东惠二石盆，内一峰壁立如小孤山，曲洞玲珑，青苔错绣，上有枸杞树甚古，惜无杂木相映，稍减积翠。予暇日过药王庙，买小松冬青树各一植，于层岩市细鱼十许头，汲水为潭而纵之，石色波纹各极仁智之趣，盖不必远泛长江，登小孤而山川之胜移于吾之几案间矣》记之。

八月，听张秉贞谈毕自严故事。

九月，以省亲归里，居家。王子下、王崇简、梁清标有诗送公。

公此年买一侍儿，王子下有诗戏赠。

公回归途中，效元人作八音诗，寄王子下并属其和之。

此年，户部侍郎王弘祚主持《赋役全书》，要求各地重新丈量土地。淄川丈量土地中出现催逼以及私自缩小尺寸的现象。公正里居，曾作七言古诗《量田行》。蒲松龄向公请求，出面抑制地方胥吏催逼丈量册的事情。

长子高之騊，字骥良，号慎旃，顺治甲午科顺天考取举人。

顺治十二年乙未（1655 年）　四十四岁

公仍里居，漫游家乡山水。

为张至发《有效方》作序言，《张相国医验编又序》。

秋，写《奉祝大柱国少司马玉翁张老先生夫人偕寿序》。

年末，公回京销假。途中，宿广川道邸，又在庚辰题诗壁上题诗，王樛（字子下）《息轩草二集》卷下有《广川道邸中，见念东庚辰题壁上诗，内云酒痕游子袖，芗泽美人家。乙未又题诗，内云云仍瞻北阙，尘已厌东华。因感而题长句》。

此年曾向丁耀亢索其所著诗看，因丁耀亢向公索序。

高之騋生。

顺治十三年丙申（1656 年）　四十五岁

正月十五，作《表余落笺合选序》。

寒食，公作诗《都门寒食》三首，又作《寒食同子下子濂竹浦小集》，王子下和之。

仲春，因去年丁耀亢索序，为其诗集《椒丘诗》作序。

公在京，对南台风景很欣赏，有《启事南台口占》，梁清标有和诗《南台即事步高念东少宰韵》。

五月，补吏部左侍郎原官。

闰五月，公降二级调用。

六月六日，嫁季女于张笃庆。

十二月，降补太常寺少卿。有七言古诗《太常乐》。

本年，又从吕坤后人那里得到吕坤书，公大赞其书。

顺治十四年丁酉（1657 年） 四十六岁

仲夏，公斋宿郊坛，王樛《息轩草初集》有《仲夏同李敬兹毕式穀砥中大兄泛舟水关时值疏雨披蓑戴笠意兴甚适，独念东以斋宿郊坛，不获同行，故并及之》记之。

秋，左迁大理寺少卿。赵韫退闻之，于暮秋作诗寄怀《暮秋吉水舟中有怀高璁珮奉常，予去国未几，璁珮亦以少宰学士左迁》。公亦次韵回复《次韵寄韫退》。

王子下有新居，公拜访留题，嘱其和之。

九月九日，与王子下等游丰台。

冬，公北上。

顺治十五年戊戌（1658 年） 四十七岁

春，王子下约公游草桥，又邀看海棠。王子下雨中访公。

四月，任太常寺少卿。王子下作《念东过访未遇，留诗案头，下直步韵》，又作《连日荷花竞出，而念东以热审不见过，戏柬二绝句》。

五月，送孙珀龄（孙五粒），孙因北闱科场案而流徙尚阳堡，公有七律《送孙五粒》一首。

秋，王子下无酒喝，戏题与公。

六月，任大理寺少卿。升宗人府府丞。旋请告归，王樛等人饯行。

秋，王崇简送公，有《送高念东归淄川》。

八月，公写《贺刘宪石先生擢少宰序》，此时，公仍在京。

十二月，顾如华自广平县知县授考山东道试监察御史，此时认识顾，并为其《读庄一吷》写序。

顺治十六年己亥（1659 年） 四十八岁

里居。

清明，公有诗寄王子下。

九月，白胤谦降为三级调用，补太常少卿。公闻讯，写诗慰白。

本年作《诰封中宪大夫范宸王公神道碑铭》。

顺治十七年庚子（1660 年） 四十九岁

里居，有曲阜之游。

本年与锺性朴在济南金线泉一聚。

顺治十八年辛丑（1661 年） 五十岁

正月，继母袁太淑人卒。

公有书寄梁清标，梁有《念东书来却寄》三首。

长子高之騊考取进士，任官贵州平越县知县。

夏，毒热异常，王子下有诗寄公，

夏，唐济武邀公与王子下游傅家湾。接着，王子下建成寓公园亭，有诗《寓公园亭落成》记之，后公晚坐于亭上，归而赋诗并寄给王子下，王有诗和之。

公又与王子下、王雪因过西河亭子并小酌，王子下《息轩草二集》有诗《同念东过西河亭子与家榄朋雪因小酌仍用前韵》记之。

季夏，王子下访公于郭外荷池。接着，公与唐济武邀请王子下东郭荷池小集。

夏末秋初，公与王子下等游醴泉寺。

初秋，公与王子下、唐济武夜坐夕阳台。

八月，公寄诗宋琬。

八月十一日，王子下以诗柬公。参王子下《八月十一饮敬兹寓，月色澄澈，归与信涉仲美坐小园，葡萄疏影如画，复小酌数盏，漫赋一律柬念东》。

康熙元年壬寅（1662 年） 五十一岁

仍里居。春游东山，《志壑堂文集》卷之十二《杂记》云：

> 癸丑三月……亭上额乃高念东先生壬寅所起也，计同游十二年矣。

秋，与王子下，唐济武游云高洞。

秋暮，与王子下等游盘河头，参《息轩草初集》之《秋暮，同念东启东游盘河头，寻乃王园遗址失道，忆曾与王玉烟坐乃王园听泉，已十八年矣》。傍晚，游龙口孙氏竹园，参《息轩草初集》之《夕饮于龙口孙氏竹园，乘月过坝上，狂歌起舞如子瞻夜渡蕲水时也》。

第二天，游傅家湾等地，参《息轩草初集》之《次日，复同济武及二君由傅家湾溯小溪，西行石濑澄潭，随地偃息，抵苏相桥，饭于村南之泉上，有中白高先生茅亭，今废，晚间欲招歌者》。饭后，登苏相坟。

九月九日，公与王子下、唐梦赉游山田庄。

十月底，公邀请王子下，参《息轩草初集》之《初冬将过仙洲园，念东见寄一函，约至园中，乃发，及启之则数绝句，率尔奉酬，聊代折柬》。

康熙二年癸卯（1663 年） 五十二岁

春初，周亮工赴青州任，自济南过淄川，公、唐梦赉与之共饮翟氏邸中。

秋末，唐梦赉有庐山之游，公托唐梦赉捎给同年姚文然一封信，向其询问家常外，提到参禅问道事。

十一月，公应冯溥之请，为其《治源图》题诗一首。

康熙三年甲辰（1664 年） 五十三岁

初春，公与王子下及唐梦赉陪同知县王经邦一块丈量土地，王子下作《同念东济武陪王丰功邑侯度田东郊，即席赋赠，时闻上阅通鉴，论及汉高帝唐太宗宋太祖，以为皆有惭德，不及宋仁宗，喜而志之》。

春，王子下、唐梦赉等游龙口竹园。

又寓居园中夜集并分韵作诗。

春，云间蒋大鸿及其子左箴、梁溪顾当如来淄川云游，与公、王子下、张笃庆同游。由公、王子下主盟，诗酒风流，甚是热闹。

公重修宝塔寺，有七绝《题宝塔寺金时碑》记这次修塔事。

清明，公作诗，王子下和之。

夏，王子下有好藕，而公正腹泻，不能共享，王因写诗《有饷白藕朱李者，味极佳，以念东方患河鱼之疾，赋以嘲之，此甲辰诗》嘲公。

五月四日，与王子下、唐梦赉到李化熙家，约同游崂山。

五月五日，部檄候补宗人府府丞，不果游。

五月，与唐梦赉、王子下在一起游玩赏月，不久王妻去世。王子下作《重午后，同念东济武宿信涉斋头，迟月，谈谐甚畅，遂至丙夜。未几，予有悼亡之戚。闰六月再过西村，追忆旧游，不觉凄然，漫赋一律以志积忧》。

立秋，公有《立秋有感》诗，王子下和之。

秋，公与王樛、蒋大鸿、蒋左箴、顾当如、孙禹年（孙之獬之子）聚龙口南边的三台村。

王子下假满回京，诸人饯别，王行至赵堡口，有诗寄公。

秋，公亦回京，王崇简有诗《喜高念东至》。

又回京途中，公宿广川道邸，见到王子下题壁上诗，抄之。《息轩草二集》卷下有《广川道邸中，见念东题壁上诗，内云酒痕游子袖，芗泽美人家。乙未又题诗，内云云仍瞻北阙，尘已厌东华，因感而题长句》。在此诗之后，有唐梦赉的评语，云：念东先生后过驿，见此诗，抄黏栖云阁壁上，啧啧称赏不置。

与徐夜在京会面。

十二月初八，张笃庆妻子、公之季女去世。

冬，公为周亮工《青齐平心录》作跋语。

康熙四年乙巳（1665 年） 五十四岁

教谕孙瑚修学宫，公为文记之，《重修学宫记》。

十二月初三，王樛去世。公将己与王樛之交往比之为元白，有《通政使司右通政子下王公墓志铭》一文记载其生平。

康熙五年丙午（1666 年） 五十五岁

五月二十二日，公主持王樛夫妇安葬。

十一月初七，梁清标夫人王氏去世，公为其写墓志铭。

十二月初四，公补原官宗人府府丞。

是年，作《浙江丽水县知县蓼庵田公墓志铭》。

康熙六年丁未（1667 年）　五十六岁

公为所藏文徵明《雪景图》求王渔洋、王西樵、冯溥等人题诗。

约在此年与劳书升认识并交往。

三月，鳌拜专权，梁清标被“解任革职”，公有七律四首送之。

夏，宋徵舆去世，公写《悼宋直方》。

五月，公为刘道开《楞严经贯摄》作序。

秋，为闻喜翟凤翥文集写序，名《象六先生文集序》。

十一月二十六日，父亲、生母、继母皆因公而覃恩受封，父亲覃恩赠为通奉大夫宗人府府丞加一级。生母诰封孺人，继母袁氏诰封夫人。同时受诰封者有高玶生母王氏继母王氏，皆孺人。

本年，始与沙张白交往。

康熙七年戊申（1668 年）　五十七岁

公升都察院汉左副都御史。

春日，公奉命祭告神农、虞舜二帝陵。至紫霞洞而止，因号“紫霞道人”。

春，好友梁玉立归里，公有诗送之。

约三月初，经内丘，见到“古君子墓”，为之题诗。

约三月，公经黄州，与宋荦夜泛长江，酾酒赤壁。

至武昌，公有《武昌道中五首》《武昌道中二首》《将抵武昌》。

约四月，公至湖南境巴陵（岳阳）长沙等地。遇到孙廷锺，公有诗《孙琰仲取王虞服旅柩归，遇于岳阳，诗以赠别》《江舟四首》《湖湘杂咏十三首》，皆作于此时。

约六月，到酃县（炎陵），致祭炎帝。寓居罗氏祠堂，有诗《致祭炎陵寓罗祠因赠》赠之。

六月十三日，致祭炎帝。

约七月份到宁远，致祭虞帝，写有《秋日湖南》一诗。寓居王氏虚堂，写有《宿王氏虚堂》一诗。

约八月，至长沙，见偏沅巡抚周召南，询问一些政事，并为之禁止屠牛题词《戒牛题辞》。碰上常德府粮捕通判李翔明乞休，周召南慰留，公亲见之。

九月回途，登祝融峰，途中写有《衡湘道中》《衡湘道上》《巴陵道》《舟行》。

十月，到南京，遇到法若真，有诗唱和。又遇到邓元昭，为其题《仁孝题》。并会见江宁巡抚韩世琦，公在此作善事。

约十月中旬，回乡。写有《自楚归，时地震后》。

十一月，高玮去世。

十二月，为孙锡蕃诗集写序：《复庵全集序》。

此次祭告，随侍者张谱（嗣宗），毕际竑亦同去，后张有《楚游日记》，公为之作序言《楚游日记序》。

康熙八年己酉（1669年） 五十八岁

正月，自淄川到济南还朝，张笃庆送至济南。至济南，见山东巡抚刘芳躅，遇丁澎（号药园），参丁澎《扶荔堂诗集选》卷三《逢高念东中丞使楚还济上》。

四月，公在滴翠园宴集。后于康熙十年春日题辞。

秋，张笃庆作《述祖德诗》上下卷，后公为之作序。

康熙九年庚戌（1670年） 五十九岁

公在北京西山修筑园林，并招饮同事。《棠村词》有《满江红·高司寇召饮园亭，赋谢》。

二月招饮同事，并搬演新剧，梁清标《棠村词》有《越溪春·高司寇招饮演秣陵春新剧》。

公在京多次招饮同事，又《棠村词》有《蕙兰芳引·高司寇春夜招饮，出伎佐酒》。

五月，公升都察院左副都御史。

七月，公撰广济寺《重修金佛像碑记》。本月，公又撰《刑部尚书五弦李公墓志铭》。

八月，王士祜不与馆选，与王士禄一起归里，公写诗送之。

十一月，梁熙曰缉归里，公为之题诗。

十二月十二日，参与校正《大清律》。

冬，公常与许瓒曾交往。

腊月后，得康熙七年祭祀炎帝时所寓居之罗氏寄来关于祭祀炎帝的文献。

康熙十年辛亥（1671年） 六十岁

正月初七，宋琬邀请冯溥、艾元徵与公。

二月，升刑部右侍郎。孙蕙有书信致贺。梁清标有诗贺喜，梁又看出公有归山之想，因作诗劝公勿作此想。梁清标《蕉林诗集》有《念东有归志，为诗留之》。又《再赠念东》有序，序云：君慕冲举，不好餔啜，赋诗每苦为韵所缚，故戏之云。公有诗《简梁苍岩》答之。

谢起东宾王去世，公有诗四首吊之。

夏，有妾去世，甚为伤心。梁清标有多首诗记之。

秋，公有诗寄梁清标，梁有诗次韵。

秋，约朝士看菊且有诗嘲之，不果行。梁清标亦为诗嘲公。

八月二十九日生日，写《悟》。

九月九日，与王士禛、沈荃、宋琬、程康庄、陈廷敬、谢重辉、王曰高及王西樵集梁家园，分韵赋诗。

九月廿二日，有诗赠别张贞生。

十月，为王樛诗集写序《寓园遗诗序》（即《息轩草序》）。

康熙十一年壬子（1672 年）　六十一岁

正月中旬，吴之振为公文徵明画题诗。

正月底，以葬亲请假归里，复以病请家居。颜光敏送公。又以迁葬予告，复以病请。不作出山想矣。

王崇简送公，有七言古诗《送高念东假归》。梁清标有诗送公。归途中，公经德州，宿程先贞家，并赠其所作里中二烈长歌。

春，公访孙廷铨，并与之畅饮。

四月，与唐梦赉、张绂、蒲松龄等八人相偕东游崂山。过诸城，游苏轼所建超然台旧迹。

公在诸城住丁耀亢外甥张石帆家里，有《送张石帆》诗。

此次东游，公等皆到诸城崇宁寺礼佛。

秋，高玮子高之骙过继给公作次子。

八月十五日，为王天眷作《梦吟集序》。

十月一日，公访唐梦赉，以王清去世故也。

公之“载酒堂”约始建于此年，以作归隐之计。

本年，唐梦赉修一小山池塘，公作诗贺之。

约在此年写《劳学台文序》。又写《同善会规约序》。

康熙十二年癸丑（1673 年）　六十二岁

三月，与唐梦赉、袁秋弦等十一人游东山，看梨花。

家中里居，多在候仙园消夏，由唐梦赉陪同，时时游玩，并与王姓医生习静两个月。

春末夏初，公招饮唐梦赉等于官坝泛舟。

夏，公与毕际有、唐梦赉、袁藩在公之别墅候仙园议修县志，商榷讨论十日。

公转候仙园于韩庭芑。

七月，王士禄卒于家，公有《闻西樵殁二首》《读西樵遗诗》。

十一月，公曾到山东巡抚赵祥星府邸咨询。

本年作《亦园记》《永丰纪事序》。

康熙十三年甲寅（1674 年）　六十三岁

家中里居。本年初，公之长子之騊自贵州归，且生一子，公得长孙，写一诗《喜得长孙》志喜。

袁藩出游莱州府，得秦镜，公有诗记之。

本年为张能麟《青齐治略》写序言。本年又作有《祝施方伯寿序》《赠长山南令序》《江南无为州知州在公李公神道碑铭》。

康熙十四年乙卯（1675 年） 六十四岁

家中里居。身有微恙。

公得仲孙，唐梦赉写诗志贺。

本年作《拟赠郝雪海四首》《偕老园题辞》。

康熙十五年丙辰（1676 年） 六十五岁

家中里居。

二月二十二日，元配岳氏卒。梁清标有诗哀之。

三月，公与唐梦赉宿村墅。公东池荷花甚好，唐梦赉甚是羡慕。

不久，唐与王士祜（号东亭）来赏荷花。接着，公招唐赏花。

为唐梦赉新筑屋题字“洞阁”，并饮酒庆祝，唐作《小台筑屋，念东先生额曰洞阁，饮次，和张历友》。公有诗《济武南宅新成小山》。

九月八日，写诗，唐梦赉和之。公游岩下山庄，有诗记之，唐梦赉和之。

本年公作《内翰林秘书院学士鄂公墓志铭》《赵公生祠记》。

康熙十六年丁巳（1677 年） 六十六岁

重阳节前，家中里居；之后，与唐梦赉吴越同游。

三月，游愚公谷。

五月，为张能麟《西山集》作序。

八月，与唐梦赉游百脉泉。

中秋，有诗寄唐梦赉，唐和之。

重阳节后与唐梦赉同游吴越。

九月十六日，过牛山下，看温泉，公有“题温泉诗”，此诗仅存四句。后至淄河。是日晚宿青州府，锺佥宪一士（锺谔）至。十八日，过穆陵关，宿高桥。公作七绝二首，又作七古、歌行体《过大岘关歌》。

十一月十三日，公往绍兴祭周凤翔（号巢轩），唐梦赉、李吉津同行。二十日，公祭奠周巢轩于乡贤祠，唐梦赉陪祭。礼毕，周公子邀。后，王千里招饮。

十二月十七日，往云栖，礼拜莲池大士像。韩仲常来，谈及家中事。公作三首七绝、一首七律记之。十八日，韩燕翼来招度岁。二十九日，至韩燕翼寓，又至署中，观韩仲常与张可绩下棋。又饮酒观剧（霍博陆卫骠骑故事）。除日（三十），下棋，命仆人煮酒，烹李子常所馈松江之鲈。公在武康署中，晤韩逢庥。

本年作《重修六龙桥序》。

康熙十七年戊午（1678 年）　六十七岁

正月初一，公在武康，与唐梦赉拜天地毕，登楼作“元旦诗”。

正月初二，有诗《武康道中》二首。初九日，唐梦赉同年吴瑶如招待，在酒席上晤尤侗，公称赏尤侗《十空曲》，并席上作散曲，尤侗有和作，公请尤侗为文徵明《雪景图》题诗。尤侗题为《待诏雪景图》。初十日，与尤侗、张恂游苏州名胜。二十一日，答拜汪懋麟。公乞汪懋麟为所藏文徵明《雪景图》题诗。汪懋麟有《高念东侍郎以文待诏溪山雪景卷子属题却赠》。二十四日，至扬州，张振宇招饮，与唐梦赉到张府观看《醉乡侯》演出。

二月初二，过淮安，获赠《劝善全书》。初四日，舆中观《劝善全书》，认为作者熊勉庵真是吕叔简（吕坤）、袁了凡（袁黄）后身，唐梦赉与公相叹异者久之。十三日，过青石关。傍晚入淄川城。

三月初三，为公挚友孙廷铨诗作序，作《沚亭自删诗序》。

孙蕙建万仞芙蓉斋，招饮，公有诗赠之。孙蕙《笠山诗选》有《余居之西偏，构屋数楹，四山环之，颜曰万仞芙蓉斋。高侍郎念东先生唐检讨济武各有赠诗，和来韵，得六首》。

八月十五中秋，写《六十七中秋》抒怀。

九月，公与唐梦赉同至聊城，见到耿又朴，公为其诗集作序《耿又朴诗序》。

本年写《新城雷令诗序》《祝莱芜令戎公寿序》。

康熙十八年己未（1679 年）　六十八岁

正月初八，公有诗赠唐梦赉，唐有和诗。

公架木为巢，后又移之近郊，唐梦赉有诗记之。唐梦赉种竹，孙蕙堆山，各自夸，公云：可记也。唐梦赉作“歌”记之。

正月十五，山东巡抚赵祥星招饮公，唐梦赉同被招，唐有诗记之。

约三月前后，公与唐梦赉在公别墅看桃花，并谈到“舍宅为书院事”。

七月，为郝浴的《中山集诗钞》作序言。

十月，皇上命举廉吏，魏象枢荐公等十人。冯溥有诗贺公。

冬至唐梦赉为公送行，有诗十首。名《莫忘篇赠行十首有小序》，其小序如下：

> 司寇高念东先生奉诏入朝，拥炉言别。时唯长至节，届嘉平，笛里梅花，吹彻关山之曲；樽前柏叶，泼开甕盎之春，率赋十诗以当三叠。昔者，公孙丞相之计偕也，其乡人邹长倩以三事赠之，先生东山偃仰，久订鸥鹭之盟，即今北阙回翔，备悉闾里之状，兹效骊驹之唱，实聊抱膝之吟。盖义取重申，故篇名《莫忘》，聊附平津宾客之后，依然安石啸歌之余，倘海内词伯有属而和之者，抑亦昔人莺啭皇州之什也。

十月二十七日，任刑部右侍郎。

为于子先诗作序，《于子先诗序》。

为蒲松龄《聊斋志异》作序，署名：紫霞道人高珩题。

冯溥有《示儿辈》诗四首，公和之，《和易斋示儿二首》。

本年为王与胤百斯写墓志铭。

本年赵执信中进士，选翰林院庶吉士，得随公于朝。

本年作《皇清湖广常德府粮捕通判翔明李公墓志铭》《皇清前诰封恭人毕母王太君墓志铭》。

康熙十九年庚申（1680 年） 六十九岁

春，高之骙入都省觐，唐梦赉有诗送之。

公还是想归里，归允肃（字孝仪）《归宫詹集》卷二有《答前辈唐济武先生书庚申》：高年伯言旋，更喜同志昕夕相对也。

公为冯再来《滇考》作序。

五月，公闻唐梦赉有天台之游，寄诗二十首，唐报以十首。

五月，宋荦、王士禛、曹贞吉、田雯、曹禾、汪懋麟、谢重辉集林尧英寓所饮，诸人为题《双江倡和集》。后，宋荦刻之，属公为序。

六月，高瑜北上，唐梦赉送之，并问讯公。

六月中旬，公请归孝仪为《高氏家训》题词。

夏，公与王岱谈画。

八月十一，与王士禛、宋荦、谢重辉、袁启旭集施闰章府邸。

八月十一，宋荦儿著亡，年二十一，九月十五下葬，公为之写《宋季子哀词》。

九月，为冯溥《佳山堂集》作序。

十月初七，与王士禛、曹贞吉、宋荦、谢重辉夜集联句。

十月十五日，法司启奏谳审诸狱，公只奏二事。上问其余，不能对。奏曰：“臣一时失记。”皇上很是愤怒。

十月二十二日自陈衰老，请行罢斥。

十一月初，魏象枢因荐举公引罪。明珠奏曰：“高珩因衰老不能供职，别无劣迹，臣等之意，魏象枢似无庸议。”上命高珩以原官解任。

十一月，将归里，王士禛、施闰章、陈维崧、王岱等有诗送行。为王岱《了庵全集》写序言。

十二月六日，移居于宣武门西松筠庵，冯溥前往送行，二人有诗唱和。王士禛得知二人的唱和，立即依韵和之。

同日，施闰章、王士禛、宋荦、谢重辉、钱介维、袁士旦饯别公于城西南圣安寺，作联句五十韵。又宋荦《西陂类稿》有《读高念东先生琼花观诗因怀广陵旧游即席联句同念东先生施愚山王阮亭谢方山》。

梁清标、汪懋麟、李天馥有诗送公。

归家前，王崇简问公放生事宜，答之，王记录为《放生问答》。

十二月二十六日，傅山为公写小楷《孝经》。

本年，公向蒲松龄借阅《聊斋志异》并细心阅读，后写给蒲氏书信一封。

张贞南游苏州，苏州画家顾云臣为其画《浮家泛宅》小照，一时为题咏者三十七人，公亦为其题咏。

本年为曾作临淄令的邵子昆写《劝民绪言题辞》。

康熙二十年辛酉（1681 年）　七十岁

家居。

知县汪如龙在“放生矶”上贴告示“禁捕鱼示”，并与公等作诗唱和，公等把“示”刻碑并将唱和诗一起刻上。

六月，向张绂谈及“云高洞”名胜。

十二月，写《远峰康公墓志铭》（康湛墓志铭）。

康熙二十一年壬戌（1682 年）　七十一岁

正月，与唐梦赉小集，有诗记之，唐梦赉和之。

公赠知县汪如龙木床，唐梦赉有诗记之。

公招饮唐梦赉载酒堂泛舟，唐梦赉有诗记之。

三月，公与兄弟到唐梦赉家看花。

清明，与王桢在市墟歌台相见，与之谈论养生等术为善之理。

四月，吴海木访公，唐梦赉陪同并有诗记之。

六月，应唐梦赉之请，为其写《生圹志》。

七月，公仿苏东坡在孝水邀客泛舟，赋诗饮酒。

九月，为友人子命名。

此年，归孝仪来访，并同时拜访唐梦赉。

本年为李子常题辞，并请沈荃书之，有《李子常为长枝立嗣题辞》。

康熙二十二年癸亥（1683 年）　七十二岁

正月十三，朱逸庵招饮，时唐梦赉同在。

正月十四日，韩丽宇招饮，唐梦赉同在。

三月，公与高振美在济南。

安丘张贞访公，公热情款待张氏，并向张氏询问民间疾苦，并欲上报巡抚。

秋，公嗣子高仲治参加廷试，唐梦赉送之。

公招饮，与房子明、唐梦赉小饮东池。

秋，袁秋紘招饮。

康熙二十三年甲子（1684年） 七十三岁

三月，王雪音招公等看牡丹。同时，招饮翠濑园。

八月二十九日，公生日，唐梦赉有诗寿公。

九月初九，与唐梦赉游北山，夜晚到淄川西铺村访蒲松龄，蒲松龄有《重阳王次公从高少宰、唐太史游北山归，夜中见访，得读两先生佳制，次韵呈寄》。

十月初五，大驾东巡，公等至德州迎驾。

本年写《兵部尚书庸足仇公墓表》。

康熙二十四年乙丑（1685年） 七十四岁

二月，与唐梦赉一起饮酒。

孙蕙招饮公。

公多次雅集载酒堂。

六月十五日，王士禛奉使祭告南海回，过淄川，游公载酒堂。

七月，作《张相国医验编又序》。

章丘焦毓瑞去世，公为其写神道碑。

十月，《醒梦戏曲》成稿，韩冲作序，唐梦赉题词，并于本年雕刻。

康熙二十五年丙寅（1686年） 七十五岁

三月，公嗣子高之骒每到海棠花开，辄招客奉觞公，自公致仕皆如此，本年，唐梦赉写诗记之。

县令汪如龙重修淄川县城，公为文以记之，有《重修淄川县城记》。

雅集载酒堂送朱逸庵。

四月，仁和张石年嵋接任淄川县令，并于今年岁暮召集重修县志事宜。公参与其事。

六月，张嵋重修旌善瘅恶亭，公为文以记之，有《县治旌善瘅恶亭记》。

本年作《毕少保公石隐园藏稿又序》。

康熙二十六年丁卯（1687年） 七十六岁

春，重修县志，至今岁秋而修成，公则总其成。

夏，归孝仪有信问公，并有《清夏图》一卷奉送。

秋，张贞访公，公为其《渠亭山人半部稿》作序。

康熙二十七年戊辰（1688年） 七十七岁

正月初二日，太皇太后崩，有诏：在籍、告假、丁忧、终养等京官四品以上皆赴京叩谒梓宫，启程赴京师。公官刑部侍郎，从二品，入都哭临。

二十六日抵京。公与冯溥同住。

二月十二日前左都御史徐立斋邀饭长椿寺，同集者王渔洋、冯溥、徐乾学。

趁在京之际，公与梁清标会晤。

自此年，公不断书写遗嘱以付诸后人。

康熙二十八年己巳（1689 年）　七十八岁

十月，赵执信因故削职除名，离京还乡。

十二月底，为谢宾王《兰雪堂诗集》作序。

康熙二十九年庚午（1690 年）　七十九岁

康熙三十年辛未（1691 年）　八十岁

八月初一日，梁清标卒，公为其写墓志铭。

康熙三十一年壬申（1692 年）　八十一岁

康熙三十二年癸酉（1693 年）　八十二岁

谷雨前一日，创修高氏族谱，公作序。

康熙三十三年甲戌（1694 年）　八十三岁

康熙三十四年乙亥（1695 年）　八十四岁

二月初一，公写《关圣帝君庙碑》。

康熙三十五年丙子（1696 年）　八十五岁

康熙三十六年丁丑（1697 年）　八十六岁

十一月十一日，公去世，遗命："勿请恤谥，勿讣闻，勿受吊，勿作佛事，勿作碑志之文。"

康熙三十七年戊寅（1698 年）

四月二十六日，下葬。